세기를
넘나드는
작가들

현대
중문소설
작가
22인

한국연구재단 학술명저번역총서
동양편 *611*

세기를
넘나드는
작가들

현대 중문소설 작가 22인

하

왕더웨이 지음 | 김혜준 옮김

學古房

■ 일러두기 ■

- 이 책은 하버드대학 왕더웨이 교수의 중문 저서 《跨世紀風華: 當代小說20家》를 옮긴 것이다. 애초 타이완본(2002)에는 모두 20편의 작가론이 실려 있었는데, 후일 중국 대륙에서 출간될 때 베이징 초판본(2006)과 재판본(2007)에서 각각 1인씩 작가를 교체 또는 추가했다. 한글본에서는 22편을 모두 번역했으며, 제목 역시 저자의 결정에 따라 《현대 중문소설작가 22인》이라고 붙였다.

- 저자의 주석은 1) 2) 3) 등으로 표시하고 각 장 뒷부분에 후주(後註)로 처리한다.
  역자의 주석은 1, 2, 3 등으로 표시하고 본문의 아래에 각주로 처리한다.
  그 외 역자의 설명이 필요할 경우에는 본문에서 [ ] 속에 넣어 처리한다.

- 서적명과 문헌명은 각각 《 》와 〈 〉를 사용하여 구분한다.

- 본문은 가능하면 한글을 사용하고, 원저자가 병기했거나 그 외 꼭 필요한 경우에는 ( )를 써서 한자나 외국어를 표시한다.

- 인명, 지명, 문헌명 및 기타 원문은 서적 뒷부분의 찾아보기에 병기한다.

- 중국어 및 기타 외국어의 한글 표기는 국립국어원의 외래어표기법을 따른다.
  특히 20세기 이전의 중국 인명은 한자음으로, 20세기 이후의 중국 인명은 중국어음으로 표기한다. 단 한자는 한글 보조수단이 아니라 중국어 문자로 간주한다.

현대 중문소설과 화어계문학

《현대 중문소설 작가 22인》은 현대 중문소설 세계에 대한 나의 개인적인 평가이다. 사실 1980년대 이래 소설이 누려왔던 성황은 더 이상 볼 수 없게 되었다. 하지만 그럼에도 불구하고 이 시기의 작품은 훌륭하고 다채로운 모습을 보여주었으며, 과거에 비해 더욱 뛰어나면 뛰어났지 결코 못 미치는 것은 아니었다. 나는 각 화인(華人) 집단의 걸작을 추천함으로써 상호 대화를 이끌어내고 이를 통해 세기를 이어가는 중문문학의 범위가 더욱 확장되기를 희망한다. 이 책의 타이완판과 중국 대륙판은 《현대 중문소설 작가 20인》이었는데, 김혜준 교수가 번역한 한글판에서는 두 편의 새 글을 추가하여 《현대 중문소설 작가 22인》을 제목으로 했다.

나는 여기서 반드시 밝히고 싶다. 이 책에서 순위를 따지고자 하는 의도는 전혀 없다. ― 고작 '22인'이 어떻게 현대 중문소설의 걸출한 인물의 전부이겠는가? 나의 글은 본디 시기별·장소별 출판 여건에 따라 발표한 것이며, 이 책의 순서 역시 원래의 발표 순서에 따랐을 뿐이다. 다만 한편으로 내가 이 22편의 글을 통해 중문소설 세계의 범위를 확장하고자 의도했던 것만큼은 분명하다. 내가 소개한 작가에는 중국 대륙은 물론이고 타이완과 홍콩 및 그 외 말레이시아와 미국 등지의 작가들까지 포함되어 있다.

오랫동안 우리는 화문문학이라는 용어로 광의의 중문 서사 작품을 가리켜왔다. 이런 용법은 기본적으로 중국 대륙을 핵심으로 하여 확산된 문학의 총체를 의미하고 있다. 이로부터 말미암아 해외 화문문학, 세계 화문문학, 화교문학,

타이완 홍콩 화문문학, 디아스포라 화문문학 등의 말이 나오게 되었다. 중국문학과 이를 나란히 같이 놓고 보면 중심과 주변, 정통과 변이라는 대비가 말이 필요없는 자명한 은유가 된다. 그렇지만 20세기 말 이래 해외 화문문화의 왕성한 발전에 비추어 볼 때 문학의 범위도 다시 정해야 할 가능성이 있다. 특히 전지구화와 포스트식민 관념의 충격하에서 국가와 문학 간의 대화 관계에 대해서도 더욱 유연하게 사고해야 한다. 이런 점에서 바야흐로 힘차게 발전하고 있는 '화어계문학' 관념을 이 책의 참조물로 삼을 수 있을 것이다.

1세기 남짓 동안 중국문학의 발전은 많은 변화와 기복을 보였다. 민족주의라는 기치하에서 매번 하나의 목소리로 이루어진 전망이 다양한 목소리를 내던 역사적 경험 속의 사실들을 뒤덮어왔다. 이에 따라 기존의 해외문학, 화교문학은 항상 모국 문학의 연장물 내지 종속물로 간주되었고, 즉각적으로 '원조'인 중국문학과 대비되면서 사정없이 상호 고하의 차이를 드러냈다. 다른 것은 그만두고라도 중국 대륙 현대문학계의 선도적인 사람 중에서 여력이 있어 해외문학의 성과에 대해 세심하게 관찰하고자 하는 사람은 지금까지도 아마 몇 사람 되지 않을 것이다. 그러나 전지구화라 부르는 이 시대에는 이미 문화·지식 정보의 신속한 전파, 공간의 변위, 기억의 재구성, 종족의 이동, 네트워크 세계에서의 유동 등이 우리의 생활 경험에서 중요한 향방이 되었다. 여행 ─ 구체적인 것이든 아니면 상상적인 것이든 간에, 또 나라의 경계를 넘나드는 것이든 아니면 인터넷을 넘나드는 것이든 간에 ─ 은 이미 일상적인 현상이 되었다. 문학 창작과 출판의 변화 또한 마찬가지 아니겠는가? 현대의 시간이 다원적인 것처럼 현대의 공간 또한 개방적인 것이다.

예를 들어 말해보자. 산둥에서 베이징으로 갔던 모옌은 화려하고 환상적인 향토소설로 명성이 높은데, 말레이시아에서 타이완으로 간 장구이싱이 그려내는 보르네오의 열대림 역시 사람의 혼을 뒤흔들어놓지 않던가? 왕안이, 천단옌이 그녀들의 상하이를 원 없이 썼다면, 홍콩의 시시, 둥치장이라든가 타이베이의 주톈신과 리앙 역시 그/그녀들의 마음속에 있는 멋들어진 '나의 도시'를 이루어냈다. 산시의 리루이가 지역사와 가족사를 들려주는 데 뛰어나다면, 타이완에 정착한 말레이시아 화인 작가 황진수라든가 홍콩에 체재했다가 지금은 뉴욕에 거주하고 있는 타이완 작가 스수칭 또한 자부할 만한 성취를 이루었다. 태평성세의 화려함과 창연함을 논한다면 말레이시아의 리톈바오와 타이완의 주톈원이 모두 장아이링의 가장 뛰어난 해외의 계승자이다. 윤리와 폭력의 내밀한 전환이라는 글쓰기에서는 일찍이 위화가 능수였지만, 후일 홍콩의 황비윈, 말레이시아의 리쯔수, 타이완의 뤄이쥔이 이를 능가하는 모습을 보여 주고 있다. 바이셴융과 가오싱젠의 작품은 이미 디아스포라 문학의 걸출한 작품으로 이름 높은데, 오랜 기간 뉴욕에 거주했던 부부 작가 리위와 궈쑹펀의 성취 역시 더 많은 지음의 감상을 기다리고 있다.

중국어, 화어(華語), 화문(華文)이라고 부르든지 또는 중문이라고 부르든지 간에, 언어가 이들 작품간 상호 대화의 최대 공약수이다. 여기서 말하는 언어가 가리키는 것이 꼭 중원의 정통 언어라야 할 필요는 없다. 오히려 시간·장소에 따라 변화하는 구어·방언·잡음이 충만한 언어라야 한다. 바흐찐의 개념에서 말하자면 이런 언어는 영원히 구심력과 원심력의 교차점에 존재하며, 언제나 역사적 상황 속에서 개인과 집체, 자아와 타아가 부단히 대화하는 사회적인 재현행위이다. 화어문학은 서로 다른 화인 지역이 상호 대화하는 장을 제공한다. 또 이 대화는 당연히 각 화인 지역 내에서 존재하는 것이기도 하다. 중국 대륙을 예로 들어보자. 강남의 쑤퉁과 서북 지역의 자핑와, 쓰촨·티벳의 아라이와 회족인 장청즈는 모두 중문으로 글쓰기를 한다. 그렇지만 그들이 써내는 각지의 잡탕 말투 및 서로 다른 문화·종교·정치의 발화 위치야말로 비로소 한 시대를 풍성하게 만드는 문학적 요소이다.

현대문학 이론에 익숙한 사람이라면 이런 식의 정의는 아마도 상투적인 평범한 말에 불과할 것이다. 그러나 나의 의도는 새로운 논리를 발명해내는

데 있는 것이 아니라 이론적인 자원을 역사적 상황 속에서 운용하여 그 작용 에너지를 검토해보려는 데 있다. 따라서 이 책은 현대소설의 고하를 평가하려는 입론으로 간주하기보다는 하나의 변증법적인 출발점으로 보아야 할 것이다. 그런데 이 변증법은 반드시 문학 창작과 읽기의 과정에서 이루어져야 한다. 그 어떤 언어의 합류와 마찬가지로 화어계 문학이 보여주는 것 역시 변화하는 네트워크이다. 대화도 충만하고 오해도 충만하여 서로 화답할 수도 있고 전혀 교집합이 없을 수도 있다. 그러나 어쨌든 이로 인해 본래 국가 문학을 중점으로 하던 문학사 연구에서 새로운 사고의 필요성이 나타나게 될 것이다.

내가 이상적으로 생각하는 문학 비평은 가능하면 현학적인 문자를 쓰지 않으면서 깊이 있는 내용을 알기 쉽게 표현하는 것이다. 그러나 학계에 있는 사람이다 보니 학술적인 말투를 피하기가 어려웠다. 여러 차례 시도해본 끝에 결국 나는 이를 단념하고 펜이 가는 대로 자신의 스타일을 구사하기로 했다. 이에 따라 이 책에 수록한 22편의 글에는 아마도 학술 논문적인 특징이 적지 아니 들어있을 것이다. 그렇지만 동시에 나는 문장 수사를 통해 나 개인의 감정과 관점 내지는 편견을 보여줄 것이다. 이 일련의 글을 쓰는 과정에서 나는 또한 일종의 상징적인 사회 활동으로서 현대소설이 가지고 있는 풍부한 잠재력을 더욱더 실감하게 되었다. 다만 내가 중문판의 머리말에서 지적한 것처럼 한 세기의 절차탁마를 거친 뒤 마침내 소설가들이 이루어낸 클라이맥스 는 어쩌면 앤티클라이맥스이기도 할 것이다. 소설 장르는 일찍이 민심과 사기를 개조하는 '불가사의한' 힘을 가지고 있는 것으로 간주되었다. 그런데 이 새로운 세기에서 '불가사의한' 점은 소설의 힘이 오히려 일종의 사적인 언설의 호소, 일종의 정치한 수공예의 재생에서 비롯된다는 것이다.

이 책의 한글판이 나오는 데 있어서 가장 감사해야 할 분은 부산대학교 김혜준 교수이다. 김 교수는 진중하게 학문에 임하시는 분으로, 현대 중국문학 에 대해 정통할뿐만 아니라 특히 근년에는 화어계 문학의 번역에도 힘을 쏟아 한국에서 제법 반향을 불러일으키고 있는 것으로 안다. 김 교수와 함께 이 책의 출간에 참여해준 한국연구재단 관계자 및 학고방출판사의 동인에게도 감사드린다. 그리고 물론 내가 가장 충심으로 경의를 표해야 할 분은 22인의 작가들이다. 그들의 작품이 있었기 때문에 비로소 현대 중문소설이 훌륭하고 다채로운 모습을 보여줄 수 있게 되었다.

2014년 7월
하버드대학에서 왕더웨이

시작하기 전에

1980년대 이래 타이완 해협 양안의 문학은 잇따라 새로운 경지를 보이며 빈번하게 상호 작용을 했다. 그 중 특히 소설의 변화가 가장 다채롭고 다양했다. 혹은 마오 문학의 쇠퇴로 인해 혹은 계엄 해제 정신의 고양으로 인해 새 세대의 작가들은 국가사의 변화를 성찰하고 욕망 의식의 흐름을 관찰했다. 그 심도 있고 감동적인 부분들은 선배들을 넘어설지언정 못 미치지는 않았다.

우리가 현대소설의 과거 창작 환경을 되돌아본다면 정말 이처럼 뭇소리가 제 목소리를 내는 상황을 용인해준 시기는 찾아볼 수가 없다. 정치는 여전히 많은 소설가들이 생각하고 쓰는 대상이지만 그러나 '시대를 걱정하고 나라를 염려하는' 것 외에도 젠더·성애·종족·생태 등의 의제들이 펜대 하에서 그 어느 것 하나 가지가지 대결을 야기하지 않는 것이 없다. 문자와 형식의 실험 자체가 내포하고 있는 길항적이고 조롱적인 태도는 더 말할 것도 없다. 쑹쩌라이·장청즈는 소설로부터 이데올로기적인 진리를 증언하고, 왕원싱·리융핑은 문자로부터 미학의 궁극적인 귀숙처를 찾아낸다. 공산주의적 유토피아에서 모옌·자핑와의 《술의 나라》와 《폐도》가 출현하고, 바이셴융·주톈원의 사생아와 페인이 동성애의 유토피아를 건설하고자 한다. 쑤퉁의 《처첩들》도 있고 리앙의 《살부》도 있다. 더욱 심한 것도 있으니 핑루의 국부는 연애를 하고 장다춘의 총통은 순전히 허튼소리만 한다. 역사는 흩어지고 이념은 양산된다. 저쪽 해안에서는 이를 '신시기'의 난맥상이라고 부르지만 이쪽 해안에서는 이를 '세기말의 화려함'이라고 부르는 것도 무방할 것이다.

20세기는 비록 스스로를 '현대'라고 일컫지만, 문학사관을 확립해나가는 과정에서 옛날을 귀하게 여기고 지금을 하찮게 여기는 분위기가 그 언제 그친 적이 있었겠는가? 루쉰이 절세의 대가로 신화화되는 한편에서 신문학은 마치 그가 처음으로 시작한 이후 갈수록 내리막길을 걷는 것 같다. 그리고 리얼리즘은 모든 것에 대한 만병통치약이 되어 왕년의 인생을 위한 혁명에서부터 오늘날의 토지를 위한 건국에 이르기까지 연면히 이어진다. 다행인 것은 작가의 상상력이 평론가와 역사가의 그것을 훨씬 뛰어넘는다는 것이다. 그들(그녀들)은 창조와 혁신에 용감할 뿐만 아니라 우리들이 '새것을 다시 공부하고' '옛것을 이해하도록' 만든다. 아청·한사오궁의 '뿌리찾기' 소설은 선충원의 풍모가 다시 햇빛을 보도록 만든다. 린야오더·장치장의 타이베이라는 도시에 대한 묘사는 반세기 전의 상하이파 작가에 대해 경의를 표하는 것 같다. 반면에 장아이링의 소설이 세월이 흐를수록 더욱 새로운 것은 곧 장아이링에 심취한 작가들이 제대로 배우고 제대로 활용한 것 때문이 아니겠는가? 사실 문학사적 전승은 무수한 단층들의 조합으로 이루어져 있다. 현대 중문소설 작가의 성취는 꼭 어떤 앞사람과 호응하는 것만은 아니다. 그렇지만 또 바로 이 때문에 그들(그녀들)이 만들어내는 복합적인 관계는 신문학의 전통이 당연히 원래 이처럼 파란만장하고 다채롭다는 점을 더욱 뚜렷이 부각시켜주는 것이다.

그러나 아이러니한 점은 오늘날 소설가들이 드넓은 창작의 길이라는 국면을 맞이하기도 했지만 아마도 동시에 일종의 앤티클라이맥스를 맞이하기도 했다는 것이다. 루쉰에서부터 다이허우잉에 이르기까지, 또 우쭤류에서 천잉전에 이르기까지, 소설가들은 민족적 문화 상상과 긴밀히 연계되어 있었다. 그들(그녀들)의 작품이 유포되거나 금지된 것은 모두 사회적 상징 활동의 초점이 되었다. 영향을 주었다는 면에서 보자면 심지어 진융이나 충야오의 유행 혹은 판매 금지까지도 이렇게 볼 수 있다. 그러나 소설가들이 그 언제 본 적이 있던가? 그들(그녀들)이 하고 싶은 말을 마음껏 할 수 있으면 있을수록 오히려 국가라는 '거대 서사' 속에서 그들(그녀들)의 지위가 하락하게 되는 현상을 말이다. 반세기의 시련을 거친 후 현대 중국소설의 가독성은 나날이 증가하고 있지만 이제 더 이상 왕년의 독자들은 바랄 수가 없게 되었다. 20세기 말 영상문화의 성행은 문제의 일단에 불과할 따름이다.

어떤 장르의 흥성과 쇠망은 기존의 문학사에서도 자주 보는 것이다. 중국 '현대' 소설 역시 20세기와 더불어 과거가 될 것인가? 능력 있는 작가들은 벌써 기회를 틈타 동시에 여러 가지를 다루고 있다. 그들(그녀들)은 미래의 작품을 위해 경험을 축적하기도 하고, 기존의 명망을 빌어 시류에 따라 흘러가기도 하는데, 시비와 공과를 논하기에는 아직 이르다. 이와 동시에 일단의 작가들은 홀로 한 구석에서 천 마디 만 마디 말을 가지고서 한정된 독자들의 찬탄을 이끌어내고자 한다. 글쓰기란 아마도 주톈원이 말한 것처럼 이미 일종의 '사치스러운 실천'이 되어버렸다. 타이완 해협 저쪽의 왕안이는 한 걸음 더 나아가서 《실화와 허구》에서 소설가가 아무 것도 없는 데서 만들어내고 다시 또 있는 것에서 없는 것으로 나아간다는 우언을 설파했다. 자아 창조에서 자아 말소에 이르기까지, 종이 위에는 온통 쓰라린 눈물인가 아니면 황당한 언어인가? 250여 년 전 조설근의 고독한 그림자가 지금 다시 눈앞에 어른거린다. 그런데 내가 기억하기로 《홍루몽》은 원래 한두 사람의 지음에게 보여주기 위해 쓴 것이었다.

이는 아마도 현대 중문소설 최대의 패러독스일 것이다. 소설의 세기적 번영이 이제 막 시작한 것 같은데 어느 사이엔가 사라지려 한다. 시간의 관념에서 말하자면 현대라는 이 시대는 수면에 비친 빛과 스쳐지나가는 그림자처럼 찰나적인 것이다. 그렇지만 시야를 넓혀보면 (문학의) 역사란 곧 무수한 현대라는 빛과 그림자의 투사인 것이다. '현대 중문소설 작가' 시리즈의 출간은 바로 이런 자각을 토대로 하고 있다. 기존의 전집과 총서의 편찬은 회고와 총괄, 대통일을 시도해왔다. 이 시리즈는 이름이 기왕에 현대이므로 처음이나 끝이나 개방적이면서 시대와 더불어 변화할 운명이 주어져 있다. 이 시리즈에서 소개하는 작가들은 모두가 정제된 스타일 또는 실험 정신으로 근년에 들어 광범위하게 높이 평가받는 이들이다. 세기의 교차기, 신구의 교차점에서 이들 현대 중문소설 작가들은 아마도 순간적인 빛살만을 포착할 수밖에 없을 것이다. — 그들(그녀들)은 심지어 어쩌면 마지막 세대에 속하는 소설가들일 수도 있다. 그러나 이야기를 말하는 것이 우리 문화 속의 중요한 상징 표현 활동인 한에서는 21세기의 중문소설의 풍경은 그들(그녀들)로부터 시작하게 될 것이다.

이 시리즈는 편집 체제 면에서 다양한 면모를 유지할 것인 바 작품을 정선하는 것 외에 평론 문장과 작가의 창작 연표도 수록할 것이다. 전문 독자로서 나는 각 작가에 대해 각각의 견해를 가지고 있으며 하고 싶은 말이 없지도 않다. 이런 말들은 각 작품집의 머리말 부분에서 할 예정이다. 평자의 찬탄은 당연히 사람마다 각자 다를 수 있는 일이다. 나 개인의 견해(편견)를 가지고서 작가와 대화하고자 하며, 이는 무엇보다도 이 기회를 빌려 그들(그녀들)에게 경의를 표하고자 함이다. 소설을 쓴다는 것이 쉽지 않은 일이겠지만, 좋은 소설을 읽는다는 것은 참으로 행복한 일이다.

상

하

기이한 현상, 이단의 역사

그녀는 "소외로 소외에 대항하면서 사람들의 영혼 밑바닥에 있는 마치 구곡교1와 같은 어떤 정서들을 써낸다."

– 다이톈1)

스수칭(施叔靑, 1945~   )의 자신의 집과 고향에 대한 인식은 한 차례 대지진으로부터 시작된다. 자전적 소설인 〈불모의 나날들〉에서 그녀는 이렇게 쓴다. "그해 바이사툰의 대지진은," "몇 날 며칠 동안 계속해서 단속적으로 땅·집·용수나무·전봇대를 흔들어댔다." 많은 어른들은 안절부절하면서 노천에서 잠을 잤다. 스수칭은 "태생적으로 호기심이 많은 여자애라서 절의 정자에서 잠들어 있는 사람들을 생각하니 참을 수가 없어서 대체 어떻게 된 건지 보러가야만 했다."

절은 평소 눈에 익은 모습 그대로였다. 오랜 세월로 인해 퇴색한 금색과 홍색의 장식이 한 줄기 암담한 광채를 만들어내고 있었다. 그런데 오늘은 절의 두 문이 굳게 닫혀 있는 것이 뭔가 달라 보였다. 한쪽에는 우람한 수문신 하나가 문간에 선 채 아래를 굽어보면서 보고도 못 본 체하며 두 눈을 부릅뜨고 있어서 절의 분위기가 물씬 풍겼다. – 인간 세상의 모든 고난을 도외시하고 있었다.

---

1 구곡교(九曲橋)란 원래 연못이나 호수에 일부러 이리저리 굽이지도록 만들어놓은 다리다.

칠월의 하늘은 순식간에 밝아져서 금세 환해졌다. 들보에 매달린 낡은 편액이 빛을 받아 유난히 눈길을 끌었다. 나는 저절로 실눈을 뜨고 위를 올려다보았다. 햇빛이 자근자근 내 얼굴을 깨물었다. 편액 위의 '톈더궁'(天德宮)이라는 황금색의 커다란 세 글자가 번쩍번쩍 빛을 발하고 있었다. 그건 정말 무언가를 연상시키는 순간이었다. "절 어귀였어, 절 어귀에 살았더랬어." 그래, 알았다. '톈더궁'의 절 어귀를 중심으로 양 옆에 집들이 있었고, 오른쪽 문간에 방공호가 있는 저 집이 바로 우리 집이었잖아?

이때 대지의 소(地牛)가 다시 한 번 크게 뒤척였다.[2]

이 부분의 글은 특출한 편은 아니다. 그러나 이후 스수칭의 창작의 길을 예견해주는 것으로서는 의미심장하다. 하늘은 어스름하게 빛나고 [지진을 뜻하는] 대지의 소는 어렴풋이 헐떡이는데, '암담한 광채'의 절 앞에는 한 어린 소녀가 그 문을 들어서지 못한다. 뒤로 고개를 돌려 보고서 그녀는 문득 깨닫는다. 신불이 '보고도 못 본 체하는' 두 눈 아래가 바로 그녀의 집이 있던 자리이다. 이 소녀는 절 문의 칠 장식에 깊이 끌리고, 절의 정자에서 여전히 깊이 잠들어 있는 사람들에게 호기심을 느낀다. '정말 무언가를 연상시키는 순간이었다.' 지진이 다시 한 번 요동을 치는 중에 소녀는 순간적으로 깨닫는다. 집과 고향 - 루강 - 의 사람들과 일들. 정원이 깊숙한 퇴락한 집들, 비좁고 음습한 절과 사당의 골목들, 처연하고 볼품없는 시정의 남녀들이 고향의 문화적 풍경을 만들어낸다. 타부와 주술이 미만하고, 신앙과 모독이 교잡한다. 그렇지만 바로 이런 기이하고 타락한 환경이 스수칭의 문학을 계몽하는 전당이 되었다.

스수칭은 1961년의 〈도마뱀붙이〉를 시작으로 근 40년간 창작을 계속해왔다. 초기에 그녀는 고향 루강을 상상의 축으로 삼아 기괴함을 이야기하고 광상을 펼쳐놓으면서 대단히 전위적인 모습을 보여주었다. 그 뒤 인연을 따라 고향을 떠나서 북으로 간 뒤 다시 세계를 주유하게 되었다. 루강에서 홍콩으로, 타이베이에서 뉴욕으로, 과거 매사에 호기심이 많던 여자애는 이미 세상 물정에 훤하고 경력이 풍부한 작가로 탈바꿈했다. 그러나 창작에 전념하는 스수칭의 열정은 아직 끝이 나지 않았다. 그녀의 작품은 종종 평론가들의 다대한 흥미를 불러일으켰다. 모더니즘이든 리얼리즘이든 간에, 또는 페미니즘이든 포스트식민주의든 간에, 아니면 향토문학이든 해외문학이든 간에, 아마도 그녀에게서 모두 그 흔적을 찾아볼 수 있기 때문이다. 스수칭의 창작은 반드시 유행을 따르는 것은 아니지만 그러나 언제나 전업 독자들의 욕망에 꼭 들어맞았다. 이는 그녀가 당초에 예상하지 못한 부분이겠지만, 사람을 관찰하고 사물을 서술하는, 그리고 시대와 더불어 나아가는 그녀의 재능을 간접적으로 설명해주는 것이기도 하다.

그런데 변함이 없는 것은 그녀의 물질세계에 대한 미련, 인성과 정욕에 대한 탐닉, 그리고 고향의 암담하면서도 고혹적인 풍경에 대한 집념이었다. 이는 모순으로 충만한 창작 위치였다. 그녀의 물욕에 대한 조롱과 경고, 인간 욕심에 대한 경계와 연민이 시종일관 잊지 않고 존재하기 때문이다. 또 도시 및 이국에서 목격한 것을 대량으로 서사한다는 것은 어쨌든 어린 시절 고향에서 경험한 것에 대한 길항의 태도를 암시해준다. 주목할 만한 것은 스수칭의 최상급 일부 작품들은 바로 이러한 모순들 속에서 탄생했다는 점이다. 마치 오랜 세월 이전 그 어슴푸레한 여명 무렵에 절 어귀에 서서 사방의 인간 세상을 두리번거리던 소녀는 여성작가가 되기 위해 이미 창작의 자세를 예습하고 있었던 것 같다.

1. '소외'의 계보

스수칭의 작품은 그로테스크하고 부조리한 특징을 가지고 있는데, 그녀가 17세에 처음으로 솜씨를 선보인 〈도마뱀붙이〉에서 벌써 그 단초를 볼 수 있다. 이 소설에서 폐병을 앓는 어린 소녀는 한 성년의 여인 – 올케 – 이 어떻게 육욕과 패덕의 행위로 이미 몰락해가는 가정의 훼멸을 가속화시키는가를 목격한다. 소녀는 폐쇄적이고 금욕적인 공포 속에 빠져서 온갖 공상을 다 하게 된다. 그녀는 밤마다 "색이 칠해진, 번들거리는, 경직된 가면"들이 응접실에서 춤을 추는 꿈을 꾸며, 올케의 잠자리에서 들려오는 소리 때문에 엎치락뒤치락하며 불안해한다. 올케의 풍만한 자태는 그녀에게 "벽에 거꾸로 들러붙어있는" 황색 반점이 있는 갈색의 커다란 도마뱀붙이를 떠올리게 만든다. 결국 어느 날 히스테리가 발작한 소녀는 올케의 침실에 뛰어든다. 침대에는 남녀가 드러누워 있는데, "새끼를 밴 거미 두 마리가 침대 가장자리에 어지러이 늘어뜨려진 여인의 머리카락 사이로 기어다니고 있었다." 소녀는 수치스러운 나머지 가위를 집어 들어 "그 더러운 곳을 향해 집어던졌다." 그 후 그녀는 꿈속에서 늘 회색의 거대한 거미줄을 보게 된다. 그 가운데에는 2,30마리의 도마뱀붙이들이 여기저기 들쑤시고 다니는데, "갑자기 놈들은 차례로 다리와 꼬리를 끊어서 내 얼굴과 몸에다 뿌려댄다. 나는 아래로 아래로 빠져들기 시작해서 시체들 가운데로 빠져든다."[3] 그런데 이야기의 틀이 또한 주목을 끈다. 소녀는 결혼 후 뜻밖에도 전에는 거부했던 음란함에 대해 애매한 동경을 갖는다. 여기서 암시하는 도덕적 패러독스와 인물의 반의식적인 풍자는 스수칭이 거듭해서 발전시켜 나갈 주제였다.

〈도마뱀붙이〉 이후 스수칭은 다시 〈능지의 억압〉, 〈백자 관음상〉, 〈진흙 불상들의 잔치〉 등의 작품을 썼다. 그녀의 광기, 외설, 죽음에 대한 과장적인 탐닉은 더욱 심해진다. 바이셴융은 스수칭의 한 소설집에 서문을 쓰면서 이렇게 말한다. 그녀의 세계는 "이미 부패된 악몽과 같은 세계이며, 그 속의 인물들은 모두 육체적, 영혼적으로 또는 정신적으로 상처받은 비정상인들이다." 이들 비정상인들은 어느 누구와도 소통할 수 없고, "그들은 단지 각기 캄캄한 황무지에 서서 죽음의 신을 마주보고 혼자 중얼거릴 뿐이다."[4] 스수칭은 이상 심리의 조숙한 소녀 외에도 "언제나 문 뒤에 숨어서 구부정한 몸을 한데 포개고 있는" 백치((백자 관음상)), 밤낮으로 헝겊인형을 꿰매면서 헝겊인형의 얼굴에 "검은 잉크로 커다란 박쥐를 그려 넣고 있는" 미친 어머니((능지의 억압)), 협곡의 현수교에 거꾸로 매달려 있는 페인트공((거꾸로 놓인 하늘 사다리)), 햇빛을 받으면서 스스로 자기 몸의 살갗을 뜯어내는 소녀((불모의 나날들)) 등을 썼다. 생명의 어두운 구석 자리에 갇혀있는 이 사람들의 몸과 마음에 대한 왜곡·변형 그리고 최종적 훼멸은 무언의 항의였다. 스수칭은 일찍이 그녀가 흠모하던 뭉크의 명화 (절규)를 언급한 바 있다. 극도로 선이 짓눌려 있고 일그러져 있는 유령 모양의 인체가 메마르고 요동치는 세상 한가운데서 절규하는 자세를 취하고 있지만 그러나 그것은 오히려 분명히 절망적인 시도, 소리 없는 빈 몸짓이다.[5]

스수칭의 초기 작품은 워낙 자기 식인 데다가 모더니즘적인 반항의 색채가 강렬하여 자연스럽게 끊임없이 비평가들의 분석이 이어졌다.[6] 그 중 가장 안목이 뛰어난 사람으로는 먼저 스수 – 스수칭의 맏언니 – 를 들 수 있다. 스수는 페미니즘과 정신분석학의 시각에서 스수칭 작품 속의 구속과 전복 의식을 검토한다. 그녀의 은폐성 강한 상징, 절제 없는 공상, 출구 없는 구성은 한편으로는 이성적이고 매끄러운 가부장적 거대 서사에 대한 작가의 회의와 반발을 설명해주고, 한편으로는 기성의 언어 환경 속에서 어찌해야 할지 몰라 허장성세하는 그녀의 교착 국면을 암시해준다.[7] 이구동성으로 스수칭이 '괴기', '전복'을 능사로 한다는 것을 칭찬하는 페미니즘적 비평가들에 비하자면 스수의 평론은 두말할 나위 없이 훨씬 분별력이 있다. 그녀는 우리에게 스수칭의 서사 전략이 아무튼 더욱 큰 역사적 틀에 의해 결정되고 있으며, 여성의 구속과 전복은 젠더적인 '게임이 곧 정치'라는 상투적인 말만 가지고는 스스로의 주장을 합리화할 수 없다는 점을 깨우쳐준다. 확실히 〈불모의 나날들〉과 같은 작품을 돌이켜보자면 우리는 2차 대전 후 타이완 각 지역의 쇠락한 경제 구조와 문화 정치상의 애매한 상황을 잊어버릴 수 없다. 이 밖에 1960년대의 모더니즘과 향토주의 사이의 복잡한 이데올로기적 변증법 역시 언제나 스수칭의 행간에 새겨져 있다. 그녀의 인물들, 예컨대 〈욥의 후예〉의 장룽, 〈거꾸로 놓인 하늘 사다리〉의 판디린 등은 사회적 분열 속에서 '학대받는' 소인물들이자 실존주의식의 부조리한 영웅들이다.

더욱 중요한 것은 스수칭의 작품이 (자아) 전복 및 비판 끝에 결국은 겹겹이 내재되어 있는 충돌을 해결하지도 못하고 해결하고 싶어 하지도 않는다는 점이다. "언제나 갑자기 멈추어버리는 그 무정부주의식 결말은, 페미니즘 비평에 의해 항상 모범으로 떠받들어지는바 '왜곡의 방식으로 진리 전체를 밝혀내는 것' 외에도, 어쩌면 이미 생명이 다한 부르주아 사회에 대한 형식적인 전도에 불과할 수도 있다. 그리고 뒤집고 엎고 한 전도의 결과로서 그것의 실제적 의미 또한 그녀의 감각 속 '불모의' 부르주아 휴머니즘과 그 생활에 대한 타협과 순종에 불과할 따름이다!"[8]

스수의 논점에는 그 일관된 좌익적 입장이 들어있다. 그러나 스수칭에 대한 그녀의 비판은 사실 한 마디로 정곡을 찌르는 바가 있다. 이로부터 추론해볼 때 스수칭이 다룬 것은 사회의 소외 현상이며 그녀의 창작 활동 및 성과 또한 불가피하게 (자아의) 소외 징조를 부각시키고 있다고 우리는 말할 수 있다. 이는 부르주아식 창작의 전형적인 진퇴양난이었다. 그러나 우리가 만일 좌익적 이론의 공식에 집착하지 말고 스수칭이 창작의 각 단계에서 인간과 사회, 역사 사이를 다룬 방법을 자세히 검토해 본다면, 우리는 사실 일종의 '소외'의 계보학을 형성하고 있는 적잖은 단서를 발견할 수 있다.

스수칭의 작품은 서로 연관된 두 가지 비평 시각에서 살펴볼 수 있다. 그로테스크(grotesque)의 미학과 괴기(gothic)의 서사 법칙이다. 앞의 예들에서 보여주듯이 스수칭의 세계는 문화, 자연의 관계가 파편화하는 세계로, 오독이 횡행하고 인간과 귀신이 내왕하는 온통 말세적인 분위기다. 그로테스크 미학을 연구하는 학자 볼프강 카이저는 서양에서는 낭만주의 이래 그로테스크 미학이 장악하고 있다고 지적한 바 있다. 그로테스크는 세계의 "기계·식물·인간·동물 등 각종 원소가 뒤죽박죽된 결합에서 비롯되며, 우리 세계의 지리멸렬한 투영을 표출한다." 그로테스크는 일종의 애매한 효과로, "균열된 힘의 작동 하에서 우리가 보기에 친숙하고 조화로운 세상일에 대해 낯설게 느끼기 시작해서 그 속을 관통하고 있는 순환적인 의미를 깨트려 버린다."9) 세상사에는 항상 짝이 있듯이 서양 낭만주의의 유풍은 괴기 소설을 낳았다. 이 부류의 작품들은 대부분 고딕식 성채를 배경으로 하여 전설을 이야기하고 유령을 다루면서 일련의 음산하고 미스터리한 이야기를 만들어 낸다. 앤 래드클리프, 메리 셸리 등은 모두 그 중의 고수이다. 이런 괴기 소설은 특히 여성 작가와 작품 속 여성 인물의 애증이 뒤섞인 표현을 부각시키면서 그녀들의 젠더 신분, 결혼, 죽음의 욕망과 공포를 투영하고 있다. 이에 따라 오늘날 이미 페미니스트들이 반복적으로 논하는 주제가 되었다.10)

'그로테스크'와 '괴기'에 대한 연구는 부동한 맥락으로 파생될 수 있다. 프로이트파 학자들이 말하는 바 친숙한 것 같으면서도 낯설어 알 수 없는 '두려운 낯설음'(uncanny)²은 심리 주체의 자아 소외적 숙명을 가리킨다. '집'에서 가장 일상적으로 겪는 경험이 끝없는(그리고 '집'이 없다는) 공포스러운 전율의 근원이 될 수 있다.11) 세기말 문화에 정통한 비평가들은 그로테스크

2　'두려운 낯설음'에 관해서는 이 책 제15장 황비원의 관련 부분을 참고하기 바란다.

와 퇴폐·말세학 및 정신의 관능적 소모와의 관계를 간파하고 있는 것이다.[12] 그러나 그로테스크가 도대체 현대 문명 및 문학의 병폐인지 혹은 강력한 비판적 의식을 갖춘 '부정의 미학'인지는 서양 마르크스주의 학자들이 오랜 기간 계속해서 논쟁을 이어온 이슈이다. 이 외에도 미하일 바흐찐이 갑자기 나타나서 그로테스크 리얼리즘은 신체, 생식 및 사회와 자연의 하부로 돌아가려는 충동이라고 말하면서, 또 일종의 사회적 자아의 부활(그리고 속죄)의 카니발적인 힘이 그 속에서 솟구쳐나온다고 주장한다.[13]

다른 한편으로 페미니스트들이 괴기 소설에 대해 커다란 수확이 있었던 것 외에도 근년의 포스트모던적 학술 분위기 속에서 질 들뢰즈로부터 미셸 푸코에 이르기까지 모두 신체와 환각, 실상과 환영 등의 이슈에 대해 논한 바 있다.[14] 장 보드리야르의 시뮬라크룸(simulacrum) 이론은 심지어 모든 근대 및 전근대주의적 집념을 일거에 정리하려고 시도한다. 그는 포스트모던의 사회에서는 환상이 육신을 대신하며, 유령이 인간 세상에 떠돌고 있다고 강조한다.[15] 그리고 해체학의 대가인 자크 데리다는 동유럽의 해체 및 독일 통일 후 마르크스주의의 공과를 되새겨보면서 더욱 직접적으로 지적한다. 사실 마르크스의 유령(specter)은 사라지지 않고 있다. 이 세기말의 정치 경제적 마지막 국면에 대처하면서 우리는 마르크스에 대해 퇴마 의식을 진행함과 동시에 초혼 의식을 거행하고 있다. 역사가 변환되고 의미가 변이되는 틈새에서 우리는 계몽 시대 이래의 근대화 및 근대성의 유산을 사고해야 하며, 또 '추모'적 문법 및 윤리학을 다시금 전개해야 한다.[16]

아마도 스수칭을 논할 때면 이러한 이론들이 모두 활용 가능할 것이다. 그러나 나는 스수칭이 대표하는 또 다른 문화적 상상의 전통 역시 중시할 만하다고 생각한다. 현대 중국문학은 계몽·혁명의 외침과 '현실'·'사실'주의를 규범으로 삼으면서, 불가사의하고 괴이한 것은 줄곧 경계 바깥으로 배제해 버렸다. 초기에 스수칭은 〈불모의 나날들〉에서 스스로 이단으로

자처하면서 전적으로 기이한 현상과 기이한 부류의 기묘한 징조, 그리고
기이한 성별 - 여성 - 의 깊숙한 심사를 썼고, 이 때문에 일종의 중요한
'나쁜 소리'를 대표했다. 이 '나쁜 소리'의 전통은 루쉰에게까지 거슬러 올라갈
수 있다. 그가 중국 문명 속에서 사람이 사람을 잡아먹는 파티를 상상하거나
(〈광인 일기〉), '퇴폐의 선상에서 떨고 있는' 늙은 여인네를 걱정하거나(《들풀》[3]),
폐원의 묘비 사이에서 썩은 시체라는 괴이한 사물을 맞닥뜨렸을 때(〈묘비문〉),
루쉰은 우리에게 집단 의식의 밑바닥에 존재하는 미혹과 공포를 일깨워준
다.[17] 그러나 스수칭이 좀 더 의식적으로 계승한 선배 작가는 장아이링임에
틀림없다. 스수칭은 솔직하게 자신이 '장아이링 팬'이었다고 말한 적이 있
다.[18] 그녀가 일심으로 장아이링의 물질주의를 모방하여 더욱 발전시켜
나간 것 말고도 장아이링을 배우면서 가장 깊이 깨달은 바는 아마도 멀쩡하게
살아 있는 세계를 '죽어 버리도록' 만든 것이 아닐까? 죽음은 삶의 종말이
아니라 시작이다. 그 어두운 사후의 세계에는 '끝없는 황량함, 끝없는 공포'가
존재한다. 그러나 이것이야말로 이 여성 작가가 나쁜 소리를 발하면서 유유하
게 추구하고 있는 장이다.

　나는 장아이링과 현대의 여자 '귀신' 작가의 관계를 논하면서, 스수칭의
초기 루강 이야기든 아니면 훗날 홍콩 이야기든 간에 그 밑바탕에 있는
장아이링 말투는 사실 일맥상통한다고 말한 적이 있다.[19] 고향의 퇴락하고
침울한 기억은 그녀가 단 한순간도 잊을 수 없는 '영혼의 지리지'의 초점이고,[20]
번화한 저자거리의 광채는 제 아무리 현란하고 눈부시더라도 항상 일말의

3　'퇴폐의 선상에서 떨고 있는' 늙은 여인네 이야기를 다룬 〈무너진 선의 전율〉의
　한글본이 《들풀》, 루쉰 지음, 유세종 옮김, (서울: 솔출판사, 1996) ; 《루쉰전집
　3: 들풀 아침 꽃 저녁에 줍다 새로 쓴 옛날이야기》, 루쉰 지음, 루쉰전집번역위원회
　옮김, (서울: 그린비, 2011) 등에 실려 있다.

귀기 어린 처연함이 있다. 스수칭의 괴기스러운 인물이 등장할 시간이다. 할머니 시체의 둥그런 얼굴에는 흡사 '한 마리 커다란 박쥐'가 떠오르는 듯하고(〈능지의 억압〉), 모던한 미녀는 밤이 되면 주인 없이 떠도는 영혼이 된다(〈사랑 떠보기〉). 그러나 스수칭은 스승 할머니의 예리하게 조소하는 능력은 마음속으로만 동경할 수밖에 없다. 인간 세상에 대한 그녀의 괘념과 연민이 그녀로 하여금 속념이 무성하여 벗어나기 어렵도록 만든다. 그리고 바로 이 때문에 그녀는 자기 자신의 길을 가게 된다.

　스수칭의 '그로테스크'와 '괴기' 서사학에 대한 운용은 또한 우리에게 고전 중국 문학과 문화 속의 지괴와 술이라는 전통4을 떠올리도록 만든다. 스수칭이 그녀의 전승을 설명한 적은 없지만 그녀의 소설 속 인물들의 이미지를 자세히 살펴보면 우리는 사실 고전 민간 신앙 및 전기5의 영향이 존재하지 않는 곳이 없음을 발견할 수 있다. 그녀의 초기 작품에 만일 무녀·박수무당·광인 등 불가사의하고 괴이한 것들의 도움이라든가 갖가지 민속 의례와 금기에 관한 서술이 없었더라면, 아마도 그녀의 '모더니즘'적 기법이 가져오는 충격과 부조화를 분명하게 보여주지는 못했을 것이다. 그 뒤 그녀는 홍콩에 체재하는 동안 예술품 수장과 예문 활동에 관여하는데, 틀림없이 〈요변〉, 〈퇴마〉, 〈사랑 떠보기〉와 같은 이야기들의 모티프를 낳았을 것이다. 이 소설들은

4　지괴(志怪)란 주로 위진남북조 및 한나라 시대에 나온 신선과 귀신 따위와 관련된 기이한 이야기를 가리킨다. 술이(述異) 역시 이런 유의 이야기를 가리키는데, 이런 이야기들을 모은 책의 제목에서 유래한다.

5　전기(傳奇)란 원래 기이한 이야기를 퍼뜨리는 것에서 유래하는 용어로, 일반적으로는 당송 시대의 문언 단편 소설을 지칭하며, 송원 시대의 일부 희곡이나 명청 시대의 장편 희곡을 지칭하기도 하고, 또 때로는 중세 유럽의 기사도 이야기를 지칭하기도 한다. 넓은 의미에서는 사건 전개가 파란만장하고 주인공의 행위가 비범한 소설을 가리킨다. 이 때문에 '전기적인 인물', '전기적인 사건'이라고 하면 비유적으로 드라마틱한 인물이나 사건 또는 전설적인 인물이나 사건을 뜻한다.

제목으로 미루어볼 때 전통 공예, 종교 의식, 전통극의 기이한 모습과 기이한 이야기로부터 영감을 받았을 것이다. 바이셴융은 고전의 괴기 미학과 스수칭의 연원을 지적한 몇 안 되는 논자 중 한 사람이다. 그는 스수칭의 초기 작품을 예로 들면서 시의 귀신이라 불리는 이하의 "남산은 어찌 그리도 서글픈지, 궂은비만 황량한 들풀에 흩뿌리누나"가 주는 이미지에 비견했다.[21] 스수칭이 역사의 틈새에서 세속 남녀들의 인간도 아니고 귀신도 아닌 난감한 처경을 즐겨 묘사한다는 점을 감안해볼 때, 우리는 풍몽룡의 '삼언' 소설6 중의 명구인 "태평 세상에서는 인간과 귀신이 서로 나눠지고, 지금 세상에서는 인간과 귀신이 서로 뒤섞이도다."[22]라는 말에 연결시켜 보아도 무방할 것이다.

그런데 스수칭이 인간 세상과 귀신 세계를 똑같이 보는 것은 결국 때때로 300년 전 이사씨(異史氏)7 – 포송령 – 의 탄식에 호응하는 점이 아닐까? 포송령은 이른바 "귀신과 빛을 다투지만" "귀신이 보고 비웃는다"라고 말하면서[23], "남들이 추어주는 말에 혹하지 아니하고" 가물거리는 도깨비불들 사이에 그의 고독한 울분을 기탁하였으니, 이로써 정사 외에 이사(異史) 즉 이단의 역사를 이루어냈다. 나는 스수칭과 《요재지이》 사이의 직접적인 영향을 암시할 생각은 없다. 포부, 문채 및 역사관 어느 것을 두고 말하든 간에 양자 사이에는 커다란 차이가 있다. 그러나 우리가 스수칭의 작품에 대해 어떤 문학사 및 이론의 근거를 찾고자 애쓴다면, 중국의 고전에서부터 현대까지의 그로테스크 전통 및 그 속에 함축된 전복적 동기를 간과해서는 안 될 것이다. 그리고 이 몇 년간 스수칭은 의도적으로 그녀의 시야를 확대해서

---

6   명나라 사람인 풍몽룡의 대표작은 단편소설모음인 《유세명언》, 《경세통언》, 《성세항언》으로 이를 합쳐서 '삼언'이라고 한다.

7   포송령은 수많은 괴이한 일을 쓴 자신의 《요재지이》는 정사가 아닌 이사이므로 따라서 자신은 이사씨라고 말했다. 《요재지이》의 한글본으로 《요재지이》, 포송령 지음, 김혜경 옮김, (서울: 민음사, 2002)가 나와 있다.

여성·이향·이국적 글쓰기에서 '소외'적 현상을 찾고 있다. 그렇다면 아마도 이사씨가 저승의 외로운 넋들 사이에서 세상사의 방법과 감회를 참고했던 것이 여전히 한 가지 길이 될 수 있으며, 그녀가 계속해서 노력해볼 만한 것이리라.[24]

1980년대 이래 중국 대륙과 타이완, 홍콩 및 말레이시아 화인 작가들은 다시 부조리와 마술적 리얼리즘 서술에서 새로운 국면을 만들어낸다. 타이완 의 중링(《숙명의 연인》)과 위안충충(《공포시대》), 말레이시아 출신인 타이완 의 황진수(《캄캄한 밤》)와 리쯔수(《천국의 문》), 홍콩의 중샤오양(《여한의 전설》)과 황비윈(《열녀전》) 등이 모두 좋은 예이다. 그리고 대륙의 작가로는 찬쉐(《노쇠한 뜬구름》)에서부터 쑤퉁(《보살녀》)까지, 위화(《고전적인 사랑》) 에서부터 모옌(《수다》)까지, 다시 왕안이(〈천생의 짝〉)까지, 그들은 더 나아 가서 귀신과 괴기에 근거해서 '마오' 이후 '마오를 쓰지 않는' 서술의 정치적 필요성과 미학적 필요성을 새롭게 정의한다. 이들 작가에 비해 볼 때 1960년대 초에 두각을 나타냈던 스수칭은 오히려 진짜 기풍을 선도한 사람이다. 그런데 1990년대 후 스수칭은 정반대로 문필이 갈수록 리얼리즘에 가까워진다. 그녀의 성과는 '홍콩 3부작'(《그녀의 이름은 나비》, 《온 산에 가득 핀 자형화》, 《적막한 저택》) 및 신작인 《살짝 취한 듯 보이는 화장술》에서 어느 정도 살펴볼 수 있다. 그러나 나는 그래도 그녀의 작품에서 가장 주목을 끄는 부분은 삶의 세절 속에서 사람들이 보고도 아무렇지 않게 여기는 기이한 조짐과 기이한 현상을 찾아내고 묘사한 데 있다고 생각한다. 장아이링 투로 말하자면 그녀는 의도적으로 일상생활 속에서 '아닌 것', 심지어 '공포스러울 정도로 아닌 것'의 흔적[25]을 찾아낸다. 그래서 우리는 묻게 된다. '괴기'와 '기이'란 도대체 무엇인가? 분열된 주체인가? 억압된 기억과 욕망인가? 이성의 울타리 바깥으로 쫓겨난 금기와 광기인가? 아니면 남성 중심이 여성을 방어하 는 알레고리인가? 그녀는 이로부터 정치, 젠더 그리고 생산 관계에서의 소외라는 갖가지 어긋남을 관찰한다. 또한 다년간의 노력 끝에 점차 이단의 역사에 속하는 그녀 특유의 세기말식 역사관이 드러나기 시작한다.

2. 즐거운 세상

스수칭은 창작을 시작한 후 초기 10년 동안 많은 형식을 실험해 보았다. 그로테스크를 과장한 모더니즘식 실험 외에도 그녀는 〈동요하는 사람〉, 〈연못의 물고기〉, 〈안치쿵〉과 같이 비판적 의미를 가진 사실적 작품을 시도해 보기도 했다. 그녀는 심지어 향수를 담고 있는 중편소설 《워낭 소리 울리고》(얼마나 정감어린 제목인가!)를 출판하기도 했다. 이들 작품은 그 수준은 고르지 않았지만 형식과 제재를 망라하려는 작가의 흥분과 불안을 반영하고 있다. 1970년대 초 스수칭은 뉴욕에서 돌아와 〈'완벽한' 남편〉과 〈창만이의 하루〉 등의 작품을 발표한다. 〈'완벽한' 남편〉은 양성 관계 및 혼인에 대한 조롱이고 〈창만이의 하루〉는 이국의 고독한 인물에 대한 소묘인데, 비록 각각 뛰어난 부분은 있지만 훌륭하다고 할 수는 없다. 〈창만이의 하루〉는 스수칭이 개인적으로 상당히 편애하는 것 같다. 소설에서 창만이는 운명이 기구하며 이에 따라 이해관계에 밝은 성격을 가지게 된다. 그녀는 홀몸으로 뉴욕에서 허드렛 일을 하면서 자신도 모르게 연하인 한 젊은이의 육체에 이끌린다. 이는 장아이링의 〈늦더위와 아샤오의 슬픈 가을〉[8]과 바이셴융의 〈위칭 아줌마〉에 양념을 가한 뉴욕판이다. 스수칭이 유학생 소설을 쓰지 않고 눈길을 돌려

8　〈늦더위와 아샤오의 슬픈 가을〉의 한글본이 〈아샤오의 슬픔〉이라는 제목으로 《경성지련》, 장아이링 지음, 김순진 옮김, (서울: 문학과지성사, 2005)에 실려 있다.

중년 여성의 성적 초조감에 주목한 것은 기록해둘 만한 성과다. 그 외에 정욕의 미묘하고 깊숙한 곳에 대한 그녀의 솜씨에는 아직 완숙함이 결여되어 있었다.

내가 주목하는 것은 오히려 〈창만이의 하루〉에서 점점 뚜렷해지고 있는 스수칭의 이향/이국적 시야이다. 글로벌 자본이 빠른 속도로 움직이고 있는 사회에서 인력의 수출이 이미 상품 교환의 일환이 되었다. 창만이와 같은 타이완 하층 사회의 여성이 인연을 따라서 뉴욕의 저택에 와서 허드렛일을 하게 되는데, 그녀가 겪는 바는 타이완 경제 기적의 또 다른 한 장을 이루는 것이다. 창만이가 스스로 숙원을 이루었다고 여길 무렵 뜻밖에도 그녀는 자신의 욕망이 이미 원만하지 않게 되었음을 발견한다. 원래는 이 타이완 아주머니의 울화가 특별한 것은 아니지만, 뉴욕이라는 물욕이 횡행하는 이런 도시에 놓고 보니 우리는 또 다른 시각으로 보게 된다. 홀로 이국에서 이객이 됨으로써 창만이의 희비극은 1970년대 타이완의 정욕과 경제 주체의 소외라는 한 가지 사례가 되는 것이다. 그러나 '휴일'의 '하루'를 보낸 후에 그녀는 다시 끊임없이 순환하는 도시의 노동 생산적 기제 속으로 되돌아가야만 한다. 창만이의 이야기는 갑자기 중지되어 버리지만 그녀가 수반하는 자본주의적 경제 식민의 풍조, 여성의 여행과 초국적인 (육체의) 교환, 그리고 성과 상품의 어지러운 얽힘 등의 문제는 향후 홍콩을 배경으로 하는 이야기 속에서 끊임없이 분출하게 된다.

1979년에 스수칭은 홍콩으로 이주한다. 동양의 진주라는 특수한 정치 역사적 지위, 맹렬한 기세의 소비 풍조, 그리고 오방잡처에서 온 각양각색의 사람들은 생각건대 그녀의 시야를 크게 넓혀주었을 것이다. 그리고 그 뿐만 아니라 그녀가 몸담았던 경제계와 문예계에서 보고 들은 바는 기이한 이야기, 기이한 일에 대한 그녀의 일관된 호기심을 채워주었을 것이다. 그녀의 이야기 가 어찌 다른 것을 추구할 틈이 있었겠는가? 홍콩 자체가 난세의 기이한 결정체이자, 기 드보르가 말하는 '스펙터클26)'인 것을. 이후 16년간 스수칭은 홍콩 사람들의 소위 '즐거운 세상의 대열에 참여해서 물질세계의 화려한 탐험에 심취하고, 또 그때마다 거기서 벗어나 주변 인물들이 화내고, 의심하고, 원망하고, 탄식하는 것들을 관찰한다. 그 결과가 '홍콩 이야기'라는 이름이 붙은 일련의 단편소설과 중편소설《빅토리아클럽》및 장편소설 '홍콩 3부작'이다.

1981년 여름, 스수칭은 '홍콩 이야기'로 이름 붙인 일련의 단편소설들을 발표하기 시작한다. 첫 편인 〈수지의 슬픔〉은 식민지의 미녀와 시정의 장사꾼 사이에서 벌어지는 일단의 사련을 묘사하는데, 이미 홍콩 풍정에 대한 스수칭의 독특한 시각이 드러난다. 그녀는 먹고 마시는 것, 남자 여자의 일, 노래하고 춤추는 것, 놀이하고 노름하는 것에 대해 끝없는 호기심을 가지고 있다. 그러나 스수칭은 표면적인 소란과 흥분의 밑바닥에서 초라함과 쓸쓸함을 본다. 영원한 사랑의 맹세란 뜨내기 인연의 전주곡에 다름 아니며, 모든 찬란한 광채는 결국 바다 위의 신기루일 따름이다. 홍콩의 시간은 빌려온 시간이고, 홍콩의 역사는 해체되고 있는 역사이다. 스수칭이 묘사하는 치정의 남녀들은 그 속에서 부유하며 총총히 만났다 흩어진다. 그들은 가장 외설적이고 방종한 형식으로 이 땅의 번화함과 숙명을 증명한다.

〈수지의 슬픔〉의 남녀 주인공은 오다가다 우연히 만나서 일단의 사련을 맺는다. 방탕인지 애정인지, 자학인지 가학인지, 그야말로 끝낼 수도 없고 정리할 수도 없다. 여주인공 수지는 밤 내내 모래사장을 배회하다가 마침내 구역질을 해대는데, 이 인물에 대한 스수칭의 (거리가 없지는 않은) 공감을 보여준다. 또 〈요변〉은 한 골동품 수장가가 오래된 무덤 같은 집을 지키고 앉아 그의 골동품 장식장에 또 한 가지 물건 - 여인을 추가하려고 하는 것을 묘사한다. 소설에서 여주인공이 치정에 빠져들었다가 깨어나는 과정은 황홀해서 죽을 지경이었다가 죽음 속에서 되살아나온다는 식의 멋진 드라마이다. 이는 개량판 흡혈귀 이야기였다. 페티시즘, 소외, 사망의 주제는 〈찾기〉

에 이르러 진일보한다. 아이를 낳을 수 없는 귀부인이 이리저리 찾아 헤매면서 '완벽한' 고아 여자 아이를 찾아 입양하고자 하지만 그녀의 계획은 결국 실패로 끝이 난다. 스수칭은 애정의 거래를 하던 끝에 혈육의 정까지 거래하게 되는 홍콩 상류 사회의 괴이한 현상을 담담하게 몇 마디로 풍자한다. 그 밑바닥에 감추어져 있는 것은 위선에 대한 그녀의 도덕적인 비판과 더불어서 경제 및/곧 윤리에 대한 깊은 성찰이다.

스수칭의 〈전통극 모임〉과 〈사랑 떠보기〉는 홍콩에 사는 상하이 사내들 사이의 내왕을 묘사하고 있는데 각기 돋보이는 점이 있다. 〈전통극 모임〉에서는 음악 소리가 울려 퍼지는 중에 판이 벌어지자 남자 여자들이 즉석에서 어울리면서 서로 머리를 굴려가며 상대하는 수완이 정말 사람들로 하여금 넋이 나가도록 만든다. 한편 〈사랑 떠보기〉(쓰촨성의 전통극인 《왕괴가 계영을 저버리다》에서 비롯된 것이 분명하다)는 화류계의 두 여자가 시샘으로 티격태격하는데, 결국에는 사랑 놀음의 피곤함과 비참함을 증명해주는 것에 다름 아니다. 그 밖에 〈원통〉은 전혀 의외의 작품으로 한때 약간 인기가 있었던 연예인이 오진으로 인한 남편의 죽음을 사방에 호소하러 다니는 모습을 그리고 있다. 이는 원래 자본주의 사회에서 고통 받는 소시민이라는 식의 좋은 소재이지만, 스수칭은 이를 망상·헛소리·이상한 행동이 넘쳐나는 정신병 사건으로 만든다. 여성은 이렇게 사람이 사람을 잡아먹는 정글 속에서 부당한 일을 당하고 정신까지 상실하게 되는 것이니, 정신 이상은 최후의 고발인 것이다. 그러나 스수칭이 도대체 이 여성의 운명 자체에 관심이 있는지 아니면 그녀의 운명이 보여주는 공포스러운 모습에 관심이 있는지에 대해서는 우리로 하여금 거듭 생각해 보도록 만든다.

'홍콩 이야기'의 압권은 〈황혼의 별〉이다. 이 소설은 스수칭의 장기인 기형적 사랑이라는 구성을 가지고 있지만 배경은 베이징으로 되어 있다. 1997년 홍콩 반환의 시한이라는 연막 속에서, 한창 때가 지나가고 있는 우리의 여주인공 역시 계속 북상하여 그녀 자신의 베이징의 봄을 찾아간다. 홍콩의 '여자 귀신'은 베이징의 화가가 "그녀의 농익어버린 피곤한 내부에 싱싱한 피를 주입해 주기를" 필요로 한다. "그녀의 새로운 탄생은 언제나 남자를 통해서만 완성되었다." 이번의 연애는 애매하다. 그러나 결국 격정이 둘 사이의 결합으로 이어지지는 못한다. "하룻밤 놀이"식의 만남은 장면이 바뀌자 어색하기 짝이 없다. 사랑 이야기라는 점에서 말하자면 〈황혼의 별〉은 사실 감정 과잉의 기미가 있다. 그러나 '홍콩 이야기' 시리즈의 하나라는 점에서 이 작품은 우리로 하여금 그것을 하나의 우언으로 간주하여 그 아래에 담겨 있는 역사적 정치적 동기를 생각해 보도록 만든다. 〈황혼의 별〉이 남녀간 정욕의 결합에서 시작하지만 이데올로기 차원의 주고 받고의 얽힘을 이끌어내는 것은 정말 의미심장한 것이었다.

스수칭의 이 시기 가장 중요한 작품은 중편인 《빅토리아클럽》[9]이다. 이 작품은 원래 스수칭이 이 무렵 구상 중이던 '홍콩 3부작'의 한 부분이라야 했지만 독립적인 작품이 되었을 뿐만 아니라 또 대단히 뛰어나다.

소설은 1981년 2월 11일 홍콩 빅토리아클럽의 매니저 윌슨과 구매주임 초위와이가 공모, 수뢰한 추문이 터져 나오면서 시작된다. 어느 날 클럽에 근무한 지 8개월밖에 안 된 직원 쌈쳑이 두 직속 상사의 비리를 반부패특수부에 고발했고, 이로써 일련의 수사 활동이 전개된다. 빅토리아클럽은 홍콩에서 이름이 오래되고 입회 조건도 가장 까다로운 클럽이다. 이 클럽은 영국 제국의 식민세력이 홍콩에 뿌리를 내리게 되었다는 제일가는 상징이자 상류층 화인이 위로부터 총애를 받아 입신출세하는 계단이다. 그러나 근 백년의

9　《빅토리아클럽》의 한글본으로 《빅토리아클럽》, 스수칭 지음, 김양수 옮김, (서울: 한걸음더, 2010)가 나와 있다.

찬란한 세월이 지나자 클럽은 그 자체에서 일어나는 부패를 더 이상 감추기 어렵게 된다. 횡령 스캔들의 발생은 "식민지 사회의 신분제도를 상징하던 이 클럽의 명예가 하루아침에 땅에 떨어지도록" 만든다.

소설은 클럽의 구매주임 초위와이를 중심으로 하여, 그가 검거되고, 수사받고, 재산이 압류되는 모습 및 동분서주하며 자구책을 찾는 과정을 차례로 묘사한 다음 마침내 법원에서 판결을 받게 되는 장면에서 최고 정점에 다다른다. 그러나 초위와이의 비리는 스수칭 소설의 소품일 뿐이다. 그녀는 이 상하이 사내의 부침과 실패를 통해서 빅토리아클럽의 발전 기록과 비열한 역사를 살펴보고, 이곳을 드나들던 중국과 서양의 남녀에 대해 일련의 자랑스러운 또는 수치스러운 계보를 그려내고자 한다. 이 밖에 스수칭은 더 나아가서 초위와이의 동서남북으로 연결된 인간관계를 따라 홍콩 중생들의 가지가지 모습을 그려낸다. 어느 결엔가 동양의 진주가 지닌 역사의 한 페이지 한 페이지가 눈앞에 펼쳐진다. 1981년 2월 11일은 초위와이 개인뿐만 아니라 홍콩 전체에 대해서도 불길한 운명의 날이었다. 같은 날 영국 의회는 미처 귀를 막을 새도 없이 천둥이 치는 것처럼 전격적으로 국적법을 수정하여 홍콩 사람들이 영국으로 이주할 수 있는 권리를 박탈해 버린다. 1997년의 흥조가 처음으로 징조를 드러낸 것이다. 초위와이가 무너지는 그날은 곧 홍콩 역사가 내려앉는 출발일이기도 했다.

세심한 독자라면 이 소설에서 그 전의 '홍콩 이야기'에 나온 많은 인물과 장면이 반복되고 있음을 발견할 수 있을 것이다. 그러나 이번에는 그들이 활동하고 접촉할 수 있는 충분한 공간이 있어서 대단히 복잡한 사회적 네트워크를 형성한다. 식민지 관리에서부터 나이트클럽의 여급에 이르기까지, 한물간 운동권 학생에서부터 경제계의 매판 자본가에 이르기까지, 유태계 난민에서부터 모던한 변호사에 이르기까지, 스수칭의 인물들은 시끌벅적하게 오가며 홍콩이라는 이 비좁은 땅에서 남보다 앞서고자 한다. 서로 밀고 당기고,

미워하고 좋아하는 그들의 관계가 마치 주마등처럼 돌아가면서 눈을 어지럽게 만든다. 그런 사이사이에 스수칭은 또 그녀의(그리고 그녀 인물의) 물질세계에 대한 미련을 대대적으로 늘어놓는다. 조지 치너리의 중국 무역화, GALE의 유리 공예품, 피에르 가르뎅·아르마니아·크리스찬 디올·던힐, 3일 밤 3일 낮을 끓여낸 포탸오창 해물탕(佛跳牆), 한 좌석에 4만 홍콩달러인 비둘기 혀 요리, 브랜디를 넣은 샥스핀, …… 등등. 그렇다. 이것이 '스수칭식' 홍콩인 것이다. 없는 음식이 없고 없는 옷이 없는 홍콩, 위고 아래고 간에 서로 이익만 다투는 홍콩, 사람 욕심과 물건 욕심이 함께 만나는 홍콩인 것이다.

한 세기 반 전에 발자크는 백여 편의 소설로 《인간희극》을 써낸다. 파리는 발자크 세계의 중심이었고, 그 속에서 모험가와 야심가, 상류층 귀족과 풍류의 남녀가 상생상극하면서 다 함께 금전·권력·인연이 충만한 그 당시 둘도 없던 도시의 스펙터클을 만들어낸다. 각 소설들의 인물과 구성은 서로서로 얽혀있고, 서로서로 주연과 조연을 맡으면서 함께 연결된다. 전체 《인간희극》의 구성은 어쩌면 마치 파리 자체의 사회와 건축 구조처럼 복잡다단하여 그 어느 사소한 것도 모두 전체와 연계되어 있다. 그리고 이런 구성을 채워주고 있는 것이 파리 시민이나 여행자들의 쉴 새 없는 공적 사적 활동이다. 이를 통해 발자크는 자본주의가 대두되고 있던 시기의 한 도시의 욕망과 동경, 생기와 살기를 다채롭고 풍부하게 보여주고 있으니, 고전적 리얼리즘의 기초를 다진 작품으로서 전혀 모자람이 없다.

물론 발자크의 성취에 비하자면 스수칭의 성취는 훨씬 못 미친다. 그러나 《빅토리아클럽》과 그 이후의 '홍콩 3부작'에서 스수칭이 다룬 전체 구성을 보면 비록 그에는 못 미치지만 마음속으로 동경해 마지않았다는 그런 느낌은 제법 든다. 그녀의 홍콩은 난세에 일어나서 여러 차례의 비바람을 겪은 뒤 마침내 동방의 꽃다운 도시가 되었고, 매력과 호사, 기회와 모험이 한데

모여 있다. 이곳에서는 인간사의 부침이 재물의 회전보다 빠르고, 권력의
변화가 거리의 마술과도 같다. 유일하게 불변하는 것이라고는 식민자의
무소부재한 통제 기제이다. 《빅토리아클럽》의 초위와이는 왕년에 공산당을
피해 어머니와 함께 황망 중에 홍콩으로 오는데, 30년 사이에 가정도 이루고
일에서도 성공한다. 그러나 좋은 꿈은 깨기 쉬운 법, 횡령 소송이 결국 그를
아무것도 없는 처지로 되돌아가게 만든다.

　《빅토리아클럽》이 초위와이를 중심인물로 삼은 것은 탁월한 아이디어다.
초위와이가 '구매주임'을 맡고 있는 것은 소설 속 그의 역사적 지위를 교묘하게
나타내준다. 구매는 초위와이의 직업이면서 더 나아가서 그의 오락이자
본능이다. 금전과 물건이 그의 손을 거치는 동안 초위와이는 기회를 틈타
행동하면서 가외의 이익을 챙긴다. 그는 상품과 상업적 거래에 대해 거의
미학에 가까운 애정을 가지고 있으며, 이는 다른 것에까지 확대되어 그와
상사·정부·아내와의 관계 또한 물욕의 끝없는 주고받음으로 정의될 수밖
에 없다. 그런데 초위와이가 근무하는 빅토리아클럽 자체가 또 어찌 식민자가
'동양'을 구매·소비하는 무역의 전당이 아니겠는가? 초위와이가 30년 전
상하이에서 홍콩으로 와서 무에서 유를 이룬 것 자체가 바로 상업적 기회주의
의 증거다. 왕년에 떨리는 손으로 첫 번째 명품 넥타이를 사던 그때부터
그는 이미 홍콩이라는 이 '거대한 시장'에서 가장 독실한 참배자이자 대변인의
하나가 되었던 것이다. 그러나 구매주임에서 정직된 지 한 달도 못되어서
"초위와이는 벌써 스타일을 따라갈 수 없었다 …… 옛날에는 물건과 하나로
연결되어 있어서 상품들 속을 걸어다니다가 손을 뻗어 되는대로 만져보면서
물건의 일부분이 되어버리던 그런 일체감이 사라져버린 것이다." 초위와이의
추락은 도덕적 추락이 아니라 생존 본능의 추락이었다.[27]

　초위와이가 비록 수완이 좋다고는 하지만 식민지의 경제권을 잡은 자의
손바닥을 벗어날 수는 없었다. 초위와이의 직속 상사인 윌슨은 초위와이와

어울려서 나쁜 짓을 저지르면서도 항상 그 뒤에 숨어서 앉은 채로 이익을 챙긴다. 출신이 높지 않은 이 영국인은 줄곧 초위와이를 안중에 두지 않으면서도 그가 갖다 바치는 것은 절대로 거절하지 않는다. 윌슨과 초위와이는 한 덩어리가 되어 식민지 경제 관계의 축소판을 만들어낸다. 보스와 매판, 주인과 시종이 서로 눈치보고 계산하면서 또 잠시도 떨어지지 못한다. 그러나 재앙이 닥쳐오자 역시 식민자가 한 수 위다. 윌슨은 [필리핀으로] 바다를 건너가서 초위와이의 모든 것을 고해바침으로써 자기 죄에 대한 면소권을 받는다. 초위와이가 제 아무리 면밀하게 주판을 튕겨보았자 어쨌든 그의 주변에 깊이 뿌리를 내리고 있는 역사적 환경이라는 병목을 통과할 수는 없다. 그의 참담한 실패는 어제 오늘에 비롯된 것이 아니라 홍콩이 영국에 할양될 때 이미 운명이 정해져 있는 것이었다.

'홍콩 이야기'에서 스수칭의 감동적인 인물은 대부분 여성이다. 그런데 이상한 것은 《빅토리아클럽》에서는 가장 약한 고리가 여성이라는 점이다. 초위와이와 오다가다 만나서 정욕의 늪에 빠져들어 헤어나지 못하는 마온쩡은 〈사랑 떠보기〉, 〈하룻밤 놀이〉, 〈수지의 슬픔〉 등 작품의 정통 '여자 귀신' 형 인물에서 비롯되었다. 마온쩡은 결혼할 나이가 지났지만 아직 주인이 없는 꽃으로, 황망 중에 초위와이의 정부가 되고 그에게 사육된다. 그녀는 계속해서 이 내연의 정에서 벗어나려 하지만 또 계속해서 초위와이에게 그녀의 영혼을 빼앗긴다. 이 일단의 사련은 초위와이가 재판을 받게 됨으로써 비로소 매듭을 짓는다. 그런데 마온쩡은 다시 새출발을 할 수 있을까? 이런 인물을 묘사하는 것은 스수칭으로서는 가벼운 수레를 몰고 아는 길을 가듯이 그렇게 수월한 일임에 틀림없다. 그러나 《빅토리아클럽》에서는 그 어떤 뛰어난 점도 찾아볼 수 없다. 오히려 초위와이의 첫사랑인 토우욕짠이 왕년에는 눈이 하늘보다 높았다가 초위와이와 재회한 후 애초에 잘했어야 하는데 하고 후회하고, 다시 그 후에는 엎질러진 물을 되담으려 애쓰다가 초위와이의 사건이 밝혀진 후에는 스스로를 조소하는 것으로 스수칭이 묘사하고 있는데, 비록 얼마 안 되는 분량이지만 그때마다 뛰어난 면을 보여준다. 《빅토리아클럽》은 극단적으로 퇴폐적이고 화려한 홍콩의 감각 세계를 묘사하고자 했지만 목숨을 건 또는 목숨도 마다 않는 여성들이 빠지고 보니 자연히 적잖이 빛이 바랬다.

3. '홍콩, 나의 홍콩'

'홍콩 3부작'은 스수칭 창작 생애의 정점이다. 이 소설(들)은 동양의 진주와 그녀 사이의 한 자락 인연에 대한 총 결산을 대표하는 것이기도 하다. 스수칭은 홍콩 개항 백년의 역사를 훑어보면서 서술의 초점으로 한 기녀를 선택한다. 스수칭의 펜대 아래에서 암류가 흥맹하던 역사적 시기, 나른하고 그윽한 정욕의 탐험, 도처에 살기가 넘치는 자연의 재앙과 인간의 재해가 '향기로운 강'인[10] 홍콩의 식민사를 엮어낸다.

소설의 제1부인 《그녀의 이름은 나비》[11]는 1892년에서 1896년의 4년 사이에 기녀 웡딱완이 홍콩에서 벌이는 염정의 행적을 기본 줄거리로 하고 있다. 웡딱완은 열세 살에 인신매매꾼에 의해 고향 둥관에서 보쌈을 당해 홍콩으로 오고, 거듭된 훈련을 거친 끝에 중생들의 혼을 빼는 요염한 기녀로 탈바꿈한다.

---

10 홍콩의 별칭. 향기로운 항구라는 뜻의 홍콩(香港)이라는 이름은 내륙에서 베어온 향나무를 실어내가던 항구라는 데서 유래되었다는 말도 있고, 망망대해에 지친 선원들에게 식수를 제공하는 향기로운 강(香江)이 있는 항구라는 데서 유래되었다는 말도 있다.

11 《그녀의 이름은 나비》의 한글본으로 《그녀의 이름은 나비》, 스수칭 지음, 김혜준 옮김, (서울: 지식을만드는지식, 2014)가 나와 있다.

그녀의 고혹적인 자태와 수줍어하는 행동은 비단 화인 뿐만 아니라 서양인까지 매료시킨다. 윙딱완과 위생국 대리국장인 스미스의 난세의 사련은 소설 전반부에서 가장 중요한 부분이다. 스수칭은 이로부터 또 각양각색의 인물들을 엮어낸다. 식민지 관리, 기독교 선교사, 도붓장수, 통역 매판, 지방 유지, 기생어미와 표객, 강호의 배우 등 수없이 많다. 그들은 인연으로 연결되면서 차츰 틀을 갖추어가던 식민지의 작은 섬 홍콩에서 한데 모인다. 이 모든 은원의 구차함, 애증의 뒤엉킴이 다음 세기 동양의 진주의 찬란한 광채를 만들어내리라고 그들이 어찌 예견할 수 있었으랴?

타이완 해협 양안의 역사 대하소설은 걸핏하면 3대의 족보를 오르내리고, 그 외에도 버림받은 신하와 미천한 서자, 전란 속의 남녀를 덧보태면서, 눈물이 앞을 가릴 때까지 애를 쓴다. 스수칭은 그와는 정반대로 집이 없는 기녀를 한 집안 역사의 시작으로 삼고, 타락한 황량한 섬을 세기의 파티가 열리는 무대로 삼는다. 그녀는 식민지의 '역사'란 눈앞을 스쳐지나가는 구름이나 연기처럼 덧없는 것이어서 오로지 허구의 형식을 통해서만 그려낼 수 있을 뿐이라고 암시하는 듯하다. 홍콩이 곧 로망인 것이다. 스수칭 자신이 홍콩에서 '타향살이'를 하는 신분이라는 점은 더더욱 이 일련의 패러독스한 명제에 주석을 달아주는 격이었다.

스수칭이 작은 일로부터 큰일을 이끌어내면서 평범한 것으로부터 역사에 반하는 글을 쓰고자 하는 이런 의도는 사실 이미 전례가 있는 일이다. 왕년에 장아이링은 〈경성지련〉에서 2차 대전 때 한 쌍의 남녀가 전란 속의 홍콩에서 살아나가는 사랑의 인연을 썼다. 홍콩의 붕괴나 영광은 치정에 빠진 남녀의 발정제가 되는데 불과할 뿐이었다. 마찬가지로 스수칭의 펜 아래에서 기녀 윙딱완이 그 어떤 품성과 능력을 가지고 있든 간에 그것은 그녀의 이국적인 사련과 홍콩 개항 이래 최대의 역병이 서로 상동하도록 만들 뿐이다. 홍콩은 역사의 거대한 물결 속에 존재하는 나루터에 불과하다. 그것의 슬픔이건 기쁨이건, 이별이건 만남이건, 또는 파멸이건 구원이건 간에 모두가 물결 따라 왔다가 물결 따라 가버릴 것이다. 장아이링의 역사관은 야멸차다. 이와 비교해볼 때 경성지련식 스수칭의 이야기에는 어쨌든 일말의 연민이 있다. 웡딱완은 간절히 노력하지만 아무것도 얻지 못하는데, 그 필치가 독자로 하여금 탄식을 자아내게끔 만든다.

　페미니스트와 오늘날의 포스트식민주의 이론가들은 스수칭의 창작 입장에 대해 많은 글을 쓸 수 있을 것이다.28) 스수칭은 기녀의 운명과 식민지의 성쇠를 동일하게 보고 있으며, 그 정치적 은유는 마치 부르기만 해도 나타날 것처럼 생생하다. 그러나 그녀는 도대체 여성을 위해 불평을 하는 것인가 아니면 또 한 번 여성 신체의 착취를 의도하는 것인가? 도대체 그녀는 식민자와 피식민자 간의 원한과 갈등을 쓰는 것인가 아니면 이국적 분위기를 과장함으로써 이 때문에 이중적 '오리엔탈리즘'의 함정에 빠져드는 것인가? 이런 문제들은 우리가 세세하게 헤아려볼 만한 가치가 있다.

　이에 대해 나는 다른 각도에서 다시 한 걸음 더 나아가서 말해보고 싶다. 나는 일찍이 다른 글(〈세기말의 중문소설〉, 《소설 중국》)에서 현대소설의 '신환락가체'는 1990년대 문학의 일대 특색이라고 지적한 바 있다. 작가들은 위로 한 세기 이전의 환락가소설의 스타일을 이어받아 환락의 세계 같은 애정의 세계를 쓰는데, 그 겉만 화려한 세계에 대한 호기심이나 역사의 변천에 대한 탄식이 그보다 더하면 더했지 못하지는 않았다. 정욕 세계의 끝없는 주고받음은 외설적이고 퇴폐적인 말세의 기이한 광경으로 볼 수도 있고, 절망에 반항하는 마지막 모습이라고 볼 수도 있다. 이 면에서 작가들은 모두가 청나라 말의 소설 예컨대 《해상화 열전》, 《구미구》 등의 의식적인 또는 비의식적인 계승자들이다.12 이 점에서 스수칭의 성취는 타이완의 주톈

---

12 《해상화 열전》(한방경)과 《구미구》(장춘범)는 모두 청나라 말 상하이의 기루

원(《세기말의 화려함》), 리앙(《미로의 정원》), 대륙의 자핑와(《폐도》[13])와 서로 비교해볼 수 있을 것이다.[29]

《그녀의 이름은 나비》는 마지막에 웡딱완이 간절히 사랑하던 영국인 스미스가 그녀를 버리고 떠나가고, 그녀가 한때 마음을 쏟던 배우 꽁합완 역시 이미 자취를 찾을 수 없다. 이 풍진 세상의 여자는 어디로 갈 것인가?《온산에 가득 핀 자형화》는 바로 이로부터 시작한다. 연인 스미스로부터 버림받은 웡딱완은 새로운 운명적 상대인 꽛아빙을 만난다. 꽛아빙은 스미스의 화인 심부름꾼으로,《그녀의 이름은 나비》에서는 아직 하찮은 인물이었다. 웡딱완이 막다른 골목에 다다랐을 때 꽛아빙은 주인의 명을 받고 와서는 웡딱완에게 [돌아갈] '여비를 건네준다.' 그런데 뜻밖에도 그녀의 미혼진에 빠져든다. 소설의 첫 장은 〈그대는 나로 하여금 그대에게 몸을 잃게 만들고〉라는 절묘한 표제로 되어 있는데, 즉 서른 살의 동정남인 꽛아빙이 어떻게 웡딱완의 침실 손님이 되는지의 과정을 묘사하고 있다.

《그녀의 이름은 나비》에 비하자면 분명히 스수칭의 역사적 시야가 훨씬 넓어져 있다. 비록 웡딱완의 행적이 여전히 소설 전체를 관통하고 있지만 더 이상 그녀가 주목의 초점은 아니다. 서기 1897년 빅토리아 여왕이 재위 60년이던 그해 대영제국의 판도는 아시아와 유럽 등 4대주에 걸쳐 있다. 이와 동시에 시모노세키 조약의 체결에 따라 영국의 식민적 패권은 그 기회에 홍콩의 경계를 넘어서 가우룽반도와 싼까이 지역으로 더욱더 확장된다.

이야기다. 후자의 제목은 주인공이 5명의 첩실을 포함해서 모두 9명의 여자와 함께 사는 데서 붙여진 '아홉 꼬리 거북이'라는 별명에서 온 것이다.
13 《폐도》의 한글본으로《폐도》, 가평요 지음, 박하정 옮김, (서울: 일요신문사, 1994)가 나와 있다.

홍콩의 1997년 반환 시한은 이에서 비롯된 것이다. 그리고 이 식민지 청사진에서 가장 중요한 하나의 선은 가우롱-광둥 철도 - 가우롱에서 중국을 거쳐 시베리아, 중부 유럽 및 서유럽으로 연결되어 런던까지 직통하는 한 가닥의 초국제적인 동맥 - 의 건설이다.

스수칭은 이런 역사를 기록하면서 영국인의 간교함을 결코 외면하지 않지만, 또 화인의 항쟁을 민족의 피와 눈물의 서사시로 서술하지도 않는다. 이 속에서 중국과 영국 양쪽을 오가면서 수완을 발휘하는 인물이 바로 괏아빙이다. 앞에서 말한 것처럼 괏아빙이 식민자의 휘하에서 활동한 것은 후일 조계지의 거간꾼인 매판의 전신이었다. 소설에서 싼까이를 넘겨주게 되는 것에는 괏아빙도 관계가 없을 수 없다. 더구나 괏아빙의 집안은 싼까이의 대가족이었다. 스수칭은 확실히 이 인물을 처리하면서 많은 공을 들인다. 괏아빙이 의리가 없고 박정한 것은 말할 나위도 없다. 그러나 그에게는 그만의 약점이 있다. 가족 내에서 서출 신분이라서 과도한 자기 비하와 자존 심리라는 응어리가 끊임없이 그의 영혼을 갉아먹는다. 그 극단적인 상황에 이르렀을 때 그는 집안사람과 고향을 팔아넘기며 이와 동시에 자기 욕망의 희생자가 된다. - 그는 백약이 무효인 성 불능에 걸린다.

스수칭이 이처럼 식민 세계에서의 성과 정치를 묘사한 것은 교과서적인 의미가 있다. 젠더주의와 포스트식민주의의 이론가들이 마음을 단단히 먹고 자신들의 솜씨를 발휘하는 것도 이상할 것이 없다. 하지만 나는 《온 산에 가득 핀 자형화》의 중심인물로서의 웡딱완에 대한 묘사는 그다지 뛰어나지 않다고 생각한다. 웡딱완은 괏아빙을 만난 후 일편단심으로 양처가 되고자 한다. 스수칭 또한 의도적으로 '담백하고 수수한 문체'로 웡딱완의 평범한 양민 생활을 서술한다. 농염함에서 질박함으로 바뀌는 것인데, 원래 스수칭은 수사 스타일의 변화를 통해서 웡딱완이 화려함에서 평범함으로 변화하는 과정을 부각시키고자 하는 것이다. 그러나 스수칭은 기복이 큰 웡딱완의 삶 자체가 이미 평범하지 않다는 점을 깜빡 잊어버리고 있는 것이다. 설사 그녀가 화류계 생활을 하지 않는다손 치더라도 여전히 그녀의 처지는 예사롭지 않은 것이다. 소설의 후반부는 웡딱완이 이리저리 전전하다가 전당포에 고용되어 재계의 강자로 성장하기 시작하는 것을 쓰고 있으며, 이는 보는 이들로 하여금 질투하게 만든다. 스수칭이 애써 수식을 억제한 것이 오히려 가식적으로 보이는 것이다.

소설의 기타 인물 방면에서, 아담 스미스의 완벽한 추락은 앞부분의 암시를 이어가는 것으로 답답하게 만들기는 하지만 의외의 것은 아니다. 이 우울한 식민자는 조셉 콘래드의 소설에 나오는 인물들의 그림자가 짙다. 하지만 그래도 제대로 발휘된 곳은 많지 않다. 신비의 인물인 쿵합완은 여러 차례 모습을 드러내는데, 눈에 선연한 전설까지 부가하여 뛰어난 필치였다. 특별히 거론할 만한 것은 병사들을 이끌고 쌴까이를 점령하는 화이트 대령이다. 이 인물은 식민 세계에서 성격이 왜곡된 인물 중 또 하나의 전형으로, 강팍하고 경우가 없으며 자기 기만적이면서 또 자기 학대적이다. 스수칭은 화이트의 아내가 점점 미쳐가는 것을 통해 식민자의 떨쳐버릴 수 없는 악몽과 그늘을 보여주는데, 그 변화무쌍한 수법은 기억해둘 만하다.

전체적으로 말하자면《온 산에 가득 핀 자형화》는 짜임새가 있고 의도하는 바도 심원하지만 문장이 다소 거칠고 성긴 것 같다. 3부작의 중간 부분으로서 이 책의 성취는 제1부를 넘어서지는 못한다. 수식 없이 진솔하게 서술하는 수법은 원래는 상당히 뛰어나야 할 부분을 너무 평범하도록 만들었다. 그리고 이 때문에 전쟁과 군중 장면의 처리가 미숙한 스수칭의 약점이 도드라져 보이기도 한다. 어떤 독자는 어쩌면 웡딱완이 토지를 매매하는 등 소설 속의 홍콩 역사·정치 부분과 갈수록 멀어지는 것 같다는 불평을 할 수도 있다. 그런데 이 점은 오히려 염려할 필요가 없다. 마지막 편인《적막한 저택》에서 스수칭이 다룰 것이기 때문이다.

《적막한 저택》은 《그녀의 이름은 나비》와 《온 산에 가득 핀 자형화》의 흐름을 따라 명기 윙딱완의 후반부 반생의 경험과 이에 더불어 펼쳐지는 홍콩의 풍운을 다룬다. 스수칭이 작품 첫머리에서 스스로 밝힌 것처럼 《그녀의 이름은 나비》와 《온 산에 가득 핀 자형화》는 고심하여 조탁했기 때문에 이야기의 진행이 느렸다. 마지막 3부에서는 어떻게 하면 속도를 내서 금세기 홍콩의 약진에서부터 반환 전야까지의 갖가지 우여곡절을 총괄해낼 것인가 하는 점이 그녀의 '창작 생애에서 가장 큰 도전'이 되었다. 《적막한 저택》의 구성으로 볼 때 확실히 스수칭은 심혈을 쏟았다. 그녀는 1970년대 말을 배경을 삼아 두 명의 새 인물을 창조해낸다. 윙딱완의 증손녀인 윙딥녕과 새로 홍콩에 이주한 화자 '나'인데, 그녀들이 되돌아가거나 이어받는 중편 분량의 다섯 장절을 통해 윙씨 집안의 은혜와 원한, 사랑과 복수를 거슬러 올라가며 서술한다.

이렇게 앞뒤가 서로 교차하는 구성은 스수칭이 이전의 직선적 서사 방법을 벗어나서 다수의 역사적 지표가 되는 사건을 중점적으로 아우를 수 있도록 만들었다. 세심한 독자라면 억지스럽다고 느낄 수도 있겠지만 그러나 스수칭은 어쨌든 '끝이 없는' 홍콩 역사라는 그녀의 기본적인 문제를 '최단 시간'으로 해결한다. 사실 복잡함을 건너뛰는 서술 방법은 암암리에 '현대'에 속하는 시간관념과 홍콩의 발전이 상호 부합함을 나타내 주는 것이다. - 그런데 스수칭은 과연 이런 차원의 교묘한 일치를 인식하고 있었을까? 어쨌든 분명한 것은 그녀가 사건과 인물의 처리 면에서 심대한 노력을 기울였다는 점이다. 윙딥녕은 요염하고 매혹적인 점에서 증조모의 화신이나 다름없고, 윙딱완이 말년에 영국인 은행계 거물과 정을 나누는 것은 그녀의 아담 스미스와의 연애사를 되풀이하는 것 같다. 심지어 윙딥녕이 유혹한 부르주아 매판이라든가 윙딱완의 이상한 하녀조차도 과거에서 그 원형을 찾아볼 수 있으며, 어디서나 존재감이 느껴지는 꽁합완은 더 말할 나위도 없다.

복사판 장면과 대위법식 인물을 통해 스수칭은 3부작이 앞뒤로 호응하면서 하나로 연결되기를 의도했을 것이다. 나는 오히려 그녀의 기법상의 들쑥날쑥한 대조가 그보다는 일종의 부질없는 역사에 대한 탄식을 자아낸다고 생각한다. 웡딱완은 기루에서 시작하여 동거로 마감하는데, 그 사이에 일어나는 〈연환투〉와 같은 조우는 우리로 하여금 장아이링의 제임슨 부인을 상기시킨다. 다른 점이라면 웡딱완은 인연에 따라 무에서 유를 창조하면서 거대한 가업을 이루었다는 것이다. 그러나 문득 되돌아보면 그녀에게는 어쨌든 지나치게 많이 이름과 실제가 부합되지 않는다는 아쉬움이 남는다. 그녀의 재산이 이윤에 이윤이 붙어 거듭거듭 늘어날 때 그녀의 사랑과 가족 관계는 반복 답습의 패러다임 속에서 일종의 영원 회귀식의 공허한 추구가 되어버리고 마는 것이다. 웡딱완 자신의 조우는 차치하고라도 그녀의 자손들 역시 거듭거듭 전철을 밟는다. 웡딥넝의 경우를 보면 그녀가 얼마나 대단한 잠자리의 재주가 있든지 간에 진정으로 풍운을 몰고 오지는 못한다. 그저 증조모의 과거지사를 재연하면서 스스로 즐거워하고 남을 즐겁게 하는 수준에 그칠 따름이다.

스수칭은 따라서 의도적 또는 비의도적으로 홍콩을 대하는 그녀의 (고매한) 태도를 내비친다. 《적막한 저택》의 진짜 주인공은 제1인칭 작가인 '나'이다. 웡딥넝은 사실 그녀의 연막으로, 그녀가 합법적이고 합리적으로 당당히 황씨 집안의 가족사 속에 들어가서 최종적으로는 웡딱완의 마음속까지 들여다보도록 만들어주는 것이다. 이 작가는 스수칭 자신의 화신일 가능성이 있다. 그러나 스스로 홍콩의 사랑 이야기를 상상하고, 쓰고 하는 당신일 수도 나일 수도 있다. 이미 홍콩 작가 예쓰[14]가 말한 바 있지 않는가? "홍콩의

---

14 예쓰의 대표작인 《포스트식민 음식과 사랑》의 한글본으로 《포스트식민 음식과

이야기? 사람마다 말한다. 서로 다른 이야기들을. 결국 우리가 유일하게 수긍할 수 있는 것은, 그런 서로 다른 이야기들이 반드시 우리에게 홍콩에 관한 이야기를 말해주는 것이 아니라 우리에게 그런 이야기를 하고 있는 사람을 말해주며, 우리에게 그가 어떤 위치에서 이야기하고 있는가를 말해주고 있다는 점이다."[30]

페미니즘에서 포스트식민 담론에 이르기까지 스수칭의 홍콩 이야기를 바탕으로 해서 이야기를 말하고 있는 평론이 적지 않다. 《적막한 저택》은 또 하나의 절묘한 소재임에 틀림없으며, 홍콩 식민 경제의 전환에 대한 서술은 더더욱 세심히 읽어볼 만하다. 스수칭 자신의 창작 역정으로 볼 때 그녀가 가장 장기로 하는 부분은 아무래도 인간과 귀신이 함께하는 그로테스크한 이야기다. 깊숙한 저택 속에서, 귀신을 만나고 사술을 부리며 죽은 자를 애도하고 시체를 사랑하는 그런 괴이한 일들이 끝도 없이 꼬리를 물고 이어진다. HSBC은행과 동시에 착공된 이 새 건물은 완공되자마자 오래된 성채 같다. 그리고 그것의 가장 찬란한 시간은 바로 그것이 대붕괴를 일으키기 직전이다. 이 저택에서 사람들은 모두가 불안하고 편치 않으며, 그들(그녀들)의 정욕은 언제나 이유 없이 억압된다. 가장 눈길을 끄는 것은 물론 웡딱완과 그녀보다 한참 어린 HSBC은행의 총재인 숀 쉴러와의 '경성지련[즉 무너지는 도시에서의 사랑]이다. 숀은 전형적으로 오리엔탈리즘에 매혹된 인물인데, 사랑하는 '나비' 웡딱완을 앞에 두고도 마음만 있지 힘은 없다. 스수칭은 정은 있지만 색은 없는 여러 차례의 도발 장면을 한스럽고 처연하게 그려낸다. 그러나 내가 가장 높이 평가하는 것은 역시 웡딱완이 미모를 이용해서 대형 프로젝트에 숀을 그녀의 아들인 리차드 웡과 공동 투자하도록 끌어들이는

사랑》, 예쓰 지음, 김혜준/송주란 옮김, (서울: 지식을만드는지식, 2012)이 나와 있다.

부분이다. 웡딱완의 정욕과 물욕이 서로 도와가면서 피식민자가 식민자를 끌어들여 '나쁜 짓'을 하도록 유혹하니, 이 점이야말로 그녀가 남들보다 한 수 높은 부분인 것이다.

　서점가에서 '홍콩 3부작'과 같이 이렇게 읽을 만하면서도 논하기 좋은 소설은 이미 많지 않다. 그렇지만 책 전체를 읽고 나서도 나는 스스로 물어보지 않을 수 없다. 기녀의 역사에서 식민의 역사까지, 이국적인 연분에서 세대 간의 은원까지, 이 작품에는 있을 것이 다 있지만 어째서 나로 하여금 뭔가 미진하다고 느끼게 만드는 것일까? 통상적인 정리를 뛰어넘는 설정인 셈이기는 하지만 어째서 그럼에도 불구하고 마치 이미 '예상했던 일' 같은 것일까? 소설에는 훌륭하고 뛰어난 부분이 많지만, 나는 스수칭이 '3부작'이라는 이런 상상의 틀에 의해 제한을 받았다고 생각한다. 또는 한 걸음 더 나아가서 이런 틀이 가능한 역사적 서술 방식으로 만들었다고 생각한다. 1997년 홍콩 반환의 시한은 이 몇 년간 홍콩이 과거를 되짚어보는 출발점이자 종착점이 되었고, 각종 정치적 논의와 학술적 설명은 다 함께 일련의 기승전결식의 서술 논리를 형성했다. 이를 소설에 적용해 본다면 '홍콩 3부작'의 서사 방식이 바로 그 예가 될 수 있을 것인데, 소설의 끝맺음은 홍콩의 끝맺음이기도 하다. 그러나 홍콩의 역사가 과연 여기서 끝나는 것일까? 웡딱완 가족의 백년 성쇠에는, 당초에도 예상하지 못했고 나중에도 깨닫지 못한, 아직도 세세히 서술할 만한 수많은 '삽입곡'들이 존재하고 있다. 어쩌면 1997년이 지나고 '홍콩 3부작'의 마감 시한을 넘기고 나면, 스수칭은 한숨을 돌린 뒤 다시 뒤를 이어 더욱 분발할 수도 있을 것이다. 장아이링의 말투를 빌린다면 '그녀의' 홍콩 이야기는 아직 끝난 것도 아니고 끝날 수도 없는 것이다.

4. '부수어 버리자, 일체의 일체를'

《살짝 취한 듯 보이는 화장술》은 스수칭이 타이완으로 돌아온 후 쓴 첫 번째 장편소설이다. 스수칭이 오랜 기간 거주하던 홍콩은 타이완과 바다 하나 사이일 뿐이고 또 그녀는 늘 고향의 모든 것에 대해 관심을 가지고 있었다. 그러나 나그네에서 귀향자가 됨으로써 추측컨대 감회가 아주 많았을 것이다. 1980년대 이래 타이완은 정치 경제적으로 심대한 변화를 겪었고, 이로써 문화와 공동체의 관계에서 급격한 전환이 일어났다. 스수칭은 본 것도 많고 아는 것도 많은 셈이지만 그래도 아마 눈이 어지러웠을 것이다. 식민시기 홍콩의 그런 더욱더 완벽함을 추구하는 소비문화 및 면밀하고 세밀한 정치적 조직과 타이완의 엉성하면서도 역동적인 각종 현상을 비교해 보자면 분명 절대적으로 다른 것이었다.

이번에 스수칭이 선택한 입각점은 1990년대 말기 타이완에서 성행한 와인의 유행이었다. 과거 타이완은 담배와 술의 전매 제도에 따른 독점 하에서 양담배와 양주는 이론상으로만 구색을 갖추고 있을 뿐이었다. 다만 진귀한 물건은 비싸게 팔릴 때를 기다린다고 종래로 양담배와 양주는 고급 소비문화의 중요한 표지였다. 그런데 타이완의 경제 발전과 관세 제도의 개방 및 개선에 따라 양담배와 양주가 이미 '평범한 백성의 집으로 날아들게 되었다.'[15] 운명의 바퀴는 돌고 도는 법, 처음에는 극상품으로 대접받던 브랜디와 위스키가 새로운 강적을 만나게 된다. 홍주와 백주 즉 와인과 배갈이 하룻저녁에 등장하여 소비자의 새로운 인기 품목이 된다. 이 모든 일은 도대체 어떻게

---

15 당나라 유우석의 〈오의항〉이란 시에, 한때 대단했으나 이미 쇠락한 거리인 오의항을 돌아보며, "그 옛날 재상집 처마의 제비도 이젠 평범한 백성의 집으로 날아들게 되었구나."라고 읊은 구절이 있다.

일어난 것인가? 초국적 자본주의의 또 한 차례 승리인가 아니면 음식 스타일 방면에서 뉴 타이완 사람들의 완벽성 추구인가? 포도주는 상품 배물교의 또 하나 토템인가 아니면 음식 남녀들의 욕망이 넘실거리는 흥분제인가? 온갖 것을 빠짐없이 추구하는 스수칭의 리얼한 기교가 우리에게 세기말 타이완의 술 이야기 - 그리고 신 이야기를 들려준다.

소설은 신문사 기자 겸 술 평론가인 뤼즈샹의 코로부터 시작된다. 그는 후각에 문제가 생겨 황급하게 의사를 찾는다. 뤼즈샹은 원래 양주에 대해 아무것도 아는 것이 없었다. 한번은 거상인 왕훙위안의 술 품평회에서 처음으로 양주를 접한 후 이때부터 뜻을 세워 공부하기 시작해서 약간의 성취를 거두게 된다. 그런 그의 후각에 이상이 생기게 되면 앞길만 막히는 게 아니다. 그러니 벌벌 떨며 불안해하는 것도 무리가 아니다. 뤼즈샹을 둘러싼 일단의 인물들은 각기 스토리의 보조선을 발전시켜 나간다. 퇴직한 외교관 웰링턴 탕(탕린)과 남부의 주류상인 훙주창은 대대적으로 타이완의 와인 시장을 띄운다. 뤼즈샹과 투기꾼 추자오촨 역시 기회를 엿보며 준동한다. 거상 왕훙위안은 술을 이용해서 정치적 출세술을 펼친다. 뤼즈샹의 의사인 양촨즈는 아내 우전뉘와 금슬이 신통찮아 잔속의 물건인 술에 빠진다. 그리고 또 뤼즈샹은 예샹, 샤오왕, 리타 뤄 등 재계 및 환락계 여자들과 염문이 있다. 그들은 술과 색, 재물과 재주를 통해 삶의 공동체를 구성하는데, 이는 두말할 나위 없이 카톨릭의 성찬식(communion)에 대한 최대의 풍자이다.

이러한 인물과 배경은 솔직히 말해서 그리 참신한 것은 아니다. 그러나 스수칭은 노련한 작가답게 여전히 교차와 배치 면에서 상당히 멋진 모습을 보여준다. 뤼즈샹은 우리에게 《빅토리아클럽》의 초위와이를 연상시킨다. 뤼즈샹은 출신은 평범하지만 어쨌든 기회를 타고 올라가는 허영심과 각오를 가지고 있으며 또한 바로 이 과정에서 그로 인해 부패한다. 그의 부침은 표준적인 자본주의 사회의 도덕 스토리다. 소설의 후반부에서는 여러 차례 뤼즈샹과 그리스 신화의 술의 신인 디오니소스를 대비한다. 포스트모던 시대 타이완의 술의 신으로서 뤼즈샹과 같은 인물은 언론을 이용해서 미혼탕을 들이부으면서 온 국민이 취한 듯 홀린 듯하게끔 만든다. 그러나, 그리스 신화와 암암리에 상응하는 바로 그처럼, 뤼즈샹의 방종은 자신의 몸을 최후의 제단으로 만들게 된다. 그 밖에 주목할 만한 사람은 탕런이다. 탕런은 본래 외교계에서 자신의 포부를 펼치고자 했다. 그렇지만 타이완의 외교 대상이 나날이 축소되자 그는 더 이상 능력을 발휘할 곳이 없게 된다. 이 후난성 출신의 외교관은 결국 가오슝 옌청의 홍등가 출신인 홍주창과 끈이 닿는다. 그들 외국산과 국산 두 사람은 함께 큰일을 도모하게 되고 이리하여 소설의 정점을 이끌어낸다. 1990년대 말 타이완에 수입되던 와인은 [종류가] 수도 없이 많아서 대중들은 의견이 분분하다. 탕런과 홍주창은 타이완 전매청의 로즈와인의 생산과 판매가 불균형함을 알게 되고, 이리하여 타이완 생산품과 유사한 맛을 '복제한' 정품 프랑스 와인공장의 저급품을 사서 수입 판매하기로 한다. 외제를 가지고 토종을 대접하고, 진짜를 가지고 가짜로 삼는 코미디는 정말 모든 사람을 행복하게 만든다. 어차피 뱃속에 술을 들이붓는 것이니 누구라서 이것저것 따지겠는가?

술은 중국과 서양의 문화 전통 속에서 언제나 중요한 지위를 차지해왔다. 옛사람들의 경험 중에는 제사·점복·의약과의 관계가 적지 않으며, 분위기를 돋우고 마음을 달래는 효과란 더 말할 나위가 없다. '자고로 성인과 현자는 모두가 쓸쓸하였고, 오로지 술꾼만 그 이름을 남겼다.'[16] 술 문화가 담고 있는 의미는 깊고도 크니 천백 년이 다 그러했다. 그런데 술을 빌어 호사를 과시하는 것 역시 그 까닭이 있는 것이다. 당나라 때의 단천수는 사람들을

---

16 이백의 〈장진주〉라는 시에 나오는 한 구절인데, '장진주'는 한나라 때부터 내려오는 시의 한 가지 스타일로 단어 자체가 '건배'라는 뜻을 가진 일종의 권주가이다.

모아 통음을 하면서 취하지 않으면 돌려보내지 않았는데, 이에 세인들은 '술잔의 감옥'이라고 불렀다. 스수칭은 이런 이해를 근거로 하여 고전을 인용하고 자료를 제시하면서 이를 통해 타이완의 와인 카니발을 고찰한다. 그녀가 거론한 1921년에 출판된 《타이완 풍속지》에서 일본학자 카타오카 겐은 미풍양속 편에서 타이완 사람들은 술을 좋아하지 않는다고 기록하고 있다. 그러나 세기말에 이르러 타이완의 와인 수입량의 누계는 3천만 병을 넘어선다. 이미 넘치는 알콜과 고조된 소비 열정이라는 새로운 풍속이 생겨나고 있으며, 이미 새로운 '신화'가 숙성되고 있다. ― 롤랑 바르트가 유럽의 포도주의 '신화'(이데올로기)적 의미에 대해 서술한 것 바로 그대로였다. 롤랑 바르트는 말한다. 신체의 강장에서부터 기분의 전환에 이르기까지 포도주는 "현실과 꿈의 알리바이로서 그 운용의 묘는 마시는 사람이 이 신화를 어떻게 보느냐에 달려있다." 이뿐만 아니라 "와인을 믿는다는 것은 일종의 강제적인 집단 행위이다."[31] 왕훙원이 최상품 와인을 수집하여 국민당 제15차 전국대표대회에서 경매를 진행하고, 롄잔이 와인을 높이 들어 손님들에게 권하면서 표를 모을 때, 와인은 황제가 그 정통성을 인정하는 신들의 음료, 넥타르가 되어 버린다.

뤼즈샹의 술 품평 능력은 그의 후각과 관계가 있다. 그런데 후각은 그의 감각적 본능일 뿐만 아니라 그의 직업적 천품이기도 하며, 따라서 형이상학적인 의미가 있다. 그의 코가 듣지 않게 되었을 때 뤼즈샹이 느끼는 공포는 좋은 술을 구별할 수 없게 될 것이라는 차원이 아니다. 그로 인해 숙성된 정계와 재계의 인맥과 금맥을 잃어버리게 될 것이라는 차원이다. 그런데 스수칭은 한 걸음 더 나아간다. 후각과 기억을 서로 연결시켜서 갑자기 소설의 역사적 관심을 드러낸다. 소설의 첫 부분에서 뤼즈샹은 급한 마음에 정신없이 주변에 뒤섞여 있는 오만 가지 냄새를 맡아보며, 살면서 겪었던 달고 떫고 맵고 쓰고 한 냄새들을 맡아보려 한다. 그러나 그의 노력은 모두 헛수고로 돌아간다. 뤼즈샹 주변의 인물들 역시 냄새를 통해 그들(그녀들)의 과거와 현재를 구축하고 있다. 의사 양촨즈의 군인가족 동네의 즐겁지 않던 세월, 리타 뤄의 디화거리의 집에서의 옛날일, 탕런과 어린 여자 친구의 꽃집에서의 해후는 모두 알콜·향수·꽃향기가 퍼져나오는 것과 더불어 펼쳐진다. 사물의 냄새가 떠다니고 기억의 냄새가 이를 따라 퍼진다. 프루스트의 《잃어버린 시간을 찾아서》식의 필치는 참으로 오랜 시간이 지나도 생생하다. 뤼즈샹의 생리적 장애는 그가 '사람' 노릇에 실패하는 발단이 된다. 아니나 다를까 소설이 진행되면서 그의 미각과 시각 역시 하나하나 망가지기 시작한다.

스수칭이 등장인물의 후각 경험을 다루는 것은 주톈신의 걸작 단편인 〈헝가리의 물〉을 떠올리게 한다. 마찬가지로 주톈신도 후각 및 청각의 이미지를 가지고 그녀의 인물이 역사라는 미궁으로 들어서는 계기를 만들어준다. 세월이 바뀌고 세사는 흘러가서 그 모든 기억의 망각, 시간의 상실이 우연히 숨은 향기가 번져나는 것과 더불어서 옛날의 노랫가락이 퍼져나게 만들 따름이다. 이 초대되지 않은 소리와 냄새라는 매개체는 주톈신(그리고 그녀의 인물)으로 하여금 심취하게 만들기도 하지만 동시에 초조함을 금치 못하게 만들기도 한다. 스수칭의 소설에는 주톈신과 같은 변증적이고 서정적인 그런 섬세한 차원은 없다. 그녀의 자연주의적인 정신은 상대적으로 우리 사회가 반쯤은 취하고 반쯤은 깬 상태에서 어떻게 현실을 조작하고 기억을 위장하는 그런 광대놀음을 벌이고 있는지를 보여주고자 한다. 그녀가 그려낸 모든 인물들은 주색에 마음을 의지하지만 아무것도 얻는 것이 없으며, 가지가지 원망과 투정의 모습이 이로부터 비롯된다.

뤼즈샹은 후각을 상실한 다음에도 여전히 사방을 다니면서 술 품평가로서의 모습을 연출한다. 그의 능력은 원래 어쩌면 허세를 부리는 것이었을 가능성이 있는데, 이제는 더욱더 심하게 허위적이 되었다. 그러나 와인 신화의 전파자로서 그가 파는 것은 술의 정화 뿐만이 아니라 더 나아가서 술의 경전이기도 하다. 이리하여 '전문가'의 가르침은 사이비 종교의 의미를 띠게 된다. 그러나 인연도 있고 돈도 있어야 사람 노릇을 하게 되는 법이다. 다른 한편에서는 탕런과 홍주창이 한데 어울려 못된 짓을 벌인다. 프랑스로부터 타이완 입맛의 '정품' 와인을 주문 수입하면서, '붉은 깃발을 내걸고는 실은 붉은 깃발을 반대하는' 식으로 와인으로 와인을 망가뜨린다. 그야말로 청나라 말기 흑막소설 스토리의 복사판이다. 그러나 역사는 결코 거꾸로 흐르지 않는다. 포스트모던의 풍조 속에서는 가짜가 '곧' 진짜라고 장 보드리야르가 우리에게 웅얼웅얼 말한다.[32] 복제양 돌리가 이미 성공하고, 물건은 진짜가 아니지만 값은 진짜여서 샤넬의 이미테이션 보석이 진품보다 더 비싸게 팔리는 것을 그대는 보지 못하셨는가? 이 책의 제목인 《살짝 취한 듯 보이는 화장술》이 가리키는 것은 에스테 로더의 새로운 화장술, 즉 '가볍게 볼터치를 해서 살짝 취한 듯 보이는 화장술'이다. 그야말로 술은 취하지 않는데 사람들이 스스로 취하며, 색은 혹하지 않는데 사람들이 스스로 혹하는 것이다.

마르크스는 왕년에 자본주의 사회의 화폐의 소외 효과를 비판하면서, 생산 관계의 연쇄 속에서 잉여 가치가 출현하고, 화폐가 그 상징적인 의미를 가지고서 물질 교환이라는 자연적인 관계를 초월한다고 지적했다. 자본이 유령처럼 파고들면서 갈수록 진실을 상실해가는 생활·노동·소비의 구조를 만들어낸다. 그리고 스수칭은 포스트모던한 타이완에서 바로 이 유령이 경제 제도에서만 존재하는 것이 아니라 파고들지 못하는 곳이 없어서 그 밖의 토대와 상부구조 곳곳에도 침투하고 있다는 것을 암시한다. 다시 한 번 바르트의 말을 빌린다면, 새로운 배물적 유령으로서 와인은 "사회의 일부가 되는데, 그것은 도덕의 토대를 제공해줄 뿐만 아니라 환경의 바탕도 제공해주기 때문이다. – 일상생활의 가장 사소한 사교적 의례들에서 장식품이 되는 것이다."[33]

우리는 또 소설 속에 깊이 숨겨져 있는 문화 식민에 대한 비판을 생각해볼 수 있다. 와인의 판매 호조는 '서양'주의의 또 한 가지 강력한 수출품이다. 하지만 타이완의 술꾼들이 이것에 다진 마늘 돼지수육(蒜泥白肉)이나 잘게 썬 닭고기볶음(醬爆雞丁)을 곁들여 먹을 때, 그들은 비록 그 천박하고 무식함을 폭로하지만 또 와인 문화의 순수함을 휘저어놓는 것이기도 하다. 탕런과 훙주창이 공모하여 타이완 방식의 오리지널 프랑스산을 만들어내는 것은, 누가 맞고 누가 그른지 더구나 그 끝이 어딘지 알 수가 없다. '홍콩 3부작'의 복잡한 식민주의적 변증법이 《살짝 취한 듯 보이는 화장술》에서는 술이라는 은유로 계속 확장된다. 이미 호미 바바는 피식민자들이 원숭이가 관을 쓰고 사람 행세하는 것과 같은 '흉내내기'(mimicry)를 통해 식민지에서 식민자가 오리지널을 복제하는 능력을 전복시켜버리는 것에 주목한 바 있다. 인류학자 마이클 타우시그 역시 제1세계의 문화 사물에 대한 제3세계의 모방은 언제나 호랑이를 그리지 못하고 개를 그리는 식의 오류를 낳는다는 점을 언급한다. 그러나 바로 이 때문에 오류는 오히려 제1세계의 자기 소외라는 잠재적 위협 및 제3세계의 '상대의 힘으로 상대에게 힘을 쓰는' 모방의 동기를 보여준다. 이리하여 누가 모방되는 자인지 불분명해진다. 더욱 중요한 점은 이러한 '모방 과잉'(mimetic excess)의 과정에서 해방되는 것은 문명과 권력의 기제에 그치는 것이 아니라 더 나아가서 일종의 원시적인, 남을 흉내 내는 마력이라는 것이다.[34]

그런데 좀 더 큰 틀에서 보자면 와인이 대거 타이완에 반입되고 손님들의 입맛에 맞게끔 주문 복제될 수 있다는 것은 세기말의 초국적 무역/문화의 생존의 연쇄가 상호 관련되어 있음을 더욱 부각시켜 준다. 제1세계와 제3세계의 교역이 갈수록 긴밀해지고 있는데, 모더니즘적인 이미지의 기계적 복제화에 대한 벤야민의 관찰은 여전히 우리의 근거가 될 수 있다. 기왕에 와인이 지금껏 서양에서 그 신화적 연원을 가지고 있었다면, 그것이 바다를 건너 타이완에 도달했을 때 그 특유의 '아우라'(aura, 어쩌면 여기서는 향기라는 의미에서 aroma라고 해야 할 것이다)까지 이식해 와서, '냄새를 맡을' 수는 있지만 가질 수는 없는 평민 대중을 경도시키고 있는 것은 아닌지 따져보아야 한다.35) 언제부터인가 와인은 값이 내려가고 대량 판매되고 있지만, 그것이 가진 아우라는 소멸될 필요가 없을 뿐만 아니라 오히려 자본을 상징하고 판매를 촉진하는 보물이 되고 있다. 그 뿐이 아니다. 와인의 민간요법(와인에 양파를 담궈 먹는다!)적 전설(술을 마시면 건강해진다!)이 그에 맞춰 생겨나서 그 자체의 독특한 면모를 형성한다. 얼떨결에 와인의 신화가 쏟아져 넘치면서 일종의 매혹적인 스펙터클을 이룬다. 이는 신화가 재탄생하여 생긴 신의 이야기인가 아니면 신화가 타락하여 만들어진 귀신의 이야기인가? 이와 동시에 스수칭은 또 줄곧 그녀가 장기로 해온 고전 민속 괴담을 펼친다. 귀신이 들리고, 마가 끼고, 퇴마를 하고, 초혼을 행하며, 또 콧속에 '관 버섯'이 자라는 부패한 시체와 음양 사이를 떠도는 원녀와 …… 스수칭의 세계는 이도 저도 아니며 인물마다 심신이 허랑하다. 그녀는 폭로적 리얼리즘 소설을 쓰고자 의도한다. 하지만 청하지도 않는데 포스트모 던적인 초현실(hyper-reality)이라는 유령이 스스로 찾아든다.

일찍이 1992년에 대륙의 모옌이 《술의 나라》를 썼는데, 보아하니 《살짝 취한 듯 보이는 화장술》과 서로 비교해보아야 할 것 같다. 모옌의 소설은 허구적인 술의 나라를 빌어서 공화국이 금욕의 수십 년을 보낸 다음 개혁 개방을 하고 먹고 마시고, 뱉고 싸고 하게 되는 장관을 보여준다. 카니발식의 육체적 충동이 어느 날 아침 해금이 되자 진짜 일단 시작하니 걷잡을 수가 없게 되는 격이었다.36) 상대적으로 보아 스수칭이 욕망을 다루는 방식은 훨씬 소박한 듯하다. 그러나 《살짝 취한 듯 보이는 화장술》의 인물들 간의 합종과 연횡, 흉흉한 암투, 그리고 세기말 타이완의 문화 및 역사적 상황에 대한 스수칭의 탄식은 그 자체로 심원하고 녹록찮은 곳이 있다고 나는 말하고 싶다. 《술의 나라》의 클라이맥스에서 주인공은 얼얼하게 취해서 똥통에 빠져 한 목숨을 버린다. 《살짝 취한 듯 보이는 화장술》에는 진정한 결말은 없다. 뤼즈샹은 사방으로 떠돌다가 일제시대의 화산양조장 자리에 오게 된다. "그는 지력은 고갈되고 기억은 흐르는 모래처럼 사라져갔다. …… 모든 것이 진실감이 사라지고, 모든 것이 아득하게 멀어지면서, 도저히 만질 수가 없는 것이 마치 깨어날 수 없는 꿈을 꾸는 것 같았다." 이 무렵 화산양조장은 건의에 따라 이미 전위적인 예술 작업의 공간으로 바뀌어 있다. 한 다발의 그윽한 빛이 폐허를 관통하면서 눈앞에서는 《술 신의 황혼》이 펼쳐진다. 타이완의 디오니소스들이 술렁거리기 시작하고, "자신으로부터 이탈되는 것이 느껴지고, 자신이 여사제들의 행렬에 끼어들더니, 처음에는 손발을 움찔거리다가 마지막엔 미친 듯이 달리기 시작하는 걸 보게 된다." 뤼즈샹은 어디를 향해 달려가는 것일까?

"황폐함이란 곧 다음 번 번영의 기점이다." 스수칭은 타인의 입을 빌어 이렇게 생각한다. 그러나 황폐함은 또 모든 훼멸과 적멸의 기점이기도 하다. 시각·청각·후각·미각·촉각, 사유라든가 형상·소리·냄새·맛·감촉·원리 이 모든 것이 다 공허한 것이다. "아, 부수어 버리자, 일체의 일체를." 소설은 여기서 갑자기 끝이 난다. 세기말의 타이완은 그때 막 미증유의 지진 재해를 겪은 참이었다. 우리가 당연시하던 태평성대의 번화함도 일순간에 곳곳에서 균열이 발생했다. 바로 이때 스수칭이 금세기의 마지막 작품에서 타이완의 문화가 어디로 가야할지를 제시하고 사색하고 있는 것은 참으로 공교로운 일 같다. "부수어 버리자, 일체의 일체를." 반세기 전의 그 지진 직후에 루강의 한 여자애가 문득 그녀의 고향을 깨닫는다. 또 하나의 지진 직후에 이 여성 작가는 그녀의 고향에 대해 어떻게 다시 새로운 의미를 부여하려는 것일까?

| 저자 주석 |

13장 스수칭

1) 戴天, 〈九曲橋感受〉, 施叔靑, 《愫細怨》, (台北: 洪範, 1984), p. 226.

2) 施叔靑, 〈那些不毛的日子〉, 《拾掇那些日子》, (台北: 志文, 1971), p. 9.

3) 施叔靑, 〈壁虎〉, 《那些不毛的日子》, (台北: 洪範, 1988), p. 6.

4) 白先勇, 〈《約伯的末裔》序〉, 施叔靑, 《約伯的末裔》, (台北: 仙人掌, 1969), p. 4.

5) 施叔靑, 〈那些不毛的日子〉, 《拾掇那些日子》, (台北: 志文, 1971), pp. 194~195.

6) 앞서 언급한 바이셴융의 글 외에도 다음 글이 있다. 李今, 〈在生命和意識的張力中 - 談施叔靑的小說創作〉, 《文學評論》第4期, 1994年7月, pp. 61~68 ; 張小虹, 〈祖母臉上的大蝙蝠 - 從鹿港到香港的施叔靑〉, 楊澤主編, 《從四〇年代到九〇年代: 兩岸三邊華文小說硏討會論文集》, (台北: 時報文化, 1994), pp. 183~189.

7) 施淑, 〈論施叔靑早期小說的禁錮與顚覆意識〉, 《施叔靑集》, (台北: 前衛, 1993), pp. 271~287.

8) 施淑, 〈論施叔靑早期小說的禁錮與顚覆意識〉, 《施叔靑集》, (台北: 前衛, 1993), p. 286.

9) Wolfgang Kayser, *The Grotesque in Art and Literature*, trans. Ulrich Weisstein, (Bloomington: Indiana UP, 1963), p. 33, p. 53.

10) 王德威, 〈"女"作家的現代"鬼"話 - 從張愛玲到蘇偉貞〉, 《衆聲喧嘩: 三〇與八〇年代的中國小說》, (台北: 遠流, 1988), pp. 223~238.

11) Sigmund Freud, "The Uncanny", *The Standard Edition of the Complete Psychological Works of Sigmund Freud*, trans. James Strachey, (London: Hogarth Press, 1955), vol. 17, pp. 217~252.

12) Rae Beth Gordon, *Ornament, Fantasy, and Desire in Nineteenth-Century French Literature*, (Princeton: Princeton University Press, 1992).

13) Mikhail Bakhtin, *Dialogical Imagination*, trans. Helene Iswolsky, (Cambridge: MIT Press, 1968).

14) Michel Foucault, "Theatrum Philosophicum", *Language, Counter Memory, Practice*, trans. Donald F. Bouchard and Sherry Simon (Ithaca, Cornell University Press, 1981), p. 170. 서사 행동이 만들어내는 귀매 사슬에 대한 질 들뢰즈의 토론에 대해서는 Gilles Deleuze, *Logique Du Sens*.를 보기 바란다. J. Hillis Miller, *Fiction and Repetition*, (Cambridge, M.A.: Harvard University Press, 1982), p. 4에서 인용.

15) 장 보드리야르의 시뮬라크룸 이론은 여러 저작에서 보인다. 예를 들면 Jean

Baudrillard, *Simulations*, (New York: Semiotext(e), 1983)를 보기 바란다.

16) Jacques Derrida, *Specters of Marx: The State of the Debt, the Work of Mourning, and the New International*, (New York: Routledge, 1994). 자크 데리다에 대한 비판은 *Ghostly Demarcations*, ed. Michael Sprinker, (London: Verso, 1999)를 보기 바란다.

17) T.A. Hsia, "Aspect of the Power of Darkness in Lu Hsun", *the Power of Darkness*, (Seattle: University of Washington Press, 1968), pp. 146~162.

18) 施叔青, 〈《情探》序〉, 《情探》, (台北: 洪範, 1986), p. 7.

19) 王德威, 〈"女"作家的現代"鬼"話 - 從張愛玲到蘇偉貞〉, 《衆聲喧嘩: 三〇與八〇年代的中國小說》, (台北: 遠流, 1988), pp. 223~238.

20) 施淑, 〈論施叔青早期小說的禁錮與顚覆意識〉, 《施叔青集》, (台北: 前衛, 1993), p. 283.

21) 白先勇, 〈《約伯的末裔》序〉, 施叔青, 《約伯的末裔》, (台北: 仙人掌, 1969), p. 4.

22) 명나라 화본소설 馮夢龍, 〈楊思溫燕山逢故人〉에서 인용.

23) 蒲松齡, 〈聊齋自志〉, 《聊齋誌異》, (台北: 中華, 1962), p. 4.

24) 施淑, 〈嘆世界〉, 施叔青, 《愫細怨》, (台北: 洪範, 1984), pp. 1~9.

25) 張愛玲, 〈自己的文章〉, 《流言》, 《張愛玲全集》, (台北: 皇冠, 1995), p. 19.

26) Guy de Bord, *Society of the Spectacle*, (Detroit: Black and Red, 1970).

27) 또 郭士行, 〈屬性建構的書寫與政治隱喩 - 解讀《維多利亞俱樂部》〉, 《中外文學》第25卷第6期, 1996年11月, pp. 55~71을 보기 바란다.

28) 廖炳惠, 〈從蝴蝶到洋紫荊: 管窺施叔青的《香港三部曲》之一、二〉, 《另類現代情》, (台北: 允晨文化, 2001), pp. 201~219 ; 南方朔, 〈近代第一部後殖民小說 - 《遍山洋紫荊》〉, 《聯合報・讀書人》, 1996年2月18日 ; 張小虹, 〈殖民迷魅 - 評施叔青《遍山洋紫荊》〉, 《中國時報・人間副刊》, 1996年1月7日 ; 李小良, 〈"我的香港" - 施叔青的香港殖民史〉, 王宏志、李小良、陳淸僑合著, 《否想香港: 歷史・文化・未來》, (台北: 麥田, 1997), pp. 224~236.

29) 王德威, 〈世紀末的中文小說 - 預言四則〉, 《小說中國: 晚淸到當代的中文小說》, (台北: 麥田, 1993), p. 221.

30) 也斯, 〈香港的故事 - 爲什麼這麼難說〉, 《香港文化》, (香港: 香港藝術中心, 1995), p. 4.

31) Roland Barthes, "Wine and Milk", *Mythologies*, trans. Annette Lavers, (New York: Hill and Wang, 1972), pp. 58~62.

32) 주 15)와 동일.

33) Roland Barthes, "Wine and Milk", *Mythologies*, trans. Annette Lavers, (New York: Hill and Wang, 1972), p. 61.

34) Homi K. Bhabha, "Of Mimicry and Man: The Ambivalence of Colonial Discourse," *October*, 28(1984): 83~95. Michael Taussig, *Mimesis and Alterity: A Particular*

History of the Senses, (New York: Routeledge, 1993), chap. 10~16.

35) Walter Benjamin, "The Work of Art in the Age of Mechanical Reproduction", *Illuminations*, (New York: Harcourt, Brace & World, 1969), pp. 217~252.

36) 王德威, 〈千言萬語, 何若莫言 − 莫言的小說天地〉, 莫言, 《紅耳朵》, (台北: 麥田, 1998), pp. 9~27.

습골자 우허

우허(舞鶴, 1951~   )는 1990년대 타이완문학에서 가장 중요한 현상의 하나였다. 1992년 그는 단편소설 〈탈영병 둘째 형〉으로 우줘류문학상을 받았다. 그 후 〈조사: 서술〉, 〈습골〉, 〈비애〉 등의 작품으로 계속해서 호평을 받았다. 이 소설들은 뒤틀리고 난해한 필치로 광인의 헛소리를 기록하고 역사의 상흔을 추념하는 한편 실험 정신으로 충만해 있었다. 그리고 그 한가운데를 관통하는 성·광기·폭력에 대한 묘사가 특히 사람들의 눈길을 끌었다. 순식간에 우허라는 이름이 퍼지면서 포스트모던의 열풍 와중에서도 그만의 독자적인 목소리를 냈다.

그런데 우허라는 이름이 낯설다고 하지만 사실 그는 문단의 베테랑이다. 일찍이 그는 1975년에 〈모란의 가을〉이라는 작품으로 청궁대학 문학상을 받았고, 1978년에는 〈가느다란 한 줄기 향〉으로 많은 전문가들의 주목을 받았다.[1] 1980년대 이래 그는 모습을 감추어 단수이에 은거하면서 거의 작품을 내놓지 않았는데, 13년 후 면모를 일신하여 우허라는 이름으로 다시 모습을 드러낸 것이다. 옛친구께서는 헤어진 이래 별고 없으셨는지? 하지만 그 사이 타이완의 정치·문화의 국면은 이미 여러 차례의 대 전환을 겪었다.

우허가 세속에 따르지 않고 자기대로 행동하는 것은 그로 하여금 대중작가가 될 수 없도록 만들었다. 그렇지만 그가 '고독'한 삶을 선택하고 '고고'한 미학적 집착을 가진 것은 오히려 이 근래 타이완문학이 오매불망하는 주변부 시야를 만들어내도록 만들었다.[2] 비평가들은 그 사람됨과 작품에 대하여 너도 나도 할 말이 많았다. 예스타오는 그를 일컬어 "타고난 '타이완 작가'"라고 했는데, "그는 타이완 역사의 변천, 타이완 서민 생활 속의 예속·문화·정치·사회 등의 배경에 훤하고, 타이완 역대 민중의 삶의 맥락을 정확하게 파악하고 있기" 때문이다.[3] 양자오는 우허가 1960년대 이래 타이완문학의 '향토'와 '현대'라는 양대 맥락을 아우르고 있는데,[1] 우허의 작품에서 보여주는 것은 '쇠락과 퇴폐'로 세기말의 분위기와 긴밀하게 결합되어 있다고 했다.[4] 예하오진 역시 "우허는 수많은 낯설게하기의 언어와 불안정한 어조를 결합하여 '이질'적인 서술체를 만들어내면서, 정신적으로 폐허가 된 사회의 기형·허무·퇴폐를 부각시킨다."라고 강조했다.[5]

이들 평론은 모두 일리가 있는 것이다. 다만 우허의 특징을 전부 말한 것은 아니다. 타이완 역사 상황에 대한 우허의 관심이 그렇게나 깊이가 있으면서 그가 표현하는 방식은 또 그렇게나 기이하므로 그가 의도하는 바를 세심히 따져보지 않을 수 없다. 그의 최상급 작품에서 보면 나는 우허가 언제나 타이완 사람과 사회의 애매한 처지에 대해 조용히 탐색하고 있다고 생각한다. 이 처지란, 그의 최신 장편소설의 제목을 가지고 말해보자면, 일종의 '여생'의 기억과 글쓰기이다. 이 '여'에는 '잉여' 또는 '잔여'라는 이중적인 의미가 있다. 전자는 거추장스러운 것이고 후자는 모자라는 것인데, 그럼에도 둘 다 역사, 공동체 또는 개인 주체의 유감스러운 점을 암시한다. 여생의 기억이란 사건이 흘러가 버리고 사정이 달라진 것에 대한 기억이다. 죽은 자는 이미 가버렸다지만 산 자는 또 어찌 견디랴, 추억이란 헛수고이기는

---

1   타이완에서는 1950년대 시 창작을 중심으로 모더니즘 문학이 대두된 후 1960년대 들어서서 서구 모더니즘 이론 소개와 소설 창작을 중심으로 크게 성행했다. 이런 한편에서 1960년대 중반 일제 시대에 이미 제기된 바 있던 타이완 사람의 현실·전통·향토를 진실하게 표현하자는 향토문학이 다시금 주장되었고, 1970년대에 들어서자 타이완 사회의 민주화 요구, 국제적 고립 등 급변하는 국내외 정세 속에서 크나큰 반향을 불러일으켰다.

하더라도 어쩔 수 없는 추모의 형식인 것이다. 여생의 글쓰기란 고통이 가라앉은 후에 그 고통을 되새기는 글쓰기다. 천 마디 만 마디를 말하더라도 더 이상 치유할 수 없는 그 상처를 되풀이해서 새기고 헤아리는 것일 따름이다. 우허의 작품은 눈물을 흩뿌리는 경우는 거의 없는 반면에 노골적이고 부조리한 블랙유머로 채워져 있다. 역설적인 것은 바로 이러한 희화화된 장면 때문에 비로소 우리가 그의 비애의 응어리에 다가갈 수 있다는 것이다.

그런데 여생의 기억과 글쓰기는 언제나 죽음을 전주로 삼는다. 재앙은 이미 발생했고, 숙명은 회피할 수가 없다. 우허는 그 사이에 끼어서 그의 인물들과 함께 하찮은 자리에 거하면서 구차하게 되는대로 살아간다. 그가 직면한 최대의 도전은 앞날이 많지 않다는 것이 아니라 앞날이 창창하다는 것이다. 죽음과 퇴폐가 한바탕의 기나긴 기다림이 되고, 소위 삶의 뒷수습은 알고 보면 한평생을 요하는 것이다. 이야말로 일종의 가장 사치스러운 낭만이요, 가장 모순적인 '승리의 탈출'이다. 우허의 독자로서 우리는 불안 초조해지지 않을 수 없다. 그런데 작가는? 생명의 어두운 곳에 몸을 맡기고서 한가롭게 웃음 짓고 있을 가능성이 많다. 그 중에 깊은 뜻이 있으니, 말하려하나 이미 할 말을 잊어버린 듯이.

1. 습골자

여생은 기나긴 것이라, 끝도 없고 재미도 없는 생애를 어떻게 보낼 것인가? 이 점이 아마 우허 소설의 가장 중요한 동기 중 하나일 것이다. 이에 대해 그는 단편 걸작인 〈습골〉에서 상당히 감동적인 이야기를 펼친다. 이야기의 화자인 우허는 시작 부분에서 이렇게 쓰고 있다. "수년 간 극심한 망상성 정신병을 앓게 된 후 나는 오그라들어서 대부분 침대에서 지냈고, 침대에서 벗어나 걸을 때도 상체는 구부정하고 손발은 땅 위에 들러붙은 듯 발꿈치를 뗄 수가 없다." 그런데 어느 날 갑자기 돌아가신 지 19년이나 된 노모가 조용히 꿈속에 나타난다. 알고 보니 땅속이 황량하고 추워서 머무를 수가 없는 것이다. 이리하여 집안사람들을 동원하여 [시신의 뼈를 수습하는] 습골을 한 후 다시 영혼을 잘 안장하기로 한다.6)

이런 식의 이야기는 어쩌면 예스타오가 말한 바 타이완 서민 문화와 의례에 대한 우허의 관심을 증명하는 것일 터이다. 영혼과 통하여 꿈에 나타나는 것, 점을 쳐서 신을 청하는 것 등등 한 사회의 의례가 된 갖가지 정신생활을 모두 보여준다. 하늘을 섬기고 조상을 기리는 것은 원래 귀신을 모시는 것에서 비롯된 것이다. 그렇지만 우허에게는 다른 의도가 있다. 그의 화자는 망상성 정신병을 앓는 사람으로, 보이는 것마다 모두 불가사의한 것들이다. 이 두 가지 전혀 다른 '정신'적 서술 사이를 오가면서 이야기가 엎치락뒤치락 전개되는 것이다. 상조회사와의 흥정에서부터 습골 의식의 관례적인 예를 행하는 것에 이르기까지, 그리고 또 가족 구성원들이 한데 모였다가 흩어지기까지, 화자는 하나하나 흥미롭게 말해나간다. 그렇지만 우리는 그가 신뢰할 수 없는 인물임을 안다. 부모를 떠받들고 조상을 섬기는 이야기가 그에 의해 지리멸렬하고 어수선하게 펼쳐진다. 게다가 익살스럽거나 황당무계한 경우도 없지 않다. 더욱 기가 막히는 것은 돌아가신 어머니의 유해와 금니를 수습할 때 갑자기 그의 춘정이 발동한다는 것이다. 소설의 정점 부분에서 그는 묘지에서 돌아오는 도중에 일행에서 이탈하여 다급하게 창부의 집에 들른다.

나는 그녀(창부인 유아쯔)의 흐드러진 치모 사이에 기어들어가면서, 슬그머니 어머니의 금니를 입에 물고는 허벅지에 파묻힌 안쪽을 깨물었다. 사타구니 사이에서는 폐수로 가득 찬 웅덩이와 같은 일종의 살기가 피어올랐다.

- 나중에 내가 그녀의 뱃살을 자근거릴 때 그녀는 아들이 없다고 말하면서
- 그녀는 오늘 바로 내가 세상에 태어날 인연이 없었던 그녀의 아들처럼
느껴진다고 말했다. 내가 배꼽으로 들어가고 싶다고 말하자 그녀는 말했다.
할 수만 있다면 당신을 넣어주고 싶어요. 들어간다면 당신은 영원히 못나올
걸요. 당신은 다시는 안 올 테지요. 하지만 상관없어요. 들어가면 당신은
영원히 못나올 테니까요.[7)]

유골에서 여체로, 추모에서 쾌락으로, 어머니에서 창녀로, 우허의 서술
변화가 너무나 급하고 빨라서 우리로 하여금 거의 할 말을 잃게 만든다.
윤리적 질서는 창녀의 아랫도리에서 붕괴되어 버린다. 우허는 그의 인물이
가장 외설적인 방식으로 모든 것을 쏟아내 놓도록 만든다. 그렇지만 그가
유아쯔의 두 다리 사이에 머리를 파묻고 애를 쓸 때, 뜻밖에도 산 자와
죽은 자 사이의 갖가지 균열과 괴리가 잠시나마 안돈을 찾게 된다.

정신분석학적 비평에 익숙한 독자들이라면 〈습골〉에서 절묘한 소재를
발견하게 될 것이다. 어머니에 대한 아들의 사랑이 이미 생사와 존비의
울타리를 넘어서 거의 패륜에 가깝게 표현된다. 죽음과 성의 유혹은 이미
상실해 버린 어머니의 몸으로 되돌아가는 상상으로 끝이 난다. 위축되고
오그라들었던 화자는 죽은 어머니의 유해와 금니를 마주하자 자신도 모르게
그것들을 쓰다듬는다. 그렇지만 사물에 집착하고 시체에 집착하는 증세는
그의 공허한 욕망의 순환을 가리킬 뿐이다.

나는 오른손 끝의 세 손가락으로 금니를 말아 쥐고 엄지와 식지로는
눈구멍과 콧구멍 속의 흙을 파고 또 팠다. 아마도 물이 가까워 습했던 탓인지
얼굴뼈는 마치 어머니가 매일 저녁 잠자기 전에 마시던 당귀 보약의 색깔처럼
적갈색이었다. 나는 왼손의 바닥을 두개골에 갖다 붙이고 후두부를 따라
천천히 아래위로 쓰다듬으면서 이 질감과 곡선감을 내 손바닥에 집어넣어

기억시켰다. – 어릴 적에 어머니 역시 이렇게 우리들의 머리를 쓰다듬었을까? 엄지와 식지는 부드럽게 아래턱을 지나 얼굴뼈 안쪽을 파고들어 조금씩 조금씩 안쪽으로 들어갔다. 갑자기 아무 것도 닿지 않았다. 공동이었다.[8]

이는 진정 현대 타이완문학에서 최고도로 애상적이자 최고도로 관능적인 순간이다.

그렇지만 나는 줌아웃을 하여 이런 장면들의 뒤편에 자리 잡고 있으면서 연면히 이어지는 향수와 추모의 충동에 더욱 주목한다. 습골 자체가 곧 인간사의 잔해를 대하면서 역사적 유체를 수습하는 의식이다. 묻어버린 후 다시 파내고, 잊어버린 후 다시 기억하고, 죽은 자가 떠나버린 후 다시 세상에 나타나고 하면서 모든 것이 그전과 유사하다. 그렇지만 유골의 더미는 우리에게 시간은 흘러가버리고 '잃어버린 것'은 이미 잃어버린 것임을 또렷이 깨우쳐준다. 여기에는 일종의 '반복'이라는 기제가 존재한다. 매번 우리가 차마 죽은 자와 헤어지지 못하지만 또한 음양의 구분이 있음을 깨우쳐주는 것이다.[9] 혼이여 돌아오소서! 그런데 혼이 어디로 돌아오는 것일까? 파헤쳐진 무덤, 아직 남아있는 부장물, 흩어진 백골. 썩은 땅과 남은 해골 사이에서 우리는 옛일을 추억하며 망자를 불러댄다. 그리고 다시 한 번 시인한다. 또는 부인한다. 하늘 세상과 인간 세상이 영원히 떨어져 있음을. 이런 차원에서 우허의 〈습골〉은 나로 하여금 황진수의 〈물고기뼈〉를 떠올리도록 만든다.

〈습골〉에서 묘사한 습골 의식은 이미 타이완의 상업적 시스템 속에서 물화되어 있다. 화자의 가족들이 사방에서 모여들어 습골을 하는 것은 의례적으로 예를 행하는 것에 다름 아니다. 그렇지만 그런 의례가 남아있기만 하다면, 어쨌든 그것은 더 큰 풍습의 전통이 죽기는 했지만 사라진 것은 아님을 암시하는 것이다. 습골은 따라서 특정 망자에 대한 예일 뿐만 아니라 더 나아가서 이미 소실된 역사의식의 일부분으로서 그 자체가 또 수습되어야

하는 대상이다. 그런데 소설에서 가장 중요한 습골자는 그들 직업적인 습골사가 아니라 화자인 우허 자신이다. 그는 망상증으로 인해 영혼과 통하게되고, 이승과 저승을 오가면서 어머니를 위해 황망하게 다시금 할 수 있는것은 다 한다. 문명과 광기의 차이란 원래 머리카락 한 올 사이이니, 삶과죽음의 구분 또한 어찌 그대로 믿을 것인가? 가족으로서, 사회의 잉여자로서, 그는 정해진 대로 행동하지 않는다. 허튼 생각과 헛된 상상 속에서, 시시덕거리고 분노하는 와중에서, 창녀의 두 다리 가운데서, 그는 자신만의 습골 의식을거행한다.

내가 강조해서 말하고 싶은 것은 우허의 습골 의식의 극치는 그의 언어와서사 방법에서 실현된다는 점이다. 이미 민족·윤리·개인 주체와 관련된'거대 서사'가 사분오열하는(또는 아직 존재하지 않는) 시점에서, 우허는그저 이런 서사의 파편과 잔해 속에서 본래의 이야기를 짜맞추고 지난날을회상할 수밖에 없는 것이다. 이미 피와 살은 사라지고, 체모와 살갗은 진토가되었는데, 기사회생이라니 말이 그렇지 가능하겠는가? 오직 이때 우허는마치 그가 어머니의 유해 속에 남아있는 금니를 검안하듯이 문자·언어라는절대적 존재를 검안하고, 마치 그가 음부의 깊숙하고 풍요로운 주름을 핥듯이문자·언어라는 끝이 없는 상징의 맛을 상상한다. 해골과 문자, 육체의 사망과의미의 탄생, 만일 끝까지 따지고 든다면 원래 화족(華族)의 역사란 해골– 갑골 – 에 새겨진 기호에서 발원하는 것이다.

창작자 우허, 습골자 우허. 이것이 아마도 우허가 '여생'에서 목표로 하는바일 것이다. 시간의 유적지를 맴돌면서, 그는 문자로써 폐인과 옛일을 새기며남은 세월을 소일하리라. 이리하여 그는 말한다.

소설 한 편 한 편이 마치 일단의 시간에 대한 작은 기념비인 것 같다. 〈모란의 가을〉은 1960년대 말 대학 시기의 기념비다. 〈가느다란 한 줄기

향〉은 어린 생명의 성장에 대한 옛 도시 타이난의 변천의 기념비다. 〈탈영병 둘째 형〉은 군 복무 2년의 기념비다. 〈조사: 서술〉은 나 개인에 대한 2.28 사건의 기념비다. 〈습골〉은 어머니를 여읜 지 19년 후에 세운 기념비다. 〈비애〉는 스스로 단수이에 갇혀서 산 10년의 기념비다. 〈아방과 카드레센간을 생각하며〉는 루카이족 쿠차푼간 부락에서 경험한 3년의 기념비다.10)

기념비마다 그 아래에는 귀신의 소리가 구슬프다. 습골자 우허의 펜대는 아직도 조금씩 조금씩 파내려간다.

현대 타이완문학에는 종래로 한 가지 비애의 전통이 있다. 불의를 고발하고, 상흔을 심리하는 것은 작가가 타이완이라는 주체를 다시 빚어내는 필수적인 수단이다. 우허는 이런 전통에 속해 있다. 그렇지만 절대 다수의 동료들에 비하자면 훨씬 멀리 나아간다. 그는 피와 눈물의 것들은 쓰지 않는다. 피와 눈물은 언젠가 다하고 말 것이라는 점을 알기 때문이다. 진정으로 각골명심해야 할 경험은 마치 화석이나 백골처럼 땅속 깊이 묻어놓고11) 다시금 햇빛을 볼 날을 기다려야 하는 것이다. 우허의 습골 작업은 우리에게 깨우쳐준다. 우리들 각자의 마음속에 무덤이 하나씩 있지 않은가? 우리들 각자는 그런 자기 자신의 무덤의 습골자인 것이다.

2. '무용한 사람이 되고자 노력하다'

우허 소설의 주인공은 대부분 1인칭으로 등장한다. 그들은 여러 가지 이유로 빈둥거리며 하는 일이 없다. 초기의 〈모란의 가을〉, 〈내달리는 소년은 나〉, 〈아케이드를 산책하며〉에서부터 〈습골〉, 〈비애〉, 《아방과 카드레센간을 생각하며》까지, 그리고 최근의 《여생》2)까지 전부 그렇다. 이들 인물들은 정신질환의 증상이 없지 않다. 예를 들어 〈가느다란 한 줄기 향〉의 조손 3대를 보면 어떤 이는 광인이고, 어떤 이는 몸에 경련병이 있고, 어떤 이는 자폐증이다. 또 〈탈영병 둘째 형〉의 둘째 형은 끊임없이 탈영을 하는데, 거의 습관성 정신질환의 사례에 가깝다.

이들 인물들은 우허의 '여생' 철학의 실천자들이다. 심신의 분열로 인해 그들은 격리·치료·추방되며 노쇠하거나 사망하도록 방치된다. 기이한 것은 또 바로 이 때문에 그들은 일종의 뜻밖의 '비밀의 자유'를 누리게 된다는 점이다. 그들은 추방자(nomad)들이다.[12] 푸코는 이를 '문명과 광기', '감시와 처벌' 등의 이론에서 대대적으로 활용했다. 이런 인물들의 존재는 한편으로는 사회가 개별 주체에게 주고 있는 상처를 드러내주고, 한편으로는 또 사회 자체가 요구하는 질서·이성·문명의 통제에 이미 자아 해체의 요소가 포함되어 있음을 암시해준다. 그러나 배제되는 요소들은 어쨌든 우리들 사이를 숨어다니며 기회를 봐서 야유하거나 반격한다.

〈탈영병 둘째 형〉이 바로 이러한 예다. 화자의 둘째 형은 입대한 지 4개월 만에 탈영병 생활을 시작한다. 그는 여러 차례 탈영을 하지만 그때마다 체포되고, 갈수록 형벌이 가중되는데, 그럼에도 불구하고 후회하지 않는다. 그의 큰형은 "탈영은 탈세와 마찬가지로 마약에 맛 들이는 것처럼 나쁜 근성이 말썽을 피우는 것"이라고 생각한다. 그렇지만 아마도 건조하고 무의미한 군대 생활과 무소부재한 국가 이데올로기라는 기제야말로 진정한 죄악의 원흉일 것이다. "병역 제도는 씨팔놈이다. 총각들마다 강간을 하고, 남자들마다 모욕의 흔적을 남긴다. …… 어째서 사람은 태어나면서부터 어떤 국가에 속하게 되고, 어째서 국가는 시종일관 한 마디라도 당신에게 그의 국민이

---

2 《여생》의 한글본으로 《여생》, 우허 지음, 문희정 옮김, (서울: 지식을만드는지식, 2015)가 나와 있다.

되고 싶은지 어떤지를 물어보지 않는 것인가?"13)

　탈영은 이중의 유혹이 된다. 자포자기의 유혹과 자유 추구의 유혹이다. 더욱 의미심장한 것은 탈영자와 추적자, 사냥물과 사냥꾼은 하늘가 바다 끝에서도 서로 쫓고 쫓기면서 기이한 공생 관계를 이룬다는 점이다. 탈영병 둘째 형은 끝내는 지쳐서 어느 풍진 여자의 작은 방 안에 숨어든다. 밤이나 낮이나 검푸른 색 커튼을 쳐놓은 방 안에서 마침내 그는 남자가 안살림을 사는 가정생활을 시작하고 만두 찌는 법을 배운다. 그 후 어느 날 갑자기 초인종이 울리고 사냥꾼이 찾아오는데 …….

　이는 카프카식 이야기다. 그렇지만 현실 제도에 대한 우허의 비판과 풍자가 언표에 넘쳐난다. 다시 한 번 거론할 만한 점은 탈영에서 자폐까지, 탈출에서 체포까지의 과정에서 우허가 역설적인 순환을 발견했다는 것이다. 둘째 형이 거듭해서 이런 과정을 연출하는 동안 이미 일종의 부조리극 같은 리듬이 형성된다. 탈영병 둘째 형은 자신을 비웃고 남들을 조롱하는데, 그의 생명이 이러한 순환 속에 마감하리란 것은 정해져 있다. 도저히 벗어날 수 없는 체제에 비교해보자면 그의 존재란 낭만이자 앞질러 폐기되는 것일 뿐이다.

　탈영은 육체적 유랑에 그치지 아니하고 더 나아가서 언어와 상징체계의 이산을 가져온다. 오랜 기간 누추한 방에 거주하면서 "B 쌀술에 얼근히 취해 둘째 형은 뜻 모를 언어를 주절거리기 시작한다." 소위 뜻 모를 언어란 "남들이 알아듣지 못하게 하는 것으로서, 알아듣지 못하면 비밀이 샐 염려가 없고, 비밀이 샐 염려가 없으면 아무 때나 아무 곳에서나 말할 자유가 있는 것이며, 자유가 있으면 살기가 수월할 것이다."14) 정말 그럴까? 소통이 불가능한 언어, 공간을 상실한 자유가 일종의 패러독스를 만들어낸다. 탈영의 언어이자 자폐의 언어인 것이다. 둘째 형이 직면한 언어의 유혹/곤경은 사실 우허 자신의 작품에서도 볼 수 있다. 뜻 모를 언어는 "천변만화하는데," "둘째 형이 영창 생활을 하는 가운데서 차츰 말하기 시작했고, 어느 날 그가 완벽하게 구사하게 되어서 유창하게 말할 수 있게 된다면 그는 이런 뜻 모를 언어를 말하는 곳에 가서 다시는 돌아오지 않을 것이니, …… "15) 이 뜻 모를 언어의 세계는 탈영병의 마지막 귀숙처이자 아마도 침묵이요 죽음일 것이다.

탈영과 자폐의 주제는 〈비애〉에서 더욱 세밀하게 서술된다. 이 소설은 두 가닥의 이야기가 교차한다. 첫 번째 스토리에서는 화자인 '나'는 단수이라는 작은 읍에 은거하면서 사슴이라고 불리는 여성과 '주경야독'의 생활을 보내는데, 중간에 가끔 동네 사람 몇몇과 내왕한다. 3년 후 사슴은 화자가 쓴 천여 줄의 잠언 비슷한 글이 '아무것도 아닌 것'일 뿐이며 아무것도 해놓은 것이 없음을 발견하고는 화가 치밀어 떠나가버린다. 그 후 화자는 정신병 요양원에 입원한다.

다른 스토리에서는 화자인 '나'와 병행하여 '너'가 등장한다. '너'는 바닷가인 커랴오 출신으로, 군복무 중에 낙하산 사고로 인해 정신이상이 되어 병역을 면제받은 인물이다. 그 후 처가에 들어가지만 성 행위가 지나치게 거칠어서 처를 다치게 만들고, 근처에 감금되어 10년을 보낸 후 다시 요양원에 입원한다. '너'와 '나'는 요양원에서 서로 만나 환난 속의 형제가 되고 또 함께 탈출을 감행한다.

이런 식의 스토리는 통상적인 생각을 뛰어넘는 것인데다가 우허의 어휘와 표현법 또한 생경하고 우회적인 것이었으므로 독자들이 쳐다만 보고 마는 것도 이상할 것이 없었다. 그렇지만 나는 이 작품이 우허의 걸작이라고 말하고 싶다. 화자 '나'가 단수이에 숨어 지내는 스토리에는 분명 우허 자신의 그림자가 배어있다. 그리고 화자 '너'의 이야기는 그처럼 혼을 뒤흔들어놓는데 거의 정신병의 사례다. '너'는 놀랄 만큼 성욕이 넘쳐서 "수명을 단축시킬 정도로 아내를 떡으로 만든다." 한번은 "그녀의 안으로 돌진해 들어갈 때, 장인이 식탁 다리가 흔들거리는 횟수로 계산해보니 적어도 삼천 번은 돌진했고, 장모는 그 정도가 아니라고 말했는데, 못에서 잡아와 끓인 자라탕이 식어버리는 바람에 자라가 기어나와 온 사방으로 도망가면서 식탁 아래에 남긴 흔적 때문이었다."[16] 그는 결국 성교 중에 아내를 까무라치게 만들어서 공분을 불러일으키고 그 바람에 사사로이 갇히게 된다. '나'와 '너' 이 두 인물은 하나는 문아하고 하나는 조야하다. 전자는 '주경야독'으로 존재를 정의하고, 후자는 성학대 방식의 광란에 의거해서 욕망을 발산한다. 두 인물 모두 사회와 가정의 주변부에서 떠돌다가 끝내 정신병원에서의 만남을 면치 못한다.

우허의 서술은 겉보기에는 전혀 절제가 없는 것 같지만 수시로 신들린 필치를 보여준다. '나'의 지식과 '너'의 성욕, '나'의 문자와 '너'의 정자가 사방으로 퍼지면서 점점 더 수습할 수가 없게 된다. 우리의 문명과 예교가 어찌 이런 방자함을 용납할 수 있겠는가. '너'와 '나'는 길은 다르지만 목적지는 같다. 함께 요양원에서 '사회의 기생충'이 되는 것이다. 정신병의 세계는 부조리하고 어지럽다. 우허의 인사이드 스토리식 이야기는 분명히 프로이트나 라캉의 한두 마디 말로는 설명할 수가 없다. 정신분열증 치료약의 유효 시간도 보람 없이 '너'는 한가한 가운데도 바빠서 미친 듯이 자위하며, 심지어는 "정자로 만든 풀로 두 사람이 함께 덮을 이불을 이어 붙여" "개원 이래 환자 스스로 창작에 성공한 첫 번째 예술품"을 만들어낸다.[17] 그렇지만 '너'와 '나'의 좌충우돌은 결국 헛되고 만다. 그들은 그저 노력할 뿐이니, "무용한 사람이 되고자 노력한다."[18]

'무용한 사람이 되고자 노력한다.' 이는 역설적인 말이지만 우허의 '여생'의 철학이 가진 뒤엉킴을 설파하는 말이다. 현대 문명의 특징 중 하나는 '사용'과 '유용'(utility)의 효과에 대한 활발한 실천에 있다. 작은 일에서부터 큰일까지 국가·사회에 대해 '유용'한 사람이 되라고 되풀이해서 가르쳐지지 않는 사람이 있던가? '무용'한 사람은 너와 나의 부담이 되고 사회의 잉여물이 되는 것이다. 모든 것이 흘러가 버렸나니, 장자가 끌어안고서 놓지 않던 세계여. 우허가 목격한 것은 당정의 기구, 군대와 병원, 그리고 엄밀한 교화 제도가 만들어낸 세계, '남자에게는 할 일이 있고, 여자에게는 속할 곳이 있다'는 그런 세계였다. 그렇지만 그의 인물이 완전히 타협한 것만은 아니었다. 어쩌면 '사용'과 '무용'의 결정은 자기 마음대로 되지 않을 것이다. 그러나 '무용한 사람이 되고자 노력한다'는 것은 '절망에 반항하는' 일종의 의식적인 선택, '할 수 있음을 알면서도 하지 않는' 일종의 냉소적인 태도를 암시해준다. 이로서 생겨나는 장력은 참으로 대단한 것이었다.[19]

80여 년 전 루쉰의 〈광인 일기〉는 정신병 이야기를 말했다. 광인은 그의 집안사람에 의해 격리 감금되는데, 옛날 중국의 인의도덕이란 사람이 사람을 잡아먹는 잔치에 다름 아니고 사서오경의 행간에는 모조리 '식인'이라는 구호가 숨겨져 있다는 것을 그가 목격했기 때문이다. 우리의 광인은 울화가 쌓여 풀 수가 없었고, 마침내 '아이들을 구하자'라는 외침을 내지른다. 그렇지만 〈광인일기〉는 여기서 끝나지 않는다. 루쉰은 불의의 역습을 가하면서 우리에게 말한다. 마지막에 광인은 병이 나아서 대기 발령자가 되어 어디론가 부임한다는 것이다.

미친 사람을 멀쩡하게 만드는 것은 무용한 자를 유용하게 만드는 것이다. 루쉰은 중국 근대화의 저쪽 문간에 서서 이미 근대적 주체가 어떤 것인지에 대해 의문을 제기하고 있는 것이다. 그렇지만 그의 우언은 다급한 도덕적 초조감에서 벗어나지 못한다. 그의 광인은 필경 옛것을 버리고 새것으로 바꾸어 놓기 위해서 '유용'의 의미에 대해 스스로 나서서 설명을 가한다. 우허의 세기말 광인에게는 그러한 단호한 태도가 결여되어 있다. 아마도 예교가 여전히 사람을 잡아먹고 있겠지만 아이들은 이미 구할 방법이 없다. '외침'도 '방황'도 잃어버리고 오로지 '비애'의 모습만이 어른거리고 있다. 우허의 광인은 혹 허튼 생각으로 가득하고 혹 동물적 욕정으로 충만하지만,

그러나 설령 그들의 가장 광포한 언행조차도 비애의 바탕을 벗어나지는 못한다. 이것이 〈비애〉의 핵심적인 곳이다. 비애는 아들이 어머니의 몸으로 되돌아가고자 하는 욕망과 절망으로, 갈수록 더욱더 수습할 수가 없는 것이다. 비애는 상징 질서의 교란으로, 이 때문에 의미가 사라져 버리는 것이다. 비애는 가 버리고 되돌아오지 않는 향수로, 옛일을 붙들고자 하는 헛된 수고의 탄식인 것이다. 그렇기는 하지만 더욱 가능성이 있기로는, 비애는 동시에 스스로 원망하고 스스로 '사랑'하는 기점이자 종점이며, 주체와 객체가 만나고 합쳐지는 징조인 것이다.[20]

〈비애〉의 결미에서 '너'와 '나' 두 사람은 함께 '너'의 고향으로 딸을 보러 간다. 귀향의 여정은 여체/모체로 회귀하는 여정이기도 하다. "옌차오에서 톈랴오의 소로로 접어들었는데 …… 여러 가닥들이 …… 여인의 몸 안쪽 음부의 그것과 같은 돌기와 주름으로 통해 있었다." "온 계곡의 누런색은 약간 시든 청색을 띠고 있었는데 …… 그것은 어떤 생명의 색깔처럼 느껴졌다."[21] 혈육을 보러간 여행은 성과도 없이 끝난다. 며칠 후 '너'의 시체가 발견된다. "진흙탕 속에 거꾸로 처박혀 있는데, 온몸은 마른 나뭇가지 하나에 의해 똑바로 지탱되고 있고, 진흙탕 속에서 어깨 아래에는 세상의 아래에서나 볼 수 있는 돌기와 주름이 어렴풋이 보였다."[22]

어떤 욕망의 힘이 '너'를 양물로 화하게 만들어서 진흙탕 속에 거꾸로 처박아 놓았을까? 어떤 대 비애, 대 환희가 '너'로 하여금 죽음을 돌아가는 것처럼 여기게 만들었을까? 이야기는 아직 끝나지 않는다. '너'는 죽고 '나'는 사는데, 세월은 여전히 흘러가고, 여생 또한 여전히 남아 있다.

이리하여 우리는 '나'가 사방으로 떠돌다가 공중 화장실을 지키는 사람이 되는 것을 보게 된다. "1회 10위안", "나는 이 엄숙한 '감시 업무'를 남은 반생 동안 잘 해내기로 뜻을 세운다." 무용한 사람이 되고자 노력하는 것이다. 이는 웃을 수도 울 수도 없는 결말이다. 그렇지만 그의 초기의 '유랑'의 관점의 연장이다. 따라서 우허식의 '비애' 행동의 또 한 차례 시작이었다.

근래에 유행하고 있는 트라우마(trauma) 이론은 역사적 재앙에 관한 서술과 기억에 대해 해석을 시도하고 있다. 형식이 어떻든 간에 트라우마는 모두 정신과 몸에 남겨진 일종의 기호일 따름으로, 오랫동안 억압되고 잊힌 시원적 재난의 현장을 가리킨다. 그렇지만 트라우마는 또한 말로 전하기가 불가능한 되돌릴 수 없는 과거를 되새겨주는 기호일 따름이기도 하다.23) 재앙은 이미 발생했으니 사후 총명은 어쨌든 이미 '아무 소용이 없다.' 우허의 글쓰기는 이렇게 보아도 무방하다. 그렇지만 그는 이런 아무 소용이 없는 일을 하고자 '노력'하는데, 주류 타이완 본토문학이 굳게 맹세하며 역사의 증인이 되고자 하는 것과 우허와의 논쟁은 우리의 역사 기억의 '증명 불가'를 증명해준다. 이런 태도는 보기에는 소극적이지만 그보다는 자아 반성과 비판이 내재되어 있는 것이다.

3. 상흔 글쓰기

광의의 현대 중문소설이라는 관점에서 보자면 우허식의 부조리 서술은 사실 그 전례가 있다. 1980년대 대륙의 찬쉐와 위화를 맞대어 비교할 수 있는 것이다. 찬쉐 작품의 등장은 대륙 문단에 작지 않은 충격을 주었다. 〈산 위의 작은 집〉3, 〈노쇠한 뜬구름〉 등 일련의 이야기들은 망상·광인·사망의 세계를 묘사하여 전율을 느끼게 만든다. 그녀의 단편 〈내가 그 속에 있을 때의 일〉의 제목이 보여주는 것처럼, 찬쉐의 세계에서는 '정치적 가부장'

---

3 〈산 위의 작은 집〉의 한글본이 《깡디스 산맥의 유혹》, 거훼이 외 지음, 김영철 옮김, (서울: 나남, 2011)에 실려 있다.

에 의해 오랫동안 억압되어 있던 악령이 다시금 인간 세상으로 되돌아오고, 미혹과 광기가 삶의 일상적인 상태가 된다. 아버지는 아버지답지 않고, 딸은 딸답지 않다. 공화국의 인민들은 마치 유령처럼 음습하고 타락한 세계 속에서 떠돈다. 위화의 작품에서는 이런 경관이 더욱 심해진다. 현실은 잔혹하고 불투명하여, 사회는 항상 피비린내 나고 황당무계한 카니발 속에 빠져있고, 개인의 신체는 폭악의 최종적 소재지가 되기 때문이다. 피와 살로 된 육체가 갈가리 찢어지는 가운데 이와 더불어 나라와 역사의 주체가 파편화된다. 경악하는 독자를 마주하고서 위화는 우리에게 〈세상사는 연기와 같다〉라면서 이는 〈어떤 현실〉에 불과하다고 말한다.

나는 다른 곳에서 위화·찬쉐 부류의 작품은 '마오 문체'나 '마오 말씀'이 와해된 후라는 상황을 고려해서 검토해야 한다고 지적한 바 있다.24) 30년 마오쩌둥 일파의 강권 통치는 피눈물이 그치지 않는 상흔을 남겨 놓았다. 그런데 강권 통치의 극치는 모든 사회적 상징 기호에 대한 통제에 있다. ─ '마오 말씀'은 규격화된 사유 및 수사의 매체가 되었다. 문화대혁명 이후의 상흔문학은 문학계의 첫 번째 비판 행동을 대표하는 것으로서, 일순간에 눈물을 흩뿌리며 수많은 한스러운 일들이 천 마디 만 마디가 되어 쏟아져 나왔다.

상흔문학은 일종의 추모문학이기도 하다. 옛일은 가버리고 여한은 끝이 없으니 그저 써내려갈 따름이다. 그러나 문자가 증명하는 사후 총명이 또 어찌 만분의 일이라도 이런 비애와 원망을 메울 수 있을까? 글쓰기 자체가 자기 저촉의 시련이 된다. 또는 폴 드 만의 말을 빌리자면 '일종의 상례'가 된다.25) 찬쉐와 위화가 등장했을 때 그들의 작품은 상당히 다른 추모의 전략을 대표했다. 그들은 폭력으로 폭력을 제어한다. 정신착란적인 인물, 변태 망상적인 스토리는 통상적인 이치나 감정에 어긋나는 세계를 그려낸다. 그렇지만 정리에서 벗어난 글쓰기일수록 역사가 균열되는 심연, 진실이 매몰되는 블랙홀에 더욱더 가까이 접근하는 것 같다. 위화와 찬쉐식의 상흔문학은 이리하여 일종의 반상흔문학으로 간주할 수도 있게 된다. 그들은 비애의 상흔을 거절하고, 명백하고 이해 가능한 근원을 찾아내어 효과적인 처방을 내리고자 하기 때문이다. 상흔은 재앙의 주체적 존재를 정의하는 선결 조건이 되었다.

찬쉐의 작품은 한때 독자들이 차마 보기가 무섭도록 만들었다. 그렇지만 그것이 오래 이어지자 그녀는 자기 자신의 문자의 장애에 빠져들어 재삼재사 중복하면서 끝이 어디까지인지 알 수가 없게 되었다. 위화의 작품은 폭력으로 얼룩져 있는데, 심지어는 독특한 미학적 경관을 이루어낸다. 그렇지만 그의 문자는 그렇게도 광포하고 독단적이어서, '마오 말씀'에 대한 가차 없는 모독이라고 간주할 수도 있지만, 동시에 '마오 말씀'에 대한 익살스런 모방이 될 수도 있었다. 마치 양날 칼처럼 남을 베든지 아니면 자신을 베든지 하면서 애초 예상하지 못했던 난국을 만들어내게 된 것이다.[26] 1990년대 이래 찬쉐는 잠적을 하고, 반면에 위화는 방법을 바꾼다. 그의 세 장편 《가랑비 속의 외침》,《살아간다는 것》,《쉬싼관 매혈기》는 과거에 별로 보이지 않던 (정통) 사실적 정서와 서술의 갈망을 보여준다. 그의 힘은 여전하지만 이미 관심은 달라져 있다.

우허의 작품은 찬쉐, 위화와 제법 서로 조응되는 점이 있다. 그의 신작 《여생》은 특히 위화의 《살아간다는 것》과 나란히 읽을 만하다. 그가 집중하고 있는 반세기 이상의 타이완 역사에도 어찌 갖가지 불의하고 불공평한 일이 적었으랴? 그의 글쓰기 또한 일종의 상흔문학 내지는 반상흔문학인 것이다. 다만 타이완 해협 건너편 작가와 비교했을 때 우허에게는 다소 다른 점이 있다. 찬쉐와 비교하자면 그의 작품에는 다소간 서사적인 맥락이 있고, 어쨌든 수시로 가족과 개인의 역사가 그의 문장 행간에 떠오른다. (초기의) 위화와 비교하자면 그에게는 폭력적인 집착이 다소 덜한 대신에 자조적이고 자성적인 부분이 더욱 자주 나타나며, 그의 블랙 유머는 진작부터 평자들이 즐겨 언급하는 것이다. 나는 우허가 더욱 의식적으로 '여생'의 글쓰기를 시도하고 있다고 생각한다. 광기·피비린내·사망은 무소부재하지만 결국 언젠가는 끝이 나게 마련이다. 그의 인물은 비분을 '소용없는' 것으로 바꾸어놓는 능력을 배우면서, 영문을 알 수 없는 여생을 가지고서, 너무 빨리 또는 너무 일찍 상흔이 합리화되고 규격화되는 글쓰기에 대항해야만 했다. 이 때문에 그는 다시금 장황하고 황량한 시간적 차원으로 들어간다. 사망을 기다리는 완만한 과정에서, 그의 인물은 기억의 잔해를 집어 들고 비애의 맛을 곱씹는다.

초기의 〈가느다란 한 줄기 향〉에 이미 우허식의 상흔 글쓰기의 특징이 단초를 보인다. 소설 속에서 가족의 파편화는 실가닥처럼 한 가닥 향불이 흔들리게 만든다. 할아버지는 스스로 '천벌'을 받았다고 생각하면서 미쳐버리고, 아버지는 태평양 전쟁의 경험 탓에 쇠진해 버린다. '조상 계승'의 운명이 주어진 소설의 주인공은 폐인이 되고자 노력하는 가운데 가업을 잇는다. 심지어 그의 아들은 "같은 또래의 아이들보다 삐쩍 마른 몸에, 눈에 띄게 커다란 머리를 받쳐 들고, …… 항상 마누라의 등 뒤에 매달려서 머리통을 비스듬히 기울인 채 멍하니 사람을 쳐다본다."[27] 주인공이 집 안의 고서를 모조리 팔아치운 뒤 식자공이 되었을 때, 소설의 역사/지식에 대한 데카당한 관점이 정점에 달한다.

그 밖에 〈조사: 서술〉에서는 2.28 사건에 대한 재평가 바람에 따라 상흔의 조사가 새로운 일이 된다. 쉰을 넘긴 화자는 단편적인 기억에 의지해서 찾아온 조사자에게 옛일을 호소한다. "유감스럽게도 사건이 일어난 그해 나는 열 살밖에 안 되었다오. 열 살짜리 아이의 눈이란 게 아주 정확한 건 아니잖소." 그는 부친이 실종된 후 가업이 무너진 것을 기억한다. 또 모친의 나머지 반평생은 헛수고일 뿐인 부친 찾기와 기다림 속에 보내게 되는데, 심지어는 이 때문에 속아서 강간까지 당하게 된 일 역시 기억한다.[28]

그는 더 나아가서 사건이 일어난 23년 뒤에 그의 모친이 죽기 전에 털어놓았던 비밀도 기억한다. 그의 부친이 잡혀간 지 156일 후 "그들은 아버지가 총살당해 땅바닥에 나자빠져있는 사진을 가져와서" 모친더러 집집마다 보여주라고 강요했으며, 그녀의 모친은 "사진을 물어뜯어 총알 모양으로 만들어 씹어 삼켜버렸다"는 것도 기억한다.[29]

> 나는 모친의 임종 때 느꼈소. 모친은 암으로 인한 고통 속에서도 그런 씹어 돌리는 고통을 즐기고 있었는데, 씹어서 갉아대는 가운데 모친은 씹어서 가루가 되고 있는 남편을 음미함과 동시에 젖어 들어가고 있는 것이었소. 끊임없이 땀과 피가 배어나오는 젊은 남편의 살갗은 얼마나 아름다웠을는지 …… 모친은 틀림없이 모르핀으로 통증을 덜고 싶지는 않았을 것이오. 타들어 가는 것 같은 달콤한 고통 속에서 모친은 나의 팔뚝에 할퀴고 물어뜯은 흔적들을 남겼다오.[30]

이런 이야기는 사람을 처연하고 전율하게 만든다. 그렇지만 마지막에서 뜻밖에도 조사자는 "그 사망 사진은 운하 *끄트머리* 아무개 배 만드는 집안의 큰아들 이야기 같군요"라고 화자를 일깨운다. 더욱 의미심장한 것은 화자가 "나도 알고 있소라고 웃으면서 말한다"는 것이다. 대체 진실은 무엇인가? 죽은 자들의 원한이 오래되었으니 진실은 죽은 영혼들끼리 공유하는 침묵이런가? 아니면 살아남은 자들이 서로 퍼트린 이야기런가? 그것도 아니면 화자 자신의 욕망의 개입이런가? 어떻든 간에 유족을 두고 말하자면 그래도 세월은 보내야 하고 이야기는 말해야 하는 것이다.

현대 타이완 본토문학의 전통으로 되돌아가보자. 나는 우허 외에 적어도 두 명은 함께 거론해야 한다고 생각한다. 스밍정과 쏭쩌라이이다. 스밍정의 창작은 1950년대 말에 시작되었는데, 당시 시단의 우두머리였던 지쉬안의 찬양을 제법 받았다. 1960년대 초 그는 동생인 스밍더의 반란사건에 연루되어 5년형을 받고 투옥되었다. 출옥 후 스밍정은 집안에서 전해오는 안마로 생계를 잇는 것 말고는 시화·금석·소설·미주·미인에 마음을 붙이고 살면서, 유독 정치에 대해서만은 멀리하여 심지어 스밍더가 '겁쟁이'라고 놀리기까지 했다.[31] 그러나 이 겁쟁이는 1988년 스밍더가 단식으로 정부에 항의할 때 조용히 자신만의 단식 항의를 진행하다가 끝내 목숨을 잃고 말았다.

스밍정이 도대체 왜 죽게 되었는지는 지금까지도 사람들마다 말이 다르다.[32] 내가 강조하고자 하는 것은 1960년대 백색 테러의 세례를 겪은 후 스밍정은 그 사람됨과 작품이 모두 내가 말하는 바 '여생'의 글쓰기라는 특징을 보여준다는 점이다. 타이완 본토문학에 대한 그의 공헌은 관변 기제에 대한 공공연한 반항(예컨대 그의 동생인 스밍더의 행위처럼)에 있는 것이 아니라, 그가 반항할 수도 없었고 반항하고 싶지도 않았다는 점 및 이로부터 비롯된 시름을 토로하는 갖가지 방법에 있는 것이다. 이 방면에서 문학은 그의 참회록이자 (자아) 기소장이 되었다. 그의 소설은 한편으로는 자신의 성적 경험 및 자전적 경험을 과장하고(예컨대 〈나, 붉은 코트, 그리고 링링〉, 〈마귀의 자화상〉), 한편으로는 군대와 감옥에서의 생활을 되짚어본다(예컨대 〈죽음을 갈구한 사나이〉, 〈오줌을 마시는 사나이〉, 〈지휘관과 나〉). 자기 과장적인 '악마'와 자기 조롱적인 '겁쟁이', 문란한 정욕의 충동, 광포한 백색 테러가 그의 작품에서 기이한 대화로 교차한다. 이와 동시에 그의 편집적이고 폭음적인 경향이 갈수록 심해졌다. 1988년 언론이 오로지 스밍더의 단식, 음식물 강제 주입, 회복이라는 기이한 정치적 장면에만 주목하고 있을 때, 스밍정은 고독하게 자신의 생명을 마감하는 선택을 했고 진짜로 그렇게 가 버렸다.

오늘날까지도 아마 우리는 스밍정의 의미를 저평가하고 있는 것 같다. 타이완 본토의 담론이 항의 정신과 열사 논리를 강조할 때, 종종 '겁쟁이'의 세계 속에 진정으로 한 시대의 가장 침중한 비극이 담겨 있음을 홀시하고는 한다. 더구나 우리의 겁쟁이가 반드시 진짜 겁쟁이는 아님에도 불구하고. 우허가 '무용한 사람이 되고자 노력한다'고 한 말이 다시금 마음속에 떠오른다. 스밍정은 정치를 회피했다. 그러나 헛됨을 말한다고 해서 꼭 헛됨은 아닌 것이다. 그는 마침내 그의 생명과 작품으로 일종의 헛됨의 미학, 속절없는 정치를 실천했다. 이런 의미에서 우허는 아마도 스밍정보다 더욱 철저하게 나아간 것일 수 있다. 자살은 단번에 모든 걸 매듭짓는 방법이지만 계속 살아나간다는 것이야말로 더더욱 부조리에 대한 고집인 것이다. 〈비애〉의 비애적인 결말은 '너'의 죽음이 아니라 '나'가 화장실을 지키면서 분변에나 집착하며 평생을 마감하겠다는 결정이다.

쑹쩌라이는 1970년대 초에 등장했는데, 초기에는 《홍루의 옛일》 등 퇴폐적 의미를 띤 심리소설로 주목을 받았다. 그 후 그는 향토문학의 열풍에 휩쓸려 들어가서 〈다뉴난 마을〉 등의 시리즈로 뛰어난 신진작가가 되었다. 1980년대 이래 쑹쩌라이는 반정부운동에 참여하는 한편 참선에 몰두했다. 하나는 동적이고 하나는 정적이니 그의 독특한 일면을 잘 보여준다. 나는 쑹쩌라이의 성취는 일반적인 평자가 읽고 떠받드는 정통 향토소설에 있는 것만은 아니라고 생각한다. 이보다는 그가 1980년대에 '봉래지이'라는 이름으로 발표한 일련의 단편소설이야말로 그의 재능을 잘 나타내준다. 이 소설들은 냉철한 눈으로 전쟁·정치·경제적인 대변동 하에 처한 '학대받는' 소인물들을 기록했다. 쑹쩌라이의 원래 의도는 자연주의식의 관찰에 있었다. 그렇지만 문장은 매번 낭만적이고 신비적인 색채를 드러내면서 사람들이 그 속에 빠져들도록 만든다.[33] 화자의 우연한 조우(〈자오홍마을의 하룻밤〉), 향촌 인물의 한 자락 옛날이야기(〈흉터〉)는 예기치 못하게 한 꺼풀씩 출신의 수수께끼와 역사의 여한을 밝혀낸다. 쑹쩌라이의 이야기꾼들은 생존자들이다. 그들이 이야기하는 방식은 어쩌면 평범하게 들릴 수도 있겠지만, 이야기의 시점과 이야기의 내용은 언제나 침중한 비애로 뒤덮여있다.

이 점이 우허와 쑹쩌라이가 만나는 지점이다. 그들은 시대의 폐허 속 습골자이다. 서로 다른 점이라면 '봉래지이'를 쓰던 시기의 쑹쩌라이가 자연주의적 스타일을 고수하면서 소박함을 추구한 것에 비해 우허는 과장적이고 부조리함으로 인해 전혀 다른 스타일을 보여준다는 것이다. 사실 쑹쩌라이는 초기 작품에서 이미 퇴폐에 탐닉하고 기이함을 상상하는 그의 능력이 우허보다 못하지 않음을 보여준다. 다만 이 능력은 1990년대의 《핏빛 박쥐가 강림한 도시》와 같은 부류의 소설에 이르러서야 비로소 권토중래하게 된 셈이다. 간단히 말해서 《핏빛 박쥐가 강림한 도시》는 타이완의 말세를 기록한 재앙소설이다. 타이완의 아무개 도시의 정치가들은 불의를 행하고 악마에게 몸을 바치면서 그 지역을 독차지하다가 천벌을 받는다. 악마는 핏빛 박쥐로 화하여 사람들 사이에서 기승을 부리면서 이 아름다운 섬의 앞날이 하루아침에 무너질 상황이 된다. 일단의 인의 지사들이 위기를 벗어나려고 애를 쓰는데, 선과 악, 신과 마귀의 전쟁으로 하늘과 땅의 색깔이 바뀔 지경이다.

쑹쩌라이가 이렇게 그의 말세적인 예언을 서술한 것에는 이미 종교적인 계시의 색채가 나타난다. 그의 과거 《폐허 타이완》에 비하자면 또 하나의 더 큰 성과라고 말할 수 있다. 쑹쩌라이는 확연하게 우허식의 '뜻 모를 언어'를 구사하기 시작한다. 그는 거대한 광인의 세계를 창조해 내는데, 사멸과 속죄가 찰나적인 일념의 차이이다. 그렇지만 우리로 하여금 더욱 현란하고 신비하게 만드는 것은 끊임없이 쏟아져 나오는 그의 퇴폐적인 경관이다. 하늘은 어둡고 땅은 참담하며, 마귀와 요괴가 횡행한다. - 또 다른 세기말의 화려함에 걸맞는다. '봉래지이'와 《핏빛 박쥐가 강림한 도시》의 서술에서 우리는 역사의 변증법적인 재난에 대한 작가의 폭넓은 구상을 볼 수 있다. 만일 '봉래지이'가 불운이 들이닥칠 때 순순히 참고 견디는 것을 강조한다면, 《핏빛 박쥐가 강림한 도시》는 좋고 나쁘고 할 것 없이 함께 소멸해버리는 경향을 보여준다.

주목할 것은 《핏빛 박쥐가 강림한 도시》에서 긍부정적인 인물 모두가 그 전의 재앙에서 살아남은 자들이라는 점이다. 그렇지만 예컨대 랴오자오양이 말한 것처럼, 재앙이란 의미가 완전히 소멸되는 것만은 아니다. 쑹쩌라이의 소설은 사실 사지에 몰려서도 되살아날 수 있는 계기를 이미 제시하고 있다. 마찬가지로 우리는 여생의 글쓰기란 의미가 완전히 낭비되는 것만은 아니며, 오히려 버린 후 다시 쓰는 식의, 역사를 거스르는 운용이라고 말해야 할 것이다.[34]

4. 여생의 글쓰기

나는 이상 3절에서 재등장한 뒤의 우허의 창작 특징을 여러 가지 각도에서 살펴보았다. 그는 개인·가족·역사 기념비 아래에서 잔해를 줍고 조각을 나열하면서, 스스로 일가를 이룬 습골자가 되었다. 국가와 정치적 가부장 제도의 무한한 권력 확장에 대하여 그는 소집, 수용되기를 거부하면서 "무용한 사람이 되고자 노력한다." 역사의 폭력을 기억하며 (분열된) 주체를 다시 정의하고자 하는 이런 시도는 그로 하여금 20세기 말 화문 상흔 글쓰기의 중요한 대표자가 되도록 만든다. 우허의 작품은 근래 타이완의 비애문학이라는 전통 아래에 자리매김해 볼 수 있다. 그러나 그의 발굴과 습골의 방법은 분명 그로 하여금 원래 발굴 계획에 없던 많은 것들을 캐내도록 만들었고, 그의 폐기/퇴폐 미학은 특히나 민주 진보주의자들의 눈에 들기는 어려웠다. 비록 그렇기는 하지만 그가 보여준 '이질'적인 타이완 본토 모더니즘의 스타일은 이미 갈수록 경직되어가는 주류 서술에 새로운 유형의 목소리를 부여하였다.

그러나 앞에서 말한 것처럼 만일 계속해서 '비애'에 침잠하고 '유랑'에만 맴돈다면 우허는 결국 시야의 한계에 직면하게 될 것이다. 1995년의 중편

《아방과 카드레센간을 생각하며》는 따라서 일종의 돌파를 대표한다. 이 소설은 작가가 1992년 타이완 남부의 루카이족 쿠차푼간 부락에 머무른 경험을 바탕으로 하여 세기말 원주민 생활의 변화를 묘사하고 있다. 그가 공중화장실을 떠나 고향으로 들어간 것 자체가 이미 커다란 비약이다. 제재 면에서 말하자면 우허는 타이완 본토문학의 본성(本省)과 외성(外省)의 한계를 무너뜨리고 시야를 원주민/한족/외래식민자라는 복잡한 관계로 확장했으며, 이는 더더욱 언급할 만한 공헌이다.4 그런데 그가 문장 구사 면에서 평가와 서술을 병행하면서 보고문학·현지조사·민족지학·허구와 상상을 한데 녹여낸 것 또한 소설 장르의 범주를 넘어선 것이다.

쿠차푼간 부락은 핑둥현 우타이향에 위치하고 있으며, 서루카이족 취락지의 주요 지역이다. 전하는 바로는 6백 년 전에 루카이족의 선조가 구름표범의 흔적을 뒤쫓다가 옛날 쿠차푼간 부락 지역에 오게 되었으며, 전성기에는 1,200여 명이 사는 강력한 대부락이었다고 한다. 구름표범의 후예로서 루카이족은 계급이 분명하고 예술과 화초를 사랑한다. 젊은이들 머리에 쓰는 만개한 백합꽃 화관, 정교한 석판 가옥은 그들의 문화에서 중요한 부분이다. 그러나

---

4 현재 타이완의 인구는 2,300만 명 남짓한데 그 종족 구성이 다소 복합적이다. 태평양 중부/남부 도서 지역 종족인 오스트로네시아(Austronesia)계의 원주민(약 2%), 대략 17세기에 정점을 이루며 중국 대륙의 푸젠성 남부 지역에서 이주해온 한족계의 혹로인(河洛人, 약 70%)과 하카인(客家人, 약 15%), 그리고 1945년 이후 특히 1949년 무렵 중국 대륙 각지에서 대거 이주해온 한족계(약 13%)로 나뉜다. 이들 중에서 1945년 이후에 이주해온 사람들을 외성인(外省人)이라고 부르며 그 이전에 이주해온 사람들을 본성인(本省人)이라고 부르는데, 때로는 그중에서도 특히 혹로인만을 본성인이라고 부르기도 한다. 다른 한편으로는 타이완 사람이라고 하면 이 모든 사람을 포괄하기도 하고, 본성인만 의미하기도 하며, 심지어는 그중 인구의 대다수를 점하는 혹로인만 지칭하기도 한다. 이에서 보듯이 각 집단 간에는 복잡 미묘한 관계가 존재하며, 이는 타이완이 역사적으로 원주민이 정착한 이래 여러 차례에 걸쳐 식민자의 식민 지배, 지배층의 강압 통치, 대규모 이주를 경험한 것과 관련이 있다.

1920년대 이후 일본 식민자 및 신흥 종교(천주교, 기독교)의 개입으로 과거의 제사와 취락 조직이 점차 해체된다. 1970년대 정부의 '산지 동포의 평지 생활화' 구호 아래 루카이족은 부락을 옮기게 되고 이로써 원래의 응집력이 갈수록 와해되고 있다.[35]

1990년대 초 우허는 쿠차푼간 부락에 간다. 그는 이 '아름다움의 신'의 자손들이 포스트모던의 열풍 속에서 어떻게 몸부림치고 있는지와 관련한 자취를 목격하고, 저절로 원주민을 존중하는 마음의 소리를 발하게 된다. 그러나 대세는 흘러가 버렸고 쿠차푼간 부락의 영광은 되돌아오지 않으리라는 점을 그가 또 어찌 모르겠는가? 《아방과 카드레센간을 생각하며》의 주요 인물은 작가 외에 세 사람인데, 남은 반생을 '전업 루카이족'의 촬영에 바치고자 하는 아마추어 사진가 아방, 루카이족 문화를 문자로 기록하고자 하는 카드레센간 선생, 그리고 뿌리를 찾아 귀향한 원주민 여성 미스 전이다. 소설에는 거의 언급할 만한 스토리가 없다. 이 몇몇 인물들 사이의 상호 교류와 이로부터 비롯되는 방문·대화·사색이 주된 특징을 보여준다.

60여 년 전 선충원은 《샹시》, 《샹행 산기》와 같은 일련의 글로 고향 산수의 아름다움을 그려냈으며, 샹시 원주민인 먀오족과 투자족의 인정세태는 그가 무한히 경도되던 향수의 원천이었다. 선충원은 원주민 혈통이 섞여 있어서 '꼬마 먀오'라고 놀림을 받기도 했는데, 그의 작품은 물처럼 맑아서 그의 투명한 고향 상상을 비춰주는 것 같았다. 우허의 원적은 타이난으로, 인연에 따라 쿠차푼간 부락에 가게 되고 또 깊이 이끌리게 되었다. 그는 선충원과는 상대적으로 루카이족의 곤경은 복잡하게 얽혀 있어서 우회적인 '사색, 어울리지 않는 인물, 중국어 같지 않은 중국어라야만 이런 복잡성을 표현할 수 있을 것이라는 점을 분명하게 인식하고 있다. 하지만 이런 인물과 서사 스타일의 복합성은 우허 자신이 말하는 '진짜 본토'론을 전제로 한다. 그는 소설에서 여러 차례 풍자한다. 인류학자의 현지조사는 잠자리가 꼬리만 살짝 수면을 치고 날아오르듯이 건성이어서 부락의 규범을 어지럽히고 위반하며, 중앙 정부의 정책은 큰소리는 늘어놓지만 문화와 자연 생태의 문제를 진지하게 고려해본 적이 없다. 루카이족 사냥꾼은 더 이상 사냥을 나가지 않으며, 전통 조각과 돌집은 모두 황폐해졌다. 그러나 우허는 자신의 발언 위치에 대해 스스로를 합리화할 수가 없다. 그 또한 필경은 나그네일 뿐 귀향자는 아니다. 이는 양자오의 그에 대한 비판을 불러일으켰다. 우리의 고향이 이미 망가져 버렸다면 타이완 본토의 진실성 여부 역시 정도상의 문제일 뿐 유형상으로는 다르지 않다는 것이다.[36]

전술한바 '여생'의 서사학에 따른다면, 우리는 우허의 루카이족 경험이 구체적 차원에서 한 종족의 쇠퇴, 한 문명의 소멸을 사색하고 있는 것이라고 말할 수 있다. 그러나 《아방과 카드레센간을 생각하며》의 생태 및 문화적 위기감이 전에는 보기 드문 그의 동정심을 불러일으켜서 그의 역사적 명제와 서로 모순을 드러낸다. 하지만 또 바로 이 때문에 《아방과 카드레센간을 생각하며》는 더욱 복잡한 '여생' 담론을 보여준다.

우허의 난제는 우리로 하여금 인류학자 레비스트로스를 생각나게 만든다. 그는 《슬픈 열대》에서 "나는 한 움큼의 잿더미 말고는 아무것도 가져오지 못한 유일한 사람이 아닐까? 나는 도피주의라는 근본적으로 불가능한 이런 사실을 증언하는 유일한 목소리가 아닐까?"[37]라고 쓰고 있다. 수년에 걸쳐 아마존 밀림에서 현지조사를 진행한 후 레비스트로스는 문명과 야만의 미묘한 투쟁에 대해 감개가 넘쳐났다. 인류학자로서 그는 "포기하지 않고 조각과 잔해 속에서 이미 사라져 버린 지역적 특색을 복원시키려고 하지만 이런 노력은 헛된 수고에 불과할 뿐이다."[38] 도대체 우리는 각 문명의 본디 모습을 존중하고 이로써 상호 오염되는 계기를 감소시켜야 할 것인가? 아니면 우리는 이미 익숙하고 꿰뚫어보게 된 갖가지 문명들 사이에서 우리의 지식을 축적시켜 나가야 할 것인가? 우리에게는 두 가지 선택이 있을 뿐이다. "나는 고대의 여행자처럼 갖가지 기막힌 광경을 볼 기회가 있지만 그러한 현상들의 의미는 알 수가 없으며, 심지어 그러한 현상들에 대해 혐오감을 느끼고 무시할 수도 있다. 그렇지 않으면 현대의 여행자가 되어 이미 사라져 버린 가지가지 흔적을 찾아 도처를 헤맬 수도 있다.[39)]

글쓰기가 시작되면 의미는 항상 타락을 초래한다. 문명의 확실성은 종종 문명의 훼멸로 인해서 비로소 명료해진다. 작품에서 아방은 곧 사라질 생명을 위해 존재의 증명을 촬영하기에 다급하고, 우허와 카드레센간 선생은 황망하게 부락의 '진실'한 신분을 서사하고 기록하며, 귀향한 여성은 할 수 있는 바를 다해서 뿌리찾기의 의식을 행한다. 그들(그녀들)은 사실 모두가 하나의 사라져가는 목격자 세대이다. 슬픈 열대, 아방과 카드레센간을 생각하며, 우허의 문제는 이제 시작이다.

소설은 우허가 루카이족 사람들과 고별하면서 서로 "인생은 얼마나 아름다운가", "나는 더더욱 차마 죽을 수 없다"라고 탄식하는 것으로 끝이 난다. 주목할 점은 여기서 '더더욱'이라고 한 것이다. 들이닥칠 운명에 대해서 우리는 어찌해 볼 도리가 없다. 그렇지만 각자 스스로 알아서 대처하자고 언약한다. '참' 혹은 '거짓'의 문제는 잠시 미루어두고, 여생의 유유한 생존, 끊임없는 생존이라는 생존 본연의 희구가 표면으로 떠오른다. 앞에서 논했던 탈영·자폐·사망·광기 등의 결말에 비해보자면 우허의 《아방과 카드레센간을 생각하며》는 결국 그의 세계에 속죄적 의미를 가져온다. − 그것이 얼마나 제한적인 속죄든 간에.

《여생》에서 우허는 계속하여 상술한 그의 문제를 사색하는 진지함을 펼친다. 이번에 그가 '습골'을 선택한 지점은 우서이다. 많은 사람의 입장에서 보자면 우서는 산 좋고 물 맑으며, 벚꽃과 온천으로 이름난 곳이다. 그러나 70년 전 이곳은 원주민들이 대규모로 일본 식민자에 대항했던 현장이다.

1931년 10월 27일, 타얄족 마헤보부족의 우두머리인 모나 루도가 모두 여섯 부족 전사들 300명과 함께 일본인을 습격하여 현장에서 134명을 살해하고 목을 베었다. 반란을 진압하기 위해 일본 측은 군경 약 7천 명과 산악포, 기관총, 심지어 독가스까지 동원하여 현장에 사용하였다. 사건은 11월 11일까지 이어졌는데, 모나 루도는 패배 후 자살하고, 함께 죽은 자 또한 많았다. 거사를 일으킨 여섯 부족은 원래 인구가 1,236명이었으나 이 전투를 거치고 나자 전사 및 자살자가 644명에 달했다. 일본 측의 사상자 역시 상당했으며, 역사에서는 이를 '우서 사건'이라고 부른다. 그러나 사건은 여기서 끝나지 않았다. 이듬해 4월 25일 일본에 투항하여 수용된 564명의 '보호지역'이 적대적 부족의 머리사냥 공격을 받는다. 사건 후 살아남은 자는 298명에 불과했다. 그 후 이들은 모두 촨중다오(카와나카지마)로 옮겨지는데 곧 오늘날의 런아이향 칭류마을이다. 이것이 '제2차 우서 사건'이다.40)

우서 사건은 일본의 타이완 식민지 역사상 최대의 반항 사건 중 하나로, 당시 총독이던 이시즈카 에이조의 사임과 '소수민족 관리' 정책의 전면적인 전환을 초래했다. 게다가 사건 발생 때 평지 한족의 반항 활동은 이미 깃발을 내린 상태였다. 그렇지만 사건의 앞뒤 전말이 어쨌든 간에 수십 년이 지나면서 점차 사람들에게 잊혀져갔다. 비록 정부 측에서 사건의 발생지에 기념비와 모나 루도의 동상을 세우는 한편 매년 기념 의식을 거행하고 있으며, 우서의 벚꽃 역시 그때마다 어김없이 만개하지만, 마헤보부족의 유적지는 이제 온천욕의 명소 - 루산온천이 되어 버렸다.41)

우허는 이 역사 사건에 대해 다른 생각을 가지고 있다. 이 때문에 1997, 1998년 두 차례에 걸쳐 타얄족 칭류마을에 머무르면서 《여생》의 조사를 마무리했다. 《여생》의 후기에서 그는 이렇게 쓰고 있다. 이 책의 목적은 세 가지다. '우서 사건'의 '정당성과 적절성'이 여하한가 및 '제2차 우서 사건'을 검토해 보는 것, 거주하던 부락의 한 "이웃 아가씨의 되찾아가는 행적"을 검토해 보는 것, 부락에서 만나고 보게 된 여생을 검토해 보는 것이다. 우허는 세 가지를 "거듭해서 반복해 가며 하나로 써냈는데, 소설 예술 면에서의 '시간' 때문이 아니라 이 세 가지의 내적 의미가 '여생의 동시성 안에 존재하기 때문이었다." 훌륭한 말이다. 과거와 현재, 재난과 기억이 그의 펜대 아래에서 기이한 공시성을 펼친다. 상흔의 원인과 결과가 어찌 기승전결로 명명백백하게 설명될 수 있으랴? 《여생》의 전문은 단락 구분 없이 뒤얽혀서 펼쳐지면서 글읽기에 있어 심대한 장애와 매력을 형성하니 혹 그 의미가 이 점에 있는 것은 아닐까?

소설에서 우허는 당연히 정부 측의 항일기념비를 방문한다. 그러나 진정으로 그의 마음을 움직이는 것은 다른 기념비, 즉 '여생비'이다. "천황'의 영광이 떠나가버린 지 10여 년 후 비로소 부락사람들은 소박하게 '여생비'를 세운다." "초등학생 키 높이에 튼튼한 초등학생 같은 크기로, 순수하고 진솔하여 감동적인데, 불평하는 소리도 자랑스러워하는 현란함도 없다." "거의 하찮은 수준의 그런 여생의 나지막한 톤이다." 기념비와 여생비 사이에서 우허는 그의 발굴을 시작한다.

우허는 부락을 떠돌며 사색에 잠긴다. 첫 번째 문제는 곧 '우서 사건'이 도대체 단순히 원주민의 항일 사건인가 아니면 부락의 원시적인 '음가야'라는 머리사냥 의식의 유풍인가 하는 것이다. 원주민에 대한 식민자들의 차별과 착취가 공분을 불러일으켜 마침내 유혈 사건으로 폭발하게 되었으며, 비록 역사 기록이 단편적이기는 신뢰할 만큼의 증거는 있다. 그렇지만 우허는 이런 식으로 쓰는 것은 원주민의 용감한 항일 정신을 부각시키는 것이 된다기보다는 그들이 원래 가지고 있던 공동의 적에 대항하는 부락의 기개를 매몰시키는 것이 된다고 회의한다. 모나 루도와 그의 추종자들이 일본인을 습격하고 목을 잘라 과시한 것에는 어쨌든 전통적인 '음가야'의 정당성이 포함되어 있지 않을까? 이렇게 된다면 역사의 글쓰기는 또 어디에서 비롯되고 어디에서 그치게 되는 것일까? 그뿐만이 아니다. '우서 사건'은 속편이 있다. 제2차 도살에서 공격자와 피해자는 둘 다 타얄족 내의 적대적인 부락이다. 비록 일본인이 배후에서 불을 붙이고 부채질을 했지만 토착인들 사이에서 스스로 은원을 매듭짓고자 하는 동기를 도외시할 수는 없다. 거대 역사를 강조하는 연구자가 보기에는 '제2차 우서 사건'은 사족일 뿐이라서 종종 생략하고 논하지 않는다. 그렇지만 우허가 보기에는 이런 불필요한 중복에 불과한 '제2차 사건'에서 우리는 비로소 '제1차 사건'의 애매한 동기를 되짚어볼 수 있고, 원주민의 문화 기억의 주체적 위치를 해방시킬 수 있다. 그대는 보지 못하시는지? 왕년에 서로 머리사냥을 하던 부락들이 오늘날 서로 통혼 가능하다는 것을. 이런 것 또한 그들 자신의 전통의 일부분이며, 외부인들이 말할 수도 없고 말할 필요도 없다는 것을 그들은 알고 있기 때문이다.

소설에서 화자인 우허 외에 또 한 사람의 중요한 인물은 '처녀'이다. 처녀는 타얄족 여성으로 평지에서 온갖 풍진을 겪은 후 부락으로 돌아온다. 소설의 시작 부분에서 그녀는 "나는 모나 루도의 손녀"라고 말한다. 그녀는 과연 그럴까? 제2차 사건 후 마헤보 등 여섯 부족은 거의 멸종하고 원거주지에서 강제 이주를 당한다. 그들은 촨중다오에서 새로운 생활을 이어나가게 된다. 타얄족 선조를 기리고, 모나 루도를 추모하면서, 그들의 새로운 삶은 남은 삶인 여생이 된다. 처녀는 흩어져버린 종족의 후예로서, 더 이상 조상의 품으로 되돌아갈 수 없는 모나 루도의 자손이다. 그녀는 우리에게 〈열다섯 살 그해 봄〉의 풍진 세상에 빠져든 소녀를 상기시킨다. 《여생》의 그녀는 나이는 많지 않지만 이미 온갖 풍파를 다 겪었다. 평지에서 산지로 오면서 폭음과 방종, 육신의 보시 등, 그녀는 "만질 수도 건드릴 수도 없는 욕망의 블랙홀이라는 삶의 절망" 속에서 살아가고 있다. 그러나 절망이 허망한 것은 희망이 그러한 것과 마찬가지이다.[42] 처녀는 또 우허의 가장 중요한 길잡이다. 그녀의 귀향은 물고기와 새우를 동반자로 삼는데, "어느 날 찾아나서서 ……."

소설의 후반부 역시 찾아나서는 여행으로 정점에 달한다.

처녀의 인도에 따라 우허는 부락의 각양각색의 인물들을 방문하며, 이런 방문이 소설의 중점을 이룬다. 그가 만난 사람은 왕년에 머리사냥에 가담했던 용사, 사건 발생 후 칩거하여 무사도를 닦는 노인, '우서 사건'의 항일 및 머리사냥의 재검토를 위해 노력하는 원주민 학자, 타얄족의 자각적 공동체운동 활동가, 태평양 전쟁 '의용군'의 생존자, 아무것도 하는 것이 없는 '기인', 오고가는 것이 표연한 '표인' — 처녀의 남동생, 목사, 장로, 잡화점 주인, 컨테이너 박스에서 수도하고 있는 여승, …… 등이다. 이런 인물에는 늙은이도 있고 젊은이도 있는데, 현지인이든 외부인이든 간에 모두 사건 후에 광의의 의미에서 여생을 사는 사람들이다. 가장 마음을 움직이는 것은 우허가 많은 정보 속에서 모나 루도의 딸인 마홍 모나를 상상하는 것이다. 사건 후 그녀는 겨우 몸만 빠져나온다. 그러나 그녀의 동족들과 함께 죽지 못한 것을 평생 후회한다. 중년 이후 마홍 모나는 여러 차례 자살을 시도하지만 미수에 그치고, 그 사이 사이에 종종 당시 동족들이 퇴각, 순사한 신비의 협곡으로 돌아가서 사자의 영혼을 추모한다. 이는 전형적인 재난 후의 트라우마 사례이다. 그녀의 생존은 남은 반생의 저주의 시작이며, 그녀의 종착점은 바로 죽음인 것이다!(43)

우허는 또 자칭 모나 루도의 손자라는 노인 다야를 만난다. 사건 발생 때 그는 아직 아이였는데 구출된 후 밤을 새워 바오리의 장로회 집에 보내지고 목사로 교육된다. 뜻밖에도 18세이던 그해 "교회 바깥에서 동란이 일어나" 그는 다시 또 이리저리 전전하다가 배에 올라 "결국 남미로 도망가게 되었으니, 마헤보와 어찌 만 리만 떨어지게 되었으랴." 이 타얄족 목사는 남미에서 술 마시고 오입하고 포르노 책이나 보다가 다시 한 중년의 라틴 부호와 결혼하여 혼혈의 딸을 낳는다. 만년에 그는 낙엽이 뿌리를 찾아가듯이 돌아와서, "왕년에 정신병원을 탈출한 미치광이"가 돌아온 것으로 간주된다. 그는 어머니의 옛일을 조사하면서 "그때마다 목이 쉴 정도로 통곡을 하게 되고 …… 통곡은 '상처의 고통을 상기키는' 소음이 되기에 이르렀다. 이에 장로는 그더러 떠나라고 권한다. 사람이 늘 상처의 고통 속에서 살 수는 없기 때문이다. 사람들은 농사를 짓고, 돼지를 키우고, 닭을 먹여야 했다. 더욱 심각한 것은 '상처의 고통 속에서 태어난 아이는 조상의 영혼으로부터 저주받은 아이'라는 점이다."

다야 이야기는 환상인 것 같기도 하고 사실인 것 같기도 하다. 우서 사건에서 2.28사건까지, 기독교에서 부족 신앙까지, 마헤보에서 라틴아메리카까지, 어머니를 잃고 떠나는 것에서 어머니를 찾아 돌아오는 것까지, 광기에서 비애까지, 너무나 많은 역사의 인연이 여기서 교집하고 있는 것이다. 다야 이야기의 진위 여부는 더 이상 중요하지 않다. 중요한 것은 그의 이야기가 '우허의' 이야기이기도 하며, '우허의' 비애가 접목되어 있다는 점이다. 우허는 이미 1960년대 백색 테러의 시절에 우서 사건에 충격을 받는다. 이후 30년 동안 그는 당외 활동과 자폐 유랑의 사이에서, '군대'와 '국가'의 통제 사이에서, 자신의 역사적 처경을 고심하며 사색해왔다. "내가 우연히 촨중다오에 온 것은 아니다. 그러나 순전히 '여생'이라는 두 글자가 나를 남도록 만들었으며, 나는 진실로 '재난 후의 여생'을 체험하고 싶었고, '사건'은 단지 필연적 만남이라는 인연에 불과했다." 이는 정곡을 찌르는 자기 고백으로, 우허가 후기에서 강조한 "'여생'의 동시성"으로 우리를 인도한다. 다른 사람의 상처로 자신의 응어리를 다스리는 것이다. 우연과 필연, 현재와 역사, 이승과 저승, 우리는 어쨌든 같은 운명을 서로 슬퍼하는 것이다. 아도르노는 벤야민을 회상하면서 이렇게 썼다. "절박하게 그는 이미 화석이 되어버린 사물 속에서 굳어져 버린 생명을 일깨우고자 했을 뿐만 아니라 ─ 우언이 그러했듯이 ─ 더 나아가서 살아있는 사물을 검토하여 살아있는 사물을 아득한 옛날의, 태초의 역사로 간주함으로써 그것들의 의미를 활짝 펼쳐내고자 했다."[44]

이야기 속의 처녀가 말한 것 그대로 타얄족은 타이완 각 부락 중에 동화가 가장 빠른 부족이었는데 우서 사건이 대단히 중요한 전환점이 된다. 세기말인 지금 '음가야 머리사냥과 같은 습속은 이미 금지되어 사라져 버렸다. 우허가 우서, 루산을 둘러보니 상점이 즐비하고 관광객이 넘친다. 완전히 딴 세상인 것이다. 그렇지만 정말 모든 것이 '과거'가 되어 버렸을까? 후기 자본주의 문화는 더욱 문명적이고 더욱 정밀한 방법으로 머리를 쫓고 사냥을 하는 것은 아닌가? 우리는 이미 루쉰이 예교가 '사람을 잡아먹는다'며 4천 년의 고문명은 사람이 사람을 잡아먹는 잔치일 뿐이라고 쓴 것을 잊지 않고 있다. 문명 속에 내재되어 있는 야만적인 기제인 모방자와 피모방자 사이의 상생 상극은 마이클 타우시그가 우리를 일깨워주도록 만들어주고 있다. 우리는 사실 '낙후한' 문명에서 자기 자신의 원시적인 저열한 근성과 슬기로운 근성이 잠시도 분리될 수 없다는 것을 목격하고 있다.[45] 그런데 우허는 이러한 대립의 순환에만 몰두하지는 않는다. 그는 또 거북하게 원주민의 짐승 사냥에 서부터 사람 사냥까지의 제의 자체가 이미 그들 문화의 타락과 진화를 대표하는 것은 아닐까라고 생각한다. 만일 《아방과 카드레센간을 생각하며》를 쓰던 시기의 우허가 여전히 모종의 고향적인 신념에 집착하고 있었다면, 《여생》을 쓰게 된 우허는 비록 아직도 옳은 것에 대한 고집은 남아 있지만 그보다는 차라리 노련하고 침울하게 되었다고 해야 할 것이다.

레비스트로스는 이렇게 말한다.

> 망각은 기억을 차례차례 가져가 버리면서 그것을 썩게 만드는 것에 그치지도 않고 그것을 무로 만드는 것에 그치지도 않는다. 망각은 남아있는 단편적인 기억들로 갖가지 복잡한 구조를 창조하여, 우리가 상대적으로 안정적인 균형에 도달할 수 있도록 만들고, 우리가 상대적으로 명료한 모델을 볼 수 있도록 만든다. 한 가지 질서가 다른 한 가지 질서를 대체하는 것이다.

두 질서의 절벽 사이에 내가 주시하는 것과 주시되는 대상 간의 거리가 유지되면, 시간이라는 이 대 파괴자는 작업을 시작하여 더미더미의 잔존물과 폐기물을 만들어낸다. 모서리는 닳아서 둥글어지고 구역 전체가 완전히 와해된다. 마치 점점 늙어가는 혹성 표면의 지층이 지진으로 위치를 뒤바꾸는 것처럼, 다른 시기, 다른 지점이 충돌하기 시작하여 뒤섞이고 중첩되거나 안팎이 뒤바뀐다. 아득한 과거에 있었던 사소한 부분들이 지금은 마치 산봉우리처럼 솟아오르는가 하면, 나 자신의 생명 속에 있었던 덩어리 덩어리의 과거가 통째로 사라져 흔적도 없게 된다.[46]

레비스트로스가 비록 구조주의적 사유 방식을 벗어난 것은 아니지만 글에는 겸허함과 자기반성이 가득 차있어서 우허의 소설에 참고할 만하다. 그러나 우허는 레비스트로스보다는 낙관적이지 않다. 《여생》은 숨겨진 단층 곳곳을 서술하되 수시로 의미가 매몰될 수 있는 위기가 존재한다. 일단 상실하면 아마도 사물을 되찾아올 수는 없을 것이다.

《여생》의 창작이 완성된 후 타이완에서는 공전의 대지진이 일어났다. 작품에서 서술한 칭류마을은 90가구 중에서 34가구가 완전히 무너졌다. 더 구석진 한 마을은 전보다도 더 심하게 토사 유실의 위협에 처하게 되었고, 이 때문에 집단 이주의 운명에 직면하게 되었다.[47] 무너진 산, 끊어진 물, 부서진 벽, 망가진 담, 또 한 차례의 재난을 마주하고서 모나 루도의 자손들은 장차 어디로 갈 것인가? 우리는 또 어디로 갈 것인가? 지진 후의 '여생 기념비'는 여전히 무탈할까? 《여생》은 완성된 것 같으면서도 완성되지 않았다. 우허의 여생 글쓰기는 아직도 계속되고, 습골자 또한 여전히 황폐한 무덤과 폐허에서 떠돌고 있다.

14장 우허

1) 리앙의 〈가느다란 한 줄기 향〉에 관한 평을 보라.《六十七年短篇小說選》, (台北: 爾雅, 1979), pp. 148~151.
2) 葉石濤, 〈孤絶的作家, 孤高的文學 − 序舞鶴《拾骨》〉, 舞鶴,《拾骨》, (高雄: 春暉, 1995), pp. 1~3.
3) 葉石濤, 〈孤絶的作家, 孤高的文學 − 序舞鶴《拾骨》〉, 舞鶴,《拾骨》, (高雄: 春暉, 1995), p. 2.
4) 楊照,〈"本土現代主義"的展現 − 解讀舞鶴小說〉, 舞鶴,《十七歲之海》, (台北: 遠流, 1997), pp. 9~19 ;〈衰敗與頹廢 − 舞鶴的文學世界〉,《中國時報‧人間副刊》, 1996年4月28日.
5) 葉昊謹,〈異質的吶喊 − 論舞鶴〈悲傷〉的寫作技巧〉, 吳達芸遍,《台灣當代小說論評》, (高雄: 春暉, 1999), pp. 283~294.
6) 舞鶴,〈拾骨〉,《拾骨》, (高雄: 春暉, 1995), p. 54.
7) 舞鶴,〈拾骨〉,《拾骨》, (高雄: 春暉, 1995), p. 89.
8) 舞鶴,〈拾骨〉,《拾骨》, (高雄: 春暉, 1995), p. 85.
9) 페티시즘과 추모에 관한 논의는 근년에 들어 흔히 보인다. Eric Santner, *Stranded Objects: Mourning, Memory, and Film in Postwar Germany*, (Ithaca: Cornell University Press, 1990) ; Marylin Ivy, *Discourses of the Vanishing: Modernity, Phantasm, Japan*, (Chicago: The University of Chicago Press, 1997)을 보기 바란다.
10) 舞鶴,〈後記〉,《拾骨》, (高雄: 春暉, 1995), p. 275.
11) Susan Buck-Morss, *The Dialectics of Seeing: Walter Benjamin and the Arcades Project*, (Cambridge, MA: MIT Press, 1993), p. 170.
12) Eric Santner, *Stranded Objects: Mourning, Memory, and Film in Postwar Germany*, (Ithaca: Cornell University Press, 1990), p. 8.
13) 舞鶴,〈逃兵二哥〉,《拾骨》, (高雄: 春暉, 1995), p. 123.
14) 舞鶴,〈逃兵二哥〉,《拾骨》, (高雄: 春暉, 1995), p. 123.
15) 舞鶴,〈逃兵二哥〉,《拾骨》, (高雄: 春暉, 1995), p. 123.
16) 舞鶴,〈悲傷〉,《拾骨》, (高雄: 春暉, 1995), p. 19, p. 29.
17) 舞鶴,〈悲傷〉,《拾骨》, (高雄: 春暉, 1995), p. 44.
18) 舞鶴,〈悲傷〉,《拾骨》, (高雄: 春暉, 1995), p. 43.
19) 나는 왕후이가 루쉰을 논한 논리를 인용했다. 汪暉,《無地彷徨》, (上海: 浙工文藝出版社, 1994), pp. 358~384.

20) Julia Kristeva, *Black Sun: Depression and Melancholia*, trans. Leon S. Roudiez, (New York: Columbia University Press, 1989) ; Jennifer Radden, "Melancholy and Melancholia," in *Pathologies of the Modern Self: Postmodern Studies on Narcissism, Schizophrenia and Depression*, ed. David M Levin, (New York: New York University Press, 1987), pp. 231~235를 참고하기 바란다.

21) 舞鶴, 〈悲傷〉, 《拾骨》, (高雄: 春暉, 1995), p. 48.

22) 舞鶴, 〈悲傷〉, 《拾骨》, (高雄: 春暉, 1995), p. 48.

23) Cathy Caruth, ed, *Trauma: Explorations in Memory*, (Baltimore: Johns Hopkins UP, 1995)

24) 王德威, 〈傷痕卽景, 暴力奇觀 - 余華的小說〉, 余華, 《許三觀賣血記》, (台北: 麥田, 1997), pp. 2~18을 보기 바란다. 또 Lu Tonglin, *Misogyny, Cultural Nihilism, & Oppositional Politics: Contemporary Chinese Experimental Fiction*, (Stanford: Stanford University Press, 1995), chap. 3, 6을 보기 바란다.

25) Eric Santner, *Stranded Objects: Mourning, Memory, and Film in Postwar Germany*, (Ithaca: Cornell University Press, 1990), p. 15에서 인용.

26) 王德威, 〈傷痕卽景, 暴力奇觀 - 余華的小說〉, 余華, 《許三觀賣血記》, (台北: 麥田, 1997), pp. 2~18을 보기 바란다.

27) 舞鶴, 〈微細的一線香〉, 《拾骨》, (高雄: 春暉, 1995), p. 131.

28) 舞鶴, 〈調査: 敍述〉, 《拾骨》, (高雄: 春暉, 1995), p. 106.

29) 舞鶴, 〈調査: 敍述〉, 《拾骨》, (高雄: 春暉, 1995), p. 107.

30) 舞鶴, 〈調査: 敍述〉, 《拾骨》, (高雄: 春暉, 1995), p. 107.

31) 黃娟, 〈政治與文學之間〉, 《施明正集》, (台北: 前衛, 1993), p. 317.

32) 샹양은 스밍정의 폭음과 정신 쇠약 역시 그 원인이라고 생각한다. 1997년 5월 3일의 대화.

33) 王德威, 〈原鄉神話的追逐者 - 沈從文、宋澤萊、莫言、李永平〉, 《小說中國: 晚淸到當代的中文小說》, (台北: 麥田, 1993), pp. 249~278를 보기 바란다.

34) Liao Chaoyang, "Catastrophe and Hope: The Politics of "The Ancient Capital" and The City Where the Blood-Red Bat Descended", Conference paper in Vienna, June 11,12, 1999.

35) 瓦歷斯・尤幹, 〈浪漫十年歸鄕路〉, 《荒野的呼喚》, (台中: 晨省, 1996), pp. 169~190.

36) 李維史陀(Lévi-Strauss), 《憂鬱的熱帶》, 王志明譯, (台北: 聯經, 1999), p. 37.

37) 李維史陀(Lévi-Strauss), 《憂鬱的熱帶》, 王志明譯, (台北: 聯經, 1999), p. 37.

38) 李維史陀(Lévi-Strauss), 《憂鬱的熱帶》, 王志明譯, (台北: 聯經, 1999), p. 39.

39) 李維史陀(Lévi-Strauss), 《憂鬱的熱帶》, 王志明譯, (台北: 聯經, 1999), p. 41.

40) 中村孝志, 〈日本的'高砂族統治' - 從霧社事件道高砂義勇隊〉, 許賢瑤譯, 《台灣風物》第42卷第4期, 1992年12月, pp. 47~57 ; 藤井志津枝, 〈1930年霧社事件之探討〉, 《原住民族》

第6期, 2000年10月 ; 王志恒, 〈霧社事件面面觀〉, 《中外雜誌》 第15卷第6期, 1974年6月, pp. 13~17 ; 近藤正已, 〈台灣總督府的'理藩'體制和霧社事件〉, 張旭宜譯, 《台北文獻》 直字 第111期, 1995年6月, pp. 163~184. 우서 사건에 관한 자료는 타이완대학 메이자 링 교수가 대신 수집해주었으며, 이에 감사드린다.

41) 마헤보는 오늘날의 루산이다. 瓦歷斯‧尤幹, 〈夜夜笙歌馬赫坡〉, 《荒野的呼喚》, (台中: 晨省, 1996), pp. 34~36을 보기 바란다.

42) 나는 물론 루쉰의 산문시 〈희망〉에 나오는 명구를 차용했다. 원문은 헝가리 시인 페퇴피로부터 비롯된 것이다.

43) Cathy Caruth, ed, *Trauma: Explorations in Memory*, (Baltimore: Johns Hopkins UP, 1995)

44) Theodor W. Adorno, "A Portrait of Walter Benjamin," *Prisms*, trans. Samuel Weber and Shierry Weber, (Cambridge: MIT Press, 1981), p. 227.

45) Michael Taussig, *Mimesis and Alterity: A Particular History of the Senses*, (New York: Routeledge, 1993), chap. 16,17.

46) 李維史陀(Lévi-Strauss), 《憂鬱的熱帶》, 王志明譯, (台北: 聯經, 1999), p. 41.

47) 우허의 팩스, 1999년 11월 19일.

격렬한 온유

> 인간은 상상과 오류로 세상을 창조하고 하느님을 창조함으로써 인간의
> 존재를 해석했다. 여성은 어둠과 따스함과 피로써 가장 냉정한 공모자가
> 되었다. 여성은 일곱째 봉인[1]의 계시를 알고 있지만 말을 할 수는 없었다.
> 이리하여 여성에게 글쓰기가 있게 되었다.[1)]

황비원(黃碧雲, 1961~   )은 그녀의 소설 〈창세기〉에서 이처럼 쓰고 있다.
〈창세기〉는 어둠으로 떠돌다라는 뜻을 가진 유이안이라는 이름의 한 홍콩
여성을 주인공으로 하고 있다. 유이안은 미국에 거주하고 있는데 어머니의
급사로 인해 임신을 한 상태에서 홍콩에 돌아와 상을 치른다. 옛집에 돌아온
유이안은 정신이 혼란스럽다. 부모의 혼백이 여기저기 출몰하고 음습한
옛일이 백주에 되살아난다. 1997년 반환 직전의 홍콩은 만사가 시들고,
배가 불룩 나온 유이안은 매사가 의심스럽다. 그녀는 부모의 비밀을 들춰보고,
오빠의 행적을 추적하며, 남편의 행실을 의심한다. 끝이 없는 두려움, 끝이
없는 의심, 그리고 유이안의 출산. 유이안은 머리가 둘인 기형아를 낳는다.
"뱃가죽은 미어지고, 푸른 풀은 시들고, 강물은 메마르고, 사자는 울부짖으
며 배회하고, 까마귀는 보름날 밤중에 고래의 눈을 쪼았다. 여자는 기형아를
낳을 것이었다."[2)] 최후의 날에 대한 《계시록》의 예언이 적중되었다. 이는

---

1   '일곱째 봉인'은 성경의 요한계시록 8장 1절의 "일곱째 인을 떼실 때에 하늘이
     반 시간쯤 고요하더니"에서 비롯된 말로, '신의 침묵'이라는 의미로 사용된다.

여성의 본분이 무너진 것인가 아니면 주어진 본분에 대한 여성의 최종적인 보복인가?

〈성경・창세기〉일곱째 날에는 이렇게 되어 있다. "천지와 만물이 다 이루어지니라. 하느님이 그가 하시던 일을 일곱째 날에 마치시니 그가 하시던 모든 일을 그치고 일곱째 날에 안식하시니라." 그러나 황비원은 이렇게 말하고자 한다. 하느님이 안식할 때 창조된 여성은 오히려 심란하고 불안했다. "그녀의 뱃속에 독사가 있었는데 아무도 알지 못했다."[3] 어느새 여성의 창조가 시작되었다. 이 창조는 더 이상 무에서 유가 생기는 것이 아니었다. 잘못된 김에 계속 잘못해 나가는 식이었다. 여성의 생육과 번식은 원죄적 잘못으로부터 다시 잘못을 키워내는 일이었다. 천만년이 그와 같았고, 이로써 자신의 타락 – 그리고 기묘한 특권을 만들어 내었다. 천불이 타오르고, 산은 무너지고, 바다는 포효한다. 무저갱의 문은 열어젖혀지고 심판의 날이 다가온다. "여성은 일곱째 봉인의 계시를 알고 있지만 말을 할 수는 없었다." 홍콩 여성 유이안은 그녀의 육체를 가지고 천형을 새긴다. 그녀가 낳은 기형아는 태어나자마자 죽는다. 그녀의 창조는 훼멸을 위한 것이었다.

〈창세기〉속의 기괴한 장면과 광적인 모습은 황비원의 상당수 작품의 주조이다. 그녀가 쓴 기형적 사랑과 잘못된 만남, 미리 꾀한 살인과 천륜에 어긋나는 간음은 틀림없이 독자로 하여금 '감탄을 금치 못하면서도 그저 보는 데서 그치도록' 만들 것이다. 그녀는 나와 남의 욕망과 절망의 밑바닥을 꿰뚫고, 인간(남성)이 감히 말하지 못하는 것을 말한다. 이 때문에 금세 주목을 끌었다. 그렇지만 나는 그녀가 자신의 가장 뛰어난 작품 속에서 일종의 신비한 계시적인 의미를 환기할 수 있다고 생각한다. 이는 황비원이 의도한 바는 아닐 것이다. 그녀는 거리낌 없이 악의 밑바탕까지 훑고, 죄의 온상을 상상하면서, 속죄의 가능성은 거의 언급하지 않는다. 그러나 바로 이렇게 그 어떤 한 가닥 신의 은총마저도 상실하게 됨으로써, 그녀가 그려내는 인물들의 히스테리칼한 타락과 피와 살이 난무하는 살육이 우리로 하여금 인간과 인문적 시스템의 가식성과 취약성을 인식하지 않을 수 없게 만들며, 이로부터 전혀 다른 유형의 정의의 담론을 촉발하게 되는 것이다.

　태초에 도가 없었으므로 여성에게 '글쓰기가 있었느니라.' 남성이 만든 세상의 틈새에 쓰고, 자신의 육체에 쓰고, 허무 중에 썼느니라. 이것이 아마도 황비윈의 궁극적인 신앙일 것이다. 문자를 빌어 또는 육체를 빌어, 그녀와 그녀의 인물들은 '기형아'를 낳아 기른다. 그리고 이로써 천만년 이래 여성의 창세의 잔혹함과 흉험함을 증명하고자 한 것이다.

1. 원녀와 열녀

　황비윈의 창작은 1980년대 중기에 시작되었다. 첫 번째로 출판된 산문집 《눈썹을 치켜뜬 여자》(1978)에서 그녀는 이미 세상사와 인심에 대한 신랄하고 거침없는 관점을 분명하게 내보였다. 그녀는 흩어져 함께 지내지 못하는 말세의 연가라든가 살고 죽고 만나고 헤어지는 인간 세상의 엇갈림을 쓰면서 전혀 사정을 두지 않았다. 그녀의 첫 번째 단편소설집인 《그 후》는 더욱더 스타일리스트적인 표현으로 세상 곳곳의 사랑과 욕정, 삶과 죽음의 모습을 담고 있다. 파리를 떠돌면서도 벗어나지 못하는 여자(〈파리를 떠도는 중국 여자〉), 암스테르담 열차의 고독한 발레리나(〈회향〉), 뉴욕의 번화가에서 서로 뒤엉켜서 상처를 주는 두 남자와 네 여자(〈뉴욕에서의 사랑〉), 조용히 일본의 시골로 귀향해서 옛사람과 옛일에 이별을 고하는 암환자(〈그 후〉), …… 황비윈의 인물들은 온갖 풍파를 다 겪지만 집착을 그치고 싶지도 않고 그칠 수도 없으며, 또 이 때문에 대부분 천수를 다하기가 어려웠다. 그리고 죽음은 종종 또 다른 유혹의 시작이 되었고, 그녀의 세계에는 언제나 유령이 배회하고 있었다.

황비원은 분명히 자신이 묘사하는 인물과 장면에 대해 애정과 공포를 동시에 가지고 있었다. 국가 횡단적이고 문화 횡단적인 여행, 섹스와 젠더의 경계 넘기, 병과 죄와 고통의 선동, 그리고 겉돌고 소원한 인간관계 등 그녀가 다루는 주제는 후일 모두 다 작품 속에서 끊임없이 재조합되는 방식으로 출현한다. 다만 이 단계의 황비원은 필경 이런 제재들에 대해 그런 줄은 알면서도 그 까닭은 알지 못했던 터여서 우리들에게 좀 더 선명한 인상을 남기기는 어려웠다. 그녀는 자신의 바로 다음 작품집인《온유와 격렬》에서 비로소 대담하게 부딪쳐본 셈이었다. 책 제목인《온유와 격렬》은 책 속 작품의 두 가지 상대적인 감정 경향을 나타내는 것이자 두 가지 서사 전략을 대표하는 것이다. 그러나 더욱 중요한 것은 황비원이 온유와 격렬을 빌어서 인간, 특히 여성이 역사에 참여하고 자아를 자리매김하는 두 가지 위치에 대해 사색하기 시작한다는 점이다.

표제 작품인 〈온유와 격렬〉에서 방글라데시계인 화자는 국가 독립을 위한 참혹한 전쟁, 공산당 유격대의 흥기와 몰살, 하늘과 땅을 뒤덮은 대홍수를 회상하는데, 이 서술은 화자와 두 여성의 얽힘 속에 삽입되어 있다. "우리나라는 전쟁, 암살, 태풍, 대홍수를 겪었다. 그렇게도 격렬했다. 하지만 우리가 추구하는 것은 온유한 삶일 뿐이다."[4] '온유한 삶'은 격렬의 씨앗을 배태하고 있음을 현실이 증명한다. 또는 황비원의 〈창세기〉의 논리를 빌리자면, 생명의 본모습 자체가 원래부터 혼란하고 격렬한 것이다. 〈두 도시의 달〉에서는 절반의 민국 역사에 공화국 건국과 문화대혁명을 보태서 이를 한 여성의 황당한 일생 및 잇따라 일어나는 공포스러운 모살 사건 및 자살 사건 속에 집어넣어 놓는다. 〈잃어버린 도시〉에서는 1997년 홍콩 반환의 시한이 어떻게 한 가정에 피비린내 나는 죽음의 시한을 설정해두었는지를 그린다. 〈강성자〉에서는 6.4혁명의 격정적 흥분과 소멸을 회상하고 있다. 격렬과 온유는 생극 순환하면서 끊임이 없는 것이다.

전통적인 여성 담론은 온유하고 완곡한 것을 중시하며, 역사가나 평론가 역시 이에 대해 의심치 않는다. 그러나 어쨌든 한 가닥 격렬함의 맥락이 보일 듯 말 듯 이어지고 있다. 이 격렬함은 정절을 떠받든다는 명목 하에서 남성 위주의 고전 속에 녹아들어 있다. 효녀 절부에 대한 칭송이든지 또는 여색 여난에 대한 성토든지 간에 종종 동전의 양면과 같은 표현이었다. 그렇지만 이 격렬함은 '진지하지만 이름 지을 수 없는 투쟁'으로 화하여 여성의 일상생활 속 욕망과 좌절 속에서 더욱 잘 표출될 수 있었다. 황비원은 이 때문에 "여자는 마음속으로는 알았지만 말로 할 수는 없었다. 그녀는 뱃속으로는 고통스러웠지만 입으로는 꿀처럼 달콤하게 굴었다."5)라고 썼다. 여성과 남성 간의 투쟁은 존재하지 않는 곳이 없으며, 영원히 암중모색하면서 면종복배하는 것이었다.

20세기 이래 여성의 자주적 공간을 창출하려는 노력이 격렬하게 전개되었다. 온유와 격렬의 대화 역시 갈수록 복잡해졌다. 추진에서 딩링에 이르기까지 아녀자의 사랑과 나라의 원수, 집안의 원한이 서로서로 이어지면서 문자로 옮겨졌다. 이리하여 '혁명 + 연애'라는 창작 풍조가 형성되었다. 그렇지만 온유와 격렬의 뒤엉킴이 어찌 간단한 공식으로 요약될 수 있겠는가? 온유의 극치는 일종의 광포한 타락인 것이고, 격렬이 정점에 다다르면 그 공포스러운 유혹이 되는 법이다.

초기의 현대 여작가 중에서 바이웨이가 겪은 애욕의 시달림은 참으로 넋을 빼놓고 혼을 놀라게 하는 것이었다. 그녀와 시인 양싸오 사이의 10년 연애가 가져온 것은 성병의 괴롭힘과 정신의 피폐함이었다. 《비극의 생애》(1936) 속의 고백은 진실로 구구절절 피눈물이었다. 다만 바이웨이는 그녀의 사랑과 증오, 애정과 원한을 쓸 때 지나치게 노골적이어서 확실히 히스테리칼했다. 그 뒤 오로지 장아이링만이 그 가운데의 오묘함을 깨달았다. 그녀의

〈붉은 장미와 흰 장미〉2는 온유와 격렬의 두 가지 원형의 교차를 대표하는 것으로만 그치지 않는다. 왕자오루이의 열정적인 방자함은 여러 차례의 우여곡절을 거쳐 무한한 여한으로 바뀌고, 스토리가 전개됨에 따라서 멍옌리의 충직한 깊은 감정에는 점차 음험한 기미가 생겨난다. 〈황금 족쇄〉 중의 차오치차오는 더욱더 잘 알려진 예이다. 차오치차오의 정욕은 일평생 극도로 억압당함으로써 그녀를 이해 불가능한 사납고 거친 여자로 바꾸어 놓는다. 그녀가 만년에 이르러 주변 사람이 모두 떠나가버리고 이제 정신을 놓아버릴 시간만 남게 되자, 왕년의 따스한 정의 추억이 비로소 그녀의 마지막 유혹과 고통이 된다. 그러나 장아이링의 인물은 역시 그녀의 《원녀》3에 의해서 완성된다. 차이인디의 원망은 평생 약한 불로 두고두고 달이는 듯하여 풀 도리가 없다. 차오치차오가 발광으로 마감한 것과 비교하자면 그녀는 약간 허위적이고 약간 나쁜 인물로 운명이 주어져서 일생을 흐지부지 끝내고 만다. 장아이링은 틀림없이 알고 있었을 것이다. 전통적인 여성이 받은 상처와 아픔이 이보다 더한 것은 없었음을.6)

장아이링의 원녀 형의 인물들은 1960년대 이래 심원한 영향을 미쳤다. 쑤웨이전 식의 '세간의 여자'에서부터 쑤퉁 식의 '처첩들'에 이르기까지, 다시 또 스수칭식의 '홍콩의 여인'에 이르기까지, 모두가 여성의 음울하고 갑갑한 욕망의 힘이 금방이라도 폭발할 것 같으면서도 결국은 그러기에는 어떤 한 가지가 부족함을 우리에게 보여주었다. 그런데 1990년대에 이르러 홀연 황비윈이라는 새로운 작가가 등장했다. 그녀는 그녀의 배역들을 막다른

---

2 〈붉은 장미와 흰 장미〉의 한글본이 《경성지련》, 장아이링 지음, 김순진 옮김, (서울: 문학과지성사, 2005)에 실려 있다.
3 원녀란 원망을 품은 여자라는 뜻으로, 이런저런 이유로 남편이 없어 슬퍼하는 여자를 이르는 말이다.

길에서도 위험을 마다하지 않고 죽더라도 후회하지 않는 인물들로 그려냈다. 이리하여 〈두 도시의 달〉 속에 '새로운' 차오치차오가 등장했다. 이 차오치차오는 몹쓸 남자에게 시집을 가서 운명이 평탄하지 않았으니, 반평생을 육체적 생활 속에 시달리고 늙어서는 실성을 해서 곱게 죽지 못했다. 그렇지만 이는 황비원이 닭 잡는데 소 잡는 칼을 쓰는 식으로 능력을 한번 시험해본 것에 지나지 않았다. 다른 작품에서 그녀의 인물들은 근친상간을 하고, 모살을 하고, 자살을 하고, 마약을 하고, 발광을 하고, 나병을 앓고, 실종되고, 자폐하고, 시체를 사랑하고, 심지어는 시체를 먹기까지 한다. '불철저'한 인생의 미학을 추구하는 장아이링이 보았다면 아마도 실색을 하고 가버릴 것이다.

　황비원은 일련의 같은 이름의 인물들을 만들어내어 작품마다 반복해서 등장시키는 것을 좋아한다. 그들(그녀들)은 죽었다가 되살아나고 끊임없이 위치를 바꾸면서 마치 윤회 속에 갇혀서 영원히 벗어날 수 없는 것 같은데 이는 나중에 다시 논하겠다. 여기서 주목할 것은 일찍이 황비원이 《그 후》의 후기에서 이미 그녀의 두 가지 원형적 인물인 천위와 예시시 사이의 대비를 언급했다는 점이다. 예시시는 "제 마음껏 살아가는 사람"으로 매번 목숨으로 보상하는 데 반해, 천위는 "차갑지만 동정심 많고 삶에 대해 꿰뚫어보면서" "극도로 우울하고 슬픈 상황에서도 침착하게 행동하면서 냉철함을 잃지 않는"[7] 인물이다. 이는 흡사 장아이링의 붉은 장미와 흰 장미의 판박이 같다. 그렇지만 자세히 읽어보면 예시시는 각기 다른 소설에서 강간당하고, 마약을 하고, 매음을 하고, 또 끊임없이 애욕의 각축에 빠져든다. 냉정한 천위 역시 인간 세상의 시련을 벗어나지 못한다. 그녀는 떠돌고, 마약을 팔고, 어머니를 증오하고, 마찬가지로 끊임없이 애욕의 각축에 빠져든다. 그녀들의 나이는 많지 않지만 이미 너무 많은 잔혹함을 겪는데, 남에게 언어맞아 이빨이 부러지면 그 이빨과 피를 통째로 삼키면서 끝까지 패배를 인정하지 않는 그런 식이었다.

장아이링이 창조한 원녀의 전통은 이에 이르러 황비원의 '열녀'가 대신하게 되었다. 여기서 '열녀'란 끝까지 정조를 지키는 여성이라는 뜻에서의 '열녀'가 아니라 처절하고 격렬한 여성이란 뜻에서의 '열녀'이다. 이런 의미에서 황비원은 그녀의 선배인 '민국 세계의 물가에 비치는 꽃 같은 사람' 즉 장아이링과 참으로 의미심장한 대화를 나누었던 것이다. 그녀는 장아이링과 마찬가지로 5,4 이래의 신문학 정통에 대해 상당히 유보적이다. 서로 다른 점은 장아이링이 절대적인 대비를 피하면서 인생의 불완전성에 대해 일종의 귀족적인 심미적 거리를 유지했다고 한다면, 황비원은 대범하게 시도하면서 그 모든 불평, 집착, 원망, 분노를 변증법적인 극단으로까지 밀고나갔다는 것이다. 황비원의 작품은 분명 충분히 세련되지는 못한 것이었다. 그녀는 매번 한두 가지 모티프에만 집착하고 작품 전체가 번잡하여 이미 거추장스럽다는 느낌이 들었다. 그렇지만 부정할 수 없는 것은 그녀의 소설에는 한 줄기 흥건한 생동적인 기운 – 혹은 흉포한 기운이 그 속을 관통하고 있다는 점이다.

황비원의 장편소설 《열녀도》는 위의 온유와 격렬, 원녀와 열녀의 논리를 세밀하게 표현하고 있는데, 이는 현재까지 그녀의 가장 야심찬 시도이기도 하다. 그녀는 홍콩의 백 년 역사를 씨줄로 하고 노소 3대에 속하는 여성들의 생애를 날줄로 해서 사람 세상의 모습들을 하나하나 짜낸다. 그녀의 '열녀'들은 가문의 혈통도 없고 아름다운 덕행도 없다. 그녀들은 보잘것없이 살아가며 처음부터 눈여겨볼 만한 것도 없다. 그렇지만 황비원은 그녀들의 삶과 죽음으로부터 끊임없이 생장하고 번식하지만 또한 폭력으로 폭력을 대체하는 여성의 창세와 멸세의 원초적 역량을 발견한다. 천지는 어질지 아니 하니 만물을 하찮은 것으로 대한다. 바로 이 '어질지 아니 한' 한계 속에서 여성은 격렬함을 가지고 간신히 세상에 존재하면서 추호도 '원망'의 말을 하지 않는다. 격렬한 온유, 이는 일종의 사지에 처해서도 내생을 욕망하는 것이며, 생명이란 사랑할 수 없는 것임을 알면서도 그 사랑을 견지하는 것이다.

2. 범법과 불법

황비원을 처음 읽는 독자들은 그녀의 아무 거리낌 없는 잔혹한 묘사 장면에 틀림없이 보기만 해도 두려울 것이다. 〈잃어버린 도시〉의 천루위안은 1997년 홍콩 반환의 시한에 의해 심신이 피폐해져서 자신의 아이들과 아내를 하나씩 때려죽이거나 찔러죽이면서 "나는 나의 식구들을 사랑했기 때문에 그들을 위해 결정했다."[8]고 말한다. 〈구토〉의 예시시는 어린 시절 어머니가 강간 살해당하는 것을 목격하고, 성장한 후에는 구토성 성 행위 착란자가 된다. 〈나비 사냥꾼〉의 연쇄살인범 천루위안은 "첫 번째 살인 후" "얼굴에 여드름이 생겨나기 시작한다. 단순한 그런 여드름이 아니라 고름이 흐르고 피가 섞여 있는 그런 것이었다." 〈일념의 지옥〉의 자오메이는 거의 미치광이 수준을 오락가락하는데, "그녀의 부모는 햇빛 속에서 긴 칼을 들고서 그녀를 죽이려고 기다린다. 언청이인 원장은 거대한 레지던트 옷을 펼쳐들고서 그녀에게 입히려고 한다." 반면에 〈풍요와 비애〉의 자오메이는 수차례의 전란을 겪은 후 해방 직전에 그녀의 연인 곁에서 나지막이 (루쉰의 말투로) 말한다. "나는 사람 고기를 먹은 적이 있어. 그래도 날 원해?" "아이가 죽자 나는 너무 배가 고파서 그걸 먹어버렸어."

병리적인 변화, 이유 모를 살인 충동, 색정광, 새디스트와 마조히스트, 불결애증, 소아애호증, 근친상간, …… 황비원의 세계는 이처럼 흉험하여 사람들로 하여금 차마 눈뜨고 볼 수 없도록 만든다. 그러나 스스로 연출하는 자살처럼 공포스러운 것이 또 있을까? 〈두 도시의 달〉에서 샹둥은 외설적인 자기 신체 훼손의 촬영에 집착한다. 그의 최후의 걸작은 자동카메라로 자신이

목을 매달기 직전의 마지막 순간을 촬영한 것이다. 그가 남긴 사진들은
......

> 모두 사자의 자기 촬영이었다. 미소를 지음. 이를 악뭄. 옷을 벗음. 포크를
> 가슴의 살에 찔러 넣음. 머리카락을 먹음. 바지를 가위로 찢음. 음모를
> 깎음. 피를 흘림. 자위를 함. 사정의 순간. 달. 둥그렇고, 높디높고, 밝디밝고,
> 핏빛 같은 달. 끈을 목에 두름. 손수건을 깜. 웃음. 끈에 힘을 주어봄. 죽음.
> 다음 한 장은 눈을 까뒤집고 있음. 달.9)

황비원의 이런 글쓰기의 포학함은 피를 즐기기 위해서 피를 즐기는 식의
그런 것은 아니다. 평자들은 그녀가 의도적으로 육체적인 극단적 광란의
변주곡으로 생명에 대한 그녀의 비판을 투사하고 있다고 말할 수도 있을
것이다. 류사오밍 교수가 황비원을 '퇴마사'라고 부른 것이 그 한 예이다.10)
그러나 나는 그녀에게 다른 의도가 있었다고 생각한다. 〈두 도시의 달〉에서
샹둥은 스스로 끊임없이 시체놀이의 촬영을 연습하던 중에 거짓으로 하던
것이 실제로 바뀌는데, 이는 우리로 하여금 황비원의 폭력 묘사의 최종적인
미학적 의미를 되새겨 보도록 만든다. 그녀의 인물들은 육신을 무대로 삼아
생존과 절멸의 기괴한 변증법을 연출한다. 이는 주체가 극단적으로 타락한
극장이자 주체의 자아 팽창이 극단화된 의식이다.

황비원의 스타일은 물론 우리로 하여금 예컨대 찬쉐와 위화 등의 대륙
작가를 연상시킨다. 찬쉐의 음산하고 비밀스런 이야기는 직접적으로 인간
심리의 가장 애매한 어두운 곳을 겨냥하고 있다. 반면에 위화는 피비린내
나고 폭력적인 작품들로 공화국 치하의 기이한 광경들을 하나하나 이야기하
고 있다. 두 사람의 작품은 40년을 풍미한 '마오쩌둥 어록'을 전복시킨다.
이리하여 1980년대 선봉문학의 복병이 되었다. 그러나 황비원의 소설을

세심하게 읽어보면 우리는 아무래도 다른 점을 발견할 수 있다. 나는 찬쉐의 인물과 장면이 가위눌림처럼 종잡을 수 없어서 실체를 파악하기가 힘들다는 것에 주목한다. 반면에 위화의 폭력적 글쓰기는 해부 수술처럼 그렇게 정확하다. 그는 예컨대 〈어떤 현실〉, 〈1986년〉 등의 작품에서 시종 일관 냉철한 관찰적인 거리를 유지한다. 피와 살은 난무하지만 고통은 없는 것이다.

고통. 황비윈은 종종 그녀의 인물들이 마치 걸어다니는 시체처럼 삶과 죽음을 아무것도 아닌 것처럼 대하도록 만든다. 그렇지만 더 많은 장면에서 그녀의 인물들은 고통의 전율을 느끼고 그 속에서 허우적거린다. 쑤시고 아프고, 슬퍼서 아프고, 상처로 아프고, 마음속까지 아프고, 아픔이 가라앉은 뒤 아픔을 되새기고, 말할 수 없을 만큼 아프다. 내가 여기서 말하고자 하는 점은 고통의 감각이란 세상에 대해 여전히 정을 가지고 있으며 여전히 '온유'의 기대를 가지고 있는 데서 온다는 것이다. 설사 그 기대가 제 아무리 헛되고 우둔한 것이라 할지라도. 따라서 《열녀도》의 책날개의 말은 사람들로 하여금 아주 깊이 생각해 보도록 만든다. "이 소설은 여성의 고통을 헤아릴 수 없이 많이 기술하고 있으니 이 때문에 읽다 보면 미간을 펼 수가 없으며, 이 소설에는 숱한 격렬함이 있으니 이리하여 애상에서 벗어날 수가 없다."[11] 마음이 죽어버리는 것보다 더한 슬픔은 없다. 그런데 황비윈의 인물은 그렇게도 미쳐 몸부림치면서 스스로를 망가뜨리고 남을 망가뜨리는데, 본디 사랑할 필요가 없는 세상에 대해 여전히 미련을 가지고 있기 때문이다. 우리는 그러므로 황비윈의 창작 동기가 사실은 위화, 찬쉐와는 전혀 다르다는 것을 알게 된다. 그녀의 격렬함은 필히 그녀의 온유함을 전제로 하고 있는 것이다.

지난 100년 동안 현대중국의 주체성과 관련한 담론은 무수히 많았다고 할 수 있다. 담론의 한쪽은 류악, 루쉰 등의 사람들인데, '흐느낌'이라든가 '외침', '방황', '식인'적인 예교, 자기 심장을 씹어 먹는 썩은 송장 등을 가지고 현대중국의 주체를 이룩하는 것이 지난함을 표출했다. 이로부터 생겨난 논쟁 - 예컨대 집체와 개체, 남자와 여자, 연애와 혁명 등 - 은 수십 년을 떠들썩하게 만들었다. 비록 관점에는 차이가 있었지만 절대 다수의 주장은 주체의 '통합' 추구에 입각하여 비판을 가하는 방식이었다. 세기말에 이르러서야 비로소 우리는 대량의 이단적인 입각 방식을 볼 기회를 가지게 되었다. 앞에서 언급했던 대륙 작가 위화, 찬쉐라든가 타이완의 우허, 주톈신 등이 그중 출중한 사람들이다. 그들(그녀들)은 혹은 괴이한 표현으로 혹은 색다른 상상으로 우리의 주체가 분열되고 분리되는 모습을 깨우쳐준다. 크게는 국가의 역사에서부터 작게는 젠더 신분까지 그러하지 않은 것이 없었다. 황비윈의 격렬한 글쓰기 역시 이렇게 볼 수 있다. 그녀는 절절히 남과 나, 육체와 정신의 보호층을 벗겨내고 잠복해 있는 원시적 공포와 아픔, 금기와 갈망을 도발하고자 한다. 마치 이렇게 하지 않으면 생명의 황당함과 황량함이라는 본연의 모습을 연출해낼 수 없다는 듯이. 이 점에서 그녀는 우리에게 앙토넹 아르토의 잔혹 연극 이론[4]이라든가 장 주네의 죄악의 서사 철학[5]을 떠올리도록 만든다.

---

4 아르토에 따르면, 창조의 힘은 파괴적인 것이며 따라서 연극 역시 잔혹해야 한다고 한다. 다시 말해서 삶은 본질적으로 잔혹한 것이며, 인간의 자고 있는 감각을 뒤흔들고 억눌려있는 무의식을 해방시켜 그 무시무시한 삶의 이미지들을 순수하게 소생시키기 위해서는, 연극은 극본이라는 텍스트의 단순한 재현에 그치지 않고 무대적 수단으로서 낭자한 유혈, 난무하는 폭력, 처참한 죽음, 횡행하는 악 등의 잔혹한 행위들을 포함해서 인간에 의해 가능한 모든 표현 수단들을 이용할 수 있다는 것이다. 앙토넹 아르토 지음, 박형섭 옮김, 《잔혹연극론》, (서울: 현대미학사, 1994) 참고.
5 좀도둑, 비렁뱅이, 남창, 동성애자이자 시인, 소설가, 극작가였던 장 주네는 그의 작품에서 아름다움과는 정반대의 것, 추함, 불결함, 사악함으로 지칭될 수 있는 것, 주변부적 삶을 다루면서, 악 그 자체를 통해 강자가 지배하는 현실의 부조리함과 선은 강자의 위선에 불과하다는 것을 고발했다. 장 주네 지음, 박형섭 옮김, 《도둑 일기》, (서울: 민음사, 2008) 참고.

우리는 황비윈 소설의 윤리학적인 응결점에 마주치게 된다. 황비윈이 인생의 비정상적인 상태를 과장하고 관능적인 파괴에 탐닉하는 데는 그 나름대로 명분이 있는 셈이다. 그렇지만 우리에게 어떤 구체적인 의미를 줄 수 있는가? 선과 악, 염치와 몰염치의 최저 한계는 어디에 있는가? 17세기 프랑스의 사드 후작은 일련의 잔혹하고 외설적인 색정소설을 썼는데, 자신을 학대하고 남을 가학하는 내용으로 기가 질리는 광경의 연속이었다. 그렇지만 비평가들이 지적하듯이 사드는 세상 사람들을 놀라게 한 것 외에 그의 색정적 글쓰기를 빌어 주체의 경계를 탐구했었다. 그 극단적인 곳에서는 남과 나의 한계를 훼멸시키고 주체와 객체를 마멸시키는 것을 능사로 하였다. 사드적 색정은 이 때문에 그로테스크한 색정이 되었고, 그의 주체는 서양 휴머니즘이 필히 '외부에 포함'해야 하는 주체가 되었다.[12]

이 관점을 이어가보면 황비윈의 소설집 《일곱 가지 죄》는 죄에 대한 그녀의 구분과 탐구를 분명히 보여준다. 《일곱 가지 죄》는 나태, 분노, 탐색, 탐식, 교만, 탐욕, 시기 등을 쓰고 있다. 죄는 악행이자 법도에 벗어난 탐닉이다. 그렇지만 또한 죄는 아마도 우리가 존재하는 상황이 이미 내화되어 버린 주체 성립의 선결 조건일 것이다. 이러한 정의는 종교적 사고를 이끌어낼 수 있다. 그런데 황비윈은 그보다 더 멀리 나아간다. 종교적 속죄는 그녀가 죄를 논하는 기점일 뿐이지 결론이 아니다. 난팡쉬와 양자오는 둘 다 황비윈의 소설이 아직 여덟 번째 죄 - 절망에 관해서는 쓰지 않았다고 지적한다.[13] 나는 오히려 정반대의 견해를 가지고 있다. "절망이 허망한 것은 희망이 그러한 것과 마찬가지이다."[14] 황비윈이 꿋꿋하게 이 최후의 죽어 마땅한 죄를 거부한 것은 그녀가 죄 자체의 애매성을 견지하기 때문이다. 그녀의 작품은 상투적인 윤리적 논리로 해석해서는 안 된다.

이는 우리를 황비윈의 또 다른 관심사로 인도한다. 주체성의 극단적 추구와 율법적 정의의 적절성이다. 우리가 죄를 느끼는 것은 율법의 존재와 실천을 의식하기 때문이다. 그러나 율법 자체의 '합법'성은 어디에서 오는가? "율법은 춘화도 속에 씌어있다."[15]는 들뢰즈와 가타리의 말이 있다. 황비원의 갖가지 격렬한 제재는 처음부터 서사 법칙에 대한 도전이며, 그녀가 묘사하는 내용의 잔혹성은 더더욱 갖가지 금기를 크게 거스르는 것이다. 〈두 도시의 달〉의 형사 천루위안은 명령을 받고 늙은 여자 차오치차오의 사망 건을 조사한다. 그렇지만 우리는 진범이 다른 사람이 아니라 바로 법의 집행자인 천루위안 자신임을 안다. 황비원은 율법에 내재된 모순을 이해하기 때문에 오히려 율법이란 존재의 복잡한 요소들을 더욱 잘 탐구할 수 있다. 바로 이 때문에 《열녀도》는 그 광포한 여성의 운명에 대한 묘사로 해서 "증오하고 분노하는 여성의 《구약》"으로 간주될 수 있는 것이다. 황비원은 의도적으로 여성의 고통의 역사를 '최대한' 써낸 것 같다. 왜냐하면 그녀의 입장에서는 대파괴 이후라야 비로소 깨달음의 계기가 생겨날 수 있기 때문이다. 이 점에서 그녀의 계시록 식의 폭력관은 우리들이 익숙하게 알고 있는 '수행적인' 제약된 폭력(Perfomative Violence)과는 다르며, 벤야민이 말한 '열려있는' 순수한 폭력(Affirmative Violence)에 가까운 것이다.[16] 6

소설 〈죄와 벌〉에서 황비원은 "법 집행자가 범죄자일 수 있고, 간수가 범인일 수 있으며, 사법 체계에서 제일 부도덕한 자는 범인이 아니라 변호사 다."[17]라고 쓰고 있다. 황비원이 현실 직업상에서 가지고 있는 법률에 대한 관심을 고려해 본다면7 이에는 자신의 결점을 스스로 폭로한다는 느낌이

---

6 벤야민에 따르면, 폭력에는 법정립적 · 법보존적인 신화적인 폭력과 법파괴적인 순수한 신적인 폭력이 있는데, 전자는 통치하는 폭력이자 그것에 이용되는 통치되는 폭력이라는 점에서 수행적이고, 후자는 생명체 자신을 위해 모든 생명에 가해지는 순수한 폭력이라는 점에서 자유롭게 열려있는 폭력이라고 할 수 있다. 발터 벤야민 씀, 〈폭력의 비판을 위하여〉, 자크 데리다 지음, 진태원 옮김, 《법의 힘》, (서울: 문학과 지성사, 2004), pp. 139~69 참고.

제법 들어있다. 법을 알면서도 법을 어긴다는 것은 도덕적 교훈이 아니라 도덕적 패러독스이다. 가장 정밀하면서도 가장 광범위한 법이란 필히 법에 대한 위반의 가능성, 불법에 대한 인지와 포용이라야 한다. 이런 점에서 법률은 할 수 없지만 문학은 거의 근접할 수 있다. 그래서 황비윈은 이렇게 말한다.

> 글쓰기는 진리를 추구하기 위한 것이다. 이 점에서 작가는 수도사와 마찬가지로 헌신 정신이 있어야 한다. 그런데 종교적 진리의 길은 갈수록 좁아져서 마지막에는 빛나는 십자가의 골고다언덕에 도달하게 된다. 작가적 진리의 길은 오히려 갈수록 넓어져서 진리를 추구하는 각자는 천천히 깨닫게 된다. 원래가 근본적으로 진리라고 할 것도 없다는 것을. 이리하여 그녀는 추구가 굳세었던 그만큼 유약하게 변해 버렸다.
> 이로써 거듭거듭 지옥 속에서 살게 되었다.[18)]

황비윈이 밝음을 버리고 어둠을 선택한 선언으로는 이것만큼 분명한 것이 없다.

3. 영원 회귀

황비윈의 소설은 한편으로는 경전을 벗어나고 도통을 따르지 않는 의도로 넘쳐나면서 한편으로는 또 끊임없이 우리가 익숙한 작품이나 인물을 반복, 모방 또는 패러디한다. 〈창세기〉는 성경에서 나온 것이지만 장아이링의

---

7 황비윈은 홍콩대학 사회학과에서 범죄학 전공으로 석사 학위를 받았으며 기자와 의원 보좌관 등을 역임했다.

미완성작인 〈창세기〉에 대해 경의를 표하는 것이기도 하다. 마찬가지로 〈심경〉 역시 종교(불교)적인 인용이면서 같은 이름을 가진 장아이링의 작품을 연상시켜 주기도 한다.[8] 다른 작품에서도 황비윈은 〈달콤한 인생〉은 "페데리코 펠리니의 《달콤한 인생》을 썼고, 〈구토〉가 쓴 것은 사르트르의 〈구토〉였다."[19] 이 외에도 〈산귀〉는 확연하게 굴원의 《구가》에서 영감을 받았고, 〈강성자〉는 소동파의 송사에서 비롯된 것이다. 심지어 《열녀도》의 이름 또한 유향의 《열녀전》이나 헨리 제임스의 《어느 부인의 초상》을 패러디했다.

황비윈은 또 그녀의 인물들의 이름을 거듭해서 반복 사용했다. 예시시, 천위, 자오메이, 쉬즈싱, 천루위안, 유유 등은 반복적으로 다른 장면에서 다른 신분으로 등장한다. 예를 들면, 〈구토〉의 예시시는 혼혈아로 어린 시절 어머니가 강간 살해당하는 것을 목격하고 이는 벗어날 수 없는 정신적 트라우마가 된다. 성인이 된 후 예시시의 행동은 괴이하기 짝이 없으며, 섹스와 구토가 그녀의 병증이 된다. 예시시는 또 〈일념의 지옥〉에서 공화국에 의해 억류된 천루위안의 아내이고, 〈그녀는 여자, 나도 여자〉에서는 사랑에 빠진 레즈비언이고, 〈뉴욕에서의 사랑〉에서는 편집증이 심한 중국계 베트남 여자이다. 이들 인물들의 신분은 서로 다르지만 모종의 성격적 일관성이 있는 것 같다. 앞에서 말한 것처럼 예시시는 거리낌 없는 사람인데 반해 천위는 냉철한 사람이다. 그녀들은 흡사 세포가 분열하며 증식하듯이 황비윈의 세계를 채워나가면서, 이전에 만난 듯하면서도 전혀 다른 사람인 듯한 일종의 환영적인 효과를 부여한다.

---

8 황비윈의 〈심경〉은 불경인 《심경》 즉 《반야바라밀다심경》을 빗댄 것이다. 장아이링의 〈심경〉의 한글본은 《첫 번째 향로》, 장아이링 지음, 김순진 옮김, (서울: 문학과지성사, 2005)와 《중국 현대 여성작가 작품선: 1930~1940년대 여성작가작품선》, 사오훙/루어수 외 지음, 김은희/최은정 옮김, (서울: 어문학사, 2006)에 각각 실려 있다.

황비원은 또한 집적하고, 반복하고, 나열하는 서술 방식으로 그녀의 소설 내용을 풍성하게 만든다. 〈뉴욕에서의 사랑〉에서 그녀는 자오메이, 예시시, 천위, 쉬즈싱 등 여러 원형적 인물들을 한데 끌어모아 한 마당의 복잡한 애욕의 연극을 연출한다. 황비원은 〈일곱 자매〉에서는 일곱 자매간에 서로 오가는 관계를 서술하고, 《일곱 가지 죄》에서는 일곱 가지 종교적 정의 하에 죽을죄를 나열한다. 〈일곱 자매〉를 확대 개편하여 〈복사꽃은 붉은데〉로 만들고, 또 〈열두 여색〉은 열두 가지 성애 관계들의 변주를 보여준다. 그러나 《열녀도》에서의 마음 씀은 더욱더 복잡하다. 황비원은 3대에 걸쳐 수십 명의 노소 여성을 그려낸다.

황비원이 이처럼 그녀의 장면, 제재, 인물들을 나열 조합하는 의도는 어디에 있을까? 가장 표면적인 차원에서 보자면, 그녀는 작품 안팎으로 풍부한 지시성을 창조함으로써 하나씩으로는 원래 그리 대단하지 않은 텍스트들을 비약적으로 풍부하게끔 만드는 것이다. 다만 그녀가 접목하는 과정에서 텍스트의 기의와 기표 사이에 틈새가 생기고, 위치가 바뀌거나 또는 왜곡될 수밖에 없다. 황비원은 이에 대해 스스로 잘 알고 있어서 이렇게 말한다. "〈창세기〉는 창세기가 아니며, 〈심경〉은 심경이 아니며, 〈구토〉는 구토가 아니며, 〈달콤한 인생〉 역시 달콤한 인생이 아니며, 〈산귀〉 또한 산귀가 아니다."[20] 원작과 그 재창조 사이에 애매모호함의 효과가 나타난다. – 일종의 유령을 풀어놓는 것이기도 하다. 그녀가 이처럼 '책에 근거해서 쓴' 작품들의 결정판은 〈산귀〉였다고 하면 딱 들어맞을 것이다. 〈산귀〉는 인기가 사라진 한 여자 스타가 현실을 도피하여 먀오족의 산골에서 길을 잃게 되고, 이로써 사람과 귀신이 불분명한 일단의 경험을 하게 되는 것을 묘사하고 있다. 축축하고 무더운 공기가 미만한 산골, 주술이 횡행하는 촌락, 죽었다가도 살아나는 법술 등 일상과는 전혀 다른 세상을 그려낸다. 그러나 황비원은 "산귀는 한 여자의 마성의 여정이다. 산귀는 여자의 연옥이자 해탈이다. 산귀는 재창조라고 이름할 수 있다."[21]라고 주장한다. 이로 미루어볼 때 그녀가 이전 사람의 작품을 다시 쓰는 것은 일종의 남의 시체를 빌어 영혼을 부활시키는 행위가 되는 것이다.

"귀신이란 돌아가는 것을 일컫는다."[22] 중국 전통에서 귀신에 대한 관점은 홍진 세상을 떠나가서 우주 자연으로 돌아가는 것이다. 이런 점에 기대어 말하자면 돌아간다는 것은 돌아온다는 것을 뜻하기도 한다. 삶과 죽음, 이름과 모습이 분리되는 것도 같고 합쳐지는 것도 같다. 이른바 세상의 창조란 재창조에 다름 아니다. 떠나간다는 것은 곧 돌아온다는 것이니, 이리하여 황비원의 유령들이 활동하는 시간이 된다. 근래에 들어 서양문학이론은 유령이란 관념에 대해 재차 흥미를 가지게 되었다. 푸코에서 데리다까지, 또 들뢰즈에서 보드리야르에 이르기까지 모두 각자 자신의 견해를 제시하고 있다.[23] 유령론은 해체론과 불가분의 밀접한 관계가 있다. 패러디, 반복, 모방은 한편으로는 퇴폐적인 유희를 대표하면서, 보기에는 단일하고 영원한 것 같은 그 어떤 실체도 해체한다. 다른 한편으로는 다른 유의 (반)유토피아적 건설을 대표하면서, 허로써 실을 치고, 분열로써 오히려 통일을 기하며, 오리지널을 복제하여 가짜를 가지고서 진짜를 뒤흔들어놓는 천백 개의 분신들을 만들어낸다.[24]

〈두 도시의 달〉을 보자. 이야기의 여주인공인 차오치차오는 장아이링의 유명한 〈황금 족쇄〉에서 빌려온 것이다. 황비원의 판본에서 차오치차오는 군벌 가정에 내던져지고는 창안이라고 불리는 남자와 사통한다. 두 사람은 사랑의 도피를 하며 자살을 기도하지만 차오치차오는 죽지 않고 아버지에게 감금되었다가 다행히도 보모인 허간이 구해주는 바람에 비로소 도망쳐 살아나게 된다. 이 약간의 스토리에서 우리는 이미 황비원이 어떻게 스승 할머니의 경전을 바꾸어 썼는지를 볼 수 있다. 원작에서 차오치차오의 딸이었던 창안은 성별이 바뀌어서 그녀의 정부가 되며, 장아이링 본인이 부친에게 감금되었다가 보모에 의해 벗어났던 자전적 경험을 여기서는 차오치차오에게 덧씌운다. 갑의 갓을 을에게 씌우는 식이지만 장아이링 작품을 읽는 새로운 가능성을 열어놓은 것이다. 차오치차오는 온갖 풍파를 겪은 뒤 요염하고 퇴폐적인 유명 여인이 된다. 그녀는 침실에 핏빛 커튼을 치며 웃으면서 "태양은 우리들의 것이 아니야"라고 읊조린다. 차오위의 《일출》[9]에 나오는 천바이루의 명구를 읊은 것이다. 차오치차오는 해방 후 분명히 루쉰의 〈죽음을 슬퍼하며〉[10]에서 빌려온 쥐안성에게 시집간다. 그녀는 차례로 이어진 정치운동 중에서 극도의 타격을 받고 정신을 상실하여 미쳐버린다. 황비윈이 인간 세상을 유희하는 방식으로 패러디한 것은 금세 다시 또 역사의 음울한 흙비가 된다. 차오치차오가 결국 비명에 죽는 것 또한 어쩔 수 없는 일이었다. 장아이링의 원작속 핏빛 보름달만이 여전히 하늘 높이 걸려 있다. ─ 상하이가 아닌 광저우에.

〈두 도시의 달〉에는 또 다른 두 가닥 이야기가 있다. 괴벽한 관음증 환자 샹둥이 노년에 미쳐버린 차오치차오에 대해 자신을 억제할 수 없는 욕망을 갖게 된다. 그러나 그의 훔쳐보기는 두 눈만 사용하는 것이 아니라 그의 한 개 짜리 렌즈가 달린 사진기를 사용해서 이루어진다. 그는 "참으로 사진기 속에서 자신의 훼멸을 볼 수 있기를 바란다." 샹둥의 부모는 문화대혁명이라는 동란 중에 사망하고 그 후 촬영에 집착한다. 그는 "차오치차오에게 깊이 빠지지 않을 수 없다. 죽음을 앞둔 그녀의 얼굴은 아주 아주 마르고, 왼손은 수축되고, 온몸은 뼈만 남은 듯하면서, 커다란 두 눈만 여전히 물결처럼 아름답기 때문이다." 차오치차오가 샹둥의 죽음에 대한 유혹을 '연출'하는

9 《일출》의 한글본으로 《일출》, 조우 지음, 한상덕 옮김, (서울: 한국문화사, 1996)가 나와 있다.
10 〈죽음을 슬퍼하며〉의 한글본이 《루쉰 소설 전집》, 루쉰 지음, 김시준 옮김, (서울: 을유문화사, 2008) ; 《루쉰전집 2: 외침 방황》, 루쉰 지음, 루쉰전집번역위원회 옮김, (서울: 그린비, 2010) 등에 실려 있다.

것인데, 이 유혹은 필히 육체가 아니라 물체에 의해 전달되어야 했다. 샹둥은 낚싯바늘로 그녀가 널어놓은 붉은색 팬티를 낚아채고는, "그는 죽음의 아름다운 냄새를 깊이 들여 마시고, 깨물고, 호흡하면서 …… 그는 온몸이 핏빛의 공기 속에 파묻혀서 행복을 느꼈다. – 전 중국이 서로 서로 모살하고 있었다. 그는 흥분해서 사정을 했다."25) 페티시즘과 시체 성애, 자애와 자위, 결국 샹둥은 목매달아 자살하는 장면을 촬영함으로써 (성적) 절정에 이른다. 섹스와 사망의 흔적은 오직 사진으로만 사후 총명의 증거가 될 수 있었다. 그야말로 '목소리와 모습이 선하니 혼이 돌아온 것이로다'였다.26)

다른 한편으로는 일찍이 문화대혁명 중에 문장으로 공격하고 무력으로 투쟁하면서 잇따라 열여섯 명을 살해했던 천루위안은 한순간 변신하여 민완 형사가 되는데, 오래 전의 잔인했던 모살의 욕망이 언제나 마음속에 잠복해 있다. 그런데 차오치차오의 모든 것을 꿰뚫어보는 듯한 두 눈이 다시금 그의 왕년의 기억과 피를 좇는 욕망을 이끌어낸다. 그리하여 그는 피복이 없는 구리철사로 된 전선을 찾아내어 맞은편 건물 차오치차오의 창문에 던져 넣고, 전기를 통하게 해서 순식간에 그녀를 살해한다. "살인을 한 후 그는 섹스를 끝낸 것처럼 매번 후련하고 조용했다." 모든 것이 잘 마무리되자 천루위안은 그의 법 집행자 신분을 회복한다.

〈두 도시의 달〉은 민국에서 공화국에 이르는 격렬한 기억을 있는대로 다 펼쳐내는데 악령이 사라지지 않는다. 〈잃어버린 도시〉는 1997년 홍콩 반환의 시한을 앞두고 사망의 선언을 한다. 〈잃어버린 도시〉의 스토리는 세 가닥으로 전개된다. 한 가지는 반환 시한에서 도피하여 해외로 이주한 홍콩 화이트칼라 계급인 천루위안과 그의 처 자오메이의 일가족이 온 사방을 돌아다니던 끝에 다시 홍콩으로 돌아오지만, 남녀 주인공은 이미 정신이 고갈되어 끝내는 처를 살해하고 자식을 죽이는 참극을 일으키는 것이다. 장의업을 직업으로 하는 화자는 죽은 자에 의지해 살아가는 사람으로, 백치

자식을 데리고 평온하게 살아간다. 나머지 한 가지는 영국인 감찰관이 사건을 처리하는 과정에서 남은 날은 많지 않고 가정과 일 양쪽 모두 이루어놓은 것은 없음으로 해서 침체의 늪에서 헤어나지 못한다는 것이다.

천루위안 가족은 홍콩 반환을 두려워하지만 나아갈 길을 찾지 못하고 홍콩을 떠났다가는 다시 돌아온다. 그는 두려움에서 시작해서 절망으로 빠져든다. 홍콩 독자들이라면 아마도 틀림없이 심정이 암울했을 것이다. 아이러니칼한 것은 정치적인 시한이 아직 다가오기도 전에 이 가족이 스스로 결판을 내버리는 것이다. 1997년과 죽음은 서로 표리 관계에 있다. 그러나 만일 황비윈이 그저 사람을 놀라게 하면서 솔깃하게만 만드는 그런 이야기를 쓰는 것에 그쳤다면 우리가 이처럼 대대적으로 논할 필요는 없을 것이다. 더욱 의미가 있는 것은 그녀가 교묘하게 형식과 언어를 운용하여, 시한과 반환의 심리적 위협을 우언화하여 처리했다는 점이다. 나는 황비윈이 '두려운 낯설음'(uncanny)의 효과를 만들어내는 데 고수라고 생각한다. 원래의 의미에서 uncanny란 아무 이유도 없는 두려움이 아니라 오히려 그와 정반대로 대면한 사물이 그처럼 낯설면서 동시에 그처럼 익숙한 듯하기 때문에 공포를 느끼는 것이다(uncanny의 독일어인 unheimlich는 heimlich에서 나온 것으로, 후자는 일상에서 익숙한 사물을 뜻한다).[27] [11] 비평가들이 누차 지적한 바

---

[11] 프로이트에 따르면 친숙한 것(heimlich)이 섬뜩한 낯선 것(unheimlich) 또는 두려운 낯설음이 되는 이유는 오랜 시간 자아가 그것을 억압해 왔기 때문이다. 이와 관련해서 그는 다음과 같이 말했다. "두려운 낯설음이라는 감정은 [······] 오래전부터 알고 있었던 것, 오래전부터 친숙했던 것에서 출발하는 감정이다. 어떻게 이러한 것이 가능할 것인가. 어떤 조건들이 주어졌을 때 친숙한 것이 이상하게 불안감을 주고, 공포감을 주는 것으로 변할 수 있는 것일까?" unheimlich는 실제로는 새로운 것도 낯선 것도 아니고 오히려 정신적 움직임에서는 언제나 친숙한 것이었고 또 낯선 것이 된다 해도 그것은 단지 억압 기제에 의해서 그렇게 된 것이기 때문이다." 지그문트 프로이트 지음, 정장진 옮김, 《예술, 문학, 정신분석》, (서울: 열린책들, 1997), pp. 405~406 및 p. 434 참고.

'두려운 낯설음'이 사람들을 불안하게 만드는 것은, 그것이 극도로 이해할 수 없는 상태 하에서 너와 나의 집 또는 고향에 대한 향수를 불러일으킴과 동시에 간접적으로 우리에게 집 없음 내지는 집 떠남의 상황을 일깨워주고 있기 때문이다.[12] '두려운 낯설음'의 분위기 속에는 유혹과 공포가 동시에 존재하고 있는 것이다.

〈잃어버린 도시〉의 '두려운 낯설음'의 효험, 효과는 우선 천루위안 가족의 홍콩 이탈/귀환이라는 뒤얽힘 속에서 나타난다. 그들은 고향이 장차 사라질 것임을 알기 때문에 떠나가며, 또 그들은 고향을 그리워하여 돌아오지만 고향이 이미 옛날의 그것이 아님을 발견하게 되고, 심지어는 존재한 적조차 없다는 것을 발견하게 된다. 지리 공간적으로 아닌 것 같으면서도 맞는 것은 심리 공간적으로 맞는 것 같으면서도 아닌 것을 만들어낸다. 이 가족은 '돌아온다.' 그러나 조금씩 그들(그녀들)이 그리워하고 간직하고 있던 토대를 상실해 버린다. 죽음이라는 최후의 귀결을 제외하고는 그들이 벗어날 길이 없게 된다.

위에서 말한 것처럼 천루위안, 자오메이와 같은 인물들은 끊임없이 반복 출현한다. 소설가의 창작 자유는 곧 독자의 속박이 되니, 우리는 끊임없이 그들(그녀들)에게서 그들(그녀들)의 전생과 금생을 보거나 생각하게 된다. 유령이 배회하는 스토리, 인물, 문자는 포스트모던적인 복제라고 볼 수 있다. 그러나 그보다는 니체식의 영원 회귀[13]로 보는 것이 더욱 무방하다. — 복제의 복제, 허무의 허무. 예를 들면, 〈잃어버린 도시〉 첫머리의 복선적인 말에서 "일이란 원래 어쩔 수 없이 이런 법이다."라고 말한다. 그리고 소설의 결미에서

---

12 독일어 unheimlich를 영어로 옮길 때 일반적으로는 uncanny라고 하지만 간혹 이를 직역하여 unhomely라고도 하는데, 여기서 저자가 '집 없음 내지는 집 떠남' 등의 말을 사용한 것은 후자를 응용한 것이다.
13 니체의 '영원 회귀'에 관해서는 이 책 제8장 위화의 관련 부분을 참고하기 바란다.

는 "희망이란 원래 있다고 할 수도 없고, 없다고 할 수도 없는 것이다"라고 말하는데, 루쉰의 명작인 〈고향〉[14]의 결미와 서로 호응한다. 이는 루쉰의 혼이 돌아온 것이런가? '옛날의' 동네('故鄕')와 '잃어버린' 도시('失'城)라, 있는 것이 없는 것이요, 잃어버리는 것이 돌아오는 것이다. 헛수고의 순환이러니, 황비원의 감개는 〈잃어버린 도시〉의 반환 정서에서 정점에 달한다.

4. 홍콩, 통한의 역사

이상의 세 절에서 나는 황비원의 여성 서사 전략을 논했다. 첫째, 현대문학이 온유를 앞세우던 스타일에서 벗어나서 그녀는 격렬한 문자와 제재를 가지고 서 기존의 서사 체계를 비틀어놓고 폭력적 행위로 물들여놓음으로써 우리의 수용력을 극한까지 몰고 간다. 여성이 감내하고 있는 고초는 쉽사리 구제될 수 있는 것이 아니라 엄혹한 심연에까지 몰아넣고 그 어두운 블랙홀을 들여다 보게 해야만 비로소 계시록과 같은 파괴와 비통함에 대면할 수 있다고 황비원 은 인식하는 것이다. 둘째, 나는 그녀의 잔혹한 서술은 법률 – 가부장적, 정권적, 신권적 – 에 대한 질문이며, 그 어떤 여성 서사도 범법이자 불법임을 지적하고 있다고 생각한다. 그녀는 이 때문에 의도적으로 일종의 전혀 다른 유형의 정의의 담론을 만들어내는 것이다. 셋째, 황비원은 반복·패러디의 서사 기법을 빌어 여성에게 혼을 불러낸다. 그녀는 두려운 낯설음의 시야를 불러내서 언젠가는 마감하고 말 (남성의) 단일한 권위적 담론을 무한한 메아리와 환영으로 분열시킨다. 여성의 창세기는 광명에서가 아니라 암흑에

---

14 〈고향〉의 한글본이 《루쉰 소설 전집》, 루쉰 지음, 김시준 옮김, (서울: 을유문화사, 2008)을 비롯해서 많은 곳에 실려 있다.

서 시작되는 것이다.

황비원의 《열녀도》는 현재까지 그녀의 가장 대규모적인 실험이다. 상술한 세 가지 특징 또한 다시 한 번 모두 검증된다. 다른 점이라면 이 작품은 황비원의 역사관을 더욱 부각시키고 있다는 것으로, 곳곳에서 우리의 시야를 넓혀준다. 황비원의 과거 작품들은 국제적 시야가 넘친다. 그녀는 방글라데시의 혁명, 페르시아만의 전쟁, 문화대혁명, 톈안먼 민주화운동 등을 쓰면서 한결같이 역사의 격렬한 씨앗이 존재하지 않는 곳이 없음을 지적했다. 우리는 하늘의 재해와 인간의 재앙이라는 어두운 그림자 속에서 애욕을 뒤쫓고 있는데, 있을 건 다 있지만 너무나 사소한 허무의 유희에 불과한 것이다. 그렇지만 홍콩은 필경 황비원이 태어나고 자란 곳이다. 그녀의 역사관은 비록 다시금 두려운 낯설음을 맴돌고 있기는 하지만 결국에는 어떤 밑바닥에 도달하게 된다. 이리하여 《열녀도》가 탄생한다.

《열녀도》에는 1997년 홍콩 반환 시한에서 비롯되는 감상적인 분위기를 느낄 수 있다. 그러나 황비원은 남들이 말하는 것을 따라서 공연히 홍콩의 화려함을 추억한다든가 미구에 밀어닥칠 무산계급 정권을 비판한다든가 하지는 않는다. 그녀는 여성의 관점에서 백 년 홍콩의 소소한 것들을 되짚어 써나간다. 외부에서 가해진 정치적 폭력은 물론 그녀가 언제나 염두에 두고 있는 역사적 사실이다. 그러나 그녀는 여성이 가장 명심해야 할 것은 일상생활 속의 폭력이자 '사소하고 자질구레한' 역사의 공포라는 점을 더욱 의식적으로 지적하고 있다. 장쥐안편이 말한 그대로이다. "이처럼 매서운 얼굴로 질책하는 여성의 역사를 본 적이 없다. 시끌시끌 왁자지껄 모두가 귀신의 소리다. 3대에 걸친 여자들이 목소리를 돋우며 한껏 성토한다. 온 들판을 태우는 불길처럼 분노가 만연하다."[28]

소설은 세 부분으로 나누어지는데, 각각 '나의 할머니', '나의 어머니', '너'를 표제로 하고 있다. 세 세대에 걸친 여성의 이야기인 것은 말할 필요도 없다.

'나의 할머니' 부분은 쑹샹과 린칭 두 여성을 배경으로 하면서, 1920년대에서 1940년대까지 홍콩의 갖가지 역사적 사실을 삽입하고 있다. 쑹샹과 린칭은 출신이 보잘것없어서 초년부터 모든 고생을 다 겪는다. 인연이 엎치락뒤치락하다 보니 그녀들은 한 남자를 같이 떠받들게 된다. 쑹샹은 못생기고 무식해서 일생 바쁠 운명이다. 린칭은 도화살이 있어서 언제나 소실이 될 팔자다. 그녀는 첫 번째 혼인에서 시아버지에게 강간을 당하고 끝내는 총으로 복수하기에 이른다. 그 중간에 일본군의 홍콩 침략, 기근과 박해를 삽입해 놓았는데 참으로 혼을 뒤흔들어 놓을 정도이다. 쑹샹과 린칭 두 사람은 서로 양보란 없었지만, 그러나 난세 속에서 그녀들은 마침내 죽을 때까지 서로 의지하면서 살아간다.

'나의 어머니' 부분은 2차 대전 시기에 성장한 차이펑·위구이·취안하오·인즈·다이시 등 일련의 하층 사회의 여성들을 소개한다. 각자는 어릴 때부터 사회에 나가서 집안을 돌보고 입에 풀칠을 한다. 그녀들의 이야기는 그렇게도 범속하고 비천하여 원래는 주목할 만한 것이 없다. 그렇지만 서로서로 얽히면서 전쟁 시기 및 전후 시기의 홍콩의 빈한한 여성들의 중생상을 만들어내는데 부족함이 없다. 그녀들은 다수가 옷공장과 가공공장에서 일을 한다. 홍콩의 번영은 그녀들이 손발에 굳은살이 박힐 정도로 노력한 결과이다. 그러나 동방의 진주의 빛이 어찌 그녀들의 자리까지 비추겠는가? 세 번째 부분의 '너'는 현대의 풍토와 인정으로 돌아온다. 청춘 남녀들의 덧없는 사랑, 불가사의한 살인 사건, 태평성세에 퇴폐적인 살기가 도처에 떠돈다. 백 년 홍콩의 풍모가 이제 운수가 다한 것 같다.

황비원이 이렇게 많은 인물을 묘사한 것은 커다란 모험이다. 그런데 그녀가 작품 전체의 맥락을 지리멸렬하지 않게 유지하는 방법은 제2인칭 '너'의 서사 관점이다. 황비원이 '나가 아니라 '너'를 서사의 주체로 삼는 것은 이원적인 전략이다. 여러 줄기의 스토리를 번갈아가면서 서술하는데, 이로부터 생겨나는 대화적 맥락이 상당히 주목할 만하다. 너의 할머니인 쑹샹과 린칭, 너의 어머니인 차이펑·위구이·취안하오는 비록 신분이 서로 차이가 있고 처지가 서로 다르지만 모두가 '너'라는 핏줄의 근원이자 여성의 족보에서 잃어버린 혈육이다. 《열녀도》는 이 때문에 기이한 니체/푸코 식의 계보학적 기록이다. 인과관계를 전도시켜 늘 억압당하고 추방되는 그런 여성의 기억과 관계를 추적한다.

나는 소설에서 '너의 어머니'의 부분이 가장 뛰어나다고 생각한다. '나의 할머니'는 초기 홍콩의 옛일을 바림하여 낭만적인 색채를 띠고 있기 때문에 쉽사리 흥미를 끈다. '너'의 부분은 황비윈이 이미 아주 숙련된 소재들을 사용하지만 과거의 성과를 뛰어넘지는 못한다. '너의 어머니'의 부분은 일군의 극히 평범한 편직공장 여공들의 지난한 삶으로 이루어져있다. 그녀들은 옷을 짜면서 자신의 생활도 짜고, 더 나아가서 간접적으로 홍콩의 역사도 짠다. 장아이링은 왕년에 여성과 옷 '입기' 사이의 관계에 대해 썼는데, 황비윈은 여성과 옷 '만들기' 사이의 관계에 대해 쓰고 있다. 여기에 포함된 여성과 노동·생산·소비의 변증법, 그리고 여성과 의복 간의 의존과 배리의 관계는 사실 대대적으로 다룰 수도 있는 것이다. 타이완의 일부 페미니스트 학자들은 의복의 정치학에 대해 상당히 관심이 있다. 그러나 아직 구미의 유명 브랜드를 맴도는 것 말고 황비윈식의 의복 세계에 대한 관심은 보이지 않는다.

《열녀도》가 최종적으로 관심을 갖는 것은 홍콩의 역사이다. 1997년 전후 우리는 최소한 홍콩 역사와 관련된 4권의 장편소설을 볼 수 있었다. 시시의 《하늘을 나는 양탄자》, 둥치장의 《지도집》, 스수칭의 '홍콩 3부작'(《그녀의 이름은 나비》, 《온 산에 가득 핀 자형화》, 《적막한 저택》) 및 황비윈의 《열녀도》이다. 사실 《하늘을 나는 양탄자》 또한 풍부하게 이미지를 짜낸다. 시시는 동화식의 말투로 홍콩 사회의 수많은 변화를 되돌아본다.[15] 무거운 주제를 가볍게 다루고는 있지만 그녀의 애틋해하고 연연해하는 마음이 행간에 녹아들어있다. 둥치장의《지도집》은 (유사) 지지학을 사용해 서술을 시작하면서 홍콩의 지형과 지물을 다시 그려내고 써낸다. 지도의 완성은 사실은 정치 읽기의 시작이다. 둥치장은 허구와 풍물지, 일화와 이론을 한데 버무려내는데, 그는 우리에게 홍콩이 무에서 유로 바뀐 것 그 자체가 허구적 색채가 충만한 것임을 일깨워준다. 스수칭의 '홍콩 3부작'은 한 기녀의 성공사를 중심으로 하여 동방의 진주의 낭만적인 역사를 전개해나간다.[29]

이 세 작품 중에서 스수칭의 '홍콩 3부작'과《열녀도》는 서로 대비해볼 만한 곳이 많다. '홍콩 3부작' 속의 기녀인 웡딱완의 성적 매력은 중생을 매료시킨다. 그녀는 시세의 흐름을 잘 타서 마침내 환락의 세계로부터 상업의 세계로 진출하여 상당한 가산을 일군다. 그렇지만 좋은 일에는 시련이 많은 법이라고 웡딱완의 감정적 모험은 결국 그저 여한만 남게 된다. '홍콩 3부작'은 여성과 역사를 대응시키는 전통적인 수법을 따르고 있으며, 낭만적인 색채가 강하고, 기승전결적이며, 홍콩 역사와 긴밀히 결합되어 있다. 경국지색의 화려함은 끝내는 적막 공허로 마감한다. 상대적으로 보자면 황비윈의《열녀도》는 큰 이야기를 자잘한 것들로 바꾸어 씀으로써 천 갈래 만 갈래가 뒤얽혀 있는 듯하다. 그리고 그녀의 여주인공들은 비록 출신은 웡딱완과 유사하지만 후자의 바람을 불러오고 비를 내리게 하는 그런 재주를 가지고 있지는 않다. 그녀들의 행적은 그렇게도 소소하여 이른바 우언적인 의미가 있기란 어렵다. 그렇지만 이것이 바로 황비윈이 의도하는 바일 것이다. 여성의 고통과 비애는 홍콩의 기억 속에 가라앉아있을 뿐, 홍콩의 우언으로 맺어질 수도 없고 그럴 필요도 없는 것이다. 세상사는 분분하고 오고 감은 뒤얽힌다. 홍콩의 시정 여자들이 일생을 고달프게 살아가는 모습은 더하지도 덜하지도 않다.

---

15 시시의 대표작인《나의 도시》의 한글본으로《나의 도시》, 시시 지음, 김혜준 옮김, (서울: 지식을만드는지식, 2011)이 나와 있다.

생활 자체의 물질성은 여성의 격렬함과 여성의 온유함을 가리킨다.

황비원의 창작 활력으로 보건대 새 세기에는 사람들을 더욱 놀랍게 만들 만한 성과가 있을 것이다. 과거 10년간 그녀가 현대 중국소설에 주입한 변수는 (나와 같은) 평자가 이제 막 곱씹어 사색하기 시작한 바이다. 사후 총명이라더니 이것이 또 하나의 예다. 황비원의 여성에 대한 역사와 서사는 이리하여 나로 하여금 역시 걸출한 타이완의 여성 시인 시아위의 창작 자술을 떠올리게 만든다. 그것은 이러하다.

일종의 반항. 일종의 삼킴. 일종의 재생. 일종의 피를 보는 살인. 일종의 흔적을 남기는 시체 불사르기. 일종의 사랑. 일종의 증오. 사랑이 극에 달하면 증오를 낳음. 증오가 극에 달하면 사랑을 낳음. 최후에는, 그것들은 일종의 윤회설.[30]

여성은 암흑으로 인해 세상을 창조하는 것이다.

태초에 도가 없었으므로 여성에게 글쓰기가 있게 되었던 것이다.

15장 황비윈

1) 黃碧雲, 〈創世記〉, 《突然我記起你的臉》, (台北: 大田, 1998), p. 109.

2) 黃碧雲, 〈創世記〉, 《突然我記起你的臉》, (台北: 大田, 1998), p. 106.

3) 黃碧雲, 〈創世記〉, 《突然我記起你的臉》, (台北: 大田, 1998), p. 93.

4) 黃碧雲, 〈溫柔與暴烈〉, 《溫柔與暴烈》, (香港: 天地, 1994), p. 3.

5) 黃碧雲, 〈創世記〉, 《突然我記起你的臉》, (台北: 大田, 1998), p. 89.

6) 王德威, 〈此怨綿綿無絶期 - 從〈金鎖記〉到《怨女》〉, 《如何現代, 怎樣文學?: 十九, 二十世紀中文小說新論》, (台北: 麥田, 1998), pp. 363~382.

7) 黃碧雲, 《其後》, (香港: 天地, 1994), p. 202.

8) 黃碧雲, 〈失城〉, 《溫柔與暴烈》, (香港: 天地, 1994), p. 206.

9) 黃碧雲, 〈雙城月〉, 《溫柔與暴烈》, (香港: 天地, 1994), p. 67.

10) Joseph Lau, "The Little Woman as Exorcist: Notes on the Fiction of Huang Biyun", *Journal of Modern Literature in Chinese* 2.2 (Jan, 1999), pp. 149~64.

11) 黃碧雲, 《烈女圖》, (台北: 大田, 1999), 扉頁.

12) Allen Weiss, *The Aesthetics of Excess*, (Albany: SUNY Press, 1989), chap. 4를 보기 바란다.

13) 南方朔, 〈七罪世界的圖錄〉, 黃碧雲, 《七宗罪》, (台北; 大田, 1997), pp. 3~8 ; 楊照, 〈人間絶望物語〉, 黃碧雲, 《突然我記起你的臉》, (台北: 大田, 1998), pp. 3~8.

14) 이는 물론 헝가리 시인 페퇴피의 명구로, 루쉰이 즐겨 인용하던 번역 구절이다.

15) Allen Weiss, *The Aesthetics of Excess*, (Albany: SUNY Press, 1989), p. 44에서 인용.

16) 여기서 황비윈의 폭력 관념은 벤야민의 '열려있는 폭력'(Affirmative Violence)에 가깝다. '열려있는 폭력'은 우리가 익히 알고 있는 '수행적인 폭력'(Perfomative Violence)과는 다르다. 랴오자오양의 말로 하자면, "'그것은 순수 형식의 현현이고, 모든 주체적 역량의 발현 가능성을 보존하기 위한 절대적 윤리이다. …… 율법(주체)의 내용은 비록 자기 진술의 과정에서 형성되어 안정성과 연속성을 가지고 있지만 그러나 동시에 또 규범 대상의 승인을 획득하기 위해서 부단히 정의의 절대적 형식(즉 개방성)과의 통일을 추구해야 한다. 이로써 모든 대상체 각자의 수행 가능성을 완벽하게 개방할 수도 없고 진정으로 보존할 수도 없으며, 부단히 이 절대 형식의 실현을 연기하고 부단히 보편적 정의의 목표에서 벗어난다." 廖朝陽, 〈《天龍八部》的傳奇結構〉, 王秋桂編, 《金庸小說國際學術研討會論文集》, (台北: 遠流,

2000), p. 536을 보기 바란다. 벤야민의 폭력관에 대한 비평은 Beatrice Hanssen, "On the Politics of Pure Means: Benjamin, Arendt, Foucault", in *Violence, Identity, and Self-determination*, eds. Hent de Vries and Samuel Weber, (Stanford: Stanford University Press, 1997), pp. 236~252를 보기 바란다.

17) 黃碧雲, 〈罪與罰・一念地獄〉, 《溫柔與暴烈》, (香港: 天地, 1994), pp. 149~150.

18) 黃碧雲, 〈罪與罰・一念地獄〉, 《溫柔與暴烈》, (香港: 天地, 1994), pp. 149~150.

19) 黃碧雲, 〈記述的背後〉, 《突然我記起你的臉》, (台北: 大田, 1998), p. 173.

20) 黃碧雲, 〈記述的背後〉, 《突然我記起你的臉》, (台北: 大田, 1998), p. 173.

21) 黃碧雲, 〈記述的背後〉, 《突然我記起你的臉》, (台北: 大田, 1998), p. 173.

22) 《爾雅・示訓》, (上海: 上海古籍, 1977), p. 71.

23) Jacques Derrida, *Specters of Marx: the State of the Debt, the Work of Mourning, and the New International*, (New York: Routledge, 1993) ; Gilles Deleuze, *Difference and Repetition*, trans. Paul Patton , (New York: Columbia University Press, 1994) ; Michel Foucault, "Theatrum Philosophicum", in *Language, Counter-Memory, Practice*, trans. Donald Bouchard & Sherry Simon, (Ithaca: Cornell University Press, 1981) 등을 보기 바란다.

24) Scott Durham, *Phantom Communities: The Simulacrum and the Limits of Postmodernism*, (Stanford: Stanford University Press, 1988)를 보기 바란다.

25) 黃碧雲, 〈雙城月〉, 《溫柔與暴烈》, (香港: 天地, 1994), p. 71.

26) 사진과 죽음 사이의 변증법에 관해서는 수잔 손탁에서 롤랑 바르트에 이르기까지 이미 많은 언급이 있었으므로 여기서는 논하지 않겠다.

27) 예컨대 Anthony Vidler, *The Architectural Uncanny : Essays in the Modern Unhomely*, (Cambridge, Mass.: MIT Press, 1992)를 보기 바란다.

28) 張娟芬, 〈鬼城的喧嘩〉, 《中國時報・開卷周報》, 1999年5月6日.

29) 王德威, 〈異象與異化, 異性與異史 - 論施叔青的小說〉, 施叔青, 《微醺彩妝》, (台北: 麥田, 1999)를 보기 바란다.

30) 夏宇, 〈逆毛撫摸〉, 《摩擦, 無以名狀》, (台北: 唐山, 1997), p. 6.

세속의 기예

1984년 7월 《상하이 문예》에 아청(阿城, 1949~   )이라는 작가의 소설 〈장기왕〉이 게재되었다. 이 소설은 문화대혁명 시기에 일군의 지식청년들이 겪은 전설적인 경험을 쓴 것이었다. 소설은 그들이 얼떨결에 하방되어 변방으로 떠나게 된 것으로부터 시작해서 그들 중 하나가 이름없는 노인을 만나 장기의 기예를 연마한 후 사람들과 그 기예를 겨루는 것에서 클라이맥스를 이룬다. 문장은 힘이 있고 정치하며 구성은 깔끔하고 감동적이어서, 당시 상흔문학과 되돌아보기문학의 열기 속에서 자연히 독특한 일면을 보여주었다. 〈장기왕〉이 나오자 우선 대륙에서부터 주목을 끌었고, 이어서 해외로 확산되면서 모든 사람이 앞다투어 보는 작품이 되었다.

그 이후의 이야기들은 이미 중국 '신시기' 문학에서 중요한 한 장이 되었다. 〈장기왕〉은 차츰 성황을 이루어가던 뿌리찾기문학의 중요한 본보기가 되었다. 이와 동시에 그것이 보여주는 인문정신은 때마침 학술계에서 배태되고 있던 '문화붐'과 서로 상통하는 것이었다. 그리고 더 나아가서 아청의 문장 능력은 이 세대 작가들과 독자들에게 새로운 시야를 갖게 하는 것이었다. 아청은 〈장기왕〉 이후 잇따라 〈나무왕〉, 〈아이들의 왕〉을 발표했다. 전자는 문화대혁명 시기에 인간이 자연과 싸우면서 자연을 망가뜨리는 폭거를 묘사

---

1   〈장기왕〉, 〈나무왕〉, 〈아이들의 왕〉의 한글본이 《아이들의 왕》, 아청 지음, 박소정 옮김, (서울: 지성의샘, 1993)과 《아이들의 왕》, 아청 지음, 김태성 옮김, (서울: 물레, 2010)에 각각 실려 있다.

하고 있으며, 후자는 교육이 몰락한 뒤 다시 되살아나기만을 기다리는 간고함을 서사하고 있다. 나무를 기르는 데는 십 년이 걸리고 인재를 육성하는 데는 백 년이 걸린다는데, 중국의 문명과 자연이 어찌 이런 지경에까지 이르렀을까? 더욱이나 이해할 수 없는 것은 갖가지 광포한 행위가 이른바 '문화대혁명'이라는 이름으로 진행되었다는 점이다. 아청은 구호나 교훈은 거의 쓰지 않았지만 저절로 그 속에서 감개가 솟아나왔다. '3왕' 소설은 1980년대 중국문학의 경전이 되고도 남음이 있었다. 이 소설들이 타이완에서 출간된 후에 일으킨 '대륙붐'은 수많은 독서광이나 출판인들에게는 지금도 기억에 생생한 화제일 것이다.

아청은 밀려드는 영예에도 불구하고 마치 아무렇지도 않은 듯했다. '3왕' 이후 그는 시류에 편승할 수도 있을 텐데 그가 원래 구상했다는 '8왕' 내지는 '왕8'² 시리즈의 나머지 5편을 마저 써내지는 않았다. 그는 예컨대 〈어르신〉, 〈회식〉 및 《도처에 풍류》 시리즈의 일부 등 일련의 단편들을 써내기는 했다. 그러나 대체로 말해서 아청의 드높은 이름은 앞의 소수 작품들을 바탕으로 하는 것이었다. 그리고 세월이 흐르자 그 이름은 전설이 되었다. 이와 동시에 아청은 영화계에 관여하면서 잇따라 셰진·천카이거·장이머우 등과 합작했다. 1980년대 후기에는 멀리 해외로 나갔고, 호우샤오셴 영화의 자문을 적잖이 맡기도 했다. 아청은 분명 한가했던 것은 아니었다. 다만 문학계의 시각에서 볼 때는 한가로운 사람이라는 인상을 주었다.

그런데 이렇게 한가롭다는 인상을 주게 된 데는 그리 될 수밖에 없는 외재적인 요인도 있었지만 어쩌면 아청 자신의 창작 미학과 일맥상통하는 것일 수도 있다. 작은 이야기인 소설이란 작은 도리를 일컫는 것일진대,³

---

2 중국어에서 '王八'(왕바)라는 단어는 거북이나 자라의 속칭으로 쓰기도 하지만 주로 남을 욕할 때 쓰는 말로 '막돼 먹은 놈', '오쟁이 진 놈'이라는 뜻이다.

행하고 행하지 않고의 차이는 어쩌면 생각 하나 차이가 아닐까? 여타 세속의 기예들과 비교해볼 때 소설은 더 높이 떠받들 만한 고상함도 없겠지만 또 그것만의 색깔을 무시할 수도 없는 것이리라. 작은 이야기를 반드시 거대한 이야기로 간주하려는 작가와 독자의 관점에서 본다면 이런 견해는 너무 소극적일 것이다. 하지만 만일 문학 예술에 관한 아청의 생각을 살펴본다면 절로 이해되는 바가 있을 것이다.

바로 이 때문에 세기 말의 대륙과 세기 초의 타이완에서 아청이 내놓은 소설선 《도처에 풍류》는 우리가 특별히 주목해볼 만하다. 이토록 오랜 시간이 지난 뒤에 아청이 각양각색의 작품을 모아서 책으로 만들어낸 것은 그의 과거 창작 경험을 총괄하자는 것일까 아니면 그것을 통해 전과 다른 깨달음을 밝히자는 것일까? 아청이 내세우는 창작 스타일로 보자면 이는 지나치게 엄숙한 질문인 셈일 테니 너무 진지하게 여길 필요는 없을 것이다. 그렇지만 《도처에 풍류》를 가지고서 그가 걸어온 길을 되돌아봄으로써 그의 진전 상황, 요컨대 세속적이고 서정적이고 기예적인 그의 소설 관념을 탐구해볼 수는 있을 것이다.

1. 속됨과 한가함

아청은 운 좋게 인민공화국과 같은 나이다. 이 나라는 '인민'을 위해 건국되 었으니 너와 나의 구분이 없다고 말한다. 그런데 아청은 동시에 운 나쁘게

---

3   중국에서 '소설'이란 낱말은 《장자》에서 "작은 도리를 꾸며서 높은 명성을 구하는 것은 큰 도리로 부터는 먼 것이다(飾小說以干縣令, 其於大達亦遠矣)."라 한 데서 처음 보인다.

출신 성분상으로 하자가 있어서 '인민'이 좋아하는 바가 될 수가 없었다. 그의 아버지 중뎬페이는 유명한 영화인인데 일찍이 자신의 예술적 신념에 집착하다보니 1950년대의 운동 중에 낙마하고 말았다. 아청이 스스로 말한 바와 같이 그는 성장 과정에서 신분에 차이가 있으면 앞날도 다르다는 이치를 이미 체험했다. 문화대혁명 기간에는 홍위병은 고사하고 홍위병의 졸개조차 될 수 없는 처지였다. '상산하향'이라는 구호가 나오자마자 그는 일찌감치 보따리를 싸서 빈농·하농·중농 재교육을 받아들일 준비를 했다. 처음에는 산시성 북부로 갔다가 다시 내몽골로 간 다음 마지막에는 윈난성으로 가게 되었는데 결국 10년을 있게 되었다. 4인방이 물러난 후 각지의 지식청년들은 몸과 마음의 준비를 하고 앞다투어 공부할 기회를 붙잡으려고 했지만 아청은 아무런 관심이 없었다. 이유는 다른 데 있는 것이 아니었다. 집안 배경이 그리 만든 것이었다.[1]

그렇지만 10여 년 동안 남북을 떠돌면서 시골 벽촌에서 생활했던 경험은 아청에게 이미 너무나 많은 학교 바깥의 지식을 부여해주었다. 그가 그런 부당함을 참고 견딘 것은 단순히 자신에게 불리한 정치적 요인들에 대해 스스로 잘 알고 있기 때문만은 아니었다. 그보다는 오히려 민간의 그 모든 것이 그로 하여금 생명의 복잡한 차원을 잘 이해하도록 만들었기 때문이었고, 더 큰 관대함과 포용성을 갖도록 해주었기 때문이었다. 그의 '3왕' 소설은 지식청년들의 하방을 쓰고 있지만 도련님이 고난에 빠진 격이라는 식의 씁쓸함도 없고, 의식적으로 후회 없는 청춘이라는 식의 순수성 과장도 없다. 그는 냉정한 눈으로 방관하면서도 모든 일에 주의를 기울이는데, 이런 모습은 얼핏 보기에는 거리를 두는 것 같지만 실인즉 바싹 다가가는 것으로서 아청 창작의 커다란 특징 중 하나이다.

더욱 중요한 것은 아청 작품의 세태와 인생에 대한 묘사가 과거에는 보기 드물었던 대륙의 중생상을 보여준다는 점이다. 〈장기왕〉의 넝마주이 노인은,

도를 이룬 사람은 쉽사리 자신을 노출하지 않는 법이라고, 진짜로 절세의
재주를 깊이 감추고 있다. 〈나무왕〉의 부스럼장이 샤오는 몸을 던져 나무를
지키고자 하는데 참으로 사람들의 외경심을 불러일으킨다. 〈아이들의 왕〉의
산촌 남녀들은 감정 표현 하나하나가 그렇게나 소박하고 꾸밈이 없는데
지식에 대한 그들의 호기심이 문화대혁명이라는 막다른 골목에서도 한 줄기
살길을 찾아내도록 만든다. 예를 잃어버리면 민간에서 찾는다고 하듯이,
일종의 시정문화 또는 초야문화에 대한 아청의 동경은 정통에 대한 비판
내지는 심지어 정통에 대한 속죄로 간주할 수 있다. 관변의 주류 담론인
'양결합',4 '삼돌출',5 '건강하고, 선명하고, 밝은' 것, '크고, 넓고, 완벽한' 것과는
대조적으로 아청이 그려낸 일련의 인물들은 초라하고 볼품이 없으니 어찌
마오 주석의 좋은 백성들이라고 할 수 있으랴. 그렇지만 아청은 난세 속에서
생존의 지혜를 찾아내는 데 있어서 이런 기형적이고 못난 인물들로부터
얻는 바가 적지 않았다. '3왕' 소설이 등장하자마자 뭇 독자들은 마치 보물이라
도 얻은 양 했다. 누구는 중국 장기의 도가 아직 쇠하지 않았노라고 말하는가
하면, 누구는 선도의 향불이 겁난을 만난 후에도 되살아났다고 말하는 둥2)

---

4 양결합(雙結合, 兩結合)은 혁명적 리얼리즘과 혁명적 낭만주의의 결합을 일컫는다.
여기서 혁명적 리얼리즘은 무산계급의 입장에서 유물변증법과 역사적 유물론의
관점으로 삶을 관찰하고 반영한다는 것이고, 혁명적 낭만주의는 현실을 토대로
하되 숭고한 혁명 이상을 상상적으로 표현함으로써 인민의 투지를 고무한다는
것이다. 1958년 마오쩌둥이 시에 관해 말하면서 '형식은 민가적이고 내용은 리얼리
즘과 낭만주의의 대립적 통일'을 내세운 이래 '양결합'의 주장은 계속 확산되어
1960년 제3차 문대회(중화 전국 문화예술공작자 대표대회)에서 그때까지 중국
대륙의 문학 예술의 핵심 사조였던 사회주의 리얼리즘을 대체하게 된다.
5 삼돌출(三突出)은 모든 인물 중에서 긍정적인 인물을 돌출시키고, 긍정적인 인물
중에서 영웅인물을 돌출시키며, 영웅인물 중에서 중심적인 영웅인물을 돌출시킨
다는 것이다. 1968년에 처음 제기되었으며 나중에 문예 창작에서 무산계급 영웅인
물을 창조할 때 반드시 따라야 할 원칙으로 간주되었다.

떠들썩하기가 그지없었다.

내가 보기에 아청의 '3왕' 시기의 작품은 훌륭하긴 훌륭하지만 그래도 여전히 미묘한 말로 큰 뜻을 표현한다는 틀에서는 벗어나지 못하고 있다. 물론 그는 문화대혁명 종결 이후의 다른 문학 작품들과 비교하자면 매우 앞서 나갔다. 그러나 《도처에 풍류》의 작품, 특히 '잡색' 부분의 글들을 가지고 비교해보면 그의 변화를 어렵지 않게 파악할 수 있다. 만일 '3왕' 소설이 '예를 잃어버리면 민간에서 찾는다'라는 식의 유토피아적 회상에 여전히 집착하고 있다면, 《도처에 풍류》가 보여주는 것은 '백성들에게서 예를 따질 수는 없다'는 것이다. 백성들로 가득 찬 세속 사회는 시끌벅적하고 울고 웃고 하는 것들 외에도 고상한 위치에 오르지 못한 구차함과 평용함으로 더 많이 채워져 있다. 그렇지만 아청은 그 속에 한 줄기 생명력이 존재하고 있음을 간파한다. 좋게 말하자면 이 생명력은 한 줄기 완강한 본원적인 원기로, 언제나 꿈틀꿈틀 생동하고 있으며, 먹고 마시고 사랑하는 그 모든 것이 이로써 비롯되는 것이다. 그러나 다른 한편으로 이 생명력은 끈질긴 고질적인 습성으로, 좋은 죽음도 구차한 삶보다는 못한 법이라며 싸우면서도 뒤로 물러나는 일상생활의 전략이기도 하다.[3] 아청은 세속 사회의 본원적인 원기를 더 많이 서술하고자 하지만 그가 그려내는 인물들은 언제나 되는 대로 살아가는 고질적인 습성을 더 많이 보여준다. 양자는 모두 생명력의 표현이다. 하지만 그것들이 보여주는 거리는 그렇게도 멀다. 이는 아청 작품의 난감함이 존재하는 곳이자 (의식적 또는 무의식적으로 표출되는) 그의 역사적 감회가 존재하는 곳이다.

원기와 습성의 같은 점과 다른 점: 《도처에 풍류》의 '도처에 풍류' 부분에서, 아청은 윈난성 누장강의 밧줄 도강의 아찔함을 쓰고 있는데, 아슬아슬한 긴장감이 종이 위에 펼쳐진다. 하지만 나의 주목을 끄는 것은 오히려 다른 것이다. 강을 건넌 후 몇몇 장정들이 "낭떠러지 코앞까지 걸어가서 허리춤을 풀고는 고부스럼히 오줌을 갈기는데, 아래로 얼마 떨어지기도 전에 바람에 휘날려서 협곡을 따라 동남쪽으로 흩어져 버리고, 까마득히 아래에 있는 누장강의 강물이 외려 한 가닥 오줌줄기처럼 가느다랗게 흘러가고 있었다." (〈밧줄 도강〉) '그때 한창 젊을 때'의 부분에 들어있는 〈성장〉에 이르면, 공화국과 같은 날에 태어난 왕젠궈의 창창한 앞날이 혁명에 의해 좌절당하고 만다. 왕년에 중요 보호 학생이었던 왕젠궈는 1976년 이후 마오 주석 기념관의 건축 노동자 왕젠궈가 되어 있다. 어느 날 그는 공사장의 높은 곳에서 갑자기 속이 급하게 되어 어쨌든 땅바닥을 향해 해결해야만 했다. 그는 좌우로 인민대회당, 인민영웅기념비, 혁명역사박물관의 지붕이 둘러싸고 있는 가운데 시원하게 쏟아내 버린다. "높은 곳이라 바람이 일었다. 왕젠궈는 문제를 해결한 다음 부르르 한번 떨었는데 두 눈가에는 눈물이 맺혔다." 또 '도처에 풍류' 부분의 〈멱〉에는 몽골의 기수가 말을 내달린 후 강에서 멱을 감는다. "그는 엉덩이를 치켜든 채 정수리를 물속에 담그고 손가락을 펼쳐서 머리칼 속을 비벼대는데, 두 다리 사이에서는 노랫소리가 흘러나온다." 그리고 '그때 한창 젊을 때' 부분의 〈전문가〉에서는 산시성 북부로 하방된 지식청년이 이데올로기 문제로 여전히 구시렁댄다. 그들은 어렵사리 한 탄광촌에 가서 전문가에게 가르침을 청한다. 그런데 뜻밖에도 전문가께서는 생활에 보태기 위해 이미 속인들을 따라 지하 깊이 내려가서 알몸으로 석탄을 캐고 있다. 그가 부름에 응답하여 탄갱에서 기어 나올 때 보니, 시커먼 덩어리가 "일어나 탄차 바깥으로 나와서는 상체를 수그려 땅바닥의 옷들을 주섬주섬 주워드는데 그래도 엉덩이는 허여멀겋다."

아무데나 갈겨대는 오줌발, 벌떡 치켜드는 엉덩이 - 먹고 마시고 싸고 자고 하는 것, 이는 삶의 기본적인 모습인 것이다. 아청은 바로 이런 것을 바탕으로 그의 세속적 시야를 구축해 나간다. 처첩을 함께 거느리는 늙다리, 고양이 대신 쥐를 기르는 애완동물 애호가, 분뇨를 휘젓는 간부학교 노동자,

온 사방의 눈치를 보는 하급 관료, …… 그야말로 쌔고 쌨다. 신중국의 엄격한 계율은 그렇게나 가차 없어서 사람들마다 성인이 되도록 밀어붙였지만 아청의 눈길이 닿는 곳에 보이는 거라곤 대다수가 한량 잡배들이었다. 누구는 낭패를 당하며 고생을 하고, 누구는 이득을 챙기며 술수를 쓴다. 그들은 사실 아무것도 하는 것이 없지만 바로 이 때문에 이 살풍경한 사회에 사람 냄새를 보탠다. 이 사람 냄새가 꼭 좋은 것만은 아니다. 〈변소〉에서 라오우는 어느 날 대대적인 재고 정리를 하려고 공중변소에 간다. 구멍 여덟 개 중에 네 개는 벌써 임자가 있는데, 이웃끼리 쪼그리고 앉은 김에 이야기가 시작된다. 볼일이 끝난 다음에 비로소 아무도 종이가 없음을 알게 된다. 기다리고 기다리지만 뒤늦게 온 사람이라곤 그마저도 종이를 깜빡한 사람이다. 모두들 도무지 어찌해 볼 도리가 없던 참에 갑자기 라오우가 벌떡 일어선다. "라오우는 바지춤을 추스르더니 내뱉는다. 내건 다 말랐어."

아청의 세속 관념이 가장 체계적으로 드러나는 것은 그의 《한담을 한가롭게》와 《베니스 일기》 두 책에서다. 전자는 1983년에서 1993년까지 중국 문화와 소설에 대한 아청의 심득을 모은 것이고, 후자는 그의 세속 관념을 몸으로 실천한 것이다. 갑골문, 노자, 공자에서부터 《교방기》, 《태평광기》, 《무림구사》에 이르기까지, 또 산곡(散曲)과 화본(話本),6 《금병매》와 《홍루몽》에서부터 장아이링과 왕안이에 이르기까지 천언만어를 쏟아내는데, 아청의 세속은 하나의 '자위적 공간'으로 귀납할 수 있다.4) 이는 일종의 풍속화적인 공간으로,

---

6   산곡(散曲)은 애초 금·원나라 이래 북방 지역에서 유행한 음악을 바탕으로 만들어진 노래 가사로부터 출발한 중국 고대시의 한 장르로 종종 송사(宋詞)와 대비된다. 화본(話本)은 소리·아니리·발림 등이 결합된 이야기가 송나라 이래 크게 성행했는데 이것이 글로 기록된 것으로, 주로 이야기꾼의 저본으로 사용되었으며 후일 백화소설로 이어진다.

남자는 밭을 갈고 여자는 베를 짜는 것을 담고 있기도 하지만 남자는 도적질을 하고 여자는 창녀질을 하는 것을 배제해 버릴 수도 없는 것이다. 이는 또 별의별 모습이 다 등장하는 공간이기도 하니 "어찌 생생하게 살아있는 다중적인 실재를 좋고 나쁘고라든가 흥하고 망하고 따위로 구별해낼 수 있으랴."5) 그런데 더욱이 《베니스 일기》에서는 이 공간은 이국적이고 방랑적이다. 아청은 세속이란 문명의 원천이요 동력으로서 예악과 교화에 또 다른 나아갈 길을 제공해준다고 생각한다.

나는 이 자위적인 세속 공간이 구체적인 존재라기보다는 일종의 경지라고 생각한다. 양자 사이에는 서로 보완적인 경우도 있지만 서로 저촉되는 경우도 있다. 아청은 그 사이를 오간다. 그의 의도를 명백하게 설명하기는 어렵다. 다만 한 가지는 분명하다. 아마도 시정의 사내와 계집들은 세속의 태깔을 충실하게 만들 것이지만, 세속을 관찰하고 그 속의 경지를 짚어내는 사람들이 라면 예술가적인 - 혹은 좀 더 광의에서 볼 때 '생활가'적인 - 혜안과 매개가 없을 수는 없을 것이다. 아청은 이 면에서 결코 물러서지 않는 신념을 가지고 있음에 틀림없다. 그렇지만 그도 또한 필연적으로 그 중의 패러독스와 대면하지 않을 수 없다. 지나치게 세속을 떠받들다보면 작위적이라는 의심을 피할 수 없으며, 지나치게 세속에 영합하다보면 한 통속이 되어버릴 가능성이 있는 것이다.6) 이 때문에 그는 세속을 '바라볼' 필요와 그 한계를 제시한다. 세속은 "사실 바라봄으로부터 자유로우니" 언제나 바라보는 자의 예상을 벗어난다.7) 그렇지만 '바라보는 자'의 존재는 또한 세속을 드러내주는 필수적인 존재이다. 어떻게 조용히 바라보면서도 세속의 스펙터클한 모습을 작위적으로 만들어내지 않을 것인가 하는 점이 아청이 노력하는 부분이다.

중국의 공산주의 혁명은 '프롤레타리아' '대중'으로부터 비롯되었으며, 애초부터 민간의 역량을 결합하여 묘당과 대항하는데 의도가 있었다. 그것이 문학 예술에 표현된 것이 바로 통속문예의 이용, '민족형식'의 주장이었다.

일찍이 1938년에 마오쩌둥은 '백성이 즐겨 보고 듣는' '중국작풍과 중국기풍'이
라는 문예 구호를 내세웠다. 1942년의 〈옌안 문예 연설〉에서 그는 대중을
위해 봉사해야 한다는 문예의 목적을 더욱 확실하게 밝혔다. 이런 관점은
당시 절대적인 반향을 불러일으켰다. 저우양이 모든 것을 다 수용한다는
5.4 전통의 특징을 긍정한 것이라든가 샹린빙이 '민간문예 형식이 민족형식의
중심원천'이라고 강조한 것은 동일한 스펙트럼의 양 극단일 뿐이었다.[8] 중국
공산당의 문학은 언제나 통속적인 색채로 물들어 있었으니, 초기의 자오수리
에서부터 문화대혁명 시기의 모범극에 이르기까지 모두 마찬가지였다. 기이
한 것은 마오파의 문예종사자들이 '붉은 깃발을 내걸고는 실은 붉은 깃발을
반대하는' 식으로 갈수록 민간 세속을 강조하면서 실은 갈수록 보통 사람을
넘어서서 "중국의 6억 인구가 모두 요순이로다"[7]라는 식으로 인민을 성인의
경지로 나아가도록 몰아세웠다는 점이다. 아청이 이죽거린 것처럼 만일
온 거리의 사람들이 모두 요순이라면 이 인생은 좀 공포스럽지 아니하겠는
가?[9]

　푸단대학의 천쓰허 교수 역시 그 가운데의 모순을 간파하고는 근래에
들어 대대적으로 '민간으로 돌아가자'라는 주장을 펼치고 있다. 천쓰허는
좌익적인 신문학 전통 이후로 민간문화에 대한 발양과 훼손이 중국의 현대성
추구에 있어서 일대 현안이 되었다고 비판한다. 천쓰허의 입장에서 보자면
'민간'이라는 개념은 세 가지이다. (1) 그것은 국가 권력이 상대적으로 박약한
영역에서 생겨나는데, 상대적으로 자유롭고 생동적인 형식을 보존한다. (2)
자유자재는 그것의 가장 기본적인 심미적 스타일이다. (3) 각양각색의 자질구
레한 전통을 다 받아들이고 있는 만큼 그것은 정수와 찌꺼기의 종합이자

7　마오쩌둥의 〈역신을 보내며〉에 나오는 구절로, 이 시는 1958년 장시성에서 흡혈충
　을 박멸했다는 소식을 들고 지었다고 한다.

또한 필연적으로 단일한 가치 판단을 거부하게 되어 있다.[10] 이와 같은 민간의 개념은 공산주의의 통치가 극도로 황당하고 폭압적인 시기에도 여전히 실오라기처럼 끊이지 않고 이어졌으며 또 주류적 가치 속에 스며들어갔다. 그런데 천쓰허가 '민간으로 돌아가자'고 희망하는 것은 권력 계층의 '묘당'과 지식인의 '광장'에 맞서고자 하는 역사적 시공간의 새로운 크로노토프(chronotope)로 간주할 수 있다.

아청의 세속 관념과 천쓰허의 민간 관념에는 많은 상호 검증적인 면이 있으며, 세기말 문화붐 이후 대륙 문인의 또 하나의 입장을 대표한다. 양자는 또 세속 내지 민간의 유동성과 애매성은 이론으로 증명할 수 없음을 분명히 깨닫고 있다. 상대적으로 말해서 천쓰허가 '묘당'과 '광장'에 대한 '민간'의 비판적인 기능을 중시하고 있다면, 아청은 예교에 대한 '세속'의 왜곡, 패러디 및 해체/구축의 관계를 상상하고 있다. 근래에 들어 서구 이론 역시 유사한 명제에 대해 상당히 천착하고 있다. 대체적으로 말해서, 한 부류는 '시민 사회'(civil society)와 '공공 영역'(public sphere)을 실마리로 삼아 현대 사회의 건설 과정에서 민의의 유통 에너지와 의미를 논하고 있으며, 다른 한 부류는 앙리 르페브르 및 게오르그 짐멜 등이 관찰한 자본주의 사회의 '일상생활'(everyday life)의 불안, 내부 폭발 및 현대성 비판이며, 또 한 부류는 미하일 바흐찐의 카니발 이론을 토대로 하여 민속적 육체와 세속적 민중의 속죄 역량을 강조하는 것이다.[11] 그런데 포스트모던 이론이 대두함에 따라서 고상함/속됨 또는 고급/저급의 경계가 끊임없이 조롱되고 파괴됨으로써, 초기의 발터 벤야민의 아케이드론(Passage Walk)이라든가 1970년대 수잔 손탁의 캠프론(Camp), 기 드보르의 스펙터클론(Spectacle) 등이 잇따라 등장했다.[12] 그리고 영향이 확산됨에 따라 대중문화 연구는 학계의 새로운 인기 항목의 하나가 되었다.

아청의 세속에 대한 '한담'은 오히려 이런 많은 이론들에 대해 무심결에 공헌하는 바가 되었다. 그렇지만 오늘날의 논자에 대한 그의 반응은 아마도 '당신도 나타나셨어?' 정도일 것이다. 세속이 만일 실천 없는 빈말에 그치고 만다면 스스로 한계를 정해 놓을 우려가 없지 않다. 18세기에 오경재는 명사들이 서로 추켜세워주는 '속될 정도로 고상하신' 모습을 조롱했다. 아청은 아마도 남몰래 웃음 짓고 있을 것이다. 오늘날의 문인들은 속되기 위해서 속되게 행동하며 이로써 스스로 고상하다고 여기면서 '큰 속됨'이라고 한다.[13] 결국 따지고 보면 우리 모두가 사실은 속됨을 벗어날 수 없으니 아청의 세계에서는 네 노래가 끝났으니 내가 등장하노라 식으로 이놈 저놈이 번갈아 가며 나타날 뿐인 셈이다. 그렇지만 이런 식으로 시끌벅적한 것은 과연 원기일까 아니면 습성일까? 처음으로 되돌아가서 말하자면 세상과 세속, 심지어 세상을 깔봄과 세속에 영합함이란 어쨌든 없는 것보다는 나을 것이다.

2. 세속의 서정

아청 소설의 문장은 평담하면서도 깊이가 있다. 설사 예리함을 내비치더라도 가볍게 지나치면서 결코 억지로 아는 척하지 않는다. '3왕' 소설에서 가장 감동적인 부분들은 대개 삶의 가장 용렬한 시점을 묘사하는 장면이다. 예컨대 이미 〈장기왕〉에서 왕이성의 먹는 모습을 묘사하면서 독자들을 흥미진진하게 만들었고, 〈아이들의 왕〉의 수업하는 장면에서 술술 풀어놓은 이야기는 생생한 교육 현장의 새로운 해석이었다. 다 같이 난세의 떠도는 삶이라도 많은 작가들과는 달리 아청은 언제나 특별한 모습을 보여주었다. 이러한 모습들은 때로는 신비한 분위기가 어려있기도 하고 때로는 황당무계하기도 하고 때로는 그저 더 이상 평범할 수 없을 만큼 평범한 삶의 한 장면이기도 하지만, 일단 그의 손길이 닿기만 하면 그 즉시 생동적이 되었다.

이런 식의 창작은 알기는 쉽지만 행하기는 어려운 법이니 사실은 능력을 필요로 하는데 이 점에 대해서는 나중에 다시 논하겠다. 여기서 강조할 수 있는 것은 그것이 또 일종의 세상 물정을 관조하는 위치, 인간 세상과 대화하는 방법과 관련된다는 점이다. 꼭 적합한 것은 아니지만 '서정'이라는 단어는 비교적 이에 근접하는 것이다. 물론 서정이란 그 자체가 너무 큰 주제이므로 여기서 일일이 다 논할 수는 없다. 이미 고인이 된 체코의 중국학 연구자 야로슬라브 프루섹은 20세기 중국문학 현대화의 두 가지 특징을 제기한 적이 있다. 즉 서정화(抒情化)와 사시화(史詩化)이다. 프루섹의 정의에 따르면, 청나라 말 이래 문인들이 시에서 문으로 전환한 것은 과거에 시는 사상 포부의 표현이라는 시언지(詩言志)와 시는 감정에서 비롯된다는 시연정(詩緣情)의 전통을 소설 문장의 표현에 접붙인 것이다. 이는 현대적 개인주의의 대두, 주체의 심리학화 및 자타 관계의 소외감 등과 상호 작용적인 관계가 있다. 위다푸 · 예사오쥔의 작품이 바로 그 좋은 예다. 좌익의 입장에서 보자면 프루섹은 이런 서정의 경향을 과도적 단계로 간주한 것이라고 할 수 있다. 그가 더욱 좋아했던 것은 중국 현대 작가의 사시화적인 노력이었다. 그가 말하는 '사시'는 문학의 역사적 기능, 작가의 사회적 참여 필요성 및 문학과 역사 실천의 결합을 강조하는 것이다. 간단히 말하자면 소아를 대아로 만드는 것이다.14)

5.4 이후의 문학 발전은 '사시'를 주류로 만들었으며 혁명과 계몽의 소리가 끊이지 않았다. 더욱이나 1949년 이후의 대륙문학은 이 명제를 극단적으로 추구했다. 《삼천리 강산》에서부터 《옌안을 보위하라》에 이르기까지, 《금빛 찬란한 길》에서부터 《화창한 봄날》에 이르기까지, 그 제목만 생각해봐도 작품의 방대한 포부를 알 수 있다. 재미 학자 왕반은 그 속에서 일종의 '숭고'(sublime)의 미학을 발견했는데 확실히 정곡을 찌르는 것이었다. 왕반은 마오 식의 숭고는 대단하긴 대단하지만 그 대가를 수반했다고 본다. "그것은

하나의 담론 과정, 심리 기제, 찬탄의 기호, '육체'의 웅장한 이미지 또는 사람의 마음을 뒤흔들어놓는 경험으로서 사람들을 전혀 다른 사람으로 만들어놓기에 족한 것이었다." 그것의 운용 속에서 "그 어떤 인간미가 넘치는 것들 ─ 식욕·감각·욕망·상상·공포·격정·색욕·자아적 취미 등 ─ 도 모두 억압되거나 철저히 제거되어 버리며, 일체의 인간적인 요소들이 모두 폭력적인 방식으로 초인적인 또는 심지어 비인간적인 경지로 승화되어 버린다."15)

마오쩌둥은 시인이었다. 더구나 사시를 지향하는 시인이었다. "풍류의 인물을 꼽자면 역시 오늘날을 보아야 한다"8고 했는데 바로 그 자신이 아니면 누구겠는가? 아청은 바로 이와 같은 문화적 분위기 속에서 성장했지만 그럼에도 불구하고 스스로 전혀 다른 스타일을 이루어냈다. 그는 1980년대 초에 대륙문학을 다시금 서정의 경지로 되돌린 작가 중의 한 사람이었으며 마오 문체와 정반대로 나아간 사람이었다. 이 부분에 있어서 그에게는 선배가 있었다. 노작가 왕쩡치의 소설은 그의 영감에 가장 큰 원천이 되었다.16) 왕쩡치가 문화대혁명 후에 다시 등장한 것은 의미심장한 일이었다. 그는 일찍이 항일전쟁 시기에 시난연합대학에서 선충원에게 배운 적이 있기 때문이다. 이로부터 한 걸음 더 나아간다면 예사오쥔·저우쭤런·페이밍·샤오첸·링수화·허치팡·벤즈린이라든가 심지어 후란청 등의 사람들이 함께 이루어낸 시·산문·소설의 스타일은 사실 1949년 이전에 이미 하나의 서정적 전통을 형성했다고 할 수 있다. 이들 작가는 출신과 이데올로기적 갈등이 어찌 되었던 간에 모두가 '시대를 걱정하고 나라를 염려한다'는 주류 담론의

8　마오쩌둥의 〈심원의 봄 ─ 눈〉에 나오는 구절로, 이 시는 1936년 대장정이 끝날 무렵 스안시성에 도착해서 눈이 뒤덮인 산야를 바라보며 웅심이 솟구쳐서 지었다고 한다.

바깥에서 현세 인생에 대해 애정 어린 눈길을 던졌던 것이다. 민족주의의
호명과는 상대적으로 그들은 지역(locality)의 미시적인 인간 세상의 살아가는
모습과 문화의 흔적에 더욱 주목했으며 그 속으로부터 깨달음을 구하기는
했지만 그 모두가 계몽의 계기만은 아니었다. 우리는 이런 작가들을 '베이징파'
·'향토파' 또는 '서정파'라고 이름 붙이는데 사실은 그것의 함의를 완벽하게
표현해낸 것은 아니다. 그들은 모두 세상사에 노련한 면이 있어서 삶의
질곡에 대해서 보고도 못 본 척한 것은 아니었다. 다만 확실히 그들은 글로
표현할 때 '외침'·'방황'이 필연적인 자세일 필요는 없다고 생각했다.[17] 저우
쭤런·후란청의 예에서 보면, 국가의 흥망, 중화 문화의 단절과 개인적 정취의
선택 사이에서 극단적인 충돌을 일으켰으며 심지어 매국노가 되어 버렸다.[18]
한편 선충원이 신중국 건국의 문턱에서 자살을 시도하며 나라를 저버리고자
한 것은 또 다른 극단적인 표현이다.[19] 그들은 모두가 '민족 정체성'이라는
이 세기적 드라마의 희생자였으며, 1949년 이래 비판당하고, 소외당하고,
또는 망명을 떠나게 되고 한 것들 또한 깊이 생각해 보면 모두 이해할 수
있는 일이었다.

아청은 늦게 태어났기 때문에 각종 정치적 금기 속에서도 뭇소리가 제
목소리를 내는 1930,40년대의 그런 시대를 겪어보지는 못했다. 이런 전승이
결여되어 있다는 의식 때문에 오히려 그의 작품은 신선한 의미를 드러낸다.
비교해 보자면, 선배 작가들은 인생의 온갖 모습을 관조하고 서사하기는
했지만 상당수가 자부하는 태도에서 벗어나지는 못했다. 아청의 작품에는
'날 것의 맛'이 있다. 이는 그의 지나간 반평생의 경험과도 관계가 있지만
의도적으로 '백성들에게서 예를 따질 수는 없다'를 관철하고자 하는 그의
생각과 관계가 있다. 이로부터 이루어지는 장력은 참으로 독특하다. '거시기를
묶고서' 탄갱으로 들어가는 광부, 정면으로 여자의 음부와 맞닥뜨린 지식

청년, 주석 기념관의 지붕에서 오줌을 싸는 건축 노동자, 비료 포대로 만든 바지를 입은 농민을 묘사하는 등 시끌시끌 아무 거리낌이 없다. 이전의 작가들이 세상을 탄식하고 백성을 불쌍히 여기는 그런 부담감을 짊어지고 있던 것과는 상대적으로 그는 원래 천지란 어질지 않은 법이니 각자 알아서 해야 한다는 시각 쪽으로 좀 더 기울어져 있다. 마오 주석은 '풍류의 인물'을 꼽아본다는데, 아청은 '풍류'를 민간으로 하방시킨다. '도처에 풍류'에는 산촌의 우악스러운 아낙이 고성으로 '욕질'을 해대는데 남녀 성기관의 기능에 대해 새로운 해석을 내놓는 풍류가 있다(〈욕질〉). 사람들이 경악할 정도로 먹어대는 목동은 마누라를 못 얻는 건 상관없지만 암소만큼은 떠날 수 없다는 풍류가 있다(〈대식〉). 간부학교에서 분뇨를 휘젓는 교육생은 세심히 손길을 가하여 분뇨가 "가볍고, 부드러워서" "가루 육포 같이" 되도록 휘젓는데, 바람이라도 불라치면 "하늘 가득 분뇨"인 풍류가 있다(〈바람〉). 1960년대 자금성의 뒷산에는 온갖 색깔의 콘돔이 널부러져 있는데, "이튿날이 되면 아이들이 신이 나서 주워들고는 입으로 바람을 불어넣어 투명한 고무풍선을 만들어서 이리저리 뛰어다니다가 공원에서 집까지 달고 오는 바람에 도처가 현란한" 풍류도 있다(〈고궁 산담〉).

그렇지만 아청 서정의 정점은 세속 욕망을 담은 기기묘묘함에 있다기보다는 삶의 가장 흉험하고 무정한 시점에 있다. 초기의 '3왕' 시리즈는 각기 문화대혁명 중의 고난스러운 처경에 착안하고 있다. 지식청년이 하방된 뒤 고생 중에서도 즐거움을 찾는 것, 산촌의 촌부들이 행하면 안 되는 줄 알면서도 행하는 바 나무를 지키는 행동, 또는 궁벽한 시골구석에서 낭랑하게 울려 퍼지는 책 읽는 소리 등은 모두가 현실 환경의 사각 지대에서 불가능한 것을 가능하도록 바꾸어 놓는다. 아청은 한 걸음 더 나아가서 《도처에 풍류》에서 그의 소재를 직시하고 있다. 〈대문〉의 홍위병은 한 고찰을 닥치는대로 파괴하면서 그렇게 득의양양할 수가 없다. 그런데 1년이 지난 뒤 그곳에

돌아왔을 때 홀연 들판 한가운데에 절의 대문이 우뚝 서 있는 것을 발견한다. "절은 이미 없어져서 기왓장 하나 기둥 한 조각도 보이지 않고, 오로지 이 문, 봉인이 붙은 이 문만 남아 있다." 황허강 강변의 한 조그만 마을, 망망한 천지에 오로지 문 하나가 우뚝 서 있는 것이다. 이 문을 열면 문명의 찰나적 번영일 것인가 아니면 문명의 돌연한 훼멸일 것인가? 〈밤길〉의 지식청년은 귀신을 겁내지 않는 것으로 유명한데다가 바로 그 때문에 여자 친구의 사랑을 얻는다. 그런데 뜻밖에도 여자 친구가 갑자기 죽고 이 지식청년은 자원해서 그녀의 시신을 지킨다. "날씨가 더워서 시신이 팽창하기 시작하는데, 먼저 대장이 썩어서 배가 남산만큼 부풀어 오르더니 …… 날이 어두워지자 식기 시작해서 뱃속에서 공기가 빠져나오면서 꾸르륵거리며 소리를 내고, 목구멍으로 공기가 새어나오면서 마치 샤오슈(죽은 여성)가 살아서 고통을 참는 것처럼 신음 소리를 낸다." 〈화장〉의 지식청년들은 간부가 돌연사하자 지시에 따라 화장을 하지만 그 방법을 몰라서 죽은 사람의 "배가 폭발하여 지식청년들의 얼굴에 쏟아지는 바람에 얼굴이 뜨뜻하다." 그 후 그들은 불더미에다 "느긋하게 콩과 땅콩을 구워먹는다." 그런데 콩과 땅콩은 원래 불길을 왕성하게 만들어 시신이 잘 타도록 하기 위한 것이었다.

　이는 참으로 말을 잃게 만드는 시점이지만 아청은 아무렇지도 않게 묘사하고 있다. 우리는 묻지 않을 수 없다. 어떤 의미에서 이러한 상황 역시 서정이라고 일컬을 수 있을 것인가? 전통적인 서정문학은 온유하고 돈후하며, 정서와 사물이 서로 어우러지는 것이다. 아청은 신중국의 그런 혼돈의 세월 속에 어찌 그와 같은 한가한 심정과 평온한 정취를 담을 수 있겠는가 하고 말하려는 듯하다. 오직 비루하고 구차한 잡동사니 속을 들락거리며 그 '정서'에 함께 섞일 수 있을 때라야만 진정으로 정서와 사물이 서로 어우러지는 것이다. 이런 방면에서 아청보다 앞선 이는 다름 아닌 선충원이다.

　1930,40년대의 작가들은 식인의 예교 속에 갇혀 있어서 온갖 어려움으로부

터 벗어날 수 없었다. 이 때문에 아청이 말하는 바 소위 '음독'의 기운을 뿜어내던 사람은 또 그 얼마나 되었던가?[20] 선충원의 소재는 사실 '음독'적인 것이었다. 그렇지만 그는 어쨌든 독기가 남아있지 않도록 써냈다. 선충원의 작품을 생각해보자. 〈병사〉에서 노처의 시신을 지키면서 조용히 오고 가는 병사들의 이야기를 듣고 있던 노인, 〈구이성〉에서 사랑이 뜻대로 되지 않자 홧김에 불을 질러 버리는 젊은이 구이성, 〈남편〉에서 아내가 매춘을 하는 것을 묵인하면서도 알 수 없는 질투심이 솟아나는 남편. 그리고 또 〈차오슈와 둥성〉에서는 동족 간에 서로 싸우고 간음을 하고 사통을 하는가 하면, 〈채마밭〉에서는 혁명의 살육과 생사 이별이 펼쳐진다. 선충원 작품에서의 중국은 언제나 불의와 피비린내로 가득 차 있다. 그렇지만 작가는 스스로를 낮추는 마음을 가지고서, 가지가지 인생의 변모를 다 받아들이면서 비판도 하지 아니하고 감정의 과잉도 거의 드러내지 아니하며, 오히려 생명 속의 '말로 다 할 수 없는' 신비함과 깊은 정을 보여준다. 선충원의 〈세 남자와 한 여자〉는 차마 눈뜨고 볼 수 없는 시체 성애의 이야기를 쓰고 있는데 실제 사건을 모델로 한 것이었다. 하지만 선충원의 글에서는 "외설적인 것은 사라지고 신비함으로 바뀌었다." 이것이 선충원이 말하는 바 생명의 '신성함'이 되비추는 것이다.[21]

아청에 이르면 그는 이 일말의 '신성함'에 대한 의탁조차 한쪽으로 밀쳐두고 참으로 소박한 묘사로 전환한다. 《도처에 풍류》의 '도처에 풍류' 부분에서는 마침내 산수풍경을 부각시키기도 하며, '그때 한창 젊을 때' 부분의 내용은 차마 다 읽지 못할 정도로 젊다는 것을 밑바탕에 깔고 있기도 하다. '잡색'에서는 우리는 인생이란 이런 것에 불과하다는 것을 인정하지 않을 수 없다. 전설이든 신화든 모두 퇴색해 버리고, 낡아 빠진 현악기 한 대, 두부 한 덩어리, 베신 한 켤레라든가 또는 앞에서 말한 바 측간 하나가 우리에게 속세의 어디에나 존재하는 물질성을 일깨워준다. 전통적인 서정 미학은 사물을 읊으며 의미를 기탁하지만 아청이 근본을 탐구하고 근원으로 돌아가고자 하는 데는 확실히 각별하게 추구하는 바가 있는 것이다. 이는 일대 도전이다. 그렇지만 나는 《도처에 풍류》의 분량이 너무 적어서 아청의 잠재력을 완전히 드러내기에는 아직 미흡하다고 생각한다.

3. 세속의 기예

아청의 소설을 읽어보면 막힘없이 자연스러워서 전혀 힘들이지 않은 것 같다. 하지만 꼼꼼히 살펴보면 상당히 애를 쓴 것이다. 단어의 선택과 문장의 수식 등 그야말로 공을 들인 것이다. 아청이 문장 스타일에 대해 추구하는 바는 《한담을 한가롭게》에 들어있는 글들에서 찾아볼 수 있는데, 그가 전통극, 소설 등 세속적 장르를 중시하고 통상적 이치와 통상적 정리를 묘사하는 데 있어서 그 기준이 어디에 있는지 알 수 있다. 그는 소설에서 어떤 '투'가 있는 것을 가장 금기시했다. 뿌리찾기투라든가 상흔투라든가 하는 모든 것들이 '사람을 겁나게 만드는 것'이었다.[22] 그리고 산문집 《베니스 일기》에서 그는 이렇게 말한다. "좋은 글이 꼭 좋은 구절에서 좋은 구절로 계속 이어질 필요는 없다. 멍청한 구절, 답답한 구절, 말이 안 되는 구절이 나온 다음에 좋은 구절이 나와야 아무 힘도 들이지 않고 기가 막히게 좋을 수가 있는 것 같다. 사람 세상도 이와 마찬가지다. 단 한순간도 바보 같지 않다면 정말 염증이 날 것이다."[23]

아청이 보기에 글을 쓰고 사람 노릇을 하는 데는 '참으로 정교한 것은 오히려 어수룩하게 보인다'는 이치를 알아야 하는 것이다. 여기서 '정교하다'는 것은 기교를 뜻하는 게 아니라 기능에 가까운 것이다. 이는 과거에 서정미학에서 말이란 마음의 소리이며 참된 생각은 저절로 드러난다고 했던 것과는 다소 거리가 있는 것 같다. 그렇지만 나는 아청에게 또 다른 생각이 있다고 본다. 그가 스스로 자기 신세를 털어놓을 때면 공자가 "나는 젊어서 미천했기 때문에 여러 가지 비천한 일을 할 줄 안다"[9]라고 말했던 것과 같은 감개가 제법 들어 있다. 생활의 경험은 그로 하여금 능력을 잘 다스려 흉한 것을 피하고 길한 것을 따르도록 만들었을 것이다. 글이란 비록 천고의 일이기는 하지만 결국에는 일종의 기예이니 그것에는 실로 인연이 존재하는 법이다.

학술적인 어투를 내려놓고 한 걸음 더 나아가서 나의 생각을 말해보겠다. 마르틴 하이데거는 테크놀로지(technology)라는 관념의 미묘한 의미에 관해 설명한 적이 있다. 오늘날 우리의 테크놀로지에 대한 인식은 대부분 그 즉각적인 효과라는 도구성(instrumentality)과 관련되며, 유용성을 의미하는 것이다. 하이데거는 우리에게 테크놀로지의 그리스어 어원인 'techne'란 단순히 기계적인 손재간을 가리킬 뿐만 아니라 더 나아가서 사람이라는 매개체를 거쳐서 '무'에서 '유'를 만들어내는 과정을 가리킨다고 말한다. 바로 이처럼 지혜로운 마음과 빼어난 솜씨가 있기 때문에 알 수 없는 자연의 비밀들이 우리가 구체적으로 다룰 수 있는 것으로 바뀌게 되는 것이다. 현대의 기계·도구적 이성 문명의 발전은 그렇게도 '불가사의'한 것이지만 사실은 바로 전통적인 'techne'의 잠재력을 극단으로 발휘시킨 것이다. 반면에 'techne'가 원래 포함하고 있던 바 큰 변화를 '구체적으로 드러내고' 형식을 부여한다는 그런 의미는 오히려 드러나지 않고 감추어져 버렸다. 하이데거는 이에 근거해서 '테크놀로지'가 창성하게 된 현대화의 진전 과정에서 'techne'가 정체되지

---

9 《논어·자한》에 따르면, 태재라는 벼슬의 어느 고관이 공자의 제자인 자공과 공자의 다재다능함에 대해 이야기를 나눴는데, 이를 들은 공자는 상류층 출신인 태재가 어찌 이해하겠느냐고 말하면서 "나는 젊어서 미천했기 때문에 여러 가지 비천한 일을 할 줄 안다."라고 했다.

않고 여전히 한 자리를 차지하고 있는 것은 아닐까라고 질문한다. 그리고 그는 이런 가능성이 시 – 또는 문학 – 라는 존재에 나타난다고 생각한다.[24]

내친 김에 나는 중국 혁명의 역정에 대해 말하겠다. 비록 자각적이고 자발적인 동기가 있기는 했지만 그것은 결국 뭐라고 이름 붙이기 어려운 괴물 같은 정치적 기계를 만들어냈다. 이 기계 속에서 사람들은 모두 '나사못'이 되어 버렸고, 서로 맞물려서 절대로 헐거워지면 안 된다. 모든 것은 그 대가가 어떠하든 간에 '인간이 자연을 이긴다'는 목표 하나로 설명된다. 그렇지만 문제는 설령 인간이 자연을 이긴다고 치더라도 인간은 앞으로 또 어찌할 것인가라는 점이다. 공산주의 혁명의 전 과정이 자아 소외를 만들어내고, 주체성의 동경이 주체성의 규격화·비인간화로 타락해 버릴 때, 우리는 중국 현대화의 '테크놀로지'에 문제가 발생했음을 인정하지 않을 수 없다.

아청 세대의 작가들이 문화대혁명이 끝난 후 정치적 기계의 파편들을 딛고 서서 일종의 문자적 수공업을 시도한 것은 따라서 특별한 의미가 있다. 《한담을 한가롭게》에서 아청은 예술이 모계 시대의 무당에서 비롯되었다고 생각한다. 그 전문적 업무는 인간과 신을 소통시키는 것으로, 인간과 신을 소통시키려면 성심을 다해야 할 뿐만 아니라 수단도 있어야만 한다. "이리하여 예술이 나타났다. 읊조림, 노래, 춤, 소리의 조합과 배열, 색깔, 도형 등."[25] 따라서 무당의 시대에 예술은 "애초 일종의 도구였음에 틀림없다." 무당이 전문적으로 행한 것은 "오늘날 우리의 전업 예술가에 비견할 만하다." 아청은 마르크스파의 "예술은 노동에서 비롯했다"는 관점에 제한적으로 동의한다. 그렇지만 동시에 전업과 선천적인 소질의 중요성을 강조한다. "영감의 계기는 누구에게나 있을 수 있다. 하지만 그것들을 예술의 형태로 만들어내고 전승시키면서 끊임없이 완성해나가고 수정해나가는 것은 무당과 같이 그런 전업적인 사람이 해야만 하는 것이다."[26] 이는 분명 예술에 대한 아청의 가장 명석한 자기 고백이다. 그런데 그가 한편으로는 멀리 무당의 '도구성'을 떠올리면서 한편으로는 그 소통의 유무를 강조하고 형식에 신통력을 부여하는 것은 곧 앞에서 말한 바 'techne' 관념의 연장인 듯하다. 지금에 이르러 우리는 아마 예술 및 무당의 소통 문제에 관해 별로 논하지 않게 되었다. 그렇지만 예술의 전업성은 자주 마주치게 되는 화제이다. 나는 아청의 콘텍스트 속에서 전업성이 보여주고 있는 것은 "무얼 하든 그것답게 한다"는 것이라고 생각한다. '기'와 '예'는 분리될 수 없는 것이다. 이런 정의에서 볼 때 아마도 기예에는 즉각적인 효과라는 도구성은 없을 것이며, 오히려 매번 '인간'과 '행위'의 자주적인 관계라는 인간의 행위에 대한 규정이 있을 것이다.

아청의 입장에서 보자면 창작은 일종의 문자적 수공예로서 필히 세속의 다른 기예들과 동일시해야 하는 것이다. '3왕' 중의 〈장기왕〉이 가장 분명한 예다. 지식청년이 하방되어 학습을 하는 것은 원래가 하나의 원대한 교육/정치적 전략이다. 그렇지만 절세의 재주를 깊이 감추고 있는 넝마주이 노인의 등장은 국가가 고취하는 정치 교육 시스템과는 정반대로 불협화음을 불러일으키는 것이다. 노인의 장기 기예는 불세출의 수준이다. 그러나 현실 세계에서 그는 그저 넝마를 줍는 사람일 뿐이다. 〈장기왕〉에 대한 기존의 평론은 주로 그 넓고 심오함을 언급한다. 하지만 나는 내 나름으로 아청의 의도가 장기 기예란 하찮은 기예이자 배우기는 쉽지만 정통하기는 어려우면서도 또 쓸모없는 기능임을 말하는 데 있다고 생각한다. 〈나무왕〉 중의 부스럼장이 샤오는 몸으로 나무를 지키는데, 무슨 대단한 도리를 위해서가 아니라 나라의 자연에 대한 정책이 그리 해서는 안 된다는 것을 '알고 있었기' 때문이다. 그리고 〈아이들의 왕〉의 아이들은 아주 간단한 문자를 익히는 것으로부터 시작하는데, 천지가 몽매하므로 이리하여 다시금 의미가 생기게 되니, 이 의미는 상부에서 지시한 임무와 그 얼마나 다른 것이런가?

《도처에 풍류》에서 우리는 기예에 대한 아청의 호기심과 존중심을 더욱더 잘 볼 수 있다. 그 속에는 일련의 방대하고 복잡한 하나의 지식 시스템이 있어서 도무지 정통의 것과 들어맞지 않는다는 것을 그는 분명히 깨닫고 있는 것이다. 그는 국수 가락을 뽑는 조리사가 어떻게나 옛날 은혜를 잊지 않는가를 쓰고(〈국수 가락 뽑기〉), 강호를 떠도는 인물이 늘그막에 '강호'의 핵심을 어떻게 설명하는가를 쓰고(〈강호〉), 두부장이가 두부 만드는 기술로 어떻게 민국의 역사와 더불어 했는가를 쓰고(〈두부〉), 신기료장수가 혁명 후에도 여전히 솜씨를 발휘하고 싶어서 얼마나 몸이 근질거리는지를 쓴다 (〈신기료장수〉). 〈방화〉의 우순더는 별다른 취미 없이 오로지 사람들이 거들 떠보지도 않는 물건들만 수집하는데, 문화대혁명이 시작되자 청천백일의 도안이 그려진 달력 때문에 좌불안석하다가 결국에는 집 안의 모든 기물을 불질러버린다. 〈음반〉의 자오형성은 원래 경극 음반에 심취해있는데 문화대 혁명 중에 압수 물품을 운반하는 과정에서 이리저리 들쑤시고 다니다보니 뜻밖에도 축음기 전문가가 되어버린다. 더욱 기가 막히는 일은 이놈이 몰수하 고 저놈이 주워가고 하는 와중에서 그가 서양음악에 대해 일가견을 갖게 되었다는 것이다. 〈바이올린〉의 라오허우는 원래 시골의 목수였는데 인연이 닿아서 서양 사람들의 악기를 고쳐준다. 문화대혁명 중에 라오허우는 공교롭 게도 그가 예전에 수리한 적이 있는 바이올린을 보게 된다. "바이올린의 상판은 이미 사라지고 없어서 마치 국자 모양이 되어 있었고, 붉은 완장을 찬 사람 하나가 마침 그것을 대자보 붙이는 풀을 담아두는 국자로 삼고 있었다."

아청으로서는 이런 기예에 대한 뛰어난 글을 쓰게 된 것은 우연이겠지만 인간 세상의 생활 모습에 대한 그의 의식적인 추구를 설명하기에는 충분할 것이다. 보잘것없는 솜씨지만 삶으로 하여금 조잡함 중에 정치함을 갖도록 만들고 몽매함 중에 광채를 갖도록 만드는 것이다. 또한 그것이 실질적인

용도가 없기 때문에 이런 기예는 거대 담론이 소홀히 하는 바가 된다. 아청은 아마도 기꺼이 이런 기예의 득과 실을 기록하는 것을 소설가의 본분으로 간주하고자 할 것이다. 그러나 혁명·국가·현대화라는 거대한 기치 아래의 각종 기계적 조작에 마주침으로써 'techne'는 태어나자마자 소멸될 운명이었다. 그런데 아청이 한 것은 기왕에 보고 들은 기이한 능력과 신기한 기술들을 회고하고 수집한 것인 바, 소설 자체가 원래 세속 기예의 전파자이자 집대성자가 아니던가?

대륙에서는 필기소설이 한때 풍미했다. 마치 너무 많이 큰 이야기를 쓰기나 한 듯이 작가들은 다시 짧고 담백한 장르로 전환하여 힘을 쏟았다. 그중에 뛰어난 사람이 적지 않았지만 대부분은 여운과 경지를 추구하여 아청처럼 그렇게 기예 자체의 문제에 관심을 두었던 사람은 거의 없었다. 그런데 오히려 타이완 해협을 사이에 둔 장다춘이 아청과 서로 상당히 부합하는 점이 있다. 장다춘의《소설 패류》라는 평론집은 전문가의 관점에서 소설이란 어떻게 '만들어내며', 익숙해져서 요령이 생기게 될 때까지 어떻게 의식적인 노력이 필요한지에 대해 거듭해서 분석하고 있다. 예컨대《사람을 찾습니다》,《재주》등과 같은 장다춘의 소설집 역시 독서 필기의 형식을 사용하여 견문을 늘어놓으면서 다채롭고 풍부한 장관을 보여준다. 특히《사람을 찾습니다》에서 지나간 인간사를 추적하고 음미하는 것은 아청의 '잡색'의 타이완판이나 다름없다. 다만 장다춘은 그의 '재주'를 더욱 드러내고 싶어 한다.《재주》의 상상은 하늘과 땅속을 넘나들며 화려하고 기묘함을 다하는 것을 능사로 삼는다. 만일 아청이 이미 분분히 흩어져버린 문화의 기억을 여전히 엄수하고 있다면, 장다춘은 창작의 토대로서 '순수한 허구'로서의 역사적 유희를 다루는 데 더욱 골몰한다. 두 사람은 배포도 크고 아속의 겸비도 바란다. 세속과 하나로 되는 방법 면에서 그들은 당대 중문문학계의 '이야기꾼'[27]이라고 할 만하다.

다만 장다춘이 다산인 것에 비해서 아청이 황금처럼 먹을 아끼는 것은
어쨌든 우리로 하여금 어딘가 아쉽게 만든다. 지난 번 타이완에서 〈장기왕〉이
출간된 지 이미 15년이 지나가 버렸다. 《도처에 풍류》의 많은 작품들 역시
아청이 서문에서 거론한 바 '그때 한창 젊을 때' 시절의 것이다. 아청은
어째서 창작에 대해 이렇게 한가로울까? 한창 좋을 때 그만둔 것일까, 아니면
'세속'에 좌우되어서 또 다른 생각이 있는 걸까? 그것도 아니면 원기를 축적했
다가 대대적으로 펼치게 될 때를 느긋하게 기다리고 있는 걸까? 근래에
들어 그의 관심은 이미 다른 예술 매체로 옮겨갔다. 새로운 세기에 아청의
작품을 읽자니 자연스럽게 깨닫게 된다. 훌륭한 문예적 상상과 창작이 시대와
더불어 나아가면서 날마다 새로워지는 것만은 아니다. 문명의 높은 물결이
수그러들고, 세속의 지혜가 모습을 감추는 것 또한 이와 같지 아니할까?
아마도 아청의 입장에서 보자면 소설이 기예인 것은 그것이 그만두어야
할 때가 있기 때문이리라. 나는 저절로 또 왕년의 그의 출세작 〈장기왕〉을
떠올리게 된다. 절세의 재주를 깊이 감추고 있는 장기왕은 어쨌든 절세의
재주로 천하를 떠돌 필요는 없으리라. 넝마주이의 신분으로 다른 사람이
버린 것을 자신이 주우면서 사방팔방으로 눈길을 돌린다. 그의 절세의 재주는
감추어두고 쓰지 아니하니 아마도 이리하여 실전되고 말리라. 하지만 혹시
기회를 만나게 된다면 인연이 닿는 자에게 전수해 주리라.

| 저자 주석 |

16장 아청

1) 阿城, 〈自序〉, 《遍地風流》, (台北: 麥田, 2001), p. 39.
2) 阿城, 《棋王、樹王、孩子王》, (台北: 新地, 1986), pp. 195~251에 수록된 '3왕'에 대한 천빙자오 등의 평론을 보기 바란다.
3) Michel de Certeau, *The Practice of Everyday Life*, (Berkeley: University of California Press, 1984) ; Harry Harootunian, *History's Disquiet: Modernity, Cultural Practice, and the Question of Everyday Life*, (New York: Columbia University Press, 2000), p. 54를 보기 바란다.
4) 阿城, 《閑話閑說》, (台北: 時報文化, 1997), p. 33.
5) 阿城, 《閑話閑說》, (台北: 時報文化, 1997), p. 146.
6) 예를 들면 아청은 지식인의 세속에 대한 완상이 세속에 대한 영합이 된다고 평한다. 阿城, 《閑話閑說》, (台北: 時報文化, 1997), p. 91.
7) 阿城, 《閑話閑說》, (台北: 時報文化, 1997), p. 107.
8) 陳思和, 《還原民間: 文學的省思》, (台北: 三民, 1997), p. 81.
9) 阿城, 《閑話閑說》, (台北: 時報文化, 1997), p. 97.
10) 陳思和, 《還原民間: 文學的省思》, (台北: 三民, 1997), p. 84.
11) '시민 사회'와 '공공 영역'의 관념은 위르겐 하버마스의 주장에서 나온 것이다. 그 외 각각 다음을 보기 바란다. Henri Lefebvre, *Critique of Everyday Life*, trans. John Moore, (London: Verso, 1991) ; George Simmel, *The Philosophy of money*, trans. Tom Bottomore and David Frisby, (Boston: Routledge & Kegan Paul, 1978) ; M. M. Bahktin, *Rabelais and His World*, trans. Helene Iswolsky, (Cambridge, MA: MIT Press, 1981) ; 짐멜과 르페브르에 대한 하루투니언의 해석.
12) 손탁과 벤야민에 관한 설명은 대단히 많은데, Angela McRobbie, *Postmodernism and Popular Culture*, (New York: Routledge, 1994)를 참고할 수 있다.
13) 阿城, 《閑話閑說》, (台北: 時報文化, 1997), p. 91.
14) Jaruslav Průšek and Leo Ou-fan Lee, eds., *The Lyrical and the Epic: Studies of Modern Chinese Literature*, (Bloomington: Indiana University Press, 1981), chap. 1~2.
15) Ban Wang, *The Sublime Figure of History Aesthetics and Politics in 20th-Century China*, (Stanford: Stanford University Press, 1997), p. 3.
16) 왕쩡치에 대한 아청의 말은 阿城, 《閑話閑說》, (台北: 時報文化, 1997), p. 187을

보기 바란다.

17) 베이징파 작가에 대한 검토는 Shu-Mei Shih, *The Lure of the Modern: Writing Modernism in Semicolonial China, 1917~1937*, (Berkeley: University of California Press, 2001), Part II를 보기 바란다.

18) 저우쭤런의 매국 행적과 서정 의경의 충돌에 관해서는 Susan Daruvala, *Zhou Zuoren and An Alternative Chinese Response to Modernity*, (Cambridge, MA.: Harvard University Asia Center, 2000), chap. 5를 보기 바란다.

19) 선충원의 자살 기도에 관해서는 Jeffrey Kinkley, *The Odyssey of Shen Congwen*, (Stanford: Stanford University Press, 1987), p. 267를 보기 바란다.

20) 阿城, 《閑話閑說》, (台北: 時報文化, 1997), p. 216.

21) 선충원의 '신성함'에 대한 나의 견해는 David D. W. Wang, *Fictional Realism in Twentieth-Century China: Mao Dun, Lao She, Shen Congwen*, (New York: Columbia University Press, 1992), p. 255를 보기 바란다.

22) 阿城, 《閑話閑說》, (台北: 時報文化, 1997), p. 204.

23) 阿城, 《威尼斯日記》, (台北: 麥田, 1994), p. 15.

24) Martin Heidegger, "The Origin of the Work of Art", *Poetry, Language, Thought*, trans. Albert Hofstadter, (New York: Harper & Row, 1971), pp. 15~87 ; "The Question Concerning Technology", *The Question Concerning Technology and Other Essays*, trans. and intro. William Lovitt, (New York: Harper & Row, 1977). 또 영화 〈아이들의 왕〉에 대한 레이 초우의 검토인 Rey Chow, "Male Narcissism and National Culture", in Ellen Widmer and David D. W. Wang eds., *From May Fourth to June Fourth*, (Cambridge: Harvard UP, 1993), pp. 339~341을 보기 바란다.

25) 阿城, 《閑話閑說》, (台北: 時報文化, 1997), p. 138.

26) 阿城, 《閑話閑說》, (台北: 時報文化, 1997), p. 14.

27) 이는 물론 벤야민의 개념이다. Walter Benjamin, *Illuminations*, trans. Harry Zohn, (New York: Schocken, 1969), pp. 83~110.

코끼리 떼와 원숭이 무리의 고향에서는

남양, 역사가 굶주려 삐쩍 마른   황막한 곳
태생적으로 말 많은 화본조차   반쪽도
못 채우느니
나무 아래 앉은 채 10년인데
이리저리 얽힌 산길에는 코끼리 떼와 원숭이 무리만 보이누나
                                  - 천다웨이, 〈남양에서는〉1)

한 젊은 시인은 이렇게 그의 고향을 회상하고 있다. 남양에서는 역사도 결여되어 있고 이야기도 결핍되어 있다. 시간은 느릿느릿 지나가고 기억과의 대화를 기다리는 가운데 '이리저리 얽힌 산길에는 코끼리 떼와 원숭이 무리만 보인다.' 그렇지만 대체 누구의 역사가 빠져있는 것이며 어떤 이야기가 말해지기를 기다리고 있는 것일까?

시인은 이렇게 그의 화족1의 심사를 드러낸다. 최소한 5,6백 년은 되었을 것이다. 중화의 백성들이 새로이 몸과 마음을 의탁할 곳을 찾아 바다를

---

1 오늘날 중국의 한족(漢族) 출신으로 중국 외 지역에서 장기간 생활하고 있는 사람을 화인(華人)이라고 한다. 이 중 중국 국적을 여전히 유지하고 있는 사람은 화교(華僑)라고 하고, 현지에서 출생하여 성장한 후손들은 화예(華裔)라고 하며, 현지의 주류 종족에 대해 소수 종족이라는 의미에서 화인을 일컬을 때는 화족(華族)이라고 한다. 화인이 사용하는 언어는 중국어(漢語, 한어)일 수도 있고 아닐 수도 있는데, 중국어인 경우 특정 국가의 언어가 아니라는 점에서 화어(華語)라고 하며, 화어로 된 문장은 화문(華文)이라고 한다. 또 이와는 별도로 중국 대륙에서는 타이완, 홍콩, 마카오의 한족을 따로 동포(同胞)라고 부른다.

건너 적도 아래의 그곳으로 간 것은. 술탄 만수르 사하 왕조가 한때를 호령하고, 정화의 함대가 바람을 타고 험한 바다를 건너고, 포르투칼인·네덜란드인·영국인·일본인의 세력이 왔다가는 떠나갔다.[2] 말라카 왕조로부터 시작해서 말레이시아공화국에 이르기까지, 수많은 흥망성쇠가 이곳에서 일어났고 수많은 드라마가 이곳에서 펼쳐졌으며, 일찍이 화인 또한 그 가운데서 빠진 적이 없다.

그렇지만 화예의 마음속에는 역사와 이야기가 '굶주려 삐쩍 마른' 상태이다. 이 둘 사이의 심대한 대비는 바로 이산(diaspora)과 서사(narrativity) 사이의 패러독스를 보여주는 것이다. 서사의 효과는 항상 정치 종교 및 문화 기제의 운용을 전제로 하며 자타 관계의 소통을 목적으로 한다. 남양으로 이주한 화인은 의미의 고향이자 담론의 원천을 떠나온 것이다. 그들에게 천 마디 만 마디의 말이 있다고 하더라도 대체 어디서부터 시작할 것인가? 제대로 말을 할 수는 있을 것인가? 또 과연 누구에게 들려줄 것인가? 그러나 다른 한편으로 서사가 어쨌든 의미를 연결하고 윤리적 관계를 전달하는 방법이라면 그 매개적이고 유동적인 지위를 벗어날 수 없는 것이고, 따라서 결국 서사는 애초부터 (의미의) 이산의 기점이 되는 것이다.

이런 패러독스가 오히려 말레이시아 화인 작가들의 서사 능력을 촉진했다. 달리 그 어떤 것이 아니라 이산이 바로 서사의 조건 및 결과가 된 것이다. 작가들의 이런 역방향적인 운용은 불가능한 것을 가능한 것으로 만들어서 뜻밖에도 수많은 진기한 꽃과 기이한 과실을 탄생시켰다. 특히 타이완에서는 말레이시아 화인 글쓰기가 지난 세기말의 문단에 특별한 현상을 형성했다. 시인은 다시 "내게 일말의 빛을 줘요 / 일말의 빛을 / 세월은 사람의 질감을 허락지 않으니 / 나는야 3백 년 후에나 뒤늦게 나타날 이야기꾼이러니."[3]라고 쓰고 있지만, '적도의 형체와 소리'가 일순간에 새로운 초점이 되었다.[4]

장구이싱(張貴興, 1956~   )은 이와 같은 타이완의 말레이시아 화인 글쓰기

흐름의 대표적인 인물이었다. 그는 말레이시아 영토의 일부인 북부 보르네오 섬 출신으로, 1976년에 타이완으로 유학 왔다가 6년 후 말레이시아 국적을 포기하고 타이완에 정주하게 되었다. 그렇지만 확실히 새로운 여권 내지 신분증이 장구이싱의 신분적 정체성을 증명해 주지는 못했다. 그가 여전히 그리워해 마지않는 것은 보르네오의 열대림과 강, 그리고 그곳의 '이리저리 얽힌 산길의 코끼리 떼와 원숭이 무리'였다. 장구이싱은 1970년대 말에 이미 창작에 노력하면서 고향의 인간사들을 하나씩 종이 위에 펼쳐놓기 시작했다.5) 당시 그는 자신만의 시야와 스타일을 모색했으나 아직 때가 되지는 않았다. 1980년대 이래 그는 《호랑이 무찌르기》, 《커산의 아이들》 등의 작품으로 문단의 주목을 받기 시작했으며, 1990년대의 《세이렌의 노래》2에 이르러서야 비로소 한 차례 자신의 장점을 제대로 발휘하게 된 셈이었다. 그 후 장구이싱이 발표한 《말썽장이 가족》, 《코끼리 떼》, 《원숭이 잔》 및 최근의 《나의 사랑하는 잠자는 남국의 공주》 등의 작품은 갈수록 그의 집착과 야심을 잘 보여주고 있다.

장구이싱의 꿈속 나라에는 코끼리 떼와 원숭이 무리만 있는 것이 아니다. 도마뱀과 악어, 채색 나비와 비단뱀도 수시로 출몰한다. 열대림 속에는 괴이한 나무들이 서로 얽히고, 기이한 꽃들이 만발하며, 벌레를 잡아먹는 네펜데스가 그리도 기세 좋게 피어있다. 문득문득 토착민인 다야크족과 이반족의 그림자가 스쳐지나가고, 드문드문 말레이시아 공산당의 잔존 세력들이 쏘는 총소리가 귀청을 찢는다. 열대림 바깥쪽에는 고무나무 농장이 아득하게 끝이 없고, 바나나를 태우는 불길과 연기가 어지러우며, 화인의 개간지에서는

---

2 세이렌은 그리스 신화에 나오는 아리따운 여자의 얼굴에 새 모양을 한 바다의 요정들로, 배가 가까이 다가오면 아름다운 노랫소리로 뱃사람들을 홀려서 바다에 뛰어들어 죽게 만들었다고 한다. 경보음이라는 뜻의 사이렌이라는 낱말은 여기서 비롯되었다.

사랑과 원망, 은혜와 복수의 드라마가 잇따라 펼쳐진다. 그런데 이 모든 것들의 뒤에 숨겨져 있는 배경은 저 아득하기만 한 중화의 땅과 근자에 떠오르기 시작한 아름다운 섬 타이완이다.

풍요롭고 원색적인 남양, 거칠고 신비한 남양. 1990년대 이래 장구이싱은 그의 소설에서 일련의 역사 내지 신화를 만들어내려고 노력하고 있는데, 이는 고향 및 고향의 화인들에게 자신이 목격한 것을 남기고자 하는 것이다. 말레이시아 국적을 포기한 지 20년인데 그의 향수는 오히려 - 일찍이 남양에 대한 인상을 표현한 쉬즈모의 명구를 사용하자면 - '떨쳐 버릴 수 없을 만큼 짙다.'6) 이 '떨쳐 버릴 수 없을 만큼 짙은' 향수는 결국 그의 수사적 특색으로 농축되어, 복잡하게 뒤얽히면서 끝없이 이미지를 쏟아낸다. 장구이싱은 '역사가 굶주려 삐쩍 마른 황막한 곳'을 풍성한 문자로 채우고자 한다. 화인의 이산적 상황을 '한 마디로 말하기 어려운 것' 자체가 오히려 그로 하여금 평소 해오던 자기 나름의 서사적 기예를 더욱 발전시켜 나가도록 만든다.

1. 육지를 떠도는 해적선

화인의 동남아 이주 역사는 당나라 말엽까지 거슬러 올라갈 수 있으며, 신뢰할 만한 기록은 14세기 말라카 왕국 건국 이후에 나타난다. 18세기 중엽 이전 말레이반도의 화인 숫자는 수천 명 정도였고, 토착민과 결혼하여 낳은 혼혈 후손들은 바바 종족을 이루었다. 1824년 영국 식민 세력이 페낭, 말라카, 싱가포르를 병합하여 식민지로 만들면서 대대적으로 개발을 시작하자 화인의 이민 역시 급증하기 시작했다. 아마도 19세기 하반 중국의 내우외환은 중국 연해 지역 주민들의 남양 이주를 촉진했을 것이다. 1911년에 이르렀을

때 말레이반도의 화인 수는 이미 90만 명에 가까웠다.[7]

이들 중화의 이민자들은 두말할 나위도 없이 대부분 중하층 사람들이었다. 그들은 개간과 장사 말고도 한 줄기 문풍을 이어나갔고 지금까지 끊이지 않고 있다. 인근의 여러 지역과 비교하자면 이는 특이한 경우라고 하지 않을 수 없다. 현대 말레이시아 화인 문단은 5.4 시기에 형성되기 시작해서 이후 수십 년 동안 현지 출신 문인들과 외지 출신 작가들(가장 유명한 사람으로는 위다푸)이 서로 시문을 나누면서 지역성이 상당히 뚜렷한 남양 스타일을 이루었다. 다만 이것이 과연 영혼의 뿌리가 스스로 자라난 현지문학인가 아니면 아득히 중원을 따르는 교민문학인가에 관해서는 논란이 있는데 이에 관해서는 이미 많은 글들이 나와 있다.[8]

1957년 말레이시아가 독립을 선포했지만 내부적으로 종족 간의 관계는 폭발 직전이었다. 화인 인구(230만 명)는 말레이인 다음이었으나 그에 합당한 권익을 갖지는 못했다. 출산에서부터 교육에 이르기까지 집권층은 치밀한 기제를 만들어서 말레이인을 우대하고 화인을 억압했으며, 정치적 자원 분배의 불공평함은 더 말할 것도 없었다. 수년간의 불협화음은 마침내 1969년의 5.13 사건[3]으로 이어졌다.[9]

내가 말레이시아 화인의 역사적 배경에 대해 설명한 것은 타이완으로 온 장구이싱 세대의 말레이시아 화인 작가의 경험과 밀접한 관계가 있기 때문이다. 말레이시아 화인들은 문화적 전통을 고수했다. 이 때문에 그들의 자손은 화인 초등학교에서부터 중등학교에 이르기까지 상대적으로 비교적

---

3 5.13 사건은 1969년 5월 13일에 발생한 말레이계와 중국계 사이의 대규모 종족 충돌 사건이다. 당시 총선에서 야당 특히 중국계 정당이 약진함으로써 주류 종족이지만 극빈자의 절대 다수를 차지하고 있던 말레이계가 경제적 소외감과 더불어 정치적 박탈감까지 느끼게 됨으로써 일어났다. 그 결과 말레이시아의 헌정이 2년간 정지되고 빈곤 퇴치와 경제적 불평등 해소 정책을 전개하게 된다.

제대로 된 화어 교육을 받게 된다. 그렇지만 정치 교육 기구의 압박으로 인해 화인학교 졸업생들의 진로 선택에는 어려움이 첩첩이었다. 1960년대 이래 말레이시아 화인 청년들은 바다를 건너 타이완으로 진학했는데, 한편으로는 문화적 정통을 추구하는 그들의 열정을 반영한 것이면서 다른 한편으로는 당연히 현실적 압력을 고려한 것이었다.

특히 주목할 만한 점은 타이완으로 온 말레이시아 화인 유학생들이 학업에 힘쓰는 한편 상당수가 창작에 뜻을 두었다는 것이다. 시간이 흐르면서 이는 하나의 작은 전통을 이루었다. 초기의 판위통·린뤼·천후이화에서부터 중견의 원루이안·팡어전·리융핑·상완쥔을 거쳐 다시 근래에 두각을 나타낸 황진수·중이원·천다웨이에 이르기까지 수십 년 동안 이미 여러 세대가 등장했다. 그들은 서로 화답하거나 논쟁하면서 일종의 향우회 식의 밀접한 관계를 이룩했다. 다만 현시기 타이완문학의 타이완 본토 지상주의라는 맥락에서 보자면 지연에 근거한 그들의 담론은 주류 목소리의 바깥에 처할 수밖에 없는 것이었다.

장구이싱은 말레이시아 독립 1년 전에 태어났다. 그가 대학에 진학하기 위해 타이완으로 왔을 때는 마침 타이완 해협 양안에서 정치적 교체가 있던 시기였다. 시간적인 우연은 그의 창작 위치에 중요한 의미를 한 겹 더 보태주었다. 1970년대 중반 이전 타이완은 중화의 정통을 자처하였고, 타이완에 온 말레이시아 화인 학생들 역시 조국을 동경하는 인물들로 간주되어 화교 학생이라고 불렸다. 그렇지만 타이완 해협 양안의 정치적 상황의 변화와 더불어서 민족 정체성의 획득 과정 또한 점점 더 복잡해졌다. 토템이 사라지고 금기가 개방되면서 왕년에 중국 사랑을 가슴에 품고 있던 말레이시아 화인 청년들은 오히려 잔혹한 시련에 직면하게 되었다. 1970년대 말 원루이안의 시 창작 동아리인 '신주시사'의 강제 해산 사건[4]은 중원에 대한 향수가 과도하게 팽창한 데서 나온 결과였다.[10]

1980년대 이래 타이완의 본토 의식 및 포스트식민 관념이 성행하면서, 장구이싱처럼 타이완 정주를 선택하여 중문으로 말레이시아의 경험을 쓰는 작가들은 글쓰기에서 난처한 위치에 처하게 되었다. 타이완 본토 정치의 정당성이라는 기치 하에 대륙에서 온 외성 출신 2세대 작가들에게는 잇따라 꼬리표가 붙여졌다. 그런데 장구이싱처럼 새롭게 국적을 취득한 '외성 출신 1세대'들 대체 무슨 죄가 있는 것일까? 그들의 보르네오 향토소설은 타이완문학의 일부분인 것일까?

이와 동시에 말레이시아 화인 문학의 정의와 범주 역시 새롭게 사고해야만 했다. 말레이시아에 정착한 화인들은 이미 그곳의 백성이 되었고, 그들(그녀들)의 창작은 비록 화문을 사용하기는 하지만 중원문화의 해외 복제판으로 끼워 맞출 필요는 없게 되었다. 화문 글쓰기는 말레이시아문학의 서로 다른 종족 경험적 특색을 드러내주는 것에 다름 아니었으며, 현지의 다원적인 언어 환경 속에서 이런 화예의 종족 경험은 또 말레이어나 영어로 표현할 수도 있는 것이었다.[11]

남양에서 타이완으로, 화예에서 타이완 동포로, 하나의 주변부로부터 또 다른 하나의 주변부로, 중국 신화의 구축에서 중국 신화의 해체로, 장구이싱과 그 후배들의 신분적 아젠다는 그야말로 현재 성행하고 있는 '이산론' 또는 '여행론'의 살아 있는 교재이다. 그렇지만 장진중·린젠궈·황진수 등 그들 자신 외에는 아직 그들의 경험이 타이완의 포스트식민주의 비평가들의 주목을 받고 있지는 못하다. 이 또한 이상한 일이 아닐 수 없다. 이에 대해 장구이싱은 사실 일찍부터 자기 자신을 잘 알고 있었다. (그가 말레이시아

---

4 신주시사는 1976년에 말레이시아 출신 화인 문학청년들이 주도하여 창립한 시 창작 단체로 줄곧 중국 대륙을 정신적 문화적 고향으로 강조했는데, 1980년에 좌익단체로 몰려 원루이안 등 일부 동인이 구속되면서 와해되고 말았다.

국적을 포기한 이듬해인) 1983년 그는 〈언월도, 난초, 연발권총〉과 같은 작품을 써냈다. 작품 속의 말레이시아 화인 학생은 혈육을 만나러 고향으로 돌아가는데, '말레이어를 못해서' 일련의 어려움을 겪게 된다. 그의 좌절과 분노는 갈수록 짙어지고 결국에는 한바탕의 피비린내 나는 쫓고 쫓기는 황당한 살인극이 벌어진다. 하지만 죽을 때까지도 그의 신분은 불분명하다. 이 소설은 장구이싱이 자기 자신과 동료들을 위해 쓴 블랙유머적 실존주의식의 우언으로, 말레이시아 화인 판의 〈이방인〉이었다.

이리하여 고향이 어디메뇨가 타이완에 정착했거나 유학하고 있는 말레이시아 화인 작가들의 창작에서 가장 중요한 테마가 되었다. 다음과 같은 장구이싱의 자기 고백은 많은 사람들을 대변하는 것이라고 볼 수 있을 것이다.

> 나의 원적은 광둥이지만 남양의 한 커다란 섬에서 태어났고, 열아홉 살 때 출생지를 떠나 타이완에 와서 불쌍한 학생 생활을 이어가게 되었다. 때때로 시덥잖은 유행가를 듣다보면, 가수가 내 고향은 어쩌고저쩌고 노래하는 걸 따라서 나도 자신을 연민하며 서글프게 몇 구절을 흥얼거리게 되는데, 문득 내 고향이 어디더라하고 회의에 빠지고는 했다. 생판 가보지도 못한 광둥은 당연히 내 고향이 아니며, 내가 19년 이상을 살아온 타이완 역시 아니니, 그렇다면 적도 아래에 있는 그 열대의 섬만 남게 된다.[12]

임시방편으로 타향을 고향으로 삼으면서 장구이싱의 향수는 지리적 위치 이동을 시작하고 복수의 가능성 중에서 선택을 행하게 되는 것이다. 이는 사후 총명적인 의미가 없지 않다. 불변의 진리라고 할 시원적인 입장을 상실함으로써, 그에게 있어서 '상상의 향수'(imaginary nostalgia) – 고향을 상실했거나 또는 애초부터 고향이 결여됨으로써 낳게 되는 메타 향수적 갈망 – 는 다 이유가 있는 것이다.[13] "나는 당시 종종 내가 고향으로 되돌아가는 꿈을 꾸었다.”고 하는데, 꿈이란 욕망의 발전이자 변형이다. 장구이싱이 절실하게 꿈속에서라도 고향으로 돌아가고 싶어 하면서 그가 그리워하는 것들을 문자적 잠꼬대로 옮겨놓을 때 그는 '상상의 향수'라는 무대를 밟게 되는 것이다.

1990년대에 들어 장구이싱은 보르네오와 관련하여 《세이렌의 노래》(1992), 《말썽장이 가족》(1996), 《코끼리 떼》(1998), 《원숭이 잔》(2000) 등 4부의 소설을 쓴다. 종이 위의 고향을 만들어내고 가족의 족보를 이루어내고자 하는 그의 마음이 은연중에 드러난다. 그중 《세이렌의 노래》, 《코끼리 떼》, 《원숭이 잔》은 각기 남성 인물이 서로 호응하면서 말레이시아 화인(문학)의 남성 주체 성장의 마음의 기록을 만들어내고 있다. 이에 대해서는 나중에 다시 언급하겠다. 《말썽장이 가족》은 1930, 40년대로 거슬러 올라가서 한 화인 가족의 이민 이야기를 쓰고 있으며, 제법 '예비 역사' 내지는 '예비 전기' 같다. 이 소설은 그리 잘 쓴 편은 아니다. 장구이싱은 말레이시아 화인의 개척 경험, 반항의 사적, 천진한 상상을 잡다하게 아우르고 있지만, 도대체 사화·신화를 쓰고자 한 것인지 동화를 쓰고자 한 것인지 말하기가 어렵다. 그의 난감함은 일종의 징후로 간주해도 무방할 것이며, 아직 향수를 무엇이라고 이름 지어야 할지 알지 못했음을 암시한다.

그렇지만 그는 《말썽장이 가족》의 이야기 자체는 반드시 다루어야 했다. 그래야만 그 이후의 《코끼리 떼》, 《원숭이 잔》과 같은 작품을 내놓을 수 있었던 것이다. 작품 속에서 쿠이완룽은 처자식을 데리고 멀리 남양으로 떠나는데 도중에 해적을 만나 모든 걸 뺏기고 무인도에 남겨진다. 그런데 어느 날 갑자기 태풍이 들이닥치더니 그들을 약탈했던 해적선이 하늘에서 떨어져 내린다. 쿠이완룽 부부는 뭔가 잘못된 김에 그냥 밀고나가서 해적선에 올라타고, 다시 또 폭우와 홍수를 만나 해적선이 움직이게 된다. 넉 달 하고도 열여드레가 지난 후 그들은 보르네오에 닿는다.

장구이싱이 말레이시아 화인의 《창세기》를 쓰고자 한 의도가 확연하게 드러난다. 동물과 장물을 가득 실은 그 괴이하고 거대한 배는 마치 노아의 방주에 의거해서 만들어진 것 같다. 하지만 이 배는 해적선으로 해안에 닿자마자 한쪽으로 기울어져 꼼짝도 하지 못한다. 쿠이완룽 부부는 이 기우뚱한 배 위에서 아이들을 키우면서 대단한 가업을 이루어낸다. 영국 식민자들과 일본 침략자들이 번갈아 들이닥치고 쿠이완룽의 후손들은 각기 서로 다른 사건을 겪게 되지만 그럼에도 불구하고 이 배는 여전히 존재하며 마치 정신적 보루 같다.

장구이싱은 중국인의 해외 개척 역사를 해적선에 잘못 올라타서 표류한 역사로 비유한다. 어디든지 닿으면 그곳에서 살길을 펼치는 것이다. 쿠이완룽 집안은 어떤 상황에서도 적응하며 끈기가 넘친다. 다만 그들의 생업이 번성하기는 하지만 그들은 원래 낯선 곳에 뿌리박고 살 생각은 없다. 그들은 배를 타고 왔는데 배 안은 또 다른 세상이었으며 그것은 풍요의 배이자 고립의 배였다.

그러나 어느 날 또다시 홍수가 들이닥치고 이 배가 다시금 움직인다. 과연 그것은 어디로 흘러갈 것인가?

> 모든 것이 처음과 마찬가지였다. 홍수가 언제 사라질지, 그들이 장차 어디로 떠내려갈지 아무도 몰랐다. 어쩌면 그들은 새 장소에 떠내려가서 또 다른 새 생활을 할 수도 있을 것이었고, 어쩌면 그들은 원래 장소에서 맴돌 수도 있을 것이었고, 또 어쩌면 한 바퀴를 애돌아서 다시 마을로 되돌아갈 수도 있을 것이었다.[14]

그런데 쿠이완룽 집안의 후손은 더욱 중요한 질문을 던진다. "우리는 중국으로 돌아갈 수 있을까?"[15]라는. 그리고 소설은 여기서 끝이 난다.

한편 장구이싱의 글쓰기 항행은 이제 시작이다. 그와 그의 동년배 말레이시아 화인 작가들은 그 어찌 문자의 바다를 떠도는 사람들이 아니겠는가? 그들이 닿은 해안은 어쩌면 잠시 머무를 타향일 수도 있을 것이고 어쩌면 평생을 마칠 곳일 수도 있을 것이다. 역사의 도도한 물결이 밀고나가면서 장구이싱은 한 섬에서 다른 한 섬으로 항행해나간다. 그런데 이런 것도 가능할까? 어느 날 꿈속에서 그는 또 육지에 도착하고, 마침내 자신이 보르네오에서 [신의 땅인] 신주에 도착했음을 발견하는 것이다.

2. 용족의 문신

장구이싱의 소설에서 우리가 가장 자주 다루는 것은 그의 문장이 촘촘하고 화려하며 침침하고 몽롱하여 언제나 기이한 장관을 만들어낸다는 점이다. 그는 초기 작품에서부터 이미 수사적이고 조탁적인 경향을 드러냈으며, 최근작인 《원숭이 잔》에서는 더더욱 걷잡을 수 없는 수준에 이르렀다. 예컨대 아래의 두 인용문을 보도록 하자.

> 무성한 붓순나무 덤불과 시들한 옥수숫대 사이로 들판을 바라다보니 목조집의 녹슨 장밋빛 양철 지붕은 마치 풀솜나무에 걸려 이리저리 찢겨진 연처럼 보잘것없고, 과수농장·후추농장·바나나농장·파인애플농장에는 벌레와 짐승들이 바람강 양쪽 기슭의 유목 종족들이 물과 풀을 찾아나섰다가 졸음이 쏟아질 때 그걸 떨쳐버리지도 못하고 들짐승에게 쫓기는 듯 지루하고 단조롭고 얼룩덜룩하면서도 여전히 꿈속에 있는 것처럼 꼬물거리는데, 사실상 위 씨 집은 들판과 이미 하나가 되어 있었다.[16]

> 상상의 조각맞추기 속에서 (코뿔소) 총독이 위 씨네 목조집 사방의 흑토에

쏴아 하고 오줌을 갈기며 질퍽하게 오줌을 뿌려대는데, 주름에서는 옴이 번지고, 입가에서는 곰팡이가 넘치고, 온몸의 굳은살 끄트머리는 잘려나가고, 투구벌레에는 풀솜나무 껍데기의 독소가 번들거리고, 산 사람을 보면 쫓아가고 들짐승을 보면 찔러대며, 나뭇가지는 썩고 이파리는 떨어지고, 꽃은 피어나고 과실은 익고, 넝쿨이 무성하고, 원숭이가 요절하고, 고릴라가 일찍 죽고, 달님은 살갗이 갈라터지고 해님은 비릿한 냄새를 풍기고, 지네가 엉겨 붙고, 덤불과 나뭇가지에는 창자가 걸렸고 뜬 구름은 핏빛이다.[17]

장구이싱이 문장을 공들여 조탁하는 것을 식자들은 심지어 한나라의 시인 부(賦)의 스타일이라고까지 비유한다.[18] 이런 스타일은 개인적인 특징일 뿐만 아니라 말레이시아 화인 문학에서 자주 보이는 추세를 나타내주는 것이다. 문단의 베테랑인 판위퉁은 문장 구사가 섬세하고 휘감겨드는데 현대의 복고풍 공예품 같으며, 원루이안 등이 호협의 정리를 읊조리는 것은 내가 아니면 누구랴식의 태도를 보여준다. 말레이시아에 있는 리톈바오 · 리쯔수 등과 같은 젊은 세대 역시 의식적으로 문구의 조탁에 공을 들이면서 남과 달리 되려고 노력한다. 물론 정치하고 섬세하게 조탁하기로는 그 누군들 리융핑에게 비길 수 있겠는가?[19] 초기의 〈토인 아줌마〉에서부터 《지링의 춘추》에 이르기까지, 그리고 다시 근래의 《해동청》과 《주링의 신선 나라 유람하기》에 이르기까지, 리융핑은 잇따라 써내려가며 이상 속 중화의 언어를 만들어낸다. 오늘의 것을 옛것에 사용하고 내용보다 문채가 승하니, 글쓰기가 일종의 특기에서 시작해서 결국에는 일종의 수행이 되어버린다.

타이완에 있거나 또는 말레이시아에 있는 말레이시아 화인 작가들의 한자 운용 세계에 제의적인 의미가 담겨있는 점에 관해서는 이미 황진수와 같은 학자들이 여러 편의 글을 통해 검토한 바 있다.[20] 화족의 깊은 정회가 정치한 부호로 승화되었으며, 그런 과정에서 작가들은 '온통 정령의 세계[21]'를 건설하기 시작했다. 역사의 실어에 대한 초조함이 수사의 박잡함으로 표출된 것이다. 우리는 이들 작가의 문장 기교에 주목함과 동시에 리융핑·장구이싱과 같은 작가들의 뒤에 수천 수백의 성공하지 못한 시도가 있었음을 잊어서는 안 된다. 우리는 반드시 그 가운데의 욕망과 좌절을 탐구해야 하는 것이다.

일찍이 들뢰즈는 카프카를 예로 들면서 소수적인 문학(minor literature)을 논한 적이 있다. 들뢰즈가 말하는 소수적인 문학은 소수자의 언어에서 비롯되는 것이 아니라 다수자의 언어에서 비롯되는 것으로서, 소수 종족이 주류 언어로 글쓰기를 해야 하는 데서 오는 결과이다. 소수적인 문학의 첫 번째 특징은 그것의 언어 및 언어적 환경이 강력하게 탈영토화(deterritorialization)한다는 것이다.[22] 프라하에 사는 유태인인 카프카는 오히려 독일어로 글쓰기를 해야 하며, 이 때문에 글쓰기의 불가능성, 독일어 글쓰기의 불가능성, 독일어 아닌 글쓰기의 불가능성과 같은 난제에 봉착하게 된다. 카프카의 글쓰기는 이리하여 독일어 문화의 일부분이기도 하고 아니기도 하며, 그의 문장은 일종의 '탈영토화'적 상실의 표출이다. 또한 바로 이 때문에 소수적인 문학은 언제나 정치 현실과 상호 증감하면서 이와 동시에 일종의 집단적인 가치를 반영하게 된다.[23]

들뢰즈가 카프카를 읽는 방식은 제법 말레이시아 화인 문학의 상황을 비춰주는 거울로 사용할 수 있다. 말레이시아와 타이완 및 중국 대륙과의 언어·문화·정치적 패권을 대비해볼 때 타이완의 말레이시아 화인 작가들의 위기감은 그들의 삼중적인 '탈영토화' 위협에서 오는 것이다. 화인은 말레이시아 인구 총수의 4분의 1을 넘어서지만 화문은 말레이시아의 공용 언어가 아니며, 타이완이 한때 문화적 정통이라고 자처한 반면에 말레이시아 화인 글쓰기는 구색 맞추기 격인 화교문학에 불과했으며, 대륙이 그 강력한 정치적 실력을 내세워 타이완문학조차 눈에 두지 않으니 말레이시아 화인 문학은 두말할 나위가 없다. 그런데 더욱 깊이 생각해 볼 문제는 들뢰즈가 분석한 바 소수적인 문학 작가가 주류 언어를 사용할 때 갖게 되는 두 가지 태도이다. 한 가지 태도는 주류 언어에 극력 근접하고자 하여 상징과 비유에 천착하며 더욱더 완벽을 기하고자 하는 것이다. 다른 한 가지 태도는 오히려 거꾸로 가서 자신의 언어적 자원의 빈약함을 드러내면서 삭막한 서사 수법으로 언어 상실자는 아무것도 가진 것이 없다는 근본적인 점을 반증해내는 것으로서, 카프카의 기괴한 글쓰기가 바로 그 가장 좋은 예이다.

얼핏 보기에 앞에서 거론한 (타이완 거주) 말레이시아 화인 작가들은 모두 들뢰즈의 정의에서 첫 번째 소수적인 문학의 실천자들인 것 같다. 그들은 자신들이 중화 자손의 정통 바깥에서 배회하고 있음을 깨닫고 있으면서도 성실하고 착실하게 문장을 훈련하며 문화적 모체로 되돌아가는 매개체로 삼는다. 리융핑이 《지링의 춘추》에서부터 《해동청》까지 보여준 문자 연금술은 매번 사람들을 질투하도록 만든다. 장구이싱이 갈수록 더 발전해나가는 것 역시 이렇게 볼 수 있을 것이다. '중원의 정통 언어가 넓고 심오하면서 자연스러움에 비해서 이들 작가가 써낸 것들은 곳곳에서 다듬은 흔적이 역력하며, 그들의 중문이 아무리 훌륭하다 하더라도 '만들어낸 것'이지 '진짜배기'는 아니라고 이미 어떤 학자가 지적한 바 있다.[24]

다만 나는 들뢰즈식의 이분법에 대해서는 다소 유보적이다. 카프카가 소슬하고 삭막한 독일어 글쓰기로 유태인 작가와 독일어 문화 간의 소외 관계를 증명했다면, 말레이시아 화인 작가는 이와 다르다. 그들은 아득히 중문의 고전적 풍취를 따라 장식하므로, 비록 맹목적으로 모방한다는 조롱을 받게 될 수는 있겠지만 어쨌든 한족 문화의 혈맥을 계승한다는 동기를 분명히 하는 셈이기는 한 것이다. 오히려 장구이싱과 리융핑 같은 예에서 보다시피 그들이 그렇게도 과장적으로 문사를 구사하고 모양새에 몰두하는 것은 중문 표현의 '고유'의 전범을 스펙터클화하고 공동화하는 것이다. 의도적이든 아니든 간에 그들은 자신들의 '영역'을 만들어내고 있으며, 또 그들이 원래 추구하고

자 한 근원이 아마도 처음부터 지면 위의 문장 - 곧 '온통 정령의 세계'임을 간접적으로 토로하고 있는 것이기도 하다.

나는 이와 더불어 리융핑과 장구이싱의 수사 전략이 사실은 극히 상이하다는 점을 강조하고 싶다. 리융핑이 만일 오늘의 것을 옛것에 사용하며 근본을 찾아 거슬러 올라간다면, 장구이싱은 횡적 번식을 시도하며 잡다하게 뒤섞고 서로 뒤얽히게 만든다. 서술상으로 다 같이 일종의 시적 세계를 만들어내지만 리융핑이 은유(metaphor, 예컨대 《해동청》에서 대붕으로 타이완과 중화 문화를 은유하는 것)를 즐겨 쓰고 장구이싱이 직유(simile, 예컨대 앞에서 인용한 예문에서 사용된 것)를 자주 사용하는 것은 우연이 아니다.

이 때문에 나는 리융핑·장구이싱과 같이 지나침은 염려하지 않고 모자람만 걱정하는 글쓰기 방식이 일종의 강세와 약세를 전도시키는 또 다른 힘을 가지고 있다고 말하고 싶다. 《해동청》과 《원숭이 잔》과 같은 작품을 읽다 보면 자신도 모르게 우리는 소위 주류문학(타이완문학? 대륙문학?)이 계속 발전해나가는 동안 이미 겉으로만 강하고 속은 취약한 위기 상황에 처한 것은 아닌가 하고 의심하게 되지 않겠는가? 표면적으로는 창작가의 숫자와 자원이라는 점에서 보자면 1990년대 대륙문학과 타이완문학의 성과는 풍성하고 다양해 보이지만 사실은 그저 그런 정도일 뿐이다. 들뢰즈의 이분법으로 되돌아가 보자. 장구이싱과 리융핑의 예는 주변부에서 중심을 공략하는 것으로서, 무를 가지고 유를 만들어내는 것이니 소수종족 글쓰기의 또 다른 전략임을 보여주고 있다.

비단 이뿐만이 아니다. 들뢰즈의 '탈영토' 문학론과는 대조적으로 장구이싱의 이산적 글쓰기는 일념으로 몸을 종착점으로 삼고 있다는 점에서 또 다른 시각이라고 생각된다. 특히 《원숭이 잔》에서 그는 문자와 문신의 비유적인 의미를 보여주면서 우리를 더욱 깊은 사변으로 이끌어 들인다. 원시적인 '글쓰기' 행위의 하나로서 문신은 몸으로 의미를 새기는 최종적인 장소이다.

문자와 토템, 기호와 몸은 서로 표리의 관계를 이루면서 문명과 계몽의 일단을 형성한다. 그런데 의미의 해체와 매체 형식의 산포라는 20세기 말의 이 시대에 장구이싱은 오히려 《원숭이 잔》과 같은 작품에서 문신이라는 우언을 펼치고 있으니 그 의도가 어디에 있는 것일까?

문신의 '문'(紋)은 몸에 '무늬를 새긴'이라는 뜻에서 형용사가 될 수도 있고 몸에 '무늬를 새긴다'는 뜻에서 동사가 될 수도 있다. 《원숭이 잔》 속의 인물인 뤄 선생은 이렇게 말한다. "전하는 바에 따르면 은나라 사람은 포로가 된 적의 머리를 쪄서 먹었는데, 머리가 완전히 익은 후 굳어지면 우아한 뇌의 무늬를 볼 수 있으며, 이를 얇고 예리한 칼로 떠내면 더더욱 다채롭게 빛을 발한다고 한다."25) 이렇게 말하고 보면 고대의 화하 문명에서 글월 문(文)과 무늬 문(紋)은 처음부터 병행한, 뇌에 각인된 기록으로, 이런저런 과정을 거쳐 제의의 기호가 되었으니 자연과 문명이 바로 여기서 하나로 합쳐지는 것이다. 틀림없이 이런 전설이 장구이싱을 뒤흔들어 놓았을 것이다. 시간은 흐르고 산과 국경이 가로막아 해외 화예의 문화는 흩어지고 시들어갔으니 그 무슨 흔적이 남아 있으랴? 그러나 기억의 주름 깊숙한 곳에 혹시라도 바로 그 '우아한 뇌의 무늬'가 이산자와 정통 사이에 한 가닥 서로 통하는 혈맥을 증명할 수도 있지 않을는지?

다른 한편으로 또 장구이싱이 기억을 기록하는 프로젝트는 반드시 보르네오 토착민이 몸으로 가르치는 것에서부터 영험을 이끌어내어야 했다. 소설 속에서 다야크족의 문신사 아반반은 불가사의한 영매가 된다. 아반반은 신령을 불러내고 짐승과 일월을 되새기며, 열대림과 대자연에 정통하여 산천초목과 벌레와 물고기를 기물과 몸에 새겨 넣을 수 있다. 그는 그 모양만 새기는 데 그치지 아니한다. 식물에 대해서는 "배태의 형체"를 관찰하여 그 "정수를 도출해내고" 동물에 대해서는 "정수 중의 정수이자 빛깔 중의 빛깔이라고 할 수 있는 그 뇌수의 주름진 무늬를 그려낸다."26) 그런데 아반반이 가진 기술의 최고의 표현은 문신이 가득한 자기 자신의 육신이다. "가슴과 배는 뭇짐승이 내닫는 정글이고, 팔과 다리는 꽃과 이파리, 새와 벌레가 들어찬 나무이고, 등어리는 바람과 불, 천둥과 배가 내려치는 하늘이고, 발바닥과 손바닥은 양서류와 파충류이고, 엉덩이는 두 개의 해골 무덤이고, 온 얼굴에는 정령이고, 심지어 남자의 그것 또한 얼룩얼룩했다."27)

화족과 이족의 접촉 지대에서는 알고 보니 글월 문과 무늬 문, 문명과 야만이 이렇게도 서로 가까운 것이었다. 이는 곧 장구이싱이 이산을 쓰고 몸을 쓰는 최고의 낭만적인 시간이었다. 그는 마치 떠돌고 있는 화예에게는 아마도 머무를 고향이란 없겠지만 그래도 마음속 깊이 새기는 몸의 글쓰기만 큼은 안에서부터 바깥까지 그만두어본 적이 없다고 상상하는 것 같다. 그런데 이러한 깨달음은 원시적 토착민의 문신으로부터 배운 것임에 틀림없다. 마치 아반반처럼 그는 의식의 형상화 감각 기관의 기운과 정수가 있기 때문에 "비로소 몸의 어떤 부위가 유유히 부활하여 고환 속의 벌레가 꼬물꼬물 움직이는 것을 느끼게 된다."28) 우리의 마음속에는 모두 원시적인 슬픈 지대가 있으며, 우리는 모두 그곳에 원초적인 탄생의 흔적을 남겨 놓은 것이다 – 레비스트로스식의 구조적 기억이 종족·지역·고금을 넘어서서 다시금 나타나는 것이다.29) 공교롭게도 카프카가 보여준 삭막하고 메마른 문학관과는 정반대로 장구이싱의 소수적인 화족 글쓰기는 결이 풍부하고 겹겹이 어우러지는 것을 강조하면서 사람들의 눈이 현란하기 그지없도록 만든다.

3. 원시적 열정: 진화이자 퇴화

1990년대에 장구이싱은 《닥터 쉬에리양》과 같은 작품을 쓰기도 했는데 그 성취는 평범했다고 말할 수밖에 없다.30) 그의 주된 공헌은 아무래도 말레이시아 화인의 고향과 관련된 《말썽장이 가족》, 《세이렌의 노래》, 《코끼리 떼》, 《원숭이 잔》 네 작품이다. 그의 이전에 말레이시아 화인 작가들이 그들이 걸어온 길을 회상하고 종족의 역사를 이야기한 시도가 없었던 것은 아니다. 황야의 《열화》라든가 팡베이팡의 《풍우 3부작》을 그 예로 들 수 있다.[31] 그러나 장구이싱은 선배들의 상하 3대의 가족사라든가 '피와 눈물이 어린' 역사시 내지는 그런 공식을 버리고 방향을 바꾸어서 역사가 희미하고 기억이 아득한 심층부와 갖가지 놀랍고 기이한 드라마를 더듬었고, 그 결과 자연스럽게 그들과 다를 수밖에 없었다.

장구이싱은 또한 시야를 넓혀서 말레이시아 화인 이외의 서사 전통과 대화하고자 했다. 가족의 자초지종과 향토의 특색을 쓴 현대소설은 포크너에서 가르시아 마르케스에 이르기까지 이미 많은 뛰어난 작품이 있었으며, 근래에 이르러 대륙 및 타이완 작가들의 창작은 더 말할 것도 없다. 장구이싱의 화려하고 풍부한 서사의 모습, 기이하고 복잡한 이야기의 소재는 더더욱 대륙 작가 모옌을 떠올리게 만든다. 후자의 작품은 《붉은 수수밭 가족》에서부터 최근의 《탄샹싱》[5]에 이르기까지 확실히 신파 중문 가족사 소설의 지표가 되었다. 장구이싱의 작품에서 어떻게 이국적인 정서를 형상화해낼 것인가 하는 점 외에 또한 자기 자신의 역사적 의식을 부각시킬 수 있을 것인가 하는 점이 그가 앞으로 노력해야 할 방향이다.

《세이렌의 노래》, 《코끼리 떼》, 《원숭이 잔》의 세 작품을 한데 합쳐서 본다면 어렴풋이 말레이시아 화인 문학 주체의 형성을 볼 수 있을 것이다. 이는 남성의 목소리이며, 그의 성장과 경력은 장구이싱 자신의 배경과 호응하는 점이 있다. 보르네오 열대림의 정취, 말레이 정부와 공산당 세력의 길항적인

---

5 《탄샹싱》의 한글본으로 《탄샹싱》, 모옌 지음, 박명애 옮김, (서울: 중앙 M&A, 2003)이 나와 있다.

상호 흥망, 말레이시아 화인과 타이완 및 대륙이 끝없이 뒤엉키는 감정의
실타래 등 어느 것 하나 말레이시아 화인 청년들의 몸과 마음의 여정을
보여주지 않는 것이 없다. 상대적으로 비교해서 《말썽장이 가족》의 윗세대의
이민과 개간, 단결과 항일은 갈수록 참으로 멀어지고 있다. 3부작이라는
형식으로 이 세 작품을 규정할 수는 없다. 장구이싱의 신작인 《나의 사랑하는
잠자는 남국의 공주》로 볼 때 그가 흐르는 물처럼 지나가버린 남양의 세월을
더듬어보고자 하는 프로젝트는 바야흐로 이제 한창이다. 이처럼 이야기를
계속 전개해 나가고자 하는 야심은 독자로서는 당연히 즐거운 것이다. 이
세 작품에 관한 평론이 이미 적지 않으므로 아래에서 나는 단지 장구이싱의
'원시적 열정'과 말레이시아 화인 전통의 '진화' 내지는 '퇴화'의 관계에 입각해
서 살펴보고자 한다.

　레이 초우는 중국의 현대성 생성 과정을 논하는 중에 특히 욕망의 애증이
뒤얽히는 주체의 반응에 주목했다. 그녀는 현대 중국 문인이 아득히 '중국'의
시원을 더듬어 나가는 과정에서 이에 빠져들면서도 거부하고자 하는 징후를
'원시적 열정'(primitive passions)이라는 단어로 설파해낸다.[6] 이 원시적 열정은
종종 가난하고 뒤떨어졌거나 취약한 이미지 – 예컨대 수난을 겪는 어머니,
상처를 입은 대지 등의 이미지로 투사된다. 그러나 원시적 열정이 그토록
사람들의 마음을 격동시키는 것은 이미 잃어버린 근원을 되찾고자 하는
갈망에서 온다기보다는 이런 '갈망의 기제'가 작동하는 가운데 생겨난 노심초
사하는 조바심의 과정이 야기하는 것이다. 장구이싱의 열대림과 어머니의
이미지는 이러한 원시적 열정이라는 수사적 변증법을 더욱 복잡한 가능성으
로까지 밀고 나간다.[32] 그의 말레이시아 화인 주체는 화족과 이족의 사이를

6　'원시적 열정'에 관한 한글본으로 《원시적 열정》, 레이 초우 지음, 정재서 옮김,
　　(서울: 이산, 2004)가 나와 있다.

넘나드는데, 심지어 원시적 열정이라는 당초의 명명에 대한 자리매김은 더 말할 것도 없게 된다.

《세이렌의 노래》는 (장구이싱과 같은) 한 문예 소년이 남긴 출생에서부터 청춘기까지의 족적을 소개하는데 서정적인 분위기가 충만하다. 푸른 하늘과 넓은 바다, 그리고 열대림 사이에서 오천 명이 사는 작은 마을에는 "중국인, 말레이인, 인도인, 백인, 그리고 다야크족·캉가르족·라비족이라고 불리는 사람들이 하나의 법률과 여러 개의 언어, 풍속, 관습, 전통 및 사상을 가진 채 서로 타협하고 의심하면서"[33] 장구이싱의 배경을 구성한다. 그렇지만 이 배경은 불확실성으로 충만해 있으니, 문명과 야성의 충돌이 건드리기만 해도 폭발할 상황이다. 장구이싱이 묘사하는 화예 소년은 어릿함과 깨달음의 문간을 오가며 매번 삶의 깨우침에 대한 흥분과 생식에 대한 충동이 한 덩어리가 된다. 소설의 뼈대는 있는 듯 없는 듯한 그의 세 차례 연정을 그려낸다. 이야기가 끝날 즈음이면 소년은 일장춘몽의 교훈을 겪은 후 타이완으로 진학하기 위해 여장을 꾸리게 된다.

소년이 느꼈던 청춘의 이미지를 묘사하면서 장구이싱이 찰나적인 영감의 강림(epiphany)을 서술할 때마다 우리는 제임스 조이스의 《젊은 예술가의 초상》을 떠올리게 된다. 특히 장구이싱이 중년의 나이로 회고하는 태도를 취하면서 반쯤 풍자적이면서도 반쯤 그리워하며 '소년 시대의 나'를 되돌아보고 있는 것은 그의 서술에 의식적인 미적 순환의 의도 - 소설의 서술이 성장 스토리의 끝에서부터 시작된다 - 가 더욱더 충만하도록 만든다. 그는 제1장 제1절에서 이렇게 쓰고 있다. "소년 시절의 옛일"을 되돌아보는 것은 "이미 너무 늦은 일이다." 이성과 판단은 종종 "정서나 욕망"의 "색깔과 모양에 의해 철저하게 궤멸된다." "내가 책을 읽고, 그림을 보고, 음악을 들을 때, 나는 어떤 느낌 속에서 그것의 존재를 의식하게 된다." "머릿속에서 제일 멀리 떨어져있는 그 축축한 지대로 들어갈 때 비로소 그 시들어 버린 기억을 다시 부활시킬 수 있으니 ……."[34]

작품은 신화·회화·음악의 전고를 대량으로 인용한다. 헤라클레스의 모험 신화, 《젊은 베르테르의 슬픔》, 피렌체에서부터 고전주의 유파까지의 여체 그림, 알프레드 브렌델의 〈오래된 곡〉, 슈베르트의 〈자장가〉 등 끝도 없이 많아서 소년의 상상을 한없이 자극하며 그의 마음속 불길이 타오르도록 만든다. 소리와 모양은 한편으로는 현실적 미감의 승화이자 한편으로는 원초적 욕망의 강렬한 반사이다. 그중 가장 유혹적인 것은 당연히 제목이 보여주는 것처럼 세이렌의 노래이다. 세이렌은 고대 그리스 신화에 나오는 바다의 요정으로, 매혹적인 노래로 뱃사람들을 유혹하여 영문도 모르는 채 배가 난파하고 사람들이 죽게 만든다. 이 영혼을 홀리는 노랫소리는 아득한 세월을 관통하여 우리의 말레이시아 화인 소년마저 마치 취한 것처럼 만든다. 그의 세 차례에 걸친 연정의 상대는 청순과 유혹, 진실과 허상이 한데 녹아 있고, 이 때문에 공연히 신화적인 깊이가 더해진다.

그런데 세이렌의 노래는 어머니 – 여성 번식의 원형 – 의 부름과 보르네오의 습하고 비옥한 대지의 냄새를 빗대고 있는 것이기도 하다. 노랫소리는 순환을 거듭하며 애욕·청춘·생식·죽음을 관통한다. 이리하여 수년 후 장구이싱은 "어머니, 열대림, 대지의 어머니, 지구의 허파가 나에게 미묘한 떨림을 주고, 나의 불결한 유전자가 당신의 뿌리 아래에 쌓이게 하고, 당신의 부식토를 통해 그것들에게 재생과 환골탈태의 기회를 갖게 해주는 것"[35]을 쓰고자 한다.

장구이싱의 생명과 그 심미적 형식에 대한 깨달음은 이후 《코끼리 떼》와 《원숭이 잔》에서 반복해서 출현할 뿐만 아니라 더욱 복잡하고 섬세해진다. 《코끼리 떼》의 코끼리는 밀림 속에 남아 있는 거대한 짐승을 일컬을 뿐만 아니라 '삭막하고 거친 글월 중에 나타나는 진기한 소리의 이미지'라는 기호적 표징을 가리킨다.[36] 열대림에 뛰어든 소년이 찾아 헤매는 코끼리 사냥이라는 행동은 그가 나무와 풀, 짐승과 벌레를 알아가고, 나와 남, 삼라만상을 깨우쳐 가는 교육의 과정이기도 하다. 열대림 속에서 신출귀몰하는 코끼리 떼를 둘러싸고 야성의 사유, 문명의 증발이 하나하나 펼쳐진다. 그리고 여기서 영매의 역할을 하는 사람은 어머니뿐만 아니라 외삼촌 - 모계의 남성 대변인도 있다. 작품은 인류학 식의 윤리적 관계의 인식을 담고 있으면서 부르면 금세라도 뛰어나올 것처럼 그렇게도 생생하다.

만일 《세이렌의 노래》가 말레이시아 화인 소년의 애욕의 계몽을 다루었다면 《코끼리 떼》는 그의 정치적 - 종족적·가정적 - 세례에 치중한다. 그러나 욕망과 권력의 영역을 어찌 이렇게 쉽사리 구분할 수 있을까? 작품의 스토리는 1960년대 사라왁 공산당이 거사를 일으킨 후 차츰 쇠퇴해가는 일단의 역사적 사실을 둘러싸고 전개된다. 말레이시아 화인과 공산당의 관계는 1940년대로 거슬러 올라갈 수 있다. 무산계급 혁명이라는 깃발의 배후에는 강렬한 민족주의적 기대가 존재했다. 화인이 공산당에 공감할수록 그들과 말레이시아 화인 정부 사이의 간격은 더욱 멀어진다. 중국 대륙에서 문화대혁명이 천지를 뒤덮으며 전개되자 천 리 바깥의 말레이시아 공산당은 멀리서 이를 정통으로 떠받들며 적극적으로 혁명을 시도하기도 한다.[37] 하지만 그들은 선천적으로든 후천적으로든 모두 취약했다. 실패의 운명은 처음부터 정해진 것이었다.

다만 장구이싱은 어쨌든 그의 이야기를 정치적인 사건의 기록으로 만들지는 않았다. 사실 그는 조셉 콘래드의 《암흑의 핵심》이라는 틀을 모방하여 혁명의 혼란과 격정의 내화를 한 편의 의식/형태의 드라마로 만들었다. 그렇다. 의식/형태는 의식의 형태, 즉 이데올로기가 아니다. 장구이싱의 작품이 중점을 둔 것은 이치에 대한 혁명가의 종교적인 변증법이 아니라 그들의 정신적 면모와 행동 방식 사이의 상호 투영, 전이 및 괴리였다. 소설 속의 양쯔 강 부대는 중원이 아니라 보르네오 열대림의 깊은 강물에서 그들의 '구국'(?)의 임무를 실천하는데, '풍우산수'라는 제목의 옛날 그림이 이리저리 전전하며 초야의 동지들 사이에서 향수의 상징이 된다. 사물과 형상, 기의와 기표 사이에 커다란 틈새가 생겨나니 의식의 애매성, 형태의 왜곡을 암시해 마지않는다.

이 틈새는 소설의 도입부에서 이미 그 흔적을 찾아볼 수 있다. 중국에서 온 혁명의 지도자는 경전을 인용하며 고대 중국의 용과 남양의 악어 사이의 미묘한 영향 관계를 추적한다. 그는 상나라의 청동 술잔에 그려진 용무늬가 사실은 악어의 모습에서 나온 것이라고 말한다. "중원의 용은 사람을 잡아먹는 무시무시한 거대한 악어이고," "용은 신비화되고, 생물화된 것이며, 악어는 세속화된 것이다."38)

용과 악어는 진짜로 같은 혈통에서 나온 것일까? 이는 1960년대의 외떨어진 적도 이남에 사는 말레이시아 화인이 도대체 용의 후예인가 아니면 악어의 후예인가의 문제로 귀결된다. 만일 용이 악어에서 나온 것이라면 고대 중국의 토템의 신비가 말라리아와 야만의 땅인 악어의 고향에 숨겨져 있을 가능성이 있지 않겠는가? 바꾸어 말하자면, 열악한 땅/악어의 땅에 사는 화인이 용족의 문화를 구출하는 것은 더더욱 말할 필요도 없는 정당성을 가지고 있는 것이다. 그러나 모든 것이 원래가 그저 무늬와 도형일 뿐이지 않던가? 대체 어떤 상황 속에서 형태가 의식으로 바뀔 수 있는 것이며, 의식은 또 형태를 좌우할 수 있는 것인가? 이리하여 용의 이야기, 악어의 이야기는 화인의 깊은 밀림과 같은 마음속에서 이리저리 전전하게 될 운명이 정해져 있다.

《세이렌의 노래》와 《코끼리 떼》 속의 욕망의 정치 내지 정치의 욕망은 《원숭이 잔》에 이르러 더욱 발전한다. 《세이렌의 노래》가 끝날 무렵 타이완으로 진학할 예정이던 그 말레이시아 화인 소년은 지금은 이미 졸업을 하여 타이베이에서 남을 가르치고 있는 지 수년이 되어 있다. 그는 학생과의 불분명한 추문 때문에 해직되어 보르네오의 집으로 돌아가지만 다시 또 가족과 원주민 및 식민자 사이에서 대대로 내려온 은원 관계 속에 휘말려 들어간다. 이 은원은 주인공의 여동생의 타락, 기형아의 출산, 실종을 거치며 점차 진상이 드러난다. 우리의 주인공은 다야크족의 인도에 따라 열대림 깊숙한 곳을 항행하면서 가족의 수수께끼를 풀고자 노력한다.

장구이싱이 《원숭이 잔》에서 대대적으로 이미지적 수사를 전개하면서 열대의 밀림 – 동시에 '언어'의 밀림 – 이라는 장관을 만들어내던 것은 앞에서 이미 논의한 바 있다. 그가 문신의 상징에 대해 다룬 것은 《세이렌의 노래》와 《코끼리 떼》 속의 미학적 매개와 육신의 감응에 대한 묘사를 한데 녹여낸 것이라고 할 수 있다. 그러나 장구이싱은 육신이란 혈육으로 이루어졌으므로 변형되고 방종하고 썩어버릴 가능성이 있음을 잘 알고 있었다. 소설의 주인공은 술을 마신 뒤 정신이 없어서 그의 학생과 부적절한 관계가 있었던 것 같고, 주인공의 여동생은 온갖 풍진을 겪은 후 심신이 모두 망가져서 열대의 도마뱀마냥 엎드려서 긴다. 그리고 일 가족의 가장인 조부는 육욕에 빠져들어 완전히 인간 마귀 같다. 그뿐이 아니다. 소설에는 인성과 수성이 뒤얽히고 문명과 야만이 뒤엉킨다. 심지어 거대한 네펜데스라든가 기괴한 판야나무와 같은 식물조차도 동물 비린내를 마다하지 않는다. 열대림 안팎을 넘나들면서 장구이싱은 글월/무늬의 기원과 타락을 사색하는데, 거기에는 우려의 태도가 없지 않다. 화하 문명은 사람을 잡아먹는 의식으로부터 시작하여 '예교가 사람을 잡아먹는 것'에서 정점을 이룬다. 같은 이치로 원시의 보르네오에서 화인은 개척자이자 파괴자이며, 문명인이자 야만인이다. 그들의 진화와 퇴화는 동시에 일어난다.

이는 우리가 소설에서 또 다른 두 개의 중요한 지연적인 배경에 주목하도록 만든다. 타이완과 열대림 깊숙한 곳에 있는 다야크인의 부락이다. 타이완은 일찍이 《세이렌의 노래》, 《코끼리 떼》 속에서 말레이시아 화인이 동경하던 목적지였다. 중원의 대문이 열리기 전까지 타이완은 해외를 떠도는 사람들의 고향 사랑과 나라 사랑의 종착지였다. 그런데 어느 때부턴가 《원숭이 잔》 속에서 타이완은 이미 퇴폐하고 타락하여 죄악의 중심지가 되었다. 주인공은 왕년에 학업을 위해서 타이완으로 왔지만 지위도 명예도 잃는 것으로 끝이 난다. 이런 식의 안배는 자연스럽게 우리로 하여금 리융핑의 《해동청》과 그 속편인 《주링의 신선 나라 유람하기》을 떠올리게 만든다. 《해동청》의 주인공 진우는 동남아의 교민 지역에서 온 사람으로, 해동의 쿤징(타이베이)에 대해 자신도 주체할 수 없는 애정을 가지고 있다. 그의 마음속 가득한 깊은 정감은 겨우 일곱 살짜리 어린 여자애 주링에게 쏟아진다. 두 사람은 짝이 되어 함께 타이베이를 떠돌아다니면서 도시의 밀림 속에서 황당함과 험악함을 두루 겪는다. 리융핑은 그의 인물이 타이베이 – 축소판 중국 – 를 이리저리 노닐도록 만드는데, 결국 어린 여자애가 성장할 수밖에 없다는 위험성을 깨닫게 된다. 그리고 리융핑 역시 탄식하지 않을 수 없다. 어린 여자애가 정처 없이 떠돌 때 "어머니, 당신은 어디에 계시나요?"라고.[39]

《원숭이 잔》에서는 우리의 말레이시아 화인 주인공이 고향으로 돌아와서 열대림의 핵심에 들어가 원주민과 오갈 때 비로소 속죄가 시작된다. 다야크족은 거듭해서 여러 식민자 – 화인을 포함해서 – 들에게 유린당해 간신히 문화의 명맥을 유지하고 있다. 소설은 마지막에 심신이 지친 주인공이 사랑으로 넘치는 한 다야크족 여자에게서 새로운 삶을 얻게 되기를 갈망하는 것으로 끝이 난다.

이는 지나치게 밝은 결말이라고 하지 않을 수 없다. 고귀한 야만적인 '여성'이 또 한 차례 바다를 건너온 화인에게 몸을 바치는 것이다. 하지만 장구이싱의 서사적 논리로 본다면 이는 중요한 전환점이다. 그의 주인공은 모국 문화의 거점인 타이완을 떠나서 애초의 순수함으로 되돌아가는 것처럼 보인다. 다만 그의 애욕이 초래하게 되는 혼혈이라는 위험 및 화족과 이족 간의 의미의 뒤얽힘이라는 필연성은 《원숭이 잔》의 결말을 《세이렌의 노래》 시작 부분의 어머니가 출산을 하는 장면에 대한 일종의 중요한 뒤집기로 바꾸어 놓는다. '원시적 열정'은 결국 자아 부정이라는 방식으로 완성되는 것이다.

4. 잠자는 남국의 공주

《나의 사랑하는 잠자는 남국의 공주》는 장구이싱이 새 세기에 발표한 첫 번째 소설이다. 이 작품은 말이 엉기는 제목을 가지고 있지만 장구이싱의 지난 10년 간 창작의 집념을 아주 정확하게 설파하고 있다. 잠자는 남국의 공주는 어인 일로 누워지내시는가? '나'의 사랑은 복잡다단하여 끝이 없다. 어찌해야 미인을 꿈에서 깨어나게 할 수 있으려나? 꿈나라 속 공주는 장구이싱의 마음속 말레이시아 화인 주체의 욕망의 대상이자 욕망의 상실이며, 서술 시작의 계기이다.

장구이싱의 1990년대 고향 글쓰기의 맥락 속에서 보자면《나의 사랑하는 잠자는 남국의 공주》이야기의 발생 시간은《원숭이 잔》이전이다. 소설 속 '나' – 수치 – 의 아버지는 1950년대에 말레이시아에서 타이완으로 진학한 1세대 화교 학생이다. 아버지는 타이완 출신의 어머니와 알게 되어 결혼을 하고, 학업을 끝낸 후 함께 남양으로 가서 살게 된다. 부모님의 친구인 린위안 부부 역시 타이완 출신으로 열대림 주변으로 와서 새 생활을 시작하게 되는데 이것이 오히려 타락의 출발이 되리라고는 생각지도 못한다. 한편으로 작품에서 이와 병행하여 전개되는 중심축은 수치가 타이완(타이완사범대학?)에 진학하는 단편적인 이야기들 및 그와 커이라는 이름을 가진 여학생과의 미심쩍은 연정이다.

이런 식의 병행적 서사 구조는 우리에게 이미 낯설지 않다.《원숭이 잔》에서 보면 교직에서 해임된 남자 주인공이 고향으로 돌아가 여동생을 찾는 과정에서 수시로 그가 타이완에서 겪은 황당한 경험들을 회상한다. 다른 점이라면《나의 사랑하는 잠자는 남국의 공주》의 화자와 기타 인물들이 보르네오와 타이완 사이를 오가는 횟수가 훨씬 빈번하다는 것이다. 확실히 섬과 섬 사이의 관계가 장구이싱이 집중해서 다루고 있는 새로운 방향으로, 이는 십분 주목할 만하다. 작품만을 두고 논한다면 장구이싱이 보르네오를 묘사하는 부분은 마술적 리얼리즘의 주변을 오가는 것으로서 변화무쌍하다. 그러나 그가 타이완의 유학 생활을 직설적으로 그려내는 부분은 비록 기기괴괴한 인물과 낭만적인 장면이 없지 않지만 기본적으로는 리얼리즘적인 틀에 가깝다. 장구이싱은 아마도 의식적으로 스타일의 대비를 통해서 그가 남국과 타이완을 '사랑하는' 방식의 차이를 보여주고자 한 것 같다. 그러나 내가 느끼기로는 이 양자는 서로 어우러지지 못하며 그의 부자유한 글쓰기 위치를 드러내준다.

이 작품의 제목이 '잠자는 남국의 공주'인 것은 (장구이싱이 만들어낸?) 감동적인 전설에서 유래한다. 청나라 때 변발을 한 중국의 어느 젊은이가 보르네오에 여행을 왔다가 추장의 딸과 만나 몰래 사랑의 도피를 하게 되는데, 도중에 추장의 딸이 네펜데스 물병에 담긴 물을 마시고는 깊은 잠에 빠져들어 깨어나지 못한다. 중국인 연인은 50년 동안이나 변치 않고 그가 사랑하는 여자를 지킨다. 어느 날 홀연 공주가 깨어나는데 얼굴은 예전의 열대엿 살 때 모습 그대로다. 그러나 그녀를 지키고 있던 연인은 이미 서서히 늙어버린 뒤였다. 나이가 달라져 버린 이 이국의 연인들은 이제 어떻게 해야 할 것인가?

이는 욕망과 시간의 이야기이지만 그 속의 야만과 문명의 교환과 타협은 특히 두고두고 음미해볼 만하다. 중화에서 온 여행자가 열대림 부락의 공주를 사랑하게 되면서 이후 외부의 세계는 잊게 되고, 길고 긴 세월이 지나는 동안 깊은 잠에 빠져든 사람은 공주이지만 그녀의 모습과 함께 지낸 중국인 또한 '최면'에 빠져들었으리라. 꿈은 열대림에 머물고, 삶과 죽음은 갈라져 있으며, 시간은 멈추고, 의미는 무로 돌아간다. 장구이싱이 《세이렌의 노래》에서 이미 배태하기 시작한 사랑과 죽음이라는 남양 상상이 이번에는 더욱 적절한 표현을 갖게 된 것이다.

그렇지만 세이렌의 노랫소리는 이미 10년 전의 일이다. 《원숭이 잔》과 《코끼리 떼》를 썼던 장구이싱에게 한 겹의 노련함이 더해질 수밖에 없었다.

그러니 그의 '남국의 공주' 이야기는 꼼꼼히 분석해 보아야만 한다. 이 이야기는 주인공 수치가 마음속으로 사랑하는 여자인 춘시가 말해준 것이다. 춘시는 수치 아버지의 친구인 린위안의 딸로 원래 타이완 처녀이다. 그뿐만 아니라 춘시가 설명한 '남국의 공주' 이야기는 '영국인이 쓴 것'이다. 그녀의 이야기를 통해서 식민주의적 의식이 투영된 오리엔탈리즘의 유령이 다시 한 번 '남국'의 여성에 투영되는 것이다. 이런 과정에서 옳은 위치에서 그릇된 위치로의 어의의 치환과 변환은 이야기 속의 '중국'과 '남국'을 모두 대단히 의심스럽도록 바꾸어 놓는다.

장구이싱은 이미지를 빌어 암시하는 이야기의 심층적 구조를 교묘하게 활용하여 춘시에게 쌍둥이 동생 춘톈을 만들어 놓는다. 두 사람의 신비로운 바꿔치기 게임은 우리의 남자 주인공이 진짜와 가짜를 구분하지 못할 정도로 미혹시킨다. 이와 동시에 그는 타이완에서 어린 여학생이자 가수인 커이와 또 한 자락의 애정을 갖는다. 장구이싱이 말한 것처럼 커이의 신분은 미심쩍고, 그녀의 사랑도 헛돌 위험이 있다. 이 세 여성 사이를 방황하면서 남자 주인공은 가짜가 진짜로 되면 진짜 또한 가짜가 되는 법이니 참으로 고달프게 된 셈이다.

그런데 이 세 여자의 위에 또 한 명의 진짜 미심쩍은 여자가 있다. 곧 수치의 어머니다. 어머니는 원예에 정통하여 멀리 보르네오로 시집온 후 결혼 생활이 원만하지 않자 자신만의 정원을 만들어 나간다. 이 정원은 어지럽고 복잡하여 마치 미궁 같아서 "비행기에서 내려다보는 보르네오 열대림과 별 차이가 없다." 주인공으로 보자면 "내게는 언제나 길들이 한자의 필획과 아주 흡사해서, 10여 년 동안 어머니가 삽을 붓으로, 꽃과 잎을 먹으로, 들판을 종이로 삼아서 한 획씩 한 획씩 그녀 마음속의 완벽한 환상의 궁전과 죽음의 함정을 그려낸 것처럼 느껴진다." 어머니, 열대림, 정원, 한자 쓰기 등 지금껏 장구이싱의 남국 정서가 이처럼 명확하게 표출된 적은 없었다. 그러나 이

어머니는 더 이상 《세이렌의 노래》에서 물속에서 말레이시아 화인인 젊은 예술가를 낳은 그 어머니가 아니다. 타이완에서 온 그녀는 우울하고 울적하며 어둡고 불분명한 '치명적인 여인'(femme fatale)이다. 젊은 아들은 그녀에 대해 애모의 정으로 충만해 있지만 또한 그녀가 "점차 썩어서 냄새를 풍기는 제국의 어머니"임을 깨닫고 있기도 하다.

이런 구성은 이야기 속에서 성과 정치의 참으로 기이한 전환을 자아낸다. '남국 공주'의 전설 속에서 중국인 여행자는 50년을 하루처럼 깊이 잠든 부락의 공주를 지키는데, 그는 마침내 공주가 깨어날 때까지 옥처럼 정결하게 몸을 간직한다. 그로부터 백 년 후 주인공의 아버지 세대는 열대림에 들어와서 섹스 사파리를 펼치고, 그들은 토착민 여자들에 대해 온갖 음란과 횡포를 저지르면서 못하는 짓거리가 없다. 금욕에서 방종까지, 장구이싱은 보르네오 처녀지에 대한 식민자 – 중국인을 포함하여 – 의 낭만적인 욕망의 양 극단을 써낸다. 아버지의 커다란 덩치가 열대림 속으로 들어가서 방자하게 행동할 때 어머니는 또 어디에 있었던가? 작품은 시작하자마자 어머니가 집안에 들어온 다야크족 사냥꾼과 모호한 일을 벌이고 그 후에 낳은 아이 역시 사생아임을 암시한다.

이는 어머니의 타락인가 아니면 어머니의 속죄인가? 《원숭이 잔》의 마지막 부분에서 고향으로 돌아온 주인공과 다야크족 여자 사이에 애정이 싹트고 말레이시아 화인 주민들과 토착민 사이에 새로운 의존 관계가 형성되었던 것을 우리는 기억한다. 《나의 사랑하는 잠자는 남국의 공주》에서 어머니의 불륜의 사랑은 상당히 모호하다. 어머니의 원적은 타이완인데 결혼 때문에 남편을 따라 보르네오에 적을 두게 된다. 이는 과거 '화교'들이 타이완이라는 중화로 향하던 길과는 정반대이다. 이는 일종의 역방향적인 이민의 길이다. 또 그녀와 다야크족 연인 사이의 관계는 더더욱 음미해볼 만하다. (구조주의) 인류학의 관점에서 보자면 어머니와 다야크족 남자, 아버지와 다야크족 여자는 또 다른 유형의 여성 교환 기제를 형성함으로써 미처 예상하지 못했던 (비합법적인) 친족 관계에 이르게 되는 것이다. 이런 친족 관계는 끊임없는 생장 번식을 수반하는 것이 아니라 죽음을 수반한다. 주인공의 여동생은 아마도 어머니가 애정을 탐할 때 급사했을 것이고, 사생아인 남동생은 출생 후 아버지에 의해 처치되었을 것이다.

장구이싱이 엮어낸 《나의 사랑하는 잠자는 남국의 공주》 이야기는 다시 한 번 우리로 하여금 리융핑의 《해동청》과 《주링의 신선 나라 유람하기》를 떠올리게 만든다. 리융핑은 계속 해동(타이완)에 남을 것을 고집한다. 그렇지만 장구이싱은 자신의 상상을 남국으로 되돌린다. 두 사람은 예기치 않게 일치하는데, 두 사람 모두 어린 여자애와 어머니의 신화를 사용하여 복잡다단하여 끝이 없는 민족적 울분과 향수적 상상을 써내는 것이다. 리융핑이 그린 쿤징의 향락의 세계에서는 어린 여자애가 하룻밤 사이에 타락하여 언제든지 성숙한 여인이 되어버릴, 즉 생식 - 출산의 순환에 빠져 버릴 위험이 있다. 리융핑은 어쩔 수 없이 침울한 태도로 어린 여자애가 '성장하지 않기'만을 바랄 뿐이다. 장구이싱이 그린 남국 열대림 속에서는 이제 막 사랑에 눈뜬 공주가 아예 꿈속 나라로 보내지고, 깊이 잠들어서 - 죽어서? - 깨어나지 못한다. 시간을 정지시키는 것이 남양에 대한 중국의 원시적 열정을 보존(또는 방치)하는 유일한 방법이 되는 것이다.

타이베이의 도시의 밀림 또는 보르네오의 열대의 우림 속에서는 인간의 욕망이 흘러넘치면서 원래의 윤리적 기제가 흔적도 없이 쓸려나가 버린다. 리융핑과 장구이싱은 각기 하나의 금욕(또는 무욕)적인 욕망의 이야기를 짜낸다. 《해동청》에서는 강력하게 억눌린 소아애와 어린 여자애의 성장에 대한 주인공의 두려움으로 인한 타락의 정서가 서로 뒤엉킨다. 《나의 사랑하는 잠자는 남국의 공주》에서는 수치와 춘시 및 춘톈과의 사랑이 전적으로 지연되고 대체되는 방식에 처한다. 남국 공주는 영원한 허구인가 아니면 농담이 진담으로 된 궁극적인 의미의 종착지인가? 소설 마지막에서 춘시, 저 화예의 혈통을 가진 소녀는 결국 그녀를 사랑하던 브루나이의 '남국 왕자'가 데려가서 보살핌을 받게 된다. 춘시의 여동생 춘롄은 아마도 모습을 드러낼 것이다. 다른 사람을 대신해서 희생한다는 남국의 로맨스는 계속해서 이어지는데, 우리의 젊은 말레이시아 화인 유학생은 과연 어느 곳에 그 마음을 의지할 것인가?

장구이싱이 타이완에 거주한 지 20년이 되었다. 그가 사랑하는 남국 공주는 열대림 깊은 곳에서 조용히 연인의 보살핌을 받고 있을 것이다. 전설 속의 중국인은 50년이 지난 다음에야 결과를 알게 되는 것이므로 장구이싱은 아직도 기다려야 할 것이다. 그런데 과연 공주는 어느 날 아침 홀연 깨어날 것인가? 아니면 앞으로도 깊이 잠들어 깨어나지 않을 것인가? 다만 '중국인'의 사랑이 남국의 기적의 관건이다. 시간의 강을 건너면서 사랑과 기다림은 일종의 저주가 된다. 또는 일종의 행복이 된다.

내게는 현대문학사 속의 또 다른 한 가지 남방에 관련된 슬프고 아름다운 이야기가 떠오른다. 선충원의 《변경 마을》에서 외로운 소녀 추이추이는 온갖 시련을 겪으면서도 한결같은 마음으로 실종된 연인이 돌아오기를 기다린다. 그녀는 밤낮으로 긴긴 강을 건너다니며 기다리고 있다. "그 사람은 영원히 돌아오지 못할 수도 있고, 어쩌면 내일 바로 돌아올 수도 있다." 열대림 깊은 곳, 코끼리 떼와 원숭이 무리의 고향에서는, 장구이싱의 남국의 연인이 어쩌면 영원히 깨어나지 못할 수도 있고 어쩌면 내일 바로 깨어날 수도 있다.

이 글은 후진룬 선생과 황진수 교수가 제공한 자료의 도움을 받았다. 두 분에게 감사드린다.

| 저자 주석 |

17장 장구이싱

1) 陳大爲, 〈在南洋〉, 《盡是魅影的城國》, (台北: 時報文化, 2001), p. 148.
2) 말레이시아 독립 이전의 정치사에 관해서는 薩德賽(D. R. SarDeasi), 蔡百詮譯, 《東南亞(Southeast Asia: Past and Present)》, (台北: 麥田, 2001), (上) pp. 1~101, 161~178 ; (下) pp. 315~327를 참고하기 바란다. 화인의 이민사에 관해서는 謝詩堅, 《馬來西亞華人政治思潮演變》, (檳城: 友達, 1984), pp. 1~48을 참고하기 바란다.
3) 陳大爲, 〈在南洋〉, 《盡是魅影的城國》, (台北: 時報文化, 2001), p. 151.
4) 이는 陳大爲、鍾怡雯主編, 《赤道形聲: 馬華文學讀本 I 》, (台北: 萬卷樓, 2000)을 가리킨다. 이 책은 현재 말레이시아 화인 창작의 가장 온전한 선집의 하나라고 할 수 있다.
5) 장구이싱은 일찍이 타이완으로 오기 전에 말레이시아의 《蕉風》에 작품을 발표한 적이 있다. 그가 타이완에서 처음으로 출판한 소설집은 《伏虎》, (台北: 時報文化, 1981)이다.
6) 徐志摩, 〈濃得化不開 - 新加坡〉, 黃傲雲編, 《中國作家與南洋》, (香港: 科華圖書, 無出版期), pp. 101~110.
7) 謝詩堅, 《馬來西亞華人政治思潮演變》, (檳城: 友達, 1984), 1~3 부분.
8) 말레이시아 화인 문학의 속성 문제에 관해서는 이미 근년에 들어 말레이시아 화인 출신의 많은 학자들이 토론한 바 있는데, 다음과 같은 것들을 보기 바란다. 黃錦樹, 《馬華文學: 內在中國、語言、與文學史》, (吉隆坡: 華社資料研究中心, 1996) ; 張錦忠, 〈馬華文學與文化屬性 - 以獨立前若干文學活動爲例〉, 《大馬青年》 第10期, 1995年1月, pp. 63~72.
9) 5.13사건의 원인과 결과에 관해서는 謝詩堅, 《馬來西亞華人政治思潮演變》, (檳城: 友達, 1984), pp. 147~175를 보기 바란다.
10) 황진수의 '신주 사건'의 시말에 관한 논의를 보기 바란다. 黃錦樹, 〈神州 - 文化鄉愁與內在中國〉, 《馬華文學與中國性》, (台北: 遠流, 1998), pp. 219~298.
11) 張錦忠, 〈中國影響論與馬華文學〉, 《蕉風》 第484期, 1998年, pp. 92~96 ; 〈海外存異己: 馬華文學朝向'新興華文文學'理論的建立〉, 《中外文學》 第20卷第36期, 2000年9月, pp. 20~35 및 楊聰榮、黃錦樹의 반응, pp. 36~64를 보기 바란다.
12) 張貴興, 《頑皮家族》, (台北: 聯合文學, 1996), pp. 3~4.
13) 상상의 향수(imaginary nostalgia) 논쟁에 관해서는 David D. W. Wang, *Fictional Realism in Twentieth-Century China: Mao Dun, Lao She, Shen Congwen*,

(New York: Columbia University Press, 1992), chap. 7을 보기 바란다.

14) 張貴興, 《頑皮家族》, (台北: 聯合文學, 1996), p. 168.

15) 張貴興, 《頑皮家族》, (台北: 聯合文學, 1996), p. 168.

16) 張貴興, 《猴杯》, (台北: 聯合文學, 2000), p. 310.

17) 張貴興, 《猴杯》, (台北: 聯合文學, 2000), p. 258.

18) 黃錦樹, 〈夢土雨林, 傳奇劇場〉, 《南洋商報·南洋文藝》, 2001年3月10日.

19) 리융핑의 문장 스타일과 중국 상상에 관해서는 黃錦樹, 〈流離的婆羅州之子和他的母親、父親 − 論李永平的'文字修行'〉, 《馬華文學與中國性》, (台北: 遠流, 1998), pp. 299~350을 보기 바란다.

20) 黃錦樹, 《馬華文學: 內在中國、語言、與文學史》 및 《馬華文學與中國性》을 보기 바란다. 그에 대한 평가는 林建國, 〈現代主義者黃錦樹(代序)〉, 黃錦樹, 《馬華文學與中國性》, (台北: 遠流, 1998), pp. 5~25를 보기 바란다. 또 黃錦樹, 〈詞的流亡 − 張貴興和他的寫作道路〉, 《馬華文學與中國性》, (台北: 遠流, 1998), pp. 351~378을 보기 바란다.

21) 천다웨이의 시를 인용한 것이다.

22) Gilles Deleuze, "Minor Literature 'Kafka'", *Deleuze Reader*, (New York: Columbia University Press, 1995), pp. 152~153.

23) Gilles Deleuze, "Minor Literature 'Kafka'", *Deleuze Reader*, (New York: Columbia University Press, 1995), p. 155.

24) 이는 해외 중문 글쓰기 전통에 대해서 쓴 대륙 작가 왕안이의 평론에 대한 황진수의 반응이다. 黃錦樹, 〈詞的流亡 − 張貴興和他的寫作道路〉, 《馬華文學與中國性》, (台北: 遠流, 1998), p. 373을 보기 바란다. 황진수에 대한 반박은 林建國, 〈現代主義者黃錦樹(代序)〉, 黃錦樹, 《馬華文學與中國性》, (台北: 遠流, 1998), p. 6을 보기 바란다.

25) 張貴興, 《猴杯》, (台北: 聯合文學, 2000), p. 209.

26) 張貴興, 《猴杯》, (台北: 聯合文學, 2000), p. 106.

27) 張貴興, 《猴杯》, (台北: 聯合文學, 2000), p. 108.

28) 張貴興, 《猴杯》, (台北: 聯合文學, 2000), p. 107.

29) 李維 − 史特勞斯, 《憂鬱的熱帶》, 王志明譯, (台北: 聯經, 1999). 레비스트로스의 아마존 밀림 부락의 문신에 대한 분석은 p. 155를 보기 바란다.

30) 나의 서평인 王德威, 〈與魔鬼打交道的醫生 − 評張貴興《薛理陽大夫》〉, 《衆聲喧嘩以後: 點評當代中文小說》, (台北: 麥田, 2001), pp. 135~137을 보기 바란다.

31) 황야의 《열화》에 대한 토론은 黃傲雲, 〈南洋色彩的小說 − 黃崖的《烈火》〉, 黃傲雲編, 《中國作家與南洋》, (香港: 科華圖書, 無出版期), pp. 55~64를 보기 바란다.

32) Rey Chow, *Primitive Passions: Visuality, Sexuality, Ethnography, and Contemporary Chinese Cinema*, (New York: Columbia University Press, 1996), chap. 1.

33) 張貴興, 《賽蓮之歌》, (台北: 遠流, 1992), p. 36.

34) 張貴興, 《賽蓮之歌》, (台北: 遠流, 1992), p. 7.

35) 張貴興, 《猴杯》, (台北: 聯合文學, 2000), p. 12.

36) 黃錦樹, 〈從個人的體驗到黑暗之心: 論張貴興的雨林三部曲及大馬華人的自我理解〉, 《中外文學》第30卷第4期, 2001年9月, pp. 236~248 ; 黃錦樹, 〈希見生象〉, 《中國時報‧開卷周報》, 1998年3月26日 ; 李有成, 〈荒文野字 － 評張貴興的《群象》〉, 《中國時報‧人間副刊》, 1998年4月1日을 보기 바란다.

37) 潘悅明, 〈馬來亞共產黨之'興衰'與困境〉, 《人文雜誌》第4期, 2000年7月, pp. 50~76을 보기 바란다.

38) 張貴興, 《群象》, (台北: 時報文化, 1998), p. 21.

39) 리융핑의 어머니/나라에 대한 집념에 관해서는 羅鵬, 〈祖國的母性 － 李永平《海東靑》之地形魅影〉, 周英雄、劉紀慧編, 《書寫台灣: 文學史、後現代與後殖民》, (台北: 麥田, 2000), pp. 361~373을 보기 바란다.

기슭이 없는 강을 건너가는 사람

20세기 중문소설 창작의 흐름 속에서 모더니즘은 대단히 심원한 영향을 주었지만 그에 합당한 주목을 받지는 못했다. 일찍이 1930년대의 상하이와 1960년대의 타이베이에서는 모더니즘적인 문학 조류가 있었다. 그러나 정권과 이데올로기의 변천에도 불구하고 시대를 걱정하고 나라를 염려하며 향토를 묘사하고 사실적으로 쓰는 것을 주조로 하는 전통은 결코 바뀌지 않았다. 의도적으로 주체의 심성을 사색하고 형식과 정취를 추구하면서 때로는 나라와 고향이 아닌 삶의 정경을 상상하고자 하는 작가는 고독하기 마련이었다. 1980년대 이래 타이완 해협 양안에서 뭇소리가 제 목소리를 내게 된 데는 사실 일찍이 모더니즘이 보여주었던 신념이 촉진 작용을 한 점이 없지 않다(심지어 1980년대 초에 모더니즘을 제창했던 가오싱젠은 그로부터 20년 후 노벨상까지 받게 되지 않았던가?). 다만 포스트모더니즘적인 실험이 세차게 펼쳐지며 아무 거칠 것이 없는 오늘날이고 보면 모더니즘을 재론한다는 것이 마치 부질없는 일 같기도 하다.

그런데 새 세기의 초에 들어와서 지난 수십 년간의 타이완 해협 양안의 창작을 검토해본다면 사실 모더니즘은 아직 끝나지 않았다고 말할 수밖에 없다. 내 말은 오늘날 문학 현상이 너무도 잡다하고 다원적이어서 작가들이 못할 것도 없지만 할 수 있는 것도 없는 난감함에 처해있다는 뜻이다. 모더니즘이 강조하는 심미적 정서와 주체적 신념은 우리로 하여금 자기 자신을 돌이켜보면서 가장 기본적인 것으로 돌아갈 것을 촉구하고 있다. 다른 한편으로는 과거 모더니즘 작가들이 보여주었던 스타일 및 그들이 겪었던 삶과 창작의 변화들이 여전히 독자와 평자의 검토와 사색을 기다리고 있다. 나의 주장은 물론 어떤 문학 형식의 복원에 그치는 것이 아니다. 오히려 그와는 정반대다. 만일 우리가 모더니즘의 '모던'이라는 말이 암시하는 '오늘날'이라는 의미와 '변천'이라는 의미를 다시 생각해볼 때, 우리가 이 조류로 되돌아가는 것은 미래 - 이 다음 번의 '현대' - 를 가정해보는 기점이 될 수 있다고 생각한다.

이는 또한 우리가 왜 리위(李渝, 1944~   )와 같은 작가를 중시해야 하는가의 이유이기도 하다. 리위는 1960년대 말에 미국으로 간 후 타이완 문단과 교류가 없었다. 그녀는 역시 작가인 부군 궈쑹펀과 함께 댜오위다오 수호 운동에 참여한 적이 있다. 같은 연배의 동료로는 류다런 등이 있다. 이 운동은 시작도 빨랐지만 끝도 빨랐다. 당시의 정치적 풍운은 아마도 전광석화 같은 흔적만 남겼을 뿐이겠지만 이 몇몇 작가들이 창작 실천에 나서는 시발점이 되었다. 앞에서 설명한 것에 비추어볼 때 모더니즘이 리위·궈쑹펀 등과 같은 작가와 무슨 인연이 있을 것 같지는 않다. 그들이 가지고 있던 정치적 신념은 사실 반모더니즘적인 것이기 때문이다.[1] 그러나 바로 그 때문에 우리가 리위라든가 그 외의 동료들이 겪었던 변화와 불변을 살펴보아야 하는 것이다. 그들은 일찍이 중국을 개조하기 위해 절실하게 사회·민족·현실을 내세우는 이념을 옹호했다. 그러나 중년에 들어 문득 되돌아보자 그들은 오히려 현실을 파악하면서 민족을 새롭게 만드는 중요한 길의 하나가 곧 개인의 의지를 견지하며 보기에는 실로 무용한 것처럼 보이는 문학이라는 형식을 다루는 데 있다는 것을 이해하게 되었다. 그런데 다음과 같은 가능성은 없을까? 그들의 민족주의가 원래부터 일종의 순수한 심미적 이상에 토대를 두고 있었고, 그들의 해외에서의 운동은 애초부터 이미 부조리주의적인 아집의 색채를 지니고 있었던 것은 아닐까? 만일 그렇다면 모더니즘과 사회주의, 개인의 지조와 민족적 감정은 끊임없이 이율배반적인 형식으로 그들의 삶/작품 속에서 변증법을 이루었을 것이다.[2]

나는 리위가 그녀의 가장 뛰어난 작품과 평론 속에서 반복적으로 이 문제를 사색했으며 그것을 더욱 복합화했다고 본다. 모더니즘의 정의에 대해서는 지금껏 이설이 분분하다. 서사·시간 논리의 산만함에서 문장 수사의 '외골수적인 집착'으로, 주체 의식의 변증법에서 사회 참여의 회피로 등과 같이 리위가 보여준 특징은 그 중 가장 뚜렷한 예에 불과하다. 왕원싱·궈쑹펀·치등성 등과 비교해보자면 리위가 철저한 실천자는 아닐 수 있다. 그렇지만 그녀가 어떻게 모더니즘적인 신념에서 다시 전통문화의 탐구라는 길로 전환했고, 어떻게 시대를 걱정하고 나라를 염려하는 체험을 거쳐서 사방 한 치 넓이인 마음의 깨달음으로 돌아갔는가 하는 점은 끝까지 깊이 음미해볼 만한 것이다. 리위 자신이 즐겨 사용하는 이미지를 가지고 말한다면, 우리는 역사 혹은 문자라는 '기슭이 없는 강' 가운데서 가라앉았다 떠올랐다 하면서 모두가 '다중적인 건너가기'의 방법을 찾고 있는 것이다. 이 기슭이냐 저 기슭이냐 하는 것은 이미 따질 필요가 없다. 어떻게 흐름 속에서 건너가기에 연결되어서 운좋게 그 마음을 얻을 것인가 하는 것이 오히려 중점이 된다. 이렇게 말하자면 그녀에게 있어서 모더니즘은 다름이 아니라 건너가기의 한 가지 방법일 뿐이다.

1. 학의 의지: 일종의 스타일

리위는 1960년대에 창작을 시작했다. 당시 그녀는 타이완대학 외국어문학과에 재학하면서 선생님과 동료들로부터 깊이 영향을 받았다. 그녀가 창작에 나서도록 격려했던 사람 중의 하나가 곧 선배 작가인 녜화링이다. 그녀의 초기 작품들, 예컨대 〈물의 정령〉, 〈여름날, 온 거리의 목화꽃〉, 〈팔색조〉 등을 되돌아본다면 상상이 변화무쌍하고, 가라앉아 있으면서도 담담하며,

데카당한 색깔 중에 문예 청년의 고민과 흥분의 모습이 넘친다. "영원이 얼마나 긴지 누가 알까? 어쩌면 3년이 영원일 터이고, 어쩌면 겨우 2,3분일 터이다." "나는 유희와 죽음을 갈망한다. 나는 늘 그렇다. 마치 미친 사람처럼." "살아 있다는 것에는 아무런 이유가 없다. 우리는 단지 하느님의 애완물일 뿐이니까."3) 이런 식의 나지막한 함성에는 모더니즘적인 증후군이 드러나지 않는 것이 없다. 그런데 수년이 흐른 후 리위가 옛일을 회고하며 한 편씩 《원저우 거리의 이야기》를 써냈을 때, 보기에는 그녀가 천진무구하고 투정부리는 듯이 서사를 하고 있지만 실은 한 시대 지식인들의 역경과 방황의 파란만장한 풍파(〈보리수〉), 그들의 자녀들의 어릿어릿한 남국의 경험(〈서신〉), 그리고 보통 백성들의 난세의 시련 등 또 다른 형태의 역사적 텍스트를 포함하고 있음을 우리가 비로소 이해하게 된다. 정치적 금기, 욕망의 억압이 작가 및 그녀와 같은 시대의 청년 학생들로 하여금 어떤 식으로 새로운 돌파구를 찾도록 만들었던가? 문자 속에서 불러대는 허무라든가 감상이 일종의 도피가 되거나 또는 더 나아가서 대항의 방법이 되었다. 학자 장쑹성(Yvonne Chang)은 1960년대 타이완 모더니즘의 역사적 맥락과 수사적 정치를 집중적으로 검토해본 적이 있는데, 공교롭게도 그 예로 몇 안 되는 리위의 작품을 거론할 수 있었다.4)

리위는 대학을 졸업한 후 미국으로 가서 예술사를 전공했으며 이와 동시에 댜오위다오 수호 운동에 휩쓸려 들어간다. 국가 민족이라는 대의와 비교할 때 창작은 작은 도리일 뿐이니 그녀가 펜을 내려놓은 것이 그리 놀라운 일은 아니다. 다만 내가 흥미를 갖는 것은 일찍이 모더니즘 스타일의 실험자였던 리위가 어떻게 일순간에 변신하여 애국운동자가 되었는가 하는 점이다. 이 변신은 이데올로기적인 선택이란 것 외에도 미학적인 요인을 가지고 있는 것은 아닐까? 해외를 떠도는 사람에게 떠나온 강산은 그림처럼 수려하고 고국에의 그리움은 깊기만 한 법이라는 것은 단지 가장 표층적인 요소일 뿐이다. 나는 그보다는 리위와 같은 작가가 애국 운동 속에서 일종의 순수한 개인의 동경을 추구했던 것이라고 추정한다. 숨 막히고 엄혹한 고향의 섬을 머나멀리 떠나와서 아스라이 멀리 있는 신주 대륙을 떠올려보니 신중국의 그 모든 것이 그야말로 하나의 토템이 되어 '숭고'(sublime)의 매력을 발산하고 있었던 것이다. 이런 관점에서 보자면 '나라 사랑'은 사실 '자기 사랑'의 변증법적인 확장이며, '회귀'는 조상의 나라로의 회귀라기보다는 꿈의 나라로의 회귀인 것이다. 바로 여기서 모더니즘의 결벽증과 사회주의의 위생학이 그 비밀스런 결합을 성취하게 되었다.5)

그렇지만 이런 식의 결합은 취약하게 마련이다. 댜오위다오 수호 운동의 격정이 사라지고 점차 문화대혁명의 통렬한 역사가 알려지자, 정치적 소망만 상실하게 된 것이 아니라 그보다는 오히려 일종의 미와 법칙에 대한 동경마저 상실하게 된다. 1970년대 중반 이래 댜오위다오 수호 운동에 참여했던 지식인 작가들은, 예컨대 류다런·궈쑹펀·리위 등은 모두가 침잠해 버리는데, 그들이 재출발을 할 무렵엔 작품의 면모가 완전히 달라져있다. 정치적인 대좌절을 겪은 후 그들은 애초의 순수함으로 돌아가서 문학으로 속죄하고자 한다. 과거 댜오위다오 수호 운동의 온갖 일들은 사실 그다지 서사의 중점이 되지는 않았다. 그러나 행간에는 어쨌든 시절을 탓하며 천명을 따르는 많은 단서들이 그 속에 감추어져 있었다. 가장 청담하게 묘사하던 시기에도 가만히 엎드려 있을 수 없는 한 가닥 심사가 여전히 여기 저기 돌파구를 찾고 있는 것이다. 핵심을 건드리지 않으면 않을수록 우리를 불안하게 만든다. 소설 창작은 일종의 겸허한 자기 성찰이자 이름 지을 수 없는 행위예술이다.6)

1983년 리위는 〈강변의 첫눈〉으로 《중국시보》의 소설 대상을 받는다. 이 작품은 리위 창작의 중대한 전환을 대표하는 것으로, 미국에 거주하는 지식인이 혈육을 찾으러 고향에 갔을 때 문화대혁명의 한 가지 충격적인 사건을 알게 되는 것을 씨줄로 하고, 종교적이고 예술적인 사색과 초월을 날줄로 하고 있다. 이에 대해서는 나중에 다시 논하도록 하겠다. 그런데 호사가들은 이 작품을 상흔문학, 반공문학이라고 설명함으로써 〈정치적인 것은 정치에 돌리고, 문학적인 것은 문학에 돌리기 바란다〉7)라는 작가의 반응을 초래한다. 이런 식의 선언은 듣기에는 상투적인 말로 들린다. 그러나 리위의 경우를 두고 말하자면 또 다른 의미가 있다. 불과 10여 년 전에 그녀는 전혀 주저함 없이 정치에 헌신하지 않았던가? 그런데 나는 이런 선언에서 그녀의 예술적 진전 과정의 불연속과 연속을 보게 된다. 앞에서 말한 것처럼 만일 댜오위다오 수호 운동에 대한 열광을 모더니즘 미학의 정치화에 대한 징조라고 간주할 수 있다면, 창작으로 되돌아간 후에 그녀가 모든 것을 청산하고 자기 위치를 고수하며, 예술을 떠받들고 심층 깊은 곳의 자아를 단련하고 견지하면서 더욱더 심화해나가는 것 – 이것 또한 어찌 일종의 '정치'적 태도가 아니겠는가?

그런데 리위의 시련은 끝나지 않는다. 1997년 여름, 리위의 부군인 궈쑹펀이 갑자기 중풍에 걸리고, 그녀 자신은 스트레스가 너무 커서 뭐라 말할 수 없는 공포와 조증에 빠져서 정신적으로 무너져 버린다.8) 결벽하고 자중하던 작가에게 있어서 육체란 최후의 관문이자 가장 취약한 관문이다. 따라서 육체의 무너짐은 거의 알레고리적인 색채를 띤다. 무엇이 주체의 완성인가? 무엇이 외양과 정신의 절차탁마인가? 이와 같은 (모더니즘의) 문제들에 직면 하면서 프란츠 카프카에서부터 버지니아 울프까지, 아쿠타가와 류노스케에 서부터 앙토넹 아르토에 이르기까지 이상이란 바랄 수는 있지만 다다를 수는 없다는 것을 잇따라 모두 육신의 붕괴로써 반증했다. 리위 역시 여기서 예외일 수 없었다. 그녀는 "지옥과 같은" 치료 과정으로부터 사람 세상으로 되돌아왔을 때 "매 순간 발 아래가 갈라지면서 다시 또 떨어져내릴 가능성이 있었다."라고 썼다.9) 그녀의 고백은 진실하고 솔직하면서 문득 우리로 하여금 현대 예술의 요점 중 한 가지를 상기시켜준다. 시간·육체·신념의 '망망한

위협'으로부터, 일종의 심연을 마주 대하는 듯한 몸부림으로부터, 퇴로를
알 수 없는 단절이 비롯되지 않던가? 시련을 겪고 돌아온 후 리위는 전과
다름없이 조용히 글을 써나간다. 행간에는 어느덧 일종의 단정하면서도
고고한 미학이 미만하다.

 현재까지 리위는 단편소설집《원저우 거리의 이야기》(1991),《응답하는
기슭》(1999) 두 권과 장편소설《황금빛 원숭이 이야기》(2000) 한 권을 출판했
다.《원저우 거리의 이야기》는 타이베이 남구의 원저우 거리를 배경으로
하여 이 거리 사람들의 파란만장한 풍파와 기나긴 세월의 덧없음, 그리고
그 바탕에 배어있는 전쟁과 정치의 상처를 서술하고 있다. 식자들은 때로
바이셴융의《타이베이 사람》[1]과《원저우 거리의 이야기》를 서로 비교하면서
바이셴융의 화려한 감상적 정서와 리위의 청담한 내향적 성향이 서로 대비를
이룬다고 한다. 그녀의 인물은 설사 실의에 빠져있다 하더라도 여전히 어떤
침착한 태도를 유지한다. 리위가 스스로 말하듯이, 청소년 시절 그녀는 원저우
거리를 "실의한 관료, 한물간 문인, 전쟁에 패한 장군, 반쪽짜리 신여성의
집결지로 간주했으며, 그곳을 증오하며 벗어나고 싶은 마음뿐이었다." 하지만
오랜 세월이 지난 후 비로소 그녀는 "이들 실패한 사람들이 그들의 커다란
영혼으로 내가 앞을 향해 삶의 길을 나아가도록 비추어주고 인도해 주었음"을
깨닫게 되었다.[10] 그렇다. 원저우 거리는 이미 리위의 고향 거리가 되었다.
그곳을 오가면서 그녀의 상상이 활짝 펼쳐지고, 이로 인해 서사와 기억의
실마리 역시 조리가 잡힌다.
 《응답하는 기슭》은 1965년부터 1997년까지 리위가 창작한 12편의 작품이

---

1 《타이베이 사람》의 한글본이《반하류사회/대북사람들》, 자오쯔판/바이시엔융
　　지음, 허세욱 옮김, (서울: 중앙일보사, 1989)에 실려 있다.

수록되어 있다. 이처럼 시간적 간격이 넓기 때문에 자연스럽게 작가의 바뀐 것과 바뀌지 않은 것이 분명히 드러난다. 초기의 실존주의식 소품에서부터 1980년대 〈강변의 첫눈〉, 〈산하는 스산하고〉 등 예술과 역사에 대한 성찰, 그리고 1990년대의 〈기슭이 없는 강〉의 우언식 이어쓰기 서술에 이르기까지, 언제나 리위가 일종의 명징한 형식으로 삶의 변화를 관조해 보고자 하는 의도를 볼 수 있다. 특히 〈기슭이 없는 강〉은 첫머리부터 분명히 밝힌다. "어떤 소설이 사람들을 끌어들이는 것은 통상 그 서술 관점이나 시각에 있다. 시각은 글의 문투나 기질을 결정할 수 있다. 이런 부분을 일단 잘 장악하고 제대로 다루어 나간다면 수월하게 참신한 기상을 보여줄 수 있다."11) 소위 관점 또는 시각이 가리키는 것은 서사 기교이다. 하지만 또 어찌 세사에 대응하는 수양이 아니겠는가? 이 작품의 강렬한 자각 의식은 리위의 창작으로 들어가는 통로라고 간주할 수 있다.

《황금빛 원숭이 이야기》는 원저우 거리를 배경으로 한 장편 소설이다. 전쟁과 모험도 있고, 남녀의 애정과 혈육의 사랑도 있기 때문에 원래는 당연히 볼거리가 있어야만 한다. 그런데 리위가 쓰고 보니 요란함이 스산함으로 바뀌어서 소설은 고즈넉한 일 막의 도덕적 드라마가 되어버렸다. 소설 속의 장군은 반평생을 전쟁터에서 보낸 후 타이완으로 오는데, 그때부터 더욱 고달픈 도전이 시작된다. 장군이 겪는 영욕과 부침은 왕년의 황금빛 원숭이 이야기와 한데 뒤얽힌다. 이는 숙명인가 아니면 괴담인가? 소설의 후반부에는 장군의 딸이 등장하여 황금빛 원숭이 이야기의 현장을 찾아간다. 온갖 어려움을 헤치며 진상을 밝혀나가면서 비로소 차츰 깨닫게 된다. 원래 사람 세상의 은혜와 원한, 어질고 흉악함이란 그렇게나 뒤엉켜서 구분할 수 없는 것이었고, 믿음과 배신의 대가는 그렇게도 엄중하고 감당할 수 없는 것이었다. 어떻게 이 모든 걸 끝낼 것인가 하는 것이 소설에서 마지막으로 집중하는 문제였다.

　스토리만을 가지고 논한다면 리위의 작품에는 감동적인 요소가 적지 않다. 그렇지만 그녀는 의도적으로 낮은 톤으로 다룸으로써 우리로 하여금 그녀의 '시각'과 '관점'이 어디에 있는지를 생각해 보도록 만든다. 나는 리위가 이야기보다는 일종의 삶의 풍모를 그려내고자 노력하고 있다고 생각한다. 이 풍모는 예컨대 《원저우 거리의 이야기》의 실의 낙담했으면서도 자부심이 살아있는 그런 인물들에서처럼 인물의 행위로 나타날 수도 있다. 또 예컨대 《황금빛 원숭이 이야기》의 그 드라마틱한 황금빛 털에 푸른 얼굴을 한 기이한 원숭이라든가 〈강변의 첫눈〉의 자비스러운 보살상에서처럼 어떤 사물의 이미지에서 표출될 수도 있다. 또한 더욱 추상적이어서 특정한 자연 경관이나 분위기 속에서 흘러나올 수도 있다. － '기슭이 없는 강'이 빚어내는 분위기보다 더욱 심원하고 망연한 것이 어디 있겠는가? 그런 것들을 관통하고 있는 것이 바로 리위의 개인의 의지 － 고결한 의지, 심미적 의지, '학의 의지' － 라는 결정체이다.

　내가 염두에 두고 있는 것은 〈기슭이 없는 강〉의 마지막 이야기인 〈학의 의지〉이다. 학은 고대 중국에서 '신비의 새'였다. 한나라의 비단에 그린 그림, 당나라의 의복, 송나라의 채색 그림에는 모두 학의 자취가 그려져 있다. 리위는 기억하고 있다. 옛날 적벽을 유람하던 소동파가 한밤중에 배를 띄워 삶의 덧없음과 허무함에 잠겨있을 때 한 마리 고독한 학이 강의 수면을 스치며 고요히 날아 지나간다. 《홍루몽》에서는 추석날 저녁 모임 후에 임대옥과 사상운이 달을 두고 시를 읊으며 눈앞 정경을 대하고 감정에 겨울 때 적막한 호수의 수면 위로 홀연 한 마리 학이 날아오른다. 그런데 언제부턴지 학이 '우리의 세계에서 사라져 버렸다.' 세상사는 황망하고 인생은 어수선하니 그 우아하고 단아한 새가 깃들일 곳은 어디이런가? 그것이 어쩌다 나타난다 하더라도 또 어찌 이야기 속의 인물을 혼이 나간 듯 만들 것인가?

　이는 리위의 현대와 리위의 고전이 서로 만나는 시각이다. 학의 상상을 따라 그녀는 의도적으로 그 고결하고 화미한 경지를 불러낸다. 하지만 결국은 탄식을 하며 물러난다. 모든 것은 마음으로 헤아리도록 남겨둘 뿐이다. 그런데 의지력의 풍모가 혹 얼마간 남아있는 것인지? 소설의 마무리에서 리위는 그래도 흰색 배에 잿빛 몸인 철새가 조용히 넘어 들어와 모이를 쪼고 있는 것을 묘사한다. "그것들은 남쪽으로 날아가고자 염원하며 먼 길을 가는 중에 비행을 끝내기 전에 늘 따스한 타이완에서 쉬어가고는 한다."[12)

2. 강과 황혼: 일종의 역사관

처음으로 리위의 작품을 읽는 독자라면 종종 그녀의 글쓰기의 담담함에 지레 놀라서 그녀가 마치 사람 세상의 음식은 먹지 않는 것 같다는 인상을 갖게 될 수도 있다. 그런데 이는 공교롭게도 리위가 쓰고자 하는 제재와는 상반된다. 중국 현대 역사상의 피와 눈물의 불의 - 혁명, 전쟁, 박해, 모반, 망명 - 가 그녀 작품의 토대이다. 예컨대 〈밤의 포근함〉의 영락하여 정처 없이 떠도는 유명 배우, 〈한밤의 오르간〉의 2.28 사건을 겪은 외성 출신 부인 등 《원저우 거리의 이야기》 속의 주민들, 또는 《황금빛 원숭이 이야기》의 시절이 가 버린 장군, 신작인 《여름날의 망설임》의 〈망설임의 골짜기〉의 골짜기를 떠돌아다니는 화가/장군은 모두 잇따라 우리에게 기이한 이야기들을 들려준다. 그러나 리위의 의도는 이런 것에 있지 않다. 그녀는 마치 그런 피와 살로 된 인물과 스토리에서 피와 살을 제거해 버리고, 이로써 어서 '감동되기'만을 기대하는 독자들을 실망시키려고 하는 것 같다. 그뿐만 아니다. 리위는 이야기를 펼쳐 나가면서 전통적인 기승전결의 요구에 따르지 않고 수시로 툭툭 삐져나간다.

만일 서사가 단순히 이야기를 말하는 것이 아니라 하나의 사건으로서 시간에 반응하여 인간사를 엮어나가는 한 가지 과정이라면, 서사는 이미 필연적으로 역사적 동기를 포함하고 있는 것이다. 리위의 전공은 예술사이다. 따라서 과거와 현재를 오르내리며 문자 이외의 매체를 허다하게 보았을 것인즉 자연히 그 시야 또한 남다를 것이다. 앞에서 말한 것처럼 그녀의 작품을 보면 스토리 말고도 더욱 사람들의 주목을 끄는 것은 분위기를 다루고 이미지를 만들어내는 그녀의 역량이다. 바로 이런 방면에서 비로소 그녀의 독특한 시간적 공간적 상상과 그녀 개인의 역사적 감회가 흘러나오는 것이다.

《중국시보》의 소설 대상을 받은 〈강변의 첫눈〉을 예로 들어보자. 소설 속에서 예술사 업무에 종사하는 화자는 문화대혁명 후에 오래된 사찰로 이름이 높은 강남의 쉰현에 온다. 그녀는 유명한 현강보살상을 보러 온 것이다. 글이 진행되는 중에 보살과 관련된 동진의 천축 스님인 혜능이 절을 세운 이야기, 관세음보살이 묘선공주로 변하여 눈을 파내고 팔을 잘라서 부왕을 치료한 이야기, 문화대혁명 중에 어린 소녀가 참사를 당했는데 간부가 뇌를 그대로 빨아먹은 이야기 등 세 가지 이야기가 삽입된다. 리위는 사람이 사람을 잡아먹는 참극을 신화·역사·종교라는 맥락 속에 놓고 서로 가리키게 함으로써 불현듯 화자의 시야를 확장시킨다. "과거, 현재, 미래란 모두 역사가 나아가는 순간의 시제이다. 신화, 기담, 민간 전설은 인생이 투사된 이야기에 다름 아니다."[13] 수천 수백 년 동안 중국의 백성들이 고난을 겪는데 끝날 줄을 모른다. 보살이 조용히 중생을 굽어본다. 미소의 뒤에는 무한한 자비와 연민이 배어있다. 소설의 결미에서 화자는 비감함 속에 배를 타고 떠나는데 강물 위로 첫눈이 내리고 천지가 고요하다. "그저 부드러운 흰 눈 아래로 삼천 년의 신고함과 고적함만이 뒤덮고 있을 따름이다."[14]

우리는 늘 소설 속의 강물과 〈강변의 첫눈〉이라는 제목을 홀시해 왔다. 예술사와 관련된 리위의 이력을 참고해볼 때 그녀는 분명 남당의 조간이 그린 같은 제목의 두루마리 그림 〈강변의 첫눈〉으로부터 영감을 얻었을

것이다. 그 그림에 보면 초겨울 강남의 강에는 가는 눈이 흩날리고 쪽배의
어부는 차가운 바람을 맞으며 생계를 위해 일하고 있는데, 평온한 세속
생활의 사실적 정경 속에서도 싸늘한 한기가 배어나오는 것을 막을 수는
없다. 천 년 전의 옛날 그림 속 강물이 리위의 이국 타향에서의 마음속에서
맴돌았을 것이다. 강물은 유유한데 얼마나 많은 희비와 생사가 영원을 기약하
며 흘러가는 것인지. 하지만 거대한 역사의 출렁임도 필경에는 물거품일
뿐이다. 오히려 하나의 이미지, 한 폭의 그림이 그 모든 것을 넘어서서 영원을
보여주는 것이다.

그런데 강물이 꼭 중국의 그것일 필요는 없다. 〈산하는 스산하고〉에서는
애국 운동에 참가한 한 젊은 유학생이 뉴욕의 선배 집에 와서 머무르게
되는데, 문을 들어서자마자 "한 줄기 강물이 일순간 실내의 커다란 창문들을
통해 단번에 나의 시야에 쏟아져 들어온다."[15] 밤은 깊고 사위는 고요한데
이 강물(허드슨 강? 이스트 강?)은 "원나라 때의 최상급 청자 도자기의 색처럼
몽롱하면서도 청아하게" 창문을 통해 화자의 마음속으로 밀려들어오는 것이
다. 나라를 사랑하는 사람들의 시위는 세차게 출렁이는 파도 같지만 그래서
그들 나라를 떠난 사람들의 향수는 졸졸졸 그 이국의 강물로 흘러들어가서
다시 바다로 되돌아갈 것이었다. 세월이 지난 후 옛일을 회상하며 한밤중에
잠 못 이루는 시간이 되면 "그날 창문의 강물이 오랜 친구처럼 다가와서
그의 너그럽고 믿음직스러운 넘실거림과 반짝거림으로 나를 위로해준다."[16]

더욱 마음 놓고 말해보자면 강물에 어찌 기슭이 필요하랴. 기슭이 없는
강은 힘차게 흐르나니 "젊은이의 두려움 없는 이상과 영역"[17]에 속하면서,
또한 현실 인생 속 영원한 허무의 "망연한 강"[18]이기도 하다. 그 속에서
부침하면서 리위는 〈기슭이 없는 강〉을 쓴다. 그중 한 이야기 속에서 외국인
수도사와 젊은 남자 사이에 일어나는 영혼의 울림은 마치 신비한 기담 같으면
서 또 장엄한 증언 같기도 하다. 수도사와 젊은이의 관계는 한때 의심을

불러일으킨다. 오랜 세월 후 늙어버린 수도사가 혼수상태에 빠졌을 때, 이미 중년이 된 남자가 모든 것을 버리고 조용히 나타나서 그를 보살피다가 다시 조용히 떠나간다. 배가 지나가면 흔적이 남지 않는 법, 어느 날 홀연 수도사가 깨어나는데 모든 것이 전과 다름이 없는 것 같다. 이 작품은 읽어보면 진짜 '같지 않다.' 바로 그렇기 때문에 오히려 더더욱 우리의 심금을 울린다. 기슭이 없는 강이란 도대체 무엇을 의미하는 것인가? 〈강변의 첫눈〉의 망망하기만 한 강물인가? 〈산하는 스산하고〉의 창문에 붙박힌 강물인가? 또는 현실 속에서 그 강물은 원저우 거리에 있는 류궁전 농수로 또는 사상충이 잔뜩 떠다니는 배수로인가? 우리 각자의 마음속에는 모두 한 줄기 강이 있는 것이 아닐까? — 소설 속의 그 남자가 밤낮으로 마음에 두고 있는 것처럼.

《황금빛 원숭이 이야기》에 이르면 장군의 딸은 돌아가신 아버지의 유지를 이루기 위해 대륙으로 황금빛 원숭이의 현장을 찾아간다.

> 물길이 시작하면서 시간이 되돌아온다. 과거와 미래로 이어지고, 갖가지 시제와 상황 속에 들어선다. 끝도 없고 가도 없이 …… 지는 해와 지는 달의 궤도를 뒤쫓으며 차츰 흐릿하면서도 분명하며 어슴푸레하면서도 환한 과거로 들어선다.
> 보이지 않는 앞을 향해 계속해서 흘러가며 강물은 기억의 깊은 곳으로 이어진다. 따사롭게 내려앉은 회색의 광선속에 반세기의 세월, 천리만리의 공간, 굽어보는 시점을 통해서 이야기가 되살아난다.[19)

중국 현대문학사에는 강을 아주 잘 쓴 작가가 한 명 있다. 다름 아닌 선충원이다. 예컨대 《변경 마을》, 《샹행 산기》 등 그의 명작은 작품 전체를 강물의 이미지로 감싸고 있지 않는 것이 없다. 부지런히 하늘과 땅을 썼던 5.4 작가들과는 상대적으로 선충원은 자신을 샹시의 물빛에 빠져들도록 만들면서 강물의 물결 소리와 어부의 노래 소리를 조용히 경청하고, 범부

속자의 슬픔과 기쁨을 깊이 상념했다. 《긴 강》은 강물이 흘러가며 역사의 끝도 없는 잔혹함과 혼탁함을 떠맡아서 씻어내는 것을 더욱더 잘 보여준다. 《긴 강》 자체는 전란으로 인해 미완성이었다. 역사의 변환과 서사의 중단은 결국 강물의 이야기가 기슭에 닿지 못하도록 만들었지만 오히려 기슭 없음이란 여백을 더욱 많이 남겨 주었다.[20] 리위의 작품은 다소 적은 편이기 때문에 선충원이 그려낸 그런 풍성하고 끊임없는 기세를 이루어내기에는 부족하지만 강물의 그윽하고 깊으면서도 부드럽고 강인함을 상상하는 면에서는 어쨌든 선충원과 일맥상통하는 점이 있다.

강물이 역사 공간의 상상을 대동하듯이 리위는 황혼을 빌어서 오히려 시간의 빛을 참조한다. 낮과 밤의 경계, 확실과 불확실의 순차 속에서 황혼은 리위와 그녀의 인물들에게 그 이유를 명명할 수 없는 감회와 낙담을 자아낸다. 〈8걸 기업〉에는 "특별히 아름다운 황혼 무렵, 석양이 골목 안에 비쳐 들자 빛이 시작되는 부분에 두 명의 낯선 사람이 나타나고 …… 그림자 속에서 역광이 한 걸음씩 다가온다."[21] 그리고 한바탕의 신비한 이야기가 이어서 펼쳐진다. 역광과 거꾸로 비친 그림자 아래에서 사람과 사건, 과거와 미래가 불현듯 모두 비현실적인 것으로 바뀐다. 그러나 이 애매한 시간은 또한 또 다른 일종의 진실을 붙들고 있거나 드러내고 있을 것이다. 리위는 자신의 타이베이에서의 생활을 회상하면서 이렇게 쓰고 있다.

> 영화를 보고 나오면 이미 황혼이다. 마치 반짝이는 비늘이나 하늘거리는 깃털처럼 채색 구름과 노을이 하늘에 가득하다. 우창 거리 아래쪽에 있는 단수이허 강물 위의 공중에는 거대한 주황색의 지는 해가 기다리고 있다. 바로 다음 순간 그것이 밤의 강물과 하나로 합쳐지기 직전에 거리는 온통 금홍색의 남은 햇빛 속에서 찬란하게 빛나고 있다.[22]

《황금빛 원숭이 이야기》에서는 가는 빗줄기가 뿌리는 속에 황혼이 도시를
온통 어둑하게 만든다. "그렇지만 시선을 높은 곳으로 옮겨 아주 먼 각도에서
다시 도시를 내려다본다면, 몽롱하게 가는 비가 뿌리는 가운데 도시의 위편에
는 마치 은이나 물처럼 또는 옛날 청자처럼 빛살을 반짝이면서 부드럽고
아름답게 감겨드는 또 하나의 도시가 나타날 것이다. 역시 서정은 가능한
것이다."23)

그러나 황혼이 찾아오면 또 다른 사람들의 심리와 생리의 시간을 뒤흔들어
놓는다. 〈기슭이 없는 강〉의 남자는 모든 것이 끝난 후 갑자기 황혼병을
앓는다. "황혼의 짙은 빛이 공간을 완전히 점령하면" "일종의 불안하면서
의지할 데도 없고 앞날도 없다는 느낌이" 흘러넘치기 시작한다. 낮과 밤의
경계에서 빛의 성질이 진취적인 것에서 위축적인 것으로, 긍정적인 것에서
회의적인 것으로 바뀌면서 "갑자기 하루가 곧 마감될 것임을 선언한다."24)
이미 대세는 흘러가 버렸으니 의지할 곳은 어디런가? 유사한 증상이 〈밤의
포근함〉에서도 일어난다. 화자는 불안증을 앓고 있어서 오후 다섯 시의
퇴근 물결을 피하지 않으면 안 된다. 황혼의 호숫가를 걷자니 밤기운이
짙어지는데, "이때 수풀의 뒤편으로 종종 마치 도시를 몽땅 불태워버릴 것처럼
온통 새빨간 빛깔이 떠오르기 시작한다."25) 황혼은 추억의 시각이자 추억
상실의 시각이다. 〈기슭이 없는 강〉과 〈밤의 포근함〉은 둘 다 이를 실마리로
해서 세월이 흩어져버리고 이 세상이 마치 딴 세상 같은 것을 이야기하는
소설이다. 그런데 리위는 이로부터 인간 세상의 깊은 곳으로 들어가서 속죄의
가능성을 탐구한다.

어디서 본 것 같고, 낯설면서도 친근하다. 리위는 '두려운 낯설음'(uncanny)
효과의 비의도적인 실험자이다. (프로이트) 심리분석의 관점에 따르자면
'두려운 낯설음'의 감각은 우리가 낯선 사물을 마주칠 때의 불안 내지 두려움에
서 비롯될 뿐만 아니라 일종의 말로 표현하기 어려운 매혹에서 - 그 낯선

사물이 우리가 이미 익숙한 '일상'의 일부가 아닐까? 라는 데서 - 비롯된다.[26]
리위의 황혼 서사는 분위기의 조성에서 시작되었다가 마침내 반복적으로
운용되는 심리적이고 윤리적인 기제가 된다. 그녀 소설의 핵심은 '기이한'
현상과 '평범한' 현상 사이의 관찰과 사색이 나눠졌다 합쳐졌다 하고 이리
에두르고 저리 에두르고 하는 데 있다. 비록 그녀가 말하고자 하고 가리키고자
하는 것이 마치 아무 이유도 없이 표면에 펼쳐져 있는 것 같지만, 그러나
형태, 시각, 그리고 거리의 개입에 의해 우리에게 마음의 감동을 불러일으킨다.

세상사에는 항상 짝이 있듯이 선충원에게도 일찍이 양쯔 강 중류에 있는
작은 도시의 어느 한 순간을 그린 〈황혼〉이라는 제목의 소설이 있었다.
오후가 되고 비가 그치자 예의 그 사형 장면이 펼쳐지려 한다. 놀라서 허둥대는
범죄자, 이런 일에 익숙한 옥졸, 마음이 딴 데 가 있는 사형 감독관, 기다렸다가
시체를 수습하려는 가족, 구경거리를 보러 온 아이들이 모두 함께 기묘한
피의 축제를 엮어낸다. 우리는 세상의 어질지 않음에 대한 선충원의 탄식을
쉽사리 발견할 수 있다. 대단한 것은 그가 이런 참으로 잔악한 삶의 광경
속에서도 서정의 기교를 보여준다는 점이다.

> 태양이 곧 저편 하늘로 내려앉으려고 할 때, 아직 무수한 구름들이 남아
> 있었다. 이 구름들은 태양을 가로막았지만 오히려 태양의 빛이 눈부시게
> 아름다운 색채를 빚어내도록 해주었다. 이편 하늘에서는 일부 구름들이
> 금빛·흰빛·마노빛·연보라빛 테두리를 두르고 있었는데 도시의 부인네
> 옷자락처럼 정교하고 화려했다. 구름은 없는 색깔이 없었으며, 공중에서
> 일종의 마술사 같은 솜씨로 끊임없이 움직이며 변화하고 있었다.

나는 이미 다른 글에서 이런 서정적 수사의 전위적인 의미에 대해 상세히
논한 적이 있다. 여기서 강조하고 싶은 것은 선충원이 어떻게 황혼의 빛과

그림자를 빌어서 삶의 득실에 대해 애매하고 관용적인 눈길을 던졌던가 하는 점이다. 그 모든 살육과 소란이 차츰 가라앉았을 때 "천상의 그곳은 전부 검은색으로 바뀌었고, 지상의 모든 곳은 전부 점차 모호해지기 시작했다. 이리하여 마침내 밤이 되었다."[27]

3. 다중적인 건너가기: 일종의 미학

'다중적인 건너가기'는 리위가 소설의 기교를 논하면서 사용한 개념이다. 〈기슭이 없는 강〉에서 그녀는 《홍루몽》과 선충원의 소설로 시작한다. 《홍루몽》 제36회에는 가장과 영관이 새장 안의 새를 놓아주느냐 여부를 두고 실랑이를 벌이면서 엎치락뒤치락한다. 영관은 거짓으로 화난 척하고 가장은 물러나는 척하며 실은 다가가니 말이 없는 중에 무한히 깊은 정이 배어난다. 이 광경을 가보옥이 훔쳐보면서 자신에게 견주어 그들을 헤아려보다가 자기도 모르게 넋이 나간다. 거의 2백 년 후 선충원은 〈세 남자와 한 여자〉에서 여러 화자들을 통해 샹시의 한 전설적인 이야기를 이리저리 말해준다. 사랑도 있고 잔인함도 있으며, 더 나아가서 비밀스러운 자살과 시체 성애도 있다. 그런데 한 겹 한 겹 더듬어서 이야기를 풀어나간 후 이 이야기는 "외설에서 벗어나 전설이 된다."[28]

리위가 이를 통해서 암시한 소설 창작의 미학적 핵심은 리얼리즘에서 일반적인 '인생을 반영한다'거나 '참된 생각이 밖으로 드러난다'는 식의 추구로는 결코 설명해낼 수 없다. 이리하여 그녀는 다음과 같이 말한다.

소설가는 다중적인 장치를 설치하고 여러 개의 나루터를 안배하면서 보는 거리를 멀리 떼어놓는다. 독자인 우리들은 그의 인도에 따라 인물

속으로 들어가고, 다시 인물로부터 구도와 패러다임 같은 문이나 창을 통해서 거울 속이나 무대 위에서 진행되는 것과 마찬가지의 활동을 들여다보게 된다. 이처럼 먼 거리의 의도적인 '보기'를 계속해나가면, 평범한 것이 평범하지 않은 것으로, 사실적인 것이 비사실적인 것으로 바뀌면서 아득하고도 기이한 분위기가 나타난다.[29]

리위는 〈기슭이 없는 강〉에 직접 등장하여 설명을 가한다. 그녀는 《홍루몽》에서부터 선충원까지 논한 다음 다시 자신의 어느 황혼의 약속이라는 특별한 경험과 전해들은 이야기로 들어간다. 이로부터 서사는 또 전술한바 수도사와 젊은 남자의 이야기로 바뀐 뒤 또 다른 이야기인 〈학의 의지〉로 마감한다. 이런 이야기들 사이에는 사실 '합리'적인 연결이 결여되어 있다. 리위가 그것들을 하나로 연결한 것은 사람들에게 다소 의아한 느낌이 들도록 만든다. 그런데 이상한 것은 '마치 탈바꿈을 불러일으키는 것처럼' 오히려 일종의 매력이 탄생한다는 점이다.

다중적인 건너가기의 예는 리위의 작품 곳곳에서 볼 수 있다. 《원저우 거리의 이야기》 속의 〈밤의 포근함〉은 또 다른 전해들은 이야기이다. 〈날아라, 상처 나은 손〉, 〈서신〉은 관점과 시간적 순서의 전환을 통해 의미가 꼬리를 물고 나타나는 느낌을 만들어낸다. 신작인 《여름날의 망설임》에서 〈신부를 찾아서〉는 심지어 같은 이야기를 두 차례나 쓰면서 서로 교차하는 대위법적 효과를 낳는다. 〈망설임의 골짜기〉의 장교는 전쟁과 죽음의 시련을 모두 겪은 후 만년에 화가가 된다. 그는 또 낯선 한 교사와의 사이에서 지기를 만난 것 같은 우정을 쌓아간다. 두 사람은 그림이라는 매개체를 통해서 서로 인간 세상에서의 위치를 포착, 정의하고자 한다. 기슭이 없는 강, 망설임의 골짜기에서 떠돌고 배회하는 것은 곧 건너가기의 장인 것이다. 그런데 이 두 작품은 문장 운용과 사건 처리 면에서 서로 호응하는 점이 있는 것 같으면서 또 다른 건너가기의 관계를 형성하고 있기도 하다.

리위는 틀림없이 건너가기 수법이 문학 예술의 표현에서 그 연원이 있음을 알고 있었다. "동쪽을 치는 척하면서 서쪽을 친다는 이 말을 빌어 비유하자면, 정해지지 않은 또는 '우발적인' 이야기를 사용하여 생각을 드러낸다"[30]고 한 말을 참고해볼 수 있다. 또는 소동파가 "이 그림을 그리지만 이 그림이 아니며, 이 시를 짓지만 이 시가 아니다"라고 말한 것 역시 이에 비교적 가까울 것이다.[31] 궁극적으로 보자면 건너가기에는 정교한 구상 즉 일종의 사람을 관찰하고 사물을 살피는 시각을 필요로 한다. 예술사라는 리위의 전공은 분명 그녀에게 적잖은 영감을 주었을 것이다. 특히 그녀의 그림과 문자 간의 상호 조응은 건너가기 미학의 정곡을 찌르고 있다. 〈산하는 스산하고〉의 화자는 창문을 마주보며 유리를 통해 마치 그림을 새겨 넣은 것 같은 강물을 바라보는데 참으로 흥미롭다. 어느 날 밤 "달빛이 옮겨감에 따라 그 여섯 개의 길다란 유리창이 마치 무대의 배경처럼 환해지고, 움직이기 시작하더니 …… 여섯 개의 창에 흐르던 강물이 마침내 한 줄기 강물로 바뀌어 완벽하게 전체가 내 눈앞에 등장한다."[32] 더욱 적절한 예는 왕우셰의 그림인 〈강물 꿈〉에 대한 리위의 읽기에서 보인다. 그림 속에서 강물의 흐름은 나눠졌다 합쳐졌다 끊어졌다 하면서 마치 겹쳐지는 것 같으면서도 서로 충돌하지 않는, 각기 정지된 틀 또는 격자이다. "하나의 정지된 화면 – 이 정지된 한 토막은 곧 그 각각의 관념으로 인해 유동하는 전체 속에서 잘라낸 개인의 시간인 것이다. 시간이라는 전체를 두고 보자면 그것은 대국에 영향을 주지 않는 일시적인 정지이며, 개인을 두고 보자면 그것은 특별한 의미를 가지게 되는 것이다. 그것은 찰나적으로 나타난 사색이며, 회상이고, 꿈속 사랑으로서, 사람들로 하여금 자신도 모르게 걸음을 멈추고 다시 보도록 만든다. 한 조각 흘러가버린 삶, 기억의 스침이 사람들의 마음속에 상념이 넘쳐나게 하고 연연해하게 만든다."[33]

그림과 문자에 대한 리위의 관찰은 〈날아라, 상처 나은 손〉, 〈망설임의 골짜기〉, 〈바다가 도시를 만날 때〉 등에서도 볼 수 있다. 건너가기의 미학은 문자와 그림 사이의 맞물림에만 그치지 않는다. 〈밤의 포근함〉에서 세상의 불의와 부조리를 뛰어넘는 매개체는 여배우의 노랫소리이고, 〈한밤의 오르간〉과 〈보리수〉에서는 오르간 소리이다. 그리고 《원저우 거리의 이야기》의 부록 2편에는 각기 사진예술가인 랑징산 선생과 서예가이자 작가이며 학자인 타이징눙 선생을 인물로 하고 있다. 리위가 이 대가들을 경모하는 점 외에도 그들의 예술적 조예에 대한 관심 또한 충분히 짐작할 수 있을 것이다.

건너가기의 미학은 더욱 범위를 넓혀서 본다면 리위의 역사관 및 윤리에 대한 성찰까지 포괄할 수 있다. 그녀와 현대 중국문학 간의 계보를 추적해볼 때 소설계의 두 거장인 루쉰과 선충원이 각기 그녀에게 심원한 영향을 미쳤음에 틀림없다. 루쉰의 암울함과 독특함 그리고 민족과 개인 의식에 대한 자아 성찰은 일찍이 젊은 시절의 리위에게 깊은 감동을 주었을 것이다. 〈서신〉의 샤 교수는 대륙이 넘어가 버린 후 황황하게 타이완으로 온다. 그의 남은 생애는 곤궁하고 좀스럽기 짝이 없다. 그렇지만 그는 아위라는 소녀의 문학적 스승이다. 그는 루쉰의 〈고향〉 등의 작품 세계로 아위를 인도한다. 그토록 스산한 세월 속에서도 한 줄기 5.4의 향불이 무심결에 한 실의한 문인을 통해 천진하고 예민한 한 소녀의 손으로 넘겨진다.

그렇지만 기질과 문장 표현을 두고 보자면 리위는 선충원의 세계에 더욱 가깝다. 나는 제2절에서 이미 강물과 황혼이라는 두 가지를 가지고서 리위의 시공간적 상상이 어떻게 대가들과 서로 대화하는 면이 있는가를 설명했다. 5.4 이후의 문학에서 눈물이 흩날리는 것과는 대조적으로 선충원이 정중하고 평온한 것은 사실 이례적인 것이다. 그가 보여준 서정 스타일은 공교롭게도 당시 '외침'과 '방황'을 주류로 하는 리얼리즘과는 어긋나는 것이었다. 선충원의 서정적 수사는 보기에는 물처럼 맑지만 그 묵직한 역사적인 감개를 담고 있다. 나는 여러 차례 다른 글에서 선충원이 인간 세상의 참으로 피비린내 나는 무정한 사실들을 유정의 관점으로 기록하였고, 이로써 서정적 전통의 잠재력을 최고도로 끌어올렸음을 주장한 바 있다.34) 그의 서사 규칙은 늘 우리로 하여금 현대의 비평이 종종 거론하는 '우의적인'(allegorical) 수사를 상기시킨다. 자기 증명적인 자명한 '상징'의 경험과 비교했을 때, '우의'는 산만하고 구체적인 경향의 경험과 기호들 사이에서 유비적인 파생물을 표현하면서 자기 증명적인 의미를 무한히 지연시킨다. 이른바 정은 뜻에 따라 바뀐다라는 말은 의미는 '언어가 생겨나는 것'에 따른다는 뜻이다. 사실 언어·형식·신체와 같은 이런 '외형적 사물'이 초월적인 의미·내용·정신에 영원히 종속될 필요는 없다. 바로 그렇기 때문에 언어 또한 어떤 이데올로기와 미학 법칙의 결정론적 부수물이 되어 피동적으로 무언가를 반영하고 고취할 필요도 없는 것이다.

1930년대의 분위기 속에서 선충원의 서정적인 스타일은 각광받을 수 없도록 이미 정해져 있었다. 오랜 세월이 지난 후 비로소 우리는 불현듯 그의 '비정치적'·'비전위적'인 창작이야말로 진정으로 일종의 격렬의 미학을 내포하고 있음을 발견하게 되었다. 언어·문자는 '그 자신'의 문화적 재질이며, 이를 통해 잡다하게 갈래져 있는 삶의 온갖 상을 가리키는 것이다. 먼저 자신을 사지에 몰아넣어야만 살아날 수 있는 법이다. 선충원은 자신의 이야기를 가지가지 삶의 극단적인 상황으로 몰아넣고는 그의 문자와 이미지를 이리저리 연결하면서 다시금 생명력을 부여한다. 비록 중국의 현실은 사분오열되어 있었지만 삶의 본능에 대한 선충원의 경이가 그 때문에 좌절되지는 않았다. 그는 문자들 사이에서 존재하는 의미의 연결 - 건너가기 - 의 가능성(필연성이 아니다)을 거듭해서 시도해보는 흥미를 결코 잃어버리지 않았다.

이러한 서정 전략은 자연히 리위가 갈망하는 경지가 되었다. 다시 예를 들어보자. 리위는 5.4 이래 "무수한 선풍적인 소설의 인물 중에서 누가 가장 사람들의 마음을 뒤흔들어놓았는지"를 회고한다. 그녀가 떠올린 사람은 뜻밖에도 선충원의 〈세 남자와 한 여자〉 중의 나팔수이다. "고즈넉한 벌판, 어슴푸레한 바위 옆에 한 왜소한 무명의 병사가 서있다. 그는 바위에 기대서서 달빛 아래에서 고개를 숙인 채 손에 든 나팔을 꼼꼼히 닦는다. 그것 또한 달빛처럼 빛날 때까지. 그런 다음 그는 조심스레 바위 위에 기어 올라가서 아무도 없는 한밤중에 그것을 불기 시작한다."35) 리위는 이를 소재로 해서 소설을 쓰고자 한 적이 있지만 아직까지 우리가 보지는 못했다. 그 대신에 다른 또 한 명의 나팔수가 부는 나팔소리가 울려 퍼지면서 정치적 투쟁에서 패배하여 감옥에 갇혀 사형만을 기다리고 있는 한 장교의 내면 깊숙한 감정을 뒤흔들어 놓는다(〈나팔수〉). 장교는 반평생을 기묘한 역사 속에서 뒹굴다가 결국은 좋지 않은 결말을 맞게 된다. 그러나 삶을 카운트 다운하는 시간, 태양을 볼 수 없는 어두운 감옥 속에서, 그는 오히려 물처럼 부드러운 감정을 느끼고는 자신을 다스리지 못한다. 마침내 죽음이 다가오고 나팔소리가 울려 퍼진다. "아름다운 음계들 사이에서 선율이 변화를 보이며 오르내리더니, 마치 거듭해서 간절하게 호소하는 사랑의 노래처럼 다시 부드럽고 우아하게 반복되자, 장교뿐만 아니라 우리들조차도 모두 깊이 감동하게 되었다."36)

건너가기의 흐름은 계속되고 있다. 우리는 또 리위가 근현대 예술 대가의 심득을 흡수한 것을 기억한다. 그녀의 박사논문 제목은 청나라 말 시민 화가인 임백년이다. 이로부터 거슬러 올라가자면 명나라 말 청나라 초의 화가들 예컨대 홍인·동기창·왕원기·오력·공현·곤잔 등이 이미 주류에서 벗어나는 화론과 화풍을 형성했다. 리위는 이렇게 주장한다. 화가들은 산·강·나무·돌 따위의 요소를 분해하여 시각적 기호로 만들고, 화폭에서 이를 반복적으로 배열 조합하며 추상적 공간의 형식적 구조를 창조해낸다. 특히 공현·곤잔 등이 먹의 색을 바림질하고 선들을 겹쳐 그려서 보여주는 층층의 형상은 19세기 말 서양의 인상파 기법보다 앞선 것으로 간주할 수 있다. 그리고 달중광은 더 나아가서 "층층이 서로 조응하고 번잡함과 간결함을 서로 교차하면서도 이리저리 서로 대비되며", "위치가 서로 어긋나고", "허와 실이 상생하고", "번잡함과 간결함이 마침맞게 형태를 갖추며, 전체적인 어지러움은 손길에 의해 정해진다". 그녀는 이런 식으로 이 화풍의 형식주의적인 특징을 요약하고 있다.[37]

리위는 현대 화가 중 리커란·루옌사오를 추앙한다. 서양의 영향에 대해서는 예컨대 19세기 말의 이동파(The Wonderers), 멕시코의 디에고 리베라와 호세 클레멘테 오로스코, 러시아의 마르크 샤갈의 성취에 대해 상당히 경의를 표한다. 그런데 그녀 마음속을 맴도는 것은 언제나 민족적 정서가 어떻게 현대적 의식과 맞물리게 할 것인가 하는 문제였다. 이런 대가들 중에서 그녀가 가장 앙모하는 사람은 위청야오일 것이다.

위청야오는 48세에 이미 중장의 지위에 오르지만 "자기 속죄의 마음으로 군대에서 물러난다." 국공내전 시기에 그는 단신으로 타이완에 와서 가족들과 소식을 끊는다. 그 후 56세가 되던 해에 그는 화필을 들고 흉중의 언덕과 골짜기에 전심으로 몰두한다. 그 후 30년간 이 퇴역 장군은 그 비범하고 걸출한 산과 강, 세밀하고 복잡한 준찰과 채색을 하나하나 작품으로 보여준다. 위청야오는 스스로 사사한 사람이 없다고 말하지만 그가 그려내는 세계는 전통 대가와 신묘한 화답을 이룬다. 그는 세속과 단절하고자 결심하지만 한 가닥 우울하고 웅건한 기운은 강렬한 그의 휴머니즘적 관심을 드러내준다. 대체 어떤 원인이 화가로 하여금 필묵 가운데서 자기 속죄를 추구하도록 했을까? 어떤 상황 하에서 그의 역사와 인간사에 대한 개입이 추상적 방식으로 나타났을까? 리위는 끊임없이 질문하고 있었음이 분명하다. 그녀의 작품, 예컨대 〈나팔수〉, 〈망설임의 골짜기〉, 《황금빛 원숭이 이야기》 등은 모두 장교·장군을 주인공으로 하고 있는데 혹간 위청야오의 그림자가 그 속에 어른거리고 있다. 그녀는 이렇게 말한다. 위청야오의 그림은 "갖가지 공존적인 혹은 적대적인 가능성을 실험하고 있다. 때로는 그것들은 균형의 진세를 보여주고, 때로는 의도적으로 대항하고, 때로는 서로 엉키고 서로 뒤쫓으며, 때로는 또 분열하고 저격하고 따로 선다."[38] 시각적 장면과 이성 형식의 의식을 연결하여 고국의 풍경을 구성적 산수화로 만들면서, 보기에는 시대 현실과 무관하지만 또한 면면히 서로 연결되어 있다. 확장해본다면 이는 곧 그녀 자신의 소설 미학에 대한 기대가 아니겠는가?

그런데 인간 세상의 그 모든 기슭 없는 항행 중에서 또 그 어느 것이 궈쑹펀의 리위에 대한 건너가기보다 더 심원하고 심층적일까? 궈쑹펀은 중국 모더니즘 문학에서 또 한 명의 중진이다. 그의 창작 또한 1960년대에 시작되었으며 마찬가지로 수는 극히 적지만 질은 극히 높다. 이 부부 작가는 문학·그림 그리고 기타 시각 예술에 대해 심도 있는 훈련을 받았으며, 다 함께 댜오위다오 수호 운동의 고조와 저조를 겪었고, 다 함께 1990년대 말에 천지가 뒤집히는 신체적 질병을 겪었다. 그들은 왕년에 열광적으로 국가적 운동에 참여했으며, 그 후 또 의식적으로 '자기 속죄의 마음으로' 강호에서 물러나 허구를 통해 현실의 혼란스럽고 불명확함을 초월하고자 한다. 궈쑹펀의 성취는 더 일찍 인정받았어야 했다. 그의 창작 스타일 역시 다른 한 편의 긴 글에서 다루어야 할 것이다. 리위와 나란히 놓고 보자면 두 사람에게는 많은 유사점이 나타난다. 문장을 구사하고 사건을 다루는 데 있어 그들은 모두 간결하고 응축적인 것을 추구한다. 시각 이미지의 구사는 특히나 뭇사람들과 다르다. 스타일에 대해 거의 사서 고생하는 것 같은 그들의 추구는 사실 일종의 치열한 (예술적인 혹은 정치적인) 생활 신념의 연장이다. 그러나 세심히 비교해보자면 궈쑹펀의 세계에는 거칠고 황량한 요소로 충만해 있으며, 가장 비이성적인 순간에는 한 가닥 억압된 심지어는 퇴폐적인 미감이 절로 우러나오는 것을 볼 수 있다. 상대적으로 보아 리위의 서사는 훨씬 따뜻하다. 제재가 얼마나 놀랍던 간에 그녀가 우리에게 주는 최종적인 인상은 옥처럼 따뜻한 정이다.

만일 궈쑹펀의 작품이 평론가들이 말하는 것처럼 사막의 황량한 기운으로 가득 차 있다면,[39] 기슭이 없는 강은 곧 리위 소설 및 예술 평론에서 늘 등장하는 이미지이다. 이 강은 공간적인 강이자 시간적인 강이다. 끝도 없고 가도 없으며, 아득하고 스산하다. 그런데 쓰촨성에서 태어나고 타이완에서 자랐으며 미국에서 거주하고 있는 리위는 또 얼마나 많은 강과 바다를 항행하며 머무를 기슭을 찾았던가? 지난 반생의 고된 여정을 되돌아본다면 틀림없이 그녀는 기슭 없음의 필연성을 이해하게 될 것이다. 댜오위다오 수호 운동의 10년 후 그녀가 모교인 버클리로 돌아와서 말한 그대로이다. "익숙한 옛사람들과 익숙한 그림을 마주하자 심중에는 오히려 조용한 기쁨이었다. 그런데 〈강변의 첫눈〉의 그림 속, 〈푸춘산에 거함〉의 그림 속 그 강물은 여전히 흐르고 있었다. 세상의 그 모든 잡다함, 그 모든 혼란스러움, 그 모든 성공과 실패 중에서 이보다 더 영원한 것이 있을까?"[40]

찰나적으로 기슭이 없는 강 위로 마치 백학이 춤을 추고 있는 듯하다. 그러나 눈을 가다듬고 바라보니 그 백학 또한 꼭 고대 중국의 백학일 필요는 없다. 어쩌면 타이완의 백로일 수도 있다. 마치 《황금빛 원숭이 이야기》의 절정에서, 장군의 딸이 대륙으로부터 타이완에 돌아오며 착륙 중이던 비행기가 선회를 할 때 갑자기 두 마리의 하얀색 새가 날아오르던 것을 보면서 깨달았던 것처럼. "그녀가 이륙할 때건 착륙할 때건 간에 원래 고향 들판의 백로는 늘 비행 중인 거대한 열 십자 모양으로 그녀를 축복해주었던 것이다."[41]

| 저자 주석 |

18장 리위

1) 모더니즘과 마르크스주의 문학관에 관련된 저작은 예컨대 Eugene Lunn, *Marxism and Modernism: An Historical Study of Lukács, Brecht, Benjamin, and Adorno*, (Berkeley: Univ of California Press, 1982) 등을 보기 바란다.

2) 모더니즘과 타이완문학의 전승, 해석, 반발에 관해서는 Sung-sheng Yvonne Chang, *Modernism and the Nativist Resistance: Contemporary Chinese Fiction from Taiwan*, (Durham & London: Duke University Press, 1993)을 참고하기 바란다.

3) 李渝, 〈夏日 一街的木棉花〉, 《應答的鄉岸》, (台北: 洪範, 1999), p. 202.

4) Sung-sheng Yvonne Chang, *Modernism and the Nativist Resistance: Contemporary Chinese Fiction from Taiwan*, (Durham & London: Duke University Press, 1993)

5) 또한 왕반의 중국 현대 미학 중의 숭고 의식과 정치적 신념의 복잡한 관계에 대한 저작을 참고할 수 있다. Ban Wang, *The Sublime Figure of History Aesthetics and Politics in 20th-Century China*, (Stanford: Stanford University Press, 1997).

6) 나의 서평인 王德威, 〈秋陽似酒 — 保釣老將的小說〉, 《衆聲喧嘩以後: 點評當代中文小說》, (台北: 麥田, 2001), pp. 388~393을 보기 바란다.

7) 李渝, 〈〈江行初雪〉附錄〉, 《應答的鄉岸》, (台北: 洪範, 1999), p. 156.

8) 李渝, 〈作者序〉, 《應答的鄉岸》, (台北: 洪範, 1999), p. 3.

9) 李渝, 〈作者序〉, 《應答的鄉岸》, (台北: 洪範, 1999), p. 3.

10) 李渝, 〈後記〉, 《溫州街的故事》, (台北: 洪範, 1991), p. 232.

11) 李渝, 〈無岸之河〉, 《應答的鄉岸》, (台北: 洪範, 1999), p. 7.

12) 李渝, 〈無岸之河〉, 《應答的鄉岸》, (台北: 洪範, 1999), p. 7.

13) 李渝, 〈江行初雪〉, 《應答的鄉岸》, (台北: 洪範, 1999), p. 153.

14) 李渝, 〈江行初雪〉, 《應答的鄉岸》, (台北: 洪範, 1999), p. 153.

15) 李渝, 〈關河蕭索〉, 《應答的鄉岸》, (台北: 洪範, 1999), p. 158.

16) 李渝, 〈關河蕭索〉, 《應答的鄉岸》, (台北: 洪範, 1999), p. 158.

17) 李渝, 〈作者序〉, 《應答的鄉岸》, (台北: 洪範, 1999), p. 4.

18) 내가 생각한 것은 《金絲猿的故事》 중의 〈望穿惘川〉이다.

19) 李渝, 《金絲猿的故事》, (台北: 聯合文學, 2000), p. 95.

20) 나의 검토를 보기 바란다. David D. W. Wang, *Fictional Realism in Twentieth-Century China: Mao Dun, Lao She, Shen Congwen*, (New York: Columbia

University Press, 1992), chap. 6, 7.
21) 李渝, 〈八傑公司〉, 《應答的鄉岸》, (台北: 洪範, 1999), p. 54.
22) 李渝, 〈作者序〉, 《應答的鄉岸》, (台北: 洪範, 1999), p. 9.
23) 李渝, 《金絲猿的故事》, (台北: 聯合文學, 2000), p. 90.
24) 李渝, 〈無岸之河〉, 《應答的鄉岸》, (台北: 洪範, 1999), p. 26.
25) 李渝, 〈夜煦〉, 《溫州街的故事》, (台北: 洪範, 1991), p. 3.
26) 정신분석학의 '두려운 낯설음'(uncanny) 이론에 관해서는 Sigmund Freud, "The Uncanny"(1919), *The Standard Edition of the Complete Psychological Works of Sigmund Freud*, trans. James Strachey, (London: Hogarth Press, 1955), vol. 17, pp. 219~256을 참고하기 바란다.
27) 沈從文, 〈黃昏〉, 《沈從文文集》 第五卷, (廣州: 花城, 1983), pp. 374~375.
28) 沈從文, 〈三個男人和一個女人〉, 《沈從文文集》 第五卷, (廣州: 花城, 1983), p. 258.
29) 李渝, 〈無岸之河〉, 《應答的鄉岸》, (台北: 洪範, 1999), p. 8.
30) 李渝, 〈江行初雪〉, 《應答的鄉岸》, (台北: 洪範, 1999), p. 153.
31) 이는 리위가 蘇軾, 〈蘇軾書鄢陵王主簿所畫折枝二首〉를 인용한 것으로서, 그 중 자주 인용되는 것은 첫 수의 앞 네 구절인 "모습이 유사한가로 그림을 논한다면 그 식견은 아이와 비슷하며, 시를 지으면서 이 시처럼 지으면 틀림없이 시를 모르는 사람이다."(論畫以形似, 見與兒童鄰. 賦詩必此詩, 定非知詩人)이다.
32) 李渝, 〈關河蕭索〉, 《應答的鄉岸》, (台北: 洪範, 1999), p. 163.
33) 李渝, 〈民族主義、集體活動、心靈意志〉, 《族群意識與卓越風格: 李渝美術評論文集》, (台北: 雄獅美術, 2001), p. 17.
34) David D. W. Wang, *Fictional Realism in Twentieth-Century China: Mao Dun, Lao She, Shen Congwen*, (New York: Columbia University Press, 1992), chap. 6를 보기 바란다.
35) 李渝, 〈作者序〉, 《應答的鄉岸》, (台北: 洪範, 1999), p. 2.
36) 李渝, 〈號手〉, 《夏日踟躕》, (台北: 麥田, 2002), p. 42.
37) 李渝, 〈江河流遠: 《任伯年 – 清末的市民畫家》補記〉, 《族群意識與卓越風格: 李渝美術評論文集》, (台北: 雄獅美術, 2001), p. 154.
38) 李渝, 〈鵬鳥的飛行〉, 《族群意識與卓越風格: 李渝美術評論文集》, (台北: 雄獅美術, 2001), p. 116.
39) 吳達芸, 〈恨含羞的異鄉人〉, 郭松棻, 《郭松棻集》, (台北: 前衛, 1994), p. 519.
40) 李渝, 〈江河流遠: 《任伯年 – 清末的市民畫家》補記〉, 《族群意識與卓越風格: 李渝美術評論文集》, (台北: 雄獅美術, 2001), p. 157.
41) 李渝, 《金絲猿的故事》, (台北: 聯合文學, 2000), p. 186.

무서운 아이 황진수

소설 창작 경력만 두고 말하자면 황진수(黃錦樹, 1967~   )의 등단은 이른 편이었다. 1990년 황진수가 〈M의 실종〉으로 말레이시아 화인 문학계를 떠들 썩하게 만들었을 때 그는 아직 타이완대학 중문과 학생이었다. 그 후 창작과 평론을 겸하면서 10년 동안 여러 문학상을 수상했으며 소설집 2권과 평론집 2권을 출간했다.[1] 이와 동시에 그는 또 타이완 칭화대학에서 중국문학으로 박사 학위를 받았다. 창작과 학술을 겸한다고 요란을 떨면서 반평생(또는 한평생)을 떠들어대지만 별다른 성취도 이루지 못한 많은 동업자들과 비교하 자면 황진수는 무서운 후배인 셈이다.

그러나 '무서운 후배'라는 말은 아마도 다소 부드러운 표현이고 실은 많은 사람들의 심중에서 황진수는 그야말로 미운 후배일 것이다. 말레이시아에서 온 이 화교 학생은 아직 졸업도 하기 전에 벌써 적잖은 스승과 선배 그리고 동료들에게 미움을 샀다. ― 정말 그처럼 박사논문에서 은혜에 감사하지도 않고 오히려 대놓고 중문과의 전통은 위선적이고 경직되어 있다고 말하는 학생은 거의 없을 것이다. 그리고 그는 고향에 대해서도 말레이시아 화인 문학계는 문을 걸어 잠그고 자아도취하면서 스스로 떠받든다고 비판함으로 써 뭇사람의 성토를 불러일으켰다. 비단 이뿐이 아니다. 황진수는 오늘날 타이완 해협 양안의 네 지역(대륙·타이완·홍콩·싱가포르)의 문학 창작에 대해서도 시종 일관 높은 기준을 적용한다. 이 때문에 그의 눈에 들 수 있는 작품은 사실 손꼽을 정도이다.

황진수의 소설과 문학 이론은 견실하고 예리하며 젊지만 성숙하다. 그러나 다른 한편으로 그는 확실히 노련함이 부족하다. 그는 학계와 문단의 음흉함과 부패함을 잘 알고 있으면서 그토록 가볍게 자신의 히든카드를 내보임으로써 뭇사람의 표적이 된다. 그의 비판은 매번 정곡을 찌르지만 사람들을 놀라게 만드는 말 속에 한 가닥 짓궂은 장난 식의 통쾌함을 감추지 못한다. 혁명에는 죄가 없고 반역에는 이유가 있다. 많지 않은 황진수의 작품 중 하나인 《꿈과 돼지와 여명》은 시작하자마자 '테러리즘'의 필요성을 펼친다.[2] 그의 집착, 그의 천진함, 그리고 그의 선동적인 능력이 그를 중문학계의 '무서운 아이'(enfant terrible)로 만든 것도 전혀 의외의 일은 아니다.

　무서운 아이가 소란을 피우는 데는 다 이유가 있다. 우리를 골치 아프게 만들지만 그래도 그가 주장하는 '이유'가 대체 무엇인지 확인해보지 않을 수 없다. 이것이 이 글의 핵심이다. 황진수는 말레이시아 화인 문단이 현실에 안주하는 것에 대해 말로 다 할 수 없는 의분을 가지고 있다. 이런 태도가 그로 하여금 말레이시아 화인 문학/정치 주체성에 대한 사색 및 타이완 거주 말레이시아 화인 작가가 어디로 나아가야 하는가에 대한 관심을 불러일으키는 것이다. 이 외에 그는 또 타이완과 말레이시아의 중문 및 중국문학 교육의 맹점을 검토해보면서 당대 타이완문학 창작의 맥락을 다시금 정리해보고자 한다. 그런데 끝까지 따지고 보면 또 그의 문제는 중국 현대성에 대한 그의 담론에서 국학과 국가 상상의 맥락 속에 위치시킬 때 비로소 분명히 드러나게 된다. 황진수는 미처 논의가 미치지 못하는 곳에 대해서는 소설 속에 나타나서 설명을 가한다. 예컨대 실제로 〈캄캄한 밤〉, 〈물고기뼈〉 등과 같은 작품에서는 정서를 표현하고 사건을 서술하는 자신의 재능을 확실히 보여준다. 바로 이처럼 모든 것이 서로 맞물리면서 황진수는 100년의 문제를 10년의 기간에 모조리 정리해버리고자 하는 것 같다. 그 야심이 대단하다고 하지 않을 수 없다. 이로 말미암아 초래된 과유불급의 부분이 사람들의 질시를 불러일으키는 것도 이상한 일은 아니다.

1. '삼민'주의, 따를 무리가 없구나[1]

황진수는 말레이시아 남부의 조호르 주 출신이다. 그곳에는 고무나무밭이 즐비한데, 말레이시아 화인 이민자들이 개간을 통해 삶을 도모하고 희망을 걸던 곳이자 또 일찍이 말레이시아 공산당이 출몰하던 근거지이기도 하다.[3] 고무나무밭 안팎에서 보고 들은 것은 당연히 후일 그의 소설의 배경이 된다. 황진수는 많은 말레이시아 화인 유학생과 마찬가지로 고등학교를 마친 후 타이완으로 진학한다. 한편으로는 화어 문화를 직접 배운다는 동경에 가득 차 있기도 했지만, 한편으로는 말레이인을 우대하고 화인을 억압하는 말레이시아의 정치 종교적 체제 하에서의 부득이한 선택이기도 했다. 또한 수많은 '향토' 작가들과 마찬가지로 일단 고향을 등지고 떠나게 되자 그곳의 경치나 사물 하나하나가 모두 황진수의 추억과 글쓰기의 충동을 불러일으킨다. 이리하여 색채감이 화려하면서도 울적하고 강렬함이 넘치는 글들이 잇따라 펼쳐진다.

나는 이미 다른 글에서 타이완에 거주하고 있거나 유학하고 있는 말레이시아 화인 학생들이 이루어낸 문학 전통이 1960년대 말 이래 계속 이어지고 있으며 그 성과 또한 자부할 만하다고 밝힌 적이 있다.[4] 현대 타이완문학 및 말레이시아문학의 변천은 더불어 논하지 않을 수 없다. 그러나 '타이완에서의 말레이시아 화인문학'이라는 이 현상은 현실적 환경 속에서는 구색 맞추기에 불과하다. 황진수가 두각을 나타낸 것은 1960년대의 일로, 개인적인 생활과 창작 경험을 논하자면 그는 사실 선배들에 비해 훨씬 안정적이다. 그에게

---

1 본문의 "'삼민'주의, 따를 무리가 없구나(三民主義, 無黨所宗)"는 중화민국 국가이자 중국국민당 당가의 첫 구절에 나오는 민족주의·민권주의·민생주의의 "삼민주의는 우리 당이 따를 바이니(三民主義, 吾黨所宗)"를 패러디한 말이다.

말레이시아 독립 이전의 식민 통치는 당연히 머나먼 과거이다. 1969년 5.13사건이 일어났을 때 그는 아직 어린아이였다. 하지만 어쨌든 이런 과거사들은 말레이시아 화인 지식인 작가라는 점에서 그로서는 회피할 수 없는 주제들이다. 타이완으로 유학 온 후 이국(또는 모국?)의 문화적 충격은 아마도 그로 하여금 한층 더 자신의 난감한 위치를 성찰해보도록 만들었을 것이다. 그러나 그가 사료를 뒤적이면서 말레이시아 화인문학의 전통을 되새겨 보았을 때 그는 바로 이 전통이 척박하고 보수적이어서 표면적인 자화자찬과는 전적으로 대비되는 것임을 깨닫게 되었다. 그는 이리하여 하고 싶은 말이 많을 수밖에 없게 되었고, 일단 말을 시작하자 더 이상 수습할 수 없게 되었다.

황진수에게 있어서는 말레이시아 화인 전통은 언제나 중국성의 추구를 전제로 하는 것이었다. 그러나 중원의 문화를 그리워하고 중화의 유산을 추억하는 과정에서 '중국'은 이미 물신화하여 두말할 필요도 없는 기호가 되어버렸다. 이 '중국'이라는 기호는 두 가지 극단적인 호명을 내포하고 있다. 한편으로는 유구한 문명을 무한히 과장하여 신비하고 심원한 정수로 만들어버리고, 한편으로는 그것을 단순화하여 공연적 성격이 강한 의례의 소재로 만들어버리는 것이다. '중국'은 너무나 아득하여 다가갈 수 없는 것이자 단 한 걸음이면 도달할 수 있는 것이며, 토템이기도 하고 상표이기도 하다. 그리고 그 사이를 오가면서 말레이시아 화인 전통의 주체성은 종종 생략되어 버린다. 그런데 황진수는 이런 중국 상상의 문제점 중 하나를 말레이시아 화인 작가의 중문 - 우미한 '중원의 정통 언어 - 에 대한 물신숭배에서 찾아볼 수 있다고 생각한다. 말레이시아 화인의 종족 상상에서 중문 및 중국이 가진 역사적 변통성5)을 어떻게 인식하고 적절하게 운용할 것이며 어떻게 이로부터 말레이시아 화인 문화 자체의 활력과 다원적인 방향을 확립할 것인가 하는 점이 급선무이다.

황진수의 견해 및 언사는 격렬하고 직설적인데, 상당한 의미에서 해외 화인들이 직면한 '삼민'주의적 통찰과 비통찰을 이론화하고 있다. 여기서 말하는 '삼민'주의란 이민(移民)·유민(遺民)·외민(夷民) 담론 간의 상호 성쇠와 상호 작용을 가리킨다². 중화의 백성들이 바다를 건너 남쪽으로 향한 것은 지난 200년 화족 이주사의 중요한 전환점이었다. 정치 혹은 경제적 이유로 인해서 이민이 멀리 타향으로 이주하게 된 것은 문화 정치적 명맥이 뿌리째 뽑히고 언어·서사의 기능이 새로 출발함을 의미하는 것이다. 패러독스한 것은 하늘가 바다 끝에 가게 되었으면서도 쫓겨나고 이민 간 그들이 고국의 모어를 그리워하며 늘 뿌리를 찾고자 하는 더욱 강렬한 소망을 가지게 되었다는 점이다. 그 극단적인 경우에는 고국의 그 모든 것은 이미 시대의 변화에 따라 달라졌음에도 불구하고 해외의 추종자들은 오히려 시공의 단절로 인해 의식적 또는 무의식으로 (문화적 정치적인) 유민이 되어버린다. 또 중국에 대한 그들(그녀들)의 부단한 곱씹음과 회상은 그것이 설령 현실과 제 아무리 동떨어지게 되더라도 필연적으로 영원히 진실한 내부 사정이 되어버린다.

문제는 '유민'도 세습되지 않고 '이민'도 세습되지 않는다는 점이다. 이민자의 자손들이 임시로 타향을 고향으로 삼게 되면서 이와 더불어 언어 상실과 뿌리 상실의 공포가 밀려들어온다. 세월이 바뀌고 세상사가 흘러가면 제 아무리 고집스러운 유민일지라도 외민이 되어버릴 가능성에 직면하게 마련이다. 고향을 그리워하는 사람에서 이방의 사람으로 바뀌면서 그들은 중국이라는 대역사의 외부에 포함되어 버린다. 어느덧 일종의 이산(diaspora)이라는

---

2 '移民·遺民·夷民'의 중국어 발음은 모두 '이민'(yímín)으로 동일한데, 이는 저자가 소리는 같지만 뜻은 다른 낱말들을 이용하여 재치 있게 표현한 일종의 언어유희(諧音, pun)다. 그런데 만일 이 단어들을 한자 발음에 따라 한글로 적으면 '이민·유민·이민'이 되어 그 뜻을 구분하기가 어려워진다. 이에 따라 이 책에서는 이를 '이민·유민·외민'으로 옮겼다.

운명의 주기가 완성되는 것이다.

황진수는 이 세 가지 서로 다른 신분 사이를 맴돌면서 그 속의 유희적인 성격을 깨닫게 된다. 만일 이민이 새로이 몸과 마음을 의탁할 곳을 찾지 못한다면 정처 없이 떠도는 상황에 처하게 될 것이었다. 문화적 또는 정치적 유민이 아득히 모국의 역법을 떠받들면서 세월이 흐르다보면 사랑과 그리움의 대상이 고착되고 미이라가 되어서 더더욱 정체되는 위험에 봉착할 것이었다. 그러나 외민이 될 위험이야말로 감당할 수 없는 것이었다. 중화의 자손이 어느 날 아침 '교화되지 아니한 인간'인 외민이 되어버리고 그저 중화의 빛을 돋보이게 해주는 이국의 정서가 되어버린다면, 그 모든 한결같은 사랑은 그저 한바탕의 오해가 될 뿐이었다.

황진수는 말레이시아 화인 종족 상상의 이러한 '삼민'주의적인 손해를 알아차리고 글쓰기를 그것에 파고드는 방법으로 삼는다. 그는 평론에서 윗세대가 '남방 실어'증을 앓고 있다고 공격하면서 중문이 아니라 화문을 정련해야 할 필요성을 강조한다. 또 소설 창작에서는 끊임없이 그런 것들 사이의 얽힘을 서술한다. 사실주의/현실주의와 모더니즘의 대항은 그의 평론에서 빈번하게 나타나는 주제이다. 전자는 '문학은 인생을 반영한다'는 식의 소박한 창작 태도로 문자를 통해 현실/진리/도의 관통 가능성을 강조한다. 후자는 20세기 문학 '언어의 전변'에 호응하여 문자, 현실과 서사적 재현 사이의 끊임없는 미학적 법칙의 상호 성쇠 및 그 역사적 동기를 탐색한다.[6] 황진수의 모더니즘에 대한 강력한 지지는 이미 잘못된 것을 바로잡으려다가 그 정도가 지나쳐버리는 수준에까지 이르렀다. 그리고 그는 말레이시아 화인 언어 문자의 '타락'을 비판하면서 그 자신조차 (어느 정도) 일방적인 희망 사항에서 출발하여 중원 언어의 심후한 활력을 가정하며, 이 때문에 식자들의 비판을 초래하기도 한다.[7] 이런 것들은 모두 계속해서 생각해볼 만한 문제들이다.

황진수의 '삼민'주의는 그가 열중해서 서술하는 위다푸의 남양 유랑 이야기, 예컨대 〈남방에서 죽다〉와 〈보충〉 등에서 볼 수 있다. 정치적 난민 격인 이민자로서 위다푸가 대표하는 바 5.4 정통의 해외 표류는 꽃과 열매가 시들어 떨어지는 것과 같은 운명을 피할 수가 없다. 어떻게 이를 이어갈 것인가는 오로지 종이 위의 능력에 달린 것이다. 그렇지만 위다푸 본인의 문자 또는 위다푸를 서술한 문자는 과연 믿을 수 있을까? 언제부터 위다푸의 유랑이 하나의 신화가 되었을까? 남아있는 옛것에 매달려서 지금이 어느 시절인지도 모르는 유민 식의 창작 심리에 대해 황진수는 남김없이 탄식하고 풍자한다. 〈고무나무밭 깊숙한 곳〉에서 《사해》를 들춰보는 '리얼리즘' 작가라든가 〈M의 실종〉에서 아무리 찾아도 나오지 않는 말레이시아 화인 정전 작가가 모두 그 예다. 신작인 〈대하의 물소리〉에서는 위대한 대하소설 작가인 마오바(마오둔 + 바진?) 등은 살아서는 걸어 다니는 시체 같고 죽어서는 표본이 된다. 해학적이면서도 잔인함에서 황진수가 이보다 더 극단적인 것은 없다.

그러나 언어 상실의 공포, 유민이 외민이 되어버릴 운명의 저주는 결국 '알라의 뜻'이 아닐까? 〈알라의 뜻〉에서 외딴섬으로 유배된 말레이시아 화인 혁명가는 구차하게 목숨을 부지하면서 스스로 신분을 저버리고 회교로 개종하여 토착민과 결혼한다. 수십 년이 채 지나지 않아서 화문 화어를 포함해서 그가 원래 집착하던 그 모든 것이 연기처럼 사라져 버린다. 모든 것을 처음부터 새로 시작해야 한다. 그리고 〈중국으로 가는 느린 배〉에서는 (정화가 서양으로 항해할 때 남긴) 중국 선박을 찾아 나선 그 어린아이는 찾아 헤매다가 해변을 떠돌게 되는데, 결국 회교 토착민이 거둬들여 성과 이름을 바꾸니 테뉴가 압둘라로 되어버린다. 명과 실이 이미 서로 부합하지 않고 시간과 공간이 이미 갈라져버린다. 중국으로 떠나는 날은 그 언제일까? 600년 후 화예 후손들은 그 배에 탈 수 있을까?

2. 소설의 병리와 소설의 윤리

황진수와 말레이시아 화인 선배들 사이의 논쟁은 따지고 보면 '이산'(diaspora)과 서사(narrativity)의 패러독스에 집중된다. 앞에서 말한 것처럼 이산이란 고향을 버리고 떠나는 것으로, '삼민'주의적 위기의 출발점이 된다. 그런데 서사는 '의미'를 기억·각인·연계·확산하는 광의의 수단으로, 언제나 하나의 심후한 담론적 토대, 정치 종교적 기제를 전제하기 마련이다. 이산자는 강제적으로 또는 자발적으로 고향과 모어를 등지며, 이에 따라 서사의 합법성과 유효성을 상실하게 된다. 이산자는 상대적으로 한없이 독립적이고 망망하여 오히려 더더욱 '말로 다할' 수 없는 충동을 갖게 된다. 어떻게 언어 상실이라는 어두운 그림자 속에서 마음속 응어리를 털어놓으며 이를 후대의 사람에게 전할 것인가 하는 것이 영원히 지난한 도전이 되는 것이다.

다른 한편으로 서사 행위는 시간·공간의 변화에 따라 전개되는 근본적으로 독단적 내지 임의적인 요소를 가지고 있다. 형상을 모방하고, 진실과 진리를 재현하는 언어의 운용은 언제나 메타적인 입장을 가지고 있다. 의미의 한 정박지에서 다른 한 정박지로 옮겨가면서 이에 따라 언어 및 서사의 원심력과 구심력은 변증법적인 관계를 형성한다. 이로 볼 때 발화 위치는 비록 중원과 멀리 떨어져 있지만 이산자가 지나치게 자신을 비하할 필요는 없다. 그것은 공교롭게도 서사 기제 중의 가변적이고 다의적인 측면을 보여주기 때문이다.[8]

황진수는 자극적인 수단으로 그의 선배들에게 '이산'과 '언어/서사' 사이의 패러독스한 관계를 가르쳐주고자 한다. 그의 소설은 대대적으로 메타적 서술을 사용하면서, 전고를 풍자하고 명작을 해체하며 억지로 짜맞추니 현란하기 짝이 없다. 예를 들면 〈남방에서 죽다〉는 룽잉쫑을 빌어오지만 위다푸를 쓰고 있으며, 〈소녀병〉은 다야마 가타이에서 취해오면서 가와바타 야스나리의 창작 집념으로 바꾸어 쓴다. 〈중국으로 가는 느린 배〉는 무라카미 하루키의 같은 제목의 소설3을 은연중에 모방하고 있다. 말레이시아 화인 문학(또는 중화 문학)의 전통적인 사실주의/현실주의는 '문학은 인생을 반영한다'는 것을 능사로 하면서, 시간의 선형적 발전에 근거해서 언문의 합일과 진실의 재현을 추구한다. 황진수는 오히려 그와 반대로 나아간다. 양쪽이 서로 맞서다보니 자연히 충돌을 면할 수 없다. 황진수의 비판자들은 그가 그때그때 배운 것을 써먹으면서 서양의 '메타'·'해체' 따위의 남이 뱉은 언사를 따라한다고 말한다. 황진수는 그의 메타는 사실은 '전제'가 있는 것이라고 강조한다. 그는 또한 언어유희와 의미 해체적인 소설 작가들에 대해 코웃음을 치며 "애초부터 메타 형식 자체가 나의 목적은 아니다. 그것은 어떤 사물들을 존재하게 만들고 드러나게 만드는 한 가지 편의적인 방법일 뿐이다."9)라고 말한다. 방법이 아니라 목적이 중요하다는 의미에서 '부처를 보면 부처를 죽인다'라는 말이 있듯이 황진수의 입장에는 '마음을 맑게 하면 본성을 볼 수 있다'는 그런 차원이 들어있는 것이다. 여기에서 암암리에 내포된 도를 증명하는 것, 도로 돌아가는 것 등의 입장에 대해서는 뒤에서 다시 논하겠다.

황진수의 말레이시아 화인 문학에 대한 주장과 창작의 전략에 관해서는 그 자신 및 린젠궈 등의 학자들이 이미 상당히 상세하게 설명한 적이 있다. 내가 강조하려는 것은 그가 더 나아가서 말레이시아 화인의 문제를 광의의 중국 현대성이라는 콘텍스트에 두고 사고한다는 점이다. 학술 연구 면에서 황진수의 전문 분야는 근대 국학의 기원이다. 그의 박사논문은 청나라 말과 민국 초기의 캉유웨이·장타이옌·류스페이에서부터 왕궈웨이 등에 이르는

---

3   무라카미 하루키의 〈중국행 슬로 보트〉를 말한다.

학자들이 이룩한 전통 학문과 문화유산을 의미하는 '국학'(國學)·'국고'(國故)의 체계를 논하면서 그 속에서 오랫동안 사람들이 홀시해왔던 중국 현대성이라는 단서를 찾아내고 있다. 황진수의 입장에서 보자면, 캉유웨이의 '신학위경'(新學僞經)[4] 고증 및 장타이옌의 '고지경학'(古之經學)[5] 연구는 헌책 더미의 변증법에 그치지 아니한다. 해석학 및 방법론 면에서의 새로운 전략을 수립하는 것이었다. 이런 청나라 말과 민국 초기 학자들의 노력 하에 경학이 대표하는 전통 학술의 전범 및 그것이 포함하고 있는 광범위한 지식과 이데올로기가 시간의 흐름 속에 자리매김되면서 재구성되는 것이다. 즉 청나라 초 이래 장학성 등이 배태하기 시작한 '육경은 모두 역사서이다'[6]라는 관념이 이에 이르러 대체로 완성되는 것이다.[10]

황진수가 특히 관심을 갖는 것은 이런 학술 방법의 전환이 어떻게 바야흐로 한창이던 국가 담론 및 상상과 결합했는가 하는 점이다. 청나라 말과 민국 초기의 지식인들은 나라의 정수인 '국수'(國粹)를 존중하고 나라의 학문인 '국학'(國學)을 중건하자고 제창했다. 그들의 호소는 아마도 보수적으로 들리겠지만 그럼에도 불구하고 간접적으로는 '현대' '중국'의 시간 및 지리적 관념과 연결되어 있다. 그뿐만 아니다. '국수'가 나라의 학술 문화 유산인

---

4 캉유웨이는 그의 《신학위경고》(1891)에서 진나라 전서 이전의 고체 문자로 된 모든 경서는 유흠이 서한 이래 특히 왕망의 황위 찬탈을 위해 신나라 때 만들어낸 가짜 경서라면서 이를 증명하여 공자의 참뜻을 밝히고자 했다.

5 장타이옌은 기본적으로 자신은 진나라 전서 이전의 고체 문자로 기록된 경서를 존중하는 '고문 경학'을 따른다면서 공자를 역사가·교육가로 간주했다. 고문 경학의 특징은 문자와 훈고를 논하고, 법규와 제도를 밝히며, 문장 자체의 의미를 탐구하는 것이다.

6 '육경은 모두 역사서이다'(六經皆史)라는 말은 중국 춘추 시대의 여섯 가지 서적인 《역경》, 《서경》, 《시경》, 《춘추》, 《예기》, 《악기》의 육경은 공자의 저작이 아니라 고대의 사료에 불과하다는 것이다.

'국고'(國故)로 바뀌고, 심지어 나라의 품성과 나라의 혼인 '국성'(國性)·'국혼' (國魂)과 서로 원인 및 결과가 되면서, 과거 사대부들이 귀에 못이 박히도록 들어왔고 그 가운데 전혀 의심하지 않던 도덕 문장이 이미 분리되어 '학문'의 대상이 된 것이다. 이리하여 일종의 새로운 학술 방법이 형성되었고, 일련의 시대적 사유의 체계가 탄생되었다. 그리고 언어 연구는 '국수'와 연결되는 기호가 되었다. 황진수는 이런 것들을 빌어서 중국이 '현대'적 관념에 진입한 것은 유신이나 혁명, 계몽적인 미신 타파 사업 외에 또 과거를 향한 초혼의 방식으로도 이루어졌음을 말하고자 한다. 이는 일련의 부정적 변증법의 연출이다. 역사가 공중에 떠버린 후 오히려 끊임없이 '되돌아와서' 확실하게 과거와 결별하고자 욕망했던 현대라는 영혼을 선동한다. 따라서 '현대'의 '현시점에서의 진실'성은 의심스러운 구조가 된다.[11]

그러나 황진수의 마음은 말레이시아에 가 있다. 그의 국학 고찰은 그가 현대 말레이시아 화인의 종족 상상의 곤경을 청나라 말과 민국 초기의 중국 상상의 곤경과 한데 합쳐서 고찰하도록 이끈다. 그는 심지어 말레이시아 화인의 중국성에 대한 추구는 규모는 작지만 있을 건 다 있는 캉유웨이·량치차오에서 왕궈웨이에 이르는 그 세대 사람들의 축소판으로 간주해도 무방하다고 암시한다. 중국은 현대라는 콘텍스트 속에 진입한 이후 속하는 데가 없이 떠도는 상태가 되었고, 이 때문에 해외 디아스포라들의 이민/유민/외민의 정서 속에서 자리를 찾게 되었으며, 또 바로 이런 의미에서 현대의 중국인은 비로소 공동의 운명을 갖게 되는 것이다.[12] 이는 상당히 야심찬 관점이며, 황진수의 '시대를 걱정하고 종족을 염려하는' 사고가 또 일약 지면 위에 펼쳐진다.[13] 황진수의 견해는 '붉은 깃발을 내걸고는 실은 붉은 깃발을 반대하는' 식이어서, 우리에게 그와 그가 비판하는 선배들 사이의 논쟁을 다시 생각해보도록 만들기도 한다. 만일 말레이시아 화인 어르신네들이 철저하게 모방의 방식으로 천만리 바깥에서 그들과 중화 정통 사이의 복제적인 관계를 재현하고자 한다면, 황진수는 '부정의 부정'이라는 전략을 택하여 양자 간의 상호 불일치하는 면들을 간접적으로 설명한다. 만일 선배들이 중화 정통의 생생한 모습 그대로를 중시한다면, 황진수는 혼이 아직 사라지지 않은 것을 강조하고자 한다.

우리는 이제 '왜 소설인가'의 문제로 되돌아갈 수 있을 것이다. 황진수가 말한 것처럼 현대 화인은 해내에 있든 해외에 있든 간에 "대체적으로 말하자면 전통 중화 문화의 계승에 대해 일종의 '본문이 결여된 상태'에서 '서술하고 있다.' 본문이 없는 맹목적인 인용"14)인데, 그렇다면 이로 볼 때 어떤 식의 '서술'이 소설 – 허구의 서술 – 보다도 '서술'하는 언어의 이산적인 특징을 더욱 잘 표현할 수 있겠는가? 패관의 야사, 항간의 소문, 소설의 묘사, 비공식 정보의 전달은 도통의 문장과 서로 대치를 이룬다. 그런데 황진수는 "소설은 탄력성이 아주 큰 장르로, 시를 향해 나아갈 수도 있고 논문의 영역으로 들어갈 수도 있다. 아주 가벼울 수도 있고 대단히 무거울 수도 있다. 그것의 특징은 패러디·모방·진짜 같은 표현이며, 저항할 수 없는 침식성과 침략성을 가지고 있다."15)는 것을 간파한 것이다.

루카치에서부터 바흐찐에 이르기까지, 세르반테스에서부터 쿤데라에 이르기까지, 서양의 소설 및 허구 서사에 관한 성찰은 부지기수로 황진수의 관점이 그리 대단한 것은 아니다. 하지만 그와 량치차오 세대 학자를 함께 놓고 읽어본다면 우리는 지난 100년 동안 화문문학 중의 '소설학'의 변천을 볼 수 있다. 량치차오 역시 문장 경전에 반대하는 태도를 취하면서 '불가사의하게' 민심을 진작시키고 '국혼'을 고무하는 소설의 기능을 역설했다. 후대의 젊은이인 황진수 또한 소설의 기능을 과장하기는 하지만 그러나 소설이 소설인 까닭은 그것이 민심을 흐트러뜨리고 '국혼'을 전복시키는 가능성에 있음을 말하고자 한다. 황진수의 이론을 극단적으로 밀고 나가면, 소설학은 일종의 시대적 병증이며 일종의 병리적 고백과 동일하다는 것이다.

루쉰이 의학을 버리고 문학을 택할 때 처음 선택한 장르가 소설이었던 것을 우리는 기억한다. 루쉰의 창작 동기는 중국인의 영혼을 치료하는 것이었다.16) 그러나 나중 그의 작품은 일이 의도와 어긋나는 진퇴양난을 토로한다. 그가 사회의 병폐를 진실하게 묘사하면 할수록 개조가 무용하며 중국인의 마음의 '병'은 치료할 약이 없음을 폭로하게 된다.17) 그런데 황진수의 세대에 이르자 당당하게 소설과 병을 연결시킨다. 그는 우리에게 말한다. 말레이시아 화인 지식인과 청나라 말 지식인은 "동일한 병리적 구조를 공유하고 있는데, '국성'과 '중국성'에 대한 양자의 동경에는 시체 성애라는 증후군을 감추기 어렵다.18) 캉유웨이의 일생의 '공헌'은 기존의 전통 속에 '종양'과 유사한 한 가지 존재물, 분리하려고 해도 할 수 없으며 전통 속에 내재되어 있음과 동시에 외재를 지향하는 타자라는 존재물을 만들어낸 것이다.19) 그런데 소설 - 20세기 '중국 서술'의 보균자는 병증의 원인을 비판함과 동시에 그 모범을 보여 주었다. 소설은 "변종"이고, "끊임없이 증식하는 병원체"이며, 또 더욱 무서운 것은 "암세포처럼 공포스럽게 재생산된다"20)는 것이다. 소설을 쓴다는 것은 독을 푸는 것이다. 그런데 장다춘 등의 창작에서 가장 큰 약점은 '면역'성이 너무 강하다는 것이다. - 그리고 "어쩌면 '면역' 그 자체가 곧 일종의 병증일 것이다."21)

문학적 진선미를 추구하는 작가 및 독자라면 틀림없이 황진수의 이와 같은 진정 어린 고백을 화난 눈으로 보게 될 것이다. 그러나 황진수의 소설의 병리는 그의 견해의 일부분일 뿐이다. 그가 궁극적으로 말하고자 하는 것은 분명 그의 병리가 사실은 윤리적 의미를 포함하고 있다는 것이다. 여기서 종교적인 일대 비약이 나타난다. 다른 곳에서 황진수는 누누이 지적한다. 서양에서 하나의 장르로서 소설은 그 "정신적 상징"을 가지고 있으며, 또한 공공적인 타협에 호소한다. 따라서 기술적 차원을 넘어서고 나면 "남는 것은

가치와 신앙을 부여하는 것"이다.22) 읽고 쓰는 과정에서 소설의 작가와 독자는
일종의 '계약'을 공유하는데, 이를 통해서 우리는 허구를 진실이라고 믿는
것이다. "계약에서 연결되는 것은 독서의 윤리학 문제로, 기본적으로는 세계를
인식하는 문제이다."23) 비단 이뿐만 아니라 자유롭게 언어를 다룰 수 있다고
여기는 사람은 "결국에는 언어의 소리 없는 보복을 받게 될 것이다."24) 독으로
독을 제압한다는 면에서 이보다 더 심한 것은 없을 것이다.

묻소리가 자기 목소리를 내면서 무슨 말인지를 알 수 없는 오늘날 우리의
이 문단에서 황진수가 소설의 윤리를 캐묻고 있는 것은 깊이 생각해볼 만한
것이다. 그는 서사와 윤리적 해석을 동등하게 보면서 폴 리쾨르의 윤리
서사학25)에 부응한다. "이야기의 상상 형식 속에는 이미 윤리학과 도덕
형식이 포함되어 있다. …… 문학의 이야기 속에 나타나는 아름다운 삶에
관한 상상의 변형은 윤리 도덕이라는 건물의 초석이 된다."26) 그러나 황진수의
소설 윤리를 세심히 읽다보면 '신앙', '종교', '계약', '보복' 등의 문구의 출현이
어쨌든 우리를 불안하게 만든다. 원한이 있으니 원한을 풀고, 원수가 있으니
원수를 갚는 것이다. 〈M의 실종〉, 〈대하의 물소리〉 등과 같은 작품 속의
무책임한 작가들이 모두 좋게 끝나지 않는다는 것이 어찌 우연일 수가 있겠는가?

소설의 병리에서 윤리까지, 글쓰기의 메타에서 전제까지, 황진수가 다루는
것이 이처럼 맹렬하니 그가 노심초사하는 것도 이상한 일이 아니다. 그는
신작의 서문에서 비록 "웃고 즐기자는 작품이지만 사실인즉 근심하고 염려하
는 책이다"라고 스스로 말하면서 가슴속에 쌓인 응어리를 토로한다. 린젠궈가
정확하게 말했다. 황진수가 서사 기교로 장난하는 것은 "윤리를 극단적으로
밀고 나가서 전체 (서술이라는) 행동을 윤리적인 가능성과 불가능성으로
연계시키는 것이다." "이런 임계 상황에 처해서 우리는 한편으로는 그가
메타적 장치를 용감하게 다루는 것을 보게 되고 다른 한편으로는 이런 장치가
극한적으로 발휘되는 것을 보게 된다."27) 이에 따라 황진수를 읽는 것은

불안 - 형식의 불안, 내용의 불안 - 을 읽는 경험이다. 그의 소설 윤리와 소설 병리 사이의 긴장 관계는 향후 그의 작품이 해소해 나가야 할 문제이다.

3. 웃고 즐기자는 작품, 근심하고 염려하는 책

황진수의 소설은 최소한 두 가지 방면에서 주목할 만하다. 문단의 되풀이되는 관련 누습에 대한 짜증, 리얼리즘 공식에 대한 혐오 및 메타 글쓰기의 몽환처럼 변화 파생되는 것에 대한 심취 등은 그로 하여금 일련의 조롱과 매도의 작품을 써내도록 만들었다. 〈M의 실종〉, 〈대하의 물소리〉는 과거 첸중수의 유명한 〈영감〉의 다시쓰기에 그치지 않는다. 노벨상이라는 후광이 진짜든 아니든 간에 문단의 노소 작가들은 본디 한 무리의 온갖 잡배들임을 폭로한다. 속물적이고 기회주의적인 작가와 문인들은 18층 지옥에 떨어져야 마땅하다. 아니면 작가 공장의 표본으로 충당하거나 아예 호랑이가 먹어치워 똥이 되어 버려야 마땅하다. 또 〈죽음을 슬퍼하며〉는 같은 제목을 가진 루쉰의 원작을 다시쓰기 하는데, 멀리 떠나 버린 쥐안성이 애도하고 참회하지만 그가 가장 저주해 마지않는 것은 그의 성공하지 못한 글쓰기이다. "나는 내가 갈수록 나 자신을 통제하지 못함을 깨닫게 되었다. 그 단편은 내가 다 쓰고 난 다음에도 계속해서 끊임없이 생장하고, 번식하고, 증식한다. 나는 그것에 대해 전혀 무능하다. …… 참으로 공포스럽다. 마치 어떤 이물체가 내 몸에서 기생하는 것 같다."[28] 이는 바로 황진수 소설의 병리의 핵심을 가리키고 있다.

황진수는 일련의 또 다른 작품들을 내놓았는데, 그 속에서 그는 고향의 일들을 되돌아보고 역사의 상처를 정리한다. 윗세대의 개간 경험, 일본군이 말레이시아 화인 마을을 유린한 피눈물(〈색몽〉, 〈이야기꾼〉), 말레이시아 공산당 홍쉐의 전말(〈물고기뼈〉) 및 1980년대 인도네시아 불법 이민이 초래한 치안상의 공포(〈불법이민〉)가 모두 창작의 소재가 되었다. 고무나무밭의 작은 마을이 언제나 그의 구상 속의 오리지널 무대이다. 축축하고 끈적끈적한 분위기, 추레하고 소박한 시정 사람. 음울하고 처연하며 언제나 흉한 기운이 넘친다. 그의 제재를 마주하면 황진수는 우울하다. 그러나 그는 '쓰지 않으면 안 된다.' 선충원이 그의 샹시 이야기를 두고 말한 그대로이다. "나는 늘 불안하다. 나는 언제나 그런 과거의 일들을 쓰고자 하기 때문이다. …… 어떤 과거의 일들은 영원히 나의 마음을 물어뜯고 있다. 내가 말을 하면 당신들은 그것이 이야기라고 생각한다. 한 사람이 살아가면서 이렇게 수많은 이야기에 짓눌려 있을 때 그가 어떤 심정으로 세월을 보내고 있는지에 대해서는 아무도 이해하지 못한다."29)

그러나 황진수는 선충원이 아니다. 선충원은 세상의 어질지 않음을 마주하고서도 일종의 서정적 시야를 구사할 수 있었다. 그는 서사와 현실의 차이를 극점까지 밀어붙이고는 마지막 순간에 그 모든 것을 놓아버림으로써 오히려 일종의 의외의 미학적 구원 - 문자적 매력 - 을 성취했다고 말할 수 있다. 황진수의 작품은 은연중에 살기를 품고 있다. 풍자적 직설이든지 아니면 향수적 소품이든지 간에 행간에는 핏빛이 비치는 것을 느낄 수 있다. 말레이시아 화인의 역사는 페이지마다 살상의 폭력으로 가득 차 있다. 그러니 이 젊은 작가가 홀가분할 수 없도록 만드는 것도 당연하다. 그렇지만 나는 또한 그의 조울적이고 편집적인 성향은 문자 속에서 돌파구를 찾아야만 한다고 생각한다. 이는 도리어 우리에게 "나는 나의 피를 헌원에게 바치려네"7

---

7 루쉰이 일본 유학 시절 변발을 자르고 나서 찍은 자신의 사진에 부친 시 〈작은 사진에 부쳐〉의 마지막 구절로, 그는 이 시에서 서양의 침략을 받아 위태로운 조국을 위해 자신의 모든 것을 희생하겠다는 각오를 밝히고 있다. 이 시의 전문은 "마음은 큐피트의 화살을 피할 수가 없고, 비바람은 너럭바위처럼 고향땅을 뒤덮었

라면서 창작은 목숨을 걸어야 할 일이므로 한가로운 사람은 얼씬거리지 않는 게 좋다는 루쉰의 풍모를 상기시킨다. 우리의 문단은 이미 거짓된 정, 거짓된 마음에 익숙해져 있는데 갑자기 목숨 걸고 덤비는 인물이 나타났으니 당연히 사람들은 눈만 휘둥그레 뜨고 말을 잇지 못하게 마련이었다. 그런데 우리는 루쉰이 가져다준 또 다른 차원의 교훈을 잊을 수 없다. 지나친 의분과 조소는 그가 너무 일찍 소설 창작을 그만둔 원인의 하나였던 것이다. 황진수가 만일 계속해서 소설을 쓰고자 한다면, 대륙에서 유행하는 말로 해서, 좀 여유 있게 한갓지게 해야 할 것이다.

살기는 난리 및 죽음과 분리할 수 없다. 황진수의 작품이 대대적으로 실종·이산·흉사의 소재를 다루는 것은 우연이 아니다. 〈이야기꾼〉, 〈색몽〉, 〈산 이야기〉, 〈혈붕〉 등의 작품은 각기 식민시기, 일본군이 말레이시아 화인 지역을 침략하고 폭행한 것, 말레이시아 공산당 거사의 피비린내 나는 결말 등을 다룬다. 확실히 황진수는 더 이상 상흔 글쓰기가 명명백백하다고 일컬어지는 리얼리즘적인 원칙에 호소할 수는 없음을 체험하게 된다. 그가 묘사하는 배경은 갈기갈기 찢겨나가고, 인물의 정서와 기억은 사분오열된다. 역사의 증언은 비디오테이프를 다시 트는 것과는 다르다. 따라서 작가의 입장은 애매하고 유동적이 되기 시작한다. 〈혈붕〉의 결미에서 일본군이 공격을 가할 때 도주하던 말레이시아 공산당은 누구인가? 갓 태어난 아이는 또 누구인가? 〈이야기꾼〉에서 과거 일본군이었던 사람이 다시 말레이반도로 돌아왔을 때 자신이 저질렀던 살육의 전장을 어찌 다시 대면할 것인가? 그가 강간했던 여인들이 혹시 낳았을 아이들은 지금 어디에 있을까? 피비린내 나는 행위와 혈연의 관계가 한데 뒤엉킨다. 죄악의 흔적, 생식의 본능, 혼혈의

네. 차가운 별빛에 뜻을 기탁해보지만 창포는 알아채지 못하고, 나는 나의 피를 헌원에게 바치려네."이다.

필연. 황진수는 서사와 윤리의 뒤얽힘을 복잡하게 전개해 나간다. 〈색몽〉에서 화인 후예인 젊은 아낙은 강간을 당하고, 이로 인해 두 세대에 걸쳐 네 종족(화인·말레이인·일본인·인도인) 사이의 욕망과 원한의 순환이 초래된다. 그런데 여성의 신체는 욕망이 각축하는 장소가 된다. 이 이야기의 결미는 따뜻한 반전을 암시하고 있다. 죽든지 다치든지 하는 황진수의 세계에서 비록 암시라고는 하더라도 이는 참으로 드문 일이다.

그러나 실종, 이산, 사망이 이야기의 결말을 대표할 수는 없다. 실종자, 이산자 그리고 심지어 죽은 자가 '돌아올' 때 비로소 서술이 더 흥미롭게 된다. 〈착오〉, 〈맥〉과 〈캄캄한 밤〉, 〈고향집의 불〉은 모두 나그네가 고향에 돌아오는 이야기를 다룬다. 밤은 깊어 사위는 조용한데 황폐한 뜨락 퇴락한 마을로 멀리 집을 떠나갔던 나그네가 흙먼지를 뒤집어쓴 채 돌아온다. 차에서 또 길에서 그 얼마나 많은 아스라한 옛날의 일들이 마음속에 떠올랐던가? 그런데 고향집의 식구들은 잘 계실는지? 조그만 집에 콩알만한 등불 하나, 저 구부정한 사람 그림자는 어머니이실까? 포근함과 애잔함이 꿈결 같고 환상 같은데 - 이 모든 것은 '진짜'일까? 아니면 음양이 서로 엇갈린 데서 오는 '착각'일까? 몽유병 환자의 가위눌림일까? 달은 어둡고 별은 드문드문하니 이는 귀신이 조화를 부리는 시각이도다. 〈캄캄한 밤〉의 절정에서는 아예 두 가지 병행적인 결말이 나타난다. 글자 틈과 줄 사이에는 유령이 떠도는데 이미 핏물과 죽음이 그득하다. 고향이 가까워오니 두려움이 앞선다는 식의 이야기는 많이 보아왔다. 그러나 나그네의 마음속에 담긴 어슴푸레한 공포를 이렇게까지 한기가 스미도록 쓰는 작가는 많지 않을 것이다.

그런데 황진수가 외로운 나그네가 홀로 떠돌다가 돌아오는 모습을 다루는 것은 사실 그의 메타 서사 윤리와 밀접하게 관련이 있다. 앞에서 이미 거론한 바 있다. 황진수는 말레이시아 화인 (또는 중화) 문학의 근대 의식은 언제나 일종의 초혼적인 담론 속에 뒤덮여있다고 생각한다. 만일 진짜 그렇다면 그에게 있어서 글쓰기란 다른 것이 아니다. 언제나 혼이여 돌아오소서라는 의식을 행하는 것이다. "우리는 되돌아갈 수 없어요"라는 장아이링의 명언이 어찌 노총각 노처녀의 진부한 상투어일 뿐이겠는가? 시공을 초월하여 그것은 우리의 "잃어버린 것"에 대한 현대적인 상황과 관련되는 깨달음인 것이다. 황진수의 《꿈과 돼지와 여명》에 대한 린젠궈의 검토는 우리에게 황진수의 작품이 가지고 있는 비애적 특징 및 '애도'적 작업을 일깨워준다. 린젠궈의 주장은 대체로 근년의 서방 학술계의 애도 담론, 특히 데리다의 유명한 《마르크스의 유령들》에서 나왔을 것이다. 데리다가 말한 것처럼 존재론 (ontology)의 시대는 이미 지나갔고, 우리는 유령론(hauntology)의 허깨비들 속에서 즉 이미 벗어난 것 같지만 조용히 되돌아온 유령들이 어른거리고 있는 가운데 살고 있다. 애도는 모든 것을 상실한 듯 멍하면서도 되돌아온 혼이 몸에 붙어 다니는(possess) 필요성을 체험하는 것이다.[30]

　나는 다른 글에서 세기말의 중문소설을 광의의 중국 유령 서술에 포함시켜 검토해본 적이 있다. 20세기의 중국문학/문화는 (후스가 말한 바) '요괴를 물리치고' 광명을 향해 나아간 역사를 가지고 있다고 자찬한다. 그런데 어째서 세기가 끝나가는 시점에서 홍콩·타이완·대륙·말레이시아 화인 창작에서 분분히 새 귀신과 헌 귀신이 모습을 드러내는 것일까? 《이아》에 "귀신이 된다는 것은 돌아간다는 것이다"라고 했다. 이른바 '돌아간다'의 원래 의미는 중생이 온 곳인 대자연으로 돌아간다는 것이다. 현대적 콘텍스트 속에서도 '돌아간다'는 회귀한다는 것, 즉 아쉬워서 차마 떠날 수 없는 사람 세상으로 되돌아가는 것으로 해석할 수 있다. 따라서 귀신은 애매모호한 공간을 점하고 있는 것이며, 그 공간에서는 애도와 초혼, 이미 아는 것과 아직 모르는 것, 기억과 환상이 상호 교직한다. 그런데 일종의 전통적인 정령 상상이 '현대'의 세기말에 다시 나타나는 것은 특히나 의미심장하다.[31]

황진수는 이런 유령 서술의 능수 중 하나라고 해야 할 것이다. 그는 문학사와 역사의 망령을 불러냄으로써 자신의 위치가 안정되리라고 생각한다. 〈봄버들〉에서 황진수는 모호하고 곡절 많은 《요재지이》 식의 이야기를 쓰고 있다. 국약여라는 선비가 꿈속에서 신비한 상황에 이르게 되고, 한 눈먼 늙은이에게서 인간 운명의 탐구를 부탁 받는다. 국약여가 놀라 깨어나서 보니 자기 이름은 유자고이고 아내는 아수인 것을 발견하게 된다. 그런데 그는 또 그 이전의 전생에서는 이름이 팽옥계·궁몽필·진필교·한광록·마자재 등이었던 것이 밝혀진다. 《요재지이》에 밝은 독자라면 물론 알 수 있을 것이다. 이들은 모두 포송령의 작품 속 인물들이다.[32] 황진수는 서로 다른 이야기들 속의 인물들을 한데 모아서 무한하게 확장되는 허구의 허구를 창조해냄으로써, 울고 웃는 은혜와 원한이 끝없이 서로 뒤얽히도록 만든다. 소설은 마지막에 유자고가 국약여의 현실 속으로 되돌아가지만 다시 또 포송령이라는 이름의 늙은이와 만나게 되는 것으로 끝이 난다.

〈봄버들〉은 허구와 현실 사이를 넘나들면서 《요재지이》에 대해 경의를 표하는 것 같으면서 또한 앞사람을 패러디하는 것 같기도 하다. 황진수가 국약여와 포송령이 서로 만나도록 설정한 것은 자신의 창작 의도를 내비친 것이기도 하다. 그의 포송령이 전력을 다해 그려낸 인물들은 비록 신비하기는 하지만 역사적 인물에 대한 반영에 다름 아니다. 그는 거의 이탈로 칼비노라든가 호르헤 루이스 보르헤스의 창작관에 동조하는 듯하다. 진정으로 감동적인 것은 (황진수의) 포송령이 자신의 창작 동기를 설명하면서 귀신들이 서로 찾아 헤매는 것처럼 자기 자신도 어쩔 수가 없었을 뿐만 아니라 자신보다 앞선 사람이 있다고 말하는 것이다. 과거를 추적해보면 포송령은 사실 이단의 역사인 이사(異史)의 계보학을 확인해준다. 이 이단의 역사의 계보는 정사와 서로 대응하는 것이다. "굴원은 넝쿨과 향초를 두른 산귀신에 자극받아 《이소》를 지었고, 이하는 쇠귀신과 뱀 요괴를 읊는 것에 탐닉했다. 마음속 소리를

그대로 토로하며 남들이 추어주는 말에 혹하지 아니한 것은 다 까닭이 있는
것이다. …… 나는 재주가 간보에 못 미치지만 기이한 이야기 모으기를 좋아했
으며, 정취가 소동파와 비슷하여 사람들이 떠드는 귀신 이야기를 즐겼다.
…… 여우 겨드랑이 가죽으로 조금씩 갖옷을 만들 듯이 《유명록》의 속편을
내겠다고 망상하여, 술잔을 기울여가며 붓을 놀리다보니 그저 홀로 세상에
분개하는 책이 되었을 뿐이다. 심정을 이런 것에나 기탁하다니 실로 서글픈
일이다.”[33] 8 소설이 끝날 무렵 포송령은 국약여에게 붓을 한 자루 주면서
그에게 “독특한 필치로 남아 있는 모든 공백을 채워 넣기를”[34] 당부한다.

　우리는 황진수의 의도가 어디에 있는지 알 수 있다. 사람들을 현란하게
만드는 메타 소설의 기법을 떠나서 그는 환상적인 역사의 서사학을 다시금
펼치며 ‘이단의 역사’를 잇는 새로운 전수자가 되고자 하는 것이다. 그런데
황진수는 20세기 말에 이단의 역사를 쓰면서 진정으로 사람들의 혼을 붙들어
매고 꿈속을 떠돌게 하는 제재는 대륙이나 타이완에 있는 것이 아니라 그의
고향인 동남아 화인들이 모여 사는 곳임을 발견한다. 이들 초기 화인 이민자의
자손들은 정통 중원의 외부를 떠도는 사람으로 운명이 주어져 있다. 비록
그들은 마음이 오로지 고국을 향하고 있고 멀리 해외에서 중원의 모습을
본뜨면서 과거와 현재조차 구분하지 않을 정도이지만, 그러나 어쨌든 나라를
떠나고 고향을 떠난 지 오래되면서 차츰 ‘교화되지 아니한 인간’인 외민이
될 수밖에 없다. 시간과 공간의 어긋남은 이들 화족 후예들을 정처 없이
떠도는 외로운 영혼들처럼 만들어버린다. 그들이 머무르고 있는 새로운
조국이 동화 정책을 추진하기라도 하면 이도 아니고 저도 아닌 그들의 애매한
신분이 다시금 부각된다.

8　간보의 《수신기》와 유의경의 《유명록》은 각기 신선과 귀신의 기이한 이야기들을
　모아놓은 책이다.

이에 따라 대상 수상작인 단편소설 〈물고기뼈〉9에서 황진수는 한 젊은 타이완 거주 말레이시아 화인 학자가 뿌리를 찾아가는 기이한 이야기를 서술한다. 이 말레이시아 화인 주인공은 타이완으로 국적을 바꾸고 대학에서 강의를 하면서 일념으로 화족 문화의 원류를 추적한다. 그러나 말레이시아에서 타이완으로, 즉 하나의 (중화의 정치 지리적인) 주변부에서 또 다른 하나의 주변부로 왔으니 그가 어찌 그의 소망을 이룰 수 있겠는가? 이 학자의 전공은 상고 시대 갑골문인데, 연구 외에도 그 스스로 은나라 상나라의 선조를 모방하여 거북이를 죽여서 고기는 먹고 껍데기는 남긴 후 불로 지져 길흉을 점치기까지 한다. 그는 심지어 4천 년 전에 말레이반도에서 나오는 대형 거북을 중원에 공물로 바쳤다는 것을 고증해낸다. "한밤중 사람들이 조용해지면 그는 마약 중독자처럼 홀로 자신만 아는 즐거움에 빠진다. 거북이를 먹고, 거북이의 말에 귀 기울이며, 남몰래 점에 정통한 사람이 되어 이 신비의 방술을 검증하고자 한다. 갑골문을 새기며 고대의 체험을 따라하는 것이다."35)

우리는 물론 기억하고 있다. 현대 중문에서 거북이 '귀'(龜)자는 돌아갈 '귀'(歸)자와 같은 음이다. 만일 "귀신이 된다는 것은 돌아간다는 것이다"라고 한다면, 황진수의 '돌아가는' 귀신은 중화로 돌아가는 '거북이'가 되는 것이 아닐까? 이처럼 주인공이 한밤중에 거북이를 죽여 점을 치는 행동은 실로 우리를 깊은 생각에 잠기도록 만든다. 거북이 껍데기를 불로 지지는 실낱같은 파르스름한 연기 속에서 그는 은나라 사람들이 죽은 영혼을 불러내는 의식을 재연한다. 그런데 그가 가장 잊을 수 없는 것은 그의 형님의 유령이다. 오래 전 말레이시아 공산당의 폭동 때 형님은 머나먼 중화의 '조국'을 위해 모든 것을 희생하다가 끝내는 토벌 중에 실종되어 사망하고 만다. 이야기 속에서

---

9 〈물고기뼈〉의 한글본이 《물고기뼈: 말레이시아 화인 소설선》, 황진수 등 지음, 고혜림 옮김, (서울: 지식을만드는지식, 2015)에 실려 있다.

주인공은 물고기뼈, 즉 유해를 어루만지는데, 그러는 중에 다음과 같이 탄식한다. 세기말 타이완의 말레이시아 국적 화예들은 돌아갈 수 없는 고토를 여전히 꿈에 그리고 있는 것인가? 황진수의 주인공은 3천 년 전 초혼 의식의 재연을 시도한다. 그 시간적 착란성은 눈빛만으로도 알 수 있는 상황에 이른다. 애도의 비애는 만사가 자기를 위한(그리고 자위를 위한) 유혹이 되고, 성적 흥분과 합쳐지면서 일종의 강력한 원초적 욕망의 충동으로 바뀔 수 있다. 그 극단적인 장면에서 주인공은 거북이 껍데기를 "그의 벌거벗은 몸에 우뚝 일어선 양물에 덮어씌운다. 전에 경험하지 못한 흥분에 달하면서 벌겋게 부풀어 오른 귀두에서 희뿌연 즙액이 솟아나왔다."[36]

귀신을 불러들이기는 쉽지만 귀신을 쫓아버리기는 어렵다. 황진수의 주인공은 거북이 껍데기에 글자를 새기면서 묘연함 속에서 신비로운 하늘의 계시를 추구한다. 그런데 황진수 자신은 어떤가? 타이완에서 타향살이를 하면서 고향이 존재하지 않고 신의 말씀이 사라진 것을 되돌아보는 이야기를 잇따라 써내고 있다. 자기 자신의 디아스포라적 신분에 대해 어찌 느끼는 바가 없겠는가? 이처럼 거북이 껍데기에 새기는, 즉 소설을 쓰는 노력은 마침내 (〈물고기뼈〉 속의 바로 그 자폐적인 학자처럼) 일종의 페티시즘적인 의식, 자위적인 의식으로 변하는 것은 아닐까? 또는 (바로 황진수의 〈봄버들〉 속의 포송령처럼) 일종의 초월적 환상으로 변하는 것은 아닐까? 중원과 해외, 문화의 명맥과 역사의 변천, 천백 년의 화족의 혼백은 과연 어디로 향할 것인가?

4. 무서운 아이와 못된 아이

이상의 3절에서 나는 세 가지 방향에서 황진수의 말레이시아 화인 글쓰기 전략을 검토해 보았다. (1) 그는 이민·유민·외민으로서 말레이시아 화인의 다중적인 신분에 대해 마음 깊이 느끼는 바가 있다. 이 신분적인 애매성은 '이산'과 '서술'에 대한 그의 패러독스한 사고를 촉발한다. 화문 글쓰기로 말레이시아 화인의 존재적 곤경을 반영할 뿐만 아니라, 그러한 화문 글쓰기는 글쓰기 자체가 '할 수 없으면서도 하는 행위'임을 보여주는 수단이 된다. (2) 그는 말레이시아 화인 문학이 긴 세월 동안 '중국'을 품고 있는 것은 일종의 병증이라고 본다. 병리에 대한 그의 관찰은 현대 중국의 '국고'·'국성' 담론에 놓고 보아야 한다. 말레이시아 화인과 중원은 결국 동병상련하고 있다. 황진수는 경전과 사서라는 큰 이야기가 더 이상 도가 아니게 된 후 작은 이야기가 도가 되었다고 본다. 소설은 중국 현대성의 병증을 구체적으로 보여줄 뿐만 아니라 병증을 제거할 수 있는 가능성을 투영하고 있기도 하다. 소설이라는 존재는 따라서 그 윤리적 전제를 가지고 있다. (3) 이에 근거해볼 때 황진수의 작품은 형식을 가지고 노는 것을 능사로 하지는 않는다. 형식 자체가 이미 진실을 상상하는 방법과 변증법을 담고 있다. 현재까지 황진수의 유령 이야기는 그의 역사적 감개와 형식적 실험을 아우르고 있어서 가장 주목할 만하다.

황진수는 상당히 의식 있는 소설 작가이다. 다른 사람과 자기 자신의 수법을 잘 알고 있기 때문에 수를 막아내든 수를 펼치든 간에 모두 고심의 흔적이 보인다. 배움의 대상을 스스로 설명하면서 황진수는 타이완과 관계있는 두 명의 작가 궈쑹펀과 쑹쩌라이가 그에게 미친 영향을 거론했다.[37] 이는 사람들에게 뜻밖의 즐거움을 주는 고백이다. 궈쑹펀은 미국에 거주한 지 오래 되었기 때문에 아마도 많은 독자들의 기억에는 이미 희미해졌을 것이다. 그러나 그는 그야말로 1960,70년대 해외 모더니즘의 주요 인물이다. 궈쑹펀의 필치는 간략하면서도 힘이 있다. 그의 명작 〈달의 흔적〉, 〈달의 부르짖음〉 등은 인간 세상의 불의와 부조리를 다루는데, 스산하고 황량하여 언제나 당시 역사적인 환경의 곤혹스러움을 표현하면서도 미학적인 정수를 잃지 않고 있다. 쑹쩌라이는 대단히 현대적인 색채를 가진 심리소설(예컨대 〈홍루의 옛일〉)로 이름을 얻었으나 나중 향토 사실적인 창작으로 전향했다. 그의 가장 뛰어난 작품(예컨대 《봉래지이》)에서 쑹쩌라이는 사람들이 보지 못하는 것을 보여주는데, 상흔을 묘사하고, 그로테스크함을 서술하며, 음산하고 쓸쓸한 서정적 풍모를 창조한다. 만년의 그는 《핏빛 박쥐가 강림한 도시》와 《천국의 열차》에서 공포스런 하늘의 계시 장면을 상상하고 망녕된 생각과 허튼소리를 집대성하여 일가를 이루었다고 평할 만했다.

귀쑹펀과 쑹쩌라이 두 사람의 작품으로 볼 때 황진수는 확실히 어느 정도 얻은 바가 있다. 〈맥〉과 같이 잘라내고 접붙이는 서사 몽타주, 상흔을 간접적으로 토로하는 의식의 흐름은 귀쑹펀의 작품(예컨대 〈설맹〉)과 상당히 통하는 바가 있다. 그러나 부조리적 영웅 또는 반영웅 식의 인물을 창조하려는 생각은 없었다는 점에서 어쨌든 과거의 모더니즘과 상상과 그의 거리를 보여준다. 쑹쩌라이 식의 우울 내지 망상적 증상은 때로 황진수의 예컨대 〈캄캄한 밤〉과 같은 향토소설이나 〈천국의 뒷문〉, 〈원숭이 엉덩이, 불, 그리고 위험 물질〉과 같은 신작에서 볼 수 있다.

흥미로운 점은 황진수 자신은 메타·몽타주·패러디 따위의 수법을 물리지도 않고 즐겨 사용하면서 기성의 전위적인 작가들에 대해서는 거의 호평을 하지 않는다는 것이다. 그와 장다춘의 관계는 더더욱 주목할 만하다. 황진수와 장다춘은 둘 다 한편으로 소설을 쓰고 한편으로 소설 비평을 하면서 양쪽 모두에서 뛰어난 타이완 문단에서는 거의 보기 드문 사람들이다. 서로 뒤엉켜 애매모호한 역사와 허구의 관계, 당대 (타이완 혹은 말레이시아의) 정치의 부조리 현상, 서사 기교의 고심 어린 운용 등에서 모두 상호 대비해볼 만한 면을 가지고 있다. 물론 대중의 상상에 호소하는 두 사람의 창작 태도 역시 결코 홀시할 수 없다. 장다춘은 못된 아이 시리즈로 인기를 끌었지만, 그 자신의 방자하여 거리낌 없으면서 건들거리고 짓궂은 못된 아이의 이미지는 이미 어느새 사라져 버리고 없다. 황진수는 앞에서 말한 것처럼 자신의 재능을 믿고 남을 업신여기며 동료들을 조롱하고 현재 상황을 전복시키면서 뒷일을 생각하지 않는다. 평소 선후배와 계파를 중시하는 중문학계에서는 그를 '무서운 아이'로 간주하며 이미 리스트에 올려놓고 있다.

못된 아이에다가 무서운 아이까지, 천하가 왜 어지럽지 않으랴. 그러나 소동을 일으키는 것 말고도 나는 늘 두 사람에게서 대단히 불안정하고 쉽사리 상처를 받는 일면이 있음을 느낀다. – 아무튼 '아이'들이지 않은가. 장다춘과 황진수는 그들의 역할을 행하면서 어쨌든 자기 자신을 아는 총명함이 있다. 또 바로 이 때문에 두 사람은 수시로 날카롭게 맞서면서도 총명한 사람끼리는 서로 아끼는 측면이 없지 않다. 그들의 가장 큰 차이는 소설 기교와 기대 사이에 대한 관점에 있다. 장다춘이 보기에는 소설은 낡은 것은 버리고 새로운 것을 내놓음으로써 독자를 허구의 세계로 끌어들인다는 점이 그것과 다른 서술들(예컨대 역사·철학 등)을 구별 짓는 핵심이다. 장다춘의 평론집 《소설 패류》는 거듭해서 이런 관점을 천명하며, 《가짜 지식》, 《재주》와 같은 소설집의 제목은 사람을 속여 죽게 되더라도 배상해주지 않는다는 것이 바로 소설가의 천직임을 분명히 밝힌다. 황진수는 기본적으로 장다춘의 기교에 대한 조탁에는 동의한다. 하지만 그는 기교적 차원의 문제를 해결하고 나면 소설은 그래도 '왜'라는 해석학적인 도전에 부응해야 한다고 본다. "소설은 결코 철학적 문제의 바깥에 독립해 있지 않다. 반드시 인간의 기본적인 인식론 문제 속에 포함되어야 한다."38) 달리 말해서 우리는 결코 소설 윤리라는 관문을 회피할 수 없다는 것이다.

나는 장다춘과 황진수의 대립은 당대 타이완의 소설 담론에서 반가운 현상이라고 본다. 두 사람의 기본 입장은 아마 참신한 것은 아닐 것이다. 그렇지만 최소한 현대적 장르로서 소설이 어째서 우리가 다른 인문학적 방향을 사고하는 시발점이 될 수 있는가를 다시금 우리에게 깨우쳐준다. 황진수는 서양이 문예부흥 이후 서사를 계몽의 도구로 간주한 득과 실을 검토한다. 반면에 장다춘은 오히려 명청 이전의 전통으로 되돌아가서 소설을 '패류'(稗類)로 간주하고, 소설가를 '크게 거짓말하는 사람'(大說謊家)으로 간주한 다. 좀 더 통속적으로 말하자면 장다춘에 비해서 황진수는 (그의 도가 얼마나 부정적이고 비판적인 방법으로 제시되든 간에) 시시콜콜 도를 담아야 한다는 필요성을 따진다. 이런 의미에서 보자면 황진수는 설혹 태생적인 반골이라고 하더라도 오히려 청나라 말과 5.4 전통의 의도하지 않은 계승자이다.

이것이 바로 못된 아이는 야생마를 내달리면서 즐거워서 어쩔 줄 모르고 어디까지 갈지도 모르면서 《도시의 폭력단》을 써내려가는데 반해, 무서운 아이는 여전히 그의 〈중국으로 가는 느린 배〉에 앉아서 매섭고 차가운 눈길로 다음번에 다스려야 할 상대를 따져보는 까닭이다. 황진수의 신작 소설집인 《Dari Pulau Ke Pulau 섬에서 섬으로》에 보면, 앞에서 이미 검토해본 〈대하의 물소리〉 외에, 〈까마귀 골목의 황혼〉, 〈천국의 뒷문〉, 〈원숭이 엉덩이, 불, 그리고 위험 물질〉 등은 정치 상황을 겨냥하고 인물을 비판하며 세상에 분개하고 풍자하는 모습이 언표에 넘쳐난다. 〈까마귀 골목의 황혼〉은 말레이시아 화인의 정치와 사랑을 한데 녹여냄으로써 갈피가 너무 많은 바람에 오히려 가늠을 할 수가 없다. 〈천국의 뒷문〉은 말레이시아 정치사를 직설적으로 서술하는데, 현임 총리인 마하티르와 그의 정적인 안와르의 상호 알력이 절정을 이룬다. 황진수는 폭압적인 정권의 은유로 '천국'이라고 일컬어지는 감옥을 사용한다. 천국은 바람도 통하지 않을 만큼 폐쇄되어 있으며, 오직 의심스러운 과거와 미래를 향한 뒷문이 있을 따름인데, 문의 재료는 아마도 중국에서 들여온 것 같다. 황진수의 의도는 말하지 않아도 알 것이다. 소설은 마지막에 《계시록》 식으로 홍수가 모든 것을 휩쓸고 지나가 버리는 것으로 설정되어 있다. 이 작품의 풍자는 이미 실제 사실과 상호 대조해볼 수 있을 정도여서 지나치게 '사실주의'적인 점이 없지 않다. 황진수가 만일 쑹쩌라이 작품에서 망상을 좀 더 많이 가져와서 현실의 공포를 더욱 과장하여 사람들이 '진짜' 상식적으로는 생각해낼 수 없도록 만들었다면 더욱 뛰어난 성과를 거둘 수 있었을 것이다.

〈원숭이 엉덩이, 불, 그리고 위험 물질〉은 〈천국의 뒷문〉과 내용은 달라도 의도는 동일하면서 오히려 더 뛰어난 작품이다. 소설은 리콴유가 공훈과 업적이 화려하고 찬란하지만 그의 정적을 외딴섬으로 추방함으로써 각 세력이 '기억'의 소유권을 놓고 다투는 드라마로 발전해나가는 것을 풍자한다. 한 겹 한 겹 전개되면서 갈수록 기이하여 끝내는 인간과 야수가 혼교하기에 이른다. 황진수는 온갖 것을 공격하며 이죽거리고 비꼬는 그의 정수를 보여준다. 소설의 정점에서 원숭이 가죽을 둘러쓴 일본 기자가 한 걸음씩 주인에게 다가가면서 '잠자리 상대가 되겠다고 자청할 때 나는 마치 황진수의 기괴하고 흉악한 웃음소리가 들리는 것 같았다.

〈알라의 뜻〉과 〈보충〉은 화인의 고립된 상황을 가정하여 언어의 존속 가능성을 사고하고 있다. 이는 황진수가 계속해서 관심을 가져온 주제이다. 〈알라의 뜻〉에서 외딴섬으로 추방된 화인 정치가는 마귀와 다름없는 계약에 서명하여 더 이상 화인이 아니게 되며 이로써 거의 영원히 신분을 회복할 수 없다. 이 작품은 종교적 율법의 차원으로까지 나아간다. 화족의 언어와 문화의 생멸 존망에 대한 황진수의 우려를 다시 한 번 볼 수 있다. 〈보충〉은 그의 앞선 작품인 〈남방에서 죽다〉의 위다푸 신화에 대한 글쓰기를 이어간다. 황진수는 위다푸가 대표하는 '삼민'주의적 위치와 위다푸의 해외 문자의 상실과 되찾기에 대해서 자유자재로 써나간다. 다만 소설 후반에 위다푸의 죽음에 대한 수수께끼를 덧붙이면서 심지어 남양의 해적들과 관련시켜 놓은 것은 스토리의 전환이 너무 급작스럽고 인물이 돌발적이어서 앞뒤가 연결되지 않는 감이 있다.

황진수의 〈고향집의 불〉은 〈캄캄한 밤〉 식의 귀향 소설의 틀에 상응한다. 아버지는 이미 안 계시고 어머니 홀로 고향집을 지키며 차마 떠날 수가 없다. 하지만 어쨌든 세월이 기다려주지 않는다. 고향에 돌아온 나그네는 만감이 교차하지만 또 어찌할 수가 없다. 루쉰의 〈고향〉 식의 상황이 이번에는 말레이시아 화인의 고무나무밭에서 다시 연출된다. 〈시들다〉와 〈수탉〉은 남성 가장 – 아버지 또는 할아버지 – 의 죽음을 쓴다. 린젠궈는 이미 '아버지의 부재·실종·사망이 황진수의 남양 상상의 심층적 구조임을 지적한 바 있다.[39)] 이 두 작품은 확실히 이에 의거해서 읽어낼 수 있다. 다만 두 작품은 모두 황진수가 풍속드라마 식의 유머감을 주입하고자 한 것을 보여준다. 집안 식구가 죽음을 '기다리면서' 일어나는 이상한 일이나 죽은 이의 세상을 떠나기 직전의 비애 어린 반응을 쓰고 있는데 괜찮은 편이라고 할 수 있다. 나는 유독 〈수탉〉의 앞부분과 뒷부분에 눈길이 간다. "[이름이 커밍인] 두 살배기 아들이 잠들기 전에 하는 입버릇은 '내일 수탉이 울면 해가 떠오를 거야'라는 말과 '커밍에게 주세요'"이다. 이는 아들이 아버지를 추념하는 작품이자 이미 아버지가 된 아들이 자신의 아들에게 주는 작품이다. 새로운 전승이 이미 시작되었으니 이야기는 계속될 것이다. 그렇지만 무얼 말해야 하는 걸까? 증조할머니는 할아버지의 죽음을 인정하지 않으려 하면서 '닭을 아들로 간주하며' 천륜이라는 백일몽을 몇 년 더 이어간다. 하지만 닭도 원래 죽게 마련이니 결국엔 그 닭마저 죽고 만다. 이는 정말 어린이들에게 들려주는 동화일까? 아니면 황진수가 또다시 가족 붕괴의 우언을 쓰면서 동시에 과거 장다춘의 〈닭털 그림〉에게 경의를 표하는 것일까?

황진수는 또한 그의 스타일을 확장시키고자 의도하여 왕전허[10]에게 경의를

---

10 왕전허의 대표작인《혼수로 받은 수레》의 한글본으로《혼수로 받은 수레》, 왕전허

표하는 〈호랑이 똥과 만자 복권〉[11]을 쓰는데, 다만 큰 잘못은 없는 수준에 그칠 뿐이다. 이 작품집에서 가장 독자의 마음을 움직이는 것은 〈미처 못 이룬 건너가기〉와 〈중국으로 가는 느린 배〉일 것이다. 전자는 일본군이 말레이시아를 침략했을 때 타이완에서 징집되어 이곳에 남게 된 노병을 쓰고 있다. 세월이 흘러 남양에 남게 된 고독한 병사는 이미 "마지막 한 무리의 중국 이민"이 되어 어느새 늙어버린 채 한 집안의 가장이 되어 있다. 딸이 실종되자 아버지가 찾아 나서는데 폭우는 쏟아지고 옛일은 범람한 강물처럼 밀려든다. 역사의 나루터에서 그는 홀로 피안을 향해 나아갈 뿐이다. '그대 물을 건너지 못할진대 기어코 물을 건너려 하는구려'[12]이다. 자신과 딸을 포함하는 소설의 뜻밖의 결말은 사실 예상하고 있던 바이다.

그런데 〈중국으로 가는 느린 배〉에서 황진수는 어쨌든 자신의 기대를 실천하고자 노력하면서 하나의 간단한 이야기를 풀어놓는다. 그는 서사의 기본적인 차원으로 돌아가서 한 가지 추적과 회귀의 여정을 서술한다. 과보는 해를 쫓고[13] 오디세이는 집으로 돌아간다. 서술의 종착지는 의미가 깃드는 곳이다. 이야기 속의 아이 톄뉴는 정화가 서양으로 항행할 때 남긴 거선이 있다는 이야기를 듣고서 인연이 시키는 대로 집을 떠나서 그의 추적의 여정을 시작한다. 전설 속의 거선은 오가는 것이 느리다. 고국과 이국의 실마리는

지음, 고운선 옮김, (서울: 지식을만드는지식, 2012)이 나와 있다.

11 만자 복권: 싱가포르와 말레이시아에서 성행하는 복권의 일종으로, 0000에서 9999 까지 네 자리로 된 만자의 숫자 중 어느 하나를 맞추는 것이 가장 기본적인 방식이어서 '萬字票' 또는 '4 digit(4D)'으로 불린다.

12 고조선의 노래라고 알려진 〈공무도하가〉의 일부로, 그 전문은 "그대 물을 건너지 못할진대, 기어코 물을 건너려 하는구려. 물에 빠져 돌아가시니, 그대 어찌 하시리 오."이다.

13 과보는 《산해경》 등에 나오는 전설상의 인물로 해가 지기 전에 해의 그림자를 따라 잡으려고 뒤쫓았다가 도중에 목이 말라 죽었다고 한다.

끊어질 듯 이어진다. 가고 또 가고, 우리의 아이는 도중에 온갖 고초를 다 겪는다. 그리고 마침내 밤낮으로 열망하던 바로 그 배를 보게 된다.

항구에 도착했을 때 바람이 더욱 거세고 차가와졌다. 황혼도 더욱 깊어져서 까마귀의 모습과 소리만 그대로일 뿐이었다. 갑자기 그는 보았다. 또는 그는 자신이 보았다고 느꼈다. 비록 보아하니 침몰한 지 이미 오래되었지만 그래도 그것의 거대함은 알 수 있었다. 그것은 항구 전체를 온통 침묵시키고 있었다. 항구 어귀를 틀어막고 비스듬히 드러누웠는데, 돛대는 이미 기울어지 거나 끊어진 채로 하늘을 향해 뼈만 남은 팔을 뻗고 있었고, 퇴색하고 헤어진 돛은 이미 원래 무슨 색깔이었는지 구별할 수 없었다. 일부 낡아빠진 천 조각에는 아직 남아있는 한자를 볼 수 있었는데, 불완전한 부수(部首)나 손상된 부분들이 바람 속에서 구중중하게 후르륵거리며 끊임없이 나부끼고 있었다. 바람이 불어오자 선체는 거대한 부르짖음을 쏟아내었다. 꼭대기에는 빽빽하게 까마귀들이 자리 잡고 있었다. 마치 까만 점들 같이 끝없이 우짖으 며. 그는 천지가 빙글빙글 도는 것처럼 머리에 극심한 통증을 느꼈다. 마치 그곳에 매복해있던 사람이 갑자기 그의 머리통을 베어 가버린 것 같았다.[40]

그다음에는? 돌아가야지. 그런데 어디로 돌아가야 하나? 중국으로 가는 느린 배는 곧바로 출항할 수도 있고 아니면 영원히 출항하지 않을 수도 있다. 미처 못 이룬 건너가기는 어떻게 끝을 내야 하나? 뒤를 돌아보지만 고향집의 불은 꺼졌으려나? 영원히 돌아가려해도 영원히 돌아가지 못하누나! 하지만 디아스포라의 서사는 그래도 계속 써나가야 한다. 그런데 쓰고 또 쓰다 보니 무서운 아이는 불현듯 세월이 물처럼 흘러가 버린 것을 깨닫게 된다. 자신도 아이를 낳게 되고 마음도 중년에 가까워져 버린 것이다.

| 저자 주석 |

19장 황진수

1) 황진수는 소설집으로《夢與猪與黎明》, (台北: 九歌, 1994)과《烏暗暝》, (台北: 九歌, 1997), 평론집으로《馬華文學: 內在中國、語言、與文學史》, (吉隆坡: 華社資料硏究中心, 1996)과《馬華文學與中國性》, (台北: 遠流, 1998)을 출간했다. 그 밖에 말레이시아 화인 단편소설집《一水天涯: 馬華當代小說選》, (台北: 九歌, 1997)를 엮었다.

2) 黃錦樹,〈再生産的恐怖主義(代序)〉,《夢與猪與黎明》, (台北: 九歌, 1994), pp. 1~5.

3) 黃錦樹,〈非寫不可的理由(代序)〉,《烏暗暝》, (台北: 九歌, 1997), p. 5.

4) 王德威,〈在群象與猴黨的家鄕 - 張貴興的馬華故事〉, 張貴興,《我思念的長眠中的南國公主》, (台北: 麥田, 2001), pp. 9~38를 보기 바란다.

5) 황진수가《馬華文學與中國性》에서 검토한 것, 특히〈中國性與表演性 - 論馬華文學與文化的限度〉, pp. 93~161과〈神州 - 文化鄕愁與內在中國〉, pp. 219~298을 보기 바란다.

6) 황진수가 20세기 말레이시아 화인 문학 담론을 리얼리즘/모더니즘의 길항으로 단순화한 것은 당연히 칼로 물 베기 식의 폐단을 면하기 어렵다. 평론가 린젠궈는《말레이시아 화인 문학과 중국성》의 서문에서 황진수의 이분법은 미학적 고려 외에 정치적 동기가 더욱 많이 작용하고 있으며, 따라서 리얼리즘과 모더니즘 수사학은 단순히 '지면 위의 문장'에 그치는 것이 아니라 말레이시아 화인 역사를 해석하는 능동성(agency)을 의미하는 핵심이기도 하다고 딱 잘라서 말했다. 林建國,〈現代主義者黃錦樹(代序)〉, 黃錦樹,《馬華文學與中國性》, (台北: 遠流, 1998), pp. 5~25를 보기 바란다.

7) 황진수는 해외 화예의 실어증을 묘사할 때 은연중에 대륙 문학의 언어적 활력과 자족성을 내세운다. 비록 그 실증적인 근거가 있기는 하지만 이론적으로 확고한 것은 아니다. 언어가 환경에 따라 그 구조가 바뀐다는 것은 이미 잘 알려져 있는 이야기다. 외견상 폐쇄적인 구조 내에서의 바흐찐 식의 헤테로글라시아적 가능성에 관해서는 더 말할 것도 없다. 대륙의 서사에서 '언문 합일'은 따라서 '수사'적 특징의 하나일 뿐이다. 다만 황진수의 다른 한 가지 논의에는 변증법적인 잠재력이 넘친다. 그에 따르면, "말레이시아 화문의 문제는 그것이 지나치게 기술화된 데 있는 것이 아니라 기술화가 불충분하다는 데 있다." 기술화/서면화의 방향과 방법은 한 가지에 한정되는 것이 아니다. "중문은 그 중의 한 가지일 뿐이다." 黃錦樹,〈華文/中文: '失語的南方與語言再造〉,《馬華文學與中國性》, (台北: 遠流, 1998), pp. 53~92를 보기 바란다.

8) 林建國,〈現代主義者黃錦樹(代序)〉, 黃錦樹,《馬華文學與中國性》, (台北: 遠流, 1998),

p. 3을 보기 바란다.

9) 黃錦樹, 〈再生産的恐怖主義(代序)〉, 《夢與猪與黎明》, (台北: 九歌, 1994), p. 3을 보기 바란다.

10) 황진수의 박사논문 黃錦樹, 《近代國學之起源(1891~1927) - 相關個案研究》, (新竹: 清華大學中文系, 1998)을 보기 바란다. 또 근대 역사학 변천에 대한 관찰인 黃進興, 〈中國近代史學的雙重危機〉, 《聖賢與聖徒》, (台北: 允晨, 2001), pp. 9~48을 보기 바란다.

11) 黃錦樹, 《近代國學之起源(1891~1927) - 相關個案研究》, (新竹: 清華大學中文系, 1998), 第6章을 보기 바란다.

12) 黃錦樹, 〈魂在 - 論中國性的近代起源, 其單位結構及(非)存在論特論〉, 《中外文學》 第29卷 第2期, 2000年7月, pp. 50~51을 보기 바란다.

13) 顏健富, 〈感時憂族的道德'書寫 - 試論黃錦樹的小說〉, 文訊雜誌社主辦, '第四屆青年文學會議宣讀論文, 台北: 國家圖書館, 2000年 12月 15, 16日을 보기 바란다. 다만 옌젠푸는 의도적으로 황진수를 5.4 소설 작가들의 '시대를 걱정하고 나라를 염려하는' 정신과 대비하고 있는데 황진수의 부정적 변증법이라는 전략을 홀시하고 있는 것 같다. 리얼리즘의 비판자로서 황진수의 논증과 창작은 원래의 모습을 재현하는 것이라기 보다는 '혼이여 돌아오소서'라는 유령론(hauntology)적 수사 윤리를 조롱하는 것이라고 해야 할 것이다.

14) 黃錦樹, 〈魂在 - 論中國性的近代起源, 其單位結構及(非)存在論特論〉, 《中外文學》 第29卷 第2期, 2000年7月, p. 51.

15) 黃錦樹, 〈再生産的恐怖主義(代序)〉, 《夢與猪與黎明》, (台北: 九歌, 1994), p. 2.

16) 魯迅, 〈《吶喊》自序〉, (北京: 人民, 1980), p. 3.

17) Marston Anderson, *The Limits of Realism: Chinese Fiction in the Revolutionary Period*, (Berkeley: University of California Press, 1990), chap. 2.

18) 黃錦樹, 〈魂在 - 論中國性的近代起源, 其單位結構及(非)存在論特論〉, 《中外文學》 第29卷 第2期, 2000年7月, pp. 50~51.

19) 黃錦樹, 《近代國學之起源(1891~1927) - 相關個案研究》, (新竹: 清華大學中文系, 1998), p. 59.

20) 黃錦樹, 〈再生産的恐怖主義(代序)〉, 《夢與猪與黎明》, (台北: 九歌, 1994), p. 3.

21) 黃錦樹, 〈謊言的技術與眞理的技藝 - 書寫張大春之書寫〉, 周英雄、劉紀慧編, 《書寫台灣: 文學史、後現代與後殖民》, (台北: 麥田, 2000), p. 254.

22) 黃錦樹, 〈再生産的恐怖主義(代序)〉, 《夢與猪與黎明》, (台北: 九歌, 1994), p. 2.

23) 黃錦樹, 〈艾柯的小說初體驗〉 發言, 《中國時報 · 開卷周報》, 2001年1月14日.

24) 黃錦樹, 〈再生産的恐怖主義(代序)〉, 《夢與猪與黎明》, (台北: 九歌, 1994), p. 2.

25) Paul Ricoeur, *Interpretation Theory: Discourse and the Surplus of Meaning*, (Fort Worth, TX: Texas Christian University Press, 1976) ; "Life in Quest of Narrative," on David Wood, ed., *On Paul Ricoeur*, (London: Routledge, 1991), pp. 20~33.

또 Tobin Siebers, *The Ethics of Criticism*, (Ithaca: Cornell UP, 1988)를 보기 바란다.

26) 李幼蒸,《倫理學危機》, (台北: 唐山, 1997), p. 112에서 인용.

27) 林建國,〈反居所浪遊 - 讀黃錦樹的《夢與猪與黎明》〉,《南洋商報·南洋文藝》, 1995年12月 16、23日.

28) 黃錦樹,〈傷逝〉,《夢與猪與黎明》, (台北: 九歌, 1994), p. 150.

29) 沈從文,〈三個男人和一個女人〉, 彭小妍編,《沈從文小說選II》, (台北: 洪範, 1995), p. 577.

30) 이 책에 관한 중문 검토로는 林建國,〈有關婆羅州森林的兩種說法〉,《中外文學》第27卷 第6期, pp. 110~120을 볼 수 있다. '魂在論'은 린젠궈의 번역어이다.

31) David Der-Wei Wang, "Second Haunting: Phantasmagoric Realism and Late 20th Century Chinese Fiction," in *The Monster That Is History*, (Berkeley: University of California Press, 2004).

32) 예를 들면《聊齋誌異》卷十二〈鞠藥如〉; 劉子固는 卷九〈阿繡〉에 등장한다.

33) 蒲松齡,〈聊齋自志〉. 黃錦樹,〈新柳〉,《烏暗暝》, (台北: 九歌, 1997), p. 154에서 인용.

34) 黃錦樹,〈新柳〉,《烏暗暝》, (台北: 九歌, 1997), p. 157.

35) 黃錦樹,〈魚骸〉,《烏暗暝》, (台北: 九歌, 1997), p. 262.

36) 黃錦樹,〈魚骸〉,《烏暗暝》, (台北: 九歌, 1997), p. 272.

37) 黃錦樹,〈再生産的恐怖主義(代序)〉,《夢與猪與黎明》, (台北: 九歌, 1994), p. 6.

38) 黃錦樹,〈艾柯的小說初體驗〉發言,《中國時報·開卷周報》, 2001年1月14日.

39) 林建國,〈反居所浪遊 - 讀黃錦樹的《夢與猪與黎明》〉,《南洋商報·南洋文藝》, 1995年12月 16、23日.

40) 黃錦樹,〈開往中國的慢船〉,《*Dari Pulau Ke Pulau* 由島至島》, (台北: 麥田, 2001), p. 263.

나의 화려한 외설과 비애

이는 정녕 작가의 꿈이런가? 어느 맑은 가을날 아침 비행기 두 대가 앞뒤를 이어 세계 무역 센터의 쌍둥이 빌딩으로 파고든다. 순식간에 그 장려한 건물이 불길과 함께 갈라지고 연기와 재로 자욱하다. 개미만한 크기의 사람들이 혹은 죽은 채로 혹은 산 채로 하늘에서 땅 위로 떨어져 내린다. 그 후 꽝음 속에서 100층짜리 이 두 마천루가 무너져 내린다. - 모든 것이 그렇게도 긴박하면서도 거침이 없다. 흡사 금방 보고난 재난영화를 다시 되풀이해서 보는 것 같은 느낌이다.

이보다 더 화려하고 더 외설적인 새천년의 기념식은 없으리라. 위성 생중계를 보면서 작가는 이렇게 탄식한다. 화려하다? 그 재앙이 만들어내는 화려한 연극적인 성격은 매혹적일 만큼 공포스러워서, 차마 자세히 볼 수 없으면서도 넋을 잃고 주시하도록 만들었기 때문이다. 문명의 건설과 붕괴가 알고 보면 마치 가짜처럼 '진짜'이다. 보드리야르의 시뮬라크룸(Simulacrum) 이론의 추종자들은 찬탄해 마지않을 터이다. 그렇지만 당신은 폐허의 극장에서 배어나오는 불결한 냄새 - 역겨운 냄새, 무기력한 냄새, 외설의 냄새를 느끼게 될 것이다. 번영과 질서의 전당에 이미 사멸의 씨앗이 잠복해 있고, 거대도시 백성들의 하룻밤 단꿈은 태양이 떠오름과 더불어 죽음의 그림자가 얼른거리고 있음을 그 어찌 알겠는가.

그런데 이미 일어난 일을 마치 비디오테이프처럼 거꾸로 되살릴 수 있을까? 또는 아예 삭제해 버릴 수 있을까? 진실과 허구는 다시 어떻게 서로 활용되고, 또 어떻게 죽음이 단절시킨 물질성과 불가역성을 말소시키는 것일까? 죽음앞에서 과연 글쓰기가 가능한 것일까?

참으로 생각조차 못할 상황이지만, 뜻밖에도 그 재앙은 뤄이쥔(駱以軍, 1967~   ) 소설 미학에 대한 딱 들어맞는 주석이 될 수 있다. (왜 아니겠는가? 심지어 그는 이미 어느 도시의 기록을 갱신한 한 고층 빌딩이 천만 뜻밖에도 무너져 내리며 무수한 사람들을 생매장시키고 수십 블록까지 폐허가 이어졌다고 쓴 적이 있다.)[1] 이 수년간 뤄이쥔은 기이한 꿈속 광경을 쓰면서, 생명의 애매한 시각을 파고들고, 욕망의 방종한 충동과 거리낌 없음을 표현해왔다. 그의 서사는 불분명하고 유동적이지만 그럼에도 불구하고 언제나 절로 소름이 돋고 전율을 자아낸다. 그런데 그가 써내는 천 마디 만 마디 말은 모두가 말로써 설명할 수 없는 어떤 핵심을 가리킨다. 그 핵심은 어쩌면 욕망이 빠져드는 장소, 시간이 제로가 되는 텅 빈 곳일까? 혹은, 더욱 가능성이 있기로는, 죽음의 코스프레 장소일까?

뤄이쥔은 연극학과 출신으로, 황당한 이야기와 백일몽들을 하나씩 이상야릇하고 오색찬란하게 꾸며낸다. 그렇지만 뤄이쥔의 소설을 꼼꼼히 읽어보면 그의 초조감과 비애감을 어렵지 않게 발견할 수 있다. 이러한 초조감과 비애감은 일찍이 여러 가지 모습으로 그의 작품에 나타났다. 민족 정체성의 변화, 성욕의 좌절, 가족 관계의 왜곡 …… 등. 그러나 나는 이런 것들은 모두 그의 핑계라고 생각한다. 뤄이쥔의 소설에서 말하고자 하는 것은 사실 일련의 '다른 것'들이다. 다만 무어라 이름 붙일 수가 없기 때문에 단지 임시변통으로 갖다 붙인 것일 뿐이다. 무엇이 '다른 것'인가? 일종의 기다림, 일종의 해독이다. 밀회를 기다리듯이 재앙을 기다리고, 암호를 해독하듯이 죽음을 해독하는 것이다. 그렇지만 쓰고 또 쓰면서 뤄이쥔은 마침내 재앙의 신출귀몰함과 죽음의 무소부재함을 깨닫게 된다. 햇빛 아래에서 새로운 것이란 없으며, 모든 것은 그렇게도 소란하고 허황하다. 그리고 당연한 이치로 모든 것은 마치 그렇게 굉음과 함께 …….

1. 오래된 영혼, 습골자, 시체 운반자

종래로 중국 현대소설에서 죽음에 관한 제재가 빠진 적은 없다. 역사의 의롭지 못함은, 중국의 대지 위에 그리고 작가의 문장 행간에, 어렴풋하게 죽음이 생명의 정상 상태를 넘어서는 현상이 번져나도록 만들었다. 그러나 죽음의 서술 자체는 시종 결여되어 있었다. 작가는 죽음을 한 사건의 (앤티)클라이맥스로 서술하고, 그 의미를 불러내고, 그 스토리를 부여하는 것에만 열중했다. 생명의 아는 것을 가지고 생명의 알 수 없는 것을 재편성하고 마음대로 다루는 이런 식의 창작 태도는 사실주의/현실주의의 밑바탕을 이루었다.

1990년대 이래 타이완의 작가들에게는 죽음을 서술하는 다른 형태의 전략이 나타났다. 세기말의 분위기가 마치 그들(그녀들)로 하여금 버젓하게 일종의 죽음의 형식의 가능성으로서 서술을 대하게끔 만든 것 같다. 물론 그들(그녀들)은 여전히 서술의 담지체로서 이야기에 의존해야 한다. 그렇지만 이야기에서 말하는 것은 '사망'이라는 사건이 아니다. 반면에 서술 - 일종의 사후 총명 내지 사후 불명의 진술이고, 일종의 진실과 진실 재현 사이의 이어질 수 없는 담론으로서 - 이란 근본적으로 죽음의 수사라는 점이 갈수록 분명해지고 있다. 이는 '삶을 모르는데 어찌 죽음을 알겠는가'를 추구하는 문명 전통에서 보자면 하나의 중요한 전환이라고 해야 할 것이다.

죽음의 서술은 타이완 소설의 세기말적인 화려함을 가져왔다. 물론 이는 주톈신과 주톈원 이 두 자매의 만사에 심드렁하고 완전히 시들어버린 퇴폐의 미학에게 막중한 책임이 있다. 지금까지 독자들은 대체로 그녀들이 무엇을

---

1 《논어·선진》에 따르면, 공자의 제자인 계로가 죽음에 관해 묻자 공자가 "삶을 모르는데 어찌 죽음을 알겠는가?"라고 대답했다고 한다.

썼는가에 대해서 주의를 집중해왔다. 사라져 버린 군인동네 문화와 민족 정체성에의 기탁, 쇠멸하는 청춘의 육체와 예약의 왕도 등등. 시계는 채각거리는데 우리 두 사람에게는 내일이란 없다는 식이었다. 《세기말의 화려함》에서 《폐인 수기》까지, 《그리운 나의 군인가족 동네 형제들》에서 《고도》와 《산책자》까지, 엎치락뒤치락하며 캠퍼스 안팎에서 앞다투어 입에 오르내리는 교재가 되었다.

그렇지만 내가 말하는 죽음의 서술이란 이런 차원만을 가리키는 것은 아니다. 주씨 자매의 언어의 '물질성'(materiality)에 대한 관점, 그녀들의 서사의 태도, 그리고 호소의 대상이야말로 그 중점이다. 그녀들의 언어 운용이 그렇게도 정교하고 아름다우며 고상하고 정숙하다고는 하지만, 그녀들에게 있어서 문자란 기본적으로 죽은 물건이며, 색상이 관통할 수 없는 업장[즉 인간의 열망 외부에 있는 이질적인 물질]이다.[2] 롤랑 바르트는 사진을 논하면서, 진짜처럼 보이는 이미지 속에는 언제나 죽음의 그림자가 잠재해 있음을 우리에게 일깨워준다. 그는 "암암리에 이미 과거가 되어버릴 미래를 담고 있음으로써 사진은 언제나 죽음의 소식을 말해준다." "사진 속의 인물이 이미 죽었든 아니든 간에, 모든 사진은 (이미 발생한) 하나의 재앙이다."[3]라고 말한다. 이 마음은 장차 추억이 될 것이지만, 그래도 그때 이미 망연했던 것이다. 주씨 자매의 죽음의 서술 역시 이렇게 보아도 무방할 것이다. 이미지를 문자로 바꾸어놓고 본다면, 그녀들이 하고 있는 것은 곧 하나하나 종이 위에서 이루어지는 추모의 작업인 것이다.

주톈원의 《폐인 수기》의 명언인 "나는 쓴다. 고로 나는 존재한다(我寫故我在)."는 말은 그러므로 아이러니가 넘친다.[2] 데카르트의 "나는 생각한다. 고로 나는 존재한다."라는 말에 대한 그것의 마지막 뒤집기는 틀림없이 새로운

---

2 이 책 제1장 주톈원 부분을 참고하기 바란다.

띄어쓰기의 가능성 - "나의 글쓰기, 옛날의 나, 존재한다(我寫, 故我, 在)."
- 에 있을 것이다. 인과적 논리에서의 당연한 '이치'가 상실되고, '나의 글쓰기'
와 이미 과거가 되어버린 '옛날의 나'가 대등한 자격으로 그곳에 '존재한다.'
심도가 소실되고, 의미가 단절되고, 그 모든 글쓰기와 그 모든 나라는 '존재'에
는 언제나 그 모습이 어른거리는 떠나가 버린 자의 유령이 존재한다.⁴⁾

이리하여 〈전생을 떠올리며〉(주톈원)의 필요가 생겨나고, 〈죽음의 예지에
관한 기록〉(주톈신)의 필요가 생겨난다. '오래된 영혼'이 산책하며 전생과
금생이 모두 글쓰기로 인해 나란히 한데 교열을 받는다. 그러나 정말로
쳐다보기만 해도 두려운 것은 형식 자체가 만들어내는 루쉰이 말한 바 '무형의
전선'이다. 주톈신의 신작 《산책자》는 아버지의 죽음을 쓰고 있는데, 사실
그보다는 아버지로 대표되는 상징 질서의 죽음을 쓰고 있다. 이미지는 사라지
고, 기호는 흩어지니, 허허로운 것이 어찌 우연일 것인가? 나의 글쓰기,
옛날의 나, 존재한다.

주씨 자매가 시범을 보인 죽음의 서사에는 사실 적잖은 추종자가 있다.
《어지러운 은하수》의 우지원이 고대 누란왕국의 여자 시체의 비어있는 눈을
통해서 천상의 인간 세상에서 일어나는 인연의 발생과 소멸을 바라보고
있는 것이 바로 그 예다. 〈습골〉, 〈비애〉, 《여생》을 쓴 우허가 그의 조울하고
음유한 필치로 기억의 파편들과 옛일의 흔적들을 주워 모은 것 역시 이렇게
볼 수 있다. 그런데 '습골자'로서 우허가 직면해야 했던 것 또한 문자의
잔해이다. 그의 입장에서 말할 때 각각의 글쓰기가 모두 기념비 같은 의미를
띠고 있다고 했던 것도 당연한 일이다.⁵⁾ 만일 죽음이란 것이 하나의 수수께끼
라면, '죽음은 곧 글쓰기'라는 말은 수수께끼의 문제인가 아니면 수수께끼의
해답인가? 황진수의 〈물고기뼈〉, 장다춘의 《아무도 대령에게 편지하지 않았
다》는 모두 죽음의 동기를 찾기에 급급하지만, 또한 글쓰기 자체의 장애와
진술의 해석이라는 막다른 골목과 마주치는 데서 그친다. 물론 이런 많은

작가들의 시도 중에서 그 누가 스승 할머니인 장아이링의 마지막 공연을 능가할 수 있겠는가?《대조기 - 사진첩을 보며》는 문자로써 죽은 자의 시간을 정지시키고, 이미지로써 문자의 유령을 비추면서, 남을 추념하고 스스로를 추모하며 죽어도 여한이 없다. '금생 금세'를 썼던 민국의 그 재사는 이와 비교해 보자면 어찌 자신의 부족함이 드러나지 않겠는가?

　이런 맥락 속에서 뤄이쥔의 작품은 비로소 비교적 분명한 발전의 궤적을 드러낸다. 뤄이쥔의 죽음에 대한 예민함과 연연함은 이미 그의 첫 번째 작품《붉은색 글자 뭉치》에서도 볼 수 있다. 그 세계 속에서는 사람과 사람 사이의 관계가 그렇게도 황량하고 부조리하여, 그저 돌발적인 폭행과 충돌을 빌어 말로 할 수 없는 공포를 내보일 수밖에 없다. 폭행, 강간 살해, 자살은 단지 가장 자주 보이는 징후일 뿐이다. 아버지에 의해 병실에 갇힌 채 "갑자기 하품을 해대는 시체"와 함께 지내는 남자아이, 간헐적으로 화물 트럭의 전조등이 비추는 가운데 초연하게 목을 매다는 세일즈맨, 다리를 벌려 "엎드려 절하는 자세"로 머리를 똥구덩이에 처박은 학생운동 멤버, …… 그들은 어떤 원망과 절망, 희극과 비극 사이에서 그들의 생명을 버리게 되었을까?

　뤄이쥔의 제재가 놀랍고 두려운 것은 그렇다 치고, 당시의 그로서도 이미 다른 의도가 있었다. 폭력과 죽음을 쓰는 것은, 〈떠나감〉의 한 부분을 옮기자면, "그것은 영원히 그치지 않는 알력이다. 한편으로는 상대방이 감당할 수 있는 한계 이상의 행동을 의도함으로써 그가 기대하는 감동의 효과를 상대방이 수용하도록 강제한다. 다른 한편으로는 무시, 반발 또는 희화화함으로써 전자가 규정하는 감동에서 벗어나도록 한다."6) 이는 생명의 두 가지 상황의 알력이자 두 가지 글쓰기 형식의 알력이다. 전자는 극적 흡인력의 강력함을 추구하고 영혼의 울림을 기대해 마지않는다. 후자는 스타일의 대비를 통해서 우리가 해결할 방법이 없는 궁지를 지연하고 와해한다. 이러한

생명 체험과 글쓰기 태도는 뤄이쥔의 최신작인 《슬픈 마음을 달래며》에까지
이어진다.

　그러나 《붉은색 글자 뭉치》에서부터 《슬픈 마음을 달래며》까지 뤄이쥔은
어쨌든 일련의 실험, 모색의 과정을 거쳐야 했다. 서술에 대한 은유와 상징,
인생의 재현에 대한 신앙을 상실해 버림으로써, 그는 더 이상 순순히 '눈물과
피가 있는' 이야기를 써낼 수가 없다. 초기의 그는 장다춘을 사사하여 메타픽션
의 기법을 훈련하고 현실의 의미를 해체한다. 그러나 황진수가 말한 것처럼
소설의 허실과 생사를 넘나들면서 그의 스승에게는 불가능한 것들이 있었
다.7) 또는 〈우리는 어두운 술집에서 나와서〉의 말을 사용하자면, 장다춘의
"작품에는 비애를 가진, 조금이라도 진지한 인물은 없었다."8) 또한 이 때문에
뤄이쥔의 작품 또한, 자아 해체의 서사 게임과 그가 고심하면서도 해독할
수 없는 서사의 목적 사이에서 떠돌면서, 궁색하면서도 마음에서 우러나오지
않는 말을 하게 되었다. 〈붉은색 글자 뭉치〉, 〈글자 뭉치를 펼친 뒤〉와
같은 것들이 명백한 예다. 그다음 작품인 《우리는 어두운 술집에서 나와서》에
서 뤄이쥔은 소위 메타적 기법과 서사 윤리가 사실은 서로 충돌할 필요가
없다는 것을 깨닫기 시작한다. 〈타고난 열두 개의 별자리〉는 전자오락의
가상적인 진실 세계를 배경으로 하는데, 그 말하는 것은 오히려 추적, 복수,
운명이라는 오래된 이야기이다. 시간은 순환인가 아니면 전진인가, 영겁의
세월인가, 아니면 축적되는 숫자인가? 또한 시간의 출발점과 종착점 − 죽음은
되돌릴 수 있는 것인가? 서술할 수 있는 것인가? 메타 서술은 곧 숙명이니,
수사는 죽음을 체현한다. 뤄이쥔은 일시에 임독의 두 혈맥이 뚫린 것처럼
비로소 삼가 스승과 작별을 고하고 그 재능을 펼치기 시작한다.

　《아라비안 나이트》의 이야기에서 공주는 살신의 화를 피하기 위해 끊임없
이 이야기를 만들어내면서 생살여탈권을 쥔 왕을 이야기 속에 빠져들게
만든다. 이야기의 연속이 곧 생명의 연속이다. 최근작인 《슬픈 마음을 달래며》

에 이르기까지 뤄이쥔은 자신이 이 오래된 교훈을 떠받들고 있는 것으로
여기고 있다. 그러나 나는 정반대의 관점을 가지고 있다. 그와 그의 같은
세대 '오래된 영혼'들과 '습골자'들은 이야기를 하는 데 능하다. 그들(그녀들)이
'죽음을 모르는데 어찌 삶을 알리요'를 알고 있기 때문이다. 뤄이쥔과 그의
동료들은 오로지 종말의 절대적 의미 – 또는 절대적 '무'의미 – 를 대면하면서
비로소 현재적 과거의 조각들을 주워 모아 변죽을 울리며 일단 이야기를
말한다. 이 점에서 보자면 그들(그녀들)이야말로 벤야민이 정의한 '이야기꾼'
의 핵심에 다가간다. 벤야민은 지적한다. 일반인은 삶을 원하고 죽음을 꺼리면
서, 죽어가는 사람이 세상과 이별하는 것은 보지 않는 것이 길하다고 여긴다.
그렇지만 인간이 죽어갈 때면 그 말도 선해지며, 더욱 중요한 점은 오로지
이때만이 그의 진실한 생명 – 그의 일생의 '이야기'가 비로소 전해질 수
있는 형태를 취하게 된다.

"그의 일생의 모습과 그림자가 펼쳐지는데 …… 그것이 얼마나 하찮든
간에, 그가 평생 동안 깨닫지 못했던 희비가 눈앞에 펼쳐지면서 일순간
잊을 수 없는 삶의 편린들이 되살아난다. 그는 이로 인해 나타나는 장엄함으로
주변의 산 자들을 물들인다. 이런 장엄함이 이야기의 근원이다."9) 이야기의
대가는 반드시 죽음으로 바꾸어야하는 것이니, 그 중의 패러독스는 말로
할 수가 없다. 그러나 생명은 이를 무시하고, 계속해서 확산 전진해 나간다.
벤야민으로 보자면 생명의 이러한 막힘없는 진전, 날로 새로워짐은 "곧 재난이
다."10) 이야기꾼은 인생이라는 호화로운 직통열차의 순진함을 간파하고는,
매번 장애물을 설치하고 죽음의 풍경을 연출하면서, 서사의 신비한 빛이
반짝 출현할 수 있는 가능성을 지적한다. 벤야민의 논지는 유태교의 감화를
깊이 받은 것으로서 우리가 꼭 따라할 필요는 없다. 그렇지만 우리 자신의
언어 환경 속에 적용해 보자면, 눈앞에 길이 없으면 뒤를 돌아보고 싶어지는
법이라고 말해야 할 것이다. 깨달음의 계기라는 것이 곧 생명의 알지 못함과

이름 없음을 참고하면서 서술의 불가함을 행하는 것이 아니던가?

따라서 나는 뤄이쥔의 창작 위치는 현대 중문소설에서 하나의 중요한 전환을 대표한다고 생각한다. 그의 최근 세 작품인 《아내, 꿈, 개》, 《제3의 춤꾼》, 《달의 성씨》는 사실 모두 그의 죽음의 서술의 변주곡이다. 주톈신이 이미 지적한 바 있다. 뤄이쥔은 "남들이 염두에 두지 않거나 습관적으로 대하는 삶의 상황 중에서, 예컨대 밤 세계의 유령·신명·마귀 같은 것들을 훔쳐보고서는, 태고 시대부터 사람들이 공포로 기피하며 과학과 이성이라는 방패와 투구로 차단해왔던 인생의 어두운 면을 비로소 접하게 되었다."[11] 앞에서 말한 것처럼 뤄이쥔은 꿈을 쓰고, 막다른 길의 인생 풍광을 쓰고, 혼란스럽기 그지없는 가족 관계를 쓰고, 모순이 겹겹인 신분 정체성을 쓴다. 그런데 꼭 리얼리즘식의 심오한 의미가 있는 것은 아니다. 그는 합법으로 불법을 은폐하고, 모두가 좋아하는 소재를 활용하여 수사와 이야기의 제로적인 의미를 탐구한다. 메타소설이 활용하는 퍼즐, 패러디, 변형, 차연이 그에게 있어서는 곧 문자의 '물질성'을 드러내는 수단이 되는데, 그가 이야기와 이야기 사이를 끼워 맞추고, 형태와 위치를 바꾸는 것은 곧 '시체 운반' 작업이다.

《슬픈 마음을 달래며》의 첫머리에 나오는 '시체 운반자'의 역할은 따라서 홀시할 수 없다. 저 높은 곳에서 오가는 '오래된 영혼'이나 여기저기를 찾아 헤매는 '습골자'와 비교하자면 '시체 운반자'의 현역 신분은 죽음의 서술의 요점에 더욱 근접한다. 이 양반은 나이는 중년에, 신체는 뚱뚱하고, 얼굴은 지저분하다. 막 숨을 거둔 어머니의 시체를 밀면서 서둘러 지하철 막차에 올라타고는 아직 온기가 있을 때 장기를 기증하고자 한다. 뤄이쥔의 글쓰기는 우리로 하여금 놀라 실소하게 만든다. 그러나 이 참으로 황당하고 음산한 상황 속에서 그는 지난 수년간 글쓰기의 히든카드를 내놓는다. 그의 함축적인 말과 심오한 의미는 따지지 말고, 글쓰기란 곧 시체 성애의 파티이므로 일단 여력이 있다면 얼른 현장을 따라가보는 것도 무방할 터이다. (나는 심지어 뤄이쥔이 의도적으로 이런 인물을 만들어내서 '오래된 영혼'과 '습골자' 및 나처럼 열정이 과도한 추천자들을 야유했다고 생각한다.) 어쨌든 간에 만일 주톈신이나 우허가 여전히 역사의 폐허, 기억의 잔재를 되돌아보는 데 연연하고 있다면, 뤄이쥔의 서술 열차는 이미 다음 정거장에 도착한다. 차문이 열리고 당신은 보게 된다. 그는 뭔가 알 수 없는 '물건'을 밀면서, 중얼중얼 혼잣말을 하고 이리저리 부딪치며, 병원 문이 닫히기 전에 서둘러서 세상에 사랑을 남기고자 한다. 그러나 바로 이 순간에 그는 갑자기 무언가가 기억난 듯 자신도 모르게 비애가 솟아나오기 시작한다.

2. 시간이라는 번식 기기

뤄이쥔의 죽음의 서술에 대한 마지노선은 시간에 대한 사고의 변증법이다. 그의 소설은 시간에 대한 죽음의 위협을 거듭해서 묘사한다. 동시에 그는 시간이 바로 또 '종말'을 맞아들이는 전주곡이 아닐까하고 의심을 금치 못한다. 우리는 어떻게 방법을 찾아내어 서술을 연장하고 그 훼멸의 숙명을 피할 수 있는 것일까? 그렇지만 만일 시간이 계속 이어지면 세상이 영원할 것이라고 간주한다는 것 자체가 이미 사멸이 존재하고 있음을 반증하는 것이 아니겠는가?

이 이율배반적인 수수께끼를 해결할 수 있을까? 뤄이쥔의 소설은 시간과 관련된 갖가지 비유로 채워져 있다. 《아내, 꿈, 개》 중의 시간의 집은 각 방마다 또는 서술의 각 단락마다 서로 다른 장면과 이야기가 들어있다. 화자로서 뤄이쥔은 서로 다른 방들을 드나들면서 실망스럽게도 그가 이 다른 공간들에 동시에 출현할 수는 없다는 것을 이해하게 된다. 같은 이치로 《제3의 춤꾼》 속의 모든 이야기는 갈기갈기 해체되어 어거지로 한데 끼워 맞춰지는데, 극도로 부조화하면서 또 극도로 부득이하다. 《슬픈 마음을 달래며》는 이런 에피소드를 다룬다. 한 늙어가는 여인이 골동품 시계점에 들어오는데, "모든 시계가 흡사 여인의 젊음이 되돌아오지 않는 것 때문에 슬퍼서 탄식하듯이 채칵채칵 소리를 낸다." 시간을 멈추게 만들 가능성은 있는 것인가? 날짜변경선을 넘어가면서 얼마간의 시차를 '훔치는 것'처럼, 전자오락인 스트리트 파이터에서 죽었다가 도로 살아나는 것처럼, 얼음놀이에서 참가자들이 모두 순간적으로 동작을 그대로 멈추는 것처럼, 또는 비밀의 장소에 숨어서 남들이 아무리 찾아도 찾을 수 없는 것처럼.

뤄이쥔 역시 시간이라는 기기를 놀이공원의 대관람차에 비유하면서, "수정할 도리가 없는 시간의 톱니바퀴가 곳곳의 사소한 부분까지 긴밀하게 결합되어 끈질기게 돌아가는데 …… 그들은 마치 모든 것을 재미있기 그지없는 것처럼 참으로 그럴듯하게 다루었다." 그러나 어쨌든 이 기기에는 틈새가 있는 것은 아닐까? 그는 해저 깊숙한 곳의 러시아 잠수함이 칠흑의 어둠 속에서 갑자기 희미하게 두드리는 소리를 내는 것을 쓴다. 누군가 암호를 알아들을 수 있을 것인가? 구조는 아직 가능할 것인가? 그는 또 종종 사물이 광선에 고도 노출되어 생기는 역잠식 효과를 상상한다. 모든 것이 흑백을 구별할 수 없을 만큼 너무나 밝아서 오히려 아무 것도 보이지 않는다. 그런데 뤄이쥔이 시간, 죽음, 의미의 사색에서 최고로 사람의 마음을 움직이는 예 중의 하나는 《슬픈 마음을 달래며》에서 화자가 자신이 대륙의 쉬미산 동굴을 관광한 경험을 기술한 것이다. 동굴 안 깊숙이 못이 이어지고, 손을 뻗으면 다섯 손가락이 보이지 않을 만큼 컴컴하다. 갑자기 어떤 사람이 불을 켜자 돌연 양쪽에 석상들이 줄줄이 늘어서 있다. 그런데 어째서 석상은 모조리 얼굴이 없는 것일까? 언제부터 얼굴들이 떨어져나가고, 도둑맞고, 풍화되고, 훼손된 것일까? 반나절을 더듬거린 끝에 드디어 보게 되었다고 생각했지만, 모든 모습이 완전히 달라져있는 것을 보게 된 것이다.

황진수는 〈버리기의 이야기〉로 뤄이쥔의 서사/시간의 미학을 정리하면서 남다른 견해를 보여주고 있다. 뤄이쥔이 항상 마음에 두고 있는 것은 곧 일종의 말로 설명할 수 없는 내팽개쳐지고 내버려진 상황이다.[12] 시간은 버리기와 버림받기의 증언이 되고, 글쓰기는 곧 버리기와 버림받기의 궤적이다. 트라우마는 이에 따라 우리가 태어날 때부터 가지게 되는 존재의 조건으로 간주되어야 한다. 그러나 그보다는 버려야 할 것은 버리지 못하고, 버리면 안 되는 것은 버리게 되는 것이야말로 아마도 뤄이쥔의 핵심이 있는 곳이라고 나는 생각한다. 《슬픈 마음을 달래며》에서 뤄이쥔은 어린이의 기상천외함을 쓴다. 어두컴컴한 구석에 숨어서 어른들이 자기를 찾지 못하게 만들지만, 반대로 자기 자신이 바깥세상을 찾지 못할까봐 공포를 느끼게 될 것임은 전혀 모르는 것이다. 그는 아내와 함께 홍콩의 고층 빌딩을 돌아보다가 실수로 비상구 밖으로 나가게 되면서 오히려 도망갈 곳이 없게 되는 것을 썼다. 그는 또 부인이 출산을 할 때 진통이 시작된 부인을 부축하고 병원으로 뛰어들지만 이리저리 일이 꼬인 끝에 뜻밖에도 부인을 잃어버리는 것을 썼다. 물론 《달의 성씨》의 길 잃은 아이에 비길 만한 것이 또 있을까? 타이베이를 다 돌아다녀도 집을 찾아갈 수가 없고, 마지막에는 폐허 같은 곳에 가게 되는데, 알고보니 장제스기념관의 공사장이다.

들어갈 수도 없고 나올 수도 없으며, 나갈 수도 없고 되돌아올 수도 없다. 시간의 미궁에 대한 뤄이쥔의 난감함이 이보다 심한 것은 없으리라. 황진수의 말이 옳다. 뤄이쥔의 곤경은 일종의 '본원적인 버리기'라는 콤플렉스에서 오는 것이다. 그러나 나갈 길을 찾을 때 뤄이쥔은 이런 '본원적인 버리기'를 '역사의 버리기'로 설명 - 동시에 차연, 조작 - 한다.[13] 따라서 《달의 성씨》에서 그가 외성 출신 제2세대로서 버림받은 신하나 사랑 잃은 서자라는 식으로 과장하는 태도는 어려운 것은 피하고 쉬운 것을 택하는 식의 작법에 불과하다. 그는 내심 틀림없이 그 부족함을 알고 있을 것이다. 《달의 성씨》의 가족사가 미진한 것은 필경 그의 담력과 관계가 있다. - 그는 그런 비애의 고통스런 곳을 건드릴 수가 없는 것이다. 《슬픈 마음을 달래며》에 이르러서 뤄이쥔은 자살해 버린 여성 동성애 작가 추먀오진과의 대화를 상상하게 된다. 이제 비로소 문제를 테이블 위에 올려놓은 셈이다. 죽음의 서술, 시간의 수수께끼. 그것은 언어를 버리고 세상을 버리는 것이며, '자포자기하는 것'이며, 특히 '아낌없이 버리는 것'이다.

뤄이쥔의 죽음의 서술의 다른 한 면은 애욕에 대한 무한한 상념과 의아함이다. 그가 '아낌없이 버리는 것'은 어쩌면 곧 어렴풋이 사랑과 죽음의 공모 관계를 감지했기 때문이 아닐까? 뤄이쥔이 프로이트와 라캉과 그 문하생들의 전집을 독파한 것은 아닐 것이다. 그러나 그가 계속 써나가다보니 마치 원가 판매나 재고 정리 때처럼 매번 이 학파의 학자들로 하여금 손이 근질거리도록 만든다. 《슬픈 마음을 달래며》 중의 꿈은 이 모든 것을 설명하기에 충분하다. 꿈속에서 화자는 나체로 잠이든 어머니를 발견하는데, 감정을 자제하지 못하여 자신의 손가락 끝을 어머니의 하체에 집어넣고, 그리도 통쾌해서 점점 더 깊이 밀어 넣게 되고, 아예 주먹을 집어넣었다가 결국 손 전체까지 집어넣게 된다. "울고 싶을 만큼 후련한 그런 포근함과 따스함은 그로 하여금 참지 못하고서 다섯 손가락을 펼치게 만들었다. 이리하여 그 모든 황금색 액체 같은 행복한 분위기가 몽땅 사라져 버렸다." 그 손은 아무리 해도 빼낼 수가 없다. 모자 두 사람은 얼굴에 땀을 뻘뻘 흘리며 "닻 갈고리 같은 손을 빼내려고" 모든 체위를 다 시도해보지만 꼼짝도 하지 않는다. 어머니의 자궁, 본체(모체)로 되돌아가려는 극단적 쾌락의 욕망, 죽음의 함정, 버리기와 버림받기, 그리고 또 복귀라는 결말. 글쓰기란 곧 모체에 집어넣어서는 안 되는, 더구나 '참지 못하고서 다섯 손가락을 펼쳐서'는 안 되는 그런 욕망/금기의 꿈과 같은 것이 아니겠는가? 이제 어찌해야 좋을 것인가? 다른 한 장절에서 뤄이쥔이 이렇게 쓰는 것도 이상하지 않다. "나는 어둠 속에서 무능하게 꽃처럼 활짝 펼친 손가락의 난감한 그 모양이 바로 상해 자체라는 것을 깨달았다." 이것이 뤄이쥔 글쓰기의 마지노선적인 고백인 것이다.

오이디푸스적인 근친상간의 욕망과 허망함이 《제3의 춤꾼》에서는 달리 해석되고 있다. 가정교사인 루쯔위는 학생인 시바타 메이지와 그녀의 엄마 Angel 두 사람과 동시에 관계를 맺는다. 모녀 두 사람은 하나는 후회하지 않는 젊음이고 하나는 이리나 호랑이 같아서, 우리의 가정교사 선생님이 정신을 못 차릴 만큼 엉겨든다. 루쯔위의 더블데이트는 마지막에 흐지부지 끝난다. 하지만 "그는 자신이 두 모녀에 의해 …… 음경에 [새 발목처럼] 고리가 매달린 떠돌이새라고 느끼게 되었다. 그녀들은 그를 망망한 사람의 바다 속에 던져 넣고, 그렇게 뒤틀리게 된 불륜의 남자가 어떻게 사람들 사이에서 떠도는지를 살펴보는 것이다."[14] 그게 아니면 "탁구대 위를 이리저리 오가는 탁구공"이 되어, "두 벌린 구멍, Angel의 질강과 시바타의 질강"을 오가면서, 자신이 "두 여자의 복"을 누리고 있다고 생각하지만, 사실은 영원히 "그녀들이 아랫길로 한데 엮어놓은 축축한 음부속에 갇혀"있는 것이었다.[15]

이와 동시에 죽음과 애욕 및 생식과의 뒤엉킴이 《제3의 춤꾼》의 또 다른 이야기들에서는 더욱더 심해진다. 나이가 예순인, 화자 뤄이쥔의 어머니가 뜻밖에도 싱글벙글하며 자신이 임신을 했다고 말한다. 화자는 애증이 교차하는데 ……

　　나는 제법 애수에 차서 마치 짝짓기 프로그램을 거꾸로 돌리는 것처럼 나의 모친에게 말했다. 이곳에서 그녀와 함께 애프터눈 티를 마시는 아들, 갓 태어난 아기, 자궁의 태반 속에 들어있는 흡사 도룡뇽 같은 기묘한 조그마한 물체, 자궁벽에 들러붙은 엄지손가락 크기의 배아, 수정란, 부풀어 올라 호르몬 냄새를 흩뿌리고 있는 난자와 그것을 향해 전력을 다해 헤엄치고 있는 정자, 얼떨결에 쏟아져 나온 하얀색 정액 덩어리, 피가 몰려 확장되고 색욕과 사랑으로 충만해진 음경, 처음으로 전율하고 경련하면서 주름살 하나하나가 모두 미묘하게 광희할 정도로 민감한 음순, 그들의 첫 번째 접촉과 결합.16)

시간을 거꾸로 돌려서 당초 그 애욕의 장면으로 되돌아가보자는 것인데, 뤄이쥔의 콤플렉스가 이보다 더 심할 수는 없다. 그러나 과연 가능할까? 한 노쇠한 여성이 새로운 생명을 잉태할 수 있는 것일까? 어머니가 임신한 지 6개월이 지났을 때, 그녀가 보였던 모든 임신 증세가 마음에서 비롯된 '거짓 임신'이며, 진짜 같은 가짜 연극일 뿐이었다는 것이 밝혀진다. 그 아이가 아직 출생 전이라는 것은 존재하지 않는다는 것을 증명한다. 생명이 있기도 전에 먼저 생명의 상실이 있고, 헛되이 사랑은 있지만 사랑의 대상이 소실되어 버린 것이다. 비애는 여기서 출발한다.

뤄이쥔의 세계에는 숨이 막힐 정도로 애욕이 유동하고 패러독스가 끈적거린다. 이에 수반되는 죽음의 유혹은 갖가지 폭력의 형식으로 나타난다. 이러한 위압적인 절망의 상황 속에서 뤄이쥔이 가장 자주 불러대는 아내에게서 구원의 힘이 나온다. 마치 아내라는 이 인물이 등장하게 되면 그런대로 윤리와 시간의 질서가 떠오르면서 잠시나마 모든 것이 안돈되는 것 같다. 뤄이쥔의 이 아내는 또 감당하기가 정말 힘들다. 그녀는 《아내, 꿈, 개》부터 시작해서 작가 때문에 머리가 어지러울 만큼 뺑뺑이를 돈다. 아내는 어린 소녀처럼 순수한 순결녀이고, 양다리를 걸친 적이 있는 정부이고, 남자 애인이 군대에 있을 때는 위안부이고, 남편의 부모님 침대에서 어색해하며 남편과 섹스를 하는 어머니의 대체품이고, 꿈속에서 만나고 사귀고 숭배하고 잃어버리고 배가 부르도록 가지고 놀던 애인이다. 아내가 유도하고 협력해서 만들어내는 온갖 종류의 자세는 하나부터 열까지 뜻밖에도 스턴트 장면의 분위기를 연출한다.

그러나 나는 이 아내를 사실은 함부로 대할 수 없다고 생각한다. 그녀는 뤄이쥔의 어수선한 서사에 하나의 중심선을 부여하고 있다. 만일 뤄이쥔(또는 그의 화자)이 그리스 신화 속의 테세우스(Theseus)처럼 반인반수인 미노타우로스(Minotaur)가 사는 미궁으로 쳐들어가고자 하지만 그 방법을 찾을 수 없다고 한다면, 그의 아내는 아리아드네(Ariadne)라고 해도 무방하다. 실타래를 주면서 우리의 영웅이 담장을 통과하고, 길로 들어서고, 이리저리 에돌아 미궁의 가운데까지 도달하도록 만들어준다. 그런데 우리는 묻게 된다. 이는 무슨 미궁인가? 시간의 미궁, 욕망의 미로 가운데서 뤄이쥔은 동작 하나하나, 방향 전환 하나하나를 모두 아내의 실타래에 의존한다. 그는 꽃밭을 가로지르고 안개를 헤치며 찾아 헤맨다. 다만 그럼에도 불구하고 …… 뤄이쥔의 화자가 미궁의 중심에 도착하게 되면 깜짝 놀라게 될 것이다. 전설 중의 괴물은 아마도 다른 사람이 아니라 바로 어머니일 테니까. 그녀는 아마도 발가벗은 채로 목욕을 하고 있을 것이고, 짐작컨대 뤄이쥔의 마음은 쿵쾅쿵쾅할 것이다. – 마치 《제3의 춤꾼》의 한 장면처럼.[17] 그녀는 아마도 배가 산만큼 부른채 곧 출산할 예정일 것이다. 그런데 어쩌면 그보다도 그녀는 아예 어디로 가버렸는지 알 수가 없고 토실토실한 아기 시체만 남겨져 있을 것이다. 뤄이쥔이 몸을 굽혀 들여다보면 그 아기 시체는 아주 낯이 익을 것이다. 알고 보면 바로 그 자신일 것이다.[18]

3. 주톈신 방법의 극복

뤄이쥔은 초기에 장다춘을 사사했다. 그들의 사제 관계는 《붉은색 글자 뭉치》와 같은 작품으로 증명이 된다. 그렇지만 두 번째 소설인 《우리는

어두운 술집에서 나와서》 이후 뤄이쥔은 갈수록 스승과 멀어진다. 장다춘의
유들거리고 건들거리는 태도와 현실에 대한 끝없는 유희적이고 허구적인
태도는 확실히 제자가 있는 그대로 다 받아들일 수는 없는 것이었다. 뤄이쥔이
장다춘 대신 선택한 훈련 대상은 '오래된 영혼' 주톈신임에 틀림없다. 그리고
주톈신의 뤄이쥔에 대한 평가와 기대는 《우리는 어두운 술집에서 나와서》에
쓴 그녀의 머리말에서 잘 볼 수 있다. 당시에 이미 뤄이쥔이 점차 발하기
시작한 창연하고 노련한 서사의 목소리, 인간사의 체험, 생사의 고찰은 빼다
박은 또 하나의 오래된 영혼의 분신이었다.

《고도》, 《산책자》의 완성과 더불어 주톈신의 죽음의 서사는 갈수록 더욱
완벽을 추구하면서 이미 스스로 일종의 법문이 되었다.[19] 보아하건대 후진으
로서 뤄이쥔은 그가 초기에 장다춘에 대해 보였던 반응과 마찬가지로 역시
날이 갈수록 '영향의 초조함'을 느끼게 되었을 것이다. 문장을 구사하고
사건을 처리하는 것이라든가 심지어 허사와 접속사의 사용까지 모두 주톈신
식의 흔적을 드러내고 있다. 더구나 주톈신의 뒤에는 또 아직 혼이 흩어지지
않은 주톈원마저 있었다. 《슬픈 마음을 달래며》의 한 단락을 보자.

흡사 수를 놓는 부인이 반복해서 본을 뜨면서 특히 몇 가지 무늬에 공을
들이는 것 같았다. 슬로 모션으로 틀다가 죽음의 순간을 마치 우무묵 같은
전시용 표본으로 동결시켰다. 냄새. 눈을 뜰 수 없을 정도로 강렬하게 쏟아지
는 밝은 빛을 향해 ⋯⋯.

나는 정말 많이 수집했다(나는 정말 많이 탐문했다). 마치 흙으로 빚은
사람이나 풀로 짠 물건을 가지고, 망령되이 신령을 모방하고 불러내기를
도모하는 토착민처럼. 나는 생명 본연의 운행 속도의 날짜 변경선을 넘어섰
다. 이리하여 밤낮이 뒤틀리고, 광음이 거꾸로 가고, 시차가 생겨났다.

왜 나는 항상 내가 경험해본 적이 없는 '미래의 정경'을 쓰려고 하는 걸까?
게다가 글쓰기를 위해 허망하게 나의 신체와 영혼은 그 감당할 수 없는

중력의 실험장에 내던져진다. 나는 억지로 압력실에 밀어넣어져 인체의
극한 상태를 테스트 받는 직업적인 피검사자와 아주 비슷하다. 반복적으로
들이닥치는 고압, 고속, 공기 밀도, 온도의 임의 조작 하에서 나의 잇몸은
습관적으로 피가 나고, 백발이 한가득이고, 소변이 잦고, 눈 아래가 처지고,
나의 얼굴은 노화되면서 엄청 심하게 망가지고 …….
　내가 경계를 넘어섰기 때문이었다.
　미친 듯이 계집질하고 양껏 마셔대거나 온갖 화려한 것을 다 보기는
하지만 일찍 시들어버리고 마는 사람들이 받는 징벌 같았다.[20]

　이런 서술은, 뤄이쥔으로서는 느낀 바가 있어서 그런 것이겠지만, 읽어보면
왜 익숙한 것 같을까? 아마도 주톈신(그리고 주톈원)의 스타일이 뤄이쥔에게
영향을 주었을 것이다. 다만 그것은 제한적이었을 가능성이 있다. 장다춘을
'극복'한 후[21] 어떻게 주톈신을 극복할 것인가가 분명 뤄이쥔의 다음 단계
과제다.

　그런데 나는 현 단계의 작품에서 뤄이쥔이 이미 주톈신과 상이한 특징을
드러내고 있다고 생각한다. 시대는 바뀌고 모든 일은 흘러가 버리는 필연성에
대해 주톈신은 자신도 어쩔 수 없는 비애와 원망을 가지고 있다. 그녀가
어떻게 과거와 현재를 넘나들든 간에 그녀는 언제나 시간의 불가역성 및
그로부터 비롯되는 가치 붕괴에 대해 근심하고 있다. 한때는 장제스의 반공산
주의와 반소비에트를 추앙하고, '삼삼그룹'에 참여하여 천하를 읊조렸는데,
이제 그녀는 한 세기가 바뀌는 문지방에 서서 차마 되돌아보지 못하는 난감함
을 느끼고 있는 것이다. 《격양가》, 《방주에서의 나날들》 등 왕년의 명작은
마치 지난 왕조의 유물처럼 이미 오래 전에 가버린 젊은 날의 찬란함을
기념하는 것일 따름이다.

　뤄이쥔은 다르다. 그의 작품을 보면 사실 시간의 전진(또는 후진)이라는

맥락을 찾아내기가 그리 쉽지 않다. 앞에서 말한 것처럼 물론 그는 시간의 희롱과 잔혹함에 경각심을 가지고 있고, 이 때문에 초조해 마지않는다. 그러나 그에게는 주톈신과 같이 말마다 이치에 들어맞는 그런 명분이 결여되어 있으며, 이리하여 이치 당당하게 말할 수가 없다. 이는 다름 아니라, 시간, 의미의 훼멸이 처음부터 바로 그의 서사의 조건이기 때문이다.

만일 주톈신이 이미 그녀의 청춘적인 태도를 포기했다면, 뤄이쥔의 사춘기 후반적인 흥분은 곧 흡연 습관이나 음주 습관처럼 불시에 되돌아와 그를 유혹한다. 그가 스스로 그물에 걸려들도록 유혹하는 것이다. 그의 소설에 고등학생식의 생리적 우스개, 포르노적 장난이 많이 서술되는 것은 우연이 아니다. 그의 남성 인물들은 걸핏하면 용두질을 하고, 거시기 농담을 해대며, 가지가지 희한한 포르노적 백일몽에 빠지는데, 그야말로 그 시절을 겪어본 같은 (남성) 독자로 하여금 자신도 모르게 실소하도록 만든다. 이 속에는 일종의 지저분하고 기묘한 향수가 포함되어 있는데, 공교롭게도 주톈신의 '삼삼그룹'식의 청춘 예찬과는 정반대로 나아간다. 비록 사람이 중년이 되어 결혼도 하고 아이도 낳았다지만 뤄이쥔의 인물과 화자들은 여전히 그 청춘의 금지 구역을 굳게 지키면서 성적 가능함과 불가능함을 마음 내키는 대로 과장한다. 전술한《제3의 춤꾼》의 루쯔위의 난륜식의 공공연한 모녀 간음이라든가,《슬픈 마음을 달래며》속의 고등학생들이 나체의 다른 사람들을 훔쳐보는 부조리 극장이라든가, 또《달의 성씨》에서 아버지의 여자와 그짓을 하는 것 등 가지가지 '음란한 행동과 못된 행적'은, 진짜로 벌어지는 일이라기보다는 아니 땐 굴뚝에 연기 날까라고는 하지만 찾아봐도 실체가 없는 정신적 음란의 분위기로 가득 차 있다고 해야 할 것이다. 쏟아낼 데가 없는 정력과 정액, 그 표현이 기가 질리게 만드는 정욕의 고백은 결국 청춘기 최후의 허장성세와 최후의 용감무쌍을 나타내고 있는 것이다. 그런데 정신적 음란의 유혹이란 욕망 상상이 지나쳐서 오히려 모자란 것과 다름없다는 데 있는 것이다.

- 낭비적 과잉, 화려한 소모, 이것이 최고의 음란인 것이다.

우리의 작가는 부단히 사춘기 후반적인 환상으로 되돌아간다. 이 시기에 육체가 만개하고 왕성해지면서 성인의 세계로 진입하는 돌격을 감행하지만, 또 이 시기에 육체는 분출되는 욕망 – 애욕, 죽음의 욕망 – 으로 그렇게나 시달리면서 어찌해야 할지 모르게 된다는 점을 그가 잘 알고 있기 때문이다. '스스로를 사랑'하는 것과 '스스로를 사랑'하지 않는 것, 쾌락을 바라는 것과 그로 인한 죽음을 바라는 것은 얼마나 고통스러운 시련이던가? 뤄이쥔은 화장실에 쪼그리고 앉아 자위하던 자신, 설사약을 넣은 도시락을 먹던 것, 이 때문에 "화려한 설사약 공격"을 받게 된 친구 등을 쓰면서 그 과정에서의 흥분과 잔혹함을 전혀 감추지 않는다. 그는 (《제3의 춤꾼》와 《슬픈 마음을 달래며》의 두 소설에서) 아무런 이유도 없이 목을 매달아 자살한 학우를 쓰면서 청춘의 욕망의 가장 어두운 일면을 보여주었다. 죽음의 유혹이 진즉부터 그곳에서 기다리고 있는 것이다.

뤄이쥔의 서사에 섞여있는 외설과 음란, 악의와 자조는 직설적인 것이어서 주톈신은 따라잡을 수도 없고 따라잡기를 원치도 않을 것이다. 주톈신의 소설 태도와 내용은 그것이 어떻게 바뀌든 간에 결벽함에서 벗어나지 못한다. 공교롭게도 이는 그렇게 의도적으로 추한 면을 스스로 폭로하는 뤄이쥔의 전략과는 정반대다. – 우리는 그녀가 떠돌이 같은 오빠, 결혼 시도가 계속 실패하는 언니, 늙어가면서 아이를 밴 신경질적인 엄마, 비열하게 바람난 아버지, …… 와 같은 일군의 테러리스트들로 자신과 자신의 가족을 상상할 것이라고는 거의 생각하기 어렵다. 그러나 주의할 점은 뤄이쥔이 그의 사춘기가 남긴 상상력을 발휘할 때 그는 사실 자신도 의식하지 못하는 채로 장다춘의 '가분수 소년 다터우춘'의 세계쪽으로 접근한다는 것이다. 다른 점이라면 장다춘의 경우에는 다터우춘이든 못된 아이든 간에 어쨌든 나이는 어려도 머리는 깬 아이들이라는 것이다. 장다춘 스스로 자신을 위해서 만들어낸 인물들은 곧 노련한 피터 팬이 아니겠는가? 반면에 뤄이쥔의 인물은 동시에 여러 개의 상이한 생리적 시계를 가진 기형아들이다. 그들은 몰래 생명 경험의 시차를 이용해서, 동시에 미래를 선불하고 과거를 소급하는데, 결국은 힘에 부쳐서 기가 죽어 멋쩍게 웃어 마지않는다.

뤄이쥔의 세계 속에서 어차피 시간의 위치 및 윤리의 관계가 어지럽고 어수선하게 서술되고 있으므로 젠더적 경계 넘기란 거의 피할 수 없는 결과이다. 이는 우리를 그의 더욱 우악스러운 섹슈얼리티/젠더 상상의 실험으로 들어서게끔 인도한다. 《달의 성씨》에서 뤄이쥔은 막 입대했을 때를 '추억'한다. 일군의 과체중인 똥보 신병들은 행군 직전 명령에 따라 "양말을 뒤집어 신고, 실밥을 잘라버리고, 카키색 군복바지 안에 레이스가 달린 트라이엄프 삼각팬티를 입는다." "이리하여 나는 그때 흡사 황아장수처럼 군용품을 가득 걸치고 비릿한 땀냄새를 쏟아내는 카키색 군복을 입은 수컷 육체들의 무리 가운데를 걸어가면서 …… 갑자기 엉뚱하게도 이 녀석들이 각자 아랫도리에 입은 것이 무슨 브랜드의 여자 팬티일까하고 상상한다." 야시장에서 산 100위안에 세 개짜리 레이스 삼각팬티에서부터 와코루, 트라이엄프, 스웨어까지, 또 수입품인 팬시 미니팬티까지, "그게 지금 그들 카키색 군복바지 안에서, 오리구이가게 가판대에 쇠갈쿠리로 매달아놓은 오리처럼 자승자박의 허영을 추구하다가 소프라노 소리로 쥐어짜내듯이 되어버린 팬시 털복숭이 알주머니를 잔뜩 졸라매고 있는 것을 상상하면서 ……."[22]

뤄이쥔은 이렇게 엉뚱한 젠더적 스펙터클을 써낸다. 이는 단순히 익살의 몸짓이나 우스갯소리에 그치는 것이 아닐 터이다. 극도의 부조화 속에서 그는 욕망의 또 다른 연출 방식을 탐색하고 있는 것이다. 남자와 여자, 남자 남자와 여자 여자, 또는 비남자와 비여자, 젠더 구분의 경계 사이에서 갖가지 합종연횡의 관계가 생겨난다. 젠더, 운명, 시간, 모든 것이 뒤죽박죽된다. 무슨 방법으로 나의 원래 모습을 되돌려놓고 "그 마음을 다하도록" 할 수 있을까?《달의 성씨》의 화자인 뤄이쥔이 일본 텔레비전의 트렌스젠더쇼에 깊이 매료된 것도 이상할 것이 없다. 그리고《슬픈 마음을 달래며》에서 그는 심지어 자신이 여자 상사 같은 복장을 하고서 남들 대신 희생하면서 원대한 뜻을 펼치는 꿈을 꾼다. 그러나 이런 장면도 있다. 어릴 적에 큰 것이 급했던 뤄이쥔이 일이 끝난 후 원래는 화장지를 샀다고 생각했는데 그게 알고 보니 생리대인 것을 문득 발견한다. 그런데 그보다 앞서 다녀갔던 많은 남자 사용자들 역시 똑같은 '정체성'의 위기에 직면했던 것이 분명하다. 이리하여 차례 차례 생리대가 남성의 엉덩이에 위대한 공헌했던 것을 목격하게 된다.

주톈신은 일찍이 뤄이쥔이 젊은 작가 중에서 드물게 보이는 "다소 진지하게 비애하고 있는" 사람이라고 칭찬한 적이 있는데, 이 말은 반만 맞춘 것이다. 뤄이쥔의 비애가 사람들로 하여금 할 말을 잃게 만드는 까닭은, 전적으로 엄숙하고 심각한 그의 태도 속에서 – 주톈신의 그리고 그 자신의 것을 포함해서 – 인간 삶의 기대와는 다른 추함 및 청결하고 싶어도 그리 되지 않는 오점을 보게 되고, 이리하여 더욱 깊은 울림을 갖게 되기 때문이다. 오래된 영혼이 밤낮으로 태만하지 않고 밤새도록 고심하는 것에 비하자면, 뤄이쥔의 글쓰기는 언제나 몸으로, 특히 몸의 하반부로 되돌아간다. 그는 그것이 왜곡되고 변형되는 것을 쓰고, 그것이 삼키고 내뱉고 배설하는 것을 쓴다. 바로 이렇게 미적대면서 그는 지저분하게 그의 색정·젠더·국가·정체성의 이야기를 말해나가고 있다. 커밍아웃을 해야 할 때면 그는 피식하고 웃지 않도록 조심해야 한다. – 마치 그가 어릴 적 방공 연습을 할 때, 입 벌리고 눈 감고 귀 막은 정적 속에서, 그가 "그렇게 쭈그리고 앉은 자세 때문에 장소에 어울리지 않게 전체가 다 알아들을 수 있을 만큼 크지도 작지도 않은 방귀를 한 방 뀌어버렸던" 것처럼.

끝까지 캐고 들어가보면, 뤄이쥔은 웃음 – 멋쩍은 웃음, 쓴 웃음, 비웃는 웃음, 영문을 모르는 웃음 - 으로 삶의 비애에 응수하는 것이다. 그 자신의 말을 빌리자면, "상상 불가능한 거대한 부조리와 어긋남"에 직면했을 때, "있는 힘을 다해 코미디라는 극단 쪽으로 나아가지 않는다면, 틀림없이 도저히 견딜 수 없는 비극이라는 반대편 극단 쪽에 빠져들게 될 것이다."[23] 이런 웃음은 바흐찐 식의 '카니발적 웃음'이라기보다는 데리다가 말하는 '애도의 웃음'이다. 초기 데리다의 웃음, '애도'(mourning), 죽음의 서사 간의 연상이 내게 떠오른다. 데리다는 "다짜고짜의 웃음"으로부터 언어가 스스로 소멸되는 법이 없는 임계점으로 "의미가" "빠져드는 것"을 간파한다. 또한 이 임계점에서 "훼멸, 억압, 사망, 희생이 일종의 불가역적인 대결산, 피 같은 밑천이 돌아오지 않는 대부정을 형성하며 …… (원래 언어가 존재하던) 시스템 중의 부정적 힘으로 이를 볼 수 없기에 이른다."[24] 이런 '웃음'은 의미의 본연적 존재를 해체하며, 사실은 곧 가장 근본적인 것을 '애도'하는 소리이다.

난감한 카니발, 비애의 코스프레. 뤄이쥔(그리고 그의 인물)이 선택한 어릿광대 역할 및 스스로 싸구려로 구는 즉흥 연출, 그리고 이로부터 생겨나는 이유 없는 웃음소리는 주톈신이라는 오래된 영혼의 리더에게는 이해 불가능이라는 혼란을 가져온다. 그러나 이 혼란에 숨겨져 있는 흉포한 요소는 뤄이쥔의 애매한 충동 - 시원으로 회귀하고자 하지만 그럴 수 없는 충동, 음양이 교차하면서도 또 오히려 음양이 혼란스러운 충동, 암담하게 스스로를 부끄러워하고 스스로를 해치는 충동 - 을 더욱 진하게 드러내고 있다. 부딪치고 흔들리면서 결국 《슬픈 마음을 달래며》의 이런 괴이한 장면까지 나타나게 된다.

나의 거시기가 뜻밖에도 캄캄한 밤중의 우담바라처럼 그렇게 천천히 일어나기 시작했다. 꽃대 부분이 마치 물기를 빨아들인 것처럼 계속 커지면서 바지춤의 틈새로 불룩 머리를 내밀었고, 그 뿐만 아니라 암술머리 부분 역시 활짝 피어난 꽃잎처럼 계속 피어서 벌어졌다. …… 마치 한가운데부터 하나씩 꽃잎이 한없이 벌어져나와 둘러싸고 있는 그 바깥에는 …… 나는 너무나 수치스러워서 결국 쿨쩍거리기 시작했다.[25)]

4. 죽음과의 대화

뤄이쥔의 신작 《슬픈 마음을 달래며》는 현재까지로는 그의 최상급 작품들을 수록하고 있으며, 나의 심중으로는 새 세기의 타이완 소설 중에서 첫 번째 가작이기도 하다. 이 소설에서 뤄이쥔은 의도적으로 이 몇 년 동안의 창작 집념을 다시금 정합하고 있다. 그의 시간과 죽음에 대한 가상, 생식과 사랑에 대한 변증법, 그리고 익살과 포학에 대한 미련은 우리에게 모두 이미 익숙한 특징이다. 그러나 이번에 뤄이쥔은 더욱 대담한 방법을 택해 자신의 심사를 들추어낸다. 그는 유령을 불러내어 죽음과 대화하고자 한다. 그리고 그의 이 불가능한 임무를 도와주는 사람은 이미 고인이 된 여성 동성애 소설가인 추먀오진이다.

1995년 여름 파리에서 추먀오진은 실연의 상처에 대한 증거로서 스스로를 칼로 찔러 자살했다. 이 이전에 추먀오진은 이미 아주 기대되는 소설가였고, 《악어 노트》로 여성 동성애 글쓰기의 또 한 차례 정점을 일구어냈다. 그러나 추먀오진의 감정 생활은 일찍부터 풍파가 겹겹이었다. 극단적으로 사랑한(그리고 사랑받지 못한) 끝에 그녀는 죽음으로써 마음을 밝히는 것을 선택했다. 이와 동시에 스무 통의 편지를 써서 자신의 절명서를 준비했는데 《몽마르뜨 유서》가 그것이다. 육신의 화려한 자기 훼멸과 글쓰기의 절망적 연출, 창작과 생명 사이의 치명적인 결합으로 이보다 더한 것은 없다.

추먀오진의 죽음에 관련된 가지가지와 《몽마르뜨 유서》 속 여성 동성애의 애욕의 변증법에 대해서는 이미 많은 평론가들이 논했다. 내가 관심을 갖는 것은 뤄이쥔이 어째서 그리고 어떻게 이런 사건을 가지고서 그 '자신'의 죽음의 서사를 완성하는가 하는 점이다. 만일 소설의 내용에 그나마 본이 있다고 한다면, 뤄이쥔은 추먀오진을 알고 있었을 뿐만 아니라, 심지어 추먀오진이 야유하고 - 그녀가 만일 여성 동성애자가 아니었다면 - 사랑할 수도 있었던 대상이다. 문제는 이성애자로서 (나중에 또 결혼하여 아이도 낳은) 남성 작가인 뤄이쥔이 어떻게 동성애인 여성 작가와 서로 마음이 통할 수 있느냐 하는 점이다. 더구나 죽음과 삶이 영원히 갈라져 있는데, 살아있는 자가 어떻게 죽어버린 사람에게 욕망을 고백할 것인가? 그러나 애욕의 극한, 죽음의 극한 외에 또 그에 뒤따르는 것이 글쓰기의 극한이다. 언어의 소통 기능이 어찌 궁할 때가 있으랴!

그리고 추먀오진은 어쨌든 얼굴색만 다른 뤄이쥔의 뮤즈였다. 불가능한 것이 가능한 것으로 화한다. 그녀는 '영구 결번'으로 뤄이쥔의 생명에 대한 감지와 참여를 이끌어내고, 그녀는 여자 친구에게 써보낸 유서로 뤄이쥔의 남성적인 정욕 상상을 도발한다. 이는 그 얼마나 기괴한 시체 집착 게임인가? 그러나 '시체 운반자'로서 뤄이쥔은 그의 '변태'적인 역할을 연기하도록 운명이 정해져 있다. 그리고 마침내 그 속에서 한 가지 이치를 깨우친다.

《슬픈 마음을 달래며》라는 책 이름은 사실 제법 유래가 있다. 그것은 프랑스 작가 앙드레 지드가 부인 마들렌을 애도하며 쓴 문집 《그래도 그녀는 내 마음속에 살아 있네(Et nunc manet in te)》(1951년, 원문은 라틴어로 되어 있으며, 대략 '그 사람이 살아있는 자의 마음속에 영원히 남아 있도다' 정도의 의미이다)에서 나온 것이다.[26] 지드는 당시 유럽에서 가장 잘 알려진 동성애 작가 중 하나로, 그와 아내와의 관계는 혼인 초기부터 이미 이름뿐이었다. 기이한 것은 마들렌의 죽음이 오히려 심히 연약한 지드의 심금을 건드렸다는 것이다. 그는 왕년의 갖가지 애증과 은원을 추억하며 비통함을 억누를 수 없어서 글로 이를 기록해야 했다. 그런데 이 책은 지드가 사망한 후 '유작'으로 발표되었다. "나의 글쓰기, 옛날의 나, 존재한다." 여기서 글쓰기는 아닌 게 아니라 지나가 버린 과거의 망자/자신을 추모하는 일이다. 장면을 추먀오진으로 옮겨보자. 《몽마르뜨 유서》에서 추먀오진은 삶의 마지막 5년 동안 지드의 《슬픈 마음을 달래며》에 대해 각별한 애정을 가졌다고 스스로 말한다. "이 책이 보여주는 힘, 사랑과 원망의 진실한 힘이 있었기에 내가 책을 완성할 수 있었으며, 내가 이 허구적인 인성을 내용으로 하는 책을 쓰는 과정에서 겪은 나의 진실한 고통을 위로할 수 있었다."27)

생각해보건대 뤄이쥔은 추먀오진에게 영향을 받아 또 하나의 《슬픈 마음을 달래며》를 시작한 것이다. 그러나 여기에는 기이한 (성과 글쓰기의) 전도 과정이 존재한다. 만일 지드와 추먀오진이 모두 참회자의 신분으로 사랑의 재앙 이후 침통한 애도를 표하는 것이라고 한다면, 뤄이쥔은 대체 어떤 위치에 있는 것일까? 그는 저 멀리 남성 동성애자인 지드를 헤아려보는 것일까 아니면 여성 동성애자인 추먀오진을 헤아려보는 것일까? 그는 누구를 향해 사랑 내지는 사랑의 불가능함을 표하고 있는 것일까? 더욱 중요한 것은 《슬픈 마음을 달래며》의 사랑의 전제가 사랑의 사망 및 사후의 사랑이라는 점이다. 상해는 이미 만회할 수 없는 사랑을 초래했고, 죽어가는 자 내지 이미 죽은 자는 지나가 버린 사랑을 회고한다. 이렇게 보자면 이 책의 '전신'은 또 〈타고난 열두 개의 별자리〉라고 해도 무방한데, 그 소설에서 뤄이쥔의 글쓰기를 촉발한 동기는 한 초등학교 여학생의 자살이었다.

《몽마르뜨 유서》의 제7신에서 추먀오진은 그녀가 사랑하는 사람을 향해 이렇게 쓰고 있다. "하느님의 이름으로, 너는 정말 다시 내게 나를 오욕할 권리는 없다. …… 나의 내심에는 일종의 직감이 있다. '오욕'에 관한 직감이다. 너는 장차 내가 무엇을 말하는지 알게 될 것이다. …… 이는 내 인생 최초의 진짜 '붕괴'이다."28) 자신이 사랑하던 순결성을 잃어버리면서 이로부터 추먀오진의 세계가 붕괴하게 된다. 추먀오진의 히스테리는 롤랑 바르트의《사랑의 단상》속의 한 부분을 증명한다.

> 마귀. 사랑에 빠진 사람들은 때때로 자신이 언어의 마수에 걸려들었다고 느끼면서, 자신도 모르게 스스로를 상처주고, 게다가 - 괴테의 말을 빌리자면 - 천국, 즉 사랑의 관계가 그에게 만들어놓은 천국에서 스스로를 쫓아낸다.29)

마귀가 들린 추먀오진은 글쓰기를 통해 자신에게서 마귀를 쫓아내고자 의도했지만 반대로 스스로를 천당에서 쫓아내버렸다. 뤄이쥔은? 그는 천당의 문 바깥에서 서서 추먀오진의 시신을 굽어보고 있을 터이다. 그는 요행히도 사랑의 재앙은 면하게 되었지만, 동류가 불행을 당함으로써 생겨나는 견디기 힘든 비통함 만큼은 면할 수가 없었다. 그러나 그에게는 선택의 여지가 없었다. 그는 그 찢겨나간 사랑의 언어들을 주워 모아 계속해서 상해와 오욕에 관한 이야기를 하소연하는데 …….

이는 우리를 뤄이쥔의 죽음의 서사의 전략으로 되돌아가도록 인도한다. 추먀오진은 몸의 훼손을 가지고서 결코 '오욕' 당하지 않는 사랑의 경계와 서사의 동경을 반증한다. 그녀의 사랑하는 사람에 대한 독점에는 나 아니면 안 된다는 집착으로 가득 차 있다. 그녀는 갈라짐을 거부하고, '비세속'적인 '충성'을 신앙한다. 그녀가 배반의 위기를 느꼈을 때, 다시 한 번 바르트의 말로 한다면, 그녀는 "자기 자신의 마귀가 된다."《몽마르뜨 유서》는 비록 편지마다 수신인이 있지만 사실은 독백의 연속이다. 자살은, 아마도 추먀오진이 잘못된 사랑을 매듭짓는 가장 나쁜 선택이겠지만, 자아 서사의 최종 완성이라는 필연적 결말이다.

뤄이쥔의 죽음의 서사는 또 다른 한 가지 가능성을 지향한다. 뤄이쥔은 추먀오진이 열광적인 추구로 "창조해낸 이해 가능한 어떤 것들"은 이른바 "성인의 삶"이 아니라 자기 자신의 죽음이라는 점을 간파한 것이다. "영원히 꿰뚫어 볼 도리가 없고, 일체의 광원을 빨아들여서 사라지게 만들고, 그 이후 무수한 연속적인 시간의 여유로운 깊은 사색일지라도 통과할 수 없는 끝없는 기나긴 밤"인 것이다. 달리 말하자면, 스스로 꿰뚫어 보았다고 여긴 추먀오진이 사실은 생명 서사의 '끝이 없는 기나긴 밤'을 아직 '꿰뚫어 보지'도 못했고 또 그럴 수도 없었던 것이다. 죽음은 그녀에게는 서사의 종결이지만 뤄이쥔에게는 오히려 시작이다. 배워 나가면서 어떻게 '끝없는 기나긴 밤' 속에서 더듬거리며 나아가고, 배워 나가면서 어떻게 조수처럼 물러갔다가 되돌아오는 비애를 해결하는가 하는 것이 살아남은 자의 한 평생 과제인 것이다.

《슬픈 마음을 달래며》의 구성은 상당히 공들인 것이다. 전체는 9편으로 이루어져 있는데, 바로 추먀오진에게 보내는 9통의 편지이다. 그 외에 〈분만실의 아버지〉, 〈빛을 발하는 방〉, 〈종이접는 사람〉, 〈대마초〉 등의 짧은 이야기가 삽입되어 있다. 그리고 전체적으로 〈시체 운반자〉의 행적을 틀로 삼고 있다. 여기서 우리는 이미 알 수 있다. 뤄이쥔의 소설은 추먀오진의 유서가 오로지 하나에만 매달리는 것과는 다르다. 그것은 사실 상당히 잡다한 몽상, 추억, 공상을 포함하고 있다. 초등학교 시절의 난감한 유희, 고등학교 시절의 훔쳐보기 경험, 마누라와 혼전에 통정한 이야기, 친구 및 마누라와 대마초를 피우던 코미디 등등 많고도 많다. 심지어 자살을 언급하면서 또 뤄이쥔은 예컨대 구청부터 다자이 오사무까지, 곤도 준에서부터 미시마 유키오까지 수많은 상이한 사례들을 거론한다. 간과할 수 없는 점은 이런 것을 토대로 뤄이쥔이 생육과 생식을 쓴다는 것이다. 책 중간에 들어 있는 두 챕터인 〈분만실의 아버지〉는 미묘한 위치를 점하고 있다. 한편에서는 태어나고 한편에서는 죽어가는, 생명 경험의 두 극단이 나란히 조합되면서 상호 호응하는 행렬을 이룬다.

뤄이쥔이 추먀오진을 애도한다기보다는 그가 의도적으로 추먀오진의 사건을 빌어서 자신이 성장한 시대, 친구 및 '과거'의 가지가지 사물에 대해 그다지 아름답지는 않지만 처량한 손짓을 하고 있다고 말해야 할 것이다. 이 면에서 주톈신의 《산책자》가 부친인 주시닝의 별세를 내세워 명상의 촉매제로 삼는 것과 사실 내용은 달라도 솜씨는 같은 그런 어울림이 제법 있다. 그러나 나는 그래도 말하고 싶다. 주톈신 서사의 제2인칭인 당신은 필경 그녀와 마음이 통하는 청자/'타아'(alter ego)이다. 뤄이쥔은 결코 과욕하지 않는다. 어떻게 쓰든 간에 그는 그의 문자가 추먀오진에 대한 오해이며, 지난날 정회에 대한 오욕이고, 사랑의 정의에 대한 영원한 무례함이라는 점을 분명히 알고 있다.

가장 중요한 것은 《슬픈 마음을 달래며》가 훌륭한 이유는 역시 그것의 '대화성'에 있다는 점이다. 내가 말하는 대화성이란 더 이상 바흐찐의 생생하고 서로 떠들어대는 그런 대화에 국한되지 않는다. 유령과의 대화로, 죽음은 무소부재하고 이 때문에 생명의 불연속·난해함·불가지 역시 그 속에 포함되어 있음을 반드시 실감하게 된다. 뤄이쥔은 어린 시절 학교 안의 눈에 안 띄는 곳에서 사람들에게 발견되기를 기다리지만 모든 사람들이이 놓쳐버린 일, 또는 그의 마누라가 어릴 적 장난으로 술 장식장에 갇혔는데, 식구들이 외출한 틈에 좀도둑이 들어오고, 아무 사정도 모르고 바쁜 중에도 여유로운 좀도둑을 홀로 남아있던 술 장식장 속의 어린 여자애만이 아무 말도 못하고 빤히 쳐다보면서 '평화롭게 공존'하던 것을 잊지 않고 있다. 이런 순간에 뤄이쥔은 '부재중'이고 '사물적'인 또는 '죽은 자'의 시각에서 세계를 보게 되며, 이로써 그 알 수 없는 물질성이 이미 우리의 존재의 일부분이 되어 있음을 이해하게 되는 것이다. 이런 과거와 현재, 생명과 사망의 대치 중에서 뤄이쥔은 종종 전광석화의 찰나, '대화'의 가능성, 깨달음의 가능성을 포착한다. 그리고 언어는 이런 순간에만 "숨겨진 미덕의 그윽한 빛을 발한다"[30]

추먀오진이 그렇게 고심하며 사랑의 진리를 찾던 것에 비해보자면 뤄이쥔은 사실 '할 말이 없다.' 그는 말을 얼버무리고 엉뚱한 소리만 해대는데, 시체 운반 - 가지가지 생명의 광경과 유혼, 서술의 단편과 토막 - 의 행동에 다름 아니다. 다시 시체 운반자의 이미지로 되돌아가서, 그는 지하철 차표를 한 장 사들고, '지하'의 정거장들, 노선들을 오르내리면서 참으로 복잡한 여정을 펼치고자 한다. 언제 역에 도착할지 알 수 없지만 이미 의미의 운행은 시작되었다. 언제나 그와 함께 있는 것은 바로 그 죽은 어머니, 사랑의 궁극적 상징인 시체이다.

그러나 《슬픈 마음을 달래며》는 여기서 끝나지 않는다. 아직 꼬리가 남아있다. 〈후기〉에서 뤄이쥔은 강연 요청으로 인해 벌어졌던 난감한 경험을 또 다시 서술한다. 뤄이쥔은 자신의 불감당을 서술하는 데 베테랑이다. 이번에 그와 함께 동행한 사람은 그의 아내와 그들의 아이였다. 그들은 낯선 도시에 도착했고, 아내는 아이를 데리고 호텔의 한산한 실내 놀이터에서 미끄럼틀을 탄다. 실내의 형광등은 전압 이상 때문에 망가져서 깜빡거리고 있고, "모든 것이 그렇게도 고적하고 무감각하다." 그런데 소설 속에서 뤄이쥔과 그의 아내는 "우리의 아이가 고독하게 홀로 그 단조로운 화면 속에서 기어오르고 내려가는 같은 동작을 반복하고 있는 것을 바라보고 있다."

반복, 반복의 반복. 이미 세상을 떠나버린 그 여성 작가가 '단발성 상해'의 절대성, 자살 및 자살 서술의 불가역성을 견지한 것과는 대조적으로, 뤄이쥔은 '구차하게 살아남고' 게다가 아이까지 낳는다. 다만 "모든 것이 그렇게도 고적하고 무감각하다." 그렇지만 종말의 윤곽, 유한한 반복적 생명의 리듬을 알게 되었기 때문에, 생식에서 글쓰기까지 제 아무리 황당하고 유치하더라도 정반대로 장엄한 모습을 드러내게 되었으리라. 혈통을 잇고 대를 이으며, 시체를 운반하고 애도를 한다. 그 화려한 마천루가 붕괴해 버린 폐허 사이에서,

생명은 바닥을 기며 전진하고, 사랑과 죽음의 대화는 끊긴 듯하면서도 이어진다. 이야기꾼으로서 뤄이쥔은 죽음을 읊조리지만, 그의 이야기는 오히려 삶의 흥취를 자아낸다.

| 저자 주석 |

20장 뤄이쥔

1) 駱以軍, 〈我們自夜闇的酒館離開〉, 《我們自夜闇的酒館離開》, (台北: 皇冠, 1993), p. 103.
2) 조르주 바타유의 말을 사용한다면 일종의 비속한 물질(base matter)이다. 또는 슐라이퍼의 말로는 일종의 부정적 물질성(negative materiality)이다. Georges Bataille, *Visions of Excess: Selected Writings 1927~1939*, trans. Allan Stoekl, others, (Minneapolis: University of Minnesota Press, 1985), p. 49, p. 51, p. 129 ; Ronald Schleifer, *Rhetoric and Death: The Language of Modernism and Postmodern Discourse Theory*, (Urbana: University of Illinois Press, 1990), chap. 1 ; Jonathan Dollimore, *Death, Desire and Loss in Western Culture*, (New York: Routledge, 2001)을 보기 바란다.
3) Roland Barthes, *Camera Lucida: Reflections on Photography*, trans. Richard Howard, (New York: Hill and Wang, 1981), p. 92, p. 94.
4) 또한 슐라이퍼가 전유(轉喩, metonymy)로써 죽음의 서술에 대응한 논의를 참고할 수 있다. Ronald Schleifer, *Rhetoric and Death: The Language of Modernism and Postmodern Discourse Theory*, (Urbana: University of Illinois Press, 1990), chap. 1을 보기 바란다.
5) 王德威, 〈原鄉人裡的異鄉人 – 重讀舞鶴的《悲傷》〉, 舞鶴, 《悲傷》, (台北: 麥田, 2001), p. 8를 참고하기 바란다.
6) 駱以軍, 〈離開〉, 《紅字團》, (台北: 聯合文學, 1993), p. 155.
7) 黃錦樹, 〈棄的故事: 隔壁房間的裂縫 – 論駱以軍〉, 駱以軍, 《遣悲懷》, (台北: 麥田, 2001), pp. 339~357.
8) 駱以軍, 〈我們自夜闇的酒館離開〉, 《我們自夜闇的酒館離開》, (台北: 皇冠, 1993), p. 107. 또 黃錦樹, 〈棄的故事: 隔壁房間的裂縫 – 論駱以軍〉, 駱以軍, 《遣悲懷》, (台北: 麥田, 2001), p. 343을 보기 바란다.
9) Walter Benjamin, *Illuminations*, trans. Harry Zohn, (New York: Schocken, 1969), p. 94.
10) Walter Benjamin, *Illuminations*, trans. Harry Zohn, (New York: Schocken, 1969), p. 94.
11) 朱天心, 〈讀駱以軍小說有感〉, 駱以軍, 《我們自夜闇的酒館離開》, (台北: 皇冠, 1993), pp. 5~6.
12) 黃錦樹, 〈棄的故事: 隔壁房間的裂縫 – 論駱以軍〉, 駱以軍, 《遣悲懷》, (台北: 麥田, 2001),

pp. 339~357.

13) 黃錦樹, 〈棄的故事: 隔壁房間的裂縫 - 論駱以軍〉, 駱以軍, 《遣悲懷》, (台北: 麥田, 2001), pp. 339~357.

14) 駱以軍, 〈第三個舞者 - 紅姨〉, 《第三個舞者》, (台北: 聯合文學, 1999), p. 235.

15) 駱以軍, 〈第三個舞者 - 紅姨〉, 《第三個舞者》, (台北: 聯合文學, 1999), p. 237.

16) 駱以軍, 〈第三個舞者 - 紅姨〉, 《第三個舞者》, (台北: 聯合文學, 1999), p. 235.

17) 駱以軍, 〈第三個舞者 - 紅姨〉, 《第三個舞者》, (台北: 聯合文學, 1999), p. 248.

18) 황진수는 그의 논문에서 뤄이쥔의 '유기 미학'(遺棄美學)의 추형이 아기 시체임을 논하면서, 뤄이쥔의 시 〈유기 미학의 추형〉의 "자궁 속의 태아가/쪼그라들어 된 시/미이라와 마찬가지로"를 언급한다. 또 이는 소설 〈타고난 열두 개의 별자리〉의 "당신이 이미 유기한, 너의 얼굴을 가진 죽은 아기가 당신은 아무런 사정도 모르는 채 그들의 온실 속에서 자라나고 있는 것처럼"에서도 볼 수 있다고 주장한다. 黃錦樹, 〈棄的故事: 隔壁房間的裂縫 - 論駱以軍〉, 駱以軍, 《遣悲懷》, (台北: 麥田, 2001), pp. 339~357.

19) 王德威, 〈老靈魂前世今生 - 朱天心的小說〉, 朱天心, 《古都》, (台北: 麥田, 1997), pp. 9~32；王德威, 〈頹敗線的顫動 - 評朱天心《漫遊者》〉, 《衆聲喧嘩以後: 點評當代中文小說》, (台北: 麥田, 2001), pp. 67~70을 보기 바란다.

20) 駱以軍, 〈第五書〉, 《遣悲懷》, (台北: 麥田, 2001), p. 107.

21) 황진수의 관점을 활용했다.

22) 駱以軍, 〈山丘〉, 《月球姓氏》, (台北: 聯合文學, 2000), p. 209.

23) 駱以軍, 〈離開〉, 《紅字團》, (台北: 聯合文學, 1993), p. 138.

24) Jacques Derrida, *Writing and Difference*, trans. Alan Bass, (Chicago: University of Chicago Press, 1978), pp. 256~259.

25) 駱以軍, 〈運屍人b〉, 《遣悲懷》, (台北: 麥田, 2001), p. 309.

26) Alan Sheridan, *André Gide: A Life in the Present*, (Cambridge, Mass.: Harvard University Press, 1999), pp. 524~525.

27) 邱妙津, 《蒙馬特遺書》, (台北: 聯合文學, 1996), p. 196.

28) 邱妙津, 《蒙馬特遺書》, (台北: 聯合文學, 1996), p. 62.

29) 羅蘭・巴特, 汪躍進、武配榮譯, 《戀人絮語》, (台北: 桂冠, 1994), p. 78.

30) 물론 이것 역시 벤야민으로부터 힌트를 얻은 것이다. Walter Benjamin, *Illuminations*, trans. Harry Zohn, (New York: Schocken, 1969), p. 48, p. 94를 보기 바란다.

고향 상상, 나그네 문학

타이완 현대소설의 전통 속에서 리융핑(李永平, 1947~　　)은 사람과 글 두 가지 모두 상당히 특수한 예에 속한다. 리융핑은 말레이시아 영토의 일부인 북부 보르네오 섬 출신으로, 1967년에 타이완으로 유학 와서 타이완대학 외국어문학과에서 공부했다. 1972년 그는 단편소설 〈토인 아줌마〉로 주목을 끌었고 이후 계속해서 창작에 매진했다. 1986년 그는 《지링의 춘추》를 출간했으며 정치한 문장 구사, 복잡한 고향 상상으로 대단한 반향을 불러일으켰다. 그러나 리융핑이 진짜 붐을 일으킨 것은 1990년대이다. 1992년 그는 50만 자에 달하는 《해동청》 제1부를 출간했다. 이 소설은 해동의 한 도시(타이베이?)의 번영과 타락을 묘사했는데, 스토리라고 할 만한 이야기가 거의 없는 데다 문장은 난해하고 회삽하여 일반 독자들은 그저 바라만보고 말 뿐이었다. 더욱 불가사의한 것은 리융핑이 자신의 중국 대륙 정서를 써내게 되면 당시 한창이던 타이완 본토화운동[1]과 대비되어 엄청난 금기를 범하게 된다는 점을 잘 알고 있었다는 것이다.

1990년대 타이완은 시끌시끌하며 바스대고 있었다. 온통 포스트식민과 포스트모더니즘 담론의 조류 속에서 리융핑은 정면 교재 또는 반면 교재가 되어 마음껏 분석될 수 있었다. 남양에서 온 이 '화교 학생'은 국적을 타이완으

1　타이완 본토화운동이란 타이완 본토 문화의 발양 및 문화적 탈식민화를 주장하는 운동으로 특히 1987년 계엄 해제 이후 활성화되었는데, 사실상 탈중국화를 전제로 하는 이 운동은 문화 영역은 물론이고 정치·경제·사회·교육 등 모든 영역에서 지금까지도 심대한 영향력을 발휘하고 있다.

로 변경하지만 마음은 오로지 중국을 향하고 있다. 그런데 그의 마음속 중국은 정치적 실체로서의 중국이 아니라 문화적 토템으로서의 중국이다. 그리고 이 토템의 궁극적인 표현은 네모 난 글자 즉 한자에 있다. 리융핑의 중문에 대한 숭배와 손길은 그로 하여금 전심전력으로 지면 위에 하나의 상상적 고향을 건설하도록 만든다. 그러나 이 문자의 정령의 나라에서 암암리에 역사 속의 중국은 이미 사라져 버린다.

이런 중국 상상에 상응하는 것이 여성에 대한 리융핑의 애틋한 소환이다. 이 여성은 처음에는 어머니로 나타나다가 젊은 아낙과 소녀를 거쳐, 어린 여자애가 된다. 리융핑은 시종 일관 여성의 가장 원초적이고 가장 순결한 신분을 추적한다. 마치 그렇게 하지 않으면 아끼고 사랑하는 자신의 마음을 충분히 써낼 수 없다는 듯이 말이다. 그렇지만 그의 작품에서 거듭해서 필연적으로 맞이할 수밖에 없는 마지막 결과는 늘 여성의 성장, 타락, 사망이다. 달리 말하자면, 그의 여성 글쓰기는 언제나 어찌할 수 없는 사후 총명이 되고, 일종의 헛된 애도의 제스처가 된다.

리융핑의 중국 고향, 중국 어머니, 중국 문자는 그의 세계에서 삼위일체를 이룬다. 삼자 사이의 상호 대체와 상호 지시는 리융핑의 문학적 이데올로기를 실증해줌과 동시에 하염없는 공허와 비애를 낳는다. 원인은 다름이 아니다. 그의 글쓰기 위치 자체 - 떠돌고, 주변적이고, "모어가 없는" - 가 이미 갖가지 불가능성을 전제하고 있기 때문이다.[1] 당대의 타이완문학을 둘러볼 때 과연 몇이나 되는 작가가 이처럼 방대한 야심과 모순을 보여주는지 찾아보기 어렵다. 따라서 리융핑이 스스로 《해동청》이 "거대한 실패"[2]라고 말했을 때 그의 문제는 단지 미학적 좌절에만 그치는 것이 아니라 더 나아가서 일종의 역사/욕망의 전면 패퇴를 가리키는 것이기도 하다.

그럼에도 불구하고 타이완에 온 지 30년이나 되었지만 리융핑은 소수의 평론을 제외하면 대부분 두루뭉술하게 말레이시아 화인 작가로 분류된다.

이런 현상은 물론 타이완문학 연구의 맹점을 반영하는 것이다. - 외성 작가들
조차 모두 두 번째 줄로 물러나 앉게 만드는데 '화교'는 오죽하겠는가? 해양문
화로 자처하는 전통이 이렇게도 폐쇄적이고 완고한 것은 두말할 나위도
없이 기이한 일이 아닐 수 없다. 나는 당연히 리융핑이 타이완 작가라고
생각한다. 타이완은 그의 문학 창작이 시작된 곳이고, 타이완이 있기 때문에
비로소 그의 고향 - 중국 대륙이든 아니면 보르네오 섬이든 간에 - 이 거론할
만한 의미가 있는 것이다. 다만 그의 타이완 글쓰기는 일반인들이 자나
깨나 염원하는 본토적 리얼리즘일 필요는 없다. 그와는 정반대다. 타이완의
중요성은 한데 집중시키거나 굴절 반사하는 하나의 (정치적인, 욕망적인,
텍스트적인) 환유적 공간을 제공하면서 작가가 갖가지 애정 어린 관심을
가동할 수 있도록 만드는 데 있는 것이다.[3]

1. 고향 상상

리융핑은 타이완에 오기 전부터 이미 창작을 시작했다. 하지만 그의 문학
활동의 출발은 역시 타이완대학 재학 중에 이루어졌다고 보아야 할 것이다.
그가 자신의 서문에서 밝혔듯이 영미문학의 훈련 및 옌위안수·왕원싱과
같은 외국어문학과 선생님들의 가르침은 그의 시야를 크게 넓혀주었다.
그의 〈포위된 성의 어머니〉, 〈토인 아줌마〉 등의 작품이 처음부터 노련하고
세상사에 밝은 것은 결코 우연이 아닌 것이다. 주목할 만한 것은 리융핑이
처음 창작을 시작했을 때는 일단 자신이 태어나고 자란 보르네오 섬으로
되돌아가야 했다는 점이다. 분명 그곳에는 그의 글쓰기에 영감을 준 익숙한
수많은 인간사와 풍경이 있었다. 이런 각도에서 보자면 그는 전통적인 향토작
가의 방식을 따라간 셈이다. 고향을 떠나는 것은 향수의 시작이자 고향

문학의 출발점이다. 다만 리융핑의 예는 훨씬 복잡하다. 비록 그곳에서 태어나고 자랐지만 보르네오 섬은 그와 그의 가족이 타향살이 하는 곳일 따름이다. 바다를 건너면 지구의 저편에 또 한 곳의 육지 - 중국 - 가 존재하고 있는데 그곳이야말로 그가 몸과 마음을 의탁할 곳이다. 애초부터 리융핑의 고향은 유령과 같은 다중적인 존재에서 벗어날 수가 없다. 이것이 바로 이민자 내지 유랑자의 숙명이다. 그런데 리융핑은 일편단심으로 '근본을 밝히고자' 하므로 자연히 그 대가를 치르게 될 수밖에 없다.

리융핑의 〈토인 아줌마〉는 이후 그가 자신도 모르게 거듭해서 다루어야 할 문제들을 노출하고 있다. 이 소설은 표면적으로는 '학대받는 사람들'의 비참한 사정을 쓰고 있어서 거의 5.4 이래 휴머니즘적 리얼리즘의 복사판 같다. 그러나 해외를 떠도는 화족이 어떻게 그들의 문화적 전통과 혈연적 명맥을 유지할 것인가? 라는 심층부의 명제는 훨씬 더 심각하다. 소설 속의 토인 아줌마는 보르네오 섬 토착민으로 한족과 결혼을 하지만 온갖 차별에 시달리다가 결국은 지쳐서 죽는다. 토인 아줌마의 마지막은 당연히 동정할 만한 것이다. 다만 그녀가 상징하는 위협 - 이족, 혼혈, 번식의 위협 - 은 은연중에 한족 문화가 최종적으로는 '학대받는' 운명을 면할 수 없음을 가리킨다. 리융핑은 치기 어린 화자 뒤에 숨어서 장차 이민이 결국 외민으로 바뀌고 말 것이라는 해외 이민자에 관한 예언을 조용히 풀어 놓는다.

다른 한편으로 토인 아줌마에 대한 리융핑의 동정은 종족이라는 한계에서 멈추지 아니하고 그녀의 젠더적 신분에까지 미친다. 그녀는 어머니이다. 이는 리융핑의 고향 상상의 핵심이 있는 곳이다. 어머니 - 모국, 고토, 모어 - 는 삶의 의미의 원천이다. 그런데 시공간적 배경이 바뀜에 따라 그녀는 언제든지 이민족으로 바뀔 위험이 있으며, 심지어는 다른 인류로 바뀔 위험이 있다. 토인 아줌마의 애매한 신분, 그리고 그녀의 필연적인 죽음은 따라서 리융핑의 원죄적 공포가 된다. 어떻게 어머니를 구원하여 이화(이민족화)를 면하게 만들 것인가, 심지어 어머니가 영원히 자라지도 않고 늙지도 않는 유아기로 되돌아가게 만들 것인가 하는 점이 그가 이후 30년 동안 부단히 되풀이해서 시도하는 기획이 된다.

리융핑의 아들의 어머니에 대한 사랑은 〈포위된 성의 어머니〉와 〈까마귀와 태양〉에서 가일층 발휘된다. 특히 〈포위된 성의 어머니〉는 알레고리적 의미를 띤다. 말라카 해협 식민지의 작은 도시, 화예 이민의 사회, 꿈틀꿈틀 준동하는 토착민, 굳게 집을 지키는 어머니, 예민하고 걱정 많은 아들 등등 모자의 기이한 깊은 정의 이야기를 늘어놓는다. 소설 중반부에 어머니는 한밤중에 집을 버리고 피난을 떠나는데 "배가 물 위를 떠갈 때 마치 수렁 속을 가는 것 같다. 상류로부터 끊임없이 나무줄기, 가지, 이파리가 떠밀려왔고, 그것들이 언제 하구에 도달해서 드넓은 바다로 들어갈지도 알 수 없었다. 만일 그것들이 계속해서 북쪽으로 흘러간다면 언젠가는 중국에 도달할 수도 있지 않을는지?" 그러나 어머니는 마지막에 그래도 뱃머리를 돌려서 포위된 도시에 되돌아가기로 결정한다. 남의 고향이 이미 나의 고향이 되어버렸으니 이곳을 버리면 물러날 곳이 없다. 성밖을 떠도는 화족 자손들은 '포위된 성의 어머니'와 오래오래 함께할 수밖에 없다.

리융핑의 초기 소설은 주로 《토인 아줌마》(1976)에 수록되어 있다. 《토인 아줌마》를 출판한 지 10년 만에 그는 《지링의 춘추》(1986)를 내놓는다. 이 무렵 리융핑은 미국에 유학을 하여 박사 학위를 받았으니 아마도 또 다른 이방의 경험을 했을 것이다. 《지링의 춘추》는 12편의 단편으로 이루어져 있는데, 각 편이 독립적으로 되어 있으면서 또 한데 합쳐서 본다면 완연하게 서로 호응하는 장편의 구성을 가지고 있다. 소설집 전체는 강간 살해 사건을 주요 스토리로 하면서 한 작은 마을의 부도덕한 행위와 이에 따른 공포스러운 결과를 쓰고 있다. 리융핑의 고향 서사는 여기서 대담한 전환을 맞는다.

《토인 아줌마》 시기의 보르네오 섬의 풍토가 점차 멀어져 가고 그가 그려내는 지링 마을은 남양적인 정취도 있으면서 북방적인 특색도 드러나며, 향토 사실적인 기호가 충만하면서도 또 곳곳에서 파악하기 어렵도록 되어 있다. 확실히 리융핑은 그의 고향 영감을 충분하게 활용하여 진짜 같기도 하고 환상 같기도 한 글쓰기 전략을 구사하면서 그의 중국을 향해 나아간다.

논자들은 《지링의 춘추》에 대해 "중국의 한 작은 마을의 형상"이라고 하기도 하고 "산이 아스라한 허공 속 망망함 가운데 있노라"[4]라고 하기도 하면서 대체로 호평을 가한다. 또한 작품의 정치하고 세밀한 문자적 이미지는 더더욱 세심한 사람이 꼼꼼하게 텍스트를 분석하도록 끌어들인다.[5] 그런데 나는 《지링의 춘추》를 한 차례 훌륭한 장기 자랑이라고 간주해도 무방하다고 생각한다. 리융핑은 이 기회에 그가 가진 향수를 모두 다 보여준 것이다. 포스트모더니즘 이론을 배운 평론가라면 아마도 충분히 지링이 보여주는 허구적인 광경이 이미 전통적인 향토문학을 전복시켰다고 말할 수도 있을 것이다. 다만 리융핑은 이렇게까지 멀리 나아가지는 못했다. 그의 내력을 감안할 때 향수의 궁극적인 귀숙처는 문자인데 문자의 용처란 참으로 큰 것이러니 어찌 아이들 장난이겠는가? 굳이 따진다면 리융핑은 모더니즘적 신념과 형식으로 리얼리즘적 제재를 다시 쓰고 있는 것이다. 그러나 우리는 반드시 유의해야 한다. 리융핑이 고심하여 그의 종이 위의 고향을 만들어내면서 문자를 통해 치밀하게 그것을 다룰 때 그는 사실 자기 자신의 '포위된 성'을 만들어내고 있는 것이다.[6] 그리고 우리의 다음 문제는 포위된 성 안의 어머니는 과연 어디에 있는가 하는 것이다.

《지링의 춘추》에서 가장 중요한 모티프는 여성 ─ 그리고 모성 ─ 의 타락이다. 지링이라는 이 작은 마을에는 욕망이 흘러넘치고 죄악이 만연하다. 아름답고 정숙한 젊은 아낙이든 아니면 아무나 남편이 될 수 있는 기녀든 간에 모두 좋은 끝을 보지 못한다. 생육과 사망이 업보의 순환이 되어 초기에 리융핑이 창조해냈던 어머니 형상은 구원의 능력을 잃어버리면서 스스로도 구원받지 못하게 된다. 리융핑은 어린 시절 고향에서 종종 마주치던 머리가 하얗게 센 할머니가 혈혈단신으로 유령처럼 떠돌던 것을 기억한다. "그녀는 어디서 온 것일까? 어디로 가는 걸까? 그녀가 등에 짊어진 그 무거워 보이는 붉은색 보따리 안에는 무엇이 들어있는 걸까? 무슨 비밀을 감추고 있는 걸까?"[7] 우리는 이 할머니가 《지링의 춘추》의 류할머니의 원형이며, 류할머니는 모든 것을 박탈당한 어머니, 절망의 어머니라고 믿을 만한 이유가 있다. 《지링의 춘추》는 이를 통해 리융핑의 심사를 털어 놓는다. 그가 궁극적으로 쓰고자 하는 향수는 곧 일종의 상처로 인한 아픔이다. 어머니의 아픔, 무능한 아들의 아픔이다.

리융핑은 심대한 노력을 기울여 하나의 완벽한 문자상의 고향을 만들어낸다. 그러나 그가 말하는 이야기는 오히려 정반대로 나아간다. 이는 리융핑이 스스로에게 제기한 미학적 도전일 뿐만 아니라 동시에 텍스트 안과 밖의 이데올로기적 패러독스를 의미한다고 나는 생각한다. 그의 서사 형식과 서사 욕망은 서로 뒤엉켜 있으므로 '정리와 사리에 맞게' 해결할 도리가 없다. 그가 탐닉하는 모더니즘이 형식과 내용 면에서 서로 영원히 타협할 수가 없다는 점도 그 원인의 하나이다. 그러나 더 깊이 들여다볼 때 나는 이렇게 말하고 싶다. 만일 리융핑 창작의 목표가 이미 잃어버린 중국/어머니를 불러내는 데 있다면, 이를 문자로 구현할 때 자기 자신의 공허한 메아리만 기록할 수밖에 없다는 것이다. 그가 아무 소득이 없는 것은 서사의 성공과 실패 문제가 아니라 욕망(또는 신앙)의 득과 실의 문제인 것이다.

이 문제는 《해동청》과 《주링의 신선 나라 유람하기》에서 전면적으로 드러난다. 《해동청》은 타이완에 관한 우언을 펼치는데, 미국에서 유학하고 돌아온 학자 진우와 일곱 살짜리 여자애 주링이 해동의 도시(타이베이?) 거리에서 우연히 만나 온종일 떠돌아다니는 과정을 서술한다. 소설의 스토리는 사실 뭐라고 설명할 만한 것이 없다. 그러나 리융핑은 이 도시의 방종하고 문란함을 묘사하는 방면에서 연이어 문자적 장관을 펼친다. 이와 병행하는 것은 국민당 정권에 대한 세심한 배려이다. 심지어 '국민당 정부'가 타이완으로 옮긴 것을 《성경》의 《출애굽기》로 비유한다. 한편으로는 《로리타》식의 소아애 이야기이자, 한편으로는 고리타분한 '대륙 수복'의 예언이다. 《해동청》이 보여주는 격차가 이렇게도 크니 사람들이 이를 똑바로 보지 않는 것도 이상하지 않다.

　그러나 리융핑의 과거 작품들과 대조해보기만 한다면 우리는 진정으로 그의 야심을 느낄 수 있다. 타이완 – 해동 – 이 마침내 표면 위로 떠올라서 그의 고향 상상의 집합점이 된다. 타이완은 화족 문화의 축소판적 투영이자 고국으로 돌아가는 기점이다. 타이완은 리융핑이 만족할 수는 없지만 그래도 받아들일 수 있는 제2의 고향이다. 그런데 타이완은 타락하여 이미 파멸의 카운트다운이 시작되었다. 온통 화려하고 화사한 묘사 속에서 일종의 역사적 숙명의 초조함이 행간에 미만하다. 리융핑은 그의 초조함을 전력으로 주링에게 기울인다. 이 여자애는 아마도 중국 현대소설에서 가장 나이 어린 여주인공일 것이다. 그녀의 천진난만함은 진우가 한없이 빠져들게 만든다. 그렇지만 해동의 여자애들은 대부분 조숙이 강요됨으로써 일찌감치 여인네의 생활에 들어서게 된다. 주링 역시 재앙을 피하기 어렵다. 이에 따라 《해동청》의 마지막에서 진우가 한마디 내뱉는다. "계집애야, 그렇게 빨리 크면 안 돼!"라고. 그렇지만 《주링의 신선 나라 유람하기》에서 그래도 이 계집애는 스스로 알아서 시간의 함정을 향해 나아가니 성장하지 않을 도리가 없다.

　초기의 수난의 어머니에서 일곱 살짜리 주링에 이르기까지 리융핑의 여성 형상 창조에 대한 집착은 변함이 없다. 변한 것이라면 리융핑이 차례로 뒷걸음질하여, 마치 시간의 원점으로 되돌아가야만 왕년에 어머니가 펼쳐놓았던 깊은 정을 파악하고 유지할 수 있을 것만 같다는 점이다. 지치고 시달린 어머니와 아직 세상사를 겪지 아니한 주링 사이에서 우리는 일종의 신비한 실마리를 발견할 수 있다. 만일 어머니가 '원시적 열정'(primitive passion)[8]을 상징하고 있다면 주링은 바로 그런 '어머니'의 복사판인 것이다. – 아니, 원판인 것이다. 그 모든 사랑은 여기서 비롯된다. "계집애야, 그렇게 빨리 크면 안 돼!"라는 이 일방적인 희망의 태도는 나로 하여금 롤랑 바르트가 《카메라 루시다》에서 그의 어머니의 어린 시절 사진에 심취하며 서글퍼하던 것을 상기시킨다. 사진 속에서 어머니는 그리도 청순하고 천진하다. 하지만 카메라가 찰칵하는 그 순간 죽음이 이미 영상의 뒤편에 잠재하게 되는 것이다.[9] 마찬가지로 리융핑의 문자가 제 아무리 살아있는 듯이 생생하다고 할지라도 그의 글쓰기는 미래상을 약속하는 것이 아니라 다시금 죽음의 애도를 연출하는 것이다. 이것이 향수 서사의 근본이다. 설령 리융핑이 시간을 거꾸로 돌려서 어머니의 전생으로 되돌아가더라도 이미 의미의 타락이 그곳에서 기다리고 있는 것이다.

《해동청》은 50만 자를 쓰고도 완성하지 못했는데 이는 의미심장하다. 리융핑은 스스로 이 작품이 '거대한 실패'라고 자인하였던바 그 말은 얼마나 진실한가! 아이러니한 것은 그것이 실패했기 때문에 그의 고향 서사, 그의 '어머니 찾기' 이야기가 비로소 재정비를 거쳐 계속하여 힘쓸 필요가 생기게 된 것이다. 당연히 이것이 그의 최근작 《눈비는 부슬부슬 내리고》의 동기다.

2. 나그네 문학

《토인 아줌마》 출판 30년 후 리융핑은 자신이 걸어온 길을 되돌아보며 각 시기의 대표작을 모아 《떠돌기》를 펴낸다. 이 제목은 제법 내력이 있다.

우리는 이미 《해동청》에서 주링이 진우와 함께 떠도는 것을 본 적이 있다. 그들은 어슬렁거리며 아무 목적도 없이 해동을 돌아다닌다.[10] 《눈비는 부슬부슬 내리고》에 오면 계집애 주링은 한바탕 글월을 논하고 글자를 해석한다. "소요한다, 노닌다, 거닌다, 떠돈다 …… 멋있지 않아요? 외로이 혼자 외지를 떠돌면서 낮에는 태양을 머리에 이고 밤에는 달빛을 밟다보면 그 얼마나 얽매이는 데 없이 자유로울까요? 하지만 또 그만큼 처량하겠죠?" 그리고 리융핑 역시 참지 못하고서 직접 토를 단다.

> 떠돈다는 뜻의 '逍遙' – 마치 한 쌍의 자매처럼 함께 붙어 있는 이 두 한자를 보라. 그것들의 모양, 의미, 발음은 그렇게도 중국적이면서 또 그렇게도 타이완적이다. 선조들이 우리에게 남겨 준 수만 개의 글자 중에서 아마도 나그네의 신세와 경험과 마음을 가장 잘 대표할 것이다.[11]

리융핑은 자칭 '남양의 나그네'라고 하고 30년간의 문학 여정을 '떠돌기'라는 글자와 맞바꾸면서 한가롭게 말하는데 감개가 절로 그 속에 가득하다. '떠돌기' – 낮이고 밤이고 길에 있으면서 사방을 떠돌지만 돌아갈 기약이 없다. 이것이 나그네의 숙명이다. 그러나 나그네에게는 어쨌든 소망이 없는 것은 아니다. 보르네오 섬에서 타이완 섬으로, 타이완에서 북미로 다시 타이완으로, 타이베이에서 베이터우로 난터우로 화롄으로 그의 이 30년간의 행적을 관찰해보라. 그의 꿈의 나라는 중국이지만 그럼에도 반생을 타이완에서 보내고 있다. 그는 그를 염려하고 사랑하는 사람들을 저버리고 있다. 그는 한때는 더 이상 남양의 고향을 회상하지 않았지만 결국 한 바퀴 빙 에돌아서 고향의 소소한 것들이 여전히 그의 창작에서 재출발의 기점이 된다(《눈비는 부슬부슬 내리고》). 문득 되돌아보니 모든 것이 마치 딴 세상 같다. 이 모든 것들은 '디아스포라 서사'(diaspora narrative)에 딱 들어맞는 예인 것만 같다.

'디아스포라'의 정의는 공간적으로 맴도는 것인데, '나그네'는 그런 디아스포라 주체의 의식을 부각시킨다. 나는 리융핑이 자신을 나그네로 비유할 때 그가 현대 중국문학 속의 한 전통 - 나그네 문학을 언급한 것이라고 생각한다. 시대를 걱정하고 나라를 염려하며 외치고 방황하는 '거대 서사'와는 상대적으로 나그네 문학의 작가 또는 인물은 한 겹의 짙은 개인적 색채를 가지고 있다. 나그네는 사방을 돌아다니지만 각기 나름의 포부를 가지고 있다. 다만 온갖 세상사와 풍류를 다 겪는 사이에 자기 신세에 대한 감회가 없을 수 없다. 나라를 염려하고 고향을 그리워하며, 정을 쫓고 사랑을 따르니, 한바탕의 풍류라고 해야 그의 파란만장한 깨달음을 보태주는 것에 다름 아니다. 그런데 가장 중요한 것은 나그네 서사는 이로부터 일종의 서정 - 또는 참회 - 의 의식을 불러일으킴으로써 리얼리즘이라는 커다란 기치 하에서도 자연히 독자적인 기치를 세우게 된다는 점이다.

현대문학의 한쪽 끝에서 쑤만수와 위다푸는 나그네 문학의 전형이라고 할 수 있다. 이 두 사람의 일생은 극단적인 상황의 반복이다. 나라에 대한 고통이 있는가 하면 성애의 괴로움도 없지 않다. 글월로 발휘하고 풍류에 분방하니 경험자가 아니라면 할 수가 없는 일이다. 게다가 쑤만수의 혼혈이라는 배경, 위다푸의 초국적인 경험은 그들의 나그네적 이미지에 더더욱 이국적인 정서를 더해준다. 쑤만수는 색으로부터 공을 깨닫게 되어 그의 속세에서의 방랑을 출가로써 마감한다. 위다푸는 한층 더 드라마틱하다. 중일전쟁 전야에 그는 멀리 남양으로 떠나서 그 신분이 더욱 복잡하고 신비롭게 바뀌고, 마지막에는 일본군에게 살해됨으로써 문학사의 일대 사건이 된다. 쑤만수와 위다푸는 모두 생명으로 문학을 증언하는데, 전자의 《외떨어진 기러기 이야기》와 후자의 참회 소설 및 《망가진 가정의 시》는 자서전과 상상을 하나로 아우르면서 이미 정전이 되었다.

나그네의 생활과 글쓰기 스타일은 일찍이 1930년대 신감각파 작가, 예컨대 무스잉·류나어우 등의 작품에서도 탁월하게 표현되었다. 다만 두 사람의 창작 생명은 너무나 짧아서 대성하지는 못했다. 1940년대 말 루링의《부호의 자식들》, 그리고 무명씨의《무명서》가 다시 또 새로운 국면을 열었다. 루링은 좌익 낭만주의를 개인 주체의 추구에 녹여 넣었고, 무명씨는 예술과 형이상학적 사고의 측면에서 역사의 교착 국면을 초월하고자 노력했다. 그들의 소설속 남성 주인공은 중국의 대지를 떠도는데, 퇴폐적이고 방탕하든 아니면 견결하고 강인하든 간에 모두 이리저리 찾아 헤매면서 끝이 없었다.

이런 전통 방면에서 지난 세기의 나그네문학을 본다면 나는 리융핑과 가오싱젠이 각기 대표성을 가지고 있다고 생각한다. 가오싱젠은 사방을 돌아다니며 그 자신의 '영산'을 찾아다닌다.[2] 그리고 그의《나 혼자만의 성경》[3]은 개인적이고 육체적인 성애의 모험으로 이데올로기의 광풍이 휩쓸고 있는 시대를 구원하고자 노력한다. 상대적으로 보아 리융핑은 애초부터 거류지역을 끊임없이 바꿔가며 머무른다. 남양에서 북미로, 타이완에서 (상상의) 중국으로. 마지막에는 온몸을 다 던지며 문자의 미궁 속으로 들어가서 나갈 곳을 찾을 수도 없고 찾지도 않는다. 가오싱젠과 리융핑 두 사람이 모두 민족 정체성과 신분 정체성 문제를 가지고 있는 것은 결코 우연이 아니다. 1980년대 말 가오싱젠은 멀리 프랑스로 가서야 비로소 그의 반평생의 기복과 유랑을 되돌아볼 수 있게 된다. 이와 동시에 타이완에 머무르던 리융핑은 그의 '떠돌기' 계획을 구상하기 시작해서《해동청》에서 정점을 이룬다.《눈비는 부슬부슬 내리고》에 이르자 리융핑은 한 걸음 더 나아가서 그의 상상의

2　2000년도 노벨문학상 수상자 가오싱젠의 대표작인《영산》의 한글본으로《영혼의 산》, 가오싱젠 지음, 이상해 옮김, (서울: 현대문학북스, 2001)이 나와 있다.

3　《나 혼자만의 성경》의 한글본으로《나 혼자만의 성경》, 가오싱젠 지음, 박하정 옮김, (서울: 현대문학북스, 2002)이 나와 있다.

족적은 보르네오 섬과 타이완 사이를 오가는 잦은 움직임을 만들어낸다. 저 아득한 신주의 대륙은 갈수록 오히려 점점 더 바라만 볼 수 있을 뿐 도달할 수는 없게 되어 버린다.

앞에서 말한 것처럼 나그네 서사는 그 풍부한 서정성 때문에 일반적인 리얼리즘 소설과는 구별된다. 하늘가 바다 끝으로의 여행과 숙박은 원래부터 쉽사리 정경에 취하고 감정에 젖도록 만드는 것이다. 그러니 나그네의 다정다감한 속성은 더 말할 나위도 없다. 그러나 리융핑이 욕망의 대상을 투사할 때 그의 문제는 선배 작가들보다 복잡하다. 리융핑의 작품에는 여성 인물이 들어있지만 그들이 나그네에게 더 많은 '낭만의' 기회를 제공해주지는 못한다. 최소한 위다푸에서부터 가오싱젠까지 시범을 보였던 그런 정욕의 추구와는 다르다. 어머니와 여자애의 양 극단을 오가면서 그의 여성 이미지는 사실상 나그네의 욕망 추구의 결함을 부각시킨다. 《지령의 춘추》의 창성은 원래 리융핑의 이상 속 젊은 여성의 화신이라야 한다. 그러나 그녀의 출현은 저주를 동반한다. 그녀의 아름다움은 죽음과의 관계에서 벗어나지 못한다.

이는 우리로 하여금 리융핑의 나그네 서사의 특이한 장력에 대해 사색해보도록 만든다. 나그네는 그 자유롭고 얽매이지 않는 성격 때문에 그의 욕망을 해방시킬 수 있는 것이 아니다. 반대로 나그네의 욕망은 금기가 된다. 예컨대 《나 혼자만의 성경》과 같은 가오싱젠의 소설 또한 강렬한 마더 콤플렉스를 암시한다. 하지만 이것이 반대로 그의 제1인칭 주인공으로 하여금 끊임없이 성숙한 여인에게서 (대리적/성적) 위로를 찾도록 만든다는 점은 언급할 만하다. 리융핑은 정반대로 다룬다. 《해동청》 및 《주링의 신선 나라 유람하기》에서 쓴 것은 나그네가 해동의 산과 바다를 뒤엎을 것 같은 정욕의 위협에 마주쳤을 때 겪게 되는 속수무책의 곤혹스러움이다. 여자애는 장차 결국 타락한 여인이 될 것이다. 그런데 어머니, 당신은 어디에 계시는지?

앞에서 이미 거론한 것처럼 《해동청》은 진우가 "계집애야, 그렇게 빨리 크면 안 돼!'라고 내뱉는 데서 절정을 이룬다. 그런데 나는 이 말에 숨겨진 의미가 있다고 생각한다. 크면 안 되는 것은 사실은 우리의 나그네. 이 소설에는 성애의 도발로 가득하면서도 또 자극성은 거의 없다. 나는 일찍이 진우라는 이 인물이 기이한 방관자인 것에 대해 불만인 적이 있었다. 여자애에 대해 그가 종종 "보고서 넋이 나가고", "마음속이 아리다"고는 하지만 분명한 동기는 결여되어 있었다.[12] 그런데 지금 와서 보니 이는 오히려 리융핑의 나그네 서사의 특징을 이룬다.

리융핑의 그 모든 욕망은 마지막에 그와 문자의 얽힘으로 화한다. 이것이야 말로 그가 탐닉하고 어루만지며 황홀해서 죽을 지경인 사랑의 대상인 것이다. 중국 문자는 신비의 도형으로, "천 가지 모습 만 가지 모양이고, 보이는 것 모두가 보석이어서," 리융핑이 어릴 때부터 그를 "유혹하고" "매혹시켰다." 그는 심지어 다른 사람의 입을 빌어서 차이나의 상형 문자는 "하나하나가 사탄이 직접 그린 동방의 춘화도로, 기괴하고 요염하여 사람의 넋을 뒤흔들어 놓는다."[13]고 말한다. 이는 일종의 업장이다. 그러나 리융핑은 기꺼이 그 속에 빠져들어 스스로 벗어나지를 못한다. 리융핑은 그의 문자의 미궁 또는 문자의 춘궁을 다루면서 《해동청》에서 그 정점을 이룬다. 이 소설은 수많은 난해하고 생소한 어휘로 해동의 욕망이 흘러넘치는 장면들을 쌓아 간다. 펜이 닿는 곳마다 장관을 이루지 않는 곳이 없다. 문자는 과연 비밀스런 유희가 된다. 그런데 리융핑이 이렇게도 탐닉하다보니 소설을 끝내려고 해도 그것을 끝낼 수도 없고 끝내지도 못한다. 오로지 이런 시각에서 볼 때라야 그의 나그네 정서가 비로소 남김없이 발휘되는 셈이다.

그리고 리융핑의 나그네 서사는 반드시 그의 고향 상상과 함께 살펴보아야 만 더욱 풍부한 함의를 갖게 된다. 오랜 세월의 방랑, 이제 나그네가 돌아가야 할 시간이다. 그렇지만 어디로 돌아가야 하는가? 어떻게 돌아가야 하는가?

그의 최근작《눈비는 부슬부슬 내리고》에서 리융핑은 타이완에 발을 딛고 서서 문자를 가지고 다시금 보르네오의 고향을 소환한다.《지링의 춘추》와 《해동청》의 극단적인 실험에 비해 이 소설집은 일종의 "눈앞에 길이 없어야 비로소 돌아가려 하는구나" 식의 되돌아감을 대표한다. 작품에서 리융핑은 세상의 풍상을 다 겪은 시각에서 아득히 왕년의 성장 과정 중의 소소한 것들을 반추해본다. 그는 서술자이자 서술되는 주제이다. 화족 이민 생활의 고락, 청춘의 깨우침의 경험, 그리고 떨쳐버릴 수 없는 종족 정치의 음영이 이리하여 하나씩 눈앞에 펼쳐진다. 장구이싱의《세이렌의 노래》에서도 유사한 주제를 다룬 적이 있다. 그러나 리융핑의 서사는 여전히 특별한 점이 있다. 그는《해동청》의 나그네와 여자애의 단짝 관계를 이어간다. 다만 그는 한 걸음 더 나아가서 이번에는 '계집애' 주링을 그가 속마음을 털어놓는 영원의 대상으로 승격시킨다. 주링이 없다면 고향의 추억도 시작할 도리가 없다. 만일 장구이싱이 그리스 신화의 세이렌(Serens)으로 남양 소년의 욕망의 원천으로 삼는다면, 리융핑은 그야말로 그의 주링을《파우스트》의 그레첸 (Gretchen)으로 비유하고자 하는 것 같다. 후자는 그녀의 불행한 타락과 구원이 악마와 계약을 한 파우스트의 바람을 완성시켜준다. 그러나《눈비는 부슬부슬 내리고》의 나그네는 시간을 멈추어서 더 이상 떠돌지 않게 만들 수 있을까? 여자애를 크지도 않고 타락하지도 않게 만들 수 있을까?

　의미심장한 것은 리융핑이《시경·소아》의 "눈비는 부슬부슬 내리고 마필 은 쉼 없이 달리네"라는 시구를 택하여 신작의 요점으로 삼았다는 점이다. 3천 년 전 중국 북방의 얼어붙은 하늘, 눈 덮인 대지와 남양의 파초에 부는 바람, 야자에 내리는 비가 기묘한 대조를 이룬다. 식자들은 이에 대해 어쩌면 마땅치 않다고 여길 수도 있다. 그렇지만 왜 아니 되겠는가? 기억과 상상의 세계에서 문자의 늘어놓기와 쌓기는 불가능한 것을 가능하게 만드는 것이다. 그 극단적인 곳에서는 역사가 잠시 잦아들면서 일종의 시적 정취가 유유히 솟아난다. – 이는 물론 리융핑의 문자적 방랑의 최종적인 귀숙처인 것이다.

특히 주목할 만한 것은 〈망향〉이다. 이 소설은 세 명의 타이완 위안부가 보르네오 섬에 흘러들어가게 된 불행을 쓰고 있다. 어린 화자 리융핑은 이 세 명의 타이완 여성에 대해 호감을 갖게 되고 "아들처럼 대접받는다." 그렇지만 사람들의 말이란 무서운 것이다. 그는 친어머니가 상심할까봐 결국 이 여성들을 배반하고 그녀들이 간통했다고 고발한다. 《눈비는 부슬부슬 내리고》의 가장 뛰어난 작품으로서 〈망향〉은 리융핑의 현 단계 정서를 잘 설명하고 있다. 고향을 그리워하는 세 명의 타이완 여성을 통해서 그는 자신의 보르네오 고향을 되돌아보고 있으며, 또한 보르네오로부터 타이완을 되돌아보고 있는 것이다. 그리고 그의 마음속의 아득한 꿈의 나라는 여전히 어렴풋하게 3천 년 전의 눈비 속에 숨겨져 있다.

그런데 〈망향〉과 같은 이런 소설은 우리로 하여금 리융핑의 창작이 지나온 길을 되돌아보게 만든다. 30년 전의 〈토인 아줌마〉가 이와 유사한 이야기를 하지 않았던가? 타지에서 온 여자, 식민지 환경, 화족 이민의 정욕과 공포가 어떻게 도발되고 또 억압되고 있던가? 〈망향〉 속의 여자들은 집이 있어도 돌아가지 못하고 결국 비참한 결말을 맞는다. 그녀들을 통해서 한 어린 말레이시아 화인 소년이 처음으로 유혹과 배반과 죄악의 맛을 알게 된다. 오랜 세월이 지난 후 소년은 이미 나그네가 되고, 자꾸만 되돌아보며 그의 '어머니들' – 말레이시아의, 대륙의, 타이완의 어머니들 – 을 향해 참회를 표한다. 나그네의 귀향의 길은 그 얼마나 파란만장하던가? 소설가의 망향의 글쓰기는 계속되어야 한다.

1970년대에 나는 타이완대학 외국어문학과에서 공부했다. 학과에는 피부색이 가무잡잡하고 행동거지가 거침없는 한 조교가 있었는데 항상 화난 표정에 냉랭한 눈길이어서 학생들은 분분이 그를 공경은 하되 멀리했다.

그렇지만 이 거칠어 보이는 조교 선생이 〈토인 아줌마〉와 같이 섬세하고 예민한 작품을 써냈다. 1980년대에 해외에서 《지렁의 춘추》를 읽게 되었을 때 나는 확실히 눈이 번쩍 뜨였다. 다만 《해동청》이 출판되고서야 비로소 리융핑에 대해 깊은 경의를 품게 되었다. 일단 작품의 야심은 제쳐놓고서라도 이즈음 같은 시대에 문학을 은총으로 간주하면서 철밥통조차 내던져 버리는 작가란 정말 보기 드물 것이다. 1990년대에 리융핑은 창작을 위해 방랑했다. 이 몇 년 전에 둥화대학에서 나는 마침내 처음 '정식으로' 그와 인사를 나누었는데 그나마도 몇 마디를 나눈 것에 불과했다. 왕년의 그 오만하고 거칠던 '남양의 나그네'는 지금 보니 반대로 선하고 인자한 모습으로 바뀌어 있었다. 인생의 인연이란 이런 것일지니 이로써 기록을 삼는 바이다.

| 저자 주석 |

21장 리융핑

1) 陳瓊如, 〈李永平 - 從一個島到另一個島〉, 李永平, 《迢迌: 李永平自選集 1968~2002》, (台北: 麥田, 2003), p. 402.

2) 陳瓊如, 〈李永平 - 從一個島到另一個島〉, 李永平, 《迢迌: 李永平自選集 1968~2002》, (台北: 麥田, 2003), p. 400.

3) 리융핑의 작품에 관한 검토는 〈李永平小說評論/訪談索引(1976~2003)〉, 李永平, 《迢迌: 李永平自選集 1968~2002》, (台北: 麥田, 2003), pp. 407~414를 보기 바란다. 특히 黃錦樹, 〈漫遊者, 象徵契約與卑賤物 - 論李永平的"海東春秋"〉, 《謊言或眞理的技藝: 當代中文小說論集》, (台北: 麥田, 2003), pp. 59~79 및 羅鵬(Carlos Rojas), 〈祖國的母性 - 李永平《海東靑》之地形魅影〉, 周英雄、劉紀慧編, 《書寫台灣: 文學史、後現代與後殖民》, (台北: 麥田, 2000), pp. 361~373을 보기 바란다. 이 글의 논점에 영향을 받은 곳에 대해 더 이상 각각의 출처를 명기하지 않는다.

4) 龍應臺, 〈一個中國小鎭的塑像〉, 《當代》第2期, 1986年6月, p. 166 ; 劉紹銘, 〈山在虛無縹緲間 - 初讀李永平的小說〉, 《聯合報·聯合副刊》, 1984年1月11~12日.

5) 예컨대 曹淑娟, 〈墮落的桃花源 - 視《吉陵春秋》的倫理秩序與神話意涵〉, 《文訊》第29期, 1987年4月, pp. 136~151의 분석을 보기 바란다.

6) 위광중 선생은 《지링의 춘추》의 서문에서 리융핑의 작품을 '열두 꽃잎의 관음련'으로 불렀는데, 이에 따라 아이러니한 해석이 가능하다. 余光中, 〈十二瓣的觀音蓮 - 序李永平的《吉陵春秋》〉, 李永平, 《吉陵春秋》, (台北: 洪範書店, 1986), pp. 1~9를 보기 바란다.

7) 리융핑의 자서 〈文字因緣〉, 《迢迌: 李永平自選集 1968~2002》, (台北: 麥田, 2003), p. 30을 보기 바란다.

8) 이는 레이 초우의 단어로, 제3세계 문예 창작가는 매번 자신의 문화 및 존재적 곤경을 일종의 원시적 상상의 균열 내지 손상에 투사한다. 인물 전형을 예로 들면 가장 자주 볼 수 있는 것은 여성 특히 어머니의 수난의 이미지다. 周蕾著, 孫紹宜譯, 《原初的激情(Primitive Passions: Visuality, Sexuality, Ethnography, and Contemporary Chinese Cinema)》, (台北: 遠流, 2001), pp. 19~95.

9) 羅蘭·巴特(Roland Barthes)著, 許綺玲譯, 《明室·撮影劄記(La Chambre Clair: Note sur la photographiee)》, (台北: 台灣撮影工作室, 1997). 쉬치링의 검토에 관해서는 許綺玲, 《糖衣與木乃伊》, (台北: 台灣撮影工作室, 2000), pp. 11~20을 보기 바란다.

10) 王德威, 〈莎樂美迢迌 ─ 評李永平《海東靑》〉, 《衆聲喧嘩以後: 點評當代中文小說》, (台北: 麥田, 2001), pp. 95~99.

11) 리융핑의 자서인 李永平, 〈文字因緣〉, 《迌迌: 李永平自選集 1968~2002》, (台北: 麥田, 2003), p. 38을 보기 바란다.

12) 王德威, 〈莎樂美迢迌 ─ 評李永平《海東靑》〉, 《衆聲喧嘩以後: 點評當代中文小說》, (台北: 麥田, 2001), p. 98.

13) 리융핑의 자서인 李永平, 〈文字因緣〉, 《迌迌: 李永平自選集 1968~2002》, (台北: 麥田, 2003), p. 40을 보기 바란다.

혁명 시대의 사랑과 죽음

2005년 1월 광저우의 중량감 있는 문학지 《화청》에 그리 크지도 작지도 않은 사건이 일어났다. 그달 잡지가 판매되기 직전에 갑자기 회수된 것이다. 이유는 작가 옌롄커의 신작인 《인민을 위해 복무하라》[1]의 내용에 오류가 있어서 인민을 위해 복무하기에 적절하지 않다는 것이었다. 그러나 판매 금지가 불러일으킨 충격 효과는 오히려 다른 방식으로 빠르게 확산되도록 하면서 이 작품이 더욱더 주목을 끌게 만들었다.

《인민을 위해 복무하라》의 작가인 옌롄커는 해외의 독자들에게는 아직 낯선 이름이다. 하지만 그는 작품 자체나 이슈 면에서 최근 대륙 문단에서 가장 주목받는 인물이다. 옌롄커는 1978년에 소설을 쓰기 시작해서 1990년대 말에 《햇빛의 세월》(1998) 등의 작품으로 널리 주목을 받았다. 새천년이 시작되고 나서 옌롄커는 다시 《물처럼 단단하게》(2001),[2] 《즐거움》(2004) 등의 작품으로 한층 더 호평을 받으면서 인기 작가가 되었다. 《즐거움》은 2005년 라오서 문학상을 받기도 했다. 이런 상황에서 《인민을 위해 복무하라》가 갑자기 판매 금지를 당했으니 한바탕 소동이 일어난 것도 당연한 일이다.

옌롄커(閻連科, 1958~   )는 허난성 서부의 푸뉴산 지역 농촌 출신이다. 그곳은 비록 중원의 한가운데이기는 하지만 불모의 척박한 지역으로 사람

---

1 《인민을 위해 복무하라》의 한글본으로 《인민을 위해 복무하라》, 옌롄커 지음, 김태성 옮김, (서울: 웅진지식하우스, 2008)이 나와 있다.
2 《물처럼 단단하게》의 한글본으로 《물처럼 단단하게》, 옌롄커 지음, 문현선 옮김, (서울: 자음과모음, 2013)이 나와 있다.

살기가 아주 힘든 곳이다. 그의 자서전적인 글들이 보여주듯이 어린 시절 옌롄커는 너무나 고생하던 끝에 스무 살 무렵 군 입대를 선택하여 고향을 떠난다. - 이는 그곳 젊은이들에게 거의 최선의 진로였다.[1] 그러나 고향의 일들과 풍물은 후일 끊임없이 옌롄커의 글쓰기에 되돌아와서 중요한 창작 자원이 된다. 또한 군대에서 보고 들은 것 역시 그에게 쓰지 않고는 배길 수 없는 충동을 준다. 모옌·장웨이·한사오궁 등 동년배 작가들과 비교할 때 옌롄커는 그들보다 앞서 창작을 시작했지만 풍조를 선도한 것은 아니다. 1980년대에 '뿌리찾기'와 '선봉' 운동이 세상을 뒤덮었을 때 그는 분수를 지키면서 반 개량식의 리얼리즘 소설을 쓰고 있었다. 그는 일에만 전념할 뿐 수확에는 신경 쓰지 않는 거의 향촌의 농민 같은 태도를 유지했다. 비록 그 또한 '카이펑의 인물들', '평화 시대의 군인' 시리즈 등에서처럼 이런 저런 주제를 파헤쳐나가기는 했지만 성과는 어쨌든 제한적이었다. 그런데 1990년대 중반 이후 옌롄커는 마치 비결이라도 깨달은 듯 갑자기 스타일이 다채로워지기 시작했다. 그는 향촌 어르신네들의 비굴한 '창업사', 문화대혁명의 괴현상, 또는 신시기의 광상곡을 쓰기 시작했고, 그의 문장 구사의 기이함과 감정의 절절함에 매번 우리가 놀라 마지않게 되었다. 오랜 세월을 갈고 닦은 끝에 드디어 그의 창작이 앞사람을 뛰어넘는 모습을 보여주게 된 것이다.

옌롄커의 작품은 냉정하게 말해서 많은 양을 써내다보니 수준이 고르지 않다. 그런데다가 그는 문사가 장황하고 문장 구조가 번잡하여 스타일리스트의 마음에 들기 어려울 수도 있다. 그렇지만 소설 창작이 꼭 작문 시합은 아니다. 최근 작품에서 옌롄커는 이미 정형화된 제재를 택하여 새롭게 일종의 장관을 창조해내는데, 공교롭게도 그의 문사와 문장 구조가 바로 이 장관의 표지가 되고 있다. 또한 이 때문에 그의 변화와 불변이 종종 비평의 화제가 되기도 한다. 어떤 논자는 그의 최근작에는 대중에게 영합하여 인기를 얻고자 하는 혐의가 있다고 주장하지만[2] 그가 이미 25년 이상을 창작에 종사해온 작가라는 점에서 볼 때 이는 그의 포부를 너무 낮추어보는 것이다.

옌롄커의 최근작이 볼만한 것은 역시 자신이 경험한 공화국 역사에 대한 새로운 상상 – 및 반성 – 의 태도에서 나온다고 생각된다. 전통적인 혁명 역사 서사는 죽음과 삶을 넘나들면서 마치 사람 세상의 음식은 먹지 않을 것만 같은 노농병 영웅들을 그려낸다. 하지만 옌롄커는 반대로 그들을 신의 세상에서 내려오게 하여 새삼 인간의 삶을 살도록 한다. 그가 그려내는 농촌에는 '화창한 봄날' 아래의 '산촌의 격변'도 없고, '금빛 찬란한 길'을 가는 앞날을 향한 약진도 없다.[3] 그곳은 폐쇄되고 절망적인 곳으로, 산 사람은 한을 품고 죽은 사람은 승복하지 못한다. 군인 생활을 주제로 한 그의 '평화 시대의 군인' 시리즈는 전쟁이 없는 시절에 과연 영웅에게 능력을 발휘할 기회가 있을는지를 따져보고 있다.

옌롄커는 그의 농민과 군인을 감정과 감각을 가진 사람으로 만들 뿐만 아니라 정욕을 가진 사람으로 만든다. 포스트 혁명 시대, 포스트 사회주의 시대에 그는 의도적으로 역사의 현장으로 되돌아가서 그 거대한 고통이 존재하는 곳 – 그 고통의 원천이 시공의 단절, 육신의 고난이든지 아니면 죽음이라는 영원한 회귀든지 간에 – 을 살펴본다. 그의 세계에는 귀신의 그림자가 어른거리고 원한의 기운이 가득하다. 미스터리한 것은 옌롄커가 이러한 고통 속에 감추어져 있는 한 줄기 원초적 욕망의 힘을 발견해낸다는 것이다. 이 욕망은 애매모호한 상태에서 불쑥불쑥 신앙·혁명·성애·생명에 대한 집착 등의 형식으로 삐져나오는데, 도저히 해소할 수가 없다. 이리하여 죽음이야말로 욕망을 매듭짓는 또는 욕망이 사라지는 마지막 종착점이 된다.

논자들은 매번 옌롄커 작품 속에 나타나는 강렬한 대지에 대한 정감과

3　'화창한 봄날', '산촌의 격변', '금빛 찬란한 길'은 각기 소설의 제목이며, 앞날을 향한 약진은 대약진 운동(1958~1960)을 의미한다.

생명 의식을 강조한다. 확실히 《햇빛의 세월》 이래로 그가 희생에서 부활에 이르기까지 육체의 강인한 힘을 묘사하는 것에는 신화적인 의미가 있다. 《물처럼 단단하게》, 《인민을 위해 복무하라》에서는 혁명 언어의 유혹과 혁명 육체의 열광을 묘사하면서 노골적인 것의 정수를 모두 보여준다. 그리고 《즐거움》은 하나하나가 육체를 변형하고 왜곡하는 카니발의 연속이라고 해도 무방하다. 따라서 옌롄커의 작품에는 격정과 희비가 충만하게 되므로 생동적이고 다채롭다고 말할 만하다.

그러나 과장적인 어조 속에서 옌롄커가 진짜 쓰고 싶은 것은 욕망의 망동, 죽음의 무소부재이다. 그가 묘사하는 대지는 기실 만물을 하찮은 것으로 대하는 '무형의 진세'이며, 그가 펼쳐놓는 카니발적 분위기는 '죽음의 춤'(dance macabre)의 외양이다. 옌롄커는 해골을 어루만지고 망령과 가까이하며, 감정을 억제하지 못하는 곳에서는 헛된 생각을 드러내기까지 한다. 따지고 보면 애욕과 죽음이 그의 변증법적인 혁명 역사의 토대가 된다. 옌롄커의 작품에서 대대적으로 시체성애증(necrophilia)의 장면과 은유가 출현하는 것은 우연이 아니다.

종래로 공화국의 거대 서사는 끊임없이 발전하고 끝없이 분투하는 '숭고'(sublime)의 전망을 강조해왔다.[3] 하지만 옌롄커의 혁명 역사 이야기는 일종의 구성지고 처연한 스타일을 보여줌으로써 매번 사람들이 곱게 보지 않도록 만들었다. 그가 호응을 받은 것 그리고 그가 판매 금지된 것은 혁명을 내세워온 한 사회에서 과거 및 현재에 깊숙이 감추어져있는 '역사의 불안'을 설명하기에 충분하다.

1. 인민을 위해 복무하라

…… 중국의 인민은 지금 수난을 겪고 있다. 우리에게는 그들을 구해야
할 책임이 있다. 우리는 분투노력해야 한다. 분투에는 희생이 있게 마련이다.
사람이 죽는 일은 늘 일어나게 마련이다.
― 마오쩌둥, 〈인민을 위해 복무하라〉, 1944년 9월 8일[4]

1944년 9월 5일, 스안시성 북부 안싸이현 목탄 숯가마에서 붕괴 사고가
일어나서 인민군 병사 장쓰더가 미처 피하지 못하고 깔려 죽는다. 장쓰더는
쓰촨성 이룽현 사람으로 1915년에 한 가난한 농촌 가정에서 태어난 뒤 어릴
때 아버지를 여의고 1933년에 중국 노농 홍군의 대장정에 가담하여 1937년에
공산당에 입당했다. 그는 책임감이 강하고 사심이 없어서 마오쩌둥 경호부대
의 경호 임무를 맡기도 했다. 그가 사망했을 때 그의 나이는 29세에 불과했다.
장쓰더가 사망한 지 3일 후 마오쩌둥은 연설을 행한다. "장쓰더 동지는
인민의 이익을 위해 희생했다. 그의 죽음은 태산보다 무겁다." 주석은 또
강조한다. "중국의 인민은 지금 수난을 겪고 있다. 우리에게는 그들을 구해야
할 책임이 있다. 우리는 분투노력해야 한다. 분투에는 희생이 있게 마련이다.
사람이 죽는 일은 늘 일어나게 마련이다. …… 앞으로 우리의 대오 속에서
누가 죽든 간에, 취사병이든 병사든 간에, 그가 유익한 일을 한 사람이기만
하다면 우리는 그에게 장례식을 거행해주고 추도회를 열어주어야 한다."[5]
이 연설의 제목이 〈인민을 위해 복무하라〉로, 그 후 혁명 담론에서 정전이
된다. 그리고 하급병사 장쓰더가 인민을 위해 자신을 버린 정신 또한 공화국
역사가 성공을 거두기 위한 전형이 된다.
마오쩌둥의 〈인민을 위해 복무하라〉라는 연설이 있은 지 60년 후 옌롄커는
장편소설 《인민을 위해 복무하라》를 내놓는다. 주인공 우다왕 역시 취사병

겸 전투병이다. 그러나 장쓰더와는 어찌 그리 다른지. 우다왕은 명을 받들어 사단장을 모시는데 유혹을 이기지 못하여 사단장 부인인 류롄과 남에게 밝힐 수 없는 일을 벌인다. 더더욱 남에게 밝힐 수 없는 것은 그들이 서로 만날 때면 '인민을 위해 복무하라'라는 나무판을 밀회의 암호로 사용하고, 특히 밀회를 할 때 어록의 포스터를 찢고 주석의 석고상을 깨부수면서 분위기를 돋운다는 것이다. 그런데 이야기는 여기서 멈추지 않는다. 우리의 간통남과 간통녀는 뜻밖에도 이로부터 시작해서 서로 믿음이 변치 않는 진실한 애정을 키워나가게 된다.

《인민을 위해 복무하라》가 미처 발표되기도 전에 판매 금지가 되자 한때 금지된 이유에 대해 의론이 분분했다. 생각해보면 이 소설에서 취사병이 사단장 부인을 훔치는 것은 군대의 이미지를 훼손하는 것이다. 그렇지만 소설의 배경은 문화대혁명 시대이니 이처럼 법을 어기고 기강을 어지럽히는 행위에도 다 이유가 있을 것이다. 틀림없이 옌롄커의 색정적 묘사 역시 도덕의 수호자들을 못마땅하게 만들었을 것이다. 그렇지만 요즘 이 시절에 지면상에서의 몇 차례 침대 장면이 정말 그렇게도 대단한 것일까? 더구나 그 이전 《물처럼 단단하게》에서는 성적 묘사의 노골성이 더 하면 더했지 못하지는 않은 데 말이다. 어째서 이번에는 옌롄커가 철밥통을 엎어버리게 된 것일까?

혹시 문제가 '인민을 위해 복무하라'라는 이 오래된 말에서 비롯된 것은 아닐까? 왕년에 주석의 연설은 하급병사 장쓰더의 이름이 길이 전해지도록 했을 뿐만 아니라 이후 공화국의 주체 의식 형성을 위한 기본 정신을 확립시켰다. 수천 수만 명의 장쓰더의 이바지가 있어야만 비로소 혁명의 성공이 이룩되기 때문이다. 장쓰더는 직무에 충실했을 뿐만 아니라 종종 전우를 위해 군복을 빨아주거나 수선해주고, 신발을 만들어주었으며, 솔선해서 주둔지 민중의 생산 노동을 거들었다. 충성스러운 경호병으로서 그는 주석이

거처하는 곳의 닭과 오리를 쫓아내고 청결을 유지했으며, 또 경호병들이 즉각 출동하도록 '방울과 연결된 경고용 줄' 장치를 발명했다.[6] 장쓰더의 정신은 그 후 다시 자오위루·레이펑 등이 이어받아 더욱더 크게 발전시켰다.

옌롄커는 〈인민을 위해 복무하라〉 연설의 전후 관계를 잘 알고 있어서 소설의 첫머리에서 주석이 말한 '우리는 사방 각지에서 왔다'라는 명언을 인용하고 있다. 그러나 그의 이야기 속에서는 이 사방 각지란 하룻밤 인연을 이루기 위한 핑계일 뿐이었다. 계급과 성별을 초월하여 사리사욕 없이 복무하는 정신은 바짝 마른 장작에 불을 붙이는 셈으로 한번 타오르자 걷잡을 수가 없게 된다. 옌롄커는 의도적으로 《물처럼 단단하게》의 서사 방법을 본떠서 그의 남녀 주인공이 극단적으로 위인을 모독하는 - 성스러운 석고상과 고귀한 서적을 망가뜨리고 구호와 표어를 어지럽히는 - 형식으로 성적 절정에 도달하도록 만든다. 혁명의 격정이 이 지점에서 완벽하게 욕망의 격정으로 바뀌는 것이다.

그러나 옌롄커는 아마도 '인민을 위해 복무하라'는 이 말의 위력을 낮추어 평가한 것 같다. 우리는 아직 기억한다. 마오쩌둥의 연설은 원래 장쓰더에 대한 추도사이다. 적절한 시점, 적절한 장소에서 죽는다면 아무리 작은 희생이라도 "태산보다 무겁다"고 할 수 있고, 그러므로 "우리는 그에게 장례식을 거행해주고 추도회를 열어주어야 한다." 주석의 〈인민을 위해 복무하라〉는 따라서 거의 목숨을 걸고 행하는 맹세, 몸으로 성인이 되기를 바라는 선서나 다름없다. 이는 혁명에 헌신하는 가장 신비한 순간이다. 나라를 위해 온몸을 다 바치며 죽어도 여한이 없다는 것이다. 죽음은 크나큰 환희를 가져온다. 그것은 인민에 대한 사랑, 주석과 이념에 대한 사랑의 궁극적인 표현이기 때문이다. 사랑이 최고조에 달하면 자신을 소멸시키고 죽음을 끌어안는 것이 일종의 유혹이 되는 것이다.

옌롄커는 이와 같은 사랑과 죽음의 성스러운 가르침을 완전히 뒤집어엎는 글을 씀으로써 혁명 담론의 가려운 곳을 시원하게 긁어준다. 소설 속의 우다왕과 류롄은 둘 다 군인 신분이지만 모든 것을 도외시하는 사랑을 시작한 다. 옌롄커는 두 사람의 육욕과 치정을 묘사하는데 이는 거의 고전 화본 소설과 같은 교훈적인 의미를 지니고 있다. 이 한 쌍의 남녀는 태어날 때부터 속되기 짝이 없는 인물로 애초부터 그들의 말로는 정해져 있다. 그렇지만 단테의 《신곡》에서 연옥에 떨어져 영원히 구원받지 못하는 파올로와 프란체스카처럼[4] 옌롄커의 이 한 쌍의 남녀는 혁명의 연옥 속에서 그 죄가 천만번 죽어도 마땅하지만 그럼에도 불구하고 전혀 원망도 후회도 없다.

《인민을 위해 복무하라》는 비록 풍자의 극치를 다하지만 이와 동시에 혁명 서사를 해나가는 과정에서 말로 다 할 수 없는 욕정의 동경 및 모든 것을 도외시하며 죽음도 무릅쓰는 충동을 불러일으킨다. 옌롄커의 소설은 이리하여 공포와 연민을 낳는다. 여기서 공포라고 한 것은 혁명의 사랑과 죽음이라는 욕망의 힘이 마른 풀을 뽑고 썩은 나무를 꺾듯이 허물어져서 더 이상 신념이나 계율로 통제할 수 없게 되었기 때문이다. 여기서 연민이라고 한 것은 그 속에 빠져든 숱한 남녀가 자신들의 몸으로 그 참혹한 결말을 감당하게 되었기 때문이다. 되돌아보자면 1940년대의 장쓰더처럼 그렇게 전심전력으로 인민을 위해 복무하며 희생할 수 있었던 것은 어쨌든 행복한 일이었다. 장쓰더의 욕심 없음은 곧 이념과 주석에 대한 그의 다함없는 감정에서 비롯된 것이다. 그러나 장쓰더는 이미 혁명의 신화가 되었다. 수많은

---

4 단테의 《신곡》에 나오는 시동생과 형수 사이인 이 두 사람의 사랑과 불륜은 13세기 이탈리아에서 실제로 있었던 일을 소재로 삼은 것이라고 한다. 당시 서로 적대 관계였던 폴렌타 가문과 말라테스타 가문이 서로 화해를 하는 과정에서 폴렌타 가문의 프란체스카는 사람 바꿔치기에 속아서 그녀가 반한 말라테스타 가문의 차남 파올로가 아닌 장남 지오반니와 혼인을 하게 되지만, 결국 프란체스카와 파올로 두 사람은 사랑으로 인해 불륜을 저지르게 되었다고 한다. 이 두 사람의 이야기는 후일 수많은 예술 작품의 모티프가 되었다.

신화의 뒤편에는 헤아릴 수 없이 많은 원혼과 악귀가 어른거리고 있다.
– 바로 이것이 옌롄커 소설의 출발점이자 종착점이다.

《인민을 위해 복무하라》가 얼마나 분란을 일으켰던 간에 작품의 성과는
그저 그렇다고 할 수밖에 없다. 의제의 발전 면에서 옌롄커의 몇 년 전
《물처럼 단단하게》를 넘어서지 못한다. 심지어 안목 있는 독자라면《인민을
위해 복무하라》의 미친 듯한 육욕의 장면이라든가 또는 환난(?) 속에서 진정한
마음을 알게 된다는 식의 반전 등이 모두 어디선가 본 듯하다고 느낄 것이다.
나는 현재까지《물처럼 단단하게》가 옌롄커의 가장 뛰어난 작품이라고 생각
한다.《물처럼 단단하게》의 배경은 문화대혁명의 와중에 있던 청강진 –
송대 이학의 대가인 정이·정호의 고향 – 이다. 제대 군인인 가오아이쥔은
고향에 돌아와서 혁명에 뛰어드는데 그곳 유부녀인 샤훙메이에게 첫눈에
반한다. 두 사람은 이미 결혼한 신분임에도 불구하고 열애에 빠져든다. 그러면
서 동시에 그들의 혁명 대업 또한 당당하게 펼쳐나간다.

가오아이쥔과 샤훙메이의 권력 투쟁에는 온갖 극단적인 수단이 모두 동원
된다. 하지만 마찬가지로 두 사람의 진실한 감정 또한 세상을 놀라게 만든다.
그들의 성 관계는 그 행태도 가지각색이어서 혁명의 성과와 기가 막히게
서로 어우러진다. 소설의 정점에서 가오아이쥔은 사랑의 고통을 해결하기
위해 놀랍게도 한 줄기 땅굴을 뚫고서 밤마다 샤훙메이와 밀회를 하기에
이른다. 그들은 그야말로 명실상부하게 '지하의 사랑'을 나누게 되는 것이다.

《물처럼 단단하게》의 출판은 문화대혁명에 대한 기억과 서사에서 또 하나
의 중요한 진전을 대표하는 것으로서 당시에도 뜨거운 논쟁을 불러일으켰다.
그 세대의 중국인을 두고 말하자면 문화대혁명의 잔혹함과 황당함은 이렇게
나 이루 다 말할 수 없는 것이다. 후세대 사람들에게는 도대체 이 재난을
어떻게 부단히 기억하고 서술할 것인가 하는 것이 도덕적인 부담이 된다.

옌롄커가 선택한 방식은 상흔문학처럼 눈물을 쏟아내는 것도 아니요 선봉 작가처럼 허무하고 냉소적인 것도 아니다. 그는 문화대혁명을 피와 눈물과 웃음과 울음이 교차하는 코미디로 간주한다. 그 누구든 그 속에 처하면 본색이 드러나고 추태가 백출하게 된다. 가오아이쥔과 샤훙메이가 남들보다 뛰어난 것은 그들이 사람들을 두려워하게 만들 뿐만 아니라 우습게 만들기도 하기 때문이다. 옌롄커는 1930년대의 '혁명 + 연애'의 소설 공식을 빌어서 대대적으로 이 두 사람에 의한 혁명파의 투쟁사 + 낭만사를 써낸다.[7] 그러나 그의 글에서 혁명과 폭력은 불가분의 관계가 있고, 연애와 방탕은 동전의 양면에 다름 아니다.

《물처럼 단단하게》는 코미디 수법으로 혁명·폭력·섹스를 연계시키고 있는데, 대륙의 소설 전통 속에서는 아마도 전에 보기 드문 것일 터이다. 그러나 사실 1950년대 타이완의 장구이가 이미 시범을 보인 바 있다. 나는 이전에 다른 곳에서 장구이가 어떻게 청나라 말의 소설이 가진 조롱과 매도의 스타일을 계승하여 1920,30년대 중국 사회의 정치적 태풍을 색정적으로 처리했는가에 대해 논한 적이 있다.[8] 《회오리바람》[5] 및 《두 개의 태양》과 같은 작품에서 장구이는 이념의 광분과 성욕의 왜곡을 함께 다룬다. 그의 인물은 좌익과 우익을 불문하고 모두가 육욕의 기묘한 구덩이 속에 빠져 들어가서 간통과 난륜에서부터 페티시즘·성도착·사디즘에 이르기까지 끝을 알 수가 없다. 샤즈칭 선생은 일찍이 《회오리바람》을 도스토옙스키의 〈악령〉과 대비하면서 양자는 모두 "철두철미한 익살극"이라고 할 수 있다고 말했다. 그는 두 작가가 모두 "이기적이고 잘못을 고집하며 자신을 망가뜨리는 길을 가는 사람들"을 경멸의 태도로 대하고 있음을 지적하면서, "색욕을 누리고자 추구

---

5   《회오리바람》의 한글본으로 《회오리바람》, 장구이 지음, 문희정 옮김, (서울: 지식을만드는지식, 2012)이 나와 있다.

하는 사람들이 마치 혁명가처럼 인간의 상황에 대해 불만을 가질 수도 있다. 하지만 다른 점은 그들은 오로지 쾌감을 누리는 면에서 무제한적인 자극을 원할 뿐이라는 것이다."라고 말했다.9)

물론 1940,50년대 좌우익 문학이 사생활을 비방함으로써 - 특히 성 생활을 비방함으로써 - 적대적인 인물을 어릿광대로 만드는 수법은 사실 자주 보는 것이었다. 장구이의 조롱은 비록 남다른 시각을 보여주는 것이기는 했지만 그럼에도 불구하고 어쨌든 통속적임을 면할 수는 없었다. 다른 한편으로 장구이가 이처럼 커다란 흥미를 가지고 색정광이자 혁명가인 사람들을 묘사했기 때문에 자신의 애매한 입장을 감추기는 어려웠다.10)

나는 장구이가 탐색했던 스타일을 반세기 후에 옌롄커가 대신 보완했다고 생각한다. 가오아이쥔과 샤훙메이는 《물처럼 단단하게》에 등장하는 두 명의 몹쓸 인간이다. 그들의 행위는 백번 죽어 마땅하다. 그러나 옌롄커에게는 그들을 조롱하면서도 동정하는 면이 없지 않다. 정이·정호의 고향과 같이 그렇게도 무미건조한 사회에서 우리의 주인공들은 끊임없이 질곡에서 벗어나고자 시도한다. 또 아무 데나 원칙을 내세워가면서 혁명에 설쳐대고 연애에 몰두한다. 그런데 사실은 어쩔 수 없는 이유가 있다. 우리는 그들의 미친 듯한 흉포함을 비난할 수는 있다. 그러나 그들의 격정적인 갈망을 무시할 수는 없다. 그들은 마음 깊이 사랑하면서 죽음을 두려워하지 않는다. 그야말로 문화대혁명 문학에서 가장 특별한 한 쌍의 생사를 같이 하는 숙명의 연인인 것이다.

《물처럼 단단하게》가 세속 예법에 구속받지 아니하는 정욕을 묘사한다거나 《즐거움》이 장애인의 묘기 공연을 묘사하는 것은 바흐찐식의 카니발적 충동을 보여주는 것임을 이미 여러 차례 논자들이 언급해왔다.11) 이런 관점은 바흐찐의 '육체 원칙'이 함축하고 있는바 삶을 탐하고 죽음을 겁낸다는 전제를 소홀히 하는 것으로서 옌롄커의 관점과는 거리가 있는 듯하다. 이론적으로 보자면 어쩌면 조르주 바타유가 말하는 바 '소멸되는 색욕'(erotics of dissolution)이 이에 더욱 가까울 것이다. "폭력은 사회가 금기를 제거하는 행동이다." 그런데 혁명은 폭력과 금기 사이의 가장 기묘한 결합이다. 혁명은 반드시 폭력과 파괴를 수단으로 삼는다. 그것은 금기에 의해 배제된 폭력, 이성과는 대립되는 폭력의 특징이 전복되도록 만드는 하나의 장을 제공한다. 폭력은 더 이상 이성과 대립되는 것이 아니라 오히려 혁명의 논리 속에서 하나의 고리가 된다. 그뿐만이 아니다. 혁명의 고조는 '소멸되는 경계'(state of dissolution)를 수반한다. 이러한 고조는 법도와 죽음의 압박에서 비롯될 수도 있고, 욕망과 성애의 해방에서 비롯될 수도 있다. 육체적인 고통 또는 환희의 전율은 가장 신뢰할 수 없는 구분이 된다. 죽음은 주체가 소멸되는 최후의 스펙터클이 된다.12)

이리하여 가오아이쥔과 샤훙메이, 이 한 쌍의 혁명의 반려는 낮이 되면 욕심이 없으니 강건할 수가 있고 밤이 되면 욕정의 불길이 온몸을 태우게 되며, 남들 앞에서는 광포하고 잔인하지만 남들 뒤에서는 물결처럼 부드럽게 되는 것이다. 그들이 헌신하는 혁명은 주체의 구축이 목적이라기보다는 주체의 소멸이 목적이다. 혁명의 격정은 필히 목숨을 담보 잡히고 넋을 빼놓는 것이니 그야말로 사람을 황홀하게 만들면서 죽음에 이르게 만드는 것이다.

비평가들은 이미 《물처럼 단단하게》의 정치적 함의에 대해 상당히 잘 알고 있다. 그렇지만 가오아이쥔과 같은 유의 인물의 배경에 대한 언급은 아직 많지 않다. 그런데 내가 보기에 이는 옌롄커 창작을 이해하는 중요한 측면의 하나이다. 가오아이쥔이 군대에서 제대하여 고향에 돌아왔을 때 인연이 있어서 문화대혁명에 참여하게 된다. 넓은 시각에서 보자면 그는 옌롄커가 자주 다루는 '농민 출신 군인'이라는 인물의 재해석이다. 이런 인물들은 출신이 보잘것없고 생활에 시달리다보니 대개 문화 수준도 높지 않다. 그렇지만 그들은 고향에서 그렇게 한 평생 썩고 싶지는 않다. 그 때문에 대개 군 입대가 정해진 진로이다. 군대의 구성원들은 사방 각지에서 모여든 인물들로, 농촌과 비교해보자면 그들의 집단적인 생활, 엄격한 기율, 그리고 신속한 이동 임무는 하늘과 땅만큼 차이가 있는 것 같다. 그렇지만 군대는 일종의 또 다른 폐쇄적인 사회이자 그것만의 독특한 생태적인 순환을 가지고 있다. 금욕적인 규정, 기계적인 근무와 휴식, 희생적인 감화 등 육체의 규범 ― 그것이 육체에 대한 구속이든 아니면 포기든 간에 ― 과 관련되지 않는 것이 없다.

옌롄커 자신도 농민 출신 군인이었기 때문에 농촌과 군대 이 둘 사이의 미묘한 관계에 대해서 심도 있는 체험을 가지고 있음에 틀림없다. 《중사의 귀향》(1990)과 같은 그의 작품은 고향에 돌아온 군인이 감정과 진로의 시련을 겪는 것을 묘사하고 있는데 평담한 중에도 깊은 정이 우러난다. 《대령》(1997) 은 군대에서 성공한 한 장교가 다시 되돌아보자니 불치의 병을 앓는 늙은 아버지와 정신 상태가 이상한 아내를 포함해서 차마 고향의 만사를 직시할 수가 없게 되어버린 것을 쓰고 있다. 군대에서의 세월은 너무나 길다. 하지만 농촌의 생활은 더더욱 길고 메마르고 단조롭다. 고향에 돌아갈 것인가 말 것인가? 《군인의 죽음》(1995) 속의 군인은 고향과 군대 사이를 방황하며 용기와 자신감의 커다란 상실을 경험하고, 결국에는 목숨을 바쳐 임무를 완성함으로써 이를 벌충한다. 옌롄커가 그려내는 군인들은 바깥세상을 다녀 보고 인정과 세상사도 좀 알지만 그래도 마음속의 우울과 자기 비하의 감정을 떨쳐 버리지 못한다. 그들은 고향의 풍토와 사람들에게 연연해할 것이라곤 전혀 없지만 그나마도 의지할 만한 것을 잃어버린다면 외부의 도전에 대처하 기가 더욱 어렵다. 그들은 시름이 겹겹인 군인들이다.[13]

우리가 이런 배경을 이해하고 나면 가오아이쥔이나 우다왕의 됨됨이와 행동에 대해 조금은 더 너그러워질 것이다. 군대에서 가오아이쥔은 높은 것은 못 미치고 낮은 것은 성에 차지 않는다. 그런데 고향의 어르신네들은 바깥에 나가 군대에 들어간 자식들에게 각별한 기대를 가지고 있다. 그러니 제대 후 고향에 돌아온 군인들이 어찌 뭔가 보여주지 않을 수 있으랴? 옌롄커는 이와 동시에 거의 거래나 다름없는 가오아이쥔의 결혼 및 그의 성적인 고민에 대해 특별히 공을 들여 묘사한다. 가오아이쥔은 세상 물정을 겪어본 터라서 두뇌 회전이 빠르다. 바람 불어 풀잎만 살랑거려도 그 참에 벌떡 일어날 정도이다. 더구나 문화대혁명이다. 게다가 원래 혁명 + 연애가 애초부터 고향을 떠나게 만든 낭만적인 동력이 아니던가?

《인민을 위해 복무하라》의 우다왕은 가오아이쥔만큼 그렇게 야심이 넘치지는 않는다. 그렇지만 그처럼 평범하다보니 그의 범법과 불법이 우리를 더욱더 두렵게 만든다. 그 어떤 농촌과 군대 생활이 우리의 취사병으로 하여금 만사가 따분한 나머지 생명의 위험까지 무릅쓰게 만들었단 말인가? 해소할 길이 없는 고민, 억제할 수 없는 욕망이었다. 고향의 여인네들은 촌스럽고 보수적이니 어찌 사단장 부인의 넘쳐나는 매력에 비길 것인가? 일단 '인민을 위해 복무하라'라는 명령을 받게 되면 어찌 최선을 다해 봉사하지 않으랴? 아닌 게 아니라 작디작은 불티 하나가 온 들판을 태울 수도 있는 것이다.6

위에서 설명한 것처럼 《물처럼 단단하게》는 《인민을 위해 복무하라》의 전신으로 간주할 수 있는데, 이 둘의 가장 큰 특징은 혁명 언어의 다시쓰기이다. 만일 《인민을 위해 복무하라》가 '인민을 위해 복무하라'라는 말이 가진 무한한

---

6 마오쩌둥이 린뱌오에게 쓴 편지에서 1930년 당시의 정세를 설명하면서 예전부터 있던 이 표현을 사용하여 후일 마치 마오쩌둥이 한 말처럼 굳어졌다.

욕망의 힘에 집중하고 있다면,《물처럼 단단하게》는 공화국 건국에서부터 문화대혁명에 이르기까지의 온갖 고귀한 말씀과 성스러운 조칙을 다 모아 노래하고 읊어대면서 백과사전식의 어휘의 장관을 보여준다. 우리가 그 시절을 겪어보았는지와는 상관없이 옌롄커가 구사하는 서사 형식은 언어와 폭력의 공모가 어찌 이리도 황당할 수 있는지에 대해 놀라게 만든다. 가오아이 쥔과 샤훙메이는 첫눈에 반한다. 하지만 그들은 혁명 가요의 가사가 가진 기백과 포부에 의지해야만 서로 간의 진심을 표현할 수 있다. 땅굴이 완성되자 그들은 마음 놓고 그 일을 치르게 되었을 뿐만 아니라 이와 동시에 더 나아가서 혁명 언어의 빼어난 실험까지 펼칠 수 있게 되었다. 그들은 침대에서 사랑을 나누기에 앞서서 먼지를 털어내고 몸을 닦아내는 문제를 두고 다음과 같은 대화를 나눈다.

내가 말했다: 먼지가 문제겠소. 빗자루 질이 문제지.

그녀가 말했다: 예방이 우선이죠. 위생을 중시해서 인민의 건강 수준을 높여야죠.

내가 말했다: 용기를 갖고 과감히 맞서야 하오. 희생을 두려워말고 계속해서 싸우고, 앞사람을 이어서 전진하면 되오. 그래야 온 세상이 우리 것이 되는 거요. 이 세상 모든 마귀가 모조리 사라질 거요.

그녀가 말했다: 질적 변화는 양적 변화에서 시작되고, 하늘 같은 재앙도 동티에서 비롯되거든요. 싹부터 제거하지 않으면 좌절과 실패가 기다린 다구요.

내가 말했다: 조금 늦게 닦는다거나 한번쯤 안 씻는다고 몸에 종기가 생기진 않소. 설사 종기가 생긴다 해도 짜버리면 그만이오. [개인주의를 의미하 는] '사'자 따위는 투쟁으로 날려버리고 비판으로 없애버릴 수 있는 것처럼 말이오.

그녀가 말했다: 단기적으로 보자면 먼지는 질병의 통행증이고, 장기적으로

보자면 행복의 걸림돌이에요. 흐르는 물은 썩지 않고, 고인 물은 썩는 거죠. 먼지가 있는데도 제때 빗자루 질을 하지 않으면 질병이 만연해질 거고, 영혼에까지 미친다면 후회막급일 거예요. 돌멩이로 자기 발을 찧는 격이죠.14)

고전적인 권위의 관념 속에서는 언어란 투명한 전달 매체로 간주되며, 천자 법언의 화신이기도 하다. 그러나 옌롄커는 다른 견해를 가지고 있다. 혁명의 시대에는 그토록 법도도 없고 하늘도 없으니 언어란 '먼지'와 마찬가지로 일상생활과 신체 곳곳에 퍼지고 스며들어서 "질병이 만연해질 거고, 영혼에까지 미친다." 기호와 그것이 가리키는 현실 사이에 괴이한 변화가 일어난다. 아닌 것 같으면서도 들어맞고, 핑계 김에 다른 말을 해대며, 이 말을 빌려 저 말을 하는 자기 증식적인 괴물이 되어버린다. 가오아이쥔과 샤훙메이는 끊임없이 혁명 언어를 인용하고, 설명하고, 논쟁해 나가는 중에서만 비로소 사랑을 나눌 수 있다. 그들은 "흙침대의 석회나 라디오와 스피커를 주제로 삼기도 하고, 볏짚・이불・물방울・상자라든가 머리칼・손톱・유방・베개・구멍・옷을 주제로 삼기도 하면서",15) 감정을 토로하고 사물을 읊조리며, 뜻을 합치고 소리와 모양을 모으니, 행복하기가 짝이 없었다.

그러나 가오아이쥔과 샤훙메이 두 사람 및 그 외 열성적인 인물들이 쏟아내는 혁명 언어가 그 얼마나 기발하든 간에 일종의 위조품이요 잡동사니이다. 그리고 옌롄커가 텍스트의 차원에서 의도적으로 부각시킨 것들은 더더욱 위조품의 위조품이요, 잡동사니의 잡동사니다. 혁명 언어가 추구하는 기상천외한 참신함과는 대조적으로 《물처럼 단단하게》가 보여주는 세계는 진부한 것들을 누적해 나가는 것이다. 역설적이게도 그것이 가진 참신함이란 의미 시스템의 완벽한 폐쇄적 방식의 조합 배열에서 오는 것이다. 가오아이쥔과 샤훙메이 두 사람의 지하의 사랑은 탈출구가 없는 사랑이요, 그들의 언어유희는 일종의 사물화된 의식이다. 그리고 그 사물화의 밑바탕은 다름이 아닌 죽음이다.

비단 이뿐만 아니다. 가오아이쥔과 샤훙메이는 이런 말들을 뱉어내는데 그치지 아니하고 이를 노래하고 읊조릴 수밖에 없다. 그들은 혁명의 '소리의 정치'를 극단적으로 발휘한다. 가오아이쥔과 샤훙메이 두 사람의 사랑의 언약은 혁명 가요에서 비롯된다. 그리고 가요는 최음제와 마찬가지가 되어 소설에서 그들이 정을 통할 때마다 넘쳐난다. 언어와 가요가 만들어내는 각각의 소리 속에서 혁명의 격정이 노도와 같이 발산된다.

그러나 이와 같은 각각의 소리는 그저 허상일 뿐이다. 자크 아탈리는 일찍이 음악과 정치를 논한 그의 연구서 《소음: 음악의 정치경제》에서 자본주의 제도하에 음악 생산은 이미 창조력을 상실하고 교환 가치의 중복적인 연습에 흘러버렸다고 주장했다. 이와 같은 소리의 시스템은 얼른 듣기에는 조금은 다른 것 같지만 또한 어디선가 들은 적이 있는 것 같기도 하다. 청중의 희열은 자신을 일정한 위치에 대입해보는 소속감에서 온다. 사실 그들의 자기긍정적인 독립성은 권위에 대한 복종 위에 이루어진다. 이처럼 음악은 창조력을 가져오는 존재가 아니라 죽음의 화신인 것이다.[16]

아탈리의 비판에는 좌파의 입장이 게재되어 있지만 문화대혁명 시기에 극좌 진영이 고취한 언어/소리의 정치에 적용해도 부합되는 면이 있다. 극도로 혁명적인 가요와 극도로 열광적인 구호들이 수많은 사람들의 마음을 뒤흔들어놓는다. 선동적인 음표와 격앙된 멜로디 가운데 소아가 대아 속에 녹아들어가면서 끝없이 사랑이 넘쳐 나온다. 힘이 다하고 목이 쉴 때까지.

《인민을 위해 복무하라》의 구호인 '인민을 위해 복무하라'는 주석의 여타 수천 마디 말과도 또 다르다. 위에서 말한 것처럼 그것이 내포하고 있는 사랑과 죽음의 낙인은 '몸이 곧 정치'라는 혁명의 핵심을 직접적으로 겨냥한다. 따라서 반드시 조심해서 보호해야 한다. 옌롄커의 새 소설이 사람들을 불안하게 만드는 것은 군대의 이미지에 대한 조롱이나 간통 사통의 묘사에서 오는 것이 아니다. - 그런 것들은 《물처럼 단단하게》에서 이미 쓴 적이 있다. 이 소설의 문제는 '인민을 위해 복무하라'라는 것을 제목으로 내세워 한 쌍의 남녀가 허망함 중에서도 희망을 가지고 있고, 사통을 하는 가운데도 진실한 감정을 가지고 있다는 것을 썼다는 점에 있음이 틀림없다.

'인민을 위해 복무하라'! 이 말은 단순하고 소박하지만 아무 데나 가능하고 무엇이나 포함한다. 그것은 혁명의 잠재의식적인 근본 역량을 발동시키면서 의미라는 최고의 장애물을 현실에 부여한다. 그러나 취사병 우다왕과 그의 정부(그리고 그들의 작가)는 '성정'이 움직이는대로 행동하면서 '인민을 위해 복무하라'라는 욕망의 기호 시스템을 어지럽히며 토템 하에 있던 무한한 가능성을 해방시킨다. 그것은 혁명이라는 '원시적 열정'(primitive passion)의 참으로 부드럽고 애매하면서 살상력 또한 가장 강한 부분을 건드림으로써, 이 말이 갑자기 욕망의 최고의 주문, 사랑과 죽음의 순환을 가동시키는 비밀스러운 신호가 되게끔 만든다. 역사는 때때로 한계가 있지만 욕망은 한도 끝도 없다. 옌롄커는 판도라의 상자를 열어젖힌 것이다. 그러니 당연히 처벌을 받아야 하는 것이다.

2. 우공이산

내가 죽고 나면 나의 아들이 있고, 아들이 죽고 나면 또 손자가 있으니, 자자손손 끝이 없을 것이오. 이 두 산이 비록 높다 하지만 더 이상 높아질 수는 없을 것이고 파내는 대로 조금이라도 줄어 들 것이니 어찌 평평하게 만들지 못하겠소?

　　　　　　　　　　　　　- 마오쩌둥, 〈우공이산〉, 1945년 6월 11일[17]

옌롄커는 농촌 출신으로 군대에서 20여 년을 보냈기 때문에 그의 창작에서
농촌과 군대가 중요한 배경을 구성하며 특히 향토적 제재는 그가 장기로
삼는 분야이다. 향토문학을 논한다면 우리는 루쉰·선충원으로부터 형성된
방대한 전통을 되돌아보지 않을 수 없다.[18] 루쉰의 침울함과 의분, 선충원의
정중함과 평온은 모두 일찍이 중국의 고향 상상에 있어서 탁월한 모범을
보여주었다. 논자들은 종종 현실을 반영하고 인생을 비판하는 루쉰의 입장을
강조한다. 그런데 사실 루쉰은 이미 1920년대에 '향토문학'의 함의의 모순을
지적한바 있다. 고향 상상은 기실 시공의 어긋남에서 오는 것으로서 이른바
향수란 고향을 등지고 떠난 사람들만이 체험할 수 있는 것이며, 따라서
고향을 쓴다는 것은 언제나 고향의 '부재'를 전제로 하는 것이다. 다른 한편으
로 선충원은 천진무구한 목가적인 작가가 아니다. 현실 생명의 잔혹함을
이해하였기 때문에 그는 오히려 사실적 모방의 수법을 사용하여 고향의
인간사가 지닌 정해진 운명을 되풀이해서 보여주는 것을 거부한 것이다.
그는 서정적인 필치로 썩은 것에 새로운 생명을 불어넣어서 문자를 일종의
현실에 대한 관여, 인문적 이상이 충만한 담체로 만들었다.

1940년대 이래 혁명적 리얼리즘의 통솔하에 향토 서사가 불의를 고발하고
고통을 기억하면서 행복에 감사하는 문학[7]의 대종이 되었는데, 비록 적지
않은 감동적인 작품을 낳기는 했지만 필경에는 스스로 한계를 설정했다는
우려가 없지 않다. 특히 고향 상상과 도의 호소가 하나로 합쳐지면서 현실이
일약 진리로 바뀌고, 반대로 대지 위에서 일어나는 피와 눈물이라든가 웃음과
울음이 대수롭지 않은 것이 되었다. 《리씨 마을의 변천》[8]으로부터 《산촌의

---

7 1950,60년대에 과거 국민당 통치하의 고통을 기억하면서 공화국 건국 후의 행복에
　감사한다는 것을 내세운 사회 운동에 호응해서 나온 문학이다.
8 《리씨 마을의 변천》의 한글본으로 《변방의 도시/이가장의 변천 외》, 선충원/자오

격변》으로, 《태양은 쌍간허 강에 비친다》9로부터 《화창한 봄날》로 좌익 향토
소설의 변화를 어렵지 않게 볼 수 있다. 이는 또 1980년대 중반에 뿌리찾기문학
이 나타나서 그렇게도 열렬한 반향을 불러일으켰던 이유이기도 하다. 뿌리찾
기문학은 한편으로는 고향과 중국의 현대성에 대한 루쉰·선충원 세대의
갖가지 변증법을 재가동하고, 한편으로는 또 대지가 내포하고 있는 다원적인
상징의 가능성을 개발해냈다. 그리고 이 때문에 뿌리찾기문학과 선봉문학이
밀접한 관계를 갖게 되었다.

옌롄커는 그가 물려받은 '대지의 문화'에 대해 스스로 상당히 잘 알고
있으며,19) 고향에 대한 그의 애증이 교차하는 정서 역시 1980년대 그의
소설 속에 반영되어 있다. 중원은 비록 중국 문명의 발원지이지만 수백
수천 년 동안 그토록 재난이 많았다. 생존이란 본디 지난한 시련이다. 다만
당시의 옌롄커는 하고 싶은 말이 너무 많아서 향토라는 시야를 구축할 여유가
없었다. 설사 그랬다고는 하지만 그의 작품 속에서 토로된바 남보다 못함을
스스로 부끄러워하는 데서 오는 침울함이라든가 풀길이 없는 답답함은 이미
독자들의 마음에 울림을 주었다. 그런데 1990년대에 이르러 이제 더 이상
이러한 침울함과 답답함이 리얼리즘적인 패러다임 속에서 돌파구를 찾아내
고자 하지 않게 되었다. 그것은 일종의 천지를 뒤흔들어놓는 에너지로 바뀌어
온 세상으로 뻗어나가야 했다. 이리하여 파러우산 산골 지역을 배경으로
하는 일련의 작품이 나오게 되었다. 이 작품들에서는 생존이 막다른 지경에
이르자 기이한 모습들을 보이기 시작한다. 현실로써 설명할 수 없는 부조리함
은 필히 신화 - 또는 귀신 이야기 - 를 통해서 풀어놓아야 했던 것이다.

수리 지음, 심혜영/김시준 옮김, (서울: 중앙일보사, 1989)이 나와 있다.

9 《태양은 쌍간허 강에 비친다》의 한글본으로 《태양은 상건하에 비친다》, 딩링
지음, 노경희 옮김, (서울: 중앙일보사, 1989)이 나와 있다.

《연월일》(1997)에서는 또 한 차례 가뭄의 해가 들이닥친다. 마을은 열 집 중 아홉 집은 비고, 늙은 농부인 '어르신'이 유일하게 마을을 지키고 있는 산사람이다. 하늘이 불쌍히 여기어 그는 한 줄기 연약한 옥수수 싹을 발견하게 되고, 이리하여 생존의 희망이 생겨난다. 어르신은 그의 옥수수 싹을 세심하게 보살피면서 온갖 방도를 다 한다. 하지만 그래도 견디지 못할 것 같다. 그는 결국 주저 없이 자신의 육신을 옥수수가 자라는 비료로 바친다. 그가 심으려는 양식의 양식이 되는 것이다.

> 옥수수 줄기의 수염 가닥마다 마치 등나무 줄기마냥 가닥가닥 이어지면서 분홍빛 색깔을 띠었는데, 시커먼 구멍에서부터 뻗어 나와서는 어르신의 가슴 위, 허벅지 위, 팔뚝 위, 복부 위에 엉켜있었다. 젓가락 굵기 만한 몇몇 붉은색 가닥은 어르신의 썩은 몸을 파고들어 어르신의 허연 머리뼈, 갈비뼈, 다리뼈, 그리고 손가락뼈에 엉켜있었다. 몇 가닥 홍백색의 수염은 어르신의 눈을 파고들어가서 어르신의 후두부 쪽으로 자라나고 있는데 …… 20)

옌롄커는 그의 늙은 농부와 대자연 사이의 투쟁을 쓰고 있다. 이는 제법 헤밍웨이의 《노인과 바다》식의 패러다임에 가깝다.21) 그는 곤경에 처해서도 결코 굴복하지 않는 어르신의 의지를 부각하고자 한다. 그렇지만 이처럼 참혹하게 묘사하다보니 독자들이 차마 계속 읽어나가지 못하는 중에서도 다른 어떤 것들을 발견하도록 만든다. 옌롄커는 거의 히스테리칼한 힘으로, 아니 한으로 자연 질서의 전도를 쓰고, 만물이 하찮은 존재가 되는 것은 필연임을 쓴다. 그 극단적인 곳에서는 인간이 자연을 이기게 마련이라는 속담은 아Q식의 정신승리법이 되어버리고, 육체의 완성은 자아의 사멸에 있으니 땅의 일부가 되어버린다.

《파러우 사람들》(1997)에서 유 할멈의 네 딸은 모두 지적 장애자인데, 전하는 바에 따르면 육친의 뼈를 약에 섞으면 치료 가능성이 있다고 한다.

둘째 딸의 혼인을 위해 유 할멈은 무덤을 파헤쳐 관을 열고는 죽은 남편의 뼈를 파내서 딸의 약에 넣는다. 결미에서 그녀는 또 뒷일을 안배한 후 자살로 생을 마감하는데, 나머지 두 딸이 먹을 만큼 충분한 뼈를 남겨주기 위해서이다.

만일 《연월일》이 대지가 사람을 먹는 것을 쓰고 있다면, 《파러우 사람들》은 사람이 사람을 - 더구나 육친의 유골을 먹는 것을 쓰고 있다. 전자는 자연과 생물의 연쇄가 깨진 것을 암시하고, 후자는 윤리적 질서가 어긋나는 것을 암시한다. 《파러우 사람들》은 우리에게 루쉰의 〈약〉을 상기시킨다. 루쉰은 혁명 열사의 피가 한 젊은 폐병 환자의 목숨을 구하지 못하는 것을 탄식하면서 전통 의학의 우매하고 잔혹함이라든가 부모의 사랑이 헛된 수고임을 보여줄 뿐이다. 옌롄커가 그려내는 세계는 혁명가가 없는(또는 혁명가는 왔지만 이미 떠나버린 뒤의?) 세계다. 그의 인물은 이승과 저승이라는 두 세계의 가장자리를 넘나들면서 어릿어릿 본능적인 반응으로 죽음과 광기의 위협에 대처한다. 유 할멈의 희생은 물론 관례에 따라 '용기 있는 어머니'의 대열에 넣을 수 있을 것이다. 그렇지만 아마 이런 정도로 옌롄커의 의도를 설명할 수는 없을 것이다. 모성애라는 전제하에서 병의 원인을 가지고 있는 어머니가 자신의 죽음으로써 자식의 산목숨을 위해 뼈를 제공한다는 것은 독으로 독을 제압한다는 무서운 이야기이다. 더구나 효자가 넓적다리를 베어 아버지를 구했다는 고전적인 전설의 퇴폐적인 역전인 것이다. 유 할멈의 죽음은 생명을 버려 사랑을 남긴다는 장한 행동이라고 하기 보다는 죽음의 위협 아래에서는 문명이 완전히 붕괴되고 만다는 표현이라고 해야 할 것이다.

샤즈칭 선생은 중국 리얼리즘 소설의 발전을 논하면서 일찍이 '노골적인 리얼리즘'(hard-core realism)이라는 용어를 제시한 적이 있다.[22] 이에 대해서 샤즈칭은 작가가 이처럼 '적나라하게' 민생의 고달픔과 고통스러움을 묘사함으로써 그 어떤 미학적인 설명이나 사상·이데올로기적인 해석도 이에 비해 미흡하고 무력함을 드러내게 된다고 지적한다. 1930년대의 '피와 눈물의 문학' - 러우스의 〈노예였던 어머니〉, 우쭈샹의 〈천하태평〉 등 - 은 우리로 하여금 의분을 불러일으키고, 두렵게 하고, 할 말을 잃게 만들지 않는 것이 없다. 주의할 것은 샤즈칭의 '노골'이라는 낱말의 영어 단어인 hard-core에는 원래 색정적인 은유가 포함되어 있어서 오해를 불러일으키기 쉬우면서도 깊은 뜻이 숨어 있다는 점이다. 그것은 심리적인 가학/피학적 욕망 (sadomasochism)의 변증법을 건드리고 있다. 현실에 대해 극단적으로 적나라하게 폭로하는 그 순간 작가는 인간 세상의 고통의 극한에 도전한다. 그렇지만 동시에 그 자신과 독자가 고통의 에너지를 감당/상상하도록 만드는 것이 아닐까? 고통의 노골적인 묘사는 천지의 어질지 않음을 부각시키면서 또한 육신의 고통이라는 스펙터클을 이루어냄으로써 피학적 욕망(masochism)을 이끌어낼 수도 있는 것이다.[23] 마조히스트는 자아의 공포·처벌·분리·지연·상실을 가지고서 주체의 구축을 완성하고, 부정적인 상황 속에서 욕망의 율동을 펼친다. 만일 고통의 극치가 죽음이라면 피학적 욕망의 극치는 곧 가학자를 부추기는 것으로, (환상 내지는 실천 속에서) 죽음을 그 욕망의 출구로 삼는다. - 또는 그 욕망은 출구가 없는 것이다. 이와 같은 욕망의 글쓰기에는 물론 변증법적인 의미가 충만하다. 그런데 나는 옌롄커의 작품은 고통의 폭로와 고통의 탐닉 사이를 떠돌면서 특히 '노골'의 정도가 1930,40년대의 선배들을 능가한다고 생각한다. 역설적인 것은 이로부터 만들어지는 죽음의 극장이 바로 향토 서사에 대한 그의 공헌이라는 점이다.

이상의 검토는 우리로 하여금 《햇빛의 세월》(1998)의 의미를 생각해보도록 이끈다. 이 소설은 옌롄커의 고난 서사를 집대성한 것이라고 말할 수 있다. 파러우산맥 속의 싼싱마을은 세세대대 목구멍이 막히는 병에 시달리고 있다. 환자는 손발이 뒤틀리고, 결국 마흔 살까지도 살지 못한다. 대대로 마을 사람들은 이장의 통솔 아래 병을 치료할 수 있는 처방을 찾지만 아무런

성과도 없다. 쓰마란 이장 때에 이르자 그는 마을 사람들의 병의 원인이 수질 불량에 있다고 단정하고 산을 파서 수로를 놓아 백 리 밖에 있는 링인취 수로의 흐르는 물을 끌어들이기로 한다. 그는 마을의 남정네들은 시내로 가서 불에 덴 사람들에게 피부를 팔도록 하고 여인네들은 사창가에 가서 매음을 하도록 한다. 그리고 이렇게 몸으로 때워서 벌어들인 돈을 자금으로 삼아 마을에 물을 끌어들이는 수로를 놓는다. 그렇지만 마을 사람들이 링인취 수로와 연결하여 끌어들인 물은 원천 자체가 냄새 나고 더럽기 짝이 없어서 "끈적끈적"하고 "여느 집 앞마다 있는 농익은 똥통 냄새처럼 한 가닥 찜찔하고 떨떠름한 고약한 냄새가 났다."[24] 쓰마란은 한을 품은 채 죽고 만다.

몹쓸 병, 신체적 질병을 가지고서 한 공동체의 퇴폐를 투사하는 것은 현대 대륙 소설에서 자주 볼 수 있는 주제이다. 《햇빛의 세월》은 특히 우리에게 리루이를 떠올리게 한다. 리루이가 그려낸 산시성 뤼량산 산골에서는 온 마을 사람들이 골관절염에 걸려서 어른이 되어도 난쟁이 모습이다. 그들은 폐쇄적인 환경 속에서 살아가면서 한 건강한 여자가 기황을 피해 산골에 와서 '공용 마누라'라는 기막힌 소동을 벌일 때까지 속수무책으로 세세대대 알 수 없는 숙명을 참고 견딘다. 소설 속 화자로서 리루이는 산골 사람들의 무지함과 무력함을 써나가는데, 탄식하는 가운데서도 또 처연한 서정적인 거리를 유지하니 이른바 소위 "천지의 유구함을 생각하니, 나 홀로 슬퍼져서 눈물이 흐르누나."이다.[25]

이와 비교할 때 《햇빛의 세월》의 시끌시끌함과 속물적이면서 생동적인 것은 화본 소설적인 어투의 연장이다. 쌘싱마을 사람들의 의지력은 사람을 놀라 마지않게 만든다. 바깥세상은 그들의 병고에 신경 쓸 여유가 없다. 반면에 그들은 앉은 채로 죽기를 기다릴 수 없다. 이장의 부르짖음하에 그들은 자체 구제에 나선다. 그러나 일이 뜻대로 되지 않는다. 그들이 노력하면 할수록 모든 시도가 헛수고임을 체험하게 된다.

주목할 만한 것은 《햇빛의 세월》의 플래시백 형식이다. 소설은 쓰마란의 죽음으로부터 시작해서 그의 출생으로 거슬러 올라가고, 다시 싼싱마을의 그 윗세대 사람들이 병과 싸운 노력으로 거슬러 올라간다. 따라서 쓰마란의 이야기는 각 챕터가 뒤로 가는 방식으로 된 역방향의 발전이며, 그의 출생이 필연적으로 그의 사망 속에 내재되어 있다. – 모든 생명은 모두 뒤로 물러나서 무로 돌아가는 것이며, 모두 생명의 부정인 것이다.26) 옌롄커의 실험이 전적으로 성공한 것만은 아니다. 그러나 그의 서사 구조는 그의 역사관을 알려주는 중요한 단서이다. 쓰마란 이전에 란바이쑤이가 마을 사람들을 동원해서 토질을 바꾸고자 추구했다. 이를 이루기 위해 그의 친동생은 밭에서 지쳐 죽고, 그의 친딸 역시 인민공사의 주임에게 바쳐지기도 한다. 더구나 란바이쑤이 이전에는 쓰마샤오샤오가 기황과 메뚜기떼 습격에도 불구하고 마을 사람들에게 대대적으로 유채를 심도록 한다. 또 첫 번째 이장인 두쌍은 마을 사람들이 아이를 많이 낳도록 장려한다. – 사람이 많을수록 일하기가 좋다는 것이다. 이런 모든 것들도 싼싱마을 사람들이 마흔 살이 채 되기 전에 죽어버리는 것을 막지는 못한다. 쓰마란이 죽은 이후에도 아마도 보아하니 그들의 운명은 여전히 그러할 것이었다.

옌롄커는 섬세한 필치로 싼싱마을 각 세대 사람들의 비할 데 없는 고생을 그려냈다. 그의 서사는 '끈적끈적'해서 그 자체로 진국이다. 싼싱마을 사람들은 피할 수 없는 재앙에도 불구하고 앞사람의 뒤를 이어 계속해서 나아가면서 한 세대 또 한 세대 희생 분투한다. 《햇빛의 세월》을 읽다보면 거의 세기말의 중국 민중판 시지푸스 신화이다. 옌롄커는 스스로 이런 묘사를 통해 "인생의 원초적 의미를 찾는다"라고 말한다. 그러나 이미 어떤 비평가가 지적했다. 소설 속에는 허무적 유토피아의 논리가 포함되어 있다. 싼싱마을 사람들이 제자리걸음으로 현재 상황을 답습하면서 이장의 명령에만 맹종하고 있으니 그들이 차례로 전개하는 항쟁은 공연한 헛수고의 윤회 속에 빠져들게 마련이다. 화자가 마을 사람들의 참혹한 행적을 장렬하게 그려내면 그려낼수록 오히려 더더욱 이성의 소모와 구원의 무망함을 부각시키게 되는 것이다.[27)]

앞서 말한 노골적인 리얼리즘과 피학적 욕망의 논리로 되돌아가보자. 어쩌면 바로 이것이 옌롄커 향토 서사의 미학적 본질일 수도 있다고 나는 말하고 싶다. 싼싱마을의 이야기는 해도 해도 끝이 없다. 그들의 고난이 끝난 것도 아니고 끝날 수도 없기 때문이다. 죽음의 신과의 투쟁은 그들의 가장 큰 밑천이다. 즉 죽음을 두려워하지 않는다는 것이다. 그런데 이야기의 전제는 이와 반대이다. 그들이 죽음의 필연적인 도래를 기다리고 있다는 것, 그리고 기다림의 시간을 연장하고 있다는 것이다. 이 연장과 다름없는 기다림 중에서 옌롄커는 적당히 방식을 조정하여 같은 이야기를 달리 말하고 있는 것이다. 고난 또는 자학이 서사를 지속시키는 원동력이다. 서사라는 존재 자체가 곧 '죽음의 예지에 관한 기록' – 그리고 '죽음의 가불에 관한 기록'인 것이다.

그런데 시야를 넓혀보면 옌롄커의 서사 법칙에 어찌 역사의 그림자가 없겠는가? 《창업사》, 《붉은 깃발 이야기》와 같은 정전이 모두 온갖 어려움에도 불구하고 두메산골의 농민들이 무정한 대지를 인간 세상의 파라다이스로 바꾸어놓은 이야기를 쓰지 않았던가? 다른 점이라면 이들 정전들이 어떤 식으로 고난과 죽음을 묘사하든지 간에 모두 계시의 순간을 부여한다는 점이다. 량싼 영감, 주라오중과 같은 가부장들은 마침내 성공을 이루어내고 붉은 깃발이 휘날리는 그날까지 집안사람들을 이끌고서 세세대대로 굳건하게 견뎌낸다. '희생이 있으니 포부가 더해지고, 해와 달에 새로운 하늘을 가져오리니',[10] 의지가 굳세다면 불가능한 것도 가능한 것이 된다는 것이다.

───────────────

10 1959년 마오쩌둥이 32년만에 고향의 사오산을 방문했을 때 쓴 〈사오산에 와서〉란

특히 두드러지는 것이 있다. 싼싱마을 사람들이 명줄을 이어가기 위한 중대 사업으로 여기는 링인취 수로 개통은 자연스럽게 우리에게 과거 허난성의 중대 사업이었던 홍치취 수로 이야기를 떠올리게 만든다. 1960년대 린저우의 홍치취 수로 건설은 한때 주목의 초점이 되었던 모범 사업이다. 이 수로의 건설 시기는 3년 자연재해[11] 기간이었다. 극단적으로 어려운 시공 여건에서 수많은 노동자들이 타이항산 절벽을 따라서 151개의 고가 수로를 가설하고 211개의 터널을 뚫었는데, 간선 수로의 길이는 70킬로미터였고 각 지선까지 포함하면 1,500킬로미터에 달했다. 홍치취 수로는 문화대혁명이 한창일 때 완공됨으로써 "타이항산을 둘로 가르며" 건설된 "인간이 만든 미리내"[28]라고 칭송되었다.

이와 같은 신념을 관통하는 가장 중요한 자원 중의 하나는 틀림없이 1940년대에 이미 마오쩌둥이 친히 거명한 – 타이항산맥에서 발생한 – '우공이산'의 신화이다. [《열자 탕문》편의] 전설에 따르면 타이항산과 왕우산이라는 두 산이 [어리석은 노인네라는 뜻인] 우공의 길을 막고 있었다고 한다. 그는 자손들을 동원해서 밤낮으로 흙을 파서 산을 옮기고자 한다. 강굽이에 사는 한 똑똑이가 우공이 자기 능력을 헤아리지 못하는 것이라고 의문시하자 우공(내지는 주석)이 대답한다. "내가 죽고 나면 나의 아들이 있고, 아들이 죽고 나면 또 손자가 있으니, 자자손손 끝이 없을 것이오. 이 두 산이 비록 높다 하지만 더 이상 높아질 수는 없을 것이고 파내는 대로 조금이라도 줄어 들 것이니 어찌 평평하게 만들지 못하겠소?"[29]

1950년대 소설에는 현대판 우공이 적지 않다. 그들은 모두 시간으로 공간을 대체하면서 자신의 운명을 바꾸고자 뜻을 세운다. 신화가 역사로 바뀌면서

시의 한 구절로, 이 시에서 그는 지난 세월을 회고하는 가운데 그 무렵 그와 중국이 직면하고 있던 갖가지 어려움 역시 충분히 이겨낼 수 있을 것임을 암시했다.
11 1959~1961년 사이에 중국에서는 3년간 대흉년이 들어 수천만 명이 사망했는데, 말은 자연 재해라고 하지만 그보다는 인재의 성격이 강하다.

이에 호응하여 영국을 능가하고 미국을 따라잡자 운동, 대약진 운동, 삼면홍기 운동 등이 전개된다. 《햇빛의 세월》의 배경은 상당히 모호하다. 그렇지만 어쨌든 은은히 시대의 흔적이 드러난다. 나는 옌롄커가 의도적으로 '우공이산' 이라는 우언을 비판했다고는 생각하지 않는다. 그러나 앞에서 말한 것처럼 온통 '마오 말씀'인 환경 속에서 자랐으니만치 그의 글쓰기도 필연적으로 미묘한 대화를 이끌어내게 되어 있는 것이다.

싼싱마을의 사람들은 가부장의 영도 아래에서 숙명과 박투를 벌인다. 하지만 파러우산 산골 지역에 생명의 기운을 불어넣지는 못한다. 링인취 수로의 물은 비리고 퀴퀴하기 짝이 없는 죽은 물이다. 《햇빛의 세월》은 마지막에 희생과 대가 사이의 기이한 주고받기를 쓴다. 시지푸스식의 실존주의이든 아니면 우공이산식의 마오쩌둥 신화이든 간에 둘 다 옌롄커의 고난 철학을 완벽하게 해석해낼 수는 없다. 예컨대 《연월일》, 《파러우 사람들》이 보여주듯이 인간이 그가 심고자 하는 농작물의 비료가 된다거나 자손의 건강을 위한 양약이 되는 그 순간 이미 삶과 죽음의 질서가 뒤집히는 것이다. '죽을 곳에 처해야만 살아날 수 있다.' 옌롄커의 판본은 더도 덜도 아니라 하나의 패러독스한 교훈이다. 《햇빛의 세월》에서 이 교훈은 정점에 달한다. 죽음이 서사의 시작이다. 결말인 것만은 아니다.

3. 혁명 만세

자본주의 국가의 무산계급은 식민지 및 반식민지 인민의 해방 투쟁을 옹호하고, 식민지 및 반식민지의 무산계급은 자본주의 국가의 무산계급의 해방투쟁을 옹호해야만 비로소 세계혁명이 승리할 수 있다고 레닌주의는 판단한다. …… 우리 중국 공산당원 역시 이러한 노선을 실천해야 한다.

　　　　　　　　　　　－ 마오쩌둥, 〈베슌을 기념하며〉, 1939년 12월 21일[30]

《햇빛의 세월》,《파러우 사람들》이 만들어내는 고난 서사가 포화점에 달한 후 옌롄커는 방법을 바꾸어서 《즐거움》에서 고생 중에 즐거움을 찾는 이야기를 쓴다. 소설의 초점인 '즐거운 마을'은 아무도 신경 쓰지 않는 지역으로, 주민들은 모두 다친 사람 아니면 장애인이지만 국가의 보살핌이 전혀 미치지 못하는 곳이다. 즐거운 마을의 마오즈포는 전에 인민군의 여군이었는데 부상 때문에 군대에서 물러난 뒤 나중에 즐거운 마을의 민의를 대표하는 사람이 된다. 전국적으로 합작사 운동이 대대적으로 벌어질 때 그녀는 온 마을 사람들을 이끌고 합작사에 들어가지만 그 대가는 끝없는 천재와 인재일 뿐이었다. 그 뒤 마오즈포의 유일한 바람은 즐거운 마을이 집단적으로 합작사에서 나와 다시금 자유로운 생활을 보내는 것이다. 이를 위해 그녀는 즐거운 마을을 관할하는 현장 류잉취에와 타협할 수밖에 없다. 류잉취에는 야심이 가득 찬 인물로 부자가 되는 길을 생각해낸다. 소련이 해체된 이후 레닌의 유해가 갈 곳이 없어져버리는데, 류잉취에는 러시아로부터 레닌의 유해를 사들여서 고향에 레닌기념관을 건립한 다음 관광지로 육성함으로써 사람들을 부자로 만들고자 한다.

이야기는 여기서부터 시작된다. 즐거운 마을의 주민들은 비록 신체는 불완전하지만 움직이지 못하는 것은 아니다. 류잉취에는 그들의 능력을 간파하고 그들을 불러 모아 묘기공연단을 만든다. 이후 각지로 순회공연을 떠나 일순간에 전국을 떠들썩하게 만든다. 다리 없는 사람의 달리기, 외눈박이의 실꿰기, 귀머거리의 만담, 장님의 물건 맞추기 외에도 반신불수 아낙의 자수 놓기, 지체장애아의 병 매달고 걷기 등등 세속의 구경거리들이 도시 사람들을 떼 지어 몰려들게 만든다. 일백하고도 스무 살이라고 떠들어대는 나이 예순의 절름발이는 동생과 함께 할아버지와 손자를 연기하고, 난쟁이 아홉 명이 삼일 밤 삼일 낮을 이어서 태어난 아홉 쌍둥이로 분장하여 관중들을 포복절도하게 만드는 건 그다음 차례의 희한한 볼거리다.

옌롄커는 묘기단의 이도 저도 아닌 모습을 질리지도 않고 세세하게 묘사하는데, 민담 특유의 거칠지만 분방한 상상력으로 충만하다. 이런 공연은 도시 사람들의 입맛에 딱 들어맞는다. 그동안 잘 다듬어진 오락은 많이도 보아왔으니 어찌 토속적인 구경거리도 좀 보고 싶지 않겠는가. 묘기단은 공연 경험이 쌓이자 또 갈수록 비위를 잘 맞추어준다. 이리하여 시골 사람들과 도시 사람들은 각기 필요한 바를 얻어내고, 일종의 새로운 소비의 연쇄가 이루어진다.

묘기단이 각지를 떠도는 것이 《즐거움》의 가장 뛰어난 부분이다. 옌롄커는 분명 그런 것을 쓰는 데 심취해있다. 그의 기상천외한 발상과 거침없는 행보는 매번 우리로 하여금 그와 마찬가지로 농민 출신이자 군인 출신인 작가 모옌을 떠올리게 한다. 모옌은 《술의 나라》, 《풍만한 젖과 살진 엉덩이》와 같은 그의 최상급 작품에서 육체적인 먹고 마시고, 뱉고 싸고 하는 추한 모습과 욕망의 무분별함을 과장하니 펜이 닿는 곳마다 기이한 광경을 만들어낸다. 일찍이 이데올로기적으로 금욕을 추구했던 한 사회에서 모옌은 카니발적 충동으로 예교적인 규제를 거침없이 야유한다. 그가 만들어내는 《가르강튀아》식의 일련의 추악한 인물들은 주류의 허위적인 심미 담론과는 완전히 엇나간다. 상대적으로 말해서 옌롄커의 표현은 되레 작은 무당이 큰 무당을 만난 격이어서 이에 훨씬 못 미친다.

그렇지만 옌롄커와 모옌은 어쨌든 조금은 다르다. 모옌의 소설은 스토리가 얼마나 피범벅이 되어 있든 간에 또는 묘사가 얼마나 상식을 초월하든 간에 아무튼 한 줄기 흥건한 생동적인 기운이 있다. 《술의 나라》에 나오는바 아이 고기 파티, 농민들이 '고깃감 아이'를 팔기 위해 경쟁을 벌이는 기괴한 행태, 그리고 《풍만한 젖과 살진 엉덩이》에 나오는바 천지에 수많은 젖들이 아름다움을 다투는 기이한 광경 등은 그중에서도 비교적 유난한 예에 불과하다. 모옌의 소설은 비장할 수도 있었지만 그의 서사 태도에는 한 가닥 기상천외한 청춘기적 징후가 존재한다. 의화단 사건을 묘사한 《탄샹싱》에는 차마 눈뜨고 볼 수 없는 가지가지 참혹한 형벌을 나열하는 중에서도 여전히 강렬한 생명력이 요동치고 있다.

옌롄커의 《즐거움》에도 카니발적 충동이 충만해있기는 하지만 모옌의 소설처럼 그렇게 거리낌 없이 분방한 것은 아니다. 그는 여전히 도라는 부담에서 완전히 벗어나지는 못한다. 이리하여 수시로 독자들에게 시골과 도시, '즐거운 사람'과 '건전한 사람'의 대비적 의미를 일깨워준다. 그는 또 고난의 대가를 잊지 못한다. 이 때문에 소설 속의 두 주인공인 마오즈포와 류잉취에는 각기 서로 다른 속내를 가지고 있으니, 끝끝내 떨쳐버리지 못하는 억울한 옛일을 지니고 있다. 한 걸음 더 나아가서 말해본다면 나는 옌롄커와 모옌의 향토 공간에 대한 관조가 서로 상반된다고 생각한다. 모옌의 자오둥 평원에는 붉은 수수가 온 세상에 가득하고, 그의 귀신과 요괴, 신과 마귀 그리고 영웅과 호걸이 그 속을 헤치고 다니면서 수시로 사람 세상을 어지럽힌다. 옌롄커의 파러우산맥에는 링인취 수로의 더러운 물이 흐르고 온통 황폐할 뿐으로, 생존 자체가 갖가지 공포의 모습을 연출한다. 만일 모옌의 대지가 식물성(vegetarian)이어서 생물이 탄생하고 성장하는 곳이라면, 옌롄커의 대지는 광물성(mineral)이어서 생육은 보이지 않고 오로지 적막 뿐이라고 할 것이다.

이는 나로 하여금 《즐거움》의 가장 중요한 스토리에 대해 생각해보도록 만든다. 묘기단의 그 모든 것은 자본을 축적하여 이 지역에 레닌 유해 기념관을 건립함으로써 죽은 사람을 이용한 돈벌기를 하려는 것이다. 옌롄커는 자신이 이런 식의 스토리를 설정한 데는 연유가 있다고 말한 적이 있다. 소련이 해체되기 전에 그는 《참고소식》[12]에서 일백 자쯤 되는 짧은 소식을 보았다.

---

12 《참고소식(參考消息)》은 원래 전문적으로 해외뉴스를 게재하는 중국내 내부용

몇몇 정당은 레닌의 유해 - 화학 약품을 이용해 수십 년을 보존해온 - 를 화장해야 마땅하다고 주장하지만 공산당은 유해를 보존해야 마땅하다고 주장한다. 논쟁의 원인은 당시의 소련 정부가 유해를 보존할 만한 비용이 없기 때문이다. 이 토막 뉴스는 옌롄커의 "영혼에 엄청나게 큰 진동과 충격을 주었다. 일찍이 레닌의 시월혁명의 포성이 중국에게 희망을 주었기 때문이다. 혁명의 창시자 격인 한 인물의 생전과 사후의 운명은 수많은 문제에 대해 생각해보도록 만들었다."31)

혁명의 위인이 서거하자 그의 추종자들은 망연자실하게 된다. 위인이 오래토록 함께 있게끔 하기 위해서는 죽었지만 살아있는 것처럼 만들 수밖에 없다. 이는 사실 옛사람의 토템 숭배의 현대적인 복사판이자 미이라 만들기라는 추모 의례의 일대 비약이다. 레닌의 유해를 방부 처리하는 기술은 그의 유해가 시간의 흐름에 저항하며 영원히 생생함을 유지할 수 있을 만큼 그처럼 대단하다.

혁명이 숭상되고 모든 것이 타도되던 그 시대에 위인의 육체는 오히려 과거와 현재를 관통하는 중요한 기념물이 된다. 레닌의 시체는 살아있는 것처럼 생생하여 우리로 하여금 지나간 것이 진정으로 지나간 것은 아니며 목소리와 모습이 선연하니 혼이 돌아온 것임을 일깨워준다. 마르크스주의의 한 부류에는 줄곧 괴기(gothic) 담론이 존재해왔는데32) 여기서 그 한 가지 예를 발견할 수 있을 것이다. 그러나 우리는 묻지 않을 수 없다. 우리가 육신의 사망을 애틋해하는 것은 도대체 이데올로기 면에서 충절을 다하는 것인가 아니면 집단 무의식 면에서 사랑과 죽음의 고통을 표출하는 것인가? 그 원시적 열정의 대상이 이미 존재하지 않으니 이제 그 어떤 생생한 사물도

일간지로, 일반 신문에서는 보도되지 않는 해외의 중국 관련 뉴스가 많이 게재되어 공산당원 사이에 인기가 높다.

우리가 상실한 것을 회복할 수는 없다는 것을 일깨워줄 뿐이다. 우리의 비애 – 그리고 우리의 끝없는 애욕 – 가 극도에 이르면 마침내 이미 쇠멸해버린 몸뚱아리가 되더라도 편안히 땅속에 묻히기를 바라지는 않는 것이다. 사랑, 이는 곧 애도이다. 이 어찌 시체 사랑의 징조가 아니랴?

그렇지만 옌롄커가 무심결에 들추어낸 문제는 이에 그치지 않는다. 《즐거움》에서 레닌의 유해는 소련의 해체에 따라 더 이상 유지되기 어렵다. 더더욱 기가 막히는 것은 값이 오를 때를 기다려 그 값어치를 아는 전문가에게 그것을 팔겠다는 것이다. 현장 류잉취에와 즐거운 마을의 장애인들이 바로 그 첫 번째 구매자이다. 레닌은 자본주의와 식민지 및 반식민지의 무산계급들이 있는 것과 없는 것을 서로 메워가며 도와야 한다고 주장하지 않았던가? 개혁 개방 후의 중국은 '발전이 곧 확고한 이치'였다. '즐거운 사람'의 일방적인 셈법은 마을에 위인의 유해를 전시하여 관광 산업을 발전시킨다는 것이다. 이 점에서 레닌의 유해는 마지막 잉여가치를 발휘하여 일종의 자본으로 바뀐다. 이것이 바로 장애인 묘기단의 최고의 묘기이다. 죽음이 스펙터클이 되고, 성지 순례가 재부의 축적이 되는 것이다.

자본주의는 정말로 영혼이 흩어지지 않는다. 반세기 이상의 혁명을 거친 뒤에도 그것은 어쨌든 그래도 되돌아온다. 그런데 좌익 비평가의 입장에서 보자면 자본주의의 제1장이 무엇이던가? 공허한 교환 가치로 피와 살이 응축된 노동 가치를 대신하는 것이요, 본전 없는 장사면서도 이윤에 이윤이 불어나는 것이다. 달리 말하자면 상징적인 숫자의 신속한 순환 속에서 이기는 자가 모두 가지면서 생산에는 종사하지 않는 것이다. 이것이 옌롄커의 비관주의적 바탕이다. 이리하여 음산한 레닌기념관이 혼백의 산 위에 우뚝 서게 된다. 즐거운 마을 사람들, 그리고 레닌의 유해가 왕림하신다는 멋진 꿈속에서 수많은 농민들의 마음속에 그리고 있는 천당이 세워진다.

그 오랜 세월 파러우산 산골 지역의 개간은 지난했다. 옌롄커(또는 류잉취에)의 망상 속에서는 외국 혁명 위인의 유해를 들여오기만 하면 부의 물결이 콸콸 쏟아져 들어와서 지난 세월의 경제적인 어려움이 당연히 순조롭게 해결된다는 식이다. 이로부터 우리는 옌롄커가 설정하고 있는 대지와 사람의 관계로 되돌아가게 된다. 농작물의 생장은 너무 적고 너무 느리니 죽은 사람과 거래함만 못하다. 이 땅덩어리의 의미는 그것이 죽음의 신을 공양하는 곳이 된다는 데 있다.

《즐거움》의 결말은 급작스럽다. 레닌을 기다리는 것은 [사무엘 베케트의] 고도를 기다리는 것이나 마찬가지다. 마지막에 온 것은 위인이 아니라 강도이다. 그들은 가장 원시적인 '교환'의 형식으로 묘기단을 싸그리 털어가버린다. 이들 장애인은 그동안 고생 고생했지만 결국 아무것도 남지 않게 된다. 《즐거움》은 즐거움이 극에 달하면 슬픔이 도래한다는 포스트 사회주의 시대의 알레고리가 되고 만다.

《딩씨 마을의 꿈》(2006)[13]은 《인민을 위해 복무하라》 이후 옌롄커의 최신 작품으로, 여러 가지 방면에서 옌롄커의 이 몇 년간의 소설 특히 《햇빛의 세월》과 《즐거움》의 특징을 지속하고 있다. 주목할 만한 것은 《딩씨 마을의 꿈》은 상당히 분명한 현실적 배경을 가지고 있다는 점이다. – 그것은 1990년대 중반 이래 허난성에서 발생한 '에이즈마을'이라는 위기를 건드리고 있다. 거슬러 올라가서 처음부터 말해보자. 일반적으로 허난성 동부의 마을들은 빈궁하다. 이 때문에 가난에서 벗어나 부자가 되기 위해 집단적으로 피를 파는 현상이 나타난다. 이 현상은 정부가 수혈을 장려하면서 생겨나게 된 것인데, '물건을 볼 줄 아는' 인물들이 이익을 챙길 수 있음을 깨닫고 대규모로 혈액을 수집하여 판매하기 시작한다. 순식간에 농민들이 오리떼처럼 다투어

---

13 《딩씨 마을의 꿈》의 한글본으로 《딩씨 마을의 꿈》, 옌롄커 지음, 김태성 옮김, (서울: 아시아, 2010)이 나와 있다.

달려든다. 그들은 생각지도 못한다. 채혈 과정이 너무나 졸속적이어서 에이즈가 교차 감염을 통해 피를 파는 무수한 사람들의 신체에 파고들고, 자신의 목숨을 그 대가로 내놓아야 한다. 정부 쪽의 통계에 따르면 2005년 가을까지 허난성에는 이미 3만 명이 넘는 사람이 감염되었고, 절반 이상이 증세를 보이기 시작했으며, 4천 3백 명에 가까운 사람이 사망했다고 한다.[33]

에이즈 마을이라는 위기는 많은 것을 건드리고 있다. 애초 공화국 당국은 철저하게 은폐하다가 최근에야 비로소 적극적으로 바뀌었다. 이런 위기는 의료 위생의 문제뿐만 아니라 국민 경제의 문제 및 국민의 몸에 대한 국가의 감시 관리의 문제까지 폭로하고 있다. 더욱 깊이 생각해볼 점은 그것이 또 포스트 사회주의 국제 관계에 대한 은유가 될 수 있다는 것이다. 에이즈는 아프리카에서 생겨나서 주로 섹스와 마약 주사를 통해 전염되면서 온 사방으로 퍼져나감으로써 20세기 말 전 세계에 만연하게 된 돌림병이다. 허난성 시골의 농민들이 앞다퉈 피를 판 것은 현재의 생활을 바꾸어보자는 것에 다름 아니다. 그들은 자신의 몸을 값이 오를 때 파는 상품으로 간주했을 뿐인데 어찌 이 지경이 될 줄 알았겠는가. 이미 전지구화된 경제 그리고 병균의 교환 연쇄에 빠져들게 된 것이다.

옌롄커가 소설에서 허난성 에이즈 마을의 사안을 다룬 것은 깊이 숙고한 결과라고 할 수 있다. 그렇지만 《인민을 위해 복무하라》 이후에 다시 이런 민감한 소재를 다루기까지는 상당히 고심했을 것이다. 그가 그려낸 딩씨 마을은 살기가 고달프던 차에 피를 파는 것이 생계를 도모하는 한 가지 방법이 된 후부터 급격하게 발전하기 시작한다. 그렇지만 죽음이 이미 주변에서 어른거리다가 일단 폭발하고 나자 수습할 수가 없게 된다. 딩씨 마을은 2백여 가구 8백여 명에 불과한데 이제 죽은 사람을 장례지내는 것이 성행한다. 앞에서 검토해본 것처럼 옌롄커는 몹쓸병과 장애를 쓰는 데 있어서 전문가다. 에이즈는 준비된 소재를 제공해 주었고, 그의 독특한 역사적 관조로 결실을 맺는다. 《햇빛의 세월》에 나오는 목구멍이 막히는 병처럼 옌롄커는 의도적으로 에이즈에 한 겹 알레고리적인 깊이를 보태어 소설에서는 이를 대부분 '열병'이라고 일컫는다. 그렇다. 딩씨 마을 사람들의 입장에서 보자면, 그들이 겪게 되는 일은 일종의 알 수 없는 천벌이요, 육체의 생리 기능이 갑자기 망가지는 괴병이 아니겠는가?

옌롄커의 세상에서 운명의 룰렛판은 끊임없이 돌아간다. 과거의 주재자가 대지와 농작물이었다면 현재의 주재자는 금전으로 바뀌었다. 그렇지만 농민의 육체는 여전히 마지막 승부를 거는 밑천이다. 옌롄커의 《파러우 사람들》과 《햇빛의 세월》 등의 소설에서 농민들이 몹쓸 병에 걸려 막다른 길에 이르렀을 때 그들이 가장 소박한 방식으로 운명의 저주에 대항하며 세세대대로 일종의 고난의 스펙터클을 만들어내던 것을 우리는 기억한다. 《딩씨 마을의 꿈》에 나오는 농민들은 부자가 되기 위해 위험도 마다하지 않는다. 이런 의미에서 옌롄커는 에이즈의 현대적 의미를 간파하고 상당한 비판을 가한다. 그러나 그는 사회주의 시장경제 이후의 경제 발전에 대해서는 애매한 관점을 유지한다. 기존의 소농식 또는 합작식 경제 패러다임은 더 이상 옌롄커의 딩씨 마을 농민들을 속박할 수 없다. 이제 그들이 원하는 것은 자손들의 향불(《파러우 사람들》)도 아니고 종족 윤리(《햇빛의 세월》)도 아니다. 구체적인 물질생활이 나날이 발전해나가는 것이다. 그들은 피를 파는 것을 밑천이 들지 않는 장사로 간주하지만 실제로는 피로 된 밑천을 다 날려버린다. 그들은 '중국 특색의 사회주의' 속에서 실패한 투자자들이다.

여기서 옌롄커는 (매혈과 채혈로부터 비롯된) 에이즈 사건 아래에 있는 정치적 부패, 경제적 투기, 사회 복지의 통제 상실 등의 복잡한 문제에 대해 따져볼 수 있었다. 그러나 그리 된다면 틀림없이 정치적 금기를 위반하는 것이 될 터이니 어찌 쉽사리 건드릴 수 있겠는가? 옌롄커의 방법은 딩씨 마을의 재난을 더욱 광범위한 인성의 각도에서 관찰하는 것이다. 그리고 그의 결론은 딩씨 마을의 병은 육체의 병일뿐만 아니라 그보다는 '마음의 병' – 욕심이 무한한 데서 오는 마음의 병이라는 것이다. 그 외 스타일 면에서는 이미 인물, 장면, 심지어 스토리까지 능수능란하게 다루고 있는 데서 한 걸음 더 나아가서 이야기를 받쳐주는 음산하고 괴기한 분위기를 만들어내고자 힘쓰고 있다.

《딩씨 마을의 꿈》의 주요 인물은 할아버지로부터 손자까지 3대이다. 딩씨네 할아버지는 오래 전 정부의 캠페인에 호응하여 마을 사람들이 피를 팔도록 장려한다. 아들 딩후이는 그 가운데서 이득을 취할 수 있음을 알아차리고 사설 혈액원을 차려 피를 사고팔아 커다란 이익을 챙긴다. 이와 동시에 채혈 과정이 졸속적이어서 그는 이 지역에서 에이즈가 교차 감염되도록 만드는 원흉이 된다. 딩후이의 열두 살 된 아들은 소설이 시작되기 전에 이미 에이즈 환자 및 그 식구들에 의해 독살된다. 소설은 바로 이 죽은 아이의 시각에서 할아버지의 후회, 아버지의 교활, 그리고 딩씨 마을 에이즈 환자와 가족들의 놀라서 어쩔 줄 몰라 하는 갖가지 반응을 보여준다.

옌롄커는 에이즈의 창궐을 조손 3대 사이의 도덕극으로 만들어 놓는다. 이 할아버지라는 인물은 우리에게 낯설지 않다. 《연월일》 중의 '어르신', 《즐거움》 중의 마오즈포와 마찬가지로 그는 옌롄커의 이상 속에 있는 종족의 어른과 같은 인물이다. 하늘을 공경하고 조상을 섬기며(그리고 주석과 당을 섬기며), 마을의 운명을 짊어진다. 그러나 그의 근신과 겸손은 재난만을 가져올 뿐이다. 아들 딩후이는 재난의 창시자이자 재난의 수혜자이기도 하다. 매혈이 성행할 때 그는 같은 주사바늘을 여러 차례 사용하고, 맥주를 피에 섞고, 혈액주머니를 절대 낭비하지 않는 법을 알고 있다. 에이즈 환자가 대거 사망할 때 그는 이미 변신하여 정부를 대리하여 관을 파는 사람이 되어 있다. 젊어서 죽은 이들이 사후에 외롭지 않게 하기 위해 그는 다시 영혼 중매 사업을 벌이는데, 한때 사업이 번창하여 수요를 따라갈 수 없을 지경이다. 딩후이는 기업가 정신이 넘쳐나니 모든 면에서 딩씨 마을에 어울리지 않는다. 그의 행위는 고골리의 명작인 《죽은 혼》에서 죽은 사람을 이용해 돈을 벌어들이는 갖가지 수작들을 떠올리게 만든다. 그는 법률을 어기고 제멋대로 하지만 오히려 정부의 신임을 받는다. 딩후이의 영혼 결혼이라는 아이디어가 심지어 그의 아들에게까지 미칠 때 그의 부친인 딩씨 할아버지는 더 이상 참다못해서 결국 자기 아들을 살해하는 파국에 이른다.

1934년 우쭈샹의 《판씨 가게》에는 딸이 엄마를 살해하는 이야기가 나온다. 가뭄에 시달리는 농촌, 막다른 지경에 이른 부부, 목숨처럼 돈을 밝히며 죽어가는 사람을 보고도 외면하는 엄마는 결국 존속 살해 사건을 잉태한다. 우쭈샹의 입장에서 보자면 자본주의는 이미 인간 세상의 질서를 뒤엎어버렸다. 소설 속의 딸은 이 때문에 실수로 엄마를 살해한다. 그렇게 하지 않으면 그녀의 도덕적 이성을 유지할 없기 때문이며, 혁명의 필연성을 예견하고 있기 때문이다. 70년 후 《딩씨 마을의 꿈》도 유사한 설정을 하고 있다. 다른 점이라면 이때는 이미 포스트 혁명 시대라는 것이다. 이미 독살당한 손자가 할아버지의 아버지 살해를 목격하는 순간 소설 속에는 어쩔 수 없다는 분위기가 미만하다(특히 '그냥 …… 그랬던 것이다' 식의 문장이 거듭해서 나타난다). 이 어찌 1930년대의 좌익작가가 예상한 바이겠는가?

옌롄커는 하늘의 법칙과 인간의 도리에 어긋나는 것을 서사의 기조로 삼으면서 다시금 민중의 이야기꾼과 같은 그의 세상 물정에 훤함을 보여줌과 동시에 이를 이용해서 좀 더 예민한 문제는 비켜간다. 에이즈의 폭발은 어쨌든 더 이상 '하늘이 만든 재앙'은 아니다. 딩후이와 같은 인간이 벌이는 행위, 중국 농민이 보여주는 고생과 무지는 도대체 누가 그렇게 만들고 누가 그렇게 되도록 한 것인가? 물론 소설이 정치적인 비판일 필요는 없다. 그렇지만 에이즈 마을 사건의 원인과 결과가 서로 복잡하게 얽혀있는데 비해 옌렌커가 그것을 너무나 익숙한 서술 패러다임 속에 넣어버렸기 때문에 그의 결말이 가볍게 처리됨을 면할 수 없었다.

오히려 옌렌커는 딩씨 마을 에이즈 환자들의 다양한 모습을 묘사하는 방면에서 약간 만회를 했다. 이들 에이즈 환자는 대부분 물질적인 필요에 의해 피를 판다. 그렇지만 이들의 최후는 이들의 동기와 서로 정비례하지 않는다. 옌렌커는 이들과 그 가족의 무지함과 무력함을 안타까워함과 동시에 또 사정없이 – 병에 걸리기 전뿐만 아니라 특히 병에 걸린 이후 – 그들의 우매함과 탐욕스러움을 드러낸다. 이들 온몸이 헐고 악취를 풍기는 환자들은 딩씨 할아버지의 인도로 한군데 모여 격리 치료를 받는다. 처음 시작할 때는 상상할 수 없는 상황 속에서도 각자 능력을 다하고 각기 필요한 것을 취하는 등 인민공사식의 이상적인 생활을 펼쳐나간다.

물론 좋은 날은 오래 가지 않는다. 얼마 되지 않아서 물건을 훔치고 재물을 다투며, 권력을 탐하고 내분이 일어난다. 그 와중에도 힘이 남아서 옌렌커는 병이 위중한 유부남과 유부녀가 간통을 하는 짓거리를 보여준다. 《물처럼 단단하게》와 《인민을 위해 복무하라》에 나오는 금지된 사랑의 에이즈판 설명이다. 곧 죽게 될 이 병자들이 관을 다투고, 장례식을 경쟁하며, 영혼 결혼의 쟁탈전을 벌이는 데 이르게 되면 소설은 이미 괴기한 카니발적 분위기를 풍기기 시작한다. 죽고 사는 것은 참으로 큰일이건만 어찌 이런 식의 소동이 되어버리는 것일까?

우쭈샹으로 되돌아가 보자. 우쭈샹은 1930년대에 또 〈관관의 보약〉(1932)을 쓴 적이 있다. 이 작품은 블랙 코미디로, 도시의 한 젊은 나리가 차사고로 중상을 입자 가난한 농민의 피를 수혈하고 그들의 젖을 먹으며 마지막에는 생명까지 요구한다. 우쭈샹의 비판적 의도가 이보다 더 명백할 수가 없다. 다만 그는 풍자와 욕설의 필치로 이 모든 것을 야유한다. 1990년대 중반 위화는

《쉬싼관 매혈기》(1996)를 써서 광범위하게 주목을 받았다. 위화의 중점은 낳은 정과 키운 정 사이의 변증법적인 관계에 있다. 웃음 속에 눈물이 있지만 결말에서는 가족의 윤리적 관계가 서로 소원하던 것에서 화해하는 것으로 끝난다. 10년 후 옌렌커의 《딩씨 마을의 꿈》은 그와는 반대로 나간다. 피는 유동 자본이 되니 비록 혈육이라고 할지라도 부의 길을 가로막을 수는 없다.

여기서 옌렌커의 정치적 알레고리는 생생하기 그지없다. 《즐거움》에서 그려낸 시체 사랑과 카니발적 열광의 이야기처럼 옌렌커의 의도는 표면적인 풍자에만 있는 것이 아니다. 한 사회에서 원치 않아도 절로 찾아오는 사악한 유혹과 죽음도 마다않는 집단적인 욕망을 과장하고 있는 것이다. 《즐거움》은 장애인들이 살아나가기 위해 죽은 사람을 이용한 돈벌이를 묘사하고, 《딩씨 마을의 꿈》은 곧 죽을 사람들이 관을 눈앞에 두고도 눈물 흘리지 아니 하는 것을 묘사한다. 《햇빛의 세월》의 오염된 링인취 수로의 그 더러운 물이 이번에는 딩씨 마을 사람들의 체내를 돌고 있는 치명적인 피로 바뀌어 있다.

보약에서 상품에 이르기까지, 구사회에서 신사회에 이르기까지, 혁명의 호소에서 혁명과의 결별에 이르기까지, 여전히 피는 목숨을 살리는 밑천이자 목숨을 앗아가는 소비라는 신비한 상징적 의미를 보여주는 것 같다. 거의 1세기에 가까운 현대 중국의 혁명은 얼마나 많은 피를 흘렸으며, 얼마나 많은 사랑과 죽음의 신화를 만들어냈던가? 에이즈가 만연하는 시대에 옌렌커는 피를 파는 소설을 통해 점차 모호해지는 혁명의 시대, 사랑과 죽음의 신화를 위해 참으로 황량한 한 페이지를 보태어 놓는다. 그렇다. 성이 '샤'씨이건 성이 '자'씨이건 간에, 즉 사회주의든 자본주의든 간에 중국 사회는 수많은 재난을 겪었으니 '사람이 죽는 일은 늘 일어나게 마련이다.' 《딩씨 마을의 꿈》에서 옌렌커는 이것저것 다 건드리니 감개가 깊다고 하지 않을 수 없다. 그가 앞으로 어떻게 그의 '죽음의 예지에 관한 기록'을 이어나갈지, 어떻게 더욱 사상적 깊이가 있는 의제를 제기할지 기대하지 않을 수 없다.

| 저자 주석 |

22장 옌롄커

1) 閻連科, 〈想念〉, 《閻連科》, (北京: 人民文學, 2004), pp. 532~567.
2) 肖鷹, 〈眞實的可能與狂想的虛假 － 評閻連科《受活》〉, 《南方文壇》 2005年第2期, 2005年3月 15日, pp. 43~48.
3) 마오이즘과 숭고 미학의 공과에 관해서는 Ban Wang, *The Sublime Figure of History Aesthetics and Politics in 20th-Century China*, (Stanford: Stanford University Press, 1997), 특히 마지막 장의 추악함, 광상, 정신 분열의 서사 미학에 관한 부분을 보기 바란다.
4) 毛澤東, 〈爲人民服務〉, 東觀編輯部遍選, 《毛澤東語錄》, (台北: 東觀國際文化, 2005), p. 189.
5) 毛澤東, 〈爲人民服務〉, 東觀編輯部遍選, 《毛澤東語錄》, (台北: 東觀國際文化, 2005), p. 189.
6) 〈張思德 － 領袖追悼的戰士〉, 《北京靑年報》, 2001年6月26日.
7) '혁명 + 연애'의 문학사적 배경에 관해서는 나의 글인 王德威, 〈革命加戀愛〉, 《歷史與怪獸: 歷史, 暴力, 敍事》 第一章, (台北: 麥田, 2004), pp. 19~95를 보기 바란다.
8) 王德威, 《歷史與怪獸: 歷史, 暴力, 敍事》 第二章, (台北: 麥田, 2004), pp. 97~153을 보기 바란다.
9) C.T. Hsia, "The Whirl Wind", *A History of Modern Chinese Fiction*, (New Haven: Yale University Press, 1971), p. 561.
10) 나의 글인 王德威, 〈革命加戀愛〉, 《歷史與怪獸: 歷史, 暴力, 敍事》 第一章, (台北: 麥田, 2004), pp. 19~95를 보기 바란다.
11) 예컨대 汪政、曉華, 〈論《堅硬如水》〉, 《南方文壇》 2001年第5期, 2001年9月15日, pp. 4~8 ; 南帆, 〈《受活》－ 怪誕及其美學譜系〉, 《上海文學》 2004年第6期, 2004年6月, pp. 66~73 등이 있다. 陳思和, 〈試論閻連科的《堅硬如水》中的惡魔性因素〉, 《當代作家評論》 2002年第4期, 2002年4月, pp. 31~43은 또 다른 각별한 견해를 보여준다.
12) Georges Bataille, *Eroticism: Death and Sexuality*, trans. Mary Dalwood, (San Francisco: City Lights, 1986), p. 42. 또 Sigmund Freud, *Totem and Taboo*, (London: Hogarth Press, 1955)를 참고하기 바란다. 陳曉蘭, 〈革命背後的變態心理 － 關於《堅硬如水》〉, 《當代作家評論》 2002年第4期, 2002年4月, pp. 51~55를 참고할 수도 있다.
13) 朱向前, 〈農民之子與農民軍人〉, 《當代作家評論》 1994年第6期, 1994年6月, pp. 59~70을

참고할 수 있다. 다만 그의 글은 옌롄커의 스타일이 바뀌기 전에 관한 것이다.

14) 閻連科, 《堅硬如水》, (武漢: 長江文藝, 2004), p. 171.

15) 閻連科, 《堅硬如水》, (武漢: 長江文藝, 2004), p. 172.

16) Jacques Attari, *Noise: The Political Economy of Music*, (Minneapolis: University of Minnesota Press 1985), chapter 4.

17) 毛澤東, 〈愚公移山〉, 東觀編輯部遍選, 《毛澤東語錄》, (台北: 東觀國際文化, 2005), p. 193.

18) David D. W. Wang, *Fictional Realism in Twentieth-Century China: Mao Dun, Lao She, Shen Congwen*, (New York: Columbia University Press, 1992), chap. 6~7.

19) 閻連科, 〈仰仗土地的文化〉, 《閻連科》, (北京: 人民文學, 2004), pp. 576~580. 趙順宏, 〈鄕土的夢想〉, 《小說評論》 1993年第6期, 1993年6月, pp. 9~13.

20) 閻連科, 〈年月日〉, 《耙樓天歌》, (太原: 北岳文藝, 2001), p. 102.

21) 郜元寶, 〈論閻連科的"世界"〉, 《文學評論》 2001年第1期, 2001年1月, p. 46.

22) C.T. Hsia, "Conclusion Remarks", in *Chinese Fiction from Taiwan: Critical Perspectives*, ed. Jeannette L. Faurot, (Bloomington: Indiana University Press, 1980), p. 240. 고난 서사에 대한 옌롄커의 집착에 관해서는 姚曉雷, 〈論閻連科〉, 《鍾山》 2003年第2期, 2003年4月, pp. 114~115를 참고할 수 있다.

23) Sigmund Freud, "The Economic Problem of Masochism", *The Standard Edition of the Complete Psychological Works of Sigmund Freud*, trans. James Strachey, (London: Hogarth Press, 1953), vol. 9, pp. 159~170. Gilles Deleuze, *Sacher-Masoch: An Interpretation*, trans. Jean McNeil, (London: Faber & Faber, 1971).

24) 閻連科, 《日光流年》, (廣州: 花城, 1998), p. 142.

25) 이 책 〈제10장 리루이: 뤼량산의 산색은 끝이 없어라〉를 참고하기 바란다.

26) 王一川, 〈生死儀式的復原〉, 《當代作家評論》 2001年第6期, 2001年6月, pp. 101~116.

27) 姚曉雷, 〈論閻連科〉, 《鍾山》 2003年第2期, 2003年4月, p. 115.

28) http://www.jsdj.com/luyou/lyzy/hnhonhqi100.htm

29) 毛澤東, 〈愚公移山〉, 東觀編輯部遍選, 《毛澤東語錄》, (台北: 東觀國際文化, 2005), p. 193.

30) 毛澤東, 〈紀念白求恩〉, 東觀編輯部遍選, 《毛澤東語錄》, (台北: 東觀國際文化, 2005), p. 190.

31) 옌롄커의 머리말을 보기 바란다. 閻連科, 《受活》, (瀋陽: 春風文藝, 2004), p. 113.

32) Magaret Cohen, *Profane Illumination: Walter Benjamin and the Paris of Surrealist Revolution*, (Berkeley: University of California Press, 1993), p. 2, p. 12.

33) "허난성 부성장 왕쥐메이의 설명에 따르면 1995년 3월에 허난성에서 첫 번째 에이즈 환자가 발견되었다. 기존의 혈액 유상 공급으로 인해 상차이 등지의 농촌의

일부 지역에서 초래된 에이즈의 상황은 허난성이 전 중국 및 국제 사회가 주목하는 초점이 되도록 만들었다. 2005년 9월 30일까지 허난성의 누적 통계에 따르면 에이즈 감염자는 30,387명이고, 사망자는 4,294명이며, 현재 증세가 나타난 사람은 18,334명인데, 그 중 혈액을 통해 감염된 사람은 27,429명으로 전체의 90.26%를 차지한다." 신화네트워크의 2005년 11월 10일의 보도를 보기 바란다. http://www.ha.xinhuanet.com/fuwu/yiliao/2005-11/10/content_5553877.htm

찾아보기

1) 인명 찾아보기에서 중국 현대문학 작가에 한해 간단한 설명을 덧붙임. 이 설명에서 작품 명 등은 번역하지 않고 원어인 중국어로 표기함.
2) 중국인명인 경우 20세기 이전은 한국 한자음으로, 이후는 중국어 발음으로 옮김.

인명

몽골족 출신 작가, 번역가, 기자. 장편소설로《夢之谷》(1938), 소설집으로《籬下集》(1936),《栗子》(1936),《落日》(1937) 등, 산문집으로《人生采訪》(1947),《北京城雜憶》(1987) 등이 있음. _498

샤오훙 蕭紅(1911~1942)

여성 소설가. 1930년대 동북작가 중 한 명. 소설가 샤오쥔(蕭軍, 1907~1988)과 동거, 돤무훙량과 결혼, 홍콩에서 사망. 중장편소설로 《生死場》(1935),《馬伯樂》(1941),《呼蘭河傳》(1941) 등, 소설집으로《牛車上》(1937),《曠野的呼喚》(1940),《小城三月》(1941) 등이 있음. _192

샤즈칭 夏志淸(1921~   )

대륙 출신 미국 이주 평론가, 학자. 선충원, 장아이링, 첸중수 등이 재평가되는 데 결정적인 역할을 함. 저서로 대표작 History of Modern Chinese Fiction(1961) 외에 The Classic Chinese Novel(1968) 등이 있음. _96, 183, 672

샹린빙 向林冰(1905~1982)

철학자. 중일전쟁 시기 문예의 민족형식 중심원천 논쟁에서 민간형식을 주장. 저서로《中國哲學史綱要》(1938) 등이 있음. _494

샹양 向陽(1955~   )

타이완 시인, 평론가. 시집으로《銀杏的仰望》(1977),《十行集》(1984),《向陽台語詩選》(2002) 등. _452

선충원 沈從文(1902~1988)

소설가, 산문가. 후난성 출신으로 1930년대 베이징파의 대표적 작가. 중장편소설로 대표작《邊城》(1934) 외에《阿麗思中國遊記》(1928), 소설집으로《一個女劇員的生活》(1931),《新與舊》(1936),《長河》(1945) 등, 산문집으로《湘行散記》(1934),《湘西》(1939) 등이 있음. _8, 122, 183, 296, 349, 441, 498, 543, 559, 590

세르반테스, 미겔 데 Miguel de Cervantes Saavedra(1547~1616) _586

셀린, 루이페르디낭 Louis-Ferdinand Céline (1894~1961) _162

셰빙잉 謝氷瑩(1906~2000)

최초의 군인 출신 여성 작가. 1947년 타이완 이주, 후일 다시 미국 이주. 대표작으로 소설〈一個女兵的自傳〉(1936) 외에 장편소설로 《紅豆》(1954),《碧瑤之戀》(1959), 소설집으로《前路》(1930),《偉大的女性》(1933),《姊妹》(1942) 등, 산문집으로《從軍日記》(1928),《軍中隨筆》(1937), 등이 있음. _100

셰진 謝晉(1923~2008) _486

셰차이쥔 謝材俊(1958~   )

타이완 작가, 평론가, 출판인. 삼삼그룹의 한 명. 부인은 주톈신. 저서로《文字的故事》(2001),《讀者時代》(2003),《在咖啡館遇見14個作家》(2010) 등이 있음. _2

셴즈 仙枝(1953~   )

타이완 여성 작가, 출판인. 삼삼그룹의 한 명. 산문집으로《好天氣誰給題名》(1979),

시인. 1930년대 중국시가회의 창립 동인. 시집으로 《受難者的短曲》(1928), 《春的感傷》(1933), 《鄕曲》(1936) 등, 시극집으로 《迷雛》(1928), 《心曲》(1929), 《記憶之都》(1937) 등이 있음. _459

양자오 楊照(1963~)

타이완 작가, 평론가. 다른 필명으로 잔카이링이 있음. 장편소설로 《大愛》(1991), 《暗巷迷夜》(1994) 등, 소설집으로 《蓮花落》(1987), 《獨白》(1991) 등, 평론집으로 《文學, 社會與歷史想像 — 戰後文學散論》(1995), 《如何做一個正直的人》(2010) 등이 있음. _104, 418, 467

양칭추 楊靑矗(1940~)

타이완 소설가. 1979년 반독재시위인 '가오슝사건'으로 4년여 투옥. 장편소설로 《心標》(1987), 《連雲夢》(1987) 등, 소설집으로 《在室男》(1971), 《工廠人》(1975) 등, 산문집으로 《覆李昂的情書》(1987) 등이 있음. _261

어우양쯔 歐陽子(1939~)

타이완 출신 미국 이주 여성 소설가, 평론가. 1960년대 타이완 모더니즘문학 운동에 참여. 소설집으로 《那長頭髮的女孩》(1967), 《揪棄》(1971) 등, 평론집으로 《王謝堂前的燕子》(1976) 등이 있음. _89

예사오쥔(葉紹鈞, 1894~1988)

소설가, 교육가. 다른 필명으로 예성타오가 있음. 예자오옌의 아버지. 1920년대 대표적 문학단체인 문학연구회의 창립 동인. 장편소설로 대표작 《倪煥之》(1929) 와 소설집으로 《隔膜》(1922), 《火災》(1923) 등이 있음. _314, 321, 497

예스타오 葉石濤(1925~2008)

타이완 소설가, 평론가, 학자. 타이완인 최초의 타이완문학사인 《台灣文學史綱》(1987) 외에 저서로 《台灣鄕土作家論集》(1979), 《走向台灣文學》(1990), 《台灣文學的困境》(1992), 《展望台灣文學》(1994) 등, 소설집으로 《鸚鵡和豎琴》(1973), 《採硫記》(1979) 등이 있음. _417

예쓰 也斯(1948~2013)

홍콩 작가, 평론가, 학자. 홍콩문학의 독자성 확립에 공헌. 소설집으로 《養龍人師們》(1979), 《島和大陸》(1987), 《記憶的城市·虛構的城市》(1993), 《後殖民食物與愛情》(2009) 등, 시집으로 《雷聲與蟬鳴》(1979), 《東西》(2000) 등, 평론집으로 《書與城市》(1985), 《香港文化空間與文學》(1995) 등이 있음. _401

예자오옌 葉兆言(1957~)

소설가. 아버지는 예사오쥔. 장편소설로 《花影》(1994), 《花煞》(1994), 《一九三七年的愛情》(1996) 등, 소설집으로 《夜泊秦淮》(1991), 《豔歌》(1991), 《棗樹的故事》(1992), 《綠色陷阱》(1992), 《愛情規則》(1995), 《今夜星光燦爛》(1995), 《燭光舞會》(1998) 등이 있음. 이 책 제11장을 참고하기 바람. _40, 183, 299, 321

예하오진 葉昊謹(?~) _418

주톈신 朱天心(1958~)

타이완의 소설가, 극작가. 삼삼그룹의 한 명. 주시닝의 차녀이자, 주톈원・주톈이와 자매간. 소설집으로《昨日當我年輕時》(1981),《未了》(1982),《時移事往》(1983),《我記得 …》(1989),《想我眷村的兄弟們》(1992),《古都》(1997) 등, 산문집《擊壤歌》(1977),《方舟上的日子》(1977),《小說家的政治週記》(1994) 등이 있음. 이 책 제6장을 참고하기 바람. _2, 41, 60, 106, 145, 274, 408, 466, 611

주톈원 朱天文(1956~)

타이완의 소설가, 극작가. 삼삼그룹의 한 명. 주시닝의 장녀이자, 주톈신・주톈이와 자매간. 소설로《小畢的故事》(1983),《最想念的季節》(1984),《炎夏之都》(1987),《世紀末的華麗》(1990),《荒人手記》(1994),《花憶前身》(1996) 등, 산문집으로《淡江記》(1979) 등, 시나리오로《悲情城市》(1989) 등이 있음. 이 책 제1장을 참고하기 바람. _1, 60, 113, 397, 611

중덴페이 鍾惦棐(1919~1987) _488

중링 鍾玲(1945~)

대륙 출생, 타이완 여성 소설가, 시인, 학자. 현재 홍콩 거주. 소설집으로《輪迴》(1983),《生死冤家》(1992),《大輪迴》(1998) 등, 시집으로《芬芳的海》(1988), 산문집으로《赤足在草地上》(1970),《愛玉的人》(1991),《大地春雨》(2004) 등이 있음. _71, 384

중샤오양 鍾曉陽(1962~)

홍콩 여성 소설가, 시인. 미국을 거쳐 호주로 이주. 장편소설로 대표작《停車暫借問》(1983) 외에《遺恨傳奇》(1996)와 소설집으로《哀歌》(1987),《愛妻》(1988),《流年》(1990),《燃燒之後》(1992),《細說》(1993) 등이 있음. 이 책 제3장을 참고하기 바람. _59, 384

중이윈 鍾怡雯(1969~) _518

쥐스킨트, 파트리크 Patrick Süskind(1949~) _169

지드, 앙드레 André Gide(1869~1951) _633

지쉬안 紀弦(1913~2013)

1950년대 타이완의 대표적 모더니즘 시인. 대륙 출신으로 1929년에 루이스(路易士)라는 필명으로 등단. 1948년 타이완 이주, 1976년 미국 이주. 시집으로《易士詩集》(1934),《火災的城》(1937),《三十前集》(1945),《摘星的少年》(1954),《隱者詩抄》(1963) 등이 있음. _435

진자앙 陳子昂(661~702) _300

짐멜, 게오르그 George Simmel(1858~1918) _495

징기즈칸 成吉思汗(1162~1227) _41

차록회 車鹿會(?~?) _41

차오위 曹禺(1910~1996)

1930,40년대의 대표적 극작가. 극본으로 대표작《雷雨》(1933) 외에《日出》(1936),《原野》(1937),《蛻變》(1940),《北京人》(1941) 등이 있음. _473

작품명 및 기타

중문문학의 계보와 판도의 재구성

이 책은 미국 하버드대학 왕더웨이(王德威, David Der-Wei Wang) 교수의 중문 저서 《跨世紀風華: 當代小說20家》를 옮긴 것이다. 애초에 원서의 타이완 본(台北: 麥田出版, 2002.8.)은 20편의 작가론을 싣고 있어서 제목 역시 '20인'이라고 되어 있었다. 그런데 후일 중국 대륙에서 출간될 때 출판사의 요청에 의해 베이징 초판본(北京: 三聯書店, 2006.8.)과 재판본(北京: 三聯書店, 2007.12.)에서 각각 1인씩 작가를 교체 또는 추가하였다. 이리하여 작가의 수가 출판 지역과 시기에 따라 달라져서 결과적으로는 총 22인이 되었다. 한글본에서는 22인을 모두 번역했으며, 제목 역시 저자의 결정에 따라 《현대 중문소설 작가 22인》이라고 했다.

저자 왕더웨이(1954~)는 타이완에서 출생했다. 하지만 부모가 20세기 중반에 대륙에서 타이완으로 이주해온 사람이어서, 그 역시 타이완에서는 이른바 '외성인'(外省人), 즉 외지에서 온 사람으로 간주되었다. 1976년에 타이완대학 외국어문학과를 졸업하고, 미국 위스콘신대학에서 비교문학 전공으로 1978년에 석사 학위를, 1982년에 박사 학위를 받았다. 타이완대학(1982~1986년), 하버드대학(1986~1990년), 콜롬비아대학(1990~2004년) 교수를 거쳐 2004년 이후 하버드대학 동아시아 언어 문명학과 교수로 재직하고 있으며 2014년부터 비교문학과 교수를 겸직하고 있다. 2004년에는 타이완 중앙연구원(대한민국학술원에 해당)의 멤버가 되었다.

저자 왕더웨이의 저술은 대단히 풍부하다. 영문 저서로는 *The Lyrical in Epic Time*(2014), *The Monster that Is History*(2004), *Fin-de-siècle Splendor*(1997), *Fictional Realism in Twentieth Century China*(1992) 등이

있고, 중문 저서로는 《現當代文學新論: 義理・倫理・地理》(2014), 《現代抒情傳統四論》(2011), 《後遺民寫作》(2007), 《臺灣: 從文學看歷史》(2005), 《被壓抑的現代性: 晚清小說新論》(2005), 《跨世紀風華: 當代小說二十家》(2002), 《衆聲喧嘩以後: 點評當代中文小說》(2001), 《如何現代, 怎樣文學?: 十九,二十世紀中文小說新論》(1998), 《想像中國的方法: 歷史・小說・敘事》(1998), 《小說中國: 晚清到當代的中文小說》(1993), 《衆聲喧嘩: 三〇與八〇年代的中國小說》(1988) 등 20여 권이 있다. 그 외에도 수백 편에 이르는 논문・평론・리뷰와 수십 권에 이르는 역서・편서・편저 등이 있다.

저자 왕더웨이는 창의적이고 심도 있는 연구와 비평을 통해서 중문문학에 새로운 상상의 공간을 제시하고 전 세계 중문학계에 새로운 연구의 장을 일구어냈다. 수많은 사람들의 찬탄을 자아내고 또 때로는 논란을 불러일으키기도 한 그의 탁월한 학문적 성과 중 몇 가지만 살펴보자.[1]

왕더웨이에 따르면, 19세기 중반에서 20세기 초까지의 중국문학인 청말 문학은 환락가소설(狎邪小說), 공안・의협소설(公案俠義小說), 견책소설(譴責小說), 공상과학소설(科幻小說)을 비롯해서 '다양한 목소리'(衆聲喧嘩, Heteroglossia)가 분출되는 왕성한 모습을 보였다. 이는 중국문학 자체의 내재적 발전력이 표출된 것으로, '지체된 근대성'(서양식 근대성)이 아닌 '자생적 근대성'(중국식 근대성)에 대한 풍부한 상상과 잠재력을 보여준 것이었다. 다시 말해서, 청말 문학은 시대 변천과 유신, 역사와 상상, 민족 의식과 주체 심리, 문학 생산 기술과 일상생활 실천 등의 의제들이 격렬하게 대화를 전개하는 새로운

---

1 이 부분은 왕더웨이에 대한 필자의 평가 외에 陳芳明, 《臺灣新文學史》, (臺北: 聯經出版公司, 2011), pp. 782~785와 彭松, 《歐美現代中國文學硏究的向度和張力》, 上海: 復旦大學博士學位論文, 2008, 제5장 및 郜元寶, 〈"重畫"世界華語文學版圖?〉, 《文藝爭鳴》 2007-4, pp. 6~10의 견해를 일부 참고했다.

문화의 장이었다. 청말 문학에는 이처럼 전통 내부의 자아 개조와 변화가 존재하고 있었으며, 따라서 20세기 전후의 중국문학/문화를 서양의 자극과 중국의 반응이라고 보는 기존의 관점을 벗어나야 한다. 왕더웨이의 이와 같은 주장은 청말 문학에 대한 연구 열풍으로 이어졌으며, 더 나아가서 '근대성'에 대한 새로운 시각을 이끌어냈다.

왕더웨이에 따르면, 청말 문학은 그것이 가지고 있던 미래(근대)에 대한 풍부한 상상과 잠재력으로 볼 때 한 시대를 마감하는 문학 또는 과도기적 문학이 아니었다. 오히려 새로운 시대를 열어가는 문학이었다. 비록 20세기 초 이래 '계몽과 구국'이라는 강력한 시대 사조와 리얼리즘이 전면에 떠오르면서 청말 문학의 상상과 잠재력은 은폐되고 억압되었지만, 그럼에도 불구하고 '억압된 근대성'은 그 뒤에도 연면히 이어졌다. 예컨대 환락가소설, 공안·의협소설, 견책소설, 공상과학소설 등은 20세기 중국 현대문학의 네 가지 방향 ― 욕망·정의·가치·진리(지식)에 대한 비판적 사고 및 그 서사 방식에 대한 천착으로 이어졌다. 왕더웨이의 이와 같은 논리와 관점은 중국 근대문학과 현대문학의 관계가 단절과 비약이라고 보거나 연속성은 있지만 전자는 후자를 위한 준비 단계에 불과하다고 보던 중문학계에 크나큰 충격을 주었다. 특히 중국 현대문학이 서양문학의 자극에 따른 반응의 결과로서 일종의 이식품이나 모방품이라는 것을 전제로 한 기존의 패러다임에서, 중국 전통문학을 계승하면서 서양문학의 영향을 수용한 창작품이라는 관점에 입각한 새로운 패러다임으로 전환될 수 있는 가능성을 부여했다. 이는 또한 1980년대 이후의 '문학사 다시쓰기' 흐름에도 하나의 새로운 방향을 제시했다.

왕더웨이에 따르면, 청말 소설의 근대화를 향한 풍부한 창조력은 억압된 상태에서도 욕망과 색정, 정의와 질서, 그로테스크를 통한 현실 재현, 역사 자체에 대한 광상 등의 형태로 20세기에 내내 이어졌다. 더욱이 20세기 말에 이르자 드디어 표면으로 떠올라서 또 한 번 '다양한 목소리'가 분출하는 면모를 보여주고 있다. 이는 1930년대의 신감각파 소설, 원앙호접파 소설,

장아이링 소설이라든가 1950년대의 신무협소설, 세기말의 신환락가체 소설, 반영웅주의 소설 등에서 증명된다. 특히 '장아이링파' 소설에 표현된 일상적 인생의 반복적인 서사는 참된 인생의 리듬과 평민 생활의 욕망을 표출하는 것이다. 이와 같이 왕더웨이가 20세기의 문학의 성격과 기능에 대해 청말 소설과 연계시키면서 일상적 서사의 각도에서 새로운 해석을 제기한 것은 사실상 새로운 문학사 서술 패러다임을 제시하는 것이었다. 즉 과거 중국 현대문학의 전통 또는 주류로 간주되었던 '계몽과 구국 ─ 리얼리즘 ─ 사회주의/반공주의'라는 체계를 전복시키는 것이었다. 더구나 이는 사소한 도리 내지 이야기라는 의미의 '소설'로 '거대 서사'에 입각한 기존의 관변 '역사'를 재검토하는 것이나 다름없었다. 이로 인해 그의 시도는 신보수주의 내지 자유주의에서 출발한 공상적 주장일 뿐이라는 강력한 비판을 받았다. 그리고 다른 한편으로는 정치 사회적 환경이 아닌 문학 자체 논리에 입각한 합리적인 주장이라는 뜨거운 호응을 받았다.

왕더웨이에 따르면, 1980년대 이래 중문학계는 중국문학·타이완문학·홍콩문학·마카오문학·화문문학이라는 용어·개념·범주를 사용해왔는데, 이는 사실상 중국 대륙문학을 중심에 두고 나머지를 그로부터 뻗어나간 역외문학, 즉 연장물 내지 부속물로 간주해온 것이다. 이에 반해 '화어계문학'(華語語系文學, Sinophone Literature)은 국가 문학의 경계를 넘어서 새로운 이론 및 실천의 방향을 찾고자 하는 것이다. 이는 단순히 중국문학과 해외화문문학을 통합하는 개념이 아니라 하나의 변증법적 기점으로 삼자는 것으로, 해외에서 출발하되 중국 대륙문학과 대화를 형성하자는 것이다. 여기서 언어는 상호 대화의 최대 공약수가 되는데, 꼭 중원의 표준음적인 언어일 필요는 없으며 오히려 시대 및 지역에 따라 바뀌는 구어·방언·잡음이 충만한 언어라야 한다. 왕더웨이는 이런 관점에서 출발하여 비교문학적인 방식으로 중문문학 내부의 복합적인 맥락의 계보를 정리하고, 시대와 지역을 초월하여 시공간적 배경이 전혀 다른 작가들을 유사한 유형으로 범주화했다.

그의 이런 주장과 실천은 세계 각지의 중문문학이 평등하며 공동으로 하나의 통합적인 유기체를 이루고 있다는 것이자 전 세계 중문문학의 계보와 판도를 재구성하려는 것이었다. 왕더웨이의 이런 새로운 학문적 지평의 제시는 의식적/무의식적으로 중국대륙중심주의적 사고방식과 연구 방법에 젖어있던 대부분의 학자들에게 격렬한 반발과 진지한 반성을 불러일으켰다.

왕더웨이의 이러한 구상은 더 나아가서 전 세계 중문학계에 전혀 다른 차원의 시각과 기회를 제공해주는 것이었다. 예컨대, 종래에는 타이완문학에 대해서 중국 구문학의 전통, 신문학의 전통, 일제식민지 시기의 문학 사유 등을 모두 아우를 수 있는 패러다임이 없었지만, 이제는 타이완 내부의 문학에 국한시키지 않고 전체 중문문학의 범위에서 사고하고 자리매김할 수 있도록 만들어주었다. 또한 이의 연장선상에서 타이완문학은 이제 전 세계 중문학계의 관심과 주목을 받게 되었다. 그의 구상이 중문학계에 위기와 기회를 동시에 제공해준다는 점은 중국계 학자뿐만 아니라 비중국계 학자에 대해서도 마찬가지이다. 예컨대, 중문이라는 언어를 최대 공약수로 하는 왕더웨이의 '화어계문학' 주장은 자칫하면 중국대륙중심주의의 외연을 확장시키는 결과를 초래함으로써 중화주의의 강화로 이어질 수도 있을 것이다. 반면에 민족 또는 민족국가라는 단위에 근거한 문학 범주가 더 이상 만능이 아니라는 면에서, 어느 정도 중국대륙중심주의의 확산을 방지함으로써 중화주의의 완화로 이어질 수도 있는 것이다.

요컨대 왕더웨이는 중문소설 내지 중문문학의 시공간을 확대하고 광범위한 문화적 콘텍스트 속에서 중문소설이 변천해온 심층적 맥락을 검토하면서 전 세계 중문문학의 계보와 판도를 재구성하고 있다. 그의 이러한 작업은 이미 말했듯이 전 세계 중문학계에 강렬한 반향을 불러일으켰다. 이는 물론 그가 가진 학술적 역량에 기인하는 것이다. 그는 현대 사회에 대한 깊은 통찰, 폭넓은 이론적 소양, 예민한 예술적 감수성, 예리한 작품 해석력을 갖추고 있으며, 이 때문에 동양과 서양의 문학적 차이, 전통과 현대의 접점,

중국 대륙문학과 타이완문학의 균열과 접합, 중국문학과 화인화문문학의
변증법적 관계 등을 총체적으로 파악할 수 있었다.

왕더웨이의 저작이 중문 독자 및 일부 영문 독자들의 열렬한 호응을 받게
된 것은 이러한 것이 전부 다는 아니다. 그는 이와 더불어 서양 이론의
실천적 적용, 비교문학적 방법의 활용, 세밀한 텍스트 독해에 근거한 증명,
핵심을 도출해내는 문구, 유려한 문장 표현 등을 통해 그의 독자들을 깊이
매료시킨다. 예를 들어 그가 상이한 시대·유파·사회·문화적 입장과 체험
을 가진 중문작가를 광범위한 시공간 속에 두고 그들 간의 상호 영향 관계와
대비 관계를 제시한 것 중 일부만 살펴보자. 그는 장아링·쑤웨이전·스수칭
·주톈신 등의 작품을 현대판 '귀신' 이야기로 간주하면서, 이들의 '그로테스
크'(grotesque)와 '괴기'(gothic) 서사를 위진 시대의 지괴소설 전통으로까지
연결시킨다. 중국 대륙의 위화가 보여준 윤리와 폭력의 심오하고 정미한
전환을 높이 평가하면서, 홍콩의 황비윈, 말레이시아의 리쯔수, 타이완의
뤄이쥔 등이 이미 그를 능가하는 모습을 보이고 있다고 한다. 모옌이 그려낸
산둥의 붉은 수수밭과 장구이싱이 그려낸 보르네오의 밀림을 대비하고,
왕안이·천단옌의 상하이와 시시·둥치장의 홍콩, 주톈신·리앙의 타이베
이를 병치한다.

이처럼 매끄러운 필치로 동서고금을 종횡무진하면서도 논리적 맥락을
잃지 않는 그의 글 자체가 주는 매력 때문에 '포스트 유민 글쓰기'(後遺民寫作),
'장아이링파 작가'(張腔作家), '서정 전통'(抒情傳統), '다양한 목소리'(衆聲喧嘩)
등 그가 만들어냈거나 자주 사용한 용어들은 전 세계 중문학계의 학술적
유행어가 되었다. 또 전문 독자뿐만 아니라 일반 독자까지도 그의 저작
곳곳에서 등장하는 '오래된 영혼'(老靈魂), '습골자'(拾骨者), '시체운반자'(運屍人)
와 같이 기발한 키워드라든가 '이민·유민·외민'(移民·遺民·夷民)의 '삼민'
주의(三民主義)와 같이 중국어 동음이의어를 이용한 언어유희(諧音, pun)에
빠져들 수밖에 없었다.

이 책 《현대 중문소설 작가 22인》은 판을 거듭하며 커다란 호응을 받을 만큼 이상과 같은 그의 학술적 성취와 글쓰기 스타일을 가장 잘 보여준 저작 중의 하나이다. 따라서 이 책의 내용에 대해서 되풀이해서 상세하게 설명할 필요는 없을 것이다. 다만 독자의 이해를 돕기 위해 몇몇 사항을 덧붙이고자 한다.

중국의 중문학계에서는 1917년부터 1949년까지의 중국문학을 '현대문학'(現代文學), 그 이후의 중국문학을 '당대문학'(當代文學)이라 하고, 이 둘을 합쳐서 '현당대문학' 또는 '20세기 문학'이라고 한다. 하지만 한국의 중문학계에서는 일반적으로 1917년부터 지금까지의 중국문학을 '현대문학'이라고 일컫는다. 그런데 이 책에 실린 작가론의 대상은 대체로 1980년대 이후에 성취를 거둔 작가들이다. 그러므로 엄밀하게 말하자면 이들이 20세기 중문문학 전체를 대표하는 작가들이라고 보기 어려운 점이 없지 않다. 이 때문에 혹자는 왕더웨이의 '화어계문학' 구상을 비판하기도 한다. 그렇지만 어차피 한 권의 작가론으로 1세기에 걸친 중문문학의 대표 작가를 모두 다룬다는 것은 거의 불가능한 일이다. 그보다 중요한 것은 이 책이 왕더웨이의 학문적 입론과 구상을 보여주는 데는 거의 지장이 없다는 점이다. 더욱이 이 책은 중문소설에 대한 학술적 저작으로서뿐만 아니라 일종의 가이드북으로도 읽을 수 있다.

이 책에는 모두 22명에 대한 작가론이 실려 있다. 이를 출신지별로 보면, 왕안이·쑤퉁·위화·리루이·예자오옌·모옌·아청·옌롄커 등 중국 대륙 작가 8명, 주톈원·쑤웨이전·핑루·주톈신·리앙·스수칭·우허·리위·뤄이쥔 등 타이완 작가 9명, 중샤오양·황비윈 등 홍콩 작가 2명, 장구이싱·황진수·리융핑 등 말레이시아 화인 작가 3명이다. 그런데 현재 아청·리위·스수칭은 미국으로, 중샤오양은 호주로, 장구이싱·황진수·리융핑은 타이완으로 이주했으며, 이들의 일부 또는 전부를 화인화문문학 작가로 간주할 수도 있다. 아마도 독자들은 이러한 작가의 출신지와 이주지를 통해 왕더웨이가 구상하고 있는 화어계문학/중문문학의 범주와 판도가 어떠한지 어느 정도 짐작해볼 수 있을 것이다.

이 책에는 그의 다른 저작과 마찬가지로 텍스트 해석과 문학 현상의 설명에서 다양한 서양 이론과 개념을 적절히 활용하고 있다. 예컨대 해석학, 서사학, 정신분석학, 실존주의, 구조주의, 해체주의, 페미니즘, 포스트모더니즘, 민족주의 담론, 오리엔탈리즘, 포스트식민주의, 디아스포라 서사, 존재론, 유령론, 카오스 이론, 문화비판 이론, 시뮬라크룸 이론, 지식의 고고학, 카니발 이론, 잔혹 연극 이론, 죄악의 서사 철학, 숭고 담론, 아케이드론, 캠프론, 스펙터클론, 욕망 이론, 트라우마 이론, 르상티망설, 성애이론, 양성론, 퀴어 이론 …… 등등을 언급하고 있다. 다만 그의 이러한 시도는 텍스트에 대한 '과도한 해석' 또는 중국 현상에 대한 '부적합한 적용'으로 흐를 가능성이 전혀 없지는 않다. 또 일반 독자의 입장에서는 가끔 혼란을 느낄 수도 있을 것인데, 이 경우 미흡하나마 일단 역주를 참고하기 바란다.

이 책을 번역하면서 옮긴이 역시 저자 왕더웨이의 드넓은 시야와 탁월한 견해로부터 많은 도움을 받았다. 하지만 그렇다고 해서 옮긴이가 그의 학문적 주장에 모두 동의한다는 것은 아니다. 특히 '화어계문학'에 관한 그의 구상이 그렇다. 그에 따르면 '화어계문학'의 핵심은 중원의 표준음적인 언어이든 아니든 간에 일단 시대 및 지역에 따라 바뀌는 화어(화문, 한어, 중문)이다. 그러나 문학에서 언어가 극히 중요한 요소이기는 하지만 가장 중요한 것은 아니다. 문학에서 가장 중요한 것은 그러한 문학 행위를 하는 사람들의 삶과 그로부터 형성되는 사상과 감정이다. 이는 아주 간단한 몇 가지 예로도 알 수 있다. 현재의 '화어계문학'이라는 개념에 따르면, 논리적으로는 비단 전 세계 화인들의 화문문학뿐만 아니라 한국이나 베트남의 한문문학까지 그 속에 포함되어야 한다. 그렇다면 그의 '화어계문학'의 개념이 과연 적절한 것이겠는가? 또 그의 논리를 연장시키면 중국인과 화인은 하나의 상상된 공동체가 된다. 그렇다면 그러한 공동체에 대한 상상 자체가 암암리에 과거의 중국중심주의 또는 미래의 패권적인 중화주의의 발로라는 의심을 받을 수도 있지 않겠는가? 더구나 논리적 차원에서 볼 때 현재 중국인이라면 한족 외에 조선족을 포함해서 수십 개의 소수종족이 있으며, 중국 국외에서 이주 등의 이유로 장기간 체재하고 있는 화인들 중에는 아예 '화어'를 구사하지 않는 사람들도 있다. 그렇다면 전자가 중문을 사용한 문학과 후자가 중문 아닌 다른 언어를 사용한 문학을 과연 어떻게 설명할 것인가?

옮긴이는 이런 면에서 이미 왕더웨이와는 다른 제안을 한 바 있다.[2] 오늘날 주로 중국 외 지역에서 장기간 생활하고 있는 한족을 일컫는 '화인'이 자신의 삶을 표현하는 문학을 '화인문학'이라고 하고, 그중에서도 '화문'(화어, 한어, 중문)으로 이루어진 문학을 '화인화문문학'으로 하자는 것이다. 이는 얼핏 보기에 왕더웨이의 '화어계문학'과 큰 차이가 없는 것 같지만 실제로는 전혀 다르다. 옮긴이가 보기에, 오늘날의 세계는 디아스포라를 비롯해서 이미 국가 간 경계를 넘나드는 사람들의 수가 엄청나게 늘어났고, 이에 따라 향후 민족 또는 민족국가를 단위로 하는 문화와 문학의 경계는 더 이상 유효하지 않게 되거나 비효율적이 될 것이다. 그리고 미래의 언젠가 국가 간의 경계를 넘나드는 이런 사람들을 어쩌면 새로운 하나의 인간 집단으로 상정해야 할지도 모른다. 만일 그렇다면 '화인' 역시 이러한 새로운 인간 집단의 일부로 볼 수 있을 것이고, 그들의 '화인문학' ― '화인화문문학', '화인영문문학', '화인일문문학', '화인한글문학' …… 등등 ― 역시 이 새로운 인간 집단의 문학의 일부가 될 것이다. 그렇게 된다면 '화인문학' 또는 '화인화문문학'이 '중국문학'과 서로 대화를 하더라도 그것이 꼭 '중화공동체'를 상상하는 것은 아니게 될 터이다.

---

2 金惠俊, 〈試論華人華文文學研究〉, 《香港文學》 第341期, 香港: 香港文學出版社, 2013年5月, pp. 18~26.

이 책은 저자 왕더웨이의 특수한 체험 ― 부모 대에 중국 대륙에서 출발, 타이완에서 출생·성장, 미국에서 유학·활동 ― 에서 오는 삶의 실감, 진지한 학술 태도, 동서고금을 넘나드는 풍부한 독서에 기반을 두면서 텍스트에 대한 탁월한 해석을 통해 그의 가설을 설득력 있는 것으로 만들고 있다. 이 책에 담긴 그의 이론성·체계성은 서양적이면서 그의 감수성·표현성은 중국적이라는 느낌이 들 정도로 사고는 논리적이면서도 문장은 중국 전통문학처럼 유려하다. 특히 내용에 적실한 키워드 내지 제목을 뽑아내는 능력은 경탄할 정도인데, 예컨대 '광인과 폐인', '남방의 타락', '습골자 우허'와 같은 문구들이 그렇다. 다만 때로는 '오래된 영혼'과 같이 일부 특정 키워드가 여러 작가들에게 중복적으로 사용됨으로써 작가들 간의 친연성을 파악하는 데는 도움이 되지만 반면에 작가들 간의 차이점을 구별하는 데는 오히려 방해가 되기도 하며, 일종의 라벨처럼 되어 해당 작가의 다른 특징을 소홀히 하게 되는 부작용을 낳기도 한다.

그런데 사실 옮긴이에게는 그의 이와 같이 빼어난 문장이 오히려 곤혹스러웠다. 번역 작업에서 가끔 발생하는 일이기는 하지만, 그의 문장을 적절한 한국어로 옮기는 데는 대단히 많은 품을 들여야 했다. 예를 들면, 끊임없이 등장하는 사자성어는 원서에서는 의미 전달 외에도 상상성과 리듬감을 부여해주는 구실을 하는데 이를 한국어로 재현한다는 것은 거의 불가능한 일이었다. 또 '선생님 사랑, 시 사랑, 시체 사랑'(戀師·戀詩·戀屍)과 같은 표현에서 보듯이 저자가 수시로 사용한 언어유희적 표현 역시 언어 간의 차이로 인해 완벽하게 옮기기가 어려웠다. 그럼에도 불구하고 옮긴이는 문학과 문화에 관심이 있는 지식인 및 중문학 전공자를 이 책의 독자로 간주하여 가능하면 이런 것들까지 최대한 살리려고 노력했다. 이 때문에 독자들은 이 책에서 종종 오늘날 한국어 표현과는 다소 거리가 있는 고문 투의 말이나 중국식 또는 영어식의 표현을 보게 될 수도 있을 것이다.

이 책을 출간하는 과정에서 감사해야 할 사람들이 많이 있다. 우선 이 책의 한글판 출간을 허락해준 저자 왕더웨이 교수에게 감사한다. 옮긴이가 저자와 처음 만난 것은 대략 10년쯤 되고, 이 책의 번역을 약속한 것은 5년쯤 되며, 실제로 번역에 착수한 것은 2년쯤 된다. 그동안 지속적으로 그와 연락하거나 만나면서 학문적 성취 외에도 그의 겸허함과 성실함에 늘 탄복하고는 했다. 그가 앞으로도 계속 정진하여 더욱 탁월한 성과를 거둘 것으로 믿으며, 한국 학술계와도 더욱 자주 교류하게 되기를 바란다. 이 책의 출간을 지원해준 한국연구재단 관계자와 심사자 및 학고방출판사의 동인에게 감사드린다. 몇 차례의 심사 과정에서 심사자들이 여러 가지 유익한 제안을 해주었는데, 옮긴이는 이 책의 체제가 허락하는 범위 내에서 가능하면 이런 제안을 모두 수용하고자 했다. 옮긴이와 함께 타이완·홍콩문학 및 화인화문문학의 연구와 번역에 전념하고 있는 현대중국문화연구실 (http://cccs.pusan.ac.kr/)의 청년 연구자들에게 감사한다. 그들의 변함없는 신뢰와 무언의 격려가 아니었다면 옮긴이의 개인적인 사정으로 인해 이 책의 출간은 훨씬 늦어졌을 것이다. 끝으로 그 누구보다도 이 책을 선택하고 읽어 줄 미래의 독자 여러분에게 감사한다. 만일 이 번역에서 원문의 훌륭함을 충분히 발휘하지 못한 부분이 있다면 이는 전적으로 옮긴이의 책임이며, 독자 여러분의 이해와 더불어 아낌없는 질정이 있기를 기대한다.

2014년 9월 7일
김혜준(부산대 교수)

지은이

왕더웨이(王德威, David Der-Wei Wang)

1954년 타이완에서 출생했다. 1976년에 타이완대학 외국어문학과를 졸업하고, 미국 위스콘신대학에서 비교문학 전공으로 1978년에 석사 학위를, 1982년에 박사 학위를 받았다. 타이완대학(1982~1986), 하버드대학(1986~1990), 콜롬비아대학(1990~2004) 교수를 거쳐 2004년 이후 하버드대학 동아시아 언어 문명학과 교수로 재직하고 있으며 2014년부터 비교문학과 교수를 겸직하고 있다. 2004년에는 타이완 중앙연구원의 멤버가 되었다. 영문 저서로는 *The Lyrical in Epic Time*(2014), *The Monster that Is History*(2004), *Fin-de-siècle Splendor*(1997), *Fictional Realism in Twentieth Century China*(1992) 등이 있다. 중문 저서로는 《現當代文學新論: 義理·倫理·地理》(2014), 《現代抒情傳統四論》(2011), 《後遺民寫作》(2007), 《臺灣: 從文學看歷史》(2005), 《被壓抑的現代性: 晚清小說新論》(2005), 《跨世紀風華: 當代小說二十家》(2002), 《眾聲喧嘩以後: 點評當代中文小說》(2001), 《如何現代, 怎樣文學?: 十九, 二十世紀中文小說新論》(1998), 《想像中國的方法: 歷史·小說·敘事》(1998), 《小說中國: 晚清到當代的中文小說》(1993), 《眾聲喧嘩: 三〇與八〇年代的中國小說》(1988) 등 20여 권이 있다. 그 외에도 수 백 편에 이르는 논문·평론·리뷰와 수 십 권에 이르는 역서·편서·편저 등이 있다.

옮긴이

김혜준

고려대 중문과를 졸업하고 동 대학원에서 문학박사 학위를 받았으며 현재 부산대 중문과 교수로 재직 중이다. 지은 책으로는 《중국 현대문학의 '민족 형식 논쟁'》이 있다. 옮긴 책으로는 《중국 현대산문사》, 《중국 현대산문론 1949~1996》, 《중국의 여성주의 문학비평》, 《나의 도시》, 《뱀선생》(공역), 《포스트식민 음식과 사랑》(공역) 등이 있다. 주요 논문으로는 〈화인화문문학(華人華文文學) 연구를 위한 시론〉 등이 있다.

한국연구재단
학술명저번역총서
[동양편]   611

세기를 넘나드는 작가들

현대 중문소설 작가 22인 하

초판 인쇄   2014년 11월 10일
초판 발행   2014년 11월 20일

지 은 이 ㅣ 왕더웨이(王德威, David Der-Wei Wang)
옮 긴 이 ㅣ 김혜준
펴 낸 이 ㅣ 하운근
펴 낸 곳 ㅣ 學古房

주   소 ㅣ 서울시 은평구 대조동 213-5 우편번호 122-843
전   화 ㅣ (02)353-9907   편집부(02)353-9908
팩   스 ㅣ (02)386-8308
홈페이지 ㅣ http://hakgobang.co.kr/
전자우편 ㅣ hakgobang@naver.com,   hakgobang@chol.com
등록번호 ㅣ 제311-1994-000001호

ISBN   978-89-6071-443-4   94820
          978-89-6071-287-4   (세트)

값 : 29,000원

■ 이 저서는 2011년 정부(교육과학기술부)의 재원으로 한국연구재단의 지원을 받아 수행된 연구임
   (NRF-2011-421-A00061).
   This work was supported by National Research Foundation of Korea Grant funded by the
   Korean Government (NRF-2011-421-A00061).

   이 도서의 국립중앙도서관 출판시도서목록(CIP)은 서지정보유통지원시스템 홈페이지
   (http://seoji.nl.go.kr)와 국가자료공동목록시스템(http://www.nl.go.kr/kolisnet)에서 이용하실
   수 있습니다.(CIP제어번호: CIP2014032084)

■ 파본은 교환해 드립니다.